主　编：李壮鹰

编著者：陈玉强　林英德

中华古文论释林

魏晋南北朝卷

李壮鹰 主编
李春青 副主编

本卷主编 李壮鹰

北京大学出版社
PEKING UNIVERSITY PRESS

图书在版编目(CIP)数据

中华古文论释林.魏晋南北朝卷/李壮鹰主编.—北京:北京大学出版社,2011.8
　ISBN 978-7-301-19166-8

Ⅰ.①中… Ⅱ.①李… Ⅲ.①古典文学-文学理论-中国-魏晋南北朝时代　Ⅳ.①I206.2

中国版本图书馆 CIP 数据核字(2011)第 125281 号

书　　名:	中华古文论释林·魏晋南北朝卷
著作责任者:	李壮鹰　主编
责任编辑:	吴　敏
标准书号:	ISBN 978-7-301-19166-8/I·2364
出版发行:	北京大学出版社
地　　址:	北京市海淀区成府路 205 号　100871
网　　址:	http://www.pup.cn　电子邮箱:pkuwsz@yahoo.com.cn
电　　话:	邮购部 62752015　发行部 62750672　出版部 62754962
	编辑部 62752022
印　刷　者:	北京中科印刷有限公司
经　销　者:	新华书店
	890mm×1240mm　A5　16.625 印张　463 千字
	2011 年 8 月第 1 版　2011 年 8 月第 1 次印刷
定　　价:	38.00 元

未经许可,不得以任何方式复制或抄袭本书之部分或全部内容。
版权所有,侵权必究
举报电话:010-62752024　电子邮箱:fd@pup.pku.edu.cn

总　　序

李壮鹰

　　多年以前，我们就曾经发心：在一个较宽的范围内，选取中国文学思想史上发生过影响的一系列重要理论经典，撰成一套大型的古文论选注本。这不仅能为古代文学、古代文论的学习者、研究者提供一个基础性的依据和参考，也可为当今的理论建设总结历史资源。为了实现这一夙愿，我们在2004年申请了此项研究课题。本课题有幸获得了广大学界同仁的认可和教育部社会科学研究领导部门的大力支持，被列为人文社科重点研究基地的重大项目。现在，放在我面前的这套《中华古文论释林》十卷稿本，就是这个项目的最终研究成果。在书稿即付剞劂的前夕，关于本书的指导思想、学术意图和编撰体例，有几句话需要简单地说明一下。

　　古文论研究，经过几代人的努力，迄今取得了不小的成绩，但与其他学科相比，在整体水平上还存在着差距。尤其是最近一个时期以来，整个研究局面总给人一种声势有余而底气不足的感觉。研究者虽然在方法、视角上力图出新，但在理论发掘上却少有实质性的突破。不少论者醉心于"宏观"的考察、"体系"的营造，他们不肯花些工夫去深入地钻研古人的具体论著，而是浮在空中，手持瞭望筒，这儿瞄一下，那儿瞥一眼，对古文论只得到一些支离破碎、模糊朦胧的印象，便敢以金鸡擘海、气吞山河之势笔扫千年，横发议论。在他们居高临下的"视野"之下，可轻而易举地缔构出一幅幅"概貌"，继而绀绎出一条条"规律"，最后总结出一套套"理论"。这些论者视物，颇有堂吉诃德骑士的特点：来自客观者少，而出于主观者多。他们的眼睛不管收纳，只管放射，故往往看朱成碧，指鹿为马，甚至于凿空为有，无事生非，鼓怒浪于平流，震惊飙于静树。览其大著，构篇虽颇宏阔，发思不乏杼轴，但论述却总显得浮泛、空疏，缺乏稳固的支撑。原因何在呢？其实说起来很简单：病在不学而已。大抵治学，尤其是治古学,对古人原典的阅读和释义,本应该是所有研究的基础和出发点。但我们的这些研究者却漠视甚至干脆脱离了原典,像明清实学家笔下的心学末流,"束书不观,游谈无根"。也正因为他们的研究不是从研究对象的实际出发,而是从先入为主的某种理论出发,则所著除了以"创作"来代研究,凭想象去"画鬼魅",别无他途,此孔子所谓"思而不学则殆"也。打个比方,古文论研究好比建塔,而对原始文本的准确解读应该是这座塔的根基。可我们的有些研究,"塔"造得很高,但愈来愈觉不稳,摇摇欲坠,最后惊视脚下,才发现原因盖出于塔基之不牢:因为他们的整个研究是构建在对古人文本的误解上的。值得指出的是,在目前的研究中,误解原典并不是个别的现象,而是带有一定的普遍性。从整个学界来讲,此种倾向作为一种学风,其产生的根源是多方面的,但就古文论研究这个特定领域来讲,它与我们长期以来忽略了研究所应凭借的基础建设有直接关系。当然,此种状况,也与古文论这一研究对象的特殊性质有关:古文论所由产生的古代文化背景与现代相异,古人所用的思维方式和阐述方法上与现代不同,而这些都决定了古代的理论与今天的理论话语之间不可能简单地通约。在这种情况下,如不把古人的理论文本放回历史之中去精读、把握,偏差的发生几乎是必然的。

"历史的经验值得注意"。在明清之际的学术史上,为矫正理学、心学的空疏浮泛,曾经有一次规模浩大的实学运动。学者们以回归经典为号召,发扬"言必征实,义必切理"、"实事求是,无征不信"的实证精神,从而有力地矫正了长期的学术积弊,大大深化了对古代文化的研究。现在看来,前代学者的实学路径,对深化今天的学术研究仍然具有现实意义。为了扭转古文论研究的空疏浮泛之风,为研究注入活力,我们认为有必要在学界重新提出"回归原典"的口号。在本项目中,我们力图发扬前辈学者的实证精神,通过对古文论经典文本的仔细考索、认真解读,重新找回被我们忽略或抛弃的古人的"本来的思想"。同时,我们也想通过这个课题研究建立起一种理念,即恢复文本本身在古文论研究中的本体地位。也就是说,所有历史上的文论论著文本,绝不像很多人认为的那样只是古文论研究的

"材料",而是古文论研究之旨归。因为所谓"材料",是可以随意取舍、砍削,用以营构别的建筑的工具。而历史文本却不然,它不能是工具,而应该是我们研究的对象本身。如果说,任何真正的学术研究在本质上都不过是一种文本解读,那么关于中国古代文论的研究就尤其是这样。它所直接面对的,应该是古人关于文学的论著文本,整个研究不但必须以这种文本阐释作为基础,而且应该作为核心。脱离了文本,其研究必将丧失客观性、科学性,从而沦为凌空蹈虚的游戏。

应该说,在重视文本的搜集、整理方面,以往的古文论学者一直有很好的传统。因为古文论相对来讲属于比较新的学科,而我国的文论著作原本又极其零散,故上个世纪学科草创以来,古文论的研究一直伴随着对古代文学批评论著文本的整理。这工作可分为两方面,一是搜集,二是注释。前辈们关于古文论论著的搜集整理,为我们的项目研究提供了珍贵的经验,打下了坚实的基础。但也应该看到,以往的选注本,由于受社会形势、思想认识和文化视角等诸多因素的影响,在选材的范围、理论的辨析、观点的评价等方面还都存在着相当的局限,故已不能很好地适应今天的古文论学习者和研究者的需要。我们亟希望通过我们的努力,在充分吸纳前辈的学术精华的基础上,同时也能弥补以往研究的不足,对当前古文论研究的空疏、浮泛之风有所匡正。

《中华古文论释林》共分十卷。第一卷:先秦两汉文论;第二卷:魏晋南北朝文论;第三卷:隋唐五代文论;第四卷:北宋文论;第五卷:南宋金元文论;第六卷:明代文论上卷;第七卷:明代文论下卷;第八卷:清代文论上卷;第九卷:清代文论下卷;第十卷:近代文论。各卷都按照时代的顺序,精选了本时期具有代表性的古代文学论著文本,对各篇文本给予仔细的考订和阐释。本书选文的标准注重纯文学和美学的角度,突出建设性的理论。不过因为我国传统的文学观念始终较为宽泛,文学思想的表述也往往伴随着具体的作品的评论来进行,故这方面的著作不可能完全剔除。古人的文学观念是逐步清晰的,对文学规律的探讨也是逐步细化、渐渐深入的,这也就决定了选文分量的分配,中古以前选材较少,中古以后选材渐多。而对评注分量的安排,正与此相反:中古以前时代较远,不少的命题和概念又属初次提出,故诠释和辨析需要多费一些笔墨;唐宋以后则诠释从简。《释林》每一卷前都设有前言,概述本时期的社会历史文化背景,介绍文学和文论发展的脉络。每篇文本阐释都分为理论评述、文义疏证、附录文献几方面内容。理论评述一般放在选文的题注中,简要概括本文的文论思想,揭示其社会思想背景,评述其理论价值和历史地位。本书的注释不止于疏通文义,而是在疏通文义的基础上,把力量集中在对理论精神和思想内涵的阐发上。对于文本中提出的一些重要命题和概念,不是简单的今译就能谈清楚的,我们就索性铺开摊子,从文字考源、语义追溯、史实的辩证、论理的剖析等等角度进行较详的阐发,力图把隐于概念之中的深刻的思想、真实的意蕴开掘出来。这一工作,与前文所讲的过度阐释的流行病不同,它是一种必要的解剖或稀释。古文论的有些概念,好比核桃一样的果实,它外边包着坚硬的壳,要吃它,需要费些力气把它剖开,仔细地把嵌在壳里的果仁剥出来。它又像陈年丹药,因为它浓得化不开,故需要注入足够的清水来予以稀释。在这种剖剥和稀释的过程中,我们既立足于文本本身的阐发,又特别突出了注释的开放性。以往的注释,大都只强调对文本的导入,著者多将具体的文本视为一个孤立的、封闭的屋子,故解读和阐释只限于文本之内。而我们则把文本看成是一个窗口,它之中的每一个命题,都是时空经纬复杂关系中的交汇点,它既承接着历史,也反映着现实,又开启着未来。一句话,它连接着许许多多文本之外的东西。因此,对于解读者来说,文本既是一个特定的世界,又是一个四通八达的路口。故对文本的阐释,不能只是导入,也要导出,要使注释具有开放性的特征。基此,我们在注释中,努力做到点、面结合,论、史结合,疏、证结合,文意的释诂与观点的评述结合,集注和新注结合,辑评与新评结合。注意适当运用上挂下联、触类旁通的方式,以使读者通过领略文本而获得一个立体的历史时空感。——这一点,可能算得上是我们在注释思路上对以往的突破。

考虑到我国古代文论在外在理论形态上的零散性,我们在每篇

(或每组)选文后面又选了若干有关的材料作为附录,以供研究者参考。这些材料,有的是同一作者的其他论述,结合选文来读,可窥出作者的思想全貌;有的是历史前后对选文中有关问题的不同论述,可帮助读者把握某种特定理论的发展过程;还有的是后人对选文理论的评论,可帮助读者了解选文的影响和在文论史上的地位。总之,我们通过每篇附录的参考篇目,还是想为读者提供走出文本的链接途径,使人们看到部分之外的整体,零散背后的关联。

原典文本的准确可靠,是正确阐释、科学研究的前提。古代文论的文本与所有的历史典籍一样,在漫长的流布、传写过程中,有版本上的讹误、改窜甚至伪托等等问题。这些情况会严重影响对古人真正思想的把握。过去的选本在这方面多是忽略的。本课题在阐释文本时,首先以文本的考订校勘为基础。尤其对中古以前的论著,我们不仅尽量挑选善本入选,而且在文中列出重要的校记,以帮助读者对文本原义的斟酌揣摩,在审慎的比勘之中求得定谳。

本书各卷的选注工作,是由多位学者分工完成的。选文的篇目、编著的指导原则和大致体例,是经过反复协商而决定的。各卷初稿交来统一协调后又经过分别的修改润色。因每位执笔者的学术品格终有不同,故在原则体例大致相得的前提之下,也保留了每一卷的个性,相信这样做只会加强,而不会破坏全书的整体感。当然,由于编著者水平有限,下的工夫还不够,全书各卷都会有疏漏、失当甚至谬误之处,诚挚地希望广大读者提出宝贵意见。

本书作为北京师范大学文艺学研究中心的课题研究成果,在整个研究和出版过程中都得到了部、校、院、中心等各级领导的大力支持和资金襄助。北京大学出版社也为本书的出版作了辛勤而细致的工作。谨此并致谢忱。

2011 年 4 月 22 日

目 录

前　言 …………………………………………………… 1

曹丕

典论·论文 ……………………………………………… 1
【附录】………………………………………………… 10

曹植

与杨德祖书 ……………………………………………… 13
【附录】………………………………………………… 21

王弼

周易略例·明象 ………………………………………… 24
【附录】………………………………………………… 28

嵇康

声无哀乐论 ……………………………………………… 30
【附录】………………………………………………… 44

左思

三都赋序 …………………………………… 47
【附录】 …………………………………… 50

皇甫谧

三都赋序 …………………………………… 52
【附录】 …………………………………… 57

陆机

文赋 ……………………………………… 60
【附录】 …………………………………… 81

陆云

与兄平原书（选录）……………………… 84
【附录】 …………………………………… 89

挚虞

文章流别论（辑录）……………………… 92
【附录】 …………………………………… 105

李充

翰林论（辑录）………………………… 108
【附录】 …………………………………… 112

葛洪

抱朴子·钧世 …………………………………… 114
【附录】 …………………………………………… 120
抱朴子·尚博 …………………………………… 121
【附录】 …………………………………………… 131
抱朴子·辞义 …………………………………… 133
【附录】 …………………………………………… 137

范晔

狱中与诸甥侄书 ………………………………… 139
【附录】 …………………………………………… 144

沈约

宋书·谢灵运传论 ……………………………… 146
【附录】 …………………………………………… 156

刘勰

文心雕龙·原道 ………………………………… 159
【附录】 …………………………………………… 168
文心雕龙·宗经 ………………………………… 171
【附录】 …………………………………………… 176
文心雕龙·辨骚 ………………………………… 178

【附录】……………………………………………………… 183
文心雕龙·明诗……………………………………………… 185
【附录】……………………………………………………… 193
文心雕龙·乐府……………………………………………… 196
【附录】……………………………………………………… 203
文心雕龙·诠赋……………………………………………… 206
【附录】……………………………………………………… 212
文心雕龙·神思……………………………………………… 216
【附录】……………………………………………………… 223
文心雕龙·体性……………………………………………… 225
【附录】……………………………………………………… 232
文心雕龙·风骨……………………………………………… 234
【附录】……………………………………………………… 240
文心雕龙·通变……………………………………………… 242
【附录】……………………………………………………… 248
文心雕龙·定势……………………………………………… 251
【附录】……………………………………………………… 257
文心雕龙·情采……………………………………………… 259
【附录】……………………………………………………… 265
文心雕龙·丽辞……………………………………………… 268
【附录】……………………………………………………… 273
文心雕龙·比兴……………………………………………… 276
【附录】……………………………………………………… 282

文心雕龙·隐秀…………………………………… 286
【附录】………………………………………… 289
文心雕龙·养气…………………………………… 291
【附录】………………………………………… 296
文心雕龙·总术…………………………………… 298
【附录】………………………………………… 304
文心雕龙·时序…………………………………… 306
【附录】………………………………………… 322
文心雕龙·物色…………………………………… 323
【附录】………………………………………… 331
文心雕龙·才略…………………………………… 333
【附录】………………………………………… 346
文心雕龙·知音…………………………………… 348
【附录】………………………………………… 356
文心雕龙·程器…………………………………… 357
【附录】………………………………………… 365

钟嵘

诗品序……………………………………………… 367
【附录】………………………………………… 387

裴子野

雕虫论……………………………………………… 389

【附录】……393

萧统

文选序……395
【附录】……408
陶渊明集序……409
【附录】……416

萧子显

南齐书·文学传论……418
【附录】……427

萧纲

与湘东王书……428
【附录】……433

萧绎

金楼子·立言(节选)……435
【附录】……439

刘昼

刘子·辨乐……442
【附录】……450

刘子·殊好 …………………………………………… 451
【附录】 ……………………………………………… 453
刘子·正赏 …………………………………………… 454
【附录】 ……………………………………………… 459

颜之推

颜氏家训·文章 ……………………………………… 461
【附录】 ……………………………………………… 487

前　　言

　　魏晋南北朝时期，在我国文学批评史上是一个非常重要的时期。这一时期中，人们开始自觉地认识文学的性质，系统地探讨文学创作理论，著名的《典论·论文》、《文赋》、《文心雕龙》和《诗品》等文学批评专著，都是在这个时期涌现出来的。这些专著，广泛地涉及文学的创作论、批评论、文体论、风格论等领域，对后世的文学批评和创作都发生了深刻的影响。

　　我国的文学理论批评之所以在魏晋南北朝时期获得空前的发展，是有其社会历史原因的。汉朝末年，朝廷腐败，社会从统一走向分裂。在大动乱之中，汉代统治者所建立的"独尊儒术"的局面被摧毁，而儒学的束缚一摆脱，社会思想也就呈现出空前的活跃。曹魏以后，老庄思想逐渐抬头，后来玄学占了统治地位。玄学属于道家，倡"自然无为"，这样也就给人们在一定程度上解放思想创造了条件。当时的思想界，探讨问题、自由论辩的风气十分流行。而这种浓厚的思想解放的空气，对于人们客观深入地探索文学的规律和较自由地进行文学批评，无疑是很有好处的。

　　西汉以来，儒学独尊，文学只是经学的附庸。当时的作家是没有地位的。司马相如那么大的作家，汉武帝对他只是以"倡优蓄之"，便是一例[①]。而魏晋以后，文学摆脱了经学的桎梏，越来越显示了自

---

① "倡优"这个角色是个什么概念呢？王谠《唐语林》卷二"政事下"有一条："优人祝汉贞者，累朝供奉，滑稽善伺人意，出口为七字语。上有指顾，捷若凤构，尤为帝所善。上行幸，召汉贞前，抵掌笑语。汉贞颇言及外间事，上正色曰：'我养汝辈，供戏乐耳，敢干预朝政耶！'遂疏之。后其子犯赃，上命杖杀，而徙汉贞于边。"又，昭梿《啸亭杂录》卷一也有"杖杀优伶"一条，讲一个曾被清世宗雍正皇帝欣赏的倡优的遭遇："世宗万机之暇，罕御声色。偶观杂剧，有演《绣襦》院本《郑儋打子》之剧，曲伎俱佳，上喜赐食。其伶偶问今常州守为谁者（戏中郑儋乃常州刺史），上勃然大怒曰：'汝优伶贱辈，何可擅问官守？其风实不可长。'因将其立毙杖下。"这两段记载使我们切实地感受到古时倡优的卑贱地位，他们只属于奴隶一类。这些"贱辈"除了"供戏乐"之外，是没有任何权利的。

己的独立价值。人们对文学的观念也就越来越明晰、越来越自觉。在这种情况下,把文学作为一个独立的对象来加以系统的探讨,也就是很自然的了。另外,曹魏的统治建立以后,作为执政者的曹氏父子,都是文学家,他们"雅好辞章"而又优遇文人。由于上层的提倡,文学的地位也就更高、名声也就更响,这对于文学的发展起了不小的推动作用。文学创作的蓬勃发展,既刺激了文学理论的研究,也为全面而深刻的文学批评提供了丰富的经验和对象。

汉代实行乡举里选,发展到后汉末期,品评人物的风气甚为流行,尤其是曹魏的"九品中正制",更促进了这种风气的发展。这种风气扩展到了对文学的品评,由"臧否人物"而及"诋诃文章,掎摭利病",这也使文学理论批评,尤其是其中的作家论、风格论得到深入的发展。

魏晋南北朝时期的文学理论,并不仅仅是对当时文学创作的正面经验的总结,它也是与当时文坛中所出现的各种不良倾向作斗争的产物。六朝时期的文学,反映士族的生活与心态,故逐渐趋向浮靡,忽视思想内容。这一时期的著名文论著作,就是在纠正这些不良倾向中产生的。刘勰自叙写《文心雕龙》的动机,是为了纠正南朝的"浮诡"、"讹滥"的文风;而钟嵘的《诗品》,也是直接针对当时诗歌创作中堆砌典故和刻意声律之风而作的。当然,文学理论也和文学创作一样,不可能完全脱离时代,所以当时的文学批评者在同不良时尚的斗争中,也难免在不同程度上为强大的时尚所移。比如陆机《文赋》在阐述文学的特征时着眼于外部的形式亦即辞藻的华丽,是与那时文学的浓厚的形式主义风气的影响分不开的。刘勰在《文心雕龙》中把"文"形上化、泛化,他的"六经皆文"的视角,也是梁代上层统治者"以翰墨为勋绩"和整个社会的文学过热的反映。

魏晋南北朝时期,谈文成为风尚,文学是人们的中心话题,文论著作大量涌现,而最有代表性的当推《典论·论文》、《文赋》、《文心雕龙》、《诗品》四部。它们是中古时期文论的翘楚,也是整个文学理论批评上的丰碑。故总结这一时期的文论成就,宜以此四种著作为重点。

一 曹丕的《典论·论文》

曹丕《典论》一书广论众事,非只谈文。《论文》不过是其中一篇。只因全书亡佚,光剩下《论文》这一篇,故在好多人眼里"论文"这个题目也就被突出出来,似乎"文"是曹丕所关心的唯一问题,甚至把《典论》也误解为专门谈文学的专著了。这种误解当然是应该纠正的。但是应该看到,《典论》虽不是谈文的专著,但《论文》确确实实是一篇文学专论。前代与《典论》性质相同的《吕览》和《淮南》等"子书",各篇所涉及的论题也很广,但没有一篇是专门谈文学的。《新论》、《论衡》虽有专门谈文学著述的篇章,但并没有以"文"来贯之。这说明那时的"文"在人们心目中还没有形成一个独立的范畴。而曹丕在这部书中却为"文"设了专章,第一次把文学创作作为一种专门的研究对象来加以全面的探讨。他站在文学范畴的高度,讨论了多种文体和多位作家,并开始讨论文学的一般性原则,从而开创了文学批评的新风气。《典论·论文》是具有划时代意义的,它标志着人们文学意识的自觉,所以鲁迅说:"用近代的眼光看来,曹丕的一个时代,可以说是'文学的自觉时代'。"(《魏晋风度及文章与药及酒之关系》)《典论·论文》中最突出的一点,就是高度强调了文学的独立价值。

先秦两汉时期,在儒家的眼里,文学是没有自己独立的价值的。而曹丕一反过去轻视文学的传统成见,指出:

> 盖文章,经国之大业,不朽之盛事。年寿有时而尽,荣乐止乎其身,二者必至之常期,未若文章之无穷。是以古之作者,寄身于翰墨,见意于篇籍,不假良史之辞,不托飞驰之势,而声名自传于后。

这就是说,创作作为一种独立的事业,它本身就具有不朽的价值。一位作家,只要投身于文学创作,不必靠历史家的记载,也不必依附于政治,他的作品本身就可以使他名传后世。而这种不朽,要比肉体上的长寿和一时的荣乐都更有价值,也更为可靠。

曹丕这一观点的提出,是具有深刻的时代背景的。首先我们要注意,他之所以推重文学,并非像过去一些人那样强调读文的价值,而在于强调著文的价值。这是曹丕以后论文角度一个根本的变化。过去儒家讲文学的社会价值,是让人们读文,以期使人们通过对作品的阅读而获得教化。曹丕则站在作者的立场上,把著文亦即文学创作活动看做是作者达到不朽的途径。而关心和追求不朽,是当时士人们共同的心理倾向。汉末以来,战争频仍,这是我国历史上空前的一次大丧乱。当时军阀混战,攻城掠地,杀人如麻,人的生命在那时不如蝼蚁草芥。董卓曾强迫献帝从洛阳迁都长安,东都洛阳方圆二百里的房屋全部被烧毁,百姓在迁徙中死亡泰半。后来所谓"天下诸侯"共讨董卓,攻进长安后,整个长安又被烧毁,从东都迁徙来的几十万居民,几乎全被杀光,长安成了空城,附近几百里不见人迹。那时军阀攻占城池,都讲究"屠城":曹操攻下徐州,满城男女老少几十万口,全部杀光。曹仁攻下宛城,也是一杀就是几十万口。而在当时的战乱中,这种屠城的例子几乎比比皆是。再就是瘟疫。古云:大兵之后,必有瘟疫。战争死人多,无法收尸,必然瘟疫传染。《续汉书·五行志》中记载汉末有五次大瘟疫流行;医学家张机在《伤寒论序》中也说,原来他的宗族人数在二百以上,而建安以来不到十年,就死了三分之二。总之,那时的人,不是被杀死,就是病死,整个黄河流域,几成赤地千里。仲长统《昌言》里说:东汉人口到了汉献帝建安年间,减少得非常可怕,"百里绝而无民",照此下去,人有灭绝的危险。曹操《蒿里行》:"铠甲生虮虱,百姓以死亡。白骨露于野,千里无鸡鸣。生民百余一,念之断人肠。"建安七子之一的王粲有一首有名的《七哀诗》,其中也说:"出门无所见,白骨蔽平原。"曹丕《典论·自叙》:"家家思乱,人人自危。……乡邑望烟而奔,城郭睹尘而溃,百姓死亡,暴骨如莽。"这些都是当时丧乱情况的真实写照。

《文心雕龙·时序》谈到建安文学特点的时候说:"观其时文,雅好慷慨,良由世积乱离,风衰俗怨,故志深而笔长,梗概而多气也。"在当时的大丧乱中,士人们痛感到生命如此的短促,如此的不值钱,于是都有人生如寄的哀叹。成于汉末的《古诗十九首》中,有不少是悲叹人生的短促与无常的,如"浩浩阴阳移,年命如朝露。人生忽如寄,寿无金石固";"出郭门直视,但见丘与坟。古墓犁为田,松柏摧为薪。白杨多悲风,萧萧愁杀人"等等都是如此。曹操《短歌行》:"对酒当歌,人生几何。譬如朝露,去日苦多",所抒发的也是这种情绪。曹丕现存有多封书信,在书信中,他也屡屡抒发对人生的伤感:"昔年疾疫,亲故多罹其灾,徐、陈、应、刘,一时俱逝,痛可言哉!""谓百年已分,可长共相保,何图数年之间,零落略尽,言之伤心。"(《与吴质书》);"乐往哀来,怆然伤怀。余顾而言,斯乐难常,足下之徒咸以为然。今果分别,各在一方。元瑜长逝化为异物,每一念此,何时可言!"(《与朝歌令吴质书》);"人生有七尺之形,死为一棺之土⋯⋯疾疠数起,士人凋落,余独何人,能全其寿?"(《与王朗书》)如此等等,都是这类情绪。

　　生命既然如此短促,如此脆弱,那么,人生的价值究竟怎么实现?这是每一个时代的士人都要考虑的问题,但因为汉末士人所面临的现实刺激最为强烈、最为惨痛,所以他们对这个问题的追问也比任何时代的人都更加急切。生命既不能长存,那就只能追求死后的不朽,在身后实现生命的意义和价值。——这就是当时有志士人的选择。故曹丕在《典论·论文》中提出"年寿有时而尽,荣乐止乎其身,二者必至之常期,未若文章之无穷"之论,是有深厚的社会心态背景的。当然,在乱世中苟且偷生、抓紧享乐者也是大有人在的。《世说新语》载张翰的一句名言:"使我有身后名,不如即时一杯酒。"刘伶饮酒,到处醉倒,对家人说:"死便埋我。"这是一种消极颓废的活法。《古诗十九首》:"人生忽如寄,寿无金石固。万岁更相送,贤圣莫能度。服药求神仙,多为药所误。不如饮美酒,被服纨与素。""人生寄一世,奄忽若飙尘。何不策高足,先据要路津。无为守穷贱,坎坷长苦心。"这是一种被丧乱的现实刺激起来的享乐主义的人生价值观。但这些消极的想法,不能代表有使命感的士人精神。

　　不朽,也一直是儒家追求的人生理想。孔子云:"君子病没世而名不称焉"(《史记·孔子世家》),但儒家讲不朽,主要强调立德与立功。《左传·襄公二十四年》载叔孙豹论"死而不朽"云:"太上有立德,其次有立功,其次有立言。虽久不废,此之谓不朽。"作为著述活动的"立言",是被排在不朽的最次的地位的,此汉人张衡所谓"立事有三,言为下列"(《后汉书·张衡传》)。这在一直坚持道德为本、政治为要的儒家那里,是再自然不过的。而且,"立言"这条不朽之路,在正统的儒家那里也是打了折扣的。孔子强调学《诗》之要在"事父"、"事君",要在"授之以政"、"使于四方",那也就是说,文学著作离开了道德礼教和政治事功,就毫无意义。另外,对于"文",他强调"述而不作",可见他维护古圣人对著作的垄断权,而阻塞了一般士人立言的道路。

曹丕的时代,儒家思想的统治倒台了,汉代建立起来的大一统政治也不复存在。故道德、政治这两种东西的价值与权威性,在士人的心目中彻底轰毁。原来的通向"不朽"之途,也就剩下了最后的"立言"。这也就是文学著作活动在汉魏之际突然跃上了士人生命的中心,成为他们的"大业"、"盛事"的原因。从曹丕的"不假良史之辞,不托飞驰之势,而声名自传于后"的论述来看,他强调文学著作不必作政治的附庸,它自身即具备独立的不朽价值。从"年寿有时而终,荣乐止乎其身,二者必至之常期,未若文章之无穷"的论述中,可以看出他认为文学创作的不朽价值远过于政治事功。这些论述,在当时都是石破天惊的前无古人之论。

我们注意到,在对文学的价值的论述上,曹植的说法显然与曹丕相舛。《三国志·魏书·陈思王植传》裴松之注引曹植《与杨德祖书》:"辞赋小道,固未足以揄扬大义,彰示来世也。昔扬子云,先朝执戟之臣耳,犹称壮夫不为也。吾虽薄德,位为藩侯,犹庶几戮力上国,流惠下民,建永世之业,流金石之功。岂徒以翰墨为勋绩、辞颂为君子哉!"这段话虽为曹植对自己辞赋作品的自谦之语,但在对文学地位的评价上似乎是处处有意与曹丕对立的:与曹丕尊文学为"大业"相对,他贬文学为"小道";与曹丕的"文章之无穷"相对,他指出文学"未足以揄扬大义,彰示来世";与曹丕的"不假良史之辞,不托飞驰之势"相对,他强调"戮力上国,流惠下民。建永世之业,流金石之功。"所谓"岂徒以翰墨为勋绩、辞颂为君子"——从这两句表面上的自我辩解中,人们也可以看出曹植的鲜明指向:前句批的是曹丕以文学代替政治事功,后句批的是曹丕以文学来代替道德修养。据魏人卞兰《赞述太子赋》一文,曹丕的《典论》成于他为太子时,即建安二十二年至二十五年(公元217—220年)期间。而《典论·论文》中有"融等已逝;唯幹著《论》,成一家言"之语,据此可知《典论》成书时,"七子"中孔融等人都已死,唯有徐幹还活着。按"七子"中孔融死的最早,他被杀于建安十三年(公元208年)。陈琳、王粲等人皆死于建安二十二年(公元217年)。而根据徐幹的友人所写的《中论序》所载,徐幹是"建安二十三年(公元218年)春二月,遭疠疾,大命殒颓"的。故可知《典论》确切的成书时间为公元217—218年。而曹植的《与杨德祖书》,写作时间要晚于此时。因为根据曹植在这封书信中所说的"仆少小好辞赋,迄至于今二十五年矣"来推断:曹植生于公元192年,照常理,他作为神童再早熟,开始"好辞赋"的年龄也不可能小于三岁。这就是说,曹植这封信起码写在公元220年以后,当时《典论》已经成书。故我们说曹植此论,完全是针对曹丕,决非捕风捉影。后来的萧纲对于曹植的言论曾有这样的批评:"日月参辰,火龙黼黻,尚且著于玄象,章乎人事。而况文辞可止,咏歌可辍乎?'壮夫不为',扬雄实小言破道;'非谓君子',曹植亦小辩破言。论之刑科,罪在不赦!"只是贬低"文辞"和"咏歌",为什么要"论之刑科",且有"不赦"之罪? 这只能有一种合理的解释,那就是,萧纲也看出曹植此论是直接针对皇帝的,故属大逆不道。但话又说回来,曹植与曹丕的论点公开唱反调,正如曹丕在《典论·论文》中列举建安"七子"时,有意拿掉了本有的曹植而换上了孔融(参见李壮鹰《诗式校注》卷一《邺中集》注)一样,主要还是出于兄弟二人相忌之故,而并非因为他们之间对于文学的态度有什么实质性的分歧。纵观曹植一生,文采富艳,思若有神,"自少至终,篇籍不离于手"(《三国志》本传),他把文学创作作为他的第一生命,而对政治事功并不感兴趣,这不是"以翰墨为勋绩"又是什么? 要而言之,曹丕在《典论·论文》中对文学独立价值的强调,并非只是他个人的意见,而是代表着当时士人的一种时代性的精神追求的。

我们看魏时人写的书信,能发现一个很有趣的现象,那就是回书者在通殷勤、述款曲之前,首先要夸奖对方来书文采的漂亮。如曹植《与吴季重书》:"得所来信,文采委曲,华若春荣,浏若清风,申咏反复,旷若复面。"吴质《答东阿王书》:"信到。奉所惠贶,发函伸纸,是何文采之巨丽,而慰喻之绸缪乎!"杨修《答临淄侯书》:"损辱嘉命,蔚矣其文,诵读反复,虽讽雅颂,不复过此。……辄受所惠,窃备矇瞍诵咏而已,敢望惠施,以忝庶民。"陆景《书》:"获答虎蔚,德音孔昭,披纸寻句,粲然耀眼。"(《北堂书钞》卷一百三引)等等即是。又,《太平御览》卷三五三引曹丕《答刘备书》:"获累纸之命,兼美之贶,它既备善,双钩尤妙。"称赞书信的文采之余,似乎还兼及书法。在信中写一些恭维性的套语,本属小事,但这小事中却可以见出当时的时尚。人们以文笔好为最高的奉承,则可见当时人所最看重的,是一个人的"翰墨"亦即写作能力。《三国志·魏书·文帝纪》裴松之注引胡冲《吴历》云:"帝以素书所著《典论》及诗赋饷孙权,又以纸写一通与张昭。"一个日理万机的皇帝,竟会不辞劳苦地亲手抄写自己的全部著作赠人,这在后世看来实在是不可思议的,故清人龚炜在《巢林笔谈》卷四中评道:"身为帝王而处拯乱之世,尚狃书生习气,岂有远谟大略?"但如果联系到当时重文的风气和曹丕本人的重文的思想,就一点也不奇怪了。

对文学创作的重视和文学的独立价值观的确立,一方面是汉末以后文学创作逐渐脱离经学和政治的钳制而获得自由发展的反映,另一方面,它也为以后的作家自觉地远离政治、进行纯文学创作打出了旗帜。曹丕以后文学创作出现了几次高潮,诸如正始文学、太康文学,人们对文学著述越来越重视,对作品的文学性和审美价值也越来越热衷,这些与《典论·论文》所主倡的文学独立意识都有直接关系。一直到六朝尤其是齐梁时期,这种重视文学之风终于走向极端,以致造成了"文学过热"的局面。

关于六朝,历史上一般都把它看做是文学极衰时期,苏轼评韩愈文章为"文起八代之衰","八代",主要指六朝时代。其实,说六朝文学为"衰",要看从哪个角度上讲。如果从整个社会的文学气氛上看,从人们对文学创作的重视程度上看,从文学创作作品数量之多来看,六朝时代都可在历史上独占鳌头。那时的文学创作风气,弥漫了整个上流社会。尤其在齐梁时代,皇帝周围的人多为文人、词臣、作家。这些文人醉心于创作自不消说,就连当时的一些门阀世族,如王筠、刘孝绰等,盘踞在他们头脑中心的也是文学著述。对他们来说,政治上是否建功立业,官爵的大小,甚至名声的高卑,都不重要,重要的是他们家族能一代一代地文章继世。王筠是大官僚王导的后代,东晋以后世代高官。《南史·王筠传》说,齐梁时王筠被授尚书殿中郎,郎官职位较卑,与大世族身份不配,故有人劝他辞掉。但王筠说:过去名作家陆机就当过这个官,我能跟名作家为伍,光荣之至。这就是说,在他眼里,真正有价值的并非官位,而是文学。王筠向家人进行"传统教育",也以诗书累世为荣。其《与诸儿书论家门集》云:"史传称安平崔氏及汝南应氏,并累叶有文才,所以范蔚宗曰:崔氏世擅雕龙,然不过父子两三世耳。非有七叶之中,名德重光,爵位相继,人人有集,如吾门者。"接连七世,人人有文集,这也的确是只有六朝世族才会有的"吉尼斯纪录"。此外还有刘孝绰兄弟,他们的大家族中有七十多人,都能写一手好文章(《南史》本传)。我们看这些人的传记,他们几乎没有什么政治事功,只是留下一大堆文学著述,这正是典型的"以翰墨为勋绩"。再看六朝时的帝王们,历史上的任何时期的帝王,都比不上他们对文学的热衷与在行。齐高帝萧道成,少为诸生,从名儒受业,领兵后,也一直与文士交往,共属诗文。即帝位以后,对文学一直怀着浓厚兴趣(见《南齐书·高帝本纪》及《谢超宗传》)。他的儿子们也多嗜学爱文,如鄱阳王萧锵好文章,桂阳王萧铄好名理,时称"鄱、桂"(《萧锵传》)。江夏王萧锋七岁能文,尤善书法,齐武帝萧赜称其书为天下第一,所作《休伯赋》,亦著称于当世(《萧锋传》)。萧道成的孙子一辈也是这样:竟陵王萧子良,以王邸作为当时文学之士的沙龙,开始组织以帝王为中心的文人集团,他们每日讲文论义,并钞五经百家,为《四部要略》上千卷(《萧子良传》)。晋安王萧子懋博学多才,撰《春秋例范》三十卷(《萧子懋传》)。随郡王萧子隆,因年少能文,颇受他父亲齐武帝的欣赏,誉之为"我家东阿"①(《萧子隆传》)。豫章王萧嶷的儿子萧子范,入梁后为南平王从事,文章骏利,其作品受到梁简文帝的激赏。所撰《千字文》流传后世(《萧子范传》)。萧子显是入梁后萧齐子孙中最有影响的文人,所作《鸿序赋》等,倾倒时人,其所撰《后汉书》《齐书》等,在历史上也享有盛誉(《萧子显传》)。子显的儿子萧恺亦工诗,少时曾与诸名人在宴席上限题属诗,独先就,又极工,表现出很高的文学才华(《萧子范传》)。萧子显的弟弟萧子云亦以文艺著称于世,青年时就撰就《晋书》百余卷,他的书法名闻海外,百济国曾使人求其书(《萧子范传》)。子云的儿子萧特亦工书,其书法曾得到梁武帝的欣赏(《萧子云传》)。由此可见萧齐统治者一连几代热衷于文学的情况。再看萧梁:梁武帝可以说是个"不爱江山爱文学"的皇帝,他做腻了皇帝,几次"舍身",跑到庙里去当和尚,得人家把他拉回来。然而他对著述的兴趣却一生未减。他亲自撰写和"领衔"督撰的各类著作超过了二千卷,这是六朝时的另一项"吉尼斯"。梁简文帝萧纲呢,他做天子也照样只是名义而已,他自称"余七岁有诗癖,长而不倦"(《梁书·简文帝纪》);"吾辈亦无所游赏,止事披阅。性既好文,时复短咏。虽是庸音,不能搁笔。有惭伎痒,更同故态"(《梁书·庾肩吾传》引《与湘东王书》)。其《答湘东王和受诗书》云:"文章未坠,必有英绝,领袖之者,非弟而谁?每欲论之,无可与语。吾思子建,一共商榷。"这话表面上看来是推萧绎为文坛领袖,但他自己也未尝不以此自许。尤其是"吾思子建,一共商榷"一语,可看出他对曹植否定"以翰墨为勋绩"的极大不满,而这也就等于认领了曹植预制的这项帽子,而且以此为荣。后来当了梁元帝的萧绎,一直没有辜负萧纲关于"文章领袖"的厚望,他对著述的兴趣远远高过政治,其《金楼子序》云:"余以天子为不贱焉,窃念臧文仲既殁,其立言于世。曹子桓云:立德著述可以不朽。杜元凯言德者非所企及,立言或可庶几,故户牖置刀笔而有述作之志矣。"又在《金

---

① 东阿,即曹植,他曾被封为东阿王。从齐武帝对儿子的这句赞语,也可以看出萧齐时代的帝王是极力仿效曹氏父子的崇文的。

楼子·杂记》中说:"曈昽日色,还想安仁之赋;徘徊月影,悬思子建之文。此又一生之至乐也"。他还引述了曹植关于"为一家言,藏之名山"的话,并说自己之所以"隆暑不辞热,凝冬不惮寒",也就是为了这一目的。甚至在大军压境、国难当头之际,还心不旁骛地谈玄论艺,亹亹不倦,可见他对"立言"是何等的热衷。再看梁代的诸王:梁昭明太子萧统是当时的著名作家,也是文坛领袖。他的"政事"就是文学,不但自著诗文,而且组织文人编纂《文选》、《文章英华》,在文学史上极有影响。南康王萧绩,幼即通文,年七岁,有人私改官文书,即能察出(《梁书》本传)。邵陵王萧纶善诗,曾于坐上赋诗,武帝大赏之,曰:"汝才如此,何患无声?"(《萧子范传》)武陵王萧纪,少勤学,善词章,时人称其属文甚有骨气(《萧子范传》)。简文帝的几个儿子也都好文学:大心自幼聪明,善属文;大临以明经射策中甲科;大连诗文甚美,兼工丹青;大钧七岁即能诗,受到梁武帝赏赐。梁元帝的儿子萧方,曾注《后汉书》,并有《三十国春秋》及《静住子》等书行世。邵陵王萧纶的儿子萧坚,除秘书丞,梁武帝谓曰:"以汝能文,故有此授。"(《梁书·萧纶传》)这些帝王,一个赛一个的能文、爱文,史籍上著录他们的文集,也都是动辄好几百卷。故隋代的李谔说他们"忽君人之大道,好雕虫之小艺"(《隋书》卷六十六引《上隋文帝论文书》),是一点儿也不夸张的。这是更典型的"以翰墨为勋绩"。因为当时帝王、世族对文学如此热衷,整个社会掀起的文学热潮也就达到了沸点。萧绎《金楼子·立言》中讲到过当时社会上的写作热潮:

> 夫今之俗,缙绅稚齿,闾里小生,学以浮动为贵,用百家则多尚轻侧,涉经纪则不通大旨,苟取成章,贵在悦目。

钟嵘在《诗品序》中亦云:

> 今之世俗,斯风炽矣。才能胜衣,甫就小学,必甘心而驰骛焉。于是庸音杂体,人各为容。至于膏腴子弟,耻文不逮,终朝点缀,分夜呻吟。

李谔对那时的情况有更详细的叙述:

> 下之从上,有同影响,竞骋文华,遂成风俗。江左齐梁,其弊弥甚,贵贱贤愚,唯务吟咏。遂复遗理存异,寻虚逐微,竞一韵之奇,争一字之巧。连篇累牍,不出月露之形;积案盈箱,唯是风云之状。世俗以此相高,朝廷据此擢士。禄利之路既开,爱尚之情愈笃。于是闾里童昏,贵游总角,未窥六甲,先制五言。至如羲皇舜禹之典,伊傅周孔之说,不复关心,何尝入耳……"(《上隋文帝论文学书》)

这种局面,简直可以说是一场轰轰烈烈的全民文学创作运动!然而,齐梁文学之衰,也就衰在这种过热的"盛"上。因为那时的统治者把文学的价值和独立性强调得过了头,从而把文学与政治、社会、生活之间的脐带割断。在很大程度上讲,中国的整个封建社会中,文学与现实的联系,是通过与政治的联系来实现的。文学一脱离政治,必然脱离现实,从而使之陷入了为艺术而艺术的绝路,这正好造成了文学的枯萎。此外,当时醉心于当文坛领袖的几任皇帝,有人说他们当皇帝不够材料,当作家倒是行家里手。其实,他们当作家是同样的不够资格。因为他们被士族和宫廷的生活所囿,只限于在狭隘而奢侈的生活中"寓目写心",其路径只能是越走越窄,其情趣只能越趋越卑,故轻靡的文体与宫体诗的盛行,实属势所必然。质言之,六朝皇帝们不但多以文学亡国,而且也"亡"掉了真正的文学。这就是那场"文学过热"的惨痛教训。而六朝的文学过热,正是来自曹丕所强调的文学独立不朽价值论的恶性扩张。故我们未始不可以说,《典论·论文》的文学独立论既推动了文学的兴盛,同时也埋藏了后来六朝文学盛极而衰的种子。——这是我们在讲到《典论·论文》的文学独立说时不能不论及的。

此外,《典论·论文》中也提出了其他一些值得注意的观点。比如开始讨论作家作品的风格问题。曹丕首次提出不同的作家具有不同的个性的见解,他说:

> 文以气为主。气之清浊有体,不可力强而致。譬诸音乐,曲度虽均,节奏同检,至于引气不齐,巧拙有素。虽在父兄,不可以

移子弟。

所谓"气",指作家的气质个性。作家的个性决定着作品的风格,人在个性上是有区别的,故相同的题材,在不同的作家的笔下就会有不同的风格。正如同一首歌,让不同嗓音的人来唱就有巧有拙一样。在这个理论的基础上,他具体讨论了当时多位作家作品风格的差异,并且对这些具有不同风格的作家都予以充分的肯定,说他们"骋骥骒于千里,仰齐足而并驰。"与此同时,曹丕还提到:"夫文,本同而末异。盖奏议宜雅,书论宜理,铭诔尚实,诗赋欲丽。"指出不同的文体应该具有不同的风格。它不但是后世作家论的滥觞,同时也为当时作家自觉地发扬自己的风格,从而使文学更加繁荣多样,提供了理论基础。

《典论·论文》中也接触到了文学批评的原则。正因为曹丕认为作家的才性和文体的要求都有不同,所以他反对在文学批评中以个人的主观好恶为转移。他说:

> 夫人善于自见,而文非一体,鲜能备善。是以各以所长,相轻所短。……盖君子审己以度人,故能免于斯累。

所谓"审己度人",实际上指的是照顾到作家不同才性,客观地看到别人优点的公正的批评态度。曹丕反对"暗于自见,谓己为贤"的狭隘态度,也反对文学批评中的"向声背实,贵远贱近"的陋习。所有这些,都说明曹丕是想建立一个客观的文学批评标准。尽管对这个标准他没有像后来刘勰那样提得具体细致,但我们仍然可以说,他已经为文学批评找到了一个初步的大体原则,那就是兼容、公正和实事求是。

二 陆机的《文赋》

《文赋》为陆机论文的重要著作。关于它的写作时间,长期以来学者意见不一。杜甫《醉歌行》有"陆机二十作《文赋》"之说,而清人何焯在《义门读书记》中指出,杜甫的说法,是因为误会李善注引《晋书》的意思所致。按《文选·文赋》目下李善注引《晋书》云:"机字士衡,……年二十而吴灭。退居旧里,与弟勤学居十一年,誉流京华,声溢四表,被征为太子洗马,与弟俱入洛。机妙解情理,心识文体,故作《文赋》"。这里只说陆机年二十而吴灭,并没有说《文赋》作于此时。近人陆侃如指出,《文赋》作于陆机四十岁时(见《关于文赋》,载《春秋》一九四九年第四期),其说可从。按《全晋文》卷一百二陆云《与平原书》(三十五首之九)中,曾同时提到陆机的《文赋》《感逝赋》《述思赋》等,并且说:"兄顿作尔多文,而新奇乃尔,真令人怖。"可见这些赋写成于一时。而其中的《感逝赋》即《叹逝赋》,陆机《叹逝赋序》云:"余年方四十",可见《文赋》与这些赋一起,都写于陆机四十岁时,即公元300年,时当陆机卒前三年,属于他晚期的作品。

《文赋》是论"文"的,而陆机所论的"文",与曹丕《典论·论文》的"文"在内涵上有所不同。按曹丕在《论文》中列举文之"四科",虽只是"奏议、书论、铭诔、诗赋",但从其中对于"文"的其他称谓诸如"文章"、"翰墨"、"篇籍"来看,他的"文"的涵盖面还是很广的。尤其是,《论文》中把"西伯幽而演《易》,周公显而制《礼》"也作为著文的例子,可见他的"文"是指包括经典在内的一切著述文本的。当然,他在"文"中特别列举"四科",表现了他比较重视在命意上具有创造性、在辞藻声韵上具有审美性的作品,故可说《典论·论文》已兆六朝"文"、"笔"分野之端。而到了陆机的《文赋》中,这种倾向就更加明显。清人阮福在《学海堂文笔策问》(载阮元《研经室三集》卷五)中说:"按此赋述及十体之文,不及传志。盖史为著作,不名为文,凡类于传志者,不得称文。是以状文之情,分文之派,晋承建安,已开其先。"又云:"在陆氏之意,即无韵而偶,亦得称文。唯传记等体,以直质为工,据事直书,弗尚藻彬者,是则陆氏意中归之笔矣。"按,文、笔之明确分立,始于刘宋,《南史·颜延之传》:"文帝尝问以诸子才华,延之曰:峻得臣笔,测得臣文。"什么是文,什么是笔呢?刘勰在《文心雕龙》中转述当时世俗的说法:"有韵者文,无韵者笔。"可见刘宋时,人们把"文"的范围限制在用韵比偶、讲究藻翰声律的文体之内。陆机《文赋》的"文"已逼近这种观念,故其中所列举的"十体"不及质直无华的经传史志,而且屡次强调"文"要"丽藻"、"缛绣","其会意也尚巧,其遣言也贵妍"。

陆机的《文赋》,是他本人和当时的文学家的创作经验和文学观念的总结。《文赋》的出现,把对文学的考察推到了一个更高的水平。第一,它标志着对文学的探讨更加理论化。第二,更重要的是,《文赋》标志着人们开始深入到文学创作的过程中,穿过文学的表面去探求它内部的思维规律了。陆机《文赋》的巨大功绩,是首次揭开了文学创作思维的"暗箱",开始把文学思维作为一个研究对象,去窥测其中的底里。整个《文赋》,主要讲的是作家的创作过程,正如陆机在《文赋》的开头所说的,它是以探讨作家创作之"用心"和"论作文利害之所由"为其宗旨的。

文学的创作过程,包括构思与写作两个阶段。作家在心中对意象进行酝酿和创造,这是"得之于内"的构思;作家通过遣词谋篇,使心灵的创造诉诸于纸笔,这是"形之于外"的写作。《文赋》对这两方面都进行了深入的探讨。

关于文学的构思过程,《文赋》中首先论述了作家文思的起源。陆机指出,作家的文思,一是来自于对客观生活的"玄览",二是来自于对前人作品的阅读。从前者来说,作家受到客观外物的刺激,"遵四时以叹逝,瞻万物而思纷",不同的外物能够引起他"悲"、"喜"、"心懔懔"、"志渺渺"等不同的情思。从后者来说,游前代作品的"林府",颂前人的"清芬",可使作家从这些佳丽的文章中受到感召和启示。这基本上是符合作家的创作实际的。

对作家构思过程的论述,是《文赋》的精彩之处。陆机第一次详尽而生动地描述了作家的艺术想象这种精神活动。他指出,作家的构思,首先是"精骛八极,心游万仞"的想象活动的出现,而想象活动伴随着情感和物象,"情瞳眬而弥鲜,物昭晰而互进"。他还正确地指出语言在作家想象中的地位和作用,作家为了外化心灵中的艺术形象,想象过程本身就包含着对于语言的驾驭。他说,作家在想象的同时不但对语言要进行"浮天渊以安流,濯下泉而潜浸"的艰苦寻觅,而且还要对心灵中的物象进行仔细考察,"抱景者咸叩,怀响者毕弹",根据内容而安排语言,"选义就部"、"考辞就班",只有这样,才能达到"笼天地于形内,挫万物于笔端"的艺术概括效果。陆机这样细致而精确地分析作家的构思过程,不但在中国文学批评史上是首次,而且在同时代的世界范围内也是很少见的。

另外,陆机还论述到作家构思活动中的"应感"即灵感问题。他指出,灵感在构思活动中往往表现为超意志性,即所谓"来不可遏,去不可止"。他形象而生动地描述了构思中"通"与"塞"的不同的思维状态:当灵感到来的时候,是"方天机之骏利,夫何纷而不理。思风发于胸臆,言泉流于唇齿";而当灵感失去的时候,则是"六情底滞,志往神留","理翳翳而愈伏,思轧轧其若抽"。这些论述,实为他自己创作的甘苦之言。固然,关于灵感的真正底蕴,在陆机的心目中还是很神秘的。他承认自己对这个问题"时抚空怀而自惋,吾未识夫开塞之所由"。但他第一次提出这个问题,对于后世的探索无疑是具有启示意义的。

《文赋》中还系统地论述了作家写作中立意谋篇、遣辞造句的技巧。陆机指出,作家在写作中,由于作品所要表现的客观事物和作家的主观因素各有不同,所以必须根据多种需要而采取多种文体。他进而对诗赋碑诔等多种文体进行了讨论,这是对曹丕的文体风格论的一个发展。值得注意的是,他在文体的分类中,把诗与赋这两种文体列在多种文体之前,这正反映当时人们对狭义文学的日益重视。他对诗与赋的风格特点的概括是:"诗缘情而绮靡,赋体物而浏亮",这是当时发达的五言诗和小赋的艺术总结,对以后整个南朝的诗赋创作起了指导性的作用。这里,他关于诗所提出的缘情说,更加强调了感情色彩对于诗歌的重要,比起先秦时期关于"诗言志"的笼统说法,显然是更符合诗歌的特质的。

对于作家写作的具体技巧,陆机一方面正面指出写作要精心剪裁、要以警句来增加文章的光彩、要力求创新,避免雷同等等,另一方面,又从反面指出写作时易犯的多种毛病,这些都是当时文学创作正反两个方面的经验总结。《文赋》对于写作技巧的具体论述,开辟了后世文章学的先河。

关于写作的修辞技巧,陆机相当重视作品文辞的华美:"其会意也尚巧,其遣言也贵妍。暨音声之迭代,若五色之相宣。"这些见解,代表了当时人们对文学作品形式的认识和要求。

《文赋》所提出的观点对《文心雕龙》有直接的影响,清人章学诚说过:"刘勰氏出,本陆机说而昌论《文心》。"体大思精的《文心雕龙》,其中所提出的许多重要论述,都可以从《文赋》中找到端倪。

三 刘勰的《文心雕龙》

《文心雕龙》是对此前人们关于文学理论探讨的全面总结。它也代表着六朝时期文学理论的最高成就。它有着突出的历史贡献,但同时也打着鲜明的时代烙印,对它的理论价值和地位,应该进行实事求是的分析。

《文心雕龙·序志》讲写作本书的情况,有"齿在逾立……乃始论文",可知刘勰写《文心雕龙》是三十多岁的时候。清人刘毓崧在《通义堂文集》卷十四《书文心雕龙后》中,根据《文心雕龙·序志》里历叙唐虞以下十代文学之变迁,对刘宋以前各代皆直呼其代名,而独在排在最后之齐代的代名前面冠一"皇"字;刘勰列举以前各代文学时皆有褒有贬,唯对齐代极力颂美,不见微辞,所以证明《文心雕龙》成书于齐末。这个推论是可信的。不过,据《梁书》本传载,《文心雕龙》成书后,尚不为人们所知,是刘勰献书于当时"贵盛"的沈约,通过沈约的奖掖推重才得以流布于世的。按沈约虽早已名闻于世,但他真正"贵盛"是在梁代,因为他是帮助梁武帝"受禅"建梁的关键人物,故入梁后位极人臣,被封为建昌侯,食秩七千户。所以《文心雕龙》是在梁代行世的。《梁书·沈约传》谓沈约"用事十余年,未尝有所荐达",但他独对《文心雕龙》"大加叹赏";当时昭明太子东宫养士颇多,但他独对刘勰"深爱接之"。这些都说明,刘勰《文心雕龙》中所表现的思想,是与当时官方意识形态完全合拍的,因而也就极受当时上层的欢迎。

研究《文心雕龙》,历来为学界的热点,许多学者聚集于此,因此使"龙学"成为"显学"。一部著作能有这么多研究者,固然是这部著作的幸运,但从另一方面来看,这种局面对真正的客观研究也可能意味着一场灾祸。因为它被人们围得水泄不通,极易由于人们的视点过于集中于它,从而把它孤立起来,架空起来,于是乎生出许多不符合实际的评价。如不少研究者把《文心雕龙》与它产生的时代剥离,而把它看成是超越历史、凌跨百代的顶峰,代表着中国文论最高成就,就属于这样一种误解。

《文心雕龙》的时代性,较集中地反映在它所谓"文"的内涵上。《文心雕龙》的"文",不同于《文赋》的"文",更不同于刘宋时期俗间形成的与"笔"相对的"文"的观念。《文心雕龙·总术》云:"今之常言,有文有笔,以为无韵者笔也,有韵者文也。夫文以足言,理兼《诗》、《书》,别目两名,自近代耳。"可见他不同意刘宋以来把"文"的范围只限于有韵的文本上。他的"文"在文本范围上极为广泛,陆机在《文赋》中把文分为"十体",而《文心雕龙》却把"文"分成了三十五体,他从圣人的经典、史传,一直论到最不显眼的文体,古往今来凡在历史上出现过的各种文本形式,几乎包罗殆尽。因此,如果说陆机和颜延之等人的"文"带有一种收缩性、排斥性,那么刘勰的"文"就具有一种扩张性、吞并性。它好似一个贪欲极大的帝王,直欲吞并六合,不能容忍有逸出它之外的东西。我们把《文心雕龙》的"文"比成帝王,还有一层意思:那就是它的统帅性和形上性,因为《文心雕龙》的"文"是戴着至高无上的"道"的皇冠的。请看刘勰在《文心雕龙》开宗明义第一篇《原道》中对"文"的论述:

> 文之为德也大矣,与天地并生者何哉?夫玄黄色杂,方圆体分;日月叠璧,以垂丽天之象;山川焕绮,以铺理地之形:此盖道之文也。仰观吐曜,俯察含章,高卑定位,故两仪既生矣。唯人参之,性灵所钟,是为三才。为五行之秀,实天地之心。心生而言立,言立而文明,自然之道也。傍及万品,动植皆文;龙凤以藻绘呈瑞,虎豹以彪炳凝姿;云霞雕色,有逾画工之妙;草木贲华,无待锦匠之奇。夫岂外饰,盖自然耳。至于林籁结响,调如竽瑟;泉石激韵,和若球锽:故形立则章成矣,声发则文生矣。夫以无识之物,郁然有彩,有心之器,其无文欤?

从以上所引的这段话中，我们可以看到两个重要问题。第一，"文"的普遍性：在刘勰按照玄学所构建的"泛文"的逻辑中，不但社会上的所有的著作都是"文"，而且整个宇宙都充溢着"文"的精神，表现着"文"的形式，而这被宇宙万物所表现出来的"文"的精神，就是大道本身。一句话，"文"在刘勰这里，不但被泛化、普遍化，而且被形上化、本体化了。它成了至高的存在，而且是唯一的存在了。因此，刘勰的《文心雕龙》，并不只是建立了文学理论，实际上他是建立了以文为本体的哲学。第二，刘勰所强调的"文"的特质：从"日月叠璧，山川焕绮"，"龙凤以藻绘呈瑞，虎豹以彪炳凝姿。云霞雕色，有逾画工之妙；草木贲华，无待锦匠之奇"等等描绘来看，刘勰所谓的"文"是指一种文采、秩序，一种具有赏心悦目的审美性质的形式。《文心雕龙》的"雕龙"，意义同此。而这也就是当时人们对文学著作形式的普遍要求。质言之，刘勰把美文上升到带有普遍性、本体性的天地精神的地位，正反映了当时社会所流行的文学至上的观念。

把"文"与天地精神相联系，以抬高文学的地位，是当时很通行的理论。萧统《文选序》云："观乎天文，以察时变；观乎人文，以化成天下。'文'之时义远矣哉！"萧纲《答张缵谢示集书》："窃尝论之，日月参辰，火龙黼黻，尚且著于玄象，章乎人事，而况文辞可止，咏歌可辍乎？"又《请尚书左丞贺琛奉述制旨毛诗义表》："叶星辰而建诗，观斗仪而命礼。"萧纲《昭明太子集序》："窃以文之为义，大哉远矣，故孔称性道，尧曰钦明。武有来商之功，禹有格苗之德。故易曰：观乎天文，以察时变；观乎人文，以化成天下。是以含精吐景，六卫九光之庭；方珠喻龙，南枢北陵之采。此谓之天文。文籍生，书契作，咏歌起，赋颂兴。成孝敬于人伦，移风俗于王政。道绵乎八极，理浃乎九垓。赞动神明，雍熙钟石。此之谓人文。若夫体天经而总文纬，揭日月而谐律吕者，其在兹乎！"刘孝绰《昭明太子集序》："若复天文以灿然为美，人文以焕乎为贵。"萧绎《言志赋》："天文既表，人文可观。"又《法宝联璧序》："窃以观乎天文，日月所以贞丽；观乎人文，藻华所以昭发。"如此等等，都是这方面的论述。这可以说是当时的文学至上的理论基石。明乎此，刘勰在当时受到"叹赏"与"深爱"，也就一点也不奇怪了。

《文心雕龙》的立论,还有一点与时代有关,那就是整部书立足于创作与著述。换句话说,它主要是指导人们如何进行文学写作的一部书。《文心雕龙·序志》开篇即云:"夫文心者,言为文之用心也。"意谓全书以告诉人怎样用心作文为宗旨。细观全书的设置,《原道》论"文"的本体性,是为作文奠定理论基础。《宗经》《征圣》,是说作文要以圣人为典范。《正纬》《辨骚》,是说作文要汲取纬书和楚辞的营养。《明诗》以下至《书记》二十篇,是告诉人们各种文体的写作特点,目的还是提高人们的写作技巧,正如《总术》所说:"才之能通,必资晓术。自非圆鉴区域,大判条例,岂能控引情源,制胜文苑哉!"可见刘勰之所以逐个考察文体,原是让人"晓术"和"制胜文苑"的。《神思》以下至《指瑕》,讲具体的构思、结构、剪裁、遣词造句等等方法。《时序》至《知音》诸篇,论写作与客观的时代、生活,主观的才性气质,以及欣赏评论的互动关系。整部书的论述紧紧围绕着写作而展开,它是给作者预备的,并非给读者预备的;它是给著文者预备的,并非给用文者预备的。刘勰从写作的角度上来看一切著作,甚至对于经典也是如此。他不是像以前的儒生那样,只把圣人的经书视为思想的典范,而主要视之为写作的借鉴:"故文能宗经,体有六义:一则情深而不诡,二则风清而不杂,三则事信而不诞,四则义直而不回,五则体约而不芜,六则文丽而不淫。扬子比雕玉以作器,谓五经之含文也。"(《宗经》)把五经从思想典范变成了写文章的借镜,这是刘勰对经典的重新铸造。我国古人表现自己精神的传统办法,就是重铸经典。在汉代今文学家那里,五经皆通谶纬;而在古文家那儿,五经皆言政教;在汉、唐史学家眼里,五经皆史;在后来理学家看来,五经皆理;心学家看,五经皆心……刘勰对待经典也是这样。在他看来,五经皆文。而这种"看"法,正是他那个时代的重文精神所决定的。当然,同样是论文,时代不同,也会有不同的视点。白居易的《与元九书》是论诗的,但是讲的是诗之功用;《二十四诗品》也是论诗的,但是讲的是诗之品赏。刘勰于五经之文,只重文之写法,这是与梁代那种"竞骋文华"、以写作为时尚的文学过热风气分不开的。

以上论《文心雕龙》不能超越时代。然而从另一方面来说，刘勰作为一个清醒的理论家，针对他所能看到的当时种种创作时弊，确实又作了最大限度的批评与疗救。据刘勰自己说，他写作《文心雕龙》的直接动机，是感于当时文坛上"辞人好奇，言贵浮诡"、"离本弥甚，将遂讹滥"的形式主义文风，又深感魏晋以来的论文者"未能振叶以寻根，观波以讨源"，故想通过此书建立正确的创作"准的"。本书的撰写，是刘勰全面地总结了以往关于文学的思考，又经过自己的深思熟虑的结果，故《文心雕龙》虽立足于写作，但其中很多论述都可以看出刘勰对文学各种理论问题的精到观点，对后世的文学理论建设和文学创作产生了深刻的影响。以下简单介绍《文心雕龙》所反映出来的文学理论观点。

一、关于文学的本原。刘勰在《文心雕龙·原道》中提出"文源于道"的见解。他认为，在客观世界之外，先验地存在着一种自然之道，而日月山川这些天文和典章文化这些人文，都只是这种道的外化。这种理论，从总的方面说，当然是唯心主义的，而且正如上文所说，它也是当时文学至上观念的反映。但是应该看到，刘勰对文与道关系的这种阐述，对历来文学创作脱离官方意识形态的钳制起了很大的作用。刘勰的前后，都有力主"文以载道"者。先秦的荀子，汉代的扬雄以及宋代道学家，都极力主张把文学作为宣传"道"的工具。于是，文学沦为意识形态的奴仆，而文学性本身也就不可避免地被无情的扼杀。刘勰呢，他既认为"文"本身即"道"的表现，也就无须另外讨个"道"纳入其中，作品本身即能体道。因此，他的文道观，骨子里是带着一种革命性在内的。此外，他把人文与天文通过"道"联系在一起，也约略地看到艺术美和自然美的密切关联，进而认识到后者是前者的源泉，故他说："人秉七情，应物斯感。感物吟志，莫非自然"，甚至直接提出："山林皋壤，实文思之奥府"，这就是完全正确的结论了。

二、文体论。《文心雕龙》的文体论，在全书中的篇幅占有很大的比重。他从四个方面对许多文体进行了详细的讨论：一是文体的名称和意义；二是文体的源流；三是列举并评论历史上各类文体的代表作;四是论述了各种文体的写作特点。刘勰对文体的论述是有贡献的。在他以前,曹丕举文体为四科八类,陆机《文赋》增衍为十类,刘勰在《文心雕龙》中,分文体为三十五类之多,而且论述中结合历史的叙述和作家的评论,对各类文体的创作经验作了全面的总结。刘勰的文体论,反映了文学体裁的日益多样化和人们对文体认识的加深。

三、创作论。《文心雕龙》对作家创作中的一系列重要问题,都提出了相当深刻而精到的见解。

关于作家的构思过程,刘勰比陆机论述得更加深入。在《神思篇》中,他继承了陆机的见解,很强调想象在构思中的地位,指出作家的艺术想象能打破时空的限制而"思接千载,视通万里",但他比陆机高明的地方,在于他不仅看到了艺术想象的这种自由性,而且更看到它是一种理性的创造活动。他认为,作家的神思,并非是一种随心所欲地胡思乱想,而是"志气统其关键","辞令管其枢机"。也就是说,它一要受理性的主宰,二要受语言表达的牵制。但尽管如此,它的整个过程都伴随着物象,所谓"思理为妙,神与物游"。所有这些见解,是说出了文学形象思维的某些重要规律的。

在灵感这一问题面前,刘勰已不像陆机那样迷惘和无能为力了。他认识到构思中文思泉涌的状态是人力可致的:一方面,它与作家写作时的精神状态有关,作家在临文之际,必须"疏瀹五藏,澡雪精神","清和其心,调畅其气",即排除情绪的扰乱,保持心神的冷静专注;另一方面,灵感也与作家平常的知识和生活的积累分不开,作家不但要"积学"、"酌理",还要对客观的描写对象进行深入细致的"研阅"。只有在这样的基础上,方能使自己思路畅通,才思敏捷。这实际上是看到了想象和灵感的物质基础。

关于文学的创作方法,刘勰不是像陆机那样只停留在具体的写作技巧上,而能从原则的高度上总结出创作的基本法则。比如《附会篇》指出,写作"必以情志为神明,事义为骨髓,辞彩为肌肤,宫商为声色";《熔裁篇》又提出"三准"之说,即写作须先"设情以位体",次"酌事以取类",后"撮辞以举要",这些都是强调作家写作要从思想内容出发,而使形式为内容服务。对于具体的写作技巧,《文心雕龙》也有比《文赋》更加详细而系统的论述,其中包括篇章的剪裁、语言的运用、字句的锤炼、结构的经营以及比兴的运用、夸张修辞手法的运用等等各个方面,都提出了许多精彩的见解。

  关于文学创作的内容和形式的关系,刘勰一方面强调思想内容的重要性,看到它对于形式的决定作用,"情者文之经,辞者理之纬。经正而后纬成,理定而后辞畅。"(《文心雕龙·情采篇》)从而批判了当时创作中"为文而造情"的倾向;同时他也看到了内容与形式二者是不可分割的,认识到"文附志""质代文"的辩证关系,所以他也反对"博识有功,而绚彩无力"的作品。他主张"文质相称""华实相符",使内容与形式相统一。这些正确的见解,对文学创作和批评都有很大的指导作用。

  四、风格论。刘勰继承了曹丕的看法,认为作品的风格是作家才性的表现。而对作家的才性,他归结为"才、气、学、习"四个因素。前二者指作家先天的才能、气质,后二者指作家后天的学问、习性。它已不像曹丕那样只强调作家先天的因素,而是注意到后天的实践对才性形成的作用,所谓"功以学成","慎乎始习",都强调这个意思。基此,刘勰看到作家有选择、驾驭自己风格的主动性:作家一方面可以"因性以练才",即顺应自己固有的气质来选择相应的风格;另一方面,也可以"摹体以定习",即通过后天的学习,模仿一种风格来确立自己的方向。从作家表达的思想内容来说,一方面,作家要"因情立体",即根据不同的思想情感选用不同的风格;另一方面,也要"即体成势",即根据不同的文体要求而表现出相应的风格。这些论述,都比较全面而符合实际。

  刘勰在多种风格之中,还提炼出一种对风格的最高的标准,那就是"风骨"。因为这个概念是我国传统的带有意象性特征的圆形概念,而刘勰对它的内涵又没有直接下界定,所以学界争论颇多。笔者认为,所谓"风",指作品叙述语言的气势流畅,偏指动态美;所谓"骨",指作品结构的稳定均衡,偏指静态美,这是一种对文学作品形式的很高的美学要求。它不仅在当时对于纠正作品的流荡纤弱很有意义,而且也成了后世作家一直追求的目标。

五、文学史观。刘勰之前,在一些著作中,并不是完全没有对文学史的接触,但系统地从历史上来考察文学并自觉总结文学发展的规律,是从《文心雕龙》开始。

第一,刘勰通过文学史的考察,总结了文学发展的外部规律。《时序篇》中,集中地论述了社会时代对文学发展的影响,尤其是政治对文学的影响。汉武帝提倡文学,所以就有"遗风余彩,莫与比盛"的文学繁荣;曹魏统治者"雅好诗章",所以就有"俊才云蒸"的创作兴盛,这是指出君主提倡对文学的影响。战国社会有纵横宏辩之风,所以也使得文学染上相应的风气,这是指出社会学术风气对文学的影响。另外,刘勰在谈到建安文学,结合时代指出它的特点,"志深而笔长,故梗概而多气",这又是指出社会现实生活对文学的影响。在此基础上,刘勰提出了"文变染乎世情,兴废系于时序"的著名论断。

第二,刘勰也接触到文学发展的内在规律。在《通变篇》中,他指出,文学的历史发展规律是"参伍因革",即继承与革新的结合、交替,并且提出"变则可久,通则不乏"的观点,认为文学只有能不断革新才能持久,而只有能继承才能不贫乏。他要求作家创作既要"资于故实",又要"酌乎新声";既要"望今制奇",又要"参古定法",把继承与革新结合起来,才能使文学"骋无穷之路,饮不竭之源"。这些从文学内部的因革关系来论述它的发展的见解,显然是带有辩证法因素的。不过也应当看到,对于继承与革新,刘勰更多的是强调前者。

六、文学批评论。《文心雕龙》的《知音篇》中,集中地论述了文学批评的理论问题。首先,刘勰指出文学批评中的种种不良倾向:一是"贵古贱今",一是"崇己抑人",一是"信伪迷真"。同时他也指出,基于文学作品的复杂和批评者的才性爱好往往有偏,正确的批评也确实不易。他认为,批评者首先必须"博观",在大量研阅作品的实践中,提高自己的鉴识能力。只有如此,才能建立一种"无私于轻重,不偏于爱憎"的公正态度,达到"平理如衡,照辞如镜"的客观批评。

刘勰进而提出文学批评的六项内容,即所谓"六观":"一观位体",即作品是否根据情志来选用合适的体格;"二观置辞",即作品言辞的运用;"三观通变",即作品对前代的继承与革新;"四观奇正",即作品表现手法的雅正和奇诡;"五观事义",即作品对事典的运用;"六观宫商",即作品在声律上的讲究。可以看出,这"六观"主要侧重于文学作品的表达方法,但这不等于说刘勰的文学批评不重视作品的思想内容。因为,第一,从《知音篇》的全文来看,"六观"并不是刘勰对作品考察的终极。相反的,他是把这"六观"作为"将阅文情"的手段的。他说:"观文者披文以入情,沿波以讨源,虽幽必显",指出批评者对作品的考察,应由"文"而及"情",即由外部的表现方法而追寻其思想内蕴。"心之照理,譬目之照形。目瞭则形无不分,心敏则理无不达",可看出他考察的归宿正是表达作品内部之"理"。第二,从《文心雕龙》的全书来看,更可以看到他的文学批评是始终贯彻思想内容为第一位的。

四　钟嵘的《诗品》

东汉以来,五言诗逐渐取代了四言诗,愈来愈成为文人习用的诗歌体格,及至六朝,五言诗的创作,呈现出更加繁荣的局面。在这种情况下,出现了专门品评五言诗的著作《诗品》。

《诗品》这部著作,是我国现存的最早的诗歌理论专著,在理论的系统性和深度方面都是突出的,对后世的诗论有很大影响,所以前人把它与《文心雕龙》相提并论。

《诗品》所论之"诗",是一般的五言诗。它的诞生,标志着人们对诗的研究已经冲绝了经学的束缚,而开始建立形上意义的诗学理论。在《诗品》以前,人们所谓"诗",大抵皆指《诗经》而言,对诗的探讨也止于对《诗经》的阐释。而《诗品》则抛开了《诗经》,走出了经学的狭隘的象牙之塔,把目光移注于当时流传于社会的五言诗上,以探讨诗歌的一般规律为旨的。正因为如此,《诗品》在论诗时也就抛开了传统的"六义"说,而只把"赋比兴"这三义作为一般诗的表现方法提出;评论诗时的着眼点也不再是以往经学所取的政治和道德的角度,而是深入到艺术内部,以诗歌本身的审美特质为中心了。可以说,中国严格意义的诗学的建立,是从《诗品》开始的。《诗品》的立论角度,它所提出的一些观点,甚至它的评论方法,都对后世产生了深远的影响。

《诗品》虽为品评五言诗的专著,但它的理论和批评是站在一般诗歌的立场上的。大体说来,其中比较重要的内容,是以下几个方面:

一、论诗歌创作的根源。《诗品序》中说诗人诗思的缘起:

> 若乃春风春鸟,秋月秋蝉,夏云暑雨,冬月祁寒:斯四候之感于诗者也。嘉会寄诗以亲,离群托诗以怨。至于楚臣去境,汉妾辞宫,或骨横朔野,魂逐飞蓬。或负戈外戍,杀气雄边;塞客衣单,孀闺泪尽。又士有解佩出朝,一去忘返;女有扬蛾入宠,再盼倾城。凡斯种种,感荡心灵,非陈诗何以展其义,非长歌何以骋其情?

这里把诗歌创作产生的原因归结为两方面:一是"四候之感诸诗",即四时景物对诗人的刺激;二是"嘉会寄诗以亲,离群托诗以怨",即社会生活的不同境遇对诗人的感召。值得注意的是,钟嵘于社会生活这个创作根源中,尤其强调的是诗人不幸的社会遭际,所谓"楚臣去境,汉妾辞宫"云云,大多讲的是人生的悲剧。从此出发,钟嵘在诗的"亲"与"怨"二者中,也就更强调后者。他对于诗人的品评,也往往注意并推重哀怨的诗。如他赞扬"古诗""多哀怨",班姬诗"怨深文绮",曹植诗"情兼雅怨"等等,都着眼于诗人对现实的怨刺,这是对司马迁的"发愤著书"说的发挥。在封建社会的特定历史条件下,钟嵘的这一见解,对于进步的现实主义诗人暴露现实的黑暗,客观上是很有意义的。

二、论诗歌的滋味。对诗歌艺术特点的认识,钟嵘比前人更进一步。他从诗的外部形式深入到它的内部,提出诗应当有"滋味"。所谓"滋味",是指诗中所蕴涵的那种耐人咀嚼的艺术韵味。从这出发,钟嵘重视诗的表现方法。他首次将"赋比兴"从诗的六义之中单标出来，名之为"三义"，并且对"兴"进行了新的解释："文已尽而意有余"，把它排在"三义"的首位，这与他强调诗应有含蓄深厚的滋味是一致的。此外，它主张诗歌应当"干之以风力，润之以丹彩"，使健康的内容与美好的形式融为一体，只有这样，才能使"味之者无极，闻之者动心"。

也是从"滋味"说出发，钟嵘对诗歌的五言体作了很高的评价，指出"五言居文辞之要，是众作之有滋味者也"。因为它"指事造形，穷情写物，最为详切"。我们说，诗歌的发展由四言到五言，这不仅仅是外在体格的变化，更重要的是，它反映了人们用诗来表情达意的能力的提高。因为一方面，五言可比四言运用起来更自由、更灵活；另一方面，五言虽然在单位句子中比四言多了一个字，但较四言有更大的容量，所以清代的刘熙载说："五言乃四言之约。"指出五言句可以约缩四言两句为一句。钟嵘批评四言诗"每苦文繁而意少"，也正是窥出了这个意思。他指出五言诗最能"详切"。所谓"详"，是着眼于它的自由、灵活，因为正由于它自由灵活，才可能详尽地表情达意；所谓"切"，是着眼它的精练，因为正由于它更能精练，对对象的表现，才更核切中肯。《文心雕龙》认为"四言正体，五言流调"，而钟嵘在这一点上，打破了儒家的传统习见，把五言诗推到了"居要"的地位，突出地表现了他进步的文学观。

还是从"滋味"说出发，钟嵘对诗歌创作中违背这一艺术原则的不良倾向提出了痛切的批评。第一，他批评了当时诗坛上流行的堆垛典故的恶风。第二，他也批评当时诗人做诗刻意于声病的习气，指出他们"文多拘忌，伤其真美"。所有这些，对诗坛上的偏重形式的倾向都是起了针砭作用的。

三、对历代五言诗的品评。《诗品》中对历代诗人的品第，有一个值得重视的特点，那就是：作者没有孤立地考察各个作家作品的风格特点，而是注意寻绎他们在历史上的联系。他把《国风》、《小雅》和《楚辞》作为三个渊源，而指出历代一些诗人在这三条线索上的师承关系，这实质上就是提出了文学发展的流派问题，从而为文学研究开辟了一个新的领域。但是应当看到，他对一些流派的具体划分存在着主观片面的毛病,所以流于牵强,遭到后人的非议。另外,钟嵘对具体作家的评语,虽不乏切中肯綮之言,但受时尚所移,所以也难免不客观。如他推重陆机、潘岳这些形式主义倾向较重的作家,把他们列为上品,而把陶渊明列为中品,曹操列为下品,这样的抑扬褒贬无疑是不妥当的。

整个魏晋南北朝时期的文学理论批评,尽管存在着这样那样的时代烙印,但是,它在中国文学批评史上是占有重要地位的。这种地位,可以用"空前启后"来概括。说它为"空前",不仅因为这一时期的文学批评的兴旺局面前所未有,更重要的是因为它有着很多不同于前代的崭新的内容。在这一时期中,因为人们开始把文学作为专门的对象来研究,所以概念上更加明晰,理论上更加系统,分析也更加深入。它不仅初步解决了一些过去所接触到的文学理论批评问题,也提出了不少过去没有提到的新课题。说它是"启后",是因为它不仅为后代的文学研究者提供了不少光辉的理论成果,同时也提供了某些正确的研究方法,从而为文学批评的发展开拓了道路和方向。了解并研究这一时期的文学批评,不但对我们研究文学批评史和文学史是很重要的,而且批判地继承这份宝贵的遗产,也可以作为我们今天的文学创作和批评的借鉴。

曹　丕

曹丕(187—226),字子桓,沛国谯(今安徽亳县)人。曹操次子,为卞皇后所生。建安十六年(211)任五官中郎将、副丞相。建安二十二年(217)立为魏太子。汉献帝延康元年(220)曹操死,丕嗣位丞相、魏王。同年十月,代汉自立为帝,国号魏,改延康为黄初元年。在位七年卒,谥文帝。其生平事迹见《三国志·魏志·文帝纪》及裴松之注。丕少时即好文学,有逸才。据本传云:"帝好文学,以著述为务,自所勒成垂百篇。"《隋书·经籍志》著录有《魏文帝集》十卷,后散佚。明张溥《汉魏六朝百三名家集》辑《魏文帝集》二卷,严可均《全三国文》收其文入卷四至卷八。

典论·论文[①]

文人相轻(句前《艺文类聚》卷五十六所引有"夫"字),自古而然。傅毅[②]之于班固[③],伯仲[④]之间耳,而固小之,与弟超[⑤]书曰:"武仲以能属文为兰台令史[⑥],下笔不能自休[⑦]。"夫人善于自见[⑧],而文非一体,鲜能备善,是以各以所长,相轻所短。里语曰:"家有弊帚,享之千金[⑨]。"斯不自见之患也。

今之文人,鲁国孔融文举[⑩],广陵陈琳孔璋[⑪],山阳王粲仲宣[⑫],北海徐幹伟长[⑬],陈留阮瑀元瑜[⑭],汝南应玚德琏[⑮],东平刘桢公幹[⑯]。斯七子(《艺文类聚》卷五十六作"七人")者[⑰],于学无所遗,于辞无所假[⑱],咸自以(本作"以自",据《艺文类聚》卷五十六和《三国志·魏志·王粲传》裴松之注改)骋骥骤于千里,仰齐足而并驰[⑲],以此相服,亦良难矣。盖君子审己以度人,故能免于斯累。乃(本作"而",从《艺文类聚》卷五十六改)作论文[20]。

王粲长于辞赋[21],徐幹时有齐(《艺文类聚》卷五十六,《王粲传》裴松之注均作"逸")气[22],然粲之匹也(《王粲传》裴松之注作"然非粲之匹也")。如粲之《初征》、《登楼》、《槐赋》、《征思》[23],幹之《玄猿》、《漏卮》、《圆扇》、《橘赋》[24],虽张、蔡[25]不过也。然于他文,未能称是。琳、瑀(《艺文类聚》卷五十六作"陈琳阮瑀")之章表书记,今之隽也[26]。应玚和而不壮,刘桢壮而不密[27]。孔融体气高妙[28],有过人者,然不能持论,理不胜词[29],以至乎杂以嘲戏,及其(《艺文类聚》卷五十六有"时有"二字)所善,扬、班俦也[30](《王粲传》裴松之注作"扬班之俦也")。

常人贵远贱近,向声背实[31],又患暗于自见,谓己为贤。

夫文本同而末异[32]。盖奏议宜雅[33],书论宜理[34],铭诔尚实[35],诗赋欲丽[36]。此四科[37]不同,故能之者偏也。唯通才能备其体。

文以气为主[38]。气之清浊有体[39],不可力强而致。譬诸音乐,曲度虽均,节奏同检[40],至于引气不齐,巧拙有素,虽在父兄,不能以移子弟[41]。

盖文章,经国之大业,不朽之盛事[42]。年寿有时而尽,荣乐止乎其身。二者必至之常期,未若文章之无穷。是以古之作者,寄身于翰墨,见意于篇籍,不(原无"不"字,据李善本、五臣本补)假良史之辞,不托飞驰之势[43],而声名自传于后。故西伯幽而演《易》[44],周旦显而制《礼》[45],不以隐约而弗务[46],不以康乐而加思[47]。夫然,则古人贱尺璧而重寸阴[48],惧乎时之过已。而人多不强力,贫贱则慑(五臣本作"惧")于饥寒,富贵则流于逸乐,遂营目前之务,而遗千载之功。日月逝(原作"遊",据李善本、五臣本改)于上,体貌衰于下,忽然与万物迁化[49],斯志士之(《艺文类聚》卷五十六作"所"字)大痛也!

融等已逝,唯幹著论,成一家言[50]。

六臣注《文选》卷五十二　《四部丛刊》影宋本

【注释】

①《典论·论文》——《典论》为曹丕精心结撰的著作,共五卷,二十篇。原书已佚。现存有孙冯翼、黄奭、严可均等清人的辑本。唐代吕向《文选》注云:

"文帝《典论》二十篇,兼论古者经典文事"。《典论》大约是一部以专论方式对前代、主要是后汉以来的重要文事发表议论,阐发自家观点的综合性学术著作。曹丕很爱重这部著作。他在《与王朗书》中说:"生有七尺之形,死唯一棺之土,唯立德扬名,可以不朽,其次莫如篇籍。……故论撰所著《典论》诗赋,盖百余篇。"又《三国志·魏志·文帝传》载:"初帝好文学,以著述为务,自所勒成垂百篇。"《典论》确切的成书时间据李壮鹰先生考定为建安后期,即公元217—218年,时曹丕为太子(参《逸园丛录》183页)。据《三国志·魏志》载,明帝太和四年,曾"以文帝《典论》刻石立于庙门之外",凡六碑,以供阅读。《隋书·经籍志》著录为五卷,《宋史》以后,不见有著录,全书约在宋代失传。

《论文》是《典论》中的一篇,它最早被《文选》收录,所以今天我们能参考的最主要的旧注本就是《文选》李善注和五臣注。不过,由于《艺文类聚》、《太平御览》、《北堂书钞》诸类书中所引《典论》中的句子,有一些是《文选》本中所没有的,所以严可均怀疑《文选》所选并非全篇,而只是后半篇(见《全三国文》曹丕《典论·论文》后按语)。

《典论·论文》是我国文学批评史上现存最早的一篇文学专论。它就文学批评原则、文章分体、作家个性与作品关系以及文学的价值等重要理论问题作了阐述,虽然"论文"之"文"还包括各类学术著述和应用文在内,但从全文语境来看,它的立论主要是针对纯文学的,这在中国文学批评史上具有首创之功,它标志着文学理论自觉时代的到来。

首先,《典论·论文》就文学批评的态度和方法提出了一些很有价值的意见。曹丕指出文学批评中存在的两种错误态度:一是"文人相轻,自古而然","各以所长,相轻所短","暗于自见,谓己为贤";一是"贵远贱近,向声背实"。他要求批评者从"文非一体,鲜能备善"的客观实际出发,用"审己度人"的宽容态度去评论作家作品。曹丕的这种批评观念和方法以及他对"建安七子"的批评实践对后世文学批评产生了很好的影响。

其次,曹丕在《典论·论文》中还就文学作品的体裁作了区分,提出了著名"四科八体"说。在他看来,"夫文本同而末异"。所谓"本",即文之所以为文的普遍特性、本质属性;所谓"末",则主要指不同文体的独特性、个别性。基于"本同末异"的观点,曹丕将文体分为四科八种:奏、议;书、论;铭、诔;诗、赋,并分别以雅、理、实、丽来界说它们各自的特性。自然,用今天的眼光看,这种分类和辨析显得简略,而且分类标准并不统一,但是与汉代班固、蔡邕等人的个别零星的文体研究相比,曹丕的研究无疑更为系统、更具理论的概括性和穿透力。尤其是"诗赋欲丽"的命题,注重对文学艺术审美特征的揭示,对后代抒情文学的发展有着特别深远的意义。《典论·论文》是我国古代第一次关于文体论的探索,在文学体裁的归类和分析的研究上有开山之功,对后来文体研究产生了深远的影响。桓范的《四要论》、陆机的《文赋》、挚虞《文章流别论》、李充《翰林论》、刘勰《文心雕龙》等,其中不乏对文体的研究,而追根溯源,似乎都是对《典论·论文》有关理论的进一步发展。

再次,关于创作主体的个性和作品风格的关系问题。曹丕首次将哲学范畴上的"气"引入文学理论,提出他著名的"文气"说。这是曹丕的重要理论创新。我们看到,"文以气为主"的论断,实质上也是曹丕对文学本体的一种看法,从创作主体作家之"气"(气质、个性)到作品之"气"(气象、风格),这二者是决定与被决定的关系,创作主体之气的"清浊"不同决定了作品"巧拙"之各异,曹丕正是以此来作为他评论"七子"文学成就的重要依据的。"文气"说作为一种文学理论主张,同样在后世产生了很大影响。南朝时候,钟嵘和刘勰就从不同角度丰富了这一理论。

最后,曹丕就文章的价值作了概括和阐述,提出"文章乃经国之大业,不朽之盛事"的观点,将文章提到与事功并重的地位。需要指出的是,这里的"文章"还不是单指诗赋之类的纯文学,从下文所举西伯演《易》和周旦制《礼》的例子可知,它主要还是指学术著述,但曹丕将"七子"的纯文学创作与经典的撰述等同为不朽之"立言",无疑是对传统"立言不朽"观的超越。作为邺下文人集团的第二代领军人物,曹丕对文章地位的提升有力地推动了当时及晋代文学的发展和繁荣。

因此我们说,曹丕《典论·论文》是我国文艺思想史和文学理论批评史上具有重大转折意义的一篇纲领性文献。它标志着先秦、两汉作为政治、哲学附庸的文学理论转化为相对独立的文学理论,标志着文学独立精神的确立。

② 傅毅(? —89)——字武仲,扶风茂陵(今陕西兴平县)人,东汉文学家。少博学,有文名,汉章帝时为兰台令史,拜郎中,曾与班固等共同典校书籍。著有诗赋凡28篇,有些作品尚存《后汉书》本传和《文选》中。传见《后汉书》卷一百一十上《文苑列传》。

③ 班固(32—92)——字孟坚,班彪之子,扶风安陵(今陕西咸阳)人,东汉著名历史学家和文学家。明帝时为兰台令史,后迁为郎、典校秘书,主持修史。所著《汉书》,积二十年之功,为中国第一部断代史,有很高的史学和文学价值。此外,他还有诗、赋、文多篇传世。传见《后汉书》卷七十上。

④ 伯仲——指兄弟。这里比喻班固、傅毅二人在文才上并驾齐驱、不分上下。据《后汉书》载:傅毅、班固皆以文名除兰台令史。傅毅作《显宗颂》后,"文

雅显于朝廷",班固作《汉书》后,"当世甚重其学,学者莫不讽颂焉"。可见二人在当时的文名都是很高的。

⑤超——即班超,字仲升,班固之弟。明帝时出使西域,因功封定远侯。

⑥武仲以能属文为兰台令史——属文,写文章。兰台,汉代朝廷所专设的藏秘书之宫观。兰台令史,主持整理图书和管理书奏工作之官员。《后汉书》李贤注引《汉官仪》云:"兰台令史六人,秩百石,掌书劾奏。"据《后汉书·傅毅传》载:"毅以显宗求贤不笃,士多隐处,故作《七激》以为讽。建初中,肃宗博召文学之士,以毅为兰台令史,拜郎中,与班固、贾逵共典校书。"

⑦下笔不能自休——意谓傅毅为文冗赘啰唆,絮絮不休。元人李冶《敬斋古今黈》:"下笔不能自休者,正斥其文字汗漫无统耳。"

⑧夫人善于自见——意谓人们多习惯于看到自己的长处。

⑨里语曰:"家有弊帚,享之千金。"——《东观汉记·光武帝纪》:"帝闻之,下诏让吴汉副将刘禹曰:'城降,婴儿老母,口以万数。一旦放兵纵火,闻之可为酸鼻。家有弊帚,享之千金。'"杜预《左氏传》注曰:"亨,通也。亨或为享。"骆鸿凯《文选学》引黄侃说:"李善注作亨是,言敝帚之值,通于千金,极言重视己物耳。作享无义。"许文雨《文论讲疏》引姚永朴说:"案《小尔雅·广言》:'享,当也。'言以敝帚当千金之值。"

⑩鲁国孔融文举——孔融(153—208),字文举,鲁国(今山东曲阜)人,为孔子后裔。幼小时即有异才,汉献帝时曾任北海相等职,后因乖忤曹操被杀。所作诗文凡二十五篇,后人辑为《孔北海集》。《后汉书》卷一有传。

⑪广陵陈琳孔璋——陈琳(?—217),字孔璋,广陵(今江苏扬州)人。东汉末袁绍曾使典文笔,绍败归曹操,累任司空军谋祭酒、典记室。善草檄文,操时军国檄文,多出其手。有文集十卷传世,散佚。后人辑有《陈记室集》。传见《三国志》卷二十一。

⑫山阳王粲仲宣——王粲(177—217),字仲宣,山阳高平(今山东邹县)人。少有文才,献帝时为黄门侍郎,后归曹操,迁军谋祭酒,拜郎中。建安末,卒于征吴途中。王粲为建安文学家中的佼佼者,所作各类作品近六十篇,尤以诗赋成就为最高。刘勰《文心雕龙·才略》评之为"七子之冠冕"。有《王侍中集》。传见《三国志》卷二十一。

⑬北海徐幹伟长——徐幹(171—218),字伟长,北海(今山东寿光县)人。曹魏时曾任司空军谋祭酒掾属、五官将文学。著有《中论》及诗、文、赋数十篇,传见《三国志》卷二十一。

⑭陈留阮瑀元瑜——阮瑀(?—212),字元瑜,陈留(今河南陈留县)人,为

魏著名文学家阮籍之父。少受学于蔡邕,曹魏时曾任司空军谋祭酒、记室,后徙为仓曹掾属。善草书檄,有《阮元瑜集》。传见《三国志》卷二十一。

⑮汝南应场德琏——应场(?—217),字德琏,汝南(今河南汝南县)人。曹魏时曾任丞相掾,后迁五官将文学,有文、赋数十篇传世。传见《三国志》卷二十一。

⑯东平刘桢公幹——刘桢(?—217),字公幹,东平(今山东东平县)人,曹魏时任丞相掾属,后因不敬太子而被刑,刑竟,属为吏。有《刘公幹集》。刘桢在建安中文名颇著,在后世的影响也大,后人常将他与曹植合称为"曹刘"。

⑰七子——以上七人,史称"建安七子"。因七子同居魏都邺中,故亦称"邺中七子"。但关于"七子"的组成,古说有分歧。按《三国志·魏书·王粲传》云:"始文帝为五官将,及平原侯植皆好文学,粲与北海徐幹伟长、广陵陈琳字孔璋、陈留阮瑀字元瑜、汝南应场字德琏、东平刘桢字公幹,并见友善。……自颍川邯郸淳、繁钦、陈留路粹、沛国丁仪、丁廙,弘农杨修、河内荀纬等亦有文采,而不在此七人之列。"可知《王粲传》所谓"七子"者,指曹植、王粲、徐幹、陈琳、阮瑀、应场、刘桢七人。后谢灵运《拟邺中诗》所列的邺中七子中,没有孔融而有曹植,正与《王粲传》合。唐释皎然《诗式》卷一《邺中集》云:"邺中七子,陈王(曹植)最高",也认为曹植居"七子"之中并为七子之冠。明人许学夷《诗源辩体》引《王粲传》而论云:"自魏文帝为五官中郎将,植与粲等六人,实称建安七子。然文帝《典论》论七子之文无曹植有孔融者,弟兄相忌故也。"

⑱于学无所遗,于辞无所假——学无所遗,谓无所不学;辞无所假,谓能自铸伟辞。

⑲咸自以骋骥騄於千里,仰齐足而并驰——骥騄,千里马之名。王充《论衡·书案》:"故马效千里,不必骥騄。"仰,《广雅·释诂》:"仰,恃也。"齐足,犹言疾足,《尔雅·释诂》:"齐,疾也",《文选》李善注引《毛诗传》:"田猎齐足,尚疾也。"二句谓七子皆自恃其才,不甘示弱,如骏马并驰,各不相让。按曹植《与杨德祖书》云:"昔仲宣独步于汉南,孔璋鹰扬于河朔,伟长擅名于青土,公幹振藻于海隅,德琏发迹于北魏,足下高视于上京。当此之时,人人自谓握灵蛇之珠,家家自谓抱荆山之玉。"说的也是这种情况。

⑳"盖君子"三句——此句旧解有两说:一认为君子为曹丕自谓,谓审查自己之才以量度别人,所以能免除"文人相轻"之累而平心地写出这篇论文。因此在断句上也认为李善注本于累字处作断是错误的,而主张"故能免于斯累而作论文"为一句。另一说认为君子是对自知而又知人之有德者的泛称,因为古人从不自称为"君子"。意谓他们能审己度人,故能避免自高自大和轻视别人的毛

病而写作评论文章。二说相比,后者为长,所以仍当从《文选》李善断法,于"累"字读断为宜。

㉑王粲长于辞赋——曹丕《与吴质书》:"仲宣独自善于辞赋,惜其体弱,不足起其文;至于所善,古人无以远过"。按严可均《全后汉文》卷九十辑录的王粲赋有二十五篇之多,可见他辞赋的高产。曹植《王仲宣诔》说他"文若春华,思若涌泉,发言可咏,下笔成篇",亦非虚美。据挚虞《文章流别论》云:"建安中,魏文帝从武帝出猎,赋,命陈琳、王粲、应玚、刘桢并作。陈琳为《武猎》,粲为《羽猎》,玚为《西狩》,桢为《大阅》。凡此各有所长,粲其最也。"《文心雕龙·诠赋》亦云:"及仲宣靡密,发端必遒;伟长博通,时逢壮采……亦魏晋之赋首也。"

㉒徐幹时有齐气——齐气,此处是指徐幹行文四平八稳、迟缓委顿、缺乏劲迈的气势。《文选》李善注说:"言齐俗文体舒缓,而徐幹亦有斯累。"按古齐地因环境影响,其人性格多迟缓,故其为文亦有舒缓的缺点。《论衡·率性》:"楚越之人处庄岳(齐街里名)之间,经历岁月,变为舒缓,风俗移也。故曰齐舒缓。"又《汉书》卷八十三《薛宣朱博传》云:"齐部舒缓养名",颜师古注:"言齐人之俗,其性迟缓,多自高大以养名声"。按徐幹为北海(今山东)人,北海汉属青州,正是齐地,宜其沾染齐气也。参见郭绍虞《齐气辨》。

㉓如粲之《初征》《登楼》《槐赋》《征思》——《初征》《登楼》《槐赋》三赋见严可均辑《全后汉文》卷九十。《征思赋》(《文选》李善注作《思征赋》)已佚,《文选》李善注引有逸句。

㉔幹之《玄猿》《漏卮》《圆扇》《橘赋》——《玄猿》《漏卮》《橘赋》三赋,今已全佚。《圆扇赋》见《全后汉文》卷九十三。

㉕张、蔡——指张衡和蔡邕。张衡(78—139),字平子,南阳西鄂人。东汉文学家,累任太史令、河间相等官,所作辞赋有《二京赋》(《西京赋》、《东京赋》)、《南都赋》、《周天大象赋》、《思玄赋》、《冢赋》等。尤其是他的《二京赋》,精思十年乃成,在历史上非常有名。传见《后汉书》卷八十九。蔡邕(132—192),字伯喈,陈留圉(今河南杞县)人,东汉文学家,曾任侍御史、左中郎将,所作辞赋有《述行赋》。传见《后汉书》卷九十下。

㉖琳、瑀之章表书记,今之隽也——意谓陈琳、阮瑀擅长于章表书记,他们这方面的文字,是现今首屈一指的。"隽"通"俊",才华出众的意思。曹丕《与吴质书》:"孔璋章表殊健,微为繁富","元瑜书记翩翩,致足乐也"。说的也是这意思。按章表书记,皆为文体名。章、表是臣下上书之文,《文心雕龙·章表》:"章以谢恩,……表以陈情"。书、记,指书信及笔札简牍,《文心雕龙·书

记》:"夫书记广大,衣被事体;笔札杂名,古今多品。"

㉗应玚和而不壮;刘桢壮而不密——和而不壮,指平和而不雄壮;壮而不密,指雄壮而不周密。按刘勰《文心雕龙·才略》:"刘桢情高以会采。"钟嵘《诗品上》评刘桢"仗气爱奇,动多振绝,贞骨凌霜,高风跨俗,但气过其文,雕润恨少",可与此处互参。

㉘孔融体气高妙——体气,指天生的气质、才性。《文心雕龙·风骨》:"公幹亦云:孔氏卓卓,信含异气,笔墨之性,殆不可胜。"《才略篇》又说:"孔融气盛于为笔"。

㉙然不能持论,理不胜词——谓其不能很好地说理议论,总是辞过于理。按《后汉书·孔融传》谓孔融"既见操雄诈渐著,数不能堪,故发辞偏宕,多致乖忤"。

㉚"以至乎杂以嘲戏"三句——杂,掺杂。嘲戏,指嘲戏一类的文章。扬、班,指扬雄、班固。俦,匹配。意谓至于孔融作品中那些充满嘲戏精神的优秀之作,则可以跟扬雄、班固之作相匹配了。扬雄(前53—公元18),字子云,西汉文学家,曾作《解嘲》;班固曾作《答宾戏》。此二文皆属诙谐嘲戏之名作。按《文心雕龙·论说》:"孔融《孝廉》,但谈嘲戏。"《孝廉》一文已佚,孔融为文嘲戏的面目不可睹。但其喜欢嘲戏的精神我们还是可以从《后汉书》本传中得知,如"初,曹操攻屠邺城,袁氏(绍)妇女多见侵略,而操子丕私纳袁熙妻甄氏,融乃与操书,称'武王伐纣,以妲己赐周公',操不悟,后问出何经典,对曰:'以今度之,想当然耳'。后操讨乌桓,又嘲之曰:'大将军远征萧条海外,昔肃慎氏不贡楛矢,丁零盗苏武牛羊:可并案也'。"

㉛贵远贱近,向声背实——贵远贱近,谓厚古薄今;向声背实,谓趋附虚名,背离实际。

㉜文本同而末异——本,根本,这里指文章的基本规律。末,枝梢,指各体文章的具体特点。方廷圭、于光华《增订昭明文选集成详注》说:"俱取乎文,是本同;文之中,体裁不同,是末异,即所云宜雅,宜理等。"

㉝奏议宜雅——奏、议都是古时臣下进奏君主的文书,《文心雕龙·章表》:"奏以按劾","议以执异"。雅,典雅,雅正。意谓奏、议等文体必须讲究典雅而不鄙俗。按陆机《文赋》:"奏平彻以闲雅";《文心雕龙·定势》:"章表奏议,准的乎典雅"。

㉞书论宜理——书论,指文书、论文。理,指论理明晰。《文心雕龙·定势》:"符檄书移,则楷式于明断;史论序注,则师范于核要。"萧统《文选序》:"论则析理精微"。

㉟铭诔尚实——铭、诔,专门记述过世之人物的德行、事迹的两种文体。实,事实。意谓铭诔这两种文体最重要的特点是要实事求是。曹植《上卞太后诔表》:"臣闻铭以述德,诔以述哀。"(《艺文类聚》十五引)

㊱诗赋欲丽——谓诗和赋这两种文体要讲求文辞的华丽。按扬雄《法言·吾子》:"诗人之赋丽以则",已经指出"丽"是辞赋的一个重要特点,曹丕的观点是对此的进一步发扬。

㊲四科——指上文所言奏议、书论、铭诔、诗赋四类文体。

㊳文以气为主——气指才情、气质。按王充《论衡·率性篇》:"人之善恶,共一元气。气有少多,故性有贤愚。"又《无形篇》:"人禀气于天,气成而形立。形命相须,以致终死。"又《气寿篇》:"强弱寿夭,谓禀气渥薄也。""夫禀气渥则其身强,体强则其命长;气薄则其体弱,体弱则命短,命短则多病寿短。"这里王充主要是从哲学上来解释"人以气为主"的观点,而曹丕则首次将这一观点引入到文学理论中来,这是本文的一个重要观点,也是他的一个重要理论贡献。

㊴气之清浊有体——清,意近刚;浊,意近柔。体,指本性。意谓人天生所禀承的气主要有清浊之分别,这是固定的本性。联系下文"不可力强而致",可知曹丕认为这种气的分别是先天的,后天很难改变。

㊵曲度虽均,节奏同检——曲度,曲谱。均,同。检,李善注:"《苍颉篇》曰:检,法度也。"

㊶"至于引气不齐"三句——李善注引桓子《新论》:"惟人心之所独晓,父不能以禅子,兄不能以教弟也。"刘良注:"譬如箫管之类者,言用气吹之,各不同也。素,本也。言其巧妙者,虽父兄亲于子弟,亦不能教而移之也。"

㊷盖文章经国之大业,不朽之盛事——文章,以往注家大多认为它专指纯文学著述,其实不然。如果我们注意到"盖"字具有承上启下的作用,那么这里文章实际上既包括上文所述"四科八体"等杂文学著述,也指下文列举的西伯演《易》和周旦制《礼》等学术著述。曹丕这里的贡献在于他把文学和学术著述的地位同等看待,认为它们同样是经国之大业。不朽,按《左传·襄公二十四年》载穆叔云:"太上有立德,其次有立功,其次有立言,虽久不废,此之谓不朽。"文章著述属于立言范围,故曹丕说是不朽之盛事。又曹丕《与王郎书》:"生有七尺之形,死为一棺之土,惟立德扬名,可以不朽,其次莫如著篇籍。"

㊸飞驰之势——比喻显赫的权势。《艺文类聚》卷二十引祢衡《鲁夫子碑》:"鲁以丈夫之位,任以国政之权,譬若飞鸿鸾于中庭,骋骐骥于闾巷也。"

㊹故西伯幽而演《易》——西伯,指周文王。殷时,周文王为雍州之伯,在殷之西,故曰西伯。传说周文王曾被纣王幽禁在羑里,文王在这里推演《易》象,作

卦辞。按《史记·太史公自序》："昔西伯拘羑里,演《周易》。"

㊺周旦显而制《礼》——周旦,指周公旦。旧说《周礼》为周公所作,《史记·鲁周公世家》:"成王在丰,天下已安。周之官政未次序,于是周公作《周官》(即《周礼》),官别其宜。"

㊻不以隐约而弗务——隐约,李善注引《周易》曰:"隐约者,观其不慑惧。"吕延济注:"隐约,失志貌。"按,这里指上文的周文王被幽禁羑里而穷苦失志。

㊼不以康乐而加思——谓周公不因为显贵康乐而转移改变著述之意念。《文选》吕延济注:"加,移也。"

㊽古人贱尺璧而重寸阴——《淮南子·原道训》:"圣人不贵尺之璧而重寸之阴,时难得而易失也。"

㊾忽然与万物迁化——迁化,指死亡。《汉书·外戚上·李夫人传》:"忽迁化而不反兮,魄放逸以飞扬。"

㊿唯幹著论,成一家言——幹,指徐幹。论,指《中论》。曹丕《与吴质书》:"伟长独怀文抱质,恬淡寡欲,有箕山之志,可谓彬彬君子者矣。著《中论》二十篇,成一家之言,辞义典雅,足传于后,此子为不朽矣。"

【附录】

生有七尺之形,死为一棺之土。唯立德扬名,可以不朽,其次莫如著篇籍。疫疠数起,士人凋落,余独何人,能全其寿?故论撰所著《典论》、诗赋百余篇,集诸儒于肃门城内,讲论大意,侃侃无倦。

曹丕《与王郎书》 严可均《全三国文》卷七 中华书局影印本

观古今文人,类不护细行,鲜能以名节自立,而伟长独怀文抱质,恬淡寡欲,有箕山之志,可谓彬彬君子者矣。著《中论》二十余篇,成一家之言,辞义典雅,足传后于后,此子为不朽矣。德琏常斐然有述作之意,其才学足以著书,美志不遂,良可痛惜。间者历览诸子之文,对之抆泪,既痛逝者,行自念也。孔璋章表殊健,微为繁富。公幹有逸气,但未遒耳。其五言诗之善者,妙绝时人。元瑜书记翩翩,致足乐也。仲宣独自善于辞赋,惜其体弱,不足起其文,至于所善,古人无以远过。

曹丕《与吴质书》 严可均《全三国文》卷七 中华书局影印本

上雅好诗书文籍,虽在军旅,手不释卷。每定省从容,常言:"人少好学则思专,长则善忘;长大而能勤学者,唯吾与袁伯业耳。"余是以少诵诗论,及长而备历《五经》、四部、《史》、《汉》、诸子百家之言,靡不毕览。所著书论诗赋,凡六十篇。至若知而能愚,勇而知怯,仁以接物恕以及下,以付后之良史。

《典论·自叙》,《三国志·魏书》卷二 《文帝纪》裴松之注引 中华书局

或问屈原、相如之赋孰愈,曰:优游案衍,屈原之尚也。穷侈极妙,相如之长也。然原据托譬喻,其意周旋,绰有余度矣。长卿、子云,意未能及已。

余观贾谊《过秦论》,发周、秦之得失,通古今之制义,洽以三代之风,润以圣人之化,斯可谓作者矣。

李尤字伯宗,年少有文章,贾逵荐尤有相如、扬雄之风。拜兰台令史,与刘珍等共撰《汉记》。

议郎马融,以永兴中,帝猎广成,融从,是时北州遭水潦、蝗虫。融撰《上林颂》以讽。

《典论》佚文四则 严可均《全三国文》卷八 中华书局影印本

伏惟太子,研精典籍,留思篇章,览照幽微,才不出世;禀聪睿之绝性,体明达之殊风;慈孝发于自然,仁恕洽于无外。是以武夫怀恩,文士归德。窃见所作《典论》,及诸赋颂,逸句烂然,沈思泉涌,华藻云浮,听之忘味,奉读无倦。正使圣人复存,犹称善不暇,所不能间也。

卞兰《赞述太子赋并上赋表》《艺文类聚》卷十六 中华书局汪绍楹校本

若夫八体屡迁,功以学成。才力居中,肇自血气。气以实志,志以定言。吐纳英华,莫非情性。是以贾生俊发,故文洁而体清。长卿傲诞,故理侈而辞溢。子云沈寂,故志隐而味深。子政简易,故趣昭而事博。孟坚雅懿,故裁密而思靡。平子淹通,故虑周而藻密。仲宣躁锐,故颖出而才果。公幹气褊,故言壮而情骇。嗣宗俶傥,故响逸而调远。叔夜俊侠,故兴高而采烈。安仁轻敏,故锋发而韵流。士衡矜重,故情繁而辞隐。触类以推,表里必符,岂非自然之恒资,才气之大略哉。

范文澜注《文心雕龙·体性》卷六 人民文学出版社

魏文之才,洋洋清绮,旧谈抑之,谓去植千里,然子建思捷而才俊,诗丽而表逸;子桓虑详而力缓,故不竞于先鸣。而乐府清越,《典论》辩要,迭用短长,亦无懵焉。但俗情抑扬,雷同一响,遂令文帝以位尊减才,思王以势窘益价,未为笃论也。仲宣溢才,捷而能密,文多兼善,辞少瑕累,摘其诗赋,则七子之冠冕乎!琳、瑀以符檄擅声;徐幹以赋论标美;刘桢情高以会采;应玚学优以得文;路粹、杨修,颇怀笔记之工;丁仪、邯郸,亦含论述之美,有足算焉。刘劭《赵都》,能攀

于前修;何晏《景福》,克光于后进;休琏风情,则《百一》标其志;吉甫文理,则临丹成其采;嵇康师心以遣论,阮籍使气以命诗,殊声而合响,异翮而同飞。

范文澜注《文心雕龙·才略》卷十　人民文学出版社

魏文《典论》称:"文以气为主,气之清浊有体,不可力强而致",斯言尽之矣。然气不可不贯,不贯则虽有英辞丽藻,为编珠缀玉,不得为全璞之宝矣。鼓气以势壮为美,势不可以不息,不息则流宕而忘反。

李德裕《文章论》　《李卫公文集》外集卷三　《四部丛刊》本

某闻文以气为主,出处无愧,气乃不挠,韩柳之不敌,世所知也。公自政和讫绍兴,阅世变多矣,白首一节,不少屈于权贵,不附时论以苟登用。每言虏,言畔臣,必愤然扼腕裂眦,有不与俱生之意。士大夫稍有退缩者,辄正色责之如仇。一时士气,为之振起。今观其制告之词,可概见也。

陆游《傅给事外制集序》　《渭南集》卷十五　《四部丛刊》本

曹 植

曹植(191—232),字子建,沛国谯(今安徽亳县)人。曹操第三子,与曹丕为同母兄弟。曹操曾欲立为太子,后失宠。曹丕、曹叡相继称帝,曹植倍遭猜忌,屡获罪责,终于忧愤而死。曾历封平原侯、临淄侯、东阿王、陈王等,谥曰思,故世称陈思王。曹植才气横溢,善于属文,被钟嵘誉为"建安之杰"。今有辑本《曹子建集》传世,事见《三国志·魏书·陈思王传》。

与杨德祖书①

植白:数日不见,思子为劳②,想同之也。仆少小好为文章③,迄至于今,二十有五年矣④。然今世作者,可略而言也。昔仲宣独步于汉南⑤,孔璋鹰扬于河朔⑥,伟长擅名于青土⑦,公幹振藻于海隅⑧,德琏发迹于此魏⑨(《三国志注》作"大魏",《初学记》卷二十七引作"北魏"),足下高视于上京⑩,当此之时,人人自谓握灵蛇之珠⑪,家家自谓抱荆山之玉⑫。吾王于是设天网以该之⑬,顿八纮以掩之⑭,今悉(《志注》作"尽")集兹国矣。然此数子,犹复不能飞轩(六臣本作"骞",李善本作"轩",《志注》作"翰",据李善本改)绝迹,一举千里也。⑮(李善注本无"也"字)以孔璋之才,不闲于辞赋⑯,而多自谓能(五臣本无"能"字)与司马长卿同风⑰,譬画虎不成,反(《志注》作"还")为狗者。⑱(《志注》有"者"字,李善本无)前有(李善本无"有"字,《志注》"有"作"为"字)书嘲(《志注》作"啁")之,反作论盛道仆赞其文⑲。夫钟期不失听,于今称之⑳。吾亦不能(《志注》作"敢")妄(李善注本作"忘")叹者,畏后世之嗤余也㉑。

世人著述,不能无病。仆常好人讥弹其文,有不善者(六臣本无

"者"字,据李善本、《志注》补),应时改定㉒。昔丁敬礼常(六臣本作"尝",李善本、《志注》作"常",据改)作小文,使仆润饰之㉓,仆自以才不(《志注》下有"能"字)过若人㉔,辞不为也。敬礼谓仆:卿何所疑难㉕,文之佳丽(六臣本、李善本作"恶",五臣本、《志注》、《御览》卷五百九十九引作"丽",据改),吾自得之㉖,后世谁相(《御览》卷五百九十九引作"将")知定吾文者邪㉗?吾常叹此达言(《御览》作"言达"),以(《御览》作"可")为美谈㉘。昔尼父之文辞,与人通流,至于制《春秋》,游夏之徒乃不能措一辞㉙(《志注》作"字")。过此而言不病者,吾未之见也。盖有南威之容,乃可以论其(六臣本作"于",据李善本改)淑媛㉚;有龙渊(《志注》作"渊",李善本作"泉")之利,乃可以议其(六臣本作"于",据李善本改)断割㉛(《志注》作"割断")。刘季绪才不能逮于作者,而好诋诃文章,掎摭利病㉜。昔田巴毁五帝,罪三王,呰五霸于稷下,一旦而服千人,鲁连一说,使终身杜口㉝。刘生之辩,未若田氏,今之仲连,求之不难,可无叹息(《志注》作"叹息",李善本无"叹"字)乎!人各有(《志注》作"有所")好尚㉞,兰茝荪蕙㉟之芳,众人之(六臣、李善本无"之"字,据《志注》补)所好,而海畔有逐臭之夫㊱;咸池六茎之发,众人所共乐,而墨翟有非之之论㊲,岂可同哉。

　　今往仆少小所著辞赋一通相与㊳。夫街谈巷说,必有可采;击辕之歌,有应风雅;匹夫之思,未易轻弃也㊴。辞赋小道,固未足以揄扬大义,彰示来世也㊵。昔扬子云先朝执戟之臣耳,犹称壮夫不为也㊶。吾虽薄德,位为蕃侯,犹庶几戮力上国,流惠下民,建永世之业,留(本作"流",据李善注本改)金石之功㊷,岂徒以翰墨为勋绩,辞赋(《志注》作"颂")为君子哉㊸!若吾志未果,吾道不行,则(《志注》作"亦")将采庶(《志注》作"史")官之实录,辩时俗之得失,定仁义之衷,成一家之言㊹。虽未能藏之于名山,将以传之于同好㊺,此(本作"非",据《文选考异》及何焯校本改)要之皓首,岂可以("可以"二字据《志注》加)今日(原衍"之"字,据《志注》删)论乎㊻!其言之不惭(《志注》作"怍"),恃惠子之知我也㊼。明早相迎,书不尽怀。植白。

六臣注《文选》卷四十二　《四部丛刊》影宋本

【注释】

①《与杨德祖书》——此书作于建安二十一年,是曹植写给友人杨修的,时曹植二十五岁。《文选》李善注引《典略》曰:"临淄侯以才捷爱幸,乘意投修,数与修书,论诸才人优劣。"此书通篇谈论创作与批评问题,是我国古代文学批评史上一篇重要的理论批评文章。

作为建安文坛的代表,曹植与乃兄曹丕的文学观有同有异。就其相同点来说,兄弟二人均将文学与政教划开了界限,不再强调文章的政教之用,而只是把文章当做可以垂名后世的事业而已。《典论·论文》历来被看做是文学独立精神确立的标志,其根本原因即在于将文学从两汉经学附庸中解放出来。即如文中有所谓"盖文章,经国之大业,不朽之盛事",其含义也并非如通常所理解的那样是指文章用于治国,而是指文章的地位犹如经国大业,同样为不朽之盛事(罗宗强《魏晋南北朝文学思想史》)。曹植在《与杨德祖书》中也明确地表明了这一点。他不认为文学可以治国,而以为是可以与政治功业并行的一种事业,且值得自己为之付出一生:"若吾志未果,吾道不行,则将采庶官之实录,辩时俗之得失,定仁义之衷,成一家之言。虽未能藏之于名山,将以传之于同好,此要之皓首,岂可以今日论乎!"应该说,作为政治家兼文士的曹氏兄弟,在引领建安文坛走向繁盛的过程中,竟能够将文学从政教的牢笼中解放出来,这是难能可贵的,这是建安时代精神在兄弟俩文学思想方面的集中体现。

如果说,时代精神决定了曹氏兄弟文学与政教分离的文学观,那么兄弟二人人生经历和个性的差异又在很大程度上促成他们文学观不同的一面,这种不同集中表现在以下几个方面。

第一,曹丕视文章为"经国之大业",使文学的地位上升到了"立功"高度。曹植则更多地从儒家传统观念出发,依然坚持把文学作为"立言"而置于"立德"、"立功"之下的观点。在《与杨德祖书》中,他称"辞赋小道,固未足以揄扬大义,彰示来世也",表现出轻视诗文辞赋的观点。对此,鲁迅先生在《魏晋风度及文章与药及酒之关系》一文解释道:"这里有两个原因,第一,子建的文章做得好,一个人大概总是不满意自己所做而羡慕他人所为的,他的文章已经做得好,于是他便敢说文章是小道;第二,子建活动的目标是在于政治方面,政治方面不甚得意志,遂说文章是无用了。"的确,曹植的这一观点,与其自身的经历、个性和政治抱负有关,也与他和乃兄之间的宿怨有关。同时也应该看到,在文学的自觉时代的初期,新旧两种互相矛盾的看法即使同时表现于一个人身上,也是不足怪的。

第二,本文最值得注意的一点,是曹植在贬低辞赋的同时,对民间小说和歌谣的推重。他攻击辞赋为"小道",说辞赋家是"以翰墨为勋绩,辞赋为君子",却热情地赞颂街谈巷语之"可采"和民歌之"有应风雅",并将"采庶官之实录"作为自己仕途之外的首选事业,愿意为此付出自己的毕生精力。这种选择,鲜明地透露出曹植在民间文学和文人辞赋这两者之间的轩轾。从文学史上看,魏晋时期,随着正统观念的颠覆,过去一直被轻视的、发源于民间野史传闻的志人志怪的小说盛行了起来。旧题班固的《汉武故事》(实为魏晋人伪托)、邯郸淳的《笑林》等等作品如雨后春笋般地涌现。而曹植正是敏锐地觉察到这种来自社会下层的文学的生命力,故对它显出极大的兴趣。《三国志·魏书》裴松之注引《魏略》中,有曹植与小说家邯郸淳相见的一段记载:"临淄侯植亦求淳,太祖遣淳诣植。植初得淳甚喜,延入坐,不先与谈。时天暑热,植因呼常从取水自澡讫,傅粉。遂科头拍袒,胡舞五椎锻,跳丸击剑,诵俳优小说数千言",由此可见曹植对小说的迷恋和对小说作家的青睐。虽然曹植后来没有机会实现自己"采庶官"的愿望(按,据史家著录,曹丕倒有《列异记》三卷,当为稗闻小说,而曹植则不见此类著作),但这愿望本身就突出地反映了他进步的文学观,这在历史上是很有意义的。对比起来,曹丕于文体则较守传统局限,所重者仍在于子书的撰写,对小说等新文体则缺乏曹植那样敏锐的感觉。

书信中还有一点值得注意,那就是曹植对文学批评的看法。他强调文学批评者必须是作家,认为只有自己有艺术感受,才有资格批评作品。他把创作和批评看做是天才之间一种默契,故他的批评模式是一对一的。而曹丕则强调"审己以度人",主张公允、客观,能看到每个作家的长处,要求建立一种固定的批评标准,其批评模式是一对多的。曹氏兄弟的这两种不同的主张,实际上代表了历来的两种艺术批评倾向:一种是感性的、体悟式的,一种是理性的、评判式的。他们的观点对后世的批评理论与实践都有启示作用。

此外,在《与杨德祖书》中,曹植较早就审美活动中主体的审美差异性问题作了说明,提出"人各有所好",不可一概而论的观点。这种观点一方面是对《淮南子》的继承,同时也对葛洪、刘勰等人产生一定的影响。

②为劳——即成病也。劳,病。

③仆少小好为文章——按《三国志》本传载:曹植"年十岁余,诵读诗、论及辞赋数十万言,善属文。太祖尝视其文,谓植曰:'汝倩人邪?'植跪曰:'言出为论,下笔成章,顾当面试,奈何倩人?'时邺铜爵台新城,太祖悉将诸子登台,使各为赋。植援笔立成,可观,太祖甚异之。"

④迄至于今,二十有五年矣——曹植生于初平二年,至建安二十一年,正二

十五岁。

⑤昔仲宣独步于汉南——仲宣,王粲字。独步,谓独一无二。李善注引仲长统《昌言》曰:"清如冰碧,洁如霜露,轻贱世俗,高立独步,此士之次也。"汉南,汉水之南,指荆州。

⑥孔璋鹰扬于河朔——孔璋,陈琳字。鹰扬,如鹰飞高空,即超越同辈之意。《毛诗》曰:"惟师尚父,时惟鹰扬。"按:《文选》五臣李周翰注:"鹰扬,谓文体抑扬如鹰之飞扬也。"此解与前后文意相悖,故不通。河朔,黄河之北,指冀州。

⑦伟长擅名于青土——伟长,徐幹字。擅名,独享盛誉。青土,李善注:"徐伟长居北海郡,禹贡之青州也,故云青土。"

⑧公幹振藻于海隅——公幹,刘桢字。振,扬也。藻,辞藻,代指文章。海隅,李善注:"公幹,东平宁阳人也,宁阳边齐,故云海隅。《吕氏春秋》曰:东方为海隅。青州,齐也。"

⑨德琏发迹于此魏——德琏,应场字。李善注:"德琏,南顿人也,近许都,故曰此魏。"《初学记》卷二十七引作北魏。《王仲宣诔》:"发轸北魏。"是当时有此称谓,则作北字亦通。

⑩足下高视于上京——足下,谓杨修。高视,含蔑视之意。五臣吕延济注:"其(修)文最高,故云高视。"杨修《答临淄侯笺》:"目周章于省览,何遑高视哉!"正对此而言。上京,谓许,汉献帝居此。李善注:"修,太尉之子,故曰上京。"按杨彪为献帝尚书令,后为太常,居许都,时修亦在许,故曰上京。

⑪灵蛇之珠——干宝《搜神记》:"隋侯行,见大蛇伤断,救而治之。蛇后衔珠以报。径寸,纯白而夜光,可以烛堂。"

⑫荆山之玉——李善注引《韩非子》曰:"楚人和氏得玉璞于楚山之中,奉而献之。文王使玉人治其璞而得宝。"

⑬吾王于是设天网以该之——吾王,指曹操。天网,李善注引崔寔《本论》曰:"举弥天之网,以罗海内之雄。"该,遍。这里是网罗、集中的意思。

⑭顿八纮以掩之——顿,犹整也。八纮,纮谓绳,八纮指八方。按李善注引《淮南子》曰:"九州之外,是有八泽;八泽之外,乃有八纮。"掩,取也。以上二句形容曹操极意招揽各地文学之士,靡有遗漏。

⑮"然此数子"三句——谓数子之文章不算高明,故传之不远。飞轩,轩、骞义同。指飞也。绝,远也。绝迹,喻飞疾。一举千里:李善注引《韩诗外传》盖胥曰:"鸿鹄一举千里,所恃者六翮尔。"

⑯以孔璋之才,不闲于辞赋——曹丕《典论·论文》:"孔璋章表殊健,微为

繁富。"可为其不闲辞赋之证。闲,习也。

⑰而多自谓能与司马长卿同风——此为曹植对陈琳的严厉批评。多,经常。自谓,自誉、自吹。司马长卿:司马相如。同风,同一创作风格。

⑱譬画虎不成,反为狗也——李善注引《东观汉记》曰:"马援《诫子严书》曰:'效杜季良而不成,陷为天下轻薄子,所谓画虎不成反类狗也。'"

⑲前有书嘲之,反作论盛道仆赞其文——五臣吕延济注:"子建前有书与陈琳,嘲讥其文,琳反以为论其盛道而赞美其文,言其不知音。"按,今曹集中有《与陈琳书》,然残佚太甚,难知其真义,姑且将佚文附录于此,《书》云:"夫披翠云以为衣,戴北斗以为冠,带虹霓以为绅,连日月以为佩,此服非不美也。然而帝王不服者,望殊于天,志绝于心矣。""葛天氏之乐,千人唱,万人和,因以蔑《韶》、《夏》矣。""骥骒不常一步,应良御而效足。"(见《文心雕龙》八引《报孔璋书》和《文选》颜延年《赭白马赋》及陆士衡《汉高祖功臣颂》李注引《与陈琳书》)

⑳夫钟期不失听,于今称之——事见《列子·汤问》:"伯牙弹琴,奏高山之曲,钟子期听之曰:巍巍乎!如太山。伯牙弹流水之曲,钟子期曰:洋洋乎!如江河。"失听:谓错误理解乐曲所蕴涵之情感内容。称,称道、称誉。于今称之,即直到今天仍然为人们所称道。

㉑"吾亦不能妄叹者"二句也——妄叹,即胡乱赞誉。五臣李周翰注曰:"钟子期知音听必不失,至今称之。我亦不可妄叹陈琳文美,恐后代笑我也。"

㉒"仆常好人讥弹其文"三句——讥弹,拼弹、纠弹。弹,拼也。不善者,即不妥之处。按《荀子》曰:"有人道我善者,是吾贼也;道我恶者,是吾师也。"

㉓昔丁敬礼常作小文,使仆润饰之——丁敬礼,丁廙字。润饰,犹言润色。

㉔仆自以才不过若人——若人,指丁敬礼。此曹植自谦谓才华不如丁敬礼。

㉕卿何所疑难——五臣张铣注:"语及前人曰卿,犹今称君也。言不为我润饰其文,君何所疑难。"疑难,犹言顾虑、为难。

㉖文之佳丽,吾自得之——何焯云:"自得佳丽,则是受弹者之益。传之后世,但以佳丽见称,亦谁知因改定而佳丽乎?"

㉗后世谁相知定吾文者邪——定,改定,改正。何焯云:"言吾自得润饰之益,后世读者孰知吾文乃赖改定邪?"

㉘达言——通达之言。

㉙"昔尼父之文辞"四句——尼父,即孔子。通流,通行、流行。游,子游;夏,子夏。皆为孔子弟子。按《史记》曰:"孔子文辞有可与共者,至于《春秋》,

子游、子夏之徒不能赞一辞。"《春秋说题辞》："孔子作《春秋》一万八千字,九月而成书,以授游、夏,游、夏之徒不能措一字。"

㉚南威之容——南威,战国时晋国美女。李善注引《战国策》曰："晋平公得南威,三日不听朝,遂推而远之,曰:后世必有以色亡国者。"

㉛龙渊——古代宝剑,李善注引《战国策》苏秦说韩王曰:"韩之剑戟,龙渊大阿,陆断牛马,水击鸿雁。"五臣吕向注曰:"有美女之容,乃可以论后宫之位;有宝剑之利,乃可议其断割。此言知音者可得论其文章也。"

㉜"刘季绪才不能逮于作者"三句——刘季绪,李善注引挚虞《文章志》曰:"刘表子,官至乐安太守,著诗赋颂六篇。"逮,及也。诋诃,指摘。利病,优点与不足。

㉝"昔田巴毁五帝"六句——田巴,齐国诡辩家。毁,毁谤。五帝,谓少昊、颛顼、高辛、唐、虞。罪,责备。三王,谓夏、殷、周。訾,通訾,毁谤也。五霸,指秦缪公、楚庄王、齐桓公、晋文公、宋襄王。稷下,《七略》曰:"齐有稷,城门也。齐谈说之士,期会于稷下者甚众。"鲁连,即鲁仲连,齐国辩士。杜口,闭口。按张守节《史记正义》引《鲁仲连子》云:"齐辩士田巴,服狙丘,议稷下,毁五帝,罪三王,服五伯,离坚白,合同异,一日服千人。有徐劫者,其弟子曰鲁仲连,年十二,号'千里驹',往请田巴曰:'臣闻堂上不奋,郊草不芸,白刃交前,不救流矢,急不暇缓也。今楚军南阳,赵伐高唐,燕人十万,聊城不去,国亡在旦夕,先生奈之何?若不能者,先生之言有似枭鸣,出城而人恶之,愿先生勿复言。'田巴曰:'谨闻命矣。'巴谓徐劫曰:'先生乃飞兔也,岂直千里驹!'巴终身不谈。"

㉞人各有好尚——李善注:"喻人评文章,爱好不同也。"

㉟兰、茝、荪、蕙——皆为香草名。

㊱海畔有逐臭之夫——李善注引《吕氏春秋·遇合》曰:"人有大臭者,其亲戚兄弟妻妾知识无能与居者,自苦而居海上。人有悦其臭者,昼夜随而不去。"

㊲《咸池》《六茎》之发"三句——《咸池》,黄帝乐名。《六茎》,颛顼乐名。墨翟有非之论,指墨子著《非乐篇》。

㊳今往仆少小所著辞赋一通相与——往,之。犹云送去。一通,犹一卷也。相与,何焯云:"相与二字无当,疑有误。"

㊴"夫街谈巷说"六句——此节所论极宜注意,它集中地表达了曹植对稗闻歌谣等民间文艺的重视。"街谈巷说"指传闻小说。"击辕之歌"指贱者之谣吟。"匹夫之思",指庶民之智慧。按班固《汉书·艺文志·诸子略》:"小说家

者流,盖出于稗官。街谈巷语,道听途说者之所造也。孔子曰:'虽小道,必有可观者焉,致远恐泥,是以君子弗为也。'然亦弗灭也。闾里小知者之所及,亦使缀而不忘。如或一言可采,此亦刍荛狂夫之议也。"曹植对民间小说歌谣的肯定出于班固,而从他"有应风雅"的论断来看,他对小说民谣的评价更高。

㊵"辞赋小道"三句——揄扬,阐发。彰示,犹显示。数句表达曹植轻视文人词赋的看法。

㊶昔扬子云先朝执戟之臣耳,犹称壮夫不为也——扬子云,即扬雄,西汉著名辞赋家。先朝,指西汉。执戟之臣,此指官位卑下。《汉书·扬雄传赞》:"奏《羽猎赋》,除为郎,给事黄门。"又东方朔《答客难》曰:"官不过侍郎,位不过执戟。"壮夫不为,扬雄《法言·吾子》:"或曰:吾子少而好赋?曰:然,童子雕虫篆刻。俄而曰,壮夫不为也。"

㊷"吾虽薄德"六句——薄德,谓资性低下;侯,谓封临淄侯;庶几,犹言希望。戮力,今所谓努力也。上国:朝廷;流惠,施恩惠之意;下民,百姓,与上国相对;金石之功,堪勒于金石之功绩。数句表达了曹植以功名为重的传统儒家思想。

㊸"岂徒"二句——传统儒家讲三立,即"太上立德,其次立功,其次立言",把属于文学之事的"立言"放在最后。主张士人以德行的修养和建立功勋为本,作为立言的文学为末,不可本末倒置,以立言取代立德与立功。这里曹植所谓"以翰墨为勋绩",即以立言取代立功;所谓"以辞赋为君子",即以立言取代立德。显然,他这里是对曹丕在《典论·论文》中所提出的"寄身于翰墨,见意于篇籍"而"声名自传于后"的抬高文学地位之观点的影射。

㊹"若吾志未果"六句——意谓若不能实现自己的建功立业的政治理想,则会去采集民间小说谣吟,以成一家之言。庶官,即班固所谓"稗官",古时专门搜集民间传说的下层小吏。曹植贬低辞赋这种文人创作,而推重小说,甚至把编集小说作为自己一生的文学抱负,这是与曹魏时小说文体的发展和文人对民间文艺的注意分不开的。

㊺虽未能藏之于名山,将以传之于同好——语出司马迁《报任安书》"藏之名山,传之其人。"

㊻此要之皓首,岂可以今日论乎——要,期也。二句意谓,上述的文学理想,为自己一生所期,绝非眼下一时之论也。

㊼其言之不惭,恃惠子之知我也——按《论语·宪问篇》"其言之不怍。"怍、惭意同。恃,赖也。惠子:惠施,战国著名辩士,常与庄周辩论,然庄、惠二人又为好友。《淮南子·修务训》"惠施死而庄子寝说,言见世莫可为语者也。"李

善注引张衡《书》曰:"其言之不惭,恃鲍子之知我。"此或曹植句所本。植以庄周自拟,而以惠施比杨修,可知二人友谊之笃厚。

【附录】

修死罪死罪。不侍数日,若弥年载。岂由爱顾之隆,使系仰之情深耶! 损辱嘉命,蔚矣其文,诵读反覆,虽讽雅颂,不复过此。若仲宣之擅汉表,陈氏之跨冀域,徐刘之显青豫,应生之发魏国,斯皆然矣。至于修者,听采风声,仰德不暇,自周章于省览,何遑高视哉?

伏惟君侯,少长贵盛,体发旦之资,有圣善之教。远近观者,徒谓能宣昭懿德,光赞大业而已;不复谓能兼览传记,留思文章。今乃含王超陈,度越数子矣。观者骇视而拭目,听者倾首而竦耳。非夫体通性达,受之自然,其孰能至于此乎? 又尝亲见执事,握牍持笔,有所造作,若成诵在心,借即书于手,曾不斯须少留思虑。仲尼日月,无得逾焉,修之仰望,殆如此矣。是以对鹝而辞,作暑赋弥日而不献,见西施之容,归憎其貌者也!

伏想执事,不知其然,猥受顾锡,教使刊定。《春秋》之成,莫能损益;吕氏《淮南》,字直千金。然而弟子箝口,市人拱手者,圣贤卓荦,固所以殊绝凡庸也。今之赋颂,古诗之流,不更孔公,风雅无别耳。修家子云,老不晓事,强著一书,悔其少作。若比仲山周旦之俦,为皆有愆耶! 君侯忘圣贤之显迹,述鄙宗之过言,窃以为未之思也。

若乃不忘经国之大美,流千载之英声,铭功景钟,书名竹帛,斯自雅量,素所畜也,岂与文章相妨害哉? 辄受所惠,窃备矇瞍诵咏而已,敢望惠施以忝庄氏? 季绪璅璅,何足以云。反答造次,不能宣备。修死罪死罪。

杨修《答临淄侯笺》 六臣注《文选》卷四十 《四部丛刊》影宋本

植白:季重足下。前日虽因常调,得为密坐,虽燕饮弥日,其于别远会稀,犹不尽其劳积也。若夫觞酌凌波于前,箫笳发音于后,足下鹰扬其体,凤叹虎视,谓萧曹不足俦,卫霍不足侔也。左顾右眄,谓若无人,岂非君子壮志哉! 过屠门而大嚼,虽不得肉,贵且快意。当斯之时,愿举泰山以为肉,倾东海以为酒,伐云梦之竹以为笛,斩泗滨之梓以为筝,食若填巨壑,饮若灌漏卮,其乐固难量,岂非大丈夫之乐哉! 然日不我与,曜灵急节,面有逸景之速,别有参商之阔。思欲抑六龙之音,顿羲和之辔,折若木之华,闭濛汜之谷,天路高邈,良无由缘,怀恋反侧,如何如何!

所得来讯,文采委曲,晔若春荣,浏若清风,申咏反复,旷若复面。其诸贤所著文章,想还所治,复申咏之也。可令憙事小吏,讽而诵之。

夫文章之难,非独今也。古之君子,犹亦病诸。家有千金骥而不珍焉;人怀盈尺,和氏而无贵矣。夫君子而不知音乐,古之达论谓之通而蔽。墨翟不好伎,何为过朝歌而回车乎?足下好伎,而正值墨翟回车之县,想足下助我张目也。

又闻足下在彼,自有佳政。夫求而不得者日有之矣,未有不求而自得者也。且改辙易行,非良乐之御;易民而治,非楚郑之政,愿足下勉之而已矣。

适对嘉宾,口授不悉。往来数相闻。曹植白。

曹植《与吴季重书》　六臣注《文选》卷四十二　《四部丛刊》影宋本

质白信到,奉所惠贶,发函伸纸,是何文采之巨丽,而慰喻之绸缪乎!夫登东岳者,然后知众山之逦迤也;奉至尊者,然后知百里之卑微也。自旋之初,伏念五六日,至于旬时,精散思越,惘若有失。非敢羡宠光之休,慕猗顿之富,诚以身贱犬、马,德轻鸿毛,至乃历玄阙,排金门,升玉堂,伏虚槛于前殿,临曲池而行觞。既威仪亏替,言辞漏渫,虽恃平原养士之懿,愧无毛遂耀颖之才;深蒙薛公折节之礼,而无冯谖三窟之效;屡获信陵虚左之德,又无侯生可述之美,凡此数者,乃质之所以愤积于胸臆,怀眷而悁邑者也。若追前宴,谓之未究,倾海为酒,并山为肴,伐竹云梦,斩梓泗滨,然后极雅意,尽欢情,信公子之壮观,非鄙人之所庶几也。

若质之志,实在所天,思投印释戟,朝夕侍坐,钻仲父之遗训,览老氏之要言,对清酤而不酌,抑嘉肴而不享;使西施出帷,嫫母侍侧,斯盛德之所蹈,明哲之所保也。若乃近者之观,实荡鄙心。秦筝发微,二八迭奏;埙箫激于华屋,灵鼓动于座右;耳嘈嘈于无闻,情踊跃于鞍马。谓可北慑肃慎,使贡其楛矢;南震百越,使献其白雉。又况权、备,夫何足视乎?至治讽采所著,观省英伟,实赋颂之宗,作者之师表也。众贤所述,亦各有志。昔赵武过郑,七子赋诗,《春秋》载列,以为美谈。质小人也。无以承命,又所答贶,辞丑义陋,申之再三,赧然汗下。此邦之人,闲习辞赋,三事大夫,莫不讽诵,何但小史之有乎?重惠苦言,训以政事,恻隐之恩,形乎文墨。墨子回车,而质四年,虽无德与民,式歌且舞,儒、墨不同,固以久矣,然一旅之众,不足以扬名;步武之间,不足以骋迹。若不改辙易御,将何以效其力哉?今处此而求大功,犹绊良骥之足,而责以千里之任;槛猿猴之执,面望其巧捷之能者也。不胜见恤,谨附遣白答,不敢繁辞。吴质白。

吴质《答东阿王书》　六臣注《文选》卷四十二　《四部丛刊》影宋本

琳死罪死罪。昨加恩辱命,并示《龟赋》,披览粲然。君侯高世之才,秉青萍干将之器,拂钟无声,应机立断,此乃天然异禀,非钻仰者所庶几也。音义既远,清辞妙句,焱绝焕炳,譬犹飞兔流星,超山越海,龙骥所不敢追,况于驽马,可得齐足!夫听《白雪》之音,观《绿水》之节,然后东野巴人,蚩鄙益著,载欢载笑,欲罢不能。谨韫椟玩耽,以为吟颂。琳死罪死罪。

陈琳《答东阿王笺》　六臣注《文选》卷四十　《四部丛刊》影宋本

故君子之作也,俨乎若高山,勃乎若浮云。质素也如秋蓬,摛藻也如春葩。氾乎洋洋,光乎皓皓,与《雅》《颂》争流可也。余少而好赋,其所尚也,雅好慷慨,所著繁多。虽触类而作,然芜秽者众,故删定别撰,为《前录》七十八篇。

曹植《前录序》　严可均《全三国文》卷十六　中华书局影印本

奉诏,并见圣思所作《故平原公主诔》,文义相扶,章章殊兴,句句感切,哀动神明,痛贯天地。楚王臣彪等闻臣为读,莫不挥涕。

曹植《答诏示平原公主诔表》　严可均《全三国文》卷十五　中华书局影印本

昔枚乘作《七发》,傅毅作《七激》,张衡作《七辩》,崔骃作《七依》,辞各美丽。余有慕之焉,遂作《七启》,并命王粲作焉。

曹植《七启序》　严可均《全三国文》卷十六　中华书局影印本

王　弼

王弼(226—249),字辅嗣,山阳高平(今山东金乡县西北)人。魏正始年间著名思想家,玄学贵无论的创始人之一,中国文化史上罕见的哲学天才。他出身贵族世家,自幼聪慧过人,十余岁便好老庄,通辩能言。正始中任尚书郎,是玄学清谈之风的开启者之一,与夏侯玄、何晏齐名。后因曹爽、何晏在政治上的失败而受牵连,被罢官免职,最后染病身亡,年仅二十四岁。王弼在短暂的一生中,著述甚丰,主要有《周易注》、《周易略例》、《老子注》、《老子指略》、《论语释疑》、《周易穷微》、《易辨》、《周易大衍论》,后五种已佚。其中《老子指略》和《论语释疑》,部分佚文保留在《道藏》及《论语》注释本中。传见《三国志·魏书·钟会传》附。

周易略例·明象①

夫象者,出意者也②。言者,明象者也③。尽意莫若象,尽象莫若言④。言生于象,故可寻言以观象;象生于意,故可寻象以观意⑤。意以象尽,象以言著⑥。故言者所以明象,得象而忘言;象者所以存意,得意而忘象⑦。犹蹄者所以在兔,得兔而忘蹄;筌者所以在鱼,得鱼而忘筌⑧也。

然则,言者,象之蹄也;象者,意之筌也⑨。是故,存言者,非得象者也;存象者,非得意者也⑩。象生于意而存象焉,则所存者乃非其象也;言生于象而存言焉,则所存者乃非其言也⑪。

然则,忘象者,乃得意者也;忘言者,乃得象者也⑫。得意在忘象,得象在忘言⑬。故立象以尽意,而象可忘也;重画以尽情,而画可忘也[14]。

　　是故触类可为其象,合义可为其证[15]。义苟在健,何必马乎?类苟在顺,何必牛乎[16]?爻苟合顺,何必坤乃为牛?义苟应健,何必乾乃为马[17]?而或者定马于乾,案文责卦,有马无乾,则伪说滋漫,难可纪矣[18]。互体不足,遂及卦变;变又不足,推致五行[19]。一失其原,巧愈弥甚,纵复或值,而义无所取[20]。盖存象忘意之由也[21]。忘象以求其意,义斯见矣[22]。

楼宇烈《王弼集校释》　中华书局

【注释】

　　①《周易略例·明象》——《周易略例》主旨是以玄学解《易》,阐述王弼注《周易》的思想方法。现存《明象》、《明爻通变》、《明卦适变通爻》、《明象》、《辩位》、《略例下》、《卦略》等7篇。本书一般附《周易注》刊行,版本很多,有明万历年间《汉魏丛书》本,清顺治年间《说郛》本,清嘉庆年间《学津讨原》本等。今收入楼宇烈《王弼集校释》。

　　王弼是魏晋玄学的代表,也是中国哲学史上著名的思想家。他建立了以"无"为本体的客观唯心主义玄学体系。他的《周易略例·明象》是魏晋玄学言意之辩最重要的经典文本之一,对此后玄学的发展及文艺理论和美学的发展均产生了广泛而深远的影响。

　　魏晋玄学,是魏晋之际盛行的一种新的哲学形态与社会思潮。玄学的基本特征,在于理性思辨。言意之辩,成为魏晋玄学的主要命题,它是玄学对宇宙存在之本源进行理性思辨的方法。作为玄学的方法论,言意之辩代表着秦汉以来中国学术思想的变迁与思辨水平的提高。

　　关于言意之辩,魏晋玄学有两种互为对立的见解。一者为言不尽意论,一者为言尽意论。言不尽意论的代表为荀粲和王弼,言尽意论的代表是西晋的欧阳建。其中言不尽意论是言意之辩的主导思想。

　　王弼本文是解《易》的。他所说的"象",具体是指卦象;"言",是指《易》中说明卦象的卦辞、爻辞、象辞、彖辞;"意"指圣人在《易》中所蕴涵的思想意旨。"言不尽意"出自《周易·系辞》。王弼在《周易略例·明象》中以《庄》释《易》,故以《庄子·外物篇》的"得鱼忘筌"、"得意忘言"与《周易·系辞》的言不尽意之说合而为一,对传统的"言不尽意"说作了新的阐释,进而提出了"得意忘言"的新学说。其核心是对"言"、"象"、"意"三者辩证关系的论述。首先,王弼继承《周易》的观点,论述了"言"与"意"之间关系的同一性。他承认言可明象,象可尽意。因为言可以明象,所以可以由言观象;因为象可表意,所以可以由象观意。这个"象",指具体的象;这个"意",指具体的意。具体的象与意,是可以由言象去表现的,例如牛、马。其次,他用《庄子》"言不尽意"的观点诠释《周易》,重点论述了"言"与"意"之间的矛盾性与差异性。他认为"言"和"象"就如逮鱼捉兔的工具一样,是领会"意"的一种象征性符号。"言"是"明象"的工具,"象"是"存意"的工具。它并不能充分和完整地反映着"意",也并非用固定的"言"方可表达。因此,最后得出的结论必然是"忘象者,乃得意者也;忘言者,乃得象者也。"这里的"得象"和"得意",已经不是指具体的象与意,而是指具有普遍意义的象与意。如果执著于具体的言和象,就不可能得到具有普遍意义的象和意。所以他说:"是故,存言者,非得象者也;存象者,非得意者也。"可见忘言忘象的目的,是为了把握住更普遍意义的象和意。

《易》有言、象、意三端,诗文等艺术也分语言、形象和意旨三个层面。王弼所论述的"言"、"象"、"意"三者的关系,正好道出文艺创作和欣赏的基本规律,所以对后世的创作和批评理论产生了深远的影响。如刘勰的"隐秀"、钟嵘的"言有尽而意无穷"等。究其学术渊源,盖出于"言不尽意"之说。顾恺之著名的"以形写神"论也是建立在寄言出意、得意忘言论的基础之上。嵇康"声无哀乐"说的提出同样受到言为象蹄、象为意筌的思想和方法的直接影响。

从言不尽意论到强调追求言外之意与象外之象,从哲学到艺术,这一思想渗透到中国古代文艺理论与文艺创作之中,便成为中国古代美学传统中"韵味"说与"意境"论的最初源头。

②夫象者,出意者也——象,卦象。引申为一切可见之征兆。《系辞上》:"见乃谓之象",又说:"夫象,圣人有以见天下之赜,而拟诸其形容,象其物宜,是故谓之象。"意,意义。指卦象或事物所包含之意义。如《乾卦》所含意义为刚健,《坤卦》所含意义为柔顺等。同一类意义之物事,可用同一象来表示,此即所谓"象者,出意者也"。王弼明象重在其所含之意义,反对汉易家之象数学。

③言者,明象者也——言,语言、文字,如卦辞、爻辞。卦、爻辞均为说明卦象或物象的,所以说:"言者,明象者也。"

④尽意莫若象,尽象莫若言——即"象以表意,言以明象"之意,谓充分地把意义表达出来者莫过于用象,而充分地把象模拟出来者又莫过于言辞。

⑤"言生于象"四句——谓言辞可以生象,所以追寻言辞便可以观象;象可以出意,所以追寻象便可以观意。如《乾》卦所揭示的言能生龙,寻言可以观龙。乾能明意,故寻乾可以观其意也。

⑥意以象尽,象以言著——《系辞上》:"子曰:书不尽言,言不尽意。……子曰:圣人立象以尽意,设卦以尽情伪,系辞焉以尽其言。"

⑦"故言者所以明象"四句——得象而忘言、得意而忘象,这便是王弼本文的中心论点。得意是最终目的,而象和言只是得意的工具和手段。旨在得意,所以得意后就可把言、象忘去。以乾为例,既得龙象,其言可忘;既得乾意,其龙可舍。

⑧"犹蹄者所以在兔"四句——语本《庄子·外物篇》:"筌者,所以在鱼,得鱼而忘筌;蹄者,所以在兔,得兔为忘蹄。言者,所以在得意,得意而忘言。"蹄,捕兔之器具。筌,取鱼之竹器,或说为一种饵鱼之香草。

⑨言者象之蹄也,象者意之筌也——蹄以喻言,筌以比象。

⑩"存言者,非得象者也"四句——谓若不舍言,则不能得象;若不舍象,则不能得意。

⑪"象生于意而存象焉"四句——谓象生意之后,象依然保存,但所保存者其实已不是象了;言生象之后,言依然保存,但所保存者其实已不是言也。一句话,所存者在意也。

⑫"忘象者,乃得意者也"四句——谓忘象得意,忘言得象。

⑬"得意在忘象"二句——谓只有弃执言、象之后,才能得意。

⑭"故立象以尽意"四句——谓尽意可舍象,尽情可舍象。若尽和同之意,忘其天火之象。得同志之心,拔茅之画尽可弃也。重,叠。重画,指画六十四卦。情,真实。《系辞上》:"圣人立象以尽意,设卦以尽情伪。"

⑮是故触类可为其象,合义可为其征——谓综合各类事物,则成各种象;集合各种意义,可以互相验证。如鱼、龙、牛、马、鹿、狐、鼠之类。大人、君子,义同为验也。触类,合并同类之义,即所谓物以类聚。征,验证。

⑯"义苟在健"四句——谓乾卦的义理是刚健,坤卦的义理是柔顺,只要合于刚健含义的,不必拘泥于马这一种具体的物象。只要合于柔顺含义的,也不必拘泥于牛这一种具体的物象。如《大壮》九三有刚健之意义,但却说"羝羊"(羊之壮者)。《坤卦》没有刚健之意,但《彖辞》也说"牝"(马之柔顺者)。又如《遁卦》六二也说:"黄牛",《明夷卦》六二亦称"马"等。

⑰"爻苟合顺"四句——谓卦爻只要合乎柔顺的义理,不是坤卦的,仍可以用牛来象征。义理只要是刚健的,即使不是乾卦,仍可用马来象征。如《遁卦》无坤,六三亦称"牛",《坤卦》无乾,《象》亦云:"牝马"。

⑱"而或者定马为乾"五句——或,通"惑"。文,指卦辞和爻辞。卦,指卦象。句谓那些迷惑者认定马就是乾,他们机械地按照卦辞和爻辞来考察卦象,

一旦遇到有马象而无乾意时,就穿凿附会,荒谬的言论由此蔓延滋长,根本无法抓住其中要领。这是王弼对汉易学家的批评。

⑲"互体不足"四句——这是王弼对汉儒象数学的批评,意谓这些人一心追求那些烦琐的具体的象征,来穿凿附会地解释卦义,当互体不足以说明时,就用卦变;卦变不足以说明时,又推演五行来作比喻。互体,汉易学家解卦之法,认为每卦有六爻,由上下两卦重迭而成,其中二至四爻,三至五爻又可成一卦,一卦包含四卦,卦与卦互相包含,称为互体。王应麟《郑氏周易序》:"郑康成学费氏《易》,为注九卷,多论互体。以互体求易,左氏以来有之。凡卦爻,二至四,三至五,两体互交,各成一卦,是谓一卦含四卦。……坎之六画,其互体含艮、震。而艮、震之互体亦含坎……"彼此互相包含,故称互体。王弼反对讲互体。卦变,是用卦中上下位置的变化,或某一爻的变化,而使卦变为另一卦,从而解释卦、爻之意义。推致五行,用卦象分别代表五行,然后又用五行相生相克等理论来解释卦的意义,带有神秘主义色彩。五行指金、木、水、火、土。

⑳"一失其原"四句——谓一旦背离圣人之原旨,广为譬喻,那种巧妙的推演离原旨就更远了。即使偶尔有说对之处,它的义理却毫无足取。

㉑盖存象忘意之由也——谓上述种种错误,都是由于"存象忘意"所造成的。所谓"失鱼兔,则空守筌蹄也;遗健顺,则空说龙马也"。

㉒忘象以求其意,义斯见矣——王弼反对"存象忘意"而主张"忘象求意"。在他看来,汉儒的"存象忘意"是本末颠倒,因为,象是手段,意是目的,因此,正确的方法应该是"忘象得意",即只有不拘泥于具体物象、卦象,才能寻求其中的意义。

【附录】

盖理之微者,非物象之所举也。今称"立象以尽意",此非通于意外者也;"系辞焉以尽言",此非言乎表者也。斯则象外之意,系表之言,固蕴而不出矣。

《三国志·魏书》卷十《荀彧传》裴松之注引何劭《荀粲传》 中华书局点校本

论者以为心气相驻,因舌而言,卷舌翕气,安得畅理。余以留意于言,不如留意于不言,徒知无舌之通心,未尽有舌之必通心也。仲尼云,天何言哉,四时行焉!夫子之文章,可得而闻也。夫子之言性与天道,不可得而闻。是谓至精,愈不可闻。枢机之发,主乎荣辱,祸言祗寻,召福甚希,丧元灭族,没有余哀,三缄告慎,铭在金人。留侯不得已而掉三寸,亦反初服而效神仙。灵龟启兆于有识,前却可通于千年,鹦鹉猩猩,鼓弄于笼罗,财无一介之存。普天地之与人物,亦何屑于有言哉。

张韩《不用舌论》 严可均《全晋文》卷一〇七 中华书局影印本

　　有雷同君子,问于违众先生曰:"世之论者,以为言不尽意,由来尚矣。至乎通才达识,咸以为然。若夫蒋公之论眸子,钟傅之言才性,莫不引此为谈证。而先生以为不然,何哉?"先生曰:"夫天不言,而四时行焉;圣人不言,而鉴识存焉。形不待名,而方圆已著;色不俟称,而黑白以彰。然则名之于物,无施者也;言之于理,无为者也。而古今务于正名,圣贤不能去言,其故何也?诚以理得于心,非言不畅;物定于彼,非名不辩。言不畅志,则无以相接;名不辩物,则鉴识不显。鉴识显而名品殊,言称接而情志畅。原其所以,本其所由,非物有自然之名,理有必定之称也。欲辩其实,则殊其名;欲宣其志,则立其称。名逐物而迁,言因理而变。此犹声发响应,形存影附,不得相与为二矣。苟其不二,则无不尽矣,吾故以为尽矣。"

欧阳建《言尽意论》 《艺文类聚》卷十九引 中华书局汪绍楹校本

嵇 康

嵇康(223—262),字叔夜,谯国铚(今安徽宿县西南)人。三国时魏国哲学家、音乐家、文学家。官至中散大夫,世称嵇中散。与阮籍、山涛等号为"竹林七贤"。嵇康善作曲,又善操曲,其弹奏的《广陵散》誉满一时。嵇康诗作长于四言,散文成就在诗歌之上。刘勰《文心雕龙·才略》篇评道:"嵇康师心以遣论,阮籍使气以命诗。"今存《嵇中散集》,《晋书》卷四十九有传。

声无哀乐论①

有秦客问于东野主人曰:"闻之前论曰:'治世之音安以乐,亡国之音哀以思②。'夫治乱在政,而音声应之。故哀思之情,表于金石;安乐之象,形于管弦也。又仲尼闻《韶》,识虞舜之德③;季札听弦,知众国之风④。斯已然之事,先贤所不疑也。今子独以为声无哀乐,其理何居?若有嘉讯⑤,今请闻其说。"

主人应之曰:"斯义久滞,莫肯拯救,故令历世滥于名实。今蒙启导,将言其一隅焉。夫天地合德,万物贵生,寒暑代往,五行以成。章为五色,发为五音。音声之作,其犹臭味⑥在于天地之间。其善与不善,虽遭遇浊乱,其体自若,而不变也。岂以爱憎易操⑦,哀乐改度哉?及宫商集比,声音克谐,此人心至愿,情欲之所钟。古人知情不可恣,欲不可极,故因其所用,每为之节,使哀不至伤,乐不至淫。因事与名,物有其号。哭谓之哀,歌谓之乐,斯其大较也。然乐云乐云,钟鼓云乎哉?哀云哀云,哭泣云乎哉?因兹而言,玉帛非礼敬之实,歌哭非悲哀之主也。何以明之?夫殊方异俗,歌哭不同。使错而用之,或闻哭而欢,或听歌而戚,然而哀乐之情均也。今用均同之情,而发万殊之声,斯非音声之无常哉?然声音和比,感人之最深者也。劳者歌其事,乐者舞其功。夫内有悲痛之心,则激切哀之言。言比成诗,声比成音。杂而咏之,聚而听之,心动于和声,情感于苦言。嗟叹未绝,而泣涕流涟矣。夫哀心藏于内,遇和声而后发。和声无象,而哀心有主。夫以有主之哀心,因乎无象之和声,其所觉悟,唯哀而已。岂复知吹万不同,而使其自己哉⑧!风俗之流,遂成其政。是故国史明政教之得失,审国风之盛衰,吟咏情性,以讽其上,故曰'亡国之音哀以思'也。夫喜怒哀乐,爱憎惭惧,凡此八者,生民所以接物传情,区别有属,而不可溢者也。夫味以甘苦为称,今以甲贤而心爱,以乙愚而情憎,则爱憎宜属我,而贤愚宜属彼也。可以我爱而谓之爱人,我憎而谓之憎人,所喜则谓之喜味,所怒则谓之怒味哉?由此言之,则外内殊用,彼我异名。声音自当以善恶为主,则无关于哀乐;哀乐自当以情感而后发,则无系于声音。名实俱去,则尽然可见矣。且季子在鲁,采《诗》观礼,以别《风》、《雅》,岂徒任声以决臧否哉?又仲尼闻《韶》,叹其一致,是以咨嗟,何必因声以知虞舜之德,然后叹美耶?今粗明其一端,亦可思过半矣。"

秦客难曰:"八方异俗,歌哭万殊,然其哀乐之情,不得不见也。夫心动于中,而声出于心。虽托之于他音,寄之于余声,善听察者,要自觉之,不使得过也。昔伯牙理琴,而钟子知其所志⑨;隶人击磬,而子产识其心哀⑩;鲁人晨哭,而颜渊审其生离⑪。夫数子者,岂复假智于常音,借验于曲度哉?心戚者则形为之动,情悲者则声为之哀。此自然相应,不可得逃,唯神明者能精之耳。夫能者不以声众为难,不能者不以声寡为易。今不可以未遇善听,而谓之声无可察之理;见方俗之多变,而谓声音无哀乐也。"

又云:"贤不宜言爱,愚不宜言憎。然则有贤然后爱生,有愚然后憎成,但不当其共名耳。哀乐之作,亦有由而然。此为声使我哀,音使我乐也。苟哀乐由声,更为有实,何得名实俱去邪?"

又云:"季子采《诗》观礼,以别《风》《雅》;仲尼叹《韶》音之一致,是以咨嗟。是何言欤?且师襄奏操,而仲尼睹文王之容⑫;师涓进曲,而子野识亡国之音⑬。宁复讲诗而后下言,习礼然后立评哉? 斯皆神妙独见,不待留闻积日,而已综其吉凶矣;是以前史以为美谈。今子以区区之近知,齐所见而为限,无乃诬前贤之识微,负夫子之妙察邪?"

主人答曰:"难云:'虽歌哭万殊,善听察者要自觉之,不假智于常音,不借验于曲度',钟子之徒云云是也。此为心悲者虽谈笑鼓舞,情欢者虽拊膺咨嗟,犹不能御外形以自匿,诳察者以疑似也。以为就令声音之无常,犹谓当有哀乐耳。又曰:'季子听声,以知众国之风;师襄奏操,而仲尼睹文王之容。'案如所云,此为文王之功德,与风俗之盛衰,皆可象之于声音。声之轻重,可移于后世;襄涓之巧,又得之于将来。若然者,三皇五帝,可不绝于今日,何独数事哉? 若此果然也。则文王之操有常度,《韶武》之音有定数,不可杂以他变,操以余声也。则向所谓声音之无常,钟子之触类,于是乎踬⑭矣。若音声之无常,钟子之触类,其果然邪? 则仲尼之识微,季札之善听,固亦诬矣。此皆俗儒妄记,欲神其事而追为耳。欲令天下惑声音之道,不言理自。尽此而推,使神妙难知,恨不遇奇听于当时,慕古人而自叹,斯所以大罔后生也。夫推类辨物,当先求之自然之理;理已定,然后借古义以明之耳。今未得之于心,而多恃前言以为谈证,自此以往,恐巧历不能纪耳⑮。又难云:'哀乐之作,犹爱憎之由贤愚,此为声使我哀,而音使我乐。苟哀乐由声,更为有实矣。'夫五色有好丑,五声有善恶,此物之自然也。至于爱与不爱,喜与不喜,人情之变,统物之理,唯止于此。然皆无豫于内,待物而成耳。至夫哀乐自以事会,先遘于心,但因和声,以自显发,故前论已明其无常。今复假此谈以正其名号耳,不谓哀乐发于声音,如爱憎之生于贤愚也。然和声之感人心,亦犹酒醴之发人情也。酒以甘苦为主,而醉者以喜怒为用。其见欢戚为声发,而谓声有哀乐,犹不可见喜怒为酒使,而谓酒有喜怒之理也。"

秦客难曰:"夫观气采色,天下之通用也。心变于内,而色应于外,较然可见,故吾子不疑。夫声音,气之激者也。心应感而动,声从变而发;心有盛衰,声亦隆杀。同见役于一身,何独于声便当疑邪!

夫喜怒章于色诊,哀乐亦宜形于声音。声音自当有哀乐,但暗者不能识之。至钟子之徒,虽遭无常之声,则颖然独见矣。今矇瞽面墙而不悟,离娄昭秋毫于百寻⑯,以此言之,则明暗殊能矣。不可守咫尺之度,而疑离娄之察;执中庸之听,而猜钟子之聪;皆谓古人为妄记也。"

主人答曰:"难云:'心应感而动,声从变而发;心有盛衰,声亦降杀,哀乐之情,必形于声音,钟子之徒,虽遭无常之声,则颖然独见矣。'必若所言,则浊质之饱⑰,首阳之饥⑱,卞和之冤⑲,伯奇之悲⑳,相如之含怒㉑,不占之怖祇㉒,千变百态,使各发一咏之歌,同启数弹之微,则钟子之徒,各审其情矣。尔为听声者不以寡众易思,察情者不以大小为异,同出一身者,斯于识之也。设使从下出,则子野之徒,亦当复操律鸣管,以考其音,知《南风》之盛衰,别《雅》、郑之淫正也㉓?夫食辛之与甚嚏,薰目之与哀泣,同用出泪,使狄牙㉔尝之,必不言乐泪甜,而哀泪苦,斯可知矣。何者?肌液肉汗,蹙笮㉕便出,无主于哀乐,犹莚酒之囊漉㉖,虽笮具不同,而酒味不变也。声俱一体之所出,何独当含哀乐之理也?且夫《咸池》《六茎》,《大章》《韶》《夏》㉗,此先王之至乐,所以动天地、感鬼神者也。今必云声音莫不象其体,而传其心,此必为至乐,不可托之于瞽史,必须圣人理其弦管,尔乃雅音得全也。舜命夔击石拊石,八音克谐,神人以和。以此言之,至乐虽待圣人而作,不必圣人自执也。何者?音声有自然之和,而无系于人情。克谐之音,成于金石;至和之声,得于管弦也。夫纤毫自有形可察,故离瞽以明暗异功耳。若以水济水,孰异之哉?"

秦客难曰:"虽众喻有隐,足招攻难,然其大理,当有所就。若葛卢闻牛鸣,知其三子为牺㉘;师旷吹律,知南风不竞,楚师必败;羊舌母听闻儿啼,而审其丧家㉙。凡此数事,皆效于上世,是以咸见录载。推此而言,则盛衰吉凶,莫不存乎声音矣。今若复谓之诬罔,则前言往记,皆为弃物,无用之也。以言通论,未之或安。若能明斯所以,显其所由,设二论俱济,愿重闻之。"

主人答曰:"吾谓能反三隅者,得意而忘言,是以前论略而未详。今复烦循环之难,敢不自一竭邪?夫鲁牛能知牺历之丧生,哀三子之不存,含悲经年,诉怨葛卢。此为心与人同,异于兽形耳。此又吾之所疑也。且牛非人类,无道相通,若谓鸟兽皆能有言,葛卢受性独晓之,此为解其语而论其事,犹译传异言耳,不为考声音而知其情,则非所以为难也。若谓知者,为当触物而达,无所不知,今且先议其所易者。请问:圣人卒人胡域,当知其所言否乎?难者必曰:知之。知之之理,何以明之?愿借子之难以立鉴识之域。或当与关接,识其言邪?将吹律鸣管,校其音邪?观气采色,和其心邪?此为知心,自由气色,虽自不言,犹将知之,知之之道,可不待言也。若吹律校音以知其心,假令心志于马而误言鹿,察者固当由鹿以知马也。此为心不系于所言,言或不足以证心也。若当关接而知言,此为孺子学言于所师,然后知之,则何贵于聪明哉?夫言非自然一定之物,五方殊俗,同事异号,趣举一名,以为标识耳。夫圣人穷理,谓自然可寻,无微不照。理蔽则虽近不见,故异域之言,不得强通。推此以往,葛卢之不知牛鸣,得不全乎?又难云:'师旷吹律,知南风不竞,楚多死声。'此又吾之所疑也。请问:师旷吹律之时,楚国之风耶?则相去千里,声不足达。若正识楚风,来入律中耶?则楚南有吴越,北有梁宋,苟不见其原,奚以识之哉?凡阴阳愤激,然后成风;气之相感,触地而发。何得发楚庭,来入晋乎?且又律吕分四时之气耳,时至而气动,律应而灰移,皆自然相待,不假人以为用也[30]。上生下生[31],所以均五声之和,叙刚柔之分也。然律有一定之声,虽冬吹中吕,其音自满而无损也。今以晋人之气,吹无损之律,楚风安得来入其中,与为盈缩耶?风无形,声与律不通,则校理之地,无取于风律,不其然乎?岂师旷多识博物,自有以知胜败之形,欲固众心,而托以神微,若伯常骞之许景公寿哉[32]?又难云:'羊舌母听闻儿啼,而审其丧家。'复请问何由知之?为神心独悟,暗语而当耶?尝闻儿啼若此,其大而恶,今之啼声,似昔之啼声,故知其丧家耶?若神心独悟,暗语之当,非理之所得也。虽曰听啼,无取验于儿声矣。若以尝闻之声为恶,故知今啼当恶,此为以甲声为度,以校乙之啼也。夫声之于音,犹形之于心也。有形同而情乖,貌殊而心均者。何以明之?圣人齐心等德,而形状不同也。苟心同而形异,则何言乎观形而知心哉?且口之激气为声,何异于籁龠③纳气而鸣耶？啼声之善恶，不由儿口吉凶，犹琴瑟之清浊，不在操者之工拙也。心能辨理善谈，而不能令内龠调利，犹瞽者能善其曲度，而不能令器必清和也。器不假妙瞽而良，龠不因惠心而调。然则心之与声，明为二物。二物之诚然，则求情者不留观于形貌，揆心者不借听于声音也。察者欲因声以知心，不亦外乎？今晋母未得之于老成，而专信昨日之声，以证今日之啼，岂不误中于前世好奇者，从而称之哉？"

秦客难曰："吾闻败者不羞走，所以全也。今吾心未厌，而言于难，复更从其余。今平和之人，听筝笛琵琶，则形躁而志越；闻琴瑟之音，则听静而心闲。同一器之中，曲用每殊，则情随之变：奏秦声则叹羡而慷慨；理齐楚则情一而思专，肆姣弄则欢放而欲惬；心为声变，若此其众。苟躁静由声，则何为限其哀乐？而但云至和之声，无所不感，托大同于声音，归众变于人情，得无知彼不明此哉？"

主人答曰："难云：'琵琶筝笛，令人躁越。'又云：'曲用每殊，而情随之变。'此诚所以使人常感也。琵琶筝笛，间促而声高，变众而节数；以高声御数节，故使人形躁而志越。犹铃铎警耳，而钟鼓骇心，故闻鼓鼙之音，则思将帅之臣。盖以声音有大小，故动人有猛静也。琴瑟之体，间辽而音埤㉚，变希而声清；以埤音御希变，不虚心静听，则不尽清和之极：是以听静而心闲也。夫曲用不同，亦犹殊器之音耳。齐楚之曲多重，故情一；变妙，故思专。姣弄之音，挹众声之美，会五音之和，其体赡而用博，故心役于众理；五音会，故欢放而欲惬。然皆以单复高埤善恶为体，而人情以躁静专散为应。譬犹游观于都肆，则目溢而情放；留察于曲度，则思静而容端。此为声音之体，尽于舒疾；情之应声，亦止于躁静耳。夫曲用每殊，而情之处变，犹滋味异美，而口辄识之也。五味万殊，而大同于美；曲变虽众，亦大同于和。美有甘，和有乐。然随曲之情，尽于和域；应美之口，绝于甘境，安得哀乐于其间哉？然人情不同，自师所解，则发其所怀。若言平和哀乐正等，则无所先发，故终得躁静。若有所发，则是有主于内，不为平和也。以此言之，躁静者，声之功也；哀乐者，情之主也。不可见声有躁静之应，因谓哀乐者皆由声音也。且声音虽有猛静，猛静各有一和，和之所感,莫不自发。何以明之?夫会宾盈堂,酒酣奏琴,或忻然而欢,或惨尔而泣,非进哀于彼,导乐于此也。其音无变于昔,而欢戚并用,斯非吹万不同耶?夫唯无主于喜怒,亦应无主于哀乐,故欢戚俱见。若资偏固之音,含一致之声,其所发明,各当其分,则焉能兼御群理,总发众情耶?由是言之,声音以平和为体,而感物无常;心志以所俟为主,应感而发。然则声之与心,殊涂异轨,不相经纬,焉得染太和于欢戚,缀虚名于哀乐哉?"

秦客难曰:"论云:猛静之音,各有一和,和之所感,莫不自发。是以酒酣奏琴,而欢戚并用。此言偏并之情先积于内,故怀欢者值哀音而发,内戚者遇乐声而感也。夫音声自当有一定之哀乐,但声化迟缓,不可仓卒,不能对易。偏重之情,触物而作,故令哀乐同时而应耳;虽二情俱见,则何损于声音有定理耶?"

主人答曰:"难云:'哀乐自有定声,但偏重之情不可卒移,故怀戚者遇乐声而哀耳。'即如所言,声有定分,假使《鹿鸣》重奏,是乐声也;而令戚者遇之,虽声化迟缓,但当不能使变令欢耳,何得更以哀耶?犹一爝之火⑤,虽未能温一室,不宜复增其寒矣。夫火非隆寒之物,乐非增哀之具也。理弦高堂,而欢戚并用者,直至和之发滞导情,故令外物所感,得自尽耳。难云:'偏重之情,触物而作,故令哀乐同时而应耳。'夫言哀者,或见机杖而泣,或睹舆服而悲⑯,徒以感人亡而物存,痛事显而形潜。其所以会之,皆自有由,不为触地而生哀,当席而泪出也。今无机杖以致感,听和声而流涕者,斯非和之所感,莫不自发也。"

秦客难曰:"论云:酒酣奏琴,而欢戚并用。欲通此言,故答以偏情感物而发耳。今且隐心而言,明之以成效。夫人心不欢则戚,不戚则欢,此情志之大域也。然泣是戚之伤,笑是欢之用。盖闻齐、楚之曲者,唯睹其哀涕之容,而未曾见笑噱之貌⑰。此必齐、楚之曲以哀为体,故其所感,皆应其度量;岂徒以多重而少变,则致情一而思专耶?若诚能致泣,则声音之有哀乐,断可知矣。"

主人答曰:"虽人情感于哀乐,哀乐各有多少。又哀乐之极,不必同致也。夫小哀容坏,甚悲而泣,哀之方也;小欢颜悦,至乐心愉,乐之理也。何以明之？夫至亲安豫，则恬若自然，所自得也。及在危急，仅然后济，则怵不及舞㊳。由此言之，舞之不若向之自得，岂不然哉？至夫笑噱，虽出于欢情，然自以理成，又非自然应声之具也。此为乐之应声，以自得为主；哀之应感，以垂涕为故。垂涕则形动而可觉，自得则神合而无忧。是以观其异而不识其同，别其外而未察其内耳。然笑噱之不显于声音，岂独齐楚之曲耶？今不求乐于自得之域，而以无笑噱谓齐楚体哀，岂不知哀而不识乐乎？"

秦客问曰："仲尼有言：'移风易俗，莫善于乐。'即如所论，凡百哀乐，皆不在声，即移风易俗，果以何物邪？又古人慎靡靡之风，抑慆耳之声㊳，故曰：'放郑声，远佞人。'然则郑卫之音、击鸣球以协神人㊵，敢问郑雅之体，隆弊所极？风俗称易，奚由而济？幸重闻之，以悟所疑。"

主人应之曰："夫言移风易俗者，必承衰弊之后也。古之王者，承天理物，必崇简易之教，御无为之治。君静于上，臣顺于下，玄化潜通，天人交泰。枯槁之类，浸育灵液；六合之内，沐浴鸿流，荡涤尘垢。群生安逸，自求多福；默然从道，怀忠抱义，而不觉其所以然也。和心足于内，和气见于外，故歌以叙志，舞以宣情。然后文之以采章，照之以《风》《雅》，播之以八音，感之以太和，导其神气，养而就之。迎其情性，致而明之，使心与理相顺，气与声相应，合乎会通，以济其美。故凯乐之情，见于金石；含弘光大，显于音声也。若此以往，则万国同风，芳荣济茂，馥如秋兰；不期而信，不谋而诚，穆然相爱，犹舒锦布彩，而粲炳可观也。大道之隆，莫盛于兹；太平之业，莫显于此。故曰'移风易俗，莫善于乐'。然乐之为体，以心为主。故无声之乐，民之父母也。至八音会谐，人之所悦，亦总谓之乐。然风俗移易，本不在此也。夫音声和比，人情所不能已者也。是以古人知情之不可放，故抑其所遁；知欲之不可绝，故因其所自。为可奉之礼，制可导之乐。口不尽味，乐不极音；揆终始之宜，度贤愚之中，为之检则，使远近同风，用而不竭，亦所以结忠信，著不迁也。故乡校庠塾亦随之变，丝竹与俎豆并存，羽毛与揖让俱用㊶，正言与和声同发。使将听是声也，必闻此言；将观是容也，必崇此礼。礼犹宾主升降，然后酬酢㊷行焉。

于是言语之节,声音之度,揖让之仪,动止之数,进退相须,共为一体。君臣用之于朝,庶士用之于家。少而习之,长而不怠,心安志固,从善日迁。然后临之以敬,持之以久而不变,然后化成。此又先王用乐之意也。故朝宴聘享,嘉乐必存。是以国史采风俗之盛衰,寄之乐工,宣之管弦,使言之者无罪,闻之者足以自诫。此又先王用乐之意也。若夫郑声,是音声之至妙。妙音感人,犹美色惑志。耽槃荒酒[13],易以丧业。自非至人,孰能御之?先王恐天下流而不反,故具其八音,不渎其声;绝其大和,不穷其变;捐窈窕之声,使乐而不淫;犹大羹不和,不极勺药之味也。若流俗浅近,则声不足悦,又非所欢也。若上失其道,国丧其纪,男女奔随,淫荒无度,则风以此变,俗以好成。尚其所志,则群能肆之;乐其所习,则何以诛之?托于和声,配而长之,诚动于言,心感于和,风俗一成,因而名之。然所名之声,无中于淫邪也。淫之与正同乎心,雅郑之体,亦足以观矣。"

戴明扬《嵇康集校注》 人民文学出版社

【注释】

①《声无哀乐论》——本文为嵇康的一篇杰出的音乐美学论著,也是玄学的文艺美学思想方面的代表性著作,收录于《嵇康集》中。主要版本有明汪士贤《汉魏诸名家集》本,明张燮《七十二家集》本,明张溥《汉魏六朝百三名家集》本,清《四库全书》本,文学古籍刊行社鲁迅校《嵇康集》本。注释本主要有戴明扬《嵇康集校注》(人民文学出版社 1962 年版)。

《声无哀乐论》的中心论点是客体的音声与主体的哀乐判然为二,没有必然的联系。论文采用辩难的形式,分八个部分,一问一答,回环往复。文中假设"秦客"对声无哀乐提出质问,而由"东野主人"来回答,并加以辩驳,从而对声无哀乐问题作了系统的阐发。嵇康认为音乐的和谐之美,是音乐的一种自然属性,是不依赖于人情之哀乐而存在的。在他看来,音乐的声音只是传达人的感情的一个物质载体,它本身并无感情可言,这和传统的儒家观点是鲜明对立的。嵇康认为,音声只有美与不美的形式高下之分,而没有悲哀和快乐的情感属性。嵇康认为判断音声的美与不美,在于一个"和"字。嵇康"声无哀乐"的论点是针对《礼记·乐记》的基本思想而发的,所以,文中"秦客"质问时所依据的即是《乐记》,而嵇康以"东野主人"身份所作的反驳,也就是对《乐记》的一种批评。

因此，我们可以说《声无哀乐论》中"秦客"和"东野主人"的这场辩论，正是儒道两家在音乐美学和文艺思想方面的一场大辩论。

尽管嵇康的有些推论从逻辑上看，并不缜密，有些问题的偏颇与自相矛盾是显而易见的。比如把情感和音乐形象绝对分裂开来，把"意"和"象"绝对分裂开来，又如对声、音、乐三者的内涵未作出深入的辨别，故对其关系也存在某种程度的混淆。诸如此类，需要我们用辩证的眼光加以看待。但《声无哀乐论》在中国文艺美学史上的意义却是不容低估的。从美学史的发展来看，嵇康声无哀乐的命题，非常真实地反映了人们对于艺术的审美形象认识的深化。它和王弼"得意忘象"的命题一样，是魏晋玄学影响下的直接产物，其美学史意义主要表现在以下几个方面：

首先，"声无哀乐"论从音乐本身理论的阐述出发，强调了音乐的独立性，将音声从政治道德的附庸地位中解脱出来，还音乐以自身的独立地位，强调音乐的美在其自身，而不在"哀乐"——某种道德的黏附上。这就把儒家传统的功利主义乐论给彻底否定了，强调了乐的艺术特质，而否定了乐的功利目的。因此，《声无哀乐论》实质是道家乐论对以《乐记》、《毛诗序》为代表的儒家乐论的挑战和全面否定，它标志着中国文艺思想的发展由经学时代向玄学时代的转变。

其次，这一观点的又一意义，是强调了审美主体的作用。哀乐之情，生于审美者自身。审美者不是被动的接受，而是创造，乐的功能，只是引发。这一点，对文学批评中的审美理论，是很有价值的。

最后，"声无哀乐论"的提出，对于重视音乐艺术形式美的研究，起了重要的推动和促进作用，同时它也影响到当时整个文艺领域对艺术本身特征的探讨。嵇康提出音乐的美在于"自然之和"，这实际上是强调了音乐作为艺术有其自身的审美属性和价值，要求人们充分关注对于音乐形式美的研究和探讨。

更值得我们重视的是，嵇康在提出"心之与声，明为二物"时，只是强调声音本身没有哀乐，而没有根本否定音乐与感情之间的联系，没有否定音乐对人的情绪的作用。他指出音乐能使人的情绪起"躁"或"静"的变化，能使人的精神发生"专"或"散"的状态。那么，乐声与情绪之间的这种联系是如何造成的？它们之间的互动机制是什么？这很值得研究。嵇康对此没有再作更深入的探讨，但他的论述无疑是对人们进一步思考的启发。

嵇康"声无哀乐论"的命题在当时及后世产生很大影响。《世说新语·文学》载："旧云：王丞相（王导）过江，止道声无哀乐、养生、言尽意三理而已。"后来，《南齐书》、《贞观政要》、《乐府杂录》还从道禅哲学的角度对声无哀乐作了引申。

②"有秦客问于东野主人曰"三句——秦客,作者假设与自己辩论的对手。东野主人,作者自谓。"治世之音安以乐,亡国之音哀以思",语出《礼记·乐记》:"情动于中,故形于声;声成文,谓之音。是故治世之音安以乐,其政和;乱世之音怨以怒,其政乖;亡国之音哀以思,其民困。声音之道,与政通矣。"

③仲尼闻《韶》,识虞舜之德——《论语·八佾》:"子谓《韶》:'尽美矣,又尽善也。'"按《韶》的内容是表现舜接受尧的禅让,能继承尧的德业。孔子主张"以德服人",故称《韶》"尽善"。

④季札听弦,知众国之风——季札为春秋时吴国贤人,为吴王诸樊弟,又称公子札,延陵季子,公元前544年聘于鲁,观列国之乐。按《左传·襄公二十九年》载:"吴公子札来聘,见叔孙穆子,说之。谓穆子曰:'子其不得死乎?好善而不能择人。吾闻君子务在择人。吾子为鲁宗卿,而任其大政,不慎举,何以堪之?祸必及子!请观于周乐。使工为之歌《周南》、《召南》,曰:'美哉!始基之矣,犹未也。然勤而不怨矣。'为之歌《邶》、《鄘》、《卫》,曰:'美哉,渊乎!忧而不困者也。吾闻卫康叔、武公之德如是,是其《卫风》乎?'为之歌《王》,曰:'美哉!思而不惧,其周之东乎?'为之歌《郑》,曰:'美哉!其细已甚,民弗堪也,是其先亡乎!'为之歌《齐》,曰:'美哉,泱泱乎!大风也哉!表东海者,其大公乎!国未可量也。'为之歌《豳》,曰:'美哉,荡乎!乐而不淫,其周公之东乎?'为之歌《秦》,曰:'此之谓夏声。夫能夏则大,大之至也,其周之旧乎?'为之歌《魏》,曰:'美哉,沨沨乎!大而婉,险而易行,以德辅此,则明主也。'为之歌《唐》,曰:'思深哉!其有陶唐氏之遗民乎?不然,何忧之远也?非令德之后,谁能若是?'为之歌《陈》,曰:'国无主,其能久乎?'自《郐》以下无讥焉。为之歌《小雅》,曰:'美哉!思而不贰,怨而不言,其周德之衰乎?犹有先王之遗民焉。'为之歌《大雅》,曰:'广哉!熙熙乎!曲而有直体,其文王之德乎?'为之歌《颂》,曰:'至矣哉!直而不倨,曲而不屈,迩而不逼,远而不携,迁而不淫,复而不厌,哀而不愁,乐而不荒,用而不匮,广而不宣,施而不费,取而不贪,处而不底,行而不流,五声和,八风平,节有度,守有序,盛德之所同也。'见舞《象箾》、《南籥》者,曰:'美哉!犹有憾。'见舞《大武》者,曰:'美哉!周之盛也,其若此乎!'见舞《韶濩》者,曰:'圣人之弘也,而犹有惭德,圣人之难也。'见舞《大夏》者,曰:'美哉!勤而不德,非禹其谁能修之?'见舞《韶箾》者,曰:'德至矣哉!大矣!如天之无不帱也,如地之无不载也,虽甚盛德,其蔑以加于此矣。观止矣!若有他乐,吾不敢请已!'"

⑤嘉讯——美言。

⑥臭味——气味。

⑦操——琴曲的一种。按应劭《风俗通·声音》:"其遇闭塞忧愁而作者,命其曲曰操。"

⑧岂复知吹万不同,而使其自己哉——按《庄子·齐物论》:"夫吹万不同,而使其自己也。"意谓风吹入各种不同的窾窾,由于窾窾形状的不同而发出各自不相同的声音。

⑨伯牙理琴,而钟子知其所志——《列子·汤问》:"伯牙善鼓琴,钟子期善听。伯牙鼓琴,志在登高山。钟子期曰:'善哉!峨峨兮若泰山!'志在流水,钟子期曰:'善哉!洋洋兮若江河!'伯牙所念,钟子期必得之。伯牙游于泰山之阴,卒逢暴雨,止于岩下;心悲,用援琴而鼓之。初为霖雨之操,更造崩山之音。曲每奏,钟子期辄穷其趣。伯牙乃舍琴而叹曰:'善哉,善哉!子之听夫志,想象犹吾心也。吾于何逃声哉?'"又见《说苑·尊贤》,文字略有不同。

⑩隶人击磬,而子产识其心哀——按,此言子产为误,当为钟子期。事见《吕氏春秋·精通》:"钟子期夜闻击磬者而悲。使人召而问之曰:'子何击磬之悲也?'答曰:'臣之父不幸杀人,不得生;臣之母得生,而为公家为酒;臣之身得生,而为公家击磬。臣不睹臣之母三年矣。昔为舍氏睹臣之母,量所以赎之则无有。而身固公家之财也,是故悲也。'钟子期叹嗟曰:'悲夫,悲夫!心非臂也,臂非椎非石也,悲存乎心,而木石应之。故君子诚乎此而渝乎彼,感乎己而发乎人,岂必强说乎哉?'"

⑪鲁人晨哭,而颜渊审其生离——刘向《说苑·辨物》:"孔子晨立堂上,闻声音甚悲,孔子援琴而鼓之,其音同也。……回问:'今者有哭者,其音甚悲,非独哭死,又哭生离者。'孔子使人问哭者,哭者曰:'父死家贫,卖子以葬之,将与其别也。'"

⑫且师襄奏操,而仲尼睹文王之容——《史记·孔子世家》:"孔子学鼓琴师襄子,十日不进。师襄子曰:'可以益矣。'孔子曰:'丘已习其曲矣,未得其数也。'有间,曰:'已习其数,可以益矣。'孔子曰:'丘未得其志也。'有间,曰:'已习其志,可以益矣。'孔子曰:'丘未得其为人也。'有间,有所穆然深思焉,有所怡然高望而远志焉。曰:'丘得其为人也,黯然而黑,几然而长,眼如望羊,如王四国,非文王其谁能为此也!'师襄子辟席再拜,曰:'师盖云《文王操》也。'"

⑬师涓进曲,而子野识亡国之音——《韩非子·十过》:"昔者卫灵公将之晋,至濮水之上,税车而放马,设舍以宿,夜分,而闻鼓新声者而悦之,使人问左右,尽报弗闻。乃召师涓而告之曰:'有鼓新声者,……其状似鬼神,子为我听而写之。'师涓曰:'诺。'因静坐抚琴而写之。师涓明日报曰:'臣得之矣,而未习也,请复一宿习之。'灵公曰:'诺。'因复留宿,明日,而习之,遂去之晋。晋平公

筋之于施夷之台,酒酣,灵公起,公曰:'有新声,愿请以示。'平公曰:'善。'乃召师涓,令坐师旷之旁,援琴鼓之。未终,师旷抚止之,曰:'此亡国之声,不可遂也。'平公曰:'此道奚出?'师旷曰:'此师延之所作,与纣为靡靡之乐也,及武王伐纣,师延东走,至于濮水而自投,故闻此声者必于濮水之上。先闻此声者其国必削,不可遂。'"子野,师旷字。

⑭蹶——原意为跌倒,此指观点不能成立。

⑮巧历不能纪——意谓即使是工于推演历史的人也无法把往古纪闻一一列举出来。巧历,巧于历术。《淮南子·览冥训》:"天地之间,巧历不能举其数。"

⑯离娄昭秋毫于百寻——离娄,黄帝时人,传说他能视于百步之外,见秋毫之末。

⑰浊质之饱——浊,指浊氏。质,指质氏。二者皆古代富豪。饱,指富足。按《史记·货殖列传》:"洒削,薄技也,而郅氏鼎食;胃脯,简微耳,而浊氏连骑。"郅,《汉书·食货志》作"质"。

⑱首阳之饥——《史记·伯夷叔齐列传》:"伯夷、叔齐,孤竹君之二子也。……武王已平殷乱,天下宗周,而伯夷、叔齐耻之,义不食周粟,隐于首阳山,采薇而食之。……遂饿死于首阳山。"

⑲卞和之冤——《韩非子·和氏》:"楚人和氏得玉璞楚山中,奉而献之厉王,厉王使玉人相之,玉人曰:'石也。'王以和为诳,而刖其左足。及厉王薨,武王即位,和又奉其璞而献之武王,武王使玉人相之,又曰'石也',王又以和诳,而刖其右足。武王薨,文王即位,和乃抱其璞而哭于楚山之下,三日三夜,泣尽而继之以血。王闻之,使人问起故,曰:'天下之刖者多矣,子奚哭之悲也?'和曰:'吾非悲刖也,悲夫宝玉而题之以石,贞士而名之以诳,此吾所以悲也。'王乃使玉人理其璞而得宝焉,遂命曰:'和氏之璧。'"

⑳伯奇之悲——《水经注·江水》引扬雄《琴清英》:"尹吉甫子伯奇至孝,后母谮之,自投江中,衣苔带藻。忽梦见水仙,赐其美药。思惟养亲,扬声悲歌。船人闻而学之。吉甫闻船人之声,疑似伯奇,援作《子安之操》。"

㉑相如之含怒——相如,即蔺相如。其与廉颇之事见《史记·廉颇蔺相如列传》。

㉒不占之怖祇——怖祇,即恐惧。祇,病也。《韩诗外传》:"不占,陈不占也,齐人。崔杼弑庄公,陈不占闻占君有难,将往赴之。食则失哺,上车失轼。其仆曰:'敌在数百里外,而惧怖如是,虽往其益乎?'占曰:'死君之难,义也;无勇,私也。'乃驱车而奔。至公门之外,闻战鼓之声,遂骇而死。"

㉓"子野之徒"五句——子野,即师旷。《左传·襄公二十八年》:"晋人闻有楚师,师旷曰:'不害。吾骤歌北风,又歌南风。南风不竞,多死声。楚必无功。'"

㉔狄牙——春秋时期雍人,又叫易牙。齐桓公的幸臣。以善烹调得宠于齐桓公。传说因桓公病,曾烹其子以进桓公。汉王充《论衡·自纪》:"狄牙和膳,肴无淡味。"

㉕蹴笮——蹴,同"蹙";笮,同榨。蹴笮,即挤压之意。

㉖莦酒之囊漉——莦酒,即筛酒,以竹制的器具过滤酒。囊漉,过滤。

㉗《咸池》《六茎》《大章》《韶》《夏》——《史记·乐书》裴骃集解:"《大章》,尧乐也。《咸池》,黄帝所作乐名,尧增修而用之。《韶》,舜乐名。《夏》,禹乐名。"《汉书·礼乐志》云《六茎》系颛顼作。

㉘葛卢闻牛鸣,知其三子为牺——事见《左传·僖公二十九年》:"介葛卢闻牛鸣,曰:'是生三牺,皆用之矣,其音云。'问之而信。"意谓介葛卢识牛音,一头牛鸣叫,介葛卢翻译其语为:自己生了三头小牛,都被杀了作了祭品。一调查,果然是这样。

㉙羊舌母听闻儿啼,而审其丧家——《国语·晋语》:"杨食我生,叔向之母闻之,往,及堂,闻其号也,乃还,曰:'其声,豺狼之声,终灭羊舌氏之宗者,必是子也。'"按,叔向,春秋时晋人。杨食我,人名,是叔向的儿子。羊舌母,是叔向之母,食我之祖母。

㉚"律吕分四时之气"五句——语出《后汉书·律历志》。按古人将音律和节气相配,特将芦苇灰放在律管中,某一节气到时,律管中的灰便飘起,故曰"灰移"。

㉛上生下生——上生,发音高亢的一类乐器。下生,发音低沉的一类乐器。

㉜伯常骞之许景公寿哉——伯常骞,本作柏常骞。事见《晏子春秋·内篇杂下》:"景公为路寝之台,柏常骞曰:'君为台甚,台成,君何为不踊焉?'公曰:'有枭。'柏常骞曰:'臣请禳而去之。'明日,鸮当陛布翼而死。公曰:'子之道若此其能,亦能益寡人之寿乎?'对曰:'能益几何?'对曰:'天子九,诸侯七,大夫五。'公曰:'子亦有征兆之见乎?'对曰:'得寿,地且动。'柏常骞出,遭晏子于涂,骞辞曰:'为君禳梟而杀之,今且大祭为君请寿。'晏子曰:'然则福兆有见乎?'对曰:'得寿,地将动。'晏子曰:'昔吾见维星绝,枢星散,地其动,汝以是乎?'柏常骞俯首有间,仰而曰:'然。'晏子曰:'为之无益,不为无损也。汝其薄敛,毋费民,且无令君知之。'"

㉝籁龠——为我国古代的两种管乐器。籁,箫也,为三孔。龠,似笛,六孔。

㉞间辽而音埤——辽,远也。埤,通庳,低下。句意谓琴柱之间隔越远则音调越低。

㉟犹一爝之火——爝,小火把。按《庄子·逍遥游》:"日月出矣,而爝火不息,其于光也,不亦难乎!"

㊱或见机杖而泣,或睹舆服而悲——机杖,即几仗,坐几与手杖。舆服,车舆、衣服。

㊲笑噱之貌——指极度欢乐之神情。

㊳忭不及舞——忭,鼓掌。忭不及舞即手舞足蹈之意。

㊴愔耳之声——此指淫靡的音乐。愔,悦也。按《左传·昭公元年》:"君子之近琴瑟,以仪节也,非以愔心也。"

㊵击鸣球以协神人——语出《尚书·虞书·益稷》:"夔曰:戛击鸣球,搏拊琴瑟以咏,祖考来格。"此以击玉磬代指庙堂之乐。鸣球,玉磬。

㊶丝竹与俎豆并存,羽毛与揖让俱用——互文语,谓乐舞与祭祀并用。丝竹,指乐舞。俎豆,古代祭祀、宴会时盛肉类等食品的两种器皿。《诗·小雅·楚茨》:"为俎孔硕。"又《大雅·生民》:"卬盛于豆。"羽毛,通羽旄。指古乐舞中的羽舞和旄舞。按《礼记·乐记》:"比音而乐之,及干戚羽旄之乐。"

㊷酬酢——古时主客之间互相敬酒,主敬客谓之酬,客还敬谓之酢。按《淮南子·主术训》:"觞酌俎豆酬酢之礼,所以效善也。"

㊸耽槃荒酒——谓沉溺于新声美酒之中。耽,沉溺。《尚书·无逸》:"惟耽乐之从",孔安国传:"过乐谓之耽。"槃,乐器也。《诗·卫风·考槃》:"考槃在涧。"耽槃,即沉溺于美妙的声乐之中。

【附录】

雍门周以琴见孟尝君。孟尝君曰:"先生鼓琴,亦能令文悲乎?"对曰:"臣之所能令悲者:先贵而后贱,昔富而今贫,摈压穷巷,不交四邻,不若身材高妙,怀质抱真,逢逸罹谤,怨结而不得信;不若交欢而结爱,无怨而生离,远赴绝国,无相见期;不若幼无父母,壮无妻儿,出以野泽为邻,入用堀穴为家,困于朝夕,无所假贷。若此人者,但闻飞鸟之号,秋风鸣条,则伤心矣。臣一为之援琴而太息,未有不凄恻而涕泣者也。今若足下,居则广厦高堂,连闼洞房,下罗帷,来清风,倡优在前,诤谀侍侧,扬《激楚》,舞郑姬,流声以娱耳,练色以淫目。水戏则舫龙舟,建羽旗,鼓吹乎不测之渊。野游则登平原,驰广囿,强弩下高鸟,勇士格猛兽,置酒娱乐,沈醉忘归。方此之时,视天地曾不若一指,虽有善鼓琴未能动足下也。孟尝君曰:"固然。"雍门周曰:"然臣窃为足下有所常悲。夫角帝而困秦者,君也;连五国而伐楚者,又君也。天下未尝无事,不从即衡。从成则楚王,衡成则秦帝。夫以秦、楚之强而报弱薛,譬犹磨萧斧而伐朝菌也。有识之士,莫不为足下寒心酸鼻。天道不常盛,寒暑更进退,千秋万岁之后,宗庙必不血食。高台既以倾,曲池有已平,坟墓生荆棘,狐兔穴其中,游儿牧竖,踯躅其足而歌其上,行人见之凄怆,曰:'孟尝君之尊贵,亦犹若是乎!'"于是,孟尝君喟然太息,涕泪承睫而未下。雍门周引琴而鼓之,徐动宫徵,叩角羽,初终,而成曲。孟尝君遂嘘欷而就之,曰:"先生鼓琴,令文立若亡国之人也。"

晁载之《古隽》卷三引桓谭《新论》 《丛书集成初编》本

余少好音声,长而玩之,以为物有盛衰,而此无变;滋味有厌,而此不倦。可以导养神气,宣和情志,处穷独而不闷者,莫近于音声也。是故复之而不足,则吟咏以肆志;吟咏之不足,则寄言以广意。然八音之器,歌舞之象,历世才士并为之赋颂,其体制风流,莫不相袭。称其才干,则以危苦为上;赋其声音,则以悲哀为主;美其感化,则以垂泣为贵。丽则丽矣,然未尽其理也。推其所由,似元不解音声;览其旨趣,亦未达礼乐之情也。众器之中,琴德最优,故缀叙所怀,以为之赋。

嵇康《琴赋序》 李善注《文选》卷十八 中华书局影胡刻本

懿吾雅器,载朴灵山。体具德贞,情和自然。澡以春雪,澹若洞泉。温乎其仁,玉润外鲜。昔在黄农,神物以臻。穆穆重华,纪以五弦。闲邪纳正,亹亹其迁。宣和养气,介乃遐年。

嵇康《琴赞》 严可均《全三国文》卷四十七 中华书局影印本

司马相如者,蜀郡成都人,字长卿。初为郎,事景帝。梁孝王来朝,从游说士邹阳等,相如说之,因病免,游梁。后过临邛,富人卓王孙女文君新寡,好音,相如以琴心挑之,文君奔之,俱归成都。后居贫,至临邛,买酒舍,文君当垆,相如著犊鼻裈,涤器市中。为人口吃,善属文。仕宦不慕高爵,尝托疾不与公卿大事。终于家,其赞曰:长卿慢世,越礼自放。犊鼻居市,不耻其状。托疾避官,(《文选》注作"避患")蔑此卿相。乃赋大人,超然莫尚。(《世说·品藻篇》注,《文选》谢惠连《秋怀诗》注)

嵇康《司马相如传赞》 严可均《全三国文》卷五十三 中华书局影印本

万物无常声,而主声者定其悲欢,则听在心而耳职废也。谓雷为可畏,则以畏声听之，不知有时雷可长养也。谓瑟为可狎，则以狎声听之，不知有时瑟可流哀也。则有幽思之深，砧声之悲也；去家日远，雨声之愁也。呜呼悲愁果在心也，雷与瑟无常声也。

刘蜕《文泉子集》卷一《山书》 《四库全书》本

　　乐无意，故能涵一切意。吾国则嵇中散《声无哀乐论》说此最妙。所谓"夫唯无主于喜怒，无主于哀乐，故欢戚俱见。声音以平和为主，而感物无常；心志以所俟为主，应感而发。"奥国汉斯力克（E. Hanslick）音乐说（*Vom musikalisch Schönen*）一书中议论，中散已先发之。此土古籍中言乐理者，如《左传·襄二十九年》季札观乐，《乐记》论感物形声，《吕氏春秋·精通》篇钟子期论击磬，《尸子》下论击鼓，《史记·孔子世家》师襄子论鼓琴，《关尹子·三极》论善琴者悲思之心，符于手物，《列子·汤问》篇钟子期论伯牙鼓琴，《谭子化书·术化》篇论声气及其它见诸诗文集者，莫不以为声音可以写意达情，知音者即能观风达意之人也。至知声无哀乐之理者，中散以后，寥寥无几。《金楼子·立言》篇论捣衣声悲人："此乃秋士悲于心，内外相感，苟无感，何嗟何怨"；《旧唐书》卷二十八《音乐志》、《新唐书》卷十一《礼乐志》皆载贞观二年定雅乐，太宗答杜淹曰："悲喜在心，非由乐也"；张九龄《听筝》云："岂是声能感，人心自不平"；刘蜕《文泉子集》卷二《山书》十八篇之一，详论物无常声，定其悲欢者在心不在耳；崔涂《声诗》云："欢戚由来恨不平，此中高下本无情。韩娥绝唱唐衢哭，尽是人间第一声"；《子华子·执中》亦举撞钟弹弦，谓主忧乐者在内不在外。此外恐无多例。前乎中散者，则刘向《说苑·善说》篇雍门子周以琴说孟尝君，谓鼓琴不能使之悲，"必先忧戚盈胸，然后徐动宫徵，微挥羽角，则流涕沾衿"矣，颇透露中散之意。然中散此文，妙绪纷披，胜义络绎，研极几微，判析毫芒，且悉本体认，无假书传。自言"推类辨物，当先求之自然之理。理已自定，然后借古义以明之耳。今未得之于心，而多恃前言以为谈证，自此以往，恐巧历而不能纪"云云。匠心独运，空诸依傍，诚亦无愧此言。黄石斋《声无哀乐辨》（见黄忠端全集卷十四）谓"声不能使人哀乐，非声自无哀乐"，实未足以折中散也。

钱锺书《谈艺录》八八章【附说二十三】 中华书局

左 思

左思(生卒年不详),字太冲,齐国临淄(今山东临淄)人。出身寒微,貌丑口讷,不好交游。因妹芬选入晋武帝后宫,移家京师,任秘书郎。曾追随贾谧,与潘岳、陆机、陆云、欧阳建、刘琨、挚虞等号为"二十四友"。贾谧被诛,左思退隐闾里,专意典籍。永宁元年(公元301年)齐王冏辅政,命为记室督,他辞疾不就。数年后,因疾而终。左思博学能文,为西晋著名诗人。《咏史》八首和《三都赋》是其代表作。其中《三都赋》构思十年乃成,"豪贵之家,竞相传写,洛阳为之纸贵"。刘勰赞曰:"左思奇才,业深覃思,尽锐于三都,拔萃于咏史。"(《文心雕龙·才略》)钟嵘《诗品》置于上品,引谢康乐评语云:"左太冲诗,潘安仁诗,古今难比。"有"左思风力"之称。今存辑本《左太冲集》。事见《晋书》卷九十二《左思传》及《世说新语》卷二《文学》刘孝标注引《左思别传》。

三都赋序①

盖诗有六义焉,其二曰赋②。扬雄曰:"诗人之赋丽以则③。"班固曰:"赋者,古诗之流也④。"先王采焉,以观土风⑤。见"绿竹猗猗",则知卫地淇澳之产⑥;见"在其版屋",则知秦野西戎之宅⑦。故能居然而辨八方⑧。然相如赋《上林》而引"卢橘夏熟"⑨,扬雄赋《甘泉》而陈"玉树青葱"⑩,班固赋《西都》而叹以"出比目"⑪,张衡赋《西京》而述以"游海若"⑫。假称珍怪,以为润色,若斯之类,匪啻于兹⑬。考之果木,则生非其壤;校之神物,则出非其所。于辞则易为藻饰,于义则虚而无征。且夫玉卮无当,虽宝非用⑭;侈言无验,虽丽非经。而论者莫不诋讦其研精,作者大氐举为宪章⑮。积习生常,有自来矣。

余既思摹《二京》而赋《三都》⑯,其山川城邑,则稽之地图;其鸟兽草木,则验之方志。风谣歌舞,各附其俗;魁梧长者,莫非其旧。何则?发言为诗者,咏其所志也⑰;升高能赋者,颂其所见也⑱。美物者,贵依其本;赞事者,宜本其实。匪本匪实,览者奚信?且夫任土作贡,《虞书》所著⑲;辩物居方,《周易》所慎⑳。聊举其一隅,摄其体统,归诸诂训焉。

六臣注《文选》卷四 《四部丛刊》影宋本

【注释】

①《三都赋序》——为左思《三都赋》前的一段序文,主要阐述左思对赋的基本看法,借此说明自己写作《三都赋》的动机和指导原则。

左思创作《三都赋》,是中国文学史上的一段佳话。一者是酝酿时间之长,它构思十载,练都一纪。《晋书·左思传》云:"欲赋《三都》,会妹芬入宫,移家京师,乃诣著作郎张载访岷、邛之事。遂构思十稔,门庭藩溷,皆著纸笔,遇得一句,即便疏之。自以所见不博,求为秘书郎。"二者是《三都赋》成文后的求誉过程。刘义庆《世说新语·文学》:"左太冲作《三都赋》成,时人互有讥訾,思意不惬。后示张公,张曰:'此《二京》可三,然君文未重于世,宜以经高名之士。'思乃询求于皇甫谧。谧见而嗟叹,遂为作叙。于是先相非二者,莫不敛衽赞述焉。"又李善注引臧荣绪《晋书》载:"左思作《三都赋》,世人未重。皇甫谧有高名于世,思乃造而示之,谧称善,为其赋序文也。"三者是《三都赋》行世后的影响。《晋书·左思传》:"司空张华见而叹曰:'班张之流也。使读之者尽而有余,久而更新。'于是豪贵之家竞相传写,洛阳为之纸贵。"四者陆机叹服。《晋书·左思传》:"初,陆机入洛,欲为此赋,闻思作,抚掌而笑,与弟云书曰:'此间有伧父,欲作《三都赋》,须其成,当以覆酒甕耳。'及思赋出,机绝叹伏,以为不能加也,遂辍笔焉。"

《三都赋》完成及《序》文的写作时间,目前学界说法不一,姜剑云先生考证为太康二年(281)(参见姜剑云:《〈三都赋〉撰年疑案新断》,《北京大学学报》,2002年第6期),这里从其说。

《三都赋》之所以在文学史上取得如此崇高的地位,自然是由于其极高的艺术成就。其艺术成就的取得,主要是左思在创作之前有着明确的创作意图和创作原则。而决定作家创作原则的最根本因素之一,便是作家对"赋"这一文体特点的看法。这在《三都赋序》中有着明确的说明。

对于"赋"的理解,左思一方面沿袭汉儒班固赋源于《诗经》的观点,认为大赋与《诗经》一样,具有博物志、观风俗的性质。另一方面又提出了自己独到的看法,即认为赋的文体要求在于"颂其所见",强调"赋"是对亲身所历、亲眼所见的具体事物的描写。这种艺术描写应当切合生活的原貌,符合特定环境中生活的真实存在。这表现出左思对艺术真实的一种现实主义见解。由此出发,他对司马相如《上林》、扬雄《甘泉》、班固《两都》、张衡《二京》等历来传诵的名赋,大胆提出了批评,指出他们的作品中存在着"于辞则易为藻饰,于义则虚而无征"取材失实的倾向。左思赞美"诗人之赋",主张"美物者贵依其本,赞事者宜本其实",并认为自己所撰《三都赋》是言必有据、合符事实的具体实践。

作者批评汉代赋家失实而造成的虚夸之弊。他不满意司马相如的《上林赋》、扬雄的《甘泉赋》、班固《两都赋》、张衡的《二京赋》,认为这些赋取材没有根据,只讲究辞藻。这些批评都是有一定意义的。但他一味强调"征实",也未免失之偏颇,容易混淆文学作品与纪实文献的区别。故现在看来,他对文学描写上的想象虚构的认识不足,带有较大的片面性。

《三都赋》及其《序》的注释本主要有《文选》六臣注本。

② 盖诗有六义焉,其二曰赋——《毛诗大序》:"故诗有六义焉:一曰风,二曰赋,三曰比,四曰兴,五曰雅,六曰颂。"

③ "诗人之赋丽以则"——扬雄《法言·吾子》:"诗人之赋丽以则,辞人之赋丽以淫。"

④ "赋者,古诗之流也。"——见班固《两都赋序》。

⑤ 先王采焉,以观土风——《礼记·王制》:天子"命太师陈诗以观民风";《孔丛子·巡狩》:"古者天子命史采诗谣,以观民风。"《汉书·食货志》:"孟春之月,群居者将散,行人振木铎徇于路以采诗,献之太师,比其音律,以闻于天子。"又《艺文志》:"古者有采诗之官,王者所以观风俗、知得失,自考正也。"

⑥ "绿竹猗猗"——《诗经·卫风·淇澳》:"瞻彼淇澳,绿竹猗猗。"

⑦ "在其版屋"——《诗经·秦风·小戎》:"在其版屋,乱我心曲。"毛《传》曰:"西戎,版屋也。"

⑧ 故能居然而辨八方——八方,犹八面,指周边。按李善注曰:"《河图龙文》曰:镇星光明,八方归德。《难蜀父老》曰:六合之内,八方之外。"

⑨ 然相如赋《上林》而引"卢橘夏熟"——司马相如《上林赋》:"于是乎卢橘夏熟,黄甘橙楱。"

⑩扬雄赋《甘泉》而陈"玉树青葱"——扬雄《甘泉赋》:"翠玉树之青葱兮,璧马犀之瞵珣。"

⑪班固赋《西都》而叹以"出比目"——班固《西都赋》:"招白鹇,下双鹄,揄文竿,出比目。"

⑫张衡赋《西京》而述以"游海若"——张衡《西京赋》:"海若游于玄渚,鲸鱼失流而蹉跎。"刘渊林注曰:"凡此四者,皆非西京之所有也。"

⑬匪啻于兹——非止于上述所举。

⑭且夫玉卮无当,虽宝非用——《韩非子·外储说右上》"堂溪公谓韩昭侯曰:今有白玉之卮而无当,有瓦卮而有当,君宁何取而饮?君曰:取瓦卮也。"卮,一名觯,酒器也。当,底也。

⑮而论者莫不诋訐其研精,作者大氐举为宪章——李善注:"《墨子》曰:虽有诋訐之人,无所依矣。《说文》曰:诋,诃也。訐,面相序罪也。《尚书序》曰:研精覃思。司马迁《书》曰:诗三百篇,大氐贤圣发愤之所为作也。《礼记》曰:宪章文武。"

⑯余既思摹《二京》而赋《三都》——《晋书·左思传》:"造《齐都赋》,一年乃成。复欲赋三都,会妹芬入宫,移家京师,乃诣著作郎张载,访岷邛之事。遂构思十年,门庭藩溷,皆著笔纸,遇得一句,即便疏之。自以所见不博,求为秘书郎。"

⑰发言为诗者,咏其所志也——《毛诗序》曰:"诗者,志之所之,在心为志,发言为诗。"

⑱升高能赋者,颂其所见也——《诗·定之方中》毛传:"升高能赋……可以为大夫。"孔颖达疏:"升高能赋者,谓升高有所见,能为诗,赋其形状,铺陈其事势也。"又《韩诗外传》:"孔子游于景山之上,子路、子贡、颜渊从,孔子曰:'君子登高必赋,小子曷言其愿?丘将启汝。'"

⑲任土作贡,《虞书》所著——《虞书》当为《夏书》。按《尚书·夏书·禹贡》:"禹别九州,随山浚川,任土作贡。"任土作贡,任其土地所有,定其贡赋之差。

⑳辩物居方,《周易》所慎——《周易·未济》象辞云:"君子以慎辩物居方。"谓君子观察现象宜辨明物类,分清先后。

【附录】

余观《三都》之赋,言不苟华,必经典要,品物殊类,禀之图籍,辞义瑰玮,良可贵也。有晋征士故太子中庶子安定皇甫谧,西州之逸士,耽籍乐道,高尚其事,览斯文而慷慨,为之都序。中书著作郎安平张载、中书郎济南刘逵,并以经学洽博,才章美茂,咸皆悦玩,为之训诂;其山川土域,草木鸟兽,奇怪珍异,佥皆研精所由,纷散其义矣。余嘉其文,不能默已,聊藉二子之遗忘,又为之《略解》,只增烦重,览者阙焉。

卫权《左思〈三都赋〉略解序》 《晋书》卷九十二《左思传》 中华书局点校本

观中古以来为赋者多矣,相如《子虚》擅名于前,班固《两都》理胜其辞,张衡《二京》文过其意。至若此赋,拟议数家,傅辞会义,抑多精致,非夫研核者不能练其旨,非夫博物者不能统其异。世咸贵远贱近,莫肯用心于明物。斯文吾有异焉,故聊以余思为其引诂,亦犹胡广之于《官箴》,蔡邕之于《典引》也。

刘逵《注左思蜀都吴都赋序》 《晋书》卷九十二《左思传》 中华书局点校本

周轩中天,丹墀临焱。增构瓘瓘,清尘影影。云雀踶甍而矫首,壮翼摛镂于青霄。雷雨窈冥而未半,皦日笼光于绮寮。习步顿以升降,御春服而逍遥。八极可围于寸眸,万物可齐于一朝。(《三都赋》原文)

班固《西都赋》说凤阙曰:"上觚棱而栖金雀。"凡鸟之栖也,羽翼戢弭,以今揆古,言栖非所睹之形也。张衡《西京赋》曰:"凤骞翥于甍标,感欻风而欲翔。"此凤之有定住,尚向风而无一方,则不宜言欻风也。但鸟跱则形定翼住,飞则敛足绝据,踶则举羽翮用势,若将飞而尚住,故言云雀踶甍而矫首也。……王褒《甘泉赋》曰:"十分未升其一,增惶惧而目眩;若播岸而临坑,登木末以窥泉。"扬雄《甘泉赋》说台曰:"鬼魅不能自逮,半长途而下颠。"班固《西都赋》说台曰:"攀井干而未半,目眩转而意迷。舍灵槛而却倚,若颠堕而复稽。"张衡《西京赋》说台曰:"将乍往而未半,怵悼栗而竦矜,非都卢之轻跻,孰能超而究升?"此四贤所以说台榭之体,皆危岖悚惧,虽轻捷与鬼神,由莫得而自逮也。非夫王公大人,聊以雍容升高,弥望得意之谓也。异乎老子曰若春升台之为乐焉,故引习步顿以实下,称八方之究远,适可以围于径寸之眸子,言其理旷而当情也。(《三都赋》注文)

左思《魏都赋》并李善注录张载(一说刘逵)《魏都赋注》 《四部丛刊》影宋本六臣注《文选》本

皇甫谧

皇甫谧(215—282),字士安,幼名静,自号玄晏先生,安定朝那(今甘肃灵台县)人。晋代著名隐逸士人。幼不好学,游荡无度,年二十,始受书。此后潜心典籍,清心寡欲,以著述为务。曾上表就晋帝借书,帝送书一车与之。耽玩典籍,废寝忘食,时人谓之"书淫"。累受征召,均力拒不赴。太康三年卒,年六十八。《隋书·经籍志》著录其文集二卷,又撰《帝王世纪》十卷,《年历》六卷,《逸士传》一卷,《列女传》六卷,《玄晏春秋》三卷等,皆佚。今存《高士传》三卷并本传所载表、论数篇。《晋书》卷五十一有传。

三都赋序①

玄晏先生曰②:古人称不歌而颂谓之赋③。然则赋也者,所以因物造端,敷弘体理,欲人不能加也④。引而申之,故文必极美;触类而长之,故辞必尽丽⑤。然则美丽之文,赋之作也⑥。

昔之为文者,非苟尚辞而已,将以纽(五臣本作"贯")之王教,本乎劝戒也⑦。自夏殷以前,其文隐没,靡得而详焉。周监二代,文质之体,百世可知⑧。故孔子采万国之风,正雅颂之名,集而谓之诗⑨。诗人之作,杂有赋体。子夏序诗曰(五臣本无"曰"字):一曰风,二曰赋⑩。故知赋者,古诗之流也⑪。

至于战国,王道陵迟,风雅浸顿。于是贤人失志,辞赋作焉⑫。是以孙卿屈原之属,遗文炳然,辞义可观⑬。存其所感,咸有古诗之意。皆因文以寄其心,托理以全其制,赋之首也。及宋玉之徒,淫文放发,言过于实,夸竞之兴,体失之渐,风雅之则,于是乎乖⑭。逮汉贾谊,颇节之以礼[15]。自时厥后,缀文之士,不率典言,并务恢张,其文博诞空类[16]。大者罩天地之表,细者入毫纤之内。虽充车联驷,不足以载;广厦(李善本作"夏")接榱,不容以居也[17]。其中高者,至如相如《上林》,扬雄《甘泉》,班固《两都》,张衡《二京》,马融《广成》,王生《灵光》[18],初极宏侈之辞,终以约简之制,焕乎有文,蔚尔鳞集,皆近代辞赋之伟也[19]。若夫土有常产,俗有旧风,方以类聚,物以群分[20];而长卿之俦,过以非方之物,寄以中域,虚张异类,托有于无[21]。祖构之士,雷同景附,流宕忘反,非一时也[22]。

曩者汉室内溃,四海圮裂[23]。孙刘二氏,割有交益;魏武拨乱,拥据函夏[24]。故作者先为吴蜀二客,盛称其本土险阻瑰琦,可以偏王,而却为魏主述其都畿,弘敞丰丽,奄有诸华之意[25]。言吴蜀以擒(五臣本作"禽")灭比亡国,而魏氏(李善本无"氏"字)以交禅比唐虞,既已(五臣本作"以")著逆顺,且以为鉴戒[26]。盖蜀包梁岷之资,吴割荆南之富,魏跨中区之衍[27],考分次之多少,计殖物之众寡,比风俗之清浊,课士人之优劣[28],亦不可同年而语矣。二国之士,各沐浴所闻[29],家自以为我土乐,人自以为我民良,皆非通方之论也。作者又因客主(五臣本无"主"字)之辞,正之以魏都,折之以王道[30]。其物土所出,可得披图而校;体国经制,可得按记而验,岂诬也哉[31]!

六臣注《文选》卷四十五　《四部丛刊》影宋本

【注释】

①《三都赋序》——左思作《三都赋》,除了自序以外,还有皇甫谧、挚虞、刘逵、卫权诸人的序注。挚虞的序已亡,刘序和卫序,并没有多少意见。值得注意的是这篇皇甫谧的序。该序称得上是刘勰《文心雕龙·诠赋》之前,最系统地研究与评价赋体作家的一篇重要论文,对刘勰有着直接的影响。

然而,该序是否为皇甫谧所作,目前学界尚有异议。刘义庆《世说新语·文学》载:"左太冲作《三都赋》成,时人互有讥訾,思意不惬。后示张公,张曰:'此二京可三,然君文未重于世,宜以经高名之士。'思乃询求于皇甫谧。谧见而嗟叹,遂为作叙。于是先相非二者,莫不敛衽赞述焉。"梁代萧统等编撰《文选》,选录了《三都赋序》,且署名皇甫谧。唐人李善注《文选》引臧荣绪《晋书》亦称:"左思作《三都赋》,世人未重。皇甫谧有高名于世,思乃造而示之,谧称善,为其赋序文也。"但也有人说这是左思假托皇甫谧之名以要世誉,刘孝标《世说新语·文学》注引《左思别传》云:"思造张载,问岷蜀事,交接亦疏,皇甫谧西州高士,挚仲洽宿儒知名,非思伦匹;刘渊林、卫伯舆并蚤终,皆不为思赋序注也。凡诸注解,皆思自为,欲重其名,故假时人名姓也。"此观点一出,便遭到不少学人的否定。清代王士禛以为"《别传》不知何人所作,定出怨谤之口,不足信也"(《古夫于亭杂录》卷三)。近人罗根泽也认为"这大概是出于忌嫉者有意的毁谤,假使真是如此,皇甫谧、挚仲恰诸人,能不申辩吗?"(《中国文学批评史》)台湾学者王梦鸥《关于左思〈三都赋〉的两首序》(见毛庆其选编《台湾学者中国文学批评论文选》)、梅运生《皇甫谧〈三都赋序〉之真伪及其价值趋向》(《安徽师范大学学报》2002年第5期)、顾农《左思〈三都赋〉及其序注综考》(广西师范大学学报2005年第1期)等文章,力挺《三都赋序》系皇甫谧所为一说,论述甚明。故我们仍从旧说,认为《三都赋序》的作者应该是皇甫谧。

左思、皇甫谧二《序》比照,不难看出其中观点的异同。就其相同点言,皇甫《序》完全赞同左思关于赋应该"辞必征实"的观点,指出"赋"是"因物造端,敷弘体理"之作。为此,他一方面批评宋玉之徒的"淫文放发,言过于实"和长卿之俦的"虚张异类,托有于无",另一方面也对左思在"征实"原则指导下的《三都赋》创作实践加以肯定,赞扬他为此所作的努力。《序》的最后一段用很大篇幅来阐明这一点。作为应酬之作,皇甫氏对左思的附和与奖掖是显而易见的。

但是,皇甫谧对赋的看法又与左思存在着差异。皇甫谧继承了传统的"诗教"理论,具体发挥班固"赋者,古诗之流也"与扬雄"诗人之赋丽以则,辞人之赋丽以淫"的观点,一方面认为赋应"纽之王教,本乎劝戒",具有讽谏作用,从而肯定荀卿、屈原的赋:"咸有古诗之意,皆因文以寄其心,托理以全其制,赋之首也。"另一方面又肯定赋是"美丽之文",认为"文必极美"、"辞必尽丽"同样是赋的特点。据此,作者肯定了汉代一些大赋的成就,谓相如《上林》,扬雄《甘泉》,班固《两都》,张衡《二京》,马融《广成》,王生《灵光》"皆近代辞赋之伟也"。在他看来,侈丽闳衍与讽谏之义二者应该统一,这便与左思之论有区别了。

此外,作者在序中第一次对赋的写作特点、发展源流、作家作品诸方面作了较系统阐述,使该序成为中国古代第一篇专题论赋的"诠赋"之作,对后人产生很大影响。近者如其弟子挚虞的《文章流别论》、远者如刘勰《文心雕龙·诠赋》,都在某些问题上吸取了他的说法。总之,作为晋代赋论的代表,皇甫谧《三都赋序》虽大致是折中旧说,缺少新见,但如果我们将其放在整个赋论史上加以考察,则皇甫谧此赋的地位不容忽视。罗根泽先生曾运用黑格尔的辩证法,说两汉抒情唯美和讽喻规劝辞赋观为"正",晋代左思的征实无虚的赋观为"反",而皇甫谧的赋论观是"合"(罗根泽《中国文学批评史》)。这一说法是颇有见地的。

②玄晏先生——《晋书·皇甫谧传》:"沈静寡欲,始有高尚之志,以著述为务,自号玄晏先生。"玄,静也。晏,安也。

③古人称不歌而颂谓之赋——《汉书·艺文志》:"传曰:'不歌而诵谓之赋,登高能赋,可以为大夫。'言感物造端,材知深美,可以图事,故可以为列大夫也。"《文心雕龙·诠赋》云:"昔邵公称:'公卿献诗,师箴瞍赋。'传云:'登高能赋,可为大夫。'诗序则同义,传说则异体。总其归途,实相枝干。故刘向明'不歌而颂',班固称'古诗之流也'。"

④"然则赋也者"四句——《文心雕龙·诠赋》云:"赋者,铺也,铺采摛文,体物写志也。""赞曰:赋自诗出,分歧异派。写物图貌,蔚似雕画。抑滞必扬,言旷无隘。风归丽则,辞翦荑稗。"又,刘熙《释名》曰:"赋,敷也,敷布其义谓之赋。"《文选》五臣李周翰注:"敷,布也。言布弘体物以合物理,使人不能加益之。"

⑤"引而申之"四句——谓赋之文辞必然华美而偶丽。《周易》:"引而申之,触类而长之,天下之能事毕矣。"

⑥然则美丽之文,赋之作也——扬雄《法言·吾子》曰:"诗人之赋丽以则。"

⑦"昔之为义者"四句——扬雄《法言·吾子》:"或曰:赋可以讽乎?或:讽乎!讽则已;不已,吾恐不免于劝也。"又:"或问:君子尚辞乎?曰:君子事之为尚。事胜辞则伉,辞胜事则赋,事辞称则经,足言足容,德之藻矣。"纽,系也。

⑧"周监二代"二句——《论语·八佾》:"子曰:周监于二代,郁郁乎文哉,吾从周。"又《论语·为政》:"子曰:其或继周者,虽百世,可知也。"

⑨"故孔子采万国之风"三句——按《史记·孔子世家》:"孔子语鲁大师:'乐其可知也。始作翕如,纵之纯如,皦如,绎如也,以成。''吾自卫反鲁,然后乐正,雅颂各得其所。'"又曰:"古者诗三千余篇,及至孔子,去其重,取可施于礼义,上采契后稷,中述殷周之盛,至幽厉之缺,始于衽席,故曰'关雎之乱以为风始,鹿鸣为小雅始,文王为大雅始,清庙为颂始'。三百五篇孔子皆弦歌之,以求合韶武雅颂之音。礼乐自此可得而述,以备王道,成六艺。"又班固《汉书·艺文志》:"古有采诗之官,王者所以观风俗,知得失,自考正也。"《食货志》:"孟春之月,群居者将散,行人振木铎,徇于路以采诗,献之太师,比其音律,以闻天子。"

⑩"子夏序诗"三句——《毛诗大序》:"故诗有六义焉:一曰风,二曰赋,三曰比,四曰兴,五曰雅,六曰颂。"旧说《毛诗序》为子夏所作。

⑪赋者,古诗之流也——班固《两都赋序》:"或曰:赋者,古诗之流也。"

⑫"至于战国"五句——《汉书·艺文志》曰:"春秋之后,周道渐坏,聘问歌咏,不行于列国,学诗之士,逸在布衣,而贤人失志之赋作矣。"

⑬"是以孙卿屈原之属"三句——《汉书·艺文志》:"大儒孙卿及楚臣屈原,离谗忧国,皆作赋以风,咸有恻隐古诗之义。"《文选》李善注:"《西都赋序》曰:文章炳焉。《论语》曰:必有可观者焉。"五臣刘良注:"炳,明也。"

⑭"及宋玉之徒"七句——《汉书·艺文志》曰:"其后宋玉、唐勒;汉兴,枚乘、司马相如,下及扬子云,竞为侈丽宏衍之词,没其风谕之义。是以扬子悔之。曰:'诗人之赋丽以则,辞人之赋丽以淫,如孔氏之门用赋也,则贾谊登堂,相如入室矣,如其不用何?'"《文选》五臣李周翰注:"言后世因宋玉言过其实,故有夸侈争兢之文自此而起,风雅体失自此渐长。"又《文心雕龙·诠赋》:"宋发巧谈,实始淫丽。"

⑮逮汉贾谊,颇节之以礼——贾谊有《鹏鸟赋》等。《文心雕龙·诠赋》评曰:"贾谊《鹏鸟》,致辨于情理。"

⑯"自时厥后"五句——恢、诞,大也。空类,谓言不附实,但为空大。句谓自贾谊以下的赋家大都言过其实,空诞虚妄。

⑰"虽充车联驷"四句——充,满也。广厦,大屋也。椽,橼也。此数句为汗牛充栋之意,谓空诞之辞赋数量之多。

⑱"其中高者"七句——《文心雕龙·诠赋》:"枚乘《菟园》,举要以会新;相如《上林》,繁类以成艳;贾谊《鹏鸟》,致辨于情理;子渊《洞箫》,穷变于声貌;孟坚《两都》,明绚以雅赡;张衡《二京》,迅拔以宏富;子云《甘泉》,构深玮之风;延寿《灵光》,含飞动之势。凡此十家,并辞赋之英杰也。"即承皇甫之说。王生谓王延寿,《灵光》谓《鲁灵光殿赋》也。按所列之赋均见《文选》。

⑲初极宏侈之辞,终以约简之制——《汉书·司马相如传赞》引司马迁称"相如虽多虚辞滥说,然要其归,引之于节俭。"即此意。

⑳方以类聚,物以群分——《周易》曰:"方以类聚,物以群分,吉凶生矣。"

㉑"而长卿之俦"五句——《文选》五臣李周翰注:"司马长卿、扬雄之俦,所述物色非本所出也,中域谓中国也,则长卿《上林》而言'卢橘夏熟',扬雄赋《甘泉》而言'玉树青葱'也。"

㉒"祖构之士"四句——《文选》五臣刘向注:"祖,法也。构,合也。言后世士人法学相如以合其文章者,如雷声发而众蛰同启;若影之附于形,如水流一过

不复反矣。如此亦久也。景,同影也。宕,过也。非一时,言久也。"

㉓曩者汉室内溃,四海圮裂——此谓三国纷争,各据一方。曩,昔也。溃,乱也。圮,毁也。

㉔"孙刘二氏"四句——句谓三国鼎立之势成。孙刘,孙权、刘备。交益,交,交州,为吴所据;益,益州,为蜀国所据。函夏,诸夏。

㉕"故作者先为吴蜀二客"六句——按左思《三都赋》由《蜀都赋》、《吴都赋》、《魏都赋》三篇构成。在《蜀都赋》中,作者借蜀客名"西蜀公子"者之口,夸言蜀都地势之险,物产之奇。在《吴都赋》中又借吴客名"东吴王孙"者之口,自诩吴都地势之要,风物之美。最后在《魏都赋》中,则借"魏国先生"之口,强调魏居北方华夏之地,历来为政治文化之中心,指出天下必然以华夏为正统,北方必然兼并蜀吴。

㉖"言吴蜀以擒灭比亡国"四句——谓左思《三都赋》将吴蜀的灭亡比作亡国,将魏政权的建立比作尧舜政权的禅让。比喻之中显示孰顺孰逆的评判,以之作为历史的鉴戒。

㉗"盖蜀包梁岷之资"三句——梁、岷,二山名。荆南,地名。中区,中国也。衍,大也。

㉘"考分次之多少"四句——李善注:"星之分次,物之生殖也。《周礼》曰:以星土辨九州之地所封域。又曰:动物宜毛,植物宜皂。"五臣李周翰注:"分次,谓星之分野。牵牛婺女、翼轸星,皆杨荆之分,属吴也。觜参益州分,余皆属魏分也。殖物,谓土地也所出之物也。"五臣刘向注:"言二国不可与魏同年而语矣,谓魏都美也。"

㉙"二国之士"二句——二国,指吴、蜀。沐浴,洗涤也。二句谓吴、蜀之士所习秽浊,一闻美事,若洗涤其耳也。

㉚"作者又因客主之辞"三句——作者指左思。按,《蜀都赋》设西蜀公子,《吴都赋》设东吴王孙,《魏都赋》设魏国先生,先有蜀吴二人问答,最后由魏国先生描述魏都。这表示左思以魏为正统。

㉛"其物土所出"五句——披,开。阅,校也。五句意谓赋中所描写的各地土产和文化风物,皆可按图而索,据史而验,完全为写实,并非虚构。

【附录】

或曰:"赋者,古诗之流也。"昔成、康没而颂声寝,王泽竭而诗不作。大汉初定,日不暇给。至于武、宣之世,乃崇礼官,考文章。内设金马、石渠之署,外兴乐府、协律之事,以兴废继绝,润色鸿业。是以众庶悦豫,福应尤盛。白麟、赤雁、芝房、宝鼎之歌，荐于郊庙；神雀、五凤、甘露、黄龙之瑞，以为年纪。故言语侍从之臣，若司马相如、虞丘寿王、东方朔、枚皋、王褒、刘向之属，朝夕论思，日月献纳。而公卿大臣御史大夫倪宽、太常孔臧、太中大夫董仲舒、宗正刘德、太子太傅萧望之等，时时间作。或以抒下情而通讽谕，或以宣上德而尽忠孝，雍容揄扬，著于后嗣，抑亦《雅》《颂》之亚也。故孝成之世，论而录之。盖奏御者千有余篇，而后大汉之文章，炳焉与三代同风。且夫道有夷隆，学有粗密，因时而建德者，不以远近易则，故皋陶歌虞，奚斯颂鲁，同见采于孔氏，列于《诗》《书》，其义一也。稽之上古则如彼，考之汉室又如此。斯事虽细，然先臣之旧式，国家之遗美，不可阙也。臣窃见海内清平，朝廷无事，京师修宫室，浚城隍，起苑囿，以备制度。西土耆老，咸怀怨思，冀上之眷顾，而盛称长安旧制，有陋洛邑之议。故臣作《两都赋》，以极众人之所眩曜，折以今之法度。

班固《两都赋序》　六臣注《文选》卷一　《四部丛刊》影宋本

　　赋者，敷陈之称，古诗之流也。古之作诗者，发乎情，止乎礼义。情之发，因辞以形之；礼义之旨，须事以明之，故有赋焉。所以假象尽辞，敷陈其志。前世为赋者，有孙卿、屈原，尚颇有古诗之义。至宋玉，则多淫浮之病矣。《楚辞》之赋，赋之善者也，故扬子称赋莫深于《离骚》。贾谊之作，则屈原俦也。古诗之赋，以情义为主，以事类为佐；今之赋，以事形为本，以义正为助。情义为主，则言省而文有例矣；事形为本，则言当而辞无常矣。文之省烦，辞之险易，盖由于此。夫假象过大，则与类相远；逸辞过壮，则与事相违；辩言过理，则与义相失；丽靡过美，则与情相悖。此四过者，所以背大体而害政教。是以司马迁割相如之浮说，扬雄疾"辞人之赋丽以淫"。

挚虞《文章流别论》　严可均《全晋文》卷七十七　中华书局影印本

　　《诗》有六义，其二曰赋。赋者，铺也。铺采摛文，体物写志也。昔邵公称公卿献诗，师箴赋。传云：登高能赋，可为大夫。《诗序》则同义，传说则异体，总其归途，实相枝干。刘向云明不歌而颂，班固称古诗之流也。至如郑庄之赋大隧，士蒍之赋狐裘，结言短韵，词自己作，虽合赋体，明而未融。及灵均唱骚，始广声貌。然赋也者，受命于诗人，拓宇于《楚辞》也。于是荀况《礼》、《智》，宋玉《风》、《钓》，爰锡名号，与《诗》画境，六义附庸，蔚成大国。述客主以首引，极声貌以穷文，斯盖别诗之原始，命赋之厥初也。

　　秦世不文，颇有杂赋。汉初词人，顺流而作，陆贾扣其端，贾谊振其绪，枚、马同其风，王、扬骋其势，皋、朔已下，品物毕图。繁积于宣时，校阅于成世，进御之赋千有余首，讨其源流，信兴楚而盛汉矣。夫京殿苑猎，述行写志，并体国经野,义尚光大,既履端于倡序,亦归余于总乱。序以建言,首引情本;乱以理篇,迭致文契。按《那》之卒章,闵马称乱,故知殷人辑颂,楚人理赋,斯并鸿裁之寰域,雅文之枢辖也。至于草区禽族,庶品杂类,则触兴致情,因变取会;拟诸形容,则言务纤密;象其物宜,则理贵侧附,斯又小制之区畛,奇巧之机要也。

观夫荀结隐语,事数自环;宋发巧谈,实始淫丽。枚乘《兔园》,举要以会新;相如《上林》,繁类以成艳;贾谊《鵩鸟》,致辨于情理;子渊《洞箫》,穷变于声貌;孟坚《两都》,明绚以雅赡;张衡《二京》,迅发以宏富;子云《甘泉》,构深玮之风;延寿《灵光》,含飞动之势:凡此十家,并辞赋之英杰也。及仲宣靡密,发端必遒;伟长博通,时逢壮采;太冲、安仁,策勋于鸿规;士衡、子安,底绩于流制;景纯绮巧,缛理有余;彦伯梗概,情韵不匮:亦魏晋之赋首也。

原夫登高之旨,盖睹物兴情。情以物兴,故义必明雅;物以情观,故词必巧丽。丽词雅义,符采相胜,如组织之品朱紫,画绘之著玄黄,文虽新而有质,色虽糅而有本,此立赋之大体也。然逐末之俦,蔑弃其本,虽读千赋,愈惑体要,遂使繁华损枝,膏腴害骨,无贵风规,莫益劝戒,此扬子所以追悔于雕虫,贻诮于雾縠者也。

赞曰:赋自诗出,分歧异派。写物图貌,蔚似雕画。抑滞必扬,言庸无隘。风归丽则,辞翦美稗。

刘勰《文心雕龙·诠赋》　人民文学出版社范文澜注本

孔子称:举逸民,天下之民归心焉。是以洪崖先生创高道于上皇之世,许由、善卷不降节于唐虞之朝。自三代秦汉,达乎魏兴受命,中贤之主,未尝不聘岩穴之隐,追遁世之民。是以《易》箸束帛之义,《礼》有玄纁之制,诗人发《白驹》之歌,《春秋》显子臧之节,《明堂·月令》以季春之月聘名士,礼贤者。然则高让之士,王政所先,厉浊激贪之务也。史班之载,多所阙略。梁鸿颂逸民,苏顺科高士,或录屈节,杂而不纯。又近取秦汉,不及远古。夫思其人,爱其树,况称其德而赞其事哉!谧采古今八代之士,身不屈于王公,名不耗于终始,自尧至魏,凡九十余人。虽执节若夷、齐,去就若两龚,皆不录也。

皇甫谧《高士传序》　严可均《全晋文》卷七十一　中华书局影印本

陆 机

陆机(261—303),字士衡,吴郡华亭(今上海市松江)人。东吴名将陆逊之孙,陆抗之子。少有异才,文章冠世。二十岁时,东吴为晋所灭,于是与弟弟陆云退居旧里,闭门勤读十载。晋武帝太康末(289),与弟陆云一同应征入洛,受到张华赏识和推荐,此后历任太子洗马、著作郎、中书郎等职。永康元年(300),赵王伦辅政,以陆机为相国参军。伦败,陆亦受牵连,收付廷尉,徙边,遇赦而止。后入成都王颖幕,参大将军军事,表为平原内史,故世称"陆平原"。太安二年(303),成都王颖,河间王颙起兵讨长沙王司马乂,以陆机为后将军,河北大都督,率军二十万,与司马乂战于鹿苑。兵败被谗,为成都王所杀,年仅四十三岁。陆机是太康时期最为重要的诗人,常与潘岳并称"潘陆"。钟嵘谓"陆机为太康之英";刘勰称"张潘左陆,比肩诗衢";沈约也说"降及元康,潘陆特秀。"《隋书·经籍志》著录其集十四卷,已散佚,仅存《陆士衡文集》十卷。《晋书》卷五十四有传。

文 赋①

余每观才士之所作,窃有以得其用心②。夫其放言遣辞③,良多变矣。妍蚩好恶,可得而言。每自属文,尤见其情④。恒患意不称物,文不逮意⑤,盖非知之难,能之难也⑥。故作《文赋》以述先士之盛藻⑦,因论作文之利害所由⑧,他日殆可谓曲尽其妙⑨。至于操斧伐柯,虽取则不远,若夫随手之变,良难以辞逮(原作遂,据尤袤本《文选》改)⑩。盖所能言者,具于此云尔。

伫中区以玄览⑪,颐情志于典坟⑫。遵四时以叹逝,瞻万物而思纷[13]。悲落叶于劲秋,喜柔条于芳春[14]。心懔懔以怀霜,志眇眇而临云[15]。咏世德之骏烈,诵先民(原作人,据唐陆柬之书《文赋》及《文镜秘府论》所引改)之清芬[16]。游文章之林府,嘉丽藻之彬彬[17]。慨投篇而援笔,聊宣之乎斯文[18]。

其始也,皆收视反听[19],耽思傍讯[20],精骛八极,心游万仞[21]。其致也[22],情曈昽而弥鲜,物昭晰而互进[23]。倾群言之沥液,漱六艺之芳润[24]。浮天渊以安流,濯下泉而潜浸[25]。于是沉辞怫悦,若游鱼衔钩而出重渊之深[26];浮藻联翩,若翰鸟缨缴而坠曾云之峻[27]。收百世之阙文,采千载之遗韵[28]。谢朝华于已披,启夕秀于未振[29]。观古今于须臾,抚四海于一瞬[30]。

然后选义按部,考辞就班[31]。抱景者咸叩,怀响者毕弹[32]。或因枝以振叶,或沿波而讨源[33]。或本隐以之显,或求易而得难[34]。或虎变而兽扰,或龙见而鸟澜[35]。或妥帖而易施,或岨峿而不安[36]。罄澄心以凝思,眇众虑而为言[37]。笼天地于形内,挫万物于笔端[38]。始踯躅于燥吻,终流离于濡翰[39]。理扶质以立干,文垂条而结繁[40]。信情貌之不差,故每变而在颜。思涉乐其必笑,方言哀而已叹[41]。或操觚以率尔,或含毫而邈然[42]。

伊兹事之可乐,固圣贤之所钦[43]。课虚无以责有,叩寂寞而求音[44]。函绵邈于尺素,吐滂沛乎寸心[45]。言恢之而弥广,思按之而逾深[46]。播芳蕤之馥馥,发青条之森森[47]。粲风飞而猋竖,郁云起乎翰林[48]。

体有万殊,物无一量[49]。纷纭挥霍,形难为状[50]。辞程才以效伎,意司契而为匠[51]。在有无而僶俛,当浅深而不让[52]。虽离方而遁圆,期穷形而尽相[53]。故夫夸目者尚奢,惬心者贵当[54]。言穷者无隘,论达者唯旷[55]。

诗缘情而绮靡[56]。赋体物而浏亮[57]。碑披文以相质[58]。诔缠绵而凄怆[59]。铭博约而温润[60]。箴顿挫而清壮[61]。颂优游以彬蔚[62]。论精微而朗畅[63]。奏平彻以闲雅[64]。说炜晔而谲诳[65]。虽区分之在兹,亦禁邪而制放。要辞达而理举,故无取乎冗长[66]。

其为物也多姿,其为体也屡迁[67]。其会意也尚巧[68],其遣言也贵妍。暨音声之迭代,若五色之相宣⑲。虽逝止之无常,固崎锜而难便。苟达变而识(五臣注《文选》作相)次,犹开流以纳泉⑳。如失机而后会,恒操末以续颠。谬玄黄之秩序,故洟涊而不鲜㉑。

或仰逼于先条,或俯侵于后章㉒;或辞害而理比,或言顺而义妨㉓。离之则双美,合之则两伤㉔。考殿最于锱铢,定去留于毫芒㉕。苟铨衡之所裁,固应绳其必当㉖。

或文繁理富,而意不指适㉗。极无两致,尽不可益㉘。立片言而居要,乃一篇之警策㉙。虽众辞之有条,必待兹而效绩㉚。亮功多而累寡,故取足而不易㉛。

或藻思绮合,清丽芊眠㉜。炳若缛绣,凄若繁弦㉝。必所拟之不殊,乃暗合乎曩篇㉞。虽杼轴于予怀,怵他人之我先㉟。苟伤廉而愆义,亦虽爱而必捐㊱。

或苕发颖竖,离众绝致㊲。形不可逐,响难为系㊳。块孤立而特峙,非常音之所纬㊴。心牢落而无偶,意徘徊而不能揥(五臣注《文选》作褋)㊵。石韫玉而山晖,水怀珠而川媚㊶。彼榛楛之勿翦,亦蒙荣于集翠㊷。缀《下里》于《白雪》,吾亦(此下五臣注《文选》、陆柬之书、《文镜秘府论》所引均有以字)济夫所伟㊸。

或托言于短韵,对穷迹而孤兴㊹。俯寂寞而无友,仰寥廓而莫承㊺。譬偏弦之独张,含清唱而靡应㊻。

或寄辞于瘁音,言徒靡而弗华㊼。混妍蚩而成体,累良质而为瑕㊽。象下管之偏疾,故虽应而不和㊾。

或遗理以存异,徒寻虚而逐微㊿。言寡情而鲜爱,辞浮漂而不归[101]。犹弦幺(《文镜秘府论》引作缓)而徽急,故虽和而不悲[102]。

或奔放以谐合,务嘈囋而妖冶[103]。徒悦目而偶俗,故声高而曲下[104]。寤《防露》与《桑间》,又虽悲而不雅[105]。

或清虚以婉约,每除烦而去滥[106]。阙大羹之遗味,同朱弦之清氾[107]。虽一唱而三叹,固既雅而不艳[108]。

若夫丰约之裁,俯仰之形,因宜适变,曲有微情[109]。或言拙而喻巧[110];或理朴而辞轻[111];或袭故而弥新;或沿浊而更清[112];或览之而必察,或研之而后精[113]。譬犹舞者赴(五臣注《文选》作趁)节以投袂,歌者应弦而遗声⑭。是盖轮扁所不得言,亦非华说之所能精⑮(《文镜秘府论》引作明)。

普辞条与文律,良予膺之所服⑯。练世情之常尤,识前修之所淑⑰。虽濬发于巧心,或受嗤(五臣《文选》、陆柬之书,《文镜秘府论》均作噍)于拙目⑱。彼琼敷与玉藻,若中原之有菽⑲。同橐籥之罔穷,与天地乎并育⑳,虽纷蔼于此世,嗟不盈于予掬㉑。患挈瓶之屡空,病昌言之难属㉒。故堪踸踔于短垣㉓(原作韵,从尤袤本《文选》改),放庸音以足曲㉔。恒遗恨以终篇,岂怀盈而自足㉕。惧蒙尘于叩缶,顾取笑乎鸣玉㉖。

若夫应感之会,通塞之纪,来不可遏,去不可止㉗。藏若景灭,行犹响起㉘。方天机之骏利,夫何纷而不理㉙。思风发于胸臆,言泉流于唇齿㉚。纷葳蕤以馺遝,唯毫素之所拟㉛。文徽徽以溢目,音泠泠而盈耳㉜。及其六情底滞,志往神留㉝,兀若枯木,豁若涸流㉞。览营魂以探赜,顿精爽而自求㉟。理翳翳而愈伏,思乙乙(原作轧轧,据尤袤本《文选》改)其若抽㉟。是故或竭情而多悔,或率意而寡尤㊱。虽兹物之在我,非余力之所勠㊲。故时抚空怀而自惋,吾未识夫开塞之所由也㊴。

伊兹文之为用,固众理之所因㊵。恢万里而无阂,通亿载而为津㊶。俯贻则于来叶,仰观象乎古人㊷。济文武于将坠,宣风声于不泯㊸。涂无远而不弥,理无微而不纶㊹。配霑润于云雨,象变化乎鬼神㊺。被金石而德广,流管弦而日新㊻。

六臣注《文选》卷十七 《四部丛刊》影宋本

【注释】

①《文赋》——《文赋》是我国文学批评史上第一篇系统的文学创作专论。关于其写作的具体年代,学界主要有两种观点:一种观点认为作于陆机入洛以前,是他青年时期的作品,持论的依据是杜甫《醉歌行》所谓"陆机二十作《文赋》"之说。另一种观点认为《文赋》作于陆机入洛以后四十岁左右。两相考较,当以后说为是。清人何焯在《义门读书记》中早就指出,杜甫的说法是因为误会李善注引《晋书》的意思所致。按《文选·文赋》目下李善注引《晋书》云:"机字士衡……年二十而吴灭,退居旧里,与弟勤学居十一年,誉流京华,声溢四

表,被征为太子洗马,与弟云俱入洛。……机妙解情理,心识文体,故作《文赋》。"这里只说陆机年二十而吴灭,并没说《文赋》作于此时。按《全晋文》卷一二陆云《与平原书》(三十五首之九)中,曾同时提到陆机的《文赋》、《感逝赋》、《述思赋》等,并且说:"兄顿作尔多文,而新奇乃尔,真令人怖",可见这些赋写成于一时。而其中的《感逝赋》即《叹逝赋》,陆机《叹逝赋序》云:"余年方四十",可见《文赋》与这些赋一起都写于陆机四十岁时,即公元300年,时当陆机卒前几年,属于他晚期的作品。

李善《文赋》注引臧绪荣《晋书》说,陆机"妙解情理,心识文体,故作《文赋》"。结合《文赋序》,不难看出,《文赋》乃为陆机创作实践之理论阐发,表达了他对文学问题深刻的理论思索。全文紧紧围绕"物"、"意"、"文"三者关系,以文学创作过程为核心问题展开了系统论述,具体说来,文章主要的理论贡献表现在以下几个方面。

第一,作家创作心理过程的描述,包括文思激发、创作心境、艺术想象和灵感现象等。陆机从"颐情志""瞻万物"的创作准备谈起,谈到"投篇援笔"的创作冲动,又谈到"精骛八极,心游万仞"的想象活动。他指出艺术想象活动是情与物象的交织:"情瞳昽而弥鲜,物昭晰而互进";也揭示了想象可超越身观局限的自由特质:"观古今于须臾,抚四海于一瞬"。在艺术构思过程中,陆机既描述了作家对词汇的艰苦寻觅:"沉辞怫悦,若游鱼衔钩而出重渊之深",也描写了作家在心中对篇章结构的经营:"或因枝以振叶,或沿波而讨源"。他特别强调了创作构思中灵感的重要,并对灵感的神秘性进行了形象的描绘。他称灵感为"应感之会",灵感来时,"思风发于胸臆,言泉流于唇齿";灵感不来,则"六情底滞,志往神留。兀若枯木,豁若涸流"。所有这些描述,都是非常生动而准确的,是他本人在创作实践中的深刻体会。《文赋》中的这方面内容,标志着人们已深入到文学创作的过程,穿过文学作品的表面去探求它内部的思维规律了。

第二,对不同文章体貌风格的概述。陆机在曹丕"四科八体"说的基础上,进一步将文体分为十类,并具体概述了它们各自的风格特征。这在中国文体风格研究上有着重要的理论意义和长远影响。特别是"诗缘情而绮靡"的观点,既深刻地指出了诗歌抒情的本质特征,同时也为六朝诗歌追求形式上的华美提供了理论依据;它既是对传统儒家"诗言志"说的突破和发展,也是人们诗歌观念不断发展成熟的必然结果。

第三,关于文章具体写作技巧的论述。在处理内容与形式的原则上,陆机十分重视"意"的主导作用,"辞程才以效伎,意司契而为匠","理扶质以立干,文垂条而结繁",用今天的话说,就是内容为主干,文辞为枝叶。同时,陆机还提出了定去留、立警策、戒雷同、济庸音等具体写作方法。陆机这些论述具体写作技巧的内容,与他前面论述的艺术构思部分,共同构成文学创作论必不可少的内容,应该引起研究者的注意。

第四,提出了"雅、艳"等艺术审美标准。《文赋》一方面用大量篇幅指斥为文之弊,另一方面又提出了自己"应、和、悲、雅、艳"的艺术审美标准。它是建安以至太康时期文辞日趋华丽趋势的反映,同时也深刻地影响着太康以降整个六朝人的创作审美追求。

《文赋》在中国文学批评上有着重要地位。刘勰在《文心雕龙》中虽然批评"陆赋巧而碎乱",但正如清代章学诚所指出:"刘勰氏出,本陆机氏说而昌文心。"同时,钟嵘的《诗品》,挚虞、李充的文体论,沈约等人的声律论,萧统等人的文学观,也都是对陆机《文赋》有关文学思想和理论的进一步发展。

②得其用心——即体会到作者构思与写作的甘苦。钱锺书《管锥编·全上古三代西汉三国六朝文》第一三八则云:"按下云:'每自属文,尤见其情。'与开篇二语呼应。以己事印体他心,乃全《赋》眼目所在。盖此文自道甘苦,故于抽思呕心,琢词断髭,最能状难见之情,写无人之态,所谓'得其用心'、'自见其情'也。"

③放言遣辞——谓作品中对言辞的安排运用。

④每自属文,尤见其情——指上句所说的"才士之用心";属文,即作文。二句意谓每当自己写作的时候,尤能体会到前代才士们构思之甘苦。黄侃《文选评点》云:"此言观他文既知其用意,自作文则知之愈切。"

⑤"恒患意不称物"二句——此申"尤见其情"之意,言构思中体物遣辞之难。物,指作家要描写的事物。意,指作家对事物的主观把握。文,指作家的表达工具——言辞。二句意谓构思写作时,常有以下两重遗憾:一是对事物的把握并不切合事物本身,二是所用的言辞也不能确切地表达自己对事物的把握。苏轼《答谢民师书》:"求物之妙,如系风捕影,能使是物了然于心者,盖千万人而不一遇也,而况能使是物了然于口与手乎?"与此意近。

⑥"盖非知之难"二句——《左传·昭公十年》:"非知之难,将在行之",为此二句之所本。这里所谓"知",是懂得文章的好坏的意思,承上文"妍蚩好恶,可得而言"来说;而所谓"能",是指能亲自动手写出好文。二句意谓对于文章来说,真正困难的并不在评论,而是创作实践。

⑦先士之盛藻——先士,前代之才士;盛藻,宏丽之文章。黄侃云:"'先士盛藻',即前云'才士所作'"。

⑧作文利害之所由——利害,犹言得失;利害所由,谓作文或得或失之缘

由。

⑨"他日"句——《文选》李善注:"言既作此《文赋》,他日而观之,近谓委曲尽文之妙理。"

⑩"至于操斧伐柯"四句——"操斧伐柯,取则不远",本《诗经·豳风·伐柯》:"伐柯伐柯,其则不远。"原意为:用斧子伐柯来作斧柄,斧柄尺寸的大小长短,自可取则于手中之斧,而不必远求。"随手之变,良难以辞逮",本于《庄子·天道》:"轮扁曰:……斫轮,徐则甘而不固,疾则苦而不入,不疾不徐,得之于手而应于心,口不能言,有数存焉于其间,臣不能以喻臣之子,臣之子亦不能受于臣。"这几句的意思是:为文,虽然所取的法式就在眼前,但随心应手的变化则非言说所能穷尽。按《文心雕龙·神思》云:"至于思表纤旨,文外曲致,言所不追,笔固知止,至精而后阐其妙,至变而后通其数,伊挚不能言鼎,轮扁不能语斤,其微矣乎",与这几句意思相通。

⑪伫中区以玄览——意谓作家伫立于天地之间,以清虚之心观览万物。《说文》:"伫,久立也";中区即区中,谓天地宇宙之间。玄览,《老子》十章:"涤除玄览",河上公注:"心居玄冥之处,览知万物,故谓之玄览。"

⑫颐情志于典坟——谓作家以阅读古籍来颐养情志。典坟,《左传·昭公十二年》:"(楚左史倚相)能读《三坟》、《五典》。"孔颖达疏引孔安国《尚书序》云:"伏羲、神农、黄帝之书谓之《三坟》,言大道也;少昊、颛顼、高辛、唐、虞之书谓之《五典》,言常道也。"这里用"典坟"泛指古籍。

⑬"遵四时以叹逝"二句——《文选》李善注:"遵,循也。遵四时而叹其逝往之事,揽视万物盛衰而思虑纷纭也。"

⑭"悲落叶于劲秋"二句——秋多劲风,故曰劲秋;春滋芳草,故曰芳春。二句意谓:秋天看木叶之零落,即勾起悲伤之感;春日看青枝柔嫩,即产生喜悦之情。按此二句和下二句都是申明上句"瞻万物而思纷"的意思,谓作家感物生情。

⑮"心懔懔以怀霜"二句——懔懔,寒貌,引申为肃然之意。渺渺,高远貌。二句意谓:想到寒霜,即起肃然之情绪;面对白云,即生高远之志趣。《文心雕龙·物色》:"天高气清,阴沉之志远;霰雪无垠,矜肃之虑深",语意近之。

⑯"咏世德之骏烈"二句——世德,指先世之盛德;骏烈,谓盛大之功业。先民,指前代之贤哲;清芬,指清美芬芳之品德。唐大圆《文赋注》云:"文思之生,亦有因歌咏往世有德者之大业,或称诵先代哲人之清美芬芳者。如韦孟《在邹诗》、谢灵运《述祖德》诗、扬子云《赵充国赋》……等皆是。"又,程会昌《文论要诠》:"士衡祖逊、父抗,并吴名臣,……其集中《祖德》、《述先》二赋,即式怀先德

之作。故庾信《哀江南赋》(序)云:'陆机之辞赋,先陈世德。'"

⑰"游文章之林府"二句——林府,五臣《文选》李周翰注:"谓多如林木,富如府库也。"嘉,赞美。彬彬,形容文藻布擒之适均,《论语·雍也》:"文质彬彬",《集注》:"彬彬,犹班班,物相杂而适均之貌。"

⑱"慨投篇而援笔"二句——意谓阅读先人的作品而受到启发,慨然提笔而自抒所见。"投篇而援笔",指停止阅读而开始写作。

⑲收视反听——《史记·商君列传》:"反听之谓明,内视之谓聪。"又,《庄子·人间世》云:"耳目内徇",宣颖注:"耳目在外,而徇之于内",都说的是将外向的耳目反转过来变为内向,从注意外界转为注意自己内心的意思。这里的"收视反听"亦同此意,谓作家在构思之始,需向内寻求,视自己的心象、听自己的心音。

⑳耽思傍讯——耽思,深思、久思。傍讯,遍求。

㉑"精骛八极"二句——精,精神。骛,驰也。八极,指东、南、西、北、东南、西南、西北、东北八方极远的地方。《初学记》卷五引《淮南子》:"九州之外有八埏,八埏之外有八紘,八紘之外有八极。"万仞,形容高远。我国古代以周七尺或八尺为一仞。按,此并上两句讲构思之初想象活动的情状。它上承司马相如"赋心"之论,下启刘勰"神思"之说,在我国文论史上具有重要意义。

㉒其致也——指作家通过想象,使艺术意象来到胸中。致,至也。按前文以"其始也"冒起的几句,讲的是想象之活动;而以"其致也"冒起的以下两句,讲的是想象之产物。

㉓"情曈昽而弥鲜"二句——谓作家通过耽思傍讯,他的情意由朦胧而变得更加鲜明,各种物象清晰地于脑海中交互涌现。曈昽,朦胧;昭晰,清晰。

㉔"倾群言之沥液"二句——"群言"与"六艺"相对,前者指百家之书,后者指六经。沥液,涓滴也,张衡《思玄赋》:"漱飞泉之沥液。"芳润,指辞意之芳美润泽。倾,倾斟,这里有饮的意思。漱,漱涤,这里有咀嚼、品尝的意思。按二句指作家在构思中,当意象出现以后,作家咀嚼、选炼诸子、经书中的词句来表达既定的意象,以使自己的文辞有所本。

㉕"浮天渊以安流"二句——天渊,指天河。安流,平缓之水流。《楚辞·九歌·湘君》:"令沅湘之无波,使江水兮安流。"《文选》李善注:"言思虑之至,无所不至,故上至天渊于安流之中,下至下泉于潜浸之所。"按这里讲作家文思之上天入地,是指为了表达意象而对合适的文辞的寻觅。唐人卢延让所谓"险觅天应闷,狂搜海欲枯";廖融所谓"积思游沧海,冥搜入洞天",语意近之。

㉖"于是沉辞怫悦"二句——合适的文辞沉于幽暗之处,不易觅得,正如沉

渊之鱼,故曰"沉辞"。佛悦,难出之貌也。二句意谓对词句的寻觅有时很困难,好像从深渊之中把鱼钩出来一样。

㉗"浮藻联翩"二句——浮,与沉相对。文辞显于明处,举首可见,故曰"浮藻"。联翩:鸟飞之貌。曾云,即层云,指高空。二句意有时寻觅文辞却很便利,好像从高空中把鸟射下来一样迅速。许文雨《文论讲疏》:"'沉辞'表吐辞艰涩之象,'浮藻'表出语骏利之象。"

㉘"收百世之阙文"二句——阙文,古人未述之文。遗韵,古人未用之韵。二句意谓作家选辞要发前人所未发,用前人所未用,务去陈言,避免剿袭。

㉙"谢朝华于已披"二句——朝华,早开之花。夕秀,晚发之葩。谢,弃也。启,发也。披,披离、萎落。振,怒放。二句以已落之朝花喻古人已述之旧意;以未放之夕秀喻待申之新旨。所谓谢朝花而启夕秀,是说作家在立意方面要去故就新。唐大圆《文赋注》释"收百世之阅文"以下几句云:"上句是务去陈言,下句是独出心裁。"

㉚"观古今于须臾"二句——谓作家的文思须臾之间可洞观古今,刹那之际可周巡四海。抚:巡也,《庄子·在宥》:"其疾俯仰之间而再抚四海之外。"按此二句收束上文,讲构思活动不受时空限制的特点。葛洪《西京杂记》卷二谓作家构思为"控引天地,错综古今";刘勰《文心雕龙·神思》谓作家思维是"寂然凝虑,思接千载";悄然动容,视通万里",唐韦承庆《灵台赋》谓人心之妙用为"转息而延缘万古,回瞬而周流八区"(《全唐文》卷一一八),意思皆与陆机所言相同。

㉛"然后选义按部"二句——意谓作家通过想象于心中产生艺术意象,又通过搜求觅得合适的文辞之后,还要通过对辞义的选择和文辞的推敲,使之按部就班,组列成文。

㉜"抱景者咸叩"二句——景喻色彩,响喻音调。"抱"与"怀",皆有隐而未舒之意。二句谓作家在布章裁句之中,务使文辞色彩鲜明、音调响亮。色彩欠明者,皆叩发之使其明;音调不响者,皆弹击之使其响,从而使文辞达到声色并茂。

㉝"或因枝以振叶"二句——这里说文章布局的两种思路:因枝以振叶,即由本及末的叙述;沿波而讨源,是由末及本的叙述。

㉞"或本隐以之显"二句——"之",五臣《文选》等本作"末"。按辞赋对仗成文,故作"末"是。此处的"本"指作家所要表达的本旨,"末"指所用的文辞。二句意为:有时本旨虽然隐约,但因作者善于表现,文辞反倒晓畅;有时欲表现浅易的意旨,但因作者不善传达,倒使文章难懂。

㉟"或虎变而兽扰"二句——虎变,出《易·革卦》:"大人虎变,其文炳也";

龙见,出《易·乾卦》:"见龙在天。"扰:驯也;澜:散乱也。钱锺书《管锥编》云:"'澜'当是'澜漫'之'澜','鸟'当是海鸥之属;虎为兽王,海则龙窟。主意已得,陪宾衬托,安排井井,章节不紊,如猛虎一啸,则百兽帖服。(下文)'妥帖易施',即'兽扰'之遮诠也。新意忽萌,一波起而万波随,一发牵而全身动,如龙腾海立,则鸥岛惊翔。(下文)'龃龉不安',亦即'鸟澜'之遮诠矣。"

㊱"或妥帖而易施"二句——谓作家构思谋篇,有时恰当顺畅,非常容易;而有时则牴触不合,煞费经营。龃龉:不相合之貌。

㊲"罄澄心以凝思"二句——罄,空也;澄,清静也。罄澄心,即《荀子·儒效》所谓"虚壹而静",指作家冷静而专注的思考。眇,通妙。《易·兑卦》:"神也者,妙万物而为言者也。"这里所谓"眇众虑",指精妙地组织复杂的意念。

㊳"笼天地于形内"二句——五臣张铣注:"形,文章之形也。挫,折挫也。谓天地之大,可笼于文章形内;万物虽众,可折挫取其形,以书于笔之端。"

㊴"始踟蹰于燥吻"二句——踟蹰,即踟躅,欲进不进之貌,此喻文思之艰涩。燥吻,干唇,此喻词语之难出。流离,犹言淋漓。濡翰,以墨渍笔,引申为书写。二句意为:作家开始提笔时,百般斟酌,发语艰难,而后文辞终能淋漓酣畅。

㊵"理扶质以立干"二句——理,指文章的意旨;文指言辞。质,根本。干,主干。垂条、结繁,树之抽条生叶。此二句以树之质干与枝叶的关系来比喻文章的意与辞的关系,意谓文以意旨为本而文辞为末,本强方能末茂。正如树木,必先扶持根本而立其干,才能使枝叶繁茂。《文心雕龙·附会》云:"情者文之经,辞者理之纬。经正而后纬成,理定而后辞畅:此立义之本源也",意同于此。

㊶"信情貌之不差"四句——意谓正如人的内在心境与外部情态互为表里,不相违背,心情的任何变化都会在表情上表现出来;作家所表现的情感和辞气之间的关系也是如此:当作家表达快乐的情感时,笔下必有喜笑之气;表达哀伤的情感时,文中自有叹息之辞。《文心雕龙·夸饰》云:"谈欢则字与笑并,论戚则声共泣偕",语意近之。

㊷"或操觚以率尔"二句——觚,古时用以书写之方木。操觚,指写作。率尔,轻率貌,《论语·先进》:"子路率尔而对。"这里指不经意。含毫,将笔毫含在口中苦苦思索,《文心雕龙·神思》:"相如含笔而腐毫。"邈然,无所得。二句意谓:有时文章会成于不经意之中,而有时苦苦思索却毫无所得。

㊸"伊兹事之可乐"二句——伊,发语词。兹事,此事,指写作之事。钦,敬慕。钱锺书《管锥编》云:"按《全晋文》卷一二陆云《与兄平原书》之一五:'文章既自可羡,且解愁忘忧'……《全三国文》卷十六陈王(曹)植《与丁敬礼书》:'故乘兴为书,含欣而秉笔,大笑而吐辞,亦欢之极也。'何薳《春渚纪闻》卷六

《东坡事实》:'先生尝对刘景文与先子曰:某生平无快意事,惟作文章,意之所到,则笔力曲折,无不尽意,自谓世间乐事,无逾此者':皆所谓'兹事可乐'也。"

㊹"课虚无以责有"二句——课,试也。责,求也。按二句本于道家的观点,唐人黄滔《课虚责有赋》:"虚者无形以设,有者触类而呈。奚课彼以责此,使从幽而入明。寂虑凝神,世外之筌蹄既历;垂华布藻,人间之景象旋盈。昔者陆机,赋乎文旨,推含毫伫思之道,得散朴成形之理。虽群言互发,则归于造化之中;而一物未萌,乃锁在渺茫之始"(《全唐文》卷八二二),就是指出陆机此说与道家之宇宙生成论的渊源关系。按道家所谓"虚无"、"寂寞",并非指绝对的空无,而是相对于现象的"有"而言的本体的"无",亦即无形无质的精神本体。《老子》云:"天下万物生于有,有生于无",是说物质现象是从"无"这个精神本体中产生的。《春秋说题辞》:"虚生有形";《文子·自然》:"寂寞,音之主也";《淮南子·原道训》:"无声而五声成焉,无色而五色形焉",皆为此意。从这个理论出发,道家也论到艺术,如老子认为:物质的形象与音乐虽然有形有声,但它们之所由出的观念本体却是无形无声的,此所谓"大象无形"、"大音希声"(《老子》四十一章)。后来的论文者借用了道家的这一观点,来说明艺术作品的形象与声音之"有",乃出于艺术家精神观念之"无"。譬如曹植《七启》:"书形于无象,造响于无声",即是此意。这里陆机所谓的"虚无"、"寂寞",亦指作家头脑中那无形、无声、无任何物质规定性的观念而言,而"有"与"音",指作家观念的物质外化,亦即具有形色与声音的文字而言。作家的构思,是从观念出发而生出文字,此所谓"课虚无以责有,叩寂寞而求音"。唐人张说《洛州张司马集序》:"万象鼓舞入有名之地,五音繁杂出无声之境";明人谢榛《四溟诗话》:"着形于绝迹,震响于无声","求声于寂寞,写真于无象";清人庞垲《诗义固说》:"于无字中生字,无句中生句"等等,都是同样的说法。

㊺"函绵邈于尺素"二句——函,含也。绵邈,远也。尺素,指纸。滂沛,水盛大貌,此喻文辞从胸中汹涌而出。《文选》五臣刘良注:"虽远者含文于尺素之上,虽大者吐辞于寸心之间也。"

㊻"言恢之而弥广"二句——方廷珪《昭明文选大成》:"恢,扩也,前言所未及者,愈扩愈广。按,抑也,前思所未及者,愈按愈深。"

㊼"播芳蕤之馥馥"二句——李善注引《纂要》:"草木华曰蕤"。引《字林》:"森,多木长貌。"二句以树木花草的香馥、茂盛比喻文辞之清丽宏富。

㊽"粲风飞而猋竖"二句——粲,鲜明貌。郁,浓盛貌。猋,通飙,旋风。翰林,谓文章之林。程会昌《文论要诠》:"二句皆以一字领下全句,读时(粲、郁)当作一顿。下云:'俯,寂寞而无友,仰,廖廓而莫承',又云:'思,风发于胸臆,

言，泉流于唇齿'，皆同。"二句意谓文之鲜明，似飙风之突起；文之浓盛，如云气之升腾。

㊾"体有万殊"二句——体，指文章之体。物，指文章所欲表现的事物。这里说文章的体裁和所表现的事物，皆千差万别，变化多端，无一定之格式。

㊿"纷纭""挥霍"二句——李善注："纷纭，乱貌；挥霍，疾貌。"二句意谓以"纷纭"与"挥霍"二词，难以形容其品类之繁多与变化之迅疾。

(51)"辞程才以效伎"二句——辞，指作品的文辞。程，度量也。才，通材。伎，通技。效，致也。意，指作家的意旨。司，主。契，图样。李善注引《老子》："有德司契。"二句说的是作家在描写事物时，意与辞的主从关系：意之作用，好比掌握着图样的工匠；而辞的作用，是按照图样来度量、加工材料而使其工巧。

(52)"在有无而僶勉"二句——二句是从《诗经》化出。《诗经·邶风·谷风》："就其深矣，方之舟之；就其浅矣，泳之游之。何有何亡，黾勉求之。"本意谓主妇作家务，能根据条件而尽力操办。正如渡河，水深则舟济，水浅则泳渡，不论富裕（有）或贫穷（无）之时，皆能勉力把日子过好。陆机用的不是《诗经》的原意，这里所谓"有无"，指文辞的去留；所谓"深浅"，指文意的难易。二句意谓在文辞的弃取上要尽力推敲；文意该深则深，该浅则浅，不可含糊。不让，《论语·卫灵公》"当仁不让于师"，此指不犹豫、不含糊。

(53)"虽离方而遁圆"二句——方圆，指规矩、法度。离方遁圆，超越规矩，不泥成法。穷形尽相，曲尽所描写事物之形象。二句意谓作家当以曲尽事物形相为宗旨，而不受成法的约束。

(54)"故夫夸目者尚奢"二句——夸目，夸耀炫目。奢，奢华。惬心，快心。当，确切。《文选》李善注："其事既殊，为文亦异。故欲夸目者，为文尚奢；欲快心者，为文贵当。"

(55)"言穷者无隘"二句——黄侃云："'无'，当作'唯'。"二句意谓描写穷贱之作品，辞气狭隘；谈论通达之作品，发言旷放。

(56)诗缘情而绮靡——意谓诗因情而发，故要求华美、细致。按陆机指出的"诗缘情"，对于诗歌本质的揭示，比起前人的"诗言志"来更加明确，在中国诗学史上有重要地位。

(57)赋体物而浏亮——《文选》李善注："赋以陈事，故曰体物。"《文心雕龙·诠赋》云："赋者，铺也，铺采摛文，体物写志也。"刘熙载《艺概·赋概》："余谓志因物见，故《文赋》但言'赋体物'也。"浏亮，清明之称。

(58)碑披文以相质——碑即碑文。披，被也。文，指文彩。质，指事实。相，辅助。张凤翼《文选纂注》："碑以叙德，故质为主而文相之。"曹丕《典论·论文》:“铭诔尚实”;《文心雕龙·诔碑》中谓优秀碑文:“其叙事也该而要,其缀采也雅而泽”,皆可相参证。

(59)诔缠绵而凄怆——《文选》李善注:“诔以陈哀,故缠绵凄惨。”《文心雕龙·诔碑》:“诔之为制,盖选言录行,传体而颂文,荣始而哀终。论其人也,暖乎若可睹;道其哀也,凄焉如可伤。”

(60)铭博约而温润——铭,刻于器物、金石之上以记功表德之文体。《文选》李善注:“博约,谓事博文约也。”按金石铭文篇幅不可过长,故当言简意赅。温润,辞气温和柔润,亦即含蓄蕴藉,不锋芒毕露之意。《文心雕龙·铭箴》:“铭兼褒赞,故体贵弘润。”

(61)箴顿挫而清壮——箴,用于规戒之文体。萧统《文选序》:“箴兴于补阙”;《文心雕龙·铭箴》:“箴诵于官,铭题于器,名目虽异,而警戒实同。”顿挫,指音节抑扬跌宕,《后汉书·孔融传赞》:“北海天逸,音情顿挫”,李贤注:“顿挫,犹抑扬也。”清壮,指文辞清晰有力。

(62)颂优游以彬蔚——颂,用以歌功颂德之文体。萧统《文选序》:“颂者,所以游扬德业,褒赞成功。”优游,指辞气从容。彬蔚,指辞采华盛。《文心雕龙·颂赞》:“颂惟典雅,辞必清铄,……揄扬以发藻,汪洋以树义。”

(63)论精微而朗畅——精微,精确深入。朗畅,明朗畅达。刘熙载《艺概·文概》:“《文赋》云:‘论精微而朗畅。’精微以意言,朗畅以辞言。精微者,不惟其艰惟其是;朗畅者,不惟其易惟其达。”

(64)奏平彻以闲雅——奏,奏议一类之文体,用以向君主陈情叙事。平彻,平和透彻。闲雅,从容而典雅。五臣李周翰注:“奏事帝庭,所以陈叙情理,故和平其词,通彻其意,雍容闲雅,此焉可观。”

(65)说炜晔而谲诳——说,辩说之文体。炜晔,鲜明。谲诳,指出言奇诡,具有煽惑性。李善注:“说以感动为先,故炜晔谲诳。”按《文心雕龙·论说》中曾对陆机的这个说法有所批评:“凡说之枢要,必使时利而义贞,进有契于成务,退无阻于荣身。自非谲敌,则惟忠与信。披肝胆以献主,飞文敏以济辞,此说之本也。而陆氏直称‘说炜晔以谲诳’,何哉。”按刘勰所强调的“忠、信”属于思想内容的范畴,而陆机这里所说的“谲诳”只指辩说在风格手法上的特点,并未涉及思想内容。

(66)“虽区分之在兹”二句——谓上述文章十体,在风格上虽有如此区别,但它们又有共同的要求,即禁止邪辟,抑制放肆。

(67)“其为物也多姿”二句——物,指作家要描写的事物。体,指文章体式。正因为事物千姿百态,所以表现这些事物的文章体式也每每随之变化。

⑱其会意也尚巧——会,组合。句谓对文意的组织安排要巧妙。

⑲"暨音声之迭代"二句——暨,及也。相宣,相明、相映。五臣李周翰注:"音声,谓宫商合韵也。至于宫商合韵,递相间错,犹如五色文彩以相宣明也。"按陆机此论为沈约声律论之滥觞。

⑳"虽逝止之无常"四句——逝,去也;止,留也。逝止,指对文字的取舍去留。崎𬯎,不安貌。便,适宜。达变,通晓变化。识次,懂得伦次。四句连读,意谓在搭配音律时,虽然文字的弃取经常变化,实在难以安排妥帖,但如果通晓变化的规律,懂得适当的伦次,则有如河流容汇众泉,使之泯然相合。

㉑"如失机而后会"四句——失机,李善注:"言失次也。"末,尾。颠,首。玄黄,泛指五色。溷浊,污浊。四句意谓如果在作家的考虑失掉正常次序的情况下来组织文字,往往会发生持首续尾,颠倒不合的情况,致使文章像杂乱无章的五色一样,显得污浊而不新鲜。

㉒"或仰逼于先条"二句——上句"先条",犹言"前文",与下句"后章"相对。此二句是说作家在组织修改文章中所发生的苦恼:有时下文所写的,与上文相抵触,此所谓"仰逼于先条"。仰逼,下抵触上也;有时改了上文,又和下文相矛盾,此谓"俯侵于后章"。俯侵,上妨碍下也。

㉓"或辞害而理比"二句——害,妨碍。比,一致。二句意谓有时上下文虽在言辞上相妨碍,但在义理上是统一的;有时前后文在言辞上虽然贯通顺当,但在义理上却相互相妨碍。

㉔"离之则双美"二句——二句继续申说作家排章组句所遇到的苦恼,意谓:所用的文辞如分开来看,明明都是美好的,然而一把它们组合在一起,却往往各不相容,两败俱伤。

㉕"考殿最于锱铢"二句——殿最,古代考课之名次等差,上者为"最",下者为"殿"。《汉书·宣帝纪》:"课殿最以闻。"颜师古注:"凡言殿最者,殿,后也,课居后也;最,凡要之首也,课居先也。"这里指主次。锱、铢,皆古时微小的重量单位,这里与"毫芒"皆比喻细微之处。二句意谓作家之选义考辞,一定要在细微之处斟酌轻重主次,决定取舍。

㉖"苟诠衡之所裁"二句——诠衡,衡量;应绳,犹言中绳,即符合绳墨法度。二句意谓如果是经过仔细衡量之后而裁制的篇章,则自会符合法度而妥当。

㉗"或文繁理富"二句——意谓有时文章写了很长的篇幅,讲了很多的道理,但文意与所要表现的主旨不合,此俗语所谓"下笔千言,离题万里"。指,通旨,指文之主旨。适,合也。意不指适,即意不合旨。

㉘"极无两致"二句——极,指文章的最高宗旨,亦即主题。所谓"极无两

致",是说一篇文章不能有两个主题,此针对上句所谓"意不指适"的倾向而言。所谓"尽不可益",是说把道理讲透了就不需要再饶舌,此针对上句所谓"文繁理富"的倾向而言。

⑦ "立片言而居要"二句——警策,原指以鞭驭马,曹植《应诏诗》:"仆夫警策,平路是由",这里指能统御全篇的警句。二句意谓文章中应有几句警拔的话居于扼要地位,以统帅全篇之宗旨。按此即后人所谓全篇之"眼目"。又,陆云《与兄平原书》屡次强调文中要有"出语",即独拔于篇中的警句,亦即陆机所谓"一篇之警策"。《文心雕龙·隐秀》:"陆平原云'一篇之警策',其秀之谓乎秀也者,篇中之独拔者也。"

⑧ "虽众辞之有条"二句——意谓即使全篇文辞都有条理,也仍须有警策之语来发挥功效。

㉛ "亮功多而累寡"二句——《尔雅·释诂》:"亮,信也。"二句意谓立片言居要实在是一种利多弊少的办法,故修改文章有时只须取警策之语其篇,则不必改易原文。按此二句是承上二句而言的:既然"众辞之有条",则不必改易原文;既然"必待兹而效绩",则须加上警句方能唤起一篇精神。

㉜ "或藻思绮合"二句——藻思,指对辞藻的构想。绮合,如绮彩之相合。芊眠,光色盛貌。

㉝ "炳若缛绣"二句——炳,明也。缛绣,五色斑斓之意,《说文》:"缛,繁彩色也";又,"绣,五色彩备也。"繁弦,音声繁密之琴瑟,蔡邕《琴赋》:"繁弦既抑,雅韵乃拘。"按以上四句皆形容文藻的华美和动人。

㉞ "必所拟之不殊"二句——钱锺书《管锥编》:"'必所'之'必',疑词也,今语所谓'如果'、'假使'"暗合,谓不自觉中与他人思路一致。《晋书·石勒载记》:"虽不视兵书,暗与孙吴同契"。二句意谓尽管作品的文辞如此华美动人,但如果作家的构思不是特别独特的话,就难免与前人的文章暗中相合。

㉟ "虽杼轴于予怀"二句——杼与轴,皆织布之器械。这里用织布来比喻作者对文章的组织、创造。二句意谓正因为作者的思路与前人有相合的可能,故虽然文章的确是出于我自己的创造,也总担心别人在我以前就已经说过它了。

㊱ "苟伤廉而愆义"二句——作品与昔人雷同,即有剽窃之嫌,故有伤廉耻,有违道义。尽管自己很喜欢这些辞句,也还是要把它删掉。愆,过失,引申为违背。按《文心雕龙·指瑕》云:"制同他文,理宜删革",与陆机此论相同。

㊲ "或苕发颖竖"二句——草穗曰苕,禾穗曰颖。所谓苕发颖竖,指文中特别突出的佳句。离众,超出文中其它所有的言辞。绝致,具有绝妙的风致。

㊳ "形不可逐"二句——此以形影之不可追逐、声音之难以系留,来比喻佳

句之得自天机,不能以人力强得。《文心雕龙·隐秀》中论秀句之产生是"并思合而自逢,非研虑之所求也",也是这个意思。

⑧9"块孤立而特峙"二句——块,孤独貌。特峙,突立。常音,指普通的句子。纬,这里是辅助、匹配的意思。二句意谓佳句孤零零地突立在那儿,不是普通的句子所能够匹配的。

⑨0"心牢落而无偶"二句——牢落,五臣吕向注:"心失次貌",亦即心绪烦乱的意思。掭,去也。二句谓作者为佳句找不到合适的对偶而心绪烦乱;想把佳句删除,而又因不忍割爱而徘徊犹豫。

⑨1"石韫玉而山晖"二句——《荀子·劝学》:"玉在山而草木润,渊生珠而岸不枯。"韫,藏也。怀,含也。媚,美也。李善注:"虽无佳偶,因而留之,譬若水石之藏珠玉,山川为之晖媚也。"

⑨2"彼榛楛之勿剪"二句——榛与楛皆草木名,《诗·大雅·旱麓》:"瞻彼旱麓,榛楛齐齐。"荣,花。翠,翠鸟。这里用榛楛比喻文章中普通的言辞,以花与翠鸟比喻佳句。意谓:对普通的言辞也不必因为它们不突出而加以剪除,它们好比丛集的树木,花和翠鸟正好可借以托身。按《文心雕龙·熔裁》云:"士衡才优,而缀辞尤繁。……而《文赋》以为'榛楛勿剪',庸音足曲,其识非不鉴,乃情苦苅繁也",刘勰认为陆机之所以倡"榛楛勿剪",是因为他本人为文冗繁而讨厌删削。这作为对陆机此论的评价,有欠允当。实际上,陆机对佳句和常句的关系的看法是很辩证的,常句固要靠佳句的点缀才能生色,而佳句要靠常句的衬托方呈异彩。此俗语所谓"牡丹虽好,总须绿叶扶持"。明人谭元春《题简远堂诗》"一句之灵,能回一篇之运;一篇之朴,能养一句之神",是对陆机此论的发明。

⑨3"缀《下里》于《白雪》"二句——宋玉《对楚王问》:"客有歌于郢中者,其始曰《下里》、《巴人》,国中属而和者数千人;其为《阳阿》、《薤露》,国中属而和者数百人;其为《阳春》、《白雪》,国中属而和者不过数十人。……是以其曲弥高,其和弥寡。"《下里》是鄙俗的曲调,在这里比喻普通的句子;《白雪》是高雅的曲调,这里比喻佳句。二句意谓将普通的句子点缀在佳句之旁,亦可以加强佳句的奇伟。

⑨4"或托言于短韵"二句——韵,是声韵、押韵的韵。按《文心雕龙·章句》云:"昔魏武论赋,嫌于积韵,而善于资代";陆云亦称"四言转句(即转韵),以四句为佳"。可见魏晋时为文对布韵的重视。这里所谓"短韵"者,短者,缺也,不足也。当指韵文中只有上句而无下句以足韵的情况。按《世说新语·文学》云:"桓宣武命袁彦伯作《北征赋》,既成,公与时贤共看,咸嗟叹之。时王珣在坐,

云:"恨少一句,得写字足韵乃佳。""少一句"而不"足韵",即陆机所谓"短韵"。穷迹,无人迹之处。孤兴,独自起唱。这里是比喻,谓缺足韵之下句者,好比在无人之处独自起唱,没人应和。

⑨⑤"俯寂寞而无友"二句——喻作者苦苦思索,找不到足韵的句子。五臣李周翰注:"俯入于寂寞,仰游于寥廓,寻求文辞,辞无遂志,志无所承。"

⑨⑥"譬偏弦之独张"二句——顾施祯《昭明文选六臣汇注疏解》:"偏弦,单弦也。清唱,犹单音也。"光有上句而无下句足成其韵,譬如琴瑟只有单弦独弹而无和弦相配,唱歌只有单人独咏而无他声相应。《文心雕龙·丽辞》云:"若事或孤立,莫与相偶,是夔之一足,趻踔而行也";皎然《诗式》卷一:"诗家对语,二句相须,如鸟有翅。若惟擅工一句,虽奇且丽,何异于鸳鸯五色,只翼而飞哉",与陆机取譬虽异,用意则同。

⑨⑦"或寄辞于瘁音"二句——瘁,病也。瘁音指不协韵之音。音不协韵,文辞虽美而没有光彩,故曰"言徒靡而弗华"。《文心雕龙·总术》:"或义华而声悴",指的就是这种弊病。

⑨⑧"混妍蚩而成体"二句——妍,美也。蚩,丑也。李善注:"妍谓言靡,蚩谓瘁音。既混妍蚩共为一体,翻累良质而为瑕也。"

⑨⑨"象下管之偏疾"二句——李善注引《礼记》云:"升歌清庙,下管象武"。又引王肃《家语》注云:"下管,堂下吹管。"闵齐华《文选瀹注》:"下管,堂下之乐。与堂上之乐间奏,则吹管而起,其声偏疾,与众声不和协。"二句意谓有瘁音的句子,好像音调急促的管乐,虽能与它句相应,却不协调。

⑩⑩"或遗理以存异"二句——遗理,抛弃文理。存异,标榜奇异。寻虚,务为虚饰之词。逐微,追求依稀含糊之语。按《文心雕龙·指瑕》云:"晋末篇章,依稀其旨,始有赏际奇至之言,终无抚叩酬酢之语";又,李谔《上隋高帝革文华书》:"魏之三祖,更尚文辞,忽人君之大道,好雕虫之小艺。下之从上,有同影响,竞驰文华,遂成风俗。江左齐梁,其弊弥甚,贵贱贤愚,唯务吟咏。遂复遗理存异,寻虚逐微。竞一韵之奇,争一字之巧。连篇累牍,不出月露之形;积案盈筐,唯是风云之状。"可见遗理存异,寻虚逐微是魏晋以来的不良风气。

⑩①"言寡情而鲜爱"二句——张凤翼《文选纂注》:"寡情鲜爱,谓寡情实,不令人爱也。不归,不归于理也。"

⑩②"犹弦幺而徽急"二句——幺,细也。徽,琴之音节。二句意谓这种浮靡之辞,正如琴之细弦弹出的节奏急促的音乐,虽曲调和谐,但并不美妙动人。

⑩③"或奔放以谐合"二句——谐合,指迎合时俗。五臣吕延济曰:"嘈囋,浮艳声。"顾施祯《昭明文选六臣汇注疏解》释二句云:"或肆情奔放,以谐合时俗,

时俗好嘈囋,则务为嘈囋;时俗好妖冶,则务为妖冶。"

⑭"徒悦目而偶俗"二句——意谓只是为了使世俗悦目而投其所好,故声调虽高而品格卑下。

⑮"寤《防露》与《桑间》"二句——寤,觉。《防露》,历来注家解释不一,李善注云:"《防露》未详。一曰谢灵运《山居赋》曰:'楚客放而《防露》作',注曰:'楚人放逐,东方朔感江潭而作《七谏》。然灵运以《七谏》有'防露'之言(按《楚辞·七谏》,旧说为东方朔作,其中有"初放上葳蕤而防露兮"),遂以《七谏》为《防露》也"。而明人杨慎云:"(李善)注引东方朔《七谏》,谓楚客放而防露作,此说谬矣。若指楚客即为屈原,屈原忠谏放逐,其辞何得云不雅?《防露》与《桑间》相对,则为淫曲可知。谢庄《月赋》:'徘徊《房露》,惆怅《阳阿》。'注:'《房露》,古曲名。'房与防古字通,以'房露'对'阳阿',又可证其非雅曲也。……盖楚人男女相悦之曲有《防露》、有《鸡鸣》,如今之《竹枝》。"按杨说为长,是《防露》为古代所谓淫曲。《桑间》,亦古时所谓淫靡之音,《汉书·地理志》:"卫地有桑间、濮上之阻,男女亦亟聚会,声色生焉,故俗称'郑卫之音'。"二句意谓:那种嘈囋妖冶的作品,有如《防露》、《桑间》,虽然感人但不雅正。

⑯"或清虚以婉约"二句——方廷珪《昭明文选大成》:"清虚,不丽;婉约,不博。除烦,削以就简;去滥,去浮艳之辞。"按文章不丽不博,已经是质而无文,又一味地除烦去滥,遂成简枯之病。

⑰"阙大羹之遗味"二句——《礼记·乐记》:"清庙之瑟,朱弦而疏越,一唱而三叹,有遗音者矣。大飨之礼,尚玄酒而俎腥鱼,大羹不和,有遗味者矣。"清庙之瑟,古时王者家庙举行祭典时所弹之瑟。朱弦,红色之弦。疏越,疏布其弦,使发音节奏迟缓。一唱而三叹,一人首唱而三人以咏叹和之。有遗音,即于音有余,亦即音调不丰富的意思。大羹即太羹,是古时举行盛大飨祭时所用的肉汁汤。不和,即汤中不加盐、菜调料。有遗味,即味道不够。这里所谓"阙大羹之遗味",是说那种质而不文的作品,比起太羹之味来还有缺欠,此极言作品之无味。所谓"同朱弦之清泛",是说这种作品像清庙之瑟所弹出的曲调一样平淡空泛。

⑱既雅而不艳——虽然雅正但不艳丽。

⑲"若夫丰约之裁"四句——丰约之裁,对文辞或繁或简的剪裁。俯仰之形,指行文时上下照应的文势。因宜适变,谓何处该繁该简、该照该应,都因其所宜而变化。曲有微情,谓如此才能使文章曲折而有微妙之情。

⑳或言拙而喻巧——谓作家之行文,有的地方所用的言辞虽拙而表达的意义却很巧妙。《文心雕龙·神思》:"拙辞或孕于巧义,庸事或萌于新意。"

⑪或理朴而辞轻——谓有的地方理虽质朴而文辞轻逸。

⑫"或袭故而弥新"二句——意谓有的地方虽因袭故事而文意却更加新颖,有的地方虽沿用浊俗之语而文旨却更加高洁。

⑬"或览之而必察"二句——有的地方一览便能察知其意,而有的地方则须深研之后方觉其精。按"或言拙而喻巧"以下六句,是具体地讲作家行文因宜而变的情况。

⑭"譬犹舞者赴节之投袂"二句——赴节,随着拍节。投袂,振袖。二句意为作家行文因宜而变的情况,正如跳舞者随着节拍的快慢而振袖起舞,又如唱歌者应着弦乐的缓急而唱出不同的歌声。

⑮"是盖轮扁所不得言"二句——轮扁,庄子寓言中的一个制造车轮的匠人,名扁。参见《庄子·天道》中轮扁语。华说,美言。二句意谓正如轮扁讲不出他制造车轮的技艺,这种因宜适变的微妙规律,也不是任何美巧的言辞所能精切地说明的。许文雨《文论讲疏》:"此重申序末所云'随手之变,良难以辞逮'之意。"

⑯"普辞条与文律"二句——普,广也,这里有一切的意思。辞条、文律,皆指为文之法式。膺,胸。服,佩服。二句说所有的为文之法式,都是我心中所佩服的。

⑰"练世情之常尤"二句——练,熟悉。世情,指世俗作文之情。常尤,经常犯的毛病。前修,前贤,这里指先代作者。淑,美也。二句是说我熟知世俗作文常犯的毛病,也认识到先代作家之作品的美妙。

⑱"虽濬发于巧心"二句——濬,深也。濬发,谓从心之深处而发。"巧心"与"拙目"相对,前者谓作者文思之精巧,后者指读者眼光之浅拙。欪,同嗤,讥笑也。方廷珪《昭明文选大成》:"巧心,谓前修之文。世俗不知法前修,反从而笑之。"程会昌《文论要诠》:"此谓赏会之难,虽前修不免遭弹射也。"

⑲"彼琼敷与玉藻"二句——敷,古文作尃。尃通华,琼敷犹言琼华,与玉藻皆喻文辞之美。中原有菽,语出《诗经·小雅·小宛》:"中原有菽,庶民采之。"按中原即原中;菽,豆。二句意为先代作品中那些美丽的言辞,如同原野之中的豆子,比比皆是,随处可采。

⑳"同橐龠之罔穷"二句——《老子》五章:"天地之间,其犹橐龠乎?虚而不屈,动而愈出。""橐龠",冶铁所用的鼓风之器,为风箱之属,《老子》用以比喻天地造化能产生无穷之气。这两句是说如橐龠鼓风那样无穷无尽,与天地一样生生不已。

㉑"虽纷蔼于此世"二句——纷蔼,繁多之貌。《诗经·小雅·采绿》:"终

朝采绿,不盈一掬",《毛传》:"两手曰掬。"不盈一掬,即不满一捧,谓其采撷之少。二句意谓先代之文辞存于今世者虽繁多,可惜我孤陋浅学,采撷得太少。

⑫"患挈瓶之屡空"二句——挈瓶,手提之汲水瓶。《左传·昭公七年》:"虽有挈瓶之智,守不假器",杜预注:"挈瓶,汲者,喻小智。"屡空,每至空乏,《论语·先进》:"回也其庶乎?屡空。"《集注》:"屡空,数至空匮也。"昌言,即美言,《说文》:"昌,美言也。"属,缀也,指写作。二句意谓恨自己才器既小,又每至空乏,难以写出美好的文章。

⑬踸踔于短垣——踸踔,踟蹰不进之貌,五臣吕延济曰:"踸踔,迟滞也。"短垣,矮墙,《国语·吴语》:"君有短垣,而自逾之。"矮墙本极易逾越,在矮墙面前受阻而迟滞,是极言自己的才力有限。

⑭放庸音以足曲——放,发也。庸音,指平庸之辞。足曲,凑足一篇。

⑮"恒遗恨以终篇"二句——因才力不足,故写完之后常觉遗憾,而不是自满自足。

⑯"惧蒙尘于叩缶"二句——蒙尘于叩缶,方廷珪《昭明文选大成》释云:"缶,瓦器,本不善鸣,更蒙之以尘,声愈不扬。"鸣玉,敲击玉磬。这里用叩缶喻自己的文章之丑,用鸣玉喻他人文章之美。意谓担心自己的拙文会贻笑于大方。

⑰"若夫应感之会"四句——应感之会谓作家受外界刺激而发生的主客相融,物我相合。"感"从客体上说,指物感人;"应"从主体上说,指人应物。通塞之纪,谓文思忽通忽塞的端绪。按此二句涉及两种灵感:"应感之会"是作家在写作之前受外物感发所产生的艺术情致,这是一种灵感;而文思之"通",是作家在写作构思时忽然抓住了形式,从而顺利地表现情致,这又是一种灵感。这两种灵感都具有不自觉性,它们的生灭都不受理智性的意向所左右,故曰"来不可遏,去不可止"。英国雪莱《诗辩》说诗人的灵感:"来时不用邀请,去时不用吩咐",与此同。

⑱"藏若景灭"二句——景,光也。二句喻灵感生灭之迅速。意谓它们隐藏起来,就像光亮一样突然熄灭;活动起来,又像声音一样突然响起。

⑲"方天机之骏利"二句——此句以下单讲构思中灵感的生灭情况,亦即文思之通塞。天机,自然之枢机,《庄子·秋水》:"夫天机之所动,何可易耶。"《文选》李善注引刘瓛曰:"言天机者,言万物转动,各有天性,任之自然,不知所由然也。"骏利,敏锐。纷,乱。二句意谓当作家文思敏锐之际,任何纷乱的头绪都可以理清。

⑳"思风发于胸臆"二句——五臣吕向曰:"思之发也,如风之起,激于胸

臆;言之出也,如泉之涌,动于唇齿矣。"

⑬"纷葳蕤以馺遝"二句——葳蕤,原指草木之盛,此喻文辞之宏富。馺遝,原指马行之疾,此喻行文之畅利。毫素,笔纸。拟,写。二句谓文思通畅之时,挥毫落笔,畅所欲言。

⑬"文徽徽以溢目"二句——徽徽,美貌。泠泠,状清亮之声。溢目,满目。盈耳,满耳。五臣吕向注:"徽徽溢目,文章盛也;泠泠盈耳,音韵清也。"

⑬六情底滞——仲长统《昌言》:"喜怒哀乐好恶,谓之六情。"此处六情,乃泛指心思而言,不必理解得过实。底,停止。滞,凝滞。《国语·楚语下》:"夫民气纵则底,底则滞。"

⑬志往神留——志,指思想意向。神,指神思。当文思凝滞时,作家意向虽想前进,而神思却停留不动。

⑬"兀若枯木"二句——方廷珪《昭明文选大成》:"兀,不动之貌;豁,已竭之貌。"枯木,喻文思停止;涸流,喻文思枯竭。

⑬"览营魂以探赜"二句——营,魂也。《楚辞·远游》:"载营魂而登遐兮",注:"抱我灵魂而上升也。"按"营魂"为同义复合词,许文雨《文论讲疏》:"盖单言曰魂,重言之则曰营魂,其义一也。"精爽,亦指灵魂,《左传·昭公二十五年》:"心之精爽,是谓魂魄。"按陆机所谓营魂、精爽皆指精神。《文选》陆机《赠从兄车骑诗》:"营魂怀兹土,精爽若飞沉。"探赜,《易·系辞》:"探赜索隐。"疏:"探谓窥探求索,赜谓幽深难见。"览,通揽,持也。顿,疲劳也。二句意谓揽持自己的精神去深深探索,劳顿自己的精力去独自寻求。

⑬"理翳翳而愈伏"二句——理,指所探求的道理。翳翳,昏暗貌。乙(音轧)乙,难出之貌,《说文》:"乙,象春草木冤曲而出,阴气尚强,其出乙乙也。"二句意谓虽苦苦求索,但道理愈加昏暗隐伏,文思艰涩好象抽而不出。

⑬"是故或竭情而多悔"二句——竭情,指竭尽思虑。二句是说有时竭尽思虑,写完之后却多遗憾;有时任意而行,却很少过失。前句说塞,后句说通。

⑬"虽兹物之在我"二句——兹物,指文。《战国策·中山策》:"戮力同忧",注:"戮力,勉力也。"二句意谓虽然文章本在我自己心中,但文思开塞,实系天机,并不是靠我自己的勉力就能左右的。按皎然《诗式序》谓作诗:"虽取由我衷,而得若神授",语意近之。

⑭"故时抚空怀而自惋"二句——意谓所以我时常抚摸着空虚的心怀而自叹;我还没有认识到为文之所以或通或塞的真正缘由。惋,叹也。

⑭"伊兹文之为用"二句——以下论文之功用。二句意谓文章之功用,在于它是宣说各种义理的凭借。

⑫ "恢万里而无阂"二句——恢,广大,这里用作动词,有扩大的意思。阂,隔也。津,指津梁。二句意谓文章能合远近、通古今,打破空间和时间的界限;它的传播,能扩大到万里之外,使远近没有隔阂;它的流布,能作为沟通古今和未来亿万之载的津梁。

⑬ "俯贻则于来叶"二句——贻则犹言垂范,指为后人留下法则。来叶,后世。象,法象,观象即取法之意。二句意谓向下可以用文章来垂范后世,向上可以通过文章来取法古人。

⑭ "济文武于将坠"二句——济,救助。文武,周文王、周武王,此代指圣人之道。坠,衰也,《论语·子张》:"文武之道,未坠于地。"风声,教化也,《尚书·毕命》:"章善瘅恶,树之风声。"二句意谓文章可以救助行将衰亡的圣人之道;可以阐扬教化,使之长存不灭。

⑮ "涂无远而不弥"二句——涂,通途,即道路。弥、纶,出《易·系辞》:"《易》与天地准,故能弥纶天地之道。"方廷珪《昭明文选大成》:"弥,有终竟、联合之意;涂虽远,文皆有以弥之使近。纶,有选择条理之意;理虽微,文皆有以纶之使显。"

⑯ "配霑润于云雨"二句——配与象皆喻词"好像"之意。霑通沾,霑润,物被雨水所滋润。二句意谓文章能泽惠读者,好像滋润万物的云雨;文章的变化,好像出微入幽的鬼神。

⑰ "被金石而德广"二句——李善注引《吴越春秋》:"乐师谓越王曰:'君王德可刻之于金石,声可托之于管弦。'"金,钟鼎也;石,碑碣也。二句意谓文章之善者可以成为不朽之作,它可以勒于金石之上,使所颂之德广为传播;也可以谱入管弦,流传于人们之口而万古长新。

【附录】

昔崔篆作诗以明道述志,而冯衍又作《显志赋》,班固作《幽通赋》,皆相依仿焉,张衡《思玄》,蔡邕《玄表》,张叔《哀系》,此前世之可得言者也。崔氏简而有情,《显志》壮而泛滥,《哀系》俗而时靡,《玄表》雅而微素,《思玄》精练而何惠。欲丽前人,而优游清典,漏《幽通》矣。班生彬彬,切而不绞,哀而不怨矣。崔蔡冲虚温敏,雅人之属也。衍抑扬顿挫,怨之徒也。岂亦穷达异事,而声为情变乎!余备托作者之末,聊复申心焉。

陆机《遂志赋序》 明张溥《陆平原集》 江苏古籍出版社影印本

陆士衡《文赋》云:"立片言以居要,乃一篇之警策,"此要论也。文章无警策则不足以传世,盖不能竦动世人。如老杜及唐人诸诗,无不如此。但晋宋间人,专致力于此,故失于绮靡而无高古气味。老诗云:"语不惊人死不休。"所谓惊人语,即警策也。

吕本中《童蒙诗训》 《宋诗话辑佚》下册 中华书局

陆机《文赋》云:"立片言以居要,乃一篇之警策。"盖以文喻马也。言马因警策而弥骏,以喻文资片言益明也。夫驾之法,以策驾乘,今以一言聚于众辞,若策驱驰,故云"警策"。在文谓之"警策",在诗谓之"佳句"也。若水之有波澜,若兵之有先锋也。六经亦有警策,《诗》之"思无邪"、《礼》之"毋不敬"是也。

杨慎《丹铅总录》卷十二 乾隆刻本

诗贵乎远而近。然思不可偏,偏则不能无弊。陆士衡《文赋》曰:"其始也,皆收视反听,耽思傍讯,精骛八极,心游万仞。"此但写冥搜之状尔。唐刘昭禹诗云:"句向夜深得,心从天外归。"此作祖于士衡,尤知远近相应之法。凡静室索诗,心神渺然,西游天竺国,仍归上党昭觉寺,此所谓"远而近"之法也。若经天竺,又向扶桑,此远而又远,终何归宿?

谢榛《四溟诗话》卷四 人民文学出版社

陆机《文赋》云:"来不可遏,去不可止。"东坡所云"行乎其所不得不行,止乎其所不得不止"也。又云:"思风发于胸臆,言泉流于唇齿。"东坡所云:"如万斛泉源随地涌出"者也。不惟东坡,虽彦和之《文心雕龙》,亦多胎息于陆。古称中郎枕秘,深畏人知、汉、魏以来,一文之传,殊不易易;而后儒每忽视之,其终于固陋也宜哉。

邓绎《日月篇》 《藻川堂谭艺》本

无迹兮斯谓之风。正语是非,庄言真假。文而不靡,质而不野,言关世教,斯谓之雅。肃散布声,清庙展诵;扬休功而信微,赞祖德而情洞;不诡不浮,若劝若讽,形容曲尽斯谓之颂。情见乎词,志触乎遇,微者达于宏,遂者使之悟;随性情而敷陈,视礼义为法度,衍事类而逼真,然后可以为赋。假幻传真,因人喻己,或以卷石而况泰山,或以浊泾而较济;或有义而可寻,或无情而难指,意在物先,斯谓之比。感事触情,缘情生境,物类易陈,衷肠莫罄;可以起愚顽,可以发聪听;飘飘若羚羊之挂角,悠悠若天马之行径,寻之无迹,斯谓之兴。六义既陈,淑慝攸分:如其情存魏阙,泛咏楚云,心缠鲍臭,虚述兰芬,既真军之相违,纵华靡而不文。倘余葇之未瀹,类偏弦之独撑,宫唱而商靡应,金调而石未平,苟丝毫之有亏,虽成文而不精。性灵未协,心气多魇,失温柔之家法,象急弦之偏颇,恨湍流之迅激,故虽精而不和。词如合璧,意不贯珠;篇有死句,句无活肤,首尾不属,声调多迕,惟生理之不完,文虽和而实枯。是以内骋心灵外阐物精;振之则山立,蓄之则渊澄;运之则行云流水,饰之则簇锦飞英。或浓如醴酒,或淡若太羹,或急如跃矢,或缓若调筝;或始徐而终促,或似谲而实贞,或外枯而中腴,或言隘而意阁,或化腐而趋新,或因奇而得平。诗体多途,诗情万叠。修词者迷根,尚理者弃叶,拟华实之兼收,庶二妙之相接。曹刘闻之而魄丧,李杜遇之而气慑。四大雅于狂澜,振颓风于百劫。

袁黄《诗赋》(全文) 《古今图书集成·理学汇编文学典》卷二百一"诗部"

陆 云

陆云(262—303),字士龙,陆机之弟。少时即与兄齐名,号为"二陆"。吴亡后,与陆机相携入洛,曾任浚仪令、吴王郎中令、太子中舍人、中书侍郎等职。成都王司马颖表为清河内史,故世称"陆清河"。陆机兵败被杀,陆云同时遇害。所著除诗文外,尚有《新书》十篇,皆佚。现存辑本《陆士龙集》。刘勰《文心雕龙·才略篇》评曰:"士龙朗练,以识检乱,故能布采鲜净,敏于短篇。"《晋书》卷五十四有传。

与兄平原书(选录)[①]

云再拜:《祠堂颂》已得省[②]。兄文不复稍论,常佳。然了不见出语[③],意谓非兄文之休者[④]。前后读兄文,一再过,便上口语[⑤]。省此文虽未大精,然了无所识[⑥]。然此文甚自难,事同又相似,益不古,皆新绮[⑦],用此已自为洋洋耳。《答少明诗》,亦未为妙,省之如不悲苦,无恻然伤心言[⑧],今重复精[⑨]之。一日见正叔[⑩]与兄读古五言诗,此生叹息欲得之。谨启。(书之四)

云再拜:省诸赋,皆有高言绝典[⑪],不可复言。顷有事,复不大快,凡得再三视耳。其未精,仓卒未能为之次第。省《述思赋》流,深情至言,实为清妙[⑫]。恐故复未得为兄赋之最。兄文自为雄,非累日精拔,卒不可得言。《文赋》甚有辞,绮语颇多。文适多,体便欲不清[⑬],不审兄呼尔不?《咏德颂》甚复尽美,省之恻然[⑭]。《扇赋》腹中愈首尾,发头一而不快,言"乌云龙见",如有不体[⑮]。《感逝赋》愈

前，恐故当小不？然一至不复减《漏赋》，可谓清工。兄顿作尔多文，而新奇乃尔，真令人怖，不当复道作文。谨启。（书之八）

云再拜：往日论文，先辞而后情，尚絜(《文心雕龙·定势》引作"势")而不取悦泽⑯。尝忆兄道张公父子⑰论文，实欲自得。今日便欲宗其言。兄文章之高远绝异，不可复称言。然犹皆欲微多，但清新相接，不以此为病耳⑱。若复令小省，恐其妙欲不见，可复称极，不审兄犹以为尔不？《茂曹碑》皆自是蔡氏碑之上者⑲，比视蔡氏数十碑，殊多不及。言亦自清美，愚以无疑不存。《三祖赞》不可闻⑳。《武帝赞》如欲管管流泽㉑，有以常相称美，如不史，愿更视之，"小跂几而悦奕"为尽理。云今意视文，乃好清省，欲无以尚，意之至此，乃出自然。张公在者必罢，必复以此见调。不知《九愍》不多㉒，不当小减。《九悲》、《九愁》㉓，连日钞除，所去甚多。才本不精，正自极此。愿兄小为之定一字两字，出之便欲得。迟望不言。谨启。（书之十一）

云再拜：诲前二赋佳，视之行已复不如初。昔文自无可成，藏之甚密，而为复漏显，世欲为益者，岂有谓之不善而不为怀？此不成意，想兄已得怀之耳。有作文唯尚多，而家多猪羊之徒，作《蝉赋》二千余言㉔，既无藻伟，体都自不似事。文章实自不当多。古今之能为新声绝曲者，无又过兄。兄往日文虽多瑰铄，至于文体，实不如今日㉕。间在洛有所视，已当赦(本作"报"，据《陆世龙文集》改)而比更隆。以今意观文，见此真更以为不尽善。文罴(《陆士龙文集》作"罢")云㉖：故日向人叹兄文，人终来同。殆以此为病。张公文无他异，正自情省无烦长㉗，作文正尔自复佳。兄文章已显一世，亦不足复多自困苦㉘。适欲白兄，可因今清静，尽定昔日文，但当钩除，差易为功力。诲已定《敬长诔》，意当暗与兄合。云久绝意于文章，由前日见教(原作"敦"，据《全晋文》改)之后，而作文解愁，聊复作数篇，为复欲有所为以忘忧。贫家佳物便欲尽，但有钱谷，复羞出之。而体中殊不可以思虑，腹立满，背便热，亦诚(《陆士龙文集》误作"试")可悲。间视《大荒传》，欲作《大荒赋》㉙，既自难工，又是大赋，恐交自困绝。异往，经比干墓，怅

然欲吊之。无又即意,又事业(下缺)。(书之二十一)

云再拜:张公箴诔,自过五言诗耳㉚。但云自不便五言诗,由己而言耳。《玄泰诔》自不及《士祚诔》㉛。兄《丞相箴》小多,不如《女史》清约耳㉜。恐兄无缘思于此,意犹云何?而兄乃有高论,更复无意。云故曰不作文,而常少张公文。今所作,兄辄复云过之。得作此公辈,便可斐然有所谢,故自为不及。诸碑箴(《陆士龙文集》误作"藏")辈,甚极不足与校,歌亦平平。彼见人赞叙者,当与令伯论吴百官次第,公卿名伯略尽识,少交当具。顷作颂,及吴事,有怆然。且公传未成,诸人所作多不尽理。兄作之,公私并叙,且又非常业。从云,兄来作之。今略已成,甚复可惜(《陆士龙文集》误作"借")。事少,功夫亦易耳,犹可得五十卷。谨启。(书之二十二)

张溥《汉魏六朝百三名家集·陆清河集》 江苏古籍出版社影印本

【注释】

①《与兄平原书》——陆云《与兄平原书》现存三十五篇。据逯钦立考证,大约均作于陆云被害前的一年多之内(逯钦立《文赋撰出年代考》)。《与兄平原书》大多是与陆机讨论文章的话,尤以赋颂为主,反映了陆云主要的文学思想。其版本主要有宋《陆士龙文集》本,明张溥《汉魏六朝百三明家集·陆清河集》本及清严可均《全晋文》本。

陆云的这些书信不太好读,因为它用的是当时的口语,"无意为文,家常白直,费解处不下二王诸《帖》"(钱钟书《管锥编·全晋文卷一〇二》),但它是晋代重要的文论著作,在兄弟间直白的交流中,流露出许多重要的文学观点。

陆云的文学观,有两点特别值得我们注意:一是主张"文贵清省"。刘勰《文心雕龙·镕裁》云:"士衡才优,而缀辞尤繁;士龙思劣,而雅好清省。"张溥《陆清河集题辞》云:"士龙与兄书,称论文章,颇贵'清省',妙若《文赋》,尚嫌'绮语'未尽。"陆云所谓"清省"包括两方面的含义。一是"清",为清新自然之意。一是"省",主要是讲去繁尚简。他评价作品时,常用此"清省"为标准。他称赞佳作,往往用包含"清"字的词语,如"清约"、"清新"、"清美"、"清妙"、"清绝"、"清利"等。他说"文适多体,便欲不清。"可见,他认为"清"是一切优秀作品皆须具备的基本因素。无论文意和文辞,都应当精而不芜,约而不繁,透明澄澈,雅洁不俗。就这点言,陆云与陆机的观点有着很大的差别。陆机才华横溢,篇制宏富,因此不但是创作,而且在理论上陆机提倡一种辞藻的繁富丰赡之美。故陆机《文赋》批评"清虚婉约"、"除烦去滥"的作品为"雅而不艳"。而陆云则一再指出陆机的一些作品存在着繁富不精的毛病。这体现了弟兄二人不同的审美趣味。不过我们不应将二者看做是完全对立的。因为文采繁富固然容易造成冗长臃肿和暗昧芜杂,但也并非必然会形成那样的弊病。问题在于掌握好分寸。陆机虽爱好华辞,但也说"要辞达而理举,故无取乎冗长"。可以说,他们二人的观点相反相成,反映当时文人丰富多彩的审美取向。

二是崇尚"深情"。以"情"论文,是陆云文论突出的一点。他直截了当地批评陆机的《答少明诗》"未为妙",因为它"省之如不悲苦,无恻然伤心言";而赞扬《咏德颂》"甚复尽美",因为它"省之恻然"。他对《述思赋》的评价是"深情至言,实为精妙";"情言深至,《述思》自难希";又评陆机《谢平原内史表》"甚有深情远旨,可耽味,高文也"。所有这些,都鲜明地说明他对文学的抒情特质和情感力量的强调。就这点言,陆机《文赋》虽然也明确地提出"诗缘情而绮靡",然对缘情所主倡的力度显然逊于陆云。在文辞崇尚华靡的太康年间,陆云的主情论不啻为空谷足音。

②《祠堂颂》已得省——《祠堂颂》,陆机作,今失传。已得省,已阅读。

③出语——陆云信中常说到"出语"、"出言",含义相近,指警策之言、佳句,亦即陆机《文赋》所谓:"苕发颖竖,离众绝致,形不可逐,响难为系"之独拔之句。

④意谓非兄文之休者——谓《祠堂颂》非陆机作品中最好的。休,美也,善也。

⑤"前后读兄文"三句——谓以前读陆机的文章,只看一两遍,即能口诵其中的佳句。"前后",偏正词组,以前的意思。

⑥"省此文"二句——然读此文却完全没发现佳句。"了无所识",即前文"了不见出语"。

⑦新绮——主要是指语言的清新绮丽。

⑧"《答少明诗》"四句——《答少明诗》,指陆机《赠武昌太守夏少明》诗,见《陆机集》。这里陆云亦直言不讳地批评了陆机此诗,认为读不出悲恻之情。

⑨精——用心阅读。

⑩正叔——潘尼,字正叔,西晋文学家,与潘岳并称"两潘"。

⑪高言绝典——指言辞和用典高超绝妙。

⑫"省《述思赋》流"三句——谓《述思赋》等作品感情真挚,语言华美,在风

格上呈现清妙的特点。《述思赋》见《陆机集》。

⑬"《文赋》甚有辞"四句——谓《文赋》中甚有佳语与华美之辞,但也批评其文过于繁冗。认为文一冗长,体格便欠清省。适,倘若也。清,清新省净。按陆云所倡的"清",即钟嵘《诗品》论陶潜所谓"文体省净"之意。陆云多次表达了这个意见,如《书》之一〇:"然犹皆欲微多,但清新相接,不以此为病耳。"《书》二二:"兄《丞相箴》小多,不如《女史箴》清约耳",意皆相同。这反映出陆云与乃兄相反的审美旨趣。按陆云批评《文赋》的"多",亦即后来刘勰《文心雕龙·镕裁》所谓的"士衡才优,而缀辞尤繁"。

⑭省之恻然——读来使人悲恻。与前书所批评的"省之如不悲苦"相对照,可知陆云强调诗赋抒情的感染力。

⑮言"乌云龙见",如有不体——谓陆机《扇赋》中有"乌云龙见"之语,此为失体之言,因为"龙见"一词常用于天子。按,今传陆机《羽扇赋》中有"游芳田而龙见"语,与"乌云龙见"略有出入。

⑯尚絜而不取悦泽——崇尚简洁而不注重润色。絜通洁。悦泽,犹润色。

⑰张公父子——指张华及其子祎、虨。张华,字茂先,为晋初文坛领袖,德高望重,奖掖后进。《三国志·陆逊传》裴松之注引《机云别传》:"晋太康末,俱入洛,造司空张华,华一见而奇之。"

⑱"然犹皆欲微多"三句,——参见注释⑬。

⑲《茂曹碑》——蔡邕作,今不存。

⑳《三祖赞》——陆机作,今不存。刘知几《史通外篇·古今正史》云:"晋史,洛京时,著作郎陆机始撰《三祖纪》。"《三祖赞》疑指《三祖纪》中赞语。三祖,指晋宣帝懿、景帝师、文帝昭。

㉑《武帝赞》——陆机作,今不存。武帝,指晋武帝司马炎。

㉒《九愍》——见《陆云集》。

㉓《九悲》、《九愁》——今不存。

㉔作《蝉赋》二千余言——此赋今不存。

㉕兄往日文虽多瑰铄,至于文体,实不如今日——文多瑰铄,谓文章多精彩瑰丽之言。文体,指文章所呈现出来的整体风貌。句谓陆机以前作品虽多精彩警策之语,但其整体风格却不如今日来的"清省"。

㉖文罴——冯熊,字文罴,清河太守。陆机有《赠冯文罴斥丘令》等诗,见《文选》诗"赠答类"。

㉗张公文无他异,正自情省无烦长——张公,即张华。谓张华文之特点在有深情而行文简洁。按,《晋书·张华传》载:"初,陆机兄弟志气高爽,自以吴

之名家,初入洛,不推中国人士,见华一面如旧,钦华德范,如师资之礼焉。华诛后,作诔,又为《咏德赋》以悼之。"又《晋书·陆机传》:"至太康末,与弟云俱入洛,造太常张华。华素重其名,如旧相识,曰:'伐吴之役,利获二俊。'"张华赏识陆氏兄弟如此,故陆云兄弟于书信中常常称道张华,正所谓滴水之恩,涌泉相报也。

㉘兄文章已显一世,亦不足复多自困苦——《晋书·陆机传》:"机天才秀逸,辞藻宏丽,张华尝谓之曰:'人之为文,常恨才少,而子更患其多。'弟云尝与书曰:'君苗见兄文,辄欲烧其笔砚。'后葛洪著书,称'机文犹玄圃之积玉,无非夜光焉,五河之吐流,泉源如一焉。其弘丽妍赡,英锐漂逸,亦一代之绝乎!'其为人所推服如此。"这里陆云是说:陆机文名盖世,自己徒自辛苦,望尘莫及。

㉙间视《大荒传》,欲作《大荒赋》——《大荒传》疑即陈琳《大荒赋》,《与兄平原书》之五曰:"陈琳《大荒》甚极"。陈琳《大荒赋》见《全后汉文》卷九二。陆云《大荒赋》,今不存。依文意,《大荒赋》恐未完成。

㉚张公箴诔,自过五言诗耳——张华箴有《大司农箴》、《尚书令箴》、《女史箴》、《杖箴》等,诔有《章怀皇后诔》、《烈文先生鲍玄泰诔》、《魏刘骠骑诔》等,俱见《全晋文》卷五十八。又钟嵘《诗品中》评晋司空张华五言诗云:"其源出于王粲。其体华艳,兴托不奇,巧用文字,务为妍冶。虽名高曩代,而疏亮之士,犹恨其儿女情多,风云气少。谢康乐云:'张公虽复千篇,犹一体耳。'今置之中品疑弱,处之下科恨少,在季、孟之间矣。"

㉛《玄泰诔》自不及《士祚诔》——《玄泰诔》,指张华《烈文先生鲍玄泰诔》,见《艺文类聚》三十七及《全晋文》卷五十八。《士祚诔》,当为陆机所作,今不存。

㉜兄《丞相箴》小多,不如《女史》清约耳——《丞相箴》,陆机作。见《陆机集》。《女史》,即张华的《女史箴》,见严可均《全晋文》卷五十八。《晋书·张华传》:"华惧后族之盛,作《女史箴》以为讽。此处陆云将兄文与张公之作对比,认为兄不如张,其批判之标准,仍是"清约",即清新简约。

【附录】

士龙与兄书,称论文章,颇贵清省,妙若《文赋》,尚嫌"绮语"未净。又云:"作文尚多,譬家猪羊耳。"其数四推兄,或云"瑰铄",或云"高远绝异",或云"新声绝曲",要所得意,唯"清新相接"。士衡文成,辄使弟定之,不假他人。二陆用心,先质后文,重规沓矩,亦不得已而复见耳。哲昆诗匹,人称如陈思白马。士龙所传,四言偏多,有皇思文诸篇,诵美祁阳,式模大雅,类以卑颂尊,非朋旧之体。余篇一致,间有至极,使尽其才,即不得为韦侯讽谏,仲宣思亲,顾高出补亡六首,则有余矣。宰治浚仪,善察疑狱,佐相吴王,屡陈党论,神明之长,谏诤之臣,有兼能焉。士衡枉死,遂同殒堕,闻河桥之鼓声,哀华亭之鹤唳,巢覆卵破,宜相及也。集中大文虽少,而江汉同名,刘彦和谓其"布采鲜净,敏于短篇",殆质论欤?

张溥《陆清河集题辞》　人民文学出版社《汉魏六朝百三名家集题辞注》本

云再拜:《二祖颂》甚为高伟。云作虽时有一佳语,见兄作,又欲成贫俭家,无缘当致兄此谦辞,又云亦复不以苟自退耳。然意故复谓之微多,"民不辍叹"一句,谓可省。武烈未得有吴说桓王之事,而云"建其孤",恐太祖不得为桓王之孙。云前作此颂,及信以白兄。作《游仙诗》,故自能。《刘氏颂》极佳,但无出言耳。二颂不减,复过所望,如此已欲解此公之半。《岁暮赋》甚欲成之,而不可自用,得此百数十字,今送,不知于诸赋者不罢办不?想少佳,成当送到洛。陈琳《大荒》甚极,自云作必过之,想终能自果耳。谨启。(书之五)

云再拜:海二赋佳。久不复作文,又不复视文章,都自无次第。文章既自可羡,且解愁忘忧。但作之不工,烦劳而弃力,故久绝意耳。在此悲思,视书不能解。前作二篇,后为复欲有所作,以慰小思虑,便大顿极,不知何以乃尔。前登城门,意有怀,作《登台赋》,极未能成。而崔君苗作之,聊复成前意,不能令佳,而羸瘁累日。而云逾前二赋,不审兄平之云何?愿兄小有损益,一字两字,不敢望多。音楚,愿兄便定之。兄音与献彦之属,皆愿仲宣《须赋》献与服繁。张公语云云:"兄文故自楚,须作文,为思昔所识文。"乃视兄作诔,又令结使说音耳。兄所撰,愿且可付之,此有书者,更校善书,送信还望之。谨启。(书之十五)

云再拜:赋《九愍》如所敕,此自未定。然云意自谓故当是近所作上,近者意又谓其与渔父相见以下,尽篇为佳,谓兄必许此条,而渊弦意呼作脱可行耳。至兄唯以此为快,不知云论文何以当与兄意作如此异。此是情文,但本少情,而颇能作氾说耳。又见作《九》者,多不祖宗原意,而自作一家说。唯兄说与渔父相见,又不大委曲尽其意。云以原流放,唯见此一人,当为致其义,深自谓佳,愿兄可更视。与渔父相见时语,亦无他异,附情而言,恐此故胜渊弦。兄意所谓不善,愿疏敕其处绪,亦欲成之,令出意,莫更感如恶所在。以兄文,云犹时有所能得言云前后所作。谨启。(书之二十)

云再拜:今送君苗《登台赋》,为佳手笔,云复更定复胜此,不知能逾之不? 其人能推兄文不可言,作文百余卷,不肯出之。视仲宣赋集,《初征》《登楼》前耶? 甚佳,其余平平,不得言情处。此贤文正自欲不茂,不审兄呼尔不? 真玄亦云:"兄文当作宣辈,宣得此巍巍耳。"《愁霖》《喜霁》,殊自委顿,恐此都自易胜。谨启。(书之三十一)

云再拜:兄前表甚有深情远旨,可耽味高文也。兄文虽复自相为作多少,然无不为高。体中不快,不足复以自劳役耳。前集兄文为二十卷,适讫一十。当黄之。书不工,纸又恶,恨不精。谨启。(书之三十五)

陆云《与兄平原书》选录　江苏古籍出版社影印张溥《陆清河集》本

挚 虞

挚虞(？—311),字仲洽,京兆长安(今陕西西安)人,皇甫谧的学生。晋武帝泰始年间举贤良,拜中郎。历任闻喜令、秘书监、太常卿等官。永嘉五年(311),石勒攻入洛阳,京都饥荒,挚虞因饥而死。挚虞才学博通,一生勤于著述,除《文章流别集》三十卷外,尚撰有《三辅决录注》及《文章志》四卷,但大半散佚。明张溥辑《汉魏六朝百三名家集》中有《挚太常集》一卷,严可均《全晋书》辑为二卷。《晋书》卷五十一有传。

文章流别论(辑录)①

文章者,所以宣上下之象②,明人伦之叙③,穷理尽性④,以究万物之宜⑤者也。王泽流而诗作⑥,成功臻而颂兴⑦,德勋立而铭著⑧,嘉美终而诔集⑨。祝史陈辞⑩,官箴王阙⑪。《周礼》太师掌教六诗:曰风,曰赋,曰比,曰兴,曰雅,曰颂⑫。言一国之事,系一人之本,谓之风;言天下之事,形四方之风,谓之雅;颂者,美盛德之形容⑬;赋者,敷陈之称也⑭;比者,喻类之言也⑮;兴者,有感之辞也⑯。后世之为诗者多矣,其称功德者谓之颂,其余则总谓之诗。

颂,诗之美者也。古者圣帝明王,功成治定而颂声兴。于是史录其篇,工歌其章,以奏于宗庙,告于鬼神。故颂之所美者,圣王之德也,则以为律吕⑰。或以颂形,或以颂声,其细已甚⑱,非古颂之意。昔班固为《安丰戴侯颂》⑲,史岑为《出师颂》《和熹邓后颂》⑳,与《鲁颂》体意相类,而文辞之异,古今之变也㉑。扬雄《赵充国颂》,颂而似雅㉒;傅毅《显宗颂》,文与《周颂》相似,而杂以《风》《雅》之意㉓。若

马融《广成》、《上林》之属,纯为今赋之体,而谓之颂,失之远矣㉔。(《艺文类聚》五十六,《御览》五百八十八)

赋者,敷陈之称,古诗之流也㉕。古之作诗者,发乎情,止乎礼义㉖。情之发,因辞以形之;礼义之旨,须事以明之,故有赋焉。所以假象尽辞,敷陈其志㉗。前世为赋者,有孙卿、屈原,尚颇有古诗之义㉘。至宋玉,则多淫浮之病矣㉙。《楚辞》之赋,赋之善者也,故扬子称赋莫深于《离骚》㉚。贾谊之作,则屈原俦也㉛。古诗之赋,以情义为主,以事类为佐;今之赋,以事形为本,以义正为助㉜。情义为主,则言省而文有例矣;事形为本,则言当而辞无常矣㉝。文之省烦,辞之险易,盖由于此。夫假象过大,则与类相远㉟;逸辞过壮,则与事相违㊱;辩言过理,则与义相失㊲;丽靡过美,则与情相悖㊳。此四过者,所以背大体而害政教㊴。是以司马迁割相如之浮说,扬雄疾"辞人之赋丽以淫"㊵。(《艺文类聚》五十六,《御览》五百八十七)

《书》云:"诗言志,歌永言。"㊶言其志谓之诗。古有采诗之官,王者以知得失㊷。古之诗,有三言、四言,五言、六言,七言、九言。古诗率以四言为体,而时有一句二句,杂在四言之间。后世演之,遂以为篇。古诗之三言者,"振振鹭,鹭于飞"之属是也㊸,汉郊庙歌多用之㊹。五言者,"谁谓雀无角?何以穿我屋"之属是也㊺,于俳谐倡乐世用之㊻。六言者,"我姑酌彼金罍"之属是也㊼,乐府亦用之㊽。七言者,"交交黄鸟止于桑"之属是也㊾,于俳谐倡乐世用之㊿。古诗之九言者,"泂酌彼行潦挹彼注兹"之属是也[51],不入歌谣之章,故世希为之[52]。夫诗虽以情志为本,而以成声为节[53]。然则雅音之韵,四言为正,其余虽备曲折之体,而非音之正也[54]。(《艺文类聚》五十六)

《七发》造于枚乘,借吴楚以为客主[55]。先言"出舆入辇,蹶痿之损;深宫洞房,寒暑之疾;靡曼美色,晏安之毒;厚味暖服,淫曜之害。宜听世之君子,要言妙道,以疏神导引,蠲淹滞之累"[56]。既设此辞,以显明去就之路,而后说以色声逸游之乐,其说不入,乃陈圣人辩士讲论之娱,而霍然疾瘳㊇。此因膏粱之常疾,以为匡劝;虽有甚泰之辞,而不没其讽谕之义也。其流遂广,其义遂变,率有辞人淫丽之尤矣㊈。崔骃既作《七依》㊉,而假非有先生之言曰:"呜呼!扬雄有言,童子雕虫篆刻。俄而曰,壮夫不为也㊊。孔子疾小言破道㊋。斯文之篾,岂不谓义不足而辨有余者乎!赋者将以讽,吾恐其不免于劝也㊌。"(《艺文类聚》五十七,《御览》五百九十)

扬雄依《虞箴》作《十二州》、《十二官箴》而传于世,不具九官㊍。崔氏累世弥缝其阙;胡公又以次其首目,而为之解,署曰《百官箴》㊎。(《书钞》原本一百二)

夫古之铭至约,今之铭至繁,亦有由也。质文时异,则既论之矣(原本作"论既论则之矣",据《太平御览》校改)。且上古之铭,铭于宗庙之碑㊏。蔡邕为杨公作碑,其文典正,末世之美者也㊐。后世以来器铭之嘉者,有王莽《鼎铭》,崔瑗《杌铭》,朱公叔《鼎铭》,王粲《砚铭》,咸以表显功德㊑。天子铭嘉量,诸侯大夫铭太常、勒钟鼎之义,所言虽殊,而令德一也㊒。李尤为铭,自山河都邑,至于刀笔平契,无不有铭,而文多秽病;讨论润色,言可采录㊓。(《御览》五百九十)

诗颂箴铭之篇,皆有往古成文,可放依而作。惟诔无定制,故作者多异焉。见于典籍者,《左传》有鲁哀公为《孔子诔》㊔。(《御览》五百九十六)

哀辞者,诔之流也。崔瑗、苏顺、马融等为之㊕,率以施于童殇夭折,不以寿终者㊖。建安中,文帝与临淄侯各失稚子,命徐幹、刘桢等为之哀辞㊗。哀辞之体,以哀痛为主,缘以叹息之辞㊘。(《御览》五百九十六)

今所□哀策者,古诔之义㊙。(《御览》五百九十六)

若《解嘲》之弘缓优大,《应宾》之渊懿温雅,《连旨》之壮厉忼慷,《应间》之绸缪契阔,郁郁彬彬,靡有不长焉矣㉖。(《书钞》一百)

古有宗庙之碑。后世立碑于墓,显之衢路,其所载者铭辞也㉗。

图谶之属,虽非正文之制。然以取其纵横有义,反复成章㉘。

严可均《全晋文》卷七十七　中华书局影印本

【注释】

①《文章流别论》——据《晋书·挚虞传》:"虞撰《文章志》四卷……又撰《古文章》,类聚区分为三十卷,名曰《流别集》,各为之论,辞理惬当,为世所重。"又《隋书·经籍志·总集类》云:虞撰"《文章流别集》四十一卷,《文章流别志、论》二卷。"可以想见,当初挚虞确实做了一件非常有意义的文章类编工作。类编之后,前有《志》,后有《论》。《志》叙作者,《论》论文体。这实际上已经首创撰人、选文与评论三者相结合的批评方式。后人或许因为《文章流别集》卷帙繁多之故,便在传抄过程中把《志》与《论》抽出独立成书,是为《文章志》与《文章流别论》。《文章流别集》和《文章流别志》二书均佚,片段散见于《北堂书钞》、《艺文类聚》、《太平御览》等书中。清代严可均《全晋文》、张鹏一《关陇丛书》有《志论》的辑佚本。

《文章流别论》是《文章流别集》的理论部分,今天见到的佚文是其中的一部分。文中比较集中地反映出挚虞的文学思想,其中最有价值的是它的文体论,这可以从两个层面来看:

一是从论述的对象和范围来看,《文章流别论》最早论了各种文体的源流与演变过程,所论文体有颂、赋、诗、七、箴、铭、诔、哀辞、哀策、对问、碑、图谶等。实际当然远不止这些,既然远及图谶,则举凡其时已存在之各种文体,当均在论述范围之内。从这一点,可以认为挚虞文体论实为其时文体论之集大成之作。故刘师培说它"于诗、赋、箴、铭、哀、词、颂、七杂文之属,溯其起源,考其正变,以明古今各体之异同,于诸家撰作之得失亦多评品,集古今论文之大成"(刘师培《中古文学史讲义·魏晋文学之变迁》)。一是从文体论的研究方法来看,挚虞继承了班固《汉书·艺文志》辨章学术、考镜源流的传统,把这种传统应用到各种文体的研究中。从现存《流别论》残篇看,他每论一种文体,都包括三个方面的内容:究其原始,释其名义,论其演变之得失,有时还对某种文体提出基本要求。后来刘勰《文心雕龙》上半部论各种文体,标举"原始以表末,释名以章义,选文以定篇,敷理以举统"四项(见《序志》),那样的做法,已大致见于《文章流别论》。所以刘勰称赞挚虞说:"其品藻留别,有调理焉。"(《文心雕龙·才略》)可见,在魏晋文体论研究中,挚虞实起着承前启后的重要作用。一方面,他继承曹丕、陆机等人的文体论成果,在《文章流别论》中对文章的体裁作了更细致的考察,更详尽的区分。它反映当时人们对文体特征认识的深入,是文学理论进一步发展的标志。另一方面,挚虞以后,文学体裁的研究更加细致,刘勰在《文心雕龙》里把这方面的工作推向一个新阶段。

从整体上看,作为一位博学的儒生,挚虞的文学思想承袭着儒家的正统观点,属于传统儒家的一派,强调宗经,强调文章的教化作用。重道德价值,重功利。他以此论各种文体之性质,以此评论各体作品的得失。他论诗的观点来自《诗大序》,以《诗经》为正宗,称赞"四言为正",斥五言、七言为俳谐。论赋的观点来自《汉书·艺文志》"诗赋略",他把赋分为古今两种,认为"古诗之赋,以情义为主,以事类为佐;今之赋,以事形为本,以义正为助",并指出今之赋的"四过","背大体而害政教"。在魏晋文学的艺术特质日益受到重视,人们对文学抒情本质的认识日益深入的时候,挚虞则仍然坚持儒家文学为政教服务的传统观点。其论文鲜有触及文学本身的特征,对于当时创作上新的倾向如五言诗的兴盛、抒情赋的出现等认识不足,凡此均说明挚虞的文论,适与时代精神和文学思想发展的潮流相背驰。

尽管如此,《文章流别集》对后世影响很大,《晋书》说它"为世所重",《文心雕龙》中不少材料与论点引自该书,钟嵘《诗品》说"挚虞《文志》,详而博赡,颇曰知言"。

②宜上下之象——上下,指天地。象,指物象。按《易·系辞上》:"《易》与天地准,故能弥纶天地之道。仰以观于天文,俯以察于地理,是故知幽明之故。"又《易·系辞下》:"古者庖犠氏之王天下也,仰则观象于天,俯则观法于地,观鸟兽之文,与地之宜,近取诸身,远取诸物,于是始作八卦。"

③明人伦之叙——人伦,人道。叙,次序。按《孟子·滕文公》:"使契为司徒,教以人伦:父子有亲,君臣有义,夫妇有别,长幼有序,朋友有信。"

④穷理尽性——《易·说卦》:"穷理尽性,以至于命。"孔颖达《正义》曰:"又能穷极万物深妙之理,究尽生灵所禀之性。"

⑤究万物之宜——《易·系辞上》:"象其物宜。"孔颖达《正义》:"圣人又法象其物之所宜。若象阳物,宜于刚也;若象阴物,宜于柔也:是各象其物之所宜。"

⑥王泽流而诗作——谓君王恩泽流布则诗歌兴旺。按,这是反用班固"王泽竭而诗不作"语,班固《两都赋序》:"昔成、康没而颂声寝,王泽竭而诗不作。"李善注:"《毛诗序》曰:'止乎礼义,先王之泽也。'然则作诗禀先王之泽,故王泽竭而诗不作。"

⑦成功臻而颂兴——臻,至也。按《毛诗序》:"颂者,美盛德之形容,以其成功告于神明者也。"郑玄《周颂谱》:"颂之言容。天子之德,光被四表,……于是和乐兴焉,颂声乃作。"孔颖达《正义》:"此解名之为颂之意。颂之言容,歌成功之容状也。"

⑧德勋立而铭著——勋,功勋。《左传·襄公十九年》臧武仲曰:"夫铭,天子令德,诸侯言时计功,大夫称伐。"《礼记·祭统》:"铭者,论撰其先祖之有德善、功烈、勋劳、庆赏、声名于天下,而酌之祭器,自成其名焉。"郑玄注:"铭,谓书之刻之以识事者也。"

⑨嘉美终而诔集——嘉美,指有美善德行之人。终,逝世。集,成。《礼记·曾子问》郑玄注:"诔,累也。累列生时行迹,读之以作谥。"

⑩祝史陈辞——《左传·桓公六年》:"祝史正辞,信也。"孔颖达《正义》:"祝官史官正其言辞。"《周礼·春官·宗伯》:"大祝掌六祝之辞。……作六辞,以通上下情疏远近。"

⑪官箴王阙——谓百官上箴言以劝戒君王的过错。箴,箴言。阙,过错。按《左传·襄公四年》:"昔周辛甲之为大史也,命百官,官箴王阙。"杜预注:"阙,过也,使百官为箴辞戒王过。"

⑫"《周礼》太师掌教六诗"句——文见《周礼·春官·宗伯》。

⑬"言一国之事"八句——《毛诗序》:"上以风化下,下以风刺上,主文而谲谏,言之者无罪,闻之者足以戒,故曰风。……是以一国之事,系一人之本,谓之风;言天下之事,形四方之风,谓之雅。雅者,正也,言王政之所由废兴也。政有大小,故有小雅焉,有大雅焉。颂者,美盛德之形容,以其成功告于神明者也。"

⑭赋者,敷陈之称也——赋,铺也,铺陈之意。按郑玄注《周礼·春官·大师》曰:"赋之言铺,直铺陈今之政教善恶。"

⑮比者,喻类之言也——比,比喻。郑玄《周礼·春官·大师》注引郑众曰:"比者,比方于物也。"朱熹《诗经集传》:"比者,以彼物比此物也。"

⑯兴者,有感之辞也——兴,起也。郑玄《周礼·春官·大师》注:"兴,见今之美,嫌于媚谀,取善事情以喻劝之。"何晏《论语集解》引孔安国说:"兴,引譬连类。"朱熹《诗集传》曰:"兴者,先言他物以引起所咏之辞也。"

⑰故颂之所美者,圣王之德也,则以为律吕——谓颂所要称美的对象是圣

王的德行,而称美的方法是配奏音乐。律吕,指六律六吕。六律指黄钟、太簇、姑洗、蕤宾、夷则、无射。六吕指大吕、应钟、南吕、林钟、仲吕、夹钟。

⑱其细已甚——《左传·襄公二十九年》季札曰:"美哉!其细已甚,民弗堪也。"

⑲《安丰戴侯颂》——安丰戴侯,指东汉窦融,封安封侯,谥号戴。班固此颂已佚。

⑳史岑为《出师颂》《和熹邓后颂》——史岑,字孝山,东汉人。李善注:"史岑有二:字子孝者,仕王莽之末;字孝山者,当和熹之际。"李周翰注:"此颂盖后汉安帝舅邓骘出征西羌之颂。"和熹邓后:东汉和帝皇后。和帝死后,子殇帝立,邓后临朝。殇帝死,安帝立,后仍临朝。后死后,安帝始亲政。和熹是邓后的谥号。《出师颂》见萧统《文选》卷四十七。《后熹邓后颂》已佚。

㉑"与《鲁颂》体意相类"三句——谓上述《安丰戴侯颂》等三颂与《诗经》中的《鲁颂》在文体和意蕴上相近,在言辞上却存在差异,这体现出颂这一体裁古今变化的特点。按《诗经》中的颂诗,分《周颂》《鲁颂》和《商颂》,其中《周颂》和《商颂》都是颂天子功德的,《鲁颂》歌咏的是鲁僖公的功德,《安丰戴侯颂》等三篇,不是歌颂天子功德,而是颂皇后或大臣,故谓"与《鲁颂》体意相类"。

㉒扬雄《赵充国颂》——《汉书·赵充国传》:"初,充国以功德,与霍光等列画未央宫。成帝时,西羌尝有警,上思将帅之臣,追美充国。乃召黄门郎扬雄即充国图画而颂之曰……"文见《汉书·赵充国传》、《文选》卷四十七。

㉓"傅毅《显宗颂》"三句——显宗:东汉明帝号。《后汉书·傅毅传》:"毅追美孝明皇帝功德最盛,而庙颂未立,乃依《清庙》作《显宗颂》十篇颂之。"颂文已佚。

㉔"若马融《广成》、《上林》之属"四句——马融(79—166),字季长,东汉前期经学家,文学家。《后汉书·马融传》曰:"邓太后临朝,骘兄弟辅政。而俗儒世士,以为文德可兴,武功宜废。融以为文武之道,圣贤不坠,五才之用,无或可废,上《广成颂》以讽谏。"文见《马融传》,《上林颂》已佚。《文心雕龙·颂赞》:"马融之《广成》《上林》,雅而似赋,何弄文而失质乎。"意本挚虞此论。

㉕"赋者"三句——《毛诗序》:"诗有六义焉:一曰风,二曰赋";班固《两都赋序》:"赋者,古诗之流也。"左思《三都赋序》:"盖诗有六义焉,其二曰赋。"皇甫谧《三都赋序》:"子夏序《诗》曰:一曰风,二曰赋。故知赋者,古诗之流也。"《文心雕龙·诠赋》:"《诗》有六义,其二曰赋。赋者,铺也;铺采摛文,体物写志也。"

㉖"古之作诗者"三句——《毛诗序》:"故变风发乎情,止乎礼义。发乎情,民之性也;止乎礼义,先王之泽也。"

㉗假象尽辞,敷陈其志——假象,指虚构形象。象,天地万物之形象。尽辞,指穷尽言辞之妙。句谓赋乃虚构艺术形象,穷尽言辞之妙以铺陈作者心中情志。

㉘"前世为赋者"三句——《汉书·艺文志》:"大儒孙卿及楚臣屈原,离谗忧国,皆作赋以风,咸有恻隐古诗之义。"

㉙至宋玉,则多淫浮之病矣——扬雄《法言·吾子》:"或问:景差、唐勒、宋玉、枚乘之赋也益乎?曰:必也淫。"

㉚扬子称赋莫深于《离骚》——《汉书·扬雄传》:雄以为"赋莫深于《离骚》,反而广之"。

㉛贾谊之作,则屈原俦也——谓贾谊赋可与屈原之作相匹敌。俦:匹也。按贾谊有《鹏鸟赋》,《文心雕龙·诠赋》评论道:"贾谊《鹏鸟》,致辩于情理。"又《才略》曰:"贾谊才颖,陵轶飞兔,议愜而赋清。"明张溥《贾长沙集题辞》:"骚赋词清而理哀,其宋玉景差之徒乎。西汉文字,莫大乎是,非贾生其谁哉?"按,屈原贾谊并论,实始于西汉司马迁,《史记》卷八十四有《屈原贾生列传》。

㉜"古诗之赋"三句——古诗之赋,指"诗人之赋",即《离骚》等。王逸《楚辞章句序》:"而屈原履忠被谗,忧悲愁思,独依诗人之义,而作《离骚》,上以讽谏,下以自慰。""夫《离骚》,依托五经以立义焉。"情义,指儒家宣扬的那种纯正的情思,即所谓发乎情,止乎礼义也。事类,即事典。按《文心雕龙·事类》:"事类者,盖文章之外,据事以类义,援古以证今者也。"

㉝"今之赋,以事形为本"二句——今之赋,指"辞人之赋"。《汉书·艺文志》:"汉兴,枚乘、司马相如下及扬子云,竞为侈丽闳衍之辞,没其风谕之义。"事形:指事物的外在形态。沈约《宋书·谢灵运传论》:"相如工为形似之言",即这里所说的"以事形为本"。义正,意同上文的"情义",正者纯也,雅也。二句谓汉大赋以追求外物的形似为要务,重文轻质,舍本逐末。

㉞言当而辞无常矣——按钱锺书《管锥编》谓"当必为富之讹",是。字形近而误也。

㉟假象过大,则与类相远——谓虚构的形象过于夸大,则与事物的真相相去甚远。

㊱逸辞过壮,则与事相违——谓言辞过于夸张,则容易与事实相违背。逸辞,浮夸之辞。

㊲辩言过理,则与义相失——谓辩论之言过于浮夸超过事理,则往往与诗

赋义在讽刺的要求相背离。辩言,辩论之言。《汉书·司马相如传赞》:"扬雄以为靡丽之赋,劝百而讽一",指的正是这类作品。

㊳丽靡过美,则与情相悖——谓文辞过于靡丽,则与作者心中情思相违背。丽靡,指文辞的过度华丽。情,作者的情思。

㊴此四过者,所以背大体而害政教——大体,此主要指赋体的写作要求。按,《文心雕龙·诠赋》:"原夫登高之旨,盖睹物兴情。情以物兴,故义必明雅;物以情观,故词必巧丽。丽词雅义,符采相胜,如组织之品朱紫,画绘之著玄黄,文虽新而有质,色虽糅而有本,此立赋之大体也。"此便是对挚虞赋论的发展。政教,《周礼·春官·大师》郑注:"赋之言铺,直铺陈今之政教善恶。"

㊵"是以"二句——《史记·司马相如传赞》:"相如虽多虚辞滥说,要其归,引之节俭。"割,剔除之意。《法言·吾子》:"诗人之赋丽以则,辞人之赋丽以淫。"

㊶"《书》云"三句——《尚书·尧典》:"诗言志,歌永言,声依永,律和声,八音克谐,无相夺伦,神人以和。"

㊷"古有采诗之官"二句——《汉书·食货志》:"孟冬之月,行人振木铎徇于路以采诗,献之大师,比其音律,以闻于天子。"《左传》襄公十四年:"遒人以木铎徇于路。"杜预注:"行人之官,木铎徇于路,求歌谣之言。"

㊸"振振鹭,鹭于飞"——《诗经·鲁颂·有駜》:"振振鹭,鹭于飞。鼓咽咽,醉言舞。于胥乐兮!""振振鹭,鹭于飞。鼓咽咽,醉言归。于胥乐兮!"毛苌传:"振振,群飞貌。鹭,白鸟也。"

㊹汉郊庙歌多用之——汉郊庙歌:指汉《郊祀歌》十九首,用于宗庙和郊祀天地。其中《练时日》、《天马》、《华煜煜》、《五神》、《朝陇首》、《象载瑜》、《赤蛟》诸章,整章为三言。《天门》一章,杂有三言。

㊺"谁谓雀无角?何以穿我屋"——《诗·召南·行露》:"厌浥行露,岂不夙夜。谓行多露。谁谓雀无角?何以穿我屋。谁谓女无家?何以速我狱。虽速我狱,室家不足!谁谓鼠无牙?何以穿我墉。谁谓女无家?何以速我讼。虽速我讼,亦不女从。"《文心雕龙·明诗》论五言诗也说:"按《召南·行露》,始肇半章。"

㊻于俳谐倡乐多用之——黄侃《诗品讲疏》:"凡非大礼所用者,皆俳谐倡乐,此中兼有乐府所载歌谣。"《文心雕龙·明诗》:"暇豫优歌,远见春秋;邪径童谣,近在成世;阅时取证,则五言久矣。"

㊼"我姑酌彼金罍"——《诗·周南·卷耳》:"陟彼崔嵬,我马虺隤。我姑酌彼金罍,维以不永怀。陟彼高冈,我马玄黄。我姑酌彼兕觥,维以不永伤。"

㊽乐府亦用之——谓乐府中亦有六言句者。黄侃《诗品讲疏》:“如《悲歌》‘悲歌可以当泣,远望可以当归’二句,《猛虎行》‘饥不从猛虎食,暮不从野雀栖’二句,又《上留田行》前四句,皆六言成句者。”

㊾“交交黄鸟止于桑”——《诗·秦风·黄鸟》章一首句“交交黄鸟止于棘”,章二首句“交交黄鸟止于桑”,章三首句“交交黄鸟止于楚”,挚虞认为是七言句,近人黄侃《诗品讲疏》认为:“按从‘鸟’字断句亦可,宜举‘昔也日辟国百里’二句。”

㊿于俳谐倡乐世用之——黄侃《诗品讲疏》:“乐府中多以七字为句,如《鼓吹铙歌》中‘千秋万岁乐无极’、‘江有香草目以兰’。此外不能悉举。”按,曹丕《燕歌行》通篇用七言。

(51)“泂酌彼行潦挹彼注兹”——《诗·大雅·生民之什·泂酌》每章的首句均为“泂酌彼行潦挹彼注兹”,挚虞以为是九言诗句,黄侃《诗品讲疏》:“案此仍从‘潦’字断句。《诗三百篇》实无九言者。当举《九辩》之‘吾固知其钼铻而难入。’”

(52)不入歌谣之章,故世希为之——黄侃《诗品讲疏》:“按《乌生》篇‘昔我秦氏家有游荡子’,及‘白鹿乃在上林西苑中’等句,皆九言,所谓‘不入歌谣之章’者,盖因其希见尔。”

(53)“诗虽以情志为本”二句——意谓诗之表现内容虽则以主体情志为根本,但其艺术表现形式中的音律节奏同样不可忽视。

(54)“然则雅音之韵”四句——钟嵘《诗品序》:“夫四言文约意广,取效风骚,便可多得,每苦文繁而意少,故世罕习焉。五言居文词之要,是众作之有滋味者也,故云会于流俗。”刘勰《文心雕龙·明诗》:“若夫四言正体,则雅润为本;五言流调,则情丽居宗。”比较而言,刘勰与挚虞持论近似。

(55)“《七发》造于枚乘”二句——枚乘(前?—约前140),字叔,淮阴人,西汉前期文学家。《汉书·艺文志》著录枚乘赋九篇,今只存《七发》等三篇,惟《七发》可信,其余二篇后人疑为伪托。《七发》假说楚太子有疾,吴客往问,说七事以启发太子,故名。而刘勰《文心雕龙·杂文》则解释为“盖七窍所发,发乎嗜欲,始邪末正,所以戒膏粱之子也。”

(56)“出舆入辇”十二句——按,“先言”以下引文,均出自《七发》,文辞语序或稍有变改。“出舆入辇,蹷痿之损”,《七发》:“且夫出舆入辇,命曰蹷痿之机。”蹷痿,即麻痹瘫痪而不能行走之病。“深宫洞房,寒暑之疾”,《七发》:“洞房清宫,命曰寒热之媒。”“靡曼美色,晏安之毒”,《七发》:“皓齿蛾眉,命曰伐性之斧。”《吕氏春秋·本生》:“靡曼皓齿,……命之曰伐性之斧。”高诱注:“靡曼,细理弱肌,美色也。”“厚味暖服,淫曜之害”,《七发》:“饮食则温凉甘脆,腥酢肥厚;衣裳则杂遝曼暖,燂烁热暑。虽有金石之坚,犹讲销铄而挺解也,况其在筋骨之间乎哉。”又:“干脆肥脓,命曰腐肠之药。”“宜听世之君子,要言妙道,以疏神导引,蠲淹滞之累。”《七发》:“客曰:今太子之病,可无药石针刺灸疗而已,可以要言妙道说而去也。”要言,精要之言。妙道,神妙的道理。

(57)“乃陈”二句——《七发》:“客曰:将为太子奏方术之士有资略者,若庄周、若傅毅、魏牟、杨朱、墨翟、便蜎、詹何之伦。使之论天下之精妙,理万物之是非。孔老览观,孟子筹之,万无一失。此亦天下要言妙道也,太子岂欲闻乎?于是太子据几而起,曰:涣乎若一听圣人辩士之言,涊然汗出,霍然病已。”霍然,迅速貌,此形容病情好转迅速。瘳,病愈。

(58)“其流遂广”三句——其流遂广,谓枚乘首创《七发》之后,效仿者甚众,可见其流传之广。其义遂变:谓后之效法《七发》而所作之“七”体文者,作文之本义与枚作乖离。按,《艺文类聚》引傅玄《七谟序》:“昔枚乘作《七发》,而属文之士,若傅毅、刘广世、崔骃、李尤、桓麟、崔琦、刘梁、桓斌之徒,承其流而作之者,纷焉《七激》、《七兴》、《七依》、《七款》、《七说》、《七蠲》、《七举》、《七设》之篇。于是通儒大才马季长(融)、张平子(衡)亦引其源而广之。马作《七厉》,张造《七辨》,或以恢大道而导幽滞,或以黜瑰奢而托讽咏,扬辉播烈,垂于后世者,凡十有余篇。”《文心雕龙·杂文》亦云:“自《七发》以下,作者继踵,观枚氏首唱,信独拔而伟丽矣。及傅毅《七激》,会清要之工;崔骃《七依》,入博雅之巧;张衡《七辨》,结采绵靡;崔瑗《七厉》,植义纯正;陈思《七启》,取美于宏壮;仲宣《七释》,致辨于事理。自桓麟《七说》以下,左思《七讽》以上,枝附影从,十有余家。或文丽而义暌,或理粹而辞驳。观其大抵所归,莫不高谈宫馆,壮语畋猎。穷瑰奇之服馔,极蛊媚之声色。甘意摇骨髓,艳词洞魂识,虽始之以淫侈,而终之以居正。然讽一劝百,势不自反。”辞人淫丽,扬雄《法言·吾子》:“诗人之赋丽以则,辞人之赋丽以淫。”淫,过度之意。

(59)崔骃既作《七依》——崔骃(?—92),字亭伯,东汉经学家、文学家。有集十卷,已散佚。明张溥《汉魏六朝百三名家集》中,辑有《崔亭伯集》一卷。清严可均《全后汉文》中共辑其文三十六篇。《后汉书》卷五十二有传。《七依》文残佚,《全后汉文》辑得九条。《文心雕龙·杂文》评曰:“崔骃《七依》,入博雅之巧。”

(60)“扬雄有言”四句——扬雄《法言·吾子》:“或问:吾子少而好赋?曰:然。童子雕虫篆刻。俄而曰:壮夫不为也。”

(61)孔子疾小言破道——《大戴礼·小辨》载孔子曰:“夫小辨破言,小言破义,小义破道。"

⑫赋者将以讽,吾恐其不免于劝也——扬雄《法言·吾子》:"或问:赋可以讽乎?曰:讽乎!讽则已;不已,吾恐不免于劝也。"

⑬"扬雄"句——《虞箴》,即《虞人之箴》,见《左传》襄公四年。虞人,掌管田猎的官。《十二州》,扬雄依《虞箴》所作《州箴》,有《冀州牧箴》、《兖州牧箴》、《青州牧箴》、《徐州牧箴》、《扬州牧箴》、《荆州牧箴》、《豫州牧箴》、《益州牧箴》、《雍州牧箴》、《幽州牧箴》、《并州牧箴》、《交州牧箴》,计十二首,故云《十二州箴》。《十二官箴》:据《后汉书·胡广传》,当作《二十五官箴》。不具九官,谓有九篇官箴不完备。按《后汉书·胡广传》曰:"其九箴亡阙。"严可均《全汉文》进一步解释道:"所谓亡阙者,谓有亡有阙。《侍中》、《太史令》、《国三老》、《太乐令》、《太官令》五箴多阙文,其四箴亡,故云九箴亡阙也。"

⑭"崔氏累世弥缝其阙"四句——崔氏,指崔氏父子崔骃和崔瑗。胡公,即胡广。按《后汉书·胡广传》:"后涿郡崔骃及子瑗,又临邑侯刘騊駼增补十六篇。广复继作四篇。文甚典美,乃悉撰次首目,为之解释,名曰《百官箴》,凡四十八篇。"首目,四十八篇前面的目次。

⑮"且上古之铭"二句——按,上古未有铭于宗庙之碑的事。蔡邕《铭论》:"物不朽者,莫不朽于金石,故碑在宗庙两阶之间。近世以来,咸铭之于碑。"此说正与挚虞相反。又《文心雕龙·诔碑》:"碑者,埤也。上古帝王,纪号封禅,树石埤岳,故曰碑也。周穆纪迹于弇山之石,亦古碑之意也。又宗庙有碑,树之两楹,事止丽牲,未勒勋绩。而庸器渐缺,故后代用碑,以石代金,同乎不朽,自庙徂坟,犹封墓也。"这里说的是上古帝王为碑,无关宗庙碑铭。

⑯"蔡邕为杨公作碑"三句——蔡邕(133—192),字伯喈,陈留圉人,东汉文学家、书法家。《后汉书》卷六十下有传。《蔡中郎集》卷三有杨赐碑文四篇,题为《司空临晋侯杨公碑》、《汉太尉杨公碑》、《文烈侯杨公碑》、《司空文烈侯杨公碑》。《文心雕龙·诔碑》云:"自后汉以来,碑碣云起。才锋所断,莫高蔡邕。观杨赐之碑,骨鲠训典;陈郭二文,词无择言;周胡众碑,莫非精允。其叙事也该而要,其缀采也雅而泽;清词转而不穷,巧义出而卓立;察其为才,自然至矣。"典正,即典雅。末世,此指东汉末年。蔡邕为东汉末年人,故云"末世之美者"。

⑰"后世以来"六句——按,王莽《鼎铭》、崔瑗《杌铭》、朱公叔《鼎铭》,均亡佚。王粲《砚铭》,见《艺文类聚》卷五十八、《初学记》卷二十一引。

⑱"天子铭嘉量"五句——铭嘉量,《周礼·冬官·考工记》:"栗氏为量……其铭曰:'时文思索,允臻其极。嘉量既成,以观四国。永启厥后,兹器维则。'"严可均《全上古三代文》收此铭,题为《嘉量铭》。铭太常,《周礼·夏官·

司马》："凡有功者铭书于王之太常。"郑玄注："生则书于王旌以识其人与其功业。"太常，王所建日月之旗。令德，蔡邕《铭论》曰："《春秋》之论铭也，曰天子令德，诸侯言时计功，大夫称伐。昔肃慎纳贡，铭之楛矢，所谓天子令德也。……昔召公作诰，先王赐朕鼎，出于武当曾水。吕尚作周太师而封于齐，其功铭于昆吾之冶。汉获齐侯宝樽于槐里，获宝鼎于美阳。仲山甫有补兖阙式百辟之功，《周礼》司勋凡有大功者，铭之大常，所谓诸侯言时计功者也。宋大夫正考父三命兹益恭而莫侮其国，卫孔悝之父庄叔，随难汉阳，左右献公，卫国赖之，皆铭于鼎。晋魏颗获秦杜于辅氏，铭功于景钟，所谓丈夫称伐者也。钟鼎礼乐之器，昭德纪功，以示子孙。"

(69)"李尤为铭"七句——李尤，字伯仁，一字宗伯，广汉洛人，东汉文学家。有集五卷，已亡佚。张溥辑《汉魏六朝百三名家集》中有《李兰台集》一卷。《后汉书》卷八十上《文苑传》有传。严可均《全后汉文》注曰："案《华阳国志》十中'和帝召作《东观》、《辟雍》、《德阳》诸观赋铭、《怀戎颂》百二十铭；著《政事论》七篇，帝善之。'今搜集群书，得八十四铭，其余三十七铭亡。"《北堂书钞》卷六十二引曹丕《典论》称李尤"年少有文章，贾逵荐尤有相如扬雄之风。拜兰台令史，与刘珍等共撰《汉纪》。"而挚虞却对其铭颇有微词，认为"文多秽病"，尚须"讨论润色"。后来刘勰《文心雕龙·铭箴》中也说："李尤积篇，义俭辞碎。蓍龟神物，而居博弈之中；衡斛嘉量，而在臼杵之末；曾名品之未暇，何事理之能闲哉。"所谓"李尤积篇，义俭辞碎"，与挚虞所谓"无不入铭""文多秽病"，意思是相近的。

(70)《左传》有鲁哀公为《孔子诔》——《左传·哀公十六年》："夏四月己丑，孔子卒。公诔之曰：'旻天不吊，不憖遗一老，俾屏余一人以在位，茕茕余在疚！呜呼哀哉，尼父，无自律！'"

(71)"哀辞者"三句——《文心雕龙·哀吊》："后汉汝阳王亡，崔瑗哀辞，始变前式。然履突鬼门，怪而不辞，驾龙乘云，仙而不哀；又卒章五言，颇似歌谣，亦仿佛乎汉武也。"又曰："至于苏顺、张升，并述哀文，虽发其情华，而未极其心实。"范文澜注："苏顺著哀辞等十六篇。"苏顺，字孝山，京兆霸陵人，有才学。《后汉书》卷八十上《文苑传》有传。按，严可均《全后汉文》所辑崔瑗、苏顺、马融文，均为哀辞。

(72)"率以"二句——《文心雕龙·哀吊》："赋宪之谥，短折曰哀。哀者，依也。悲实依心，故曰哀也。以辞遣哀，盖下流之悼，故不在黄发，必施夭昏。昔三良殉秦，百夫莫赎，事均夭枉，《黄鸟》赋哀，抑亦诗人之哀辞乎？"

(73)"建安中"以下三句——文帝，指曹丕。临淄侯，指曹植。曹植集中有

《仲雍哀辞》、《金瓠哀辞》、《行女哀辞》三篇。仲雍为丕子,金瓠、行女为植女,均早夭。按,《文心雕龙·哀吊》:"建安哀辞,惟伟长差善,《行女》一篇,时有恻怛。"可知徐伟长曾作《行女哀辞》,然今徐幹、刘桢集中无哀辞,则亡佚矣。

⑭"哀辞之体"三句——《文心雕龙·哀吊》:"原夫哀辞大体,情主于痛伤,而辞穷乎爱惜。幼未成德,故誉止于察惠;弱不胜务,故悼加乎肤色。隐心而结文则事惬,观文而属心则体奢。奢体为辞,则虽丽不哀;必使情往会悲,文来引泣,乃其贵耳。"

⑮今所□哀策者,古诔之义——《文心雕龙·祝盟》:"又汉代山陵,哀策流文;周丧盛姬,内史执策。然则策本书赠,因哀而为文也。是以义同于诔,而文实告神,诔首而哀末,颂体而祝仪,太史所作之赞,因周之祝文也。"

⑯"《解嘲》之弘缓优大"六句——《解嘲》,扬雄作,《应宾》,指《答宾戏》,班固作,二者均见《文选》卷四十五。《连旨》,崔骃作;《应间》,张衡作,二文均已佚,其篇目分别见诸《后汉书》中的《崔骃传》和《张衡传》。郁郁彬彬:繁盛茂。长,高出一般之意。按,《文心雕龙·杂文》曰:"扬雄《解嘲》,杂以谐谑,回环自释,颇亦为工。班固《宾戏》,含懿采之华;崔骃《达旨》,吐典言之裁;张衡《应间》,密而兼雅;……虽迭相祖述,然属篇之高者也。"从中不难看出刘勰对挚虞观点的继承。

⑰"古有宗庙之碑"四句——参见本文注释⑥。

⑱"图谶之属"四句——图谶,秦汉神权迷信的产物。统名为图谶,单称则为谶。《说文》:"谶,有征验之书,河洛所出书曰谶。"《后汉书·光武纪上》:"以图谶说光武。"李贤注:"谶,符命之书。谶,验也。言王者受命之征验也。"按《文心雕龙·正纬》谓纬谶"事丰奇伟,辞富膏腴,无益经典而有助文章",又赞其文曰"芟夷谲诡,采其雕蔚",正可与挚虞"取其纵横有义,反覆成章"相发明。

【附录】

昔枚乘作《七发》,而属文之士若傅毅、刘广世、崔骃、李尤、桓麟、崔琦、刘梁、桓彬之徒,承其流而作之者,纷焉《七激》《七兴》《七依》《七款》《七说》《七蠲》《七举》《七设》之篇。于是通儒大才马季长、张平子亦引其源而广之,马作《七厉》,张造《七辨》,或以恢大道而导幽滞,或以黜瑰夸而托讽咏,扬辉播烈,垂于后世者,凡十有余篇。自大魏英贤迭作,有陈王《七启》,王氏《七释》,杨氏《七训》,刘氏《七华》,从父侍中《七诲》,并陵前而邈后,扬清风于儒林,亦数篇焉。世之贤明,多称《七激》工,余以为未尽善也,《七辨》似也。非张氏至思,比之《七激》,未为劣也。《七释》佥曰"妙哉",吾无间矣。若《七依》之卓轹一致,

《七辨》之缠绵精巧,《七启》之奔逸壮丽,《七释》之精密闲理,亦近代之所希也。

傅玄《七谟序》 严可均《全晋文》卷四十六 中华书局影印本

挚仲恰为玄晏高弟,知名当世,遭乱馁死,伤哉贫也。张茂先聚书三十乘,仲恰选定官书,皆资以取正。茂先冤死,仲恰致笺齐王,事渐表白。可云不负知己。集诗甚少,赋亦远逊茂先,议礼诸文,最称宏辨,与杜元凯、束广微并生一时,势犹鼎足,二旬弗如也。东堂策对,其生平致身之文,中少壮气,沿为卑响,靡靡之句,效者益贫,当日作者得毋自恨其率尔乎?茂先博极群书,能辨凫毛龙肉,而不知察编松柏;仲恰善观玄象,知凉州可以避难,而流离京洛,竟同饿隶。予辄怪儒者有博物之长,无谋身之断,此赵壹所以悲穷鸟也。流别旷论,穷神尽理,刘勰《雕龙》,钟嵘《诗品》,缘此起议论,评论日多矣。

张溥《挚太常集题辞》 《汉魏六朝百三名家集题辞》 人民文学出版社

总集者,以建安之后,辞赋转繁,众家之集,日以滋光,晋代挚虞,苦览者之劳倦,于是采摘孔翠,芟剪繁芜,自诗赋下,各为条贯,合而编之,谓为《流别》。是后文集总钞,作者继轨,属辞之世,以为覃奥,而取则焉。

魏徵《隋书·经籍志》 《隋书》卷三十五 中华书局点校本

其论及文体正变及各体源流者,晋人撰作,亦多可采,……其著为一书者,则有挚虞《文章流别论》二卷,今群书所引尚十余则(见严辑《全晋文》)。于诗、赋、箴、铭、哀、词、颂七杂文之属,溯其起源,考其正变,以明古今各体之异同,于诸家撰作之得失,亦多评品,集古今论文之大成。

刘师培《魏晋文学之变迁》 《中国中古文学史讲义》 人民文学出版社

《幽通》精之整,《思玄》博而赡,《玄表》拟之而不及。(《金楼子·立言篇》引)

发洛至陈留,述所经历也。(中华书局影印胡克本《文选》卷九《东征赋》李注引)

王粲与蔡子笃、文叔良、士孙文始、杨德祖诗,及所为潘文则作《思亲诗》,其文当而整,皆进乎雅矣。(《古文苑·思亲为潘文则作》章樵注引)

更始时,班彪避难凉州,发长安至安定,作《北征赋》也。(中华书局影印胡克本《文选》卷九《北征赋》李注引)

建安中,魏文帝从武帝出猎。赋,命陈琳、王粲、应玚、刘桢并作。琳为《武猎》,粲为《羽猎》,玚为《西狩》,桢为《大阅》。凡此各有所长,粲其最也。(《古

文苑》卷七章樵注引)

傅子集古今"七"而论品之,署曰《七林》(《艺文类聚》卷五十七、《太平御览》卷五百九十)

《文章流别论》补辑　穆克宏、郭丹编著《魏晋南北朝文论全编》　江苏教育出版社

李 充

李充(生卒年不详),字弘度,江夏(今河南信阳附近,一说湖北安陆)人。著名书法家卫夫人之子,本人亦工书法。晋成帝时辟为丞相王导掾,转记室参军,曾任剡县令、大著作郎,奉命整理典籍,编制书目,分为甲乙丙丁四部,被后世沿用。中国图书目录以经史子集分部,李充有首创之功。后迁中书侍郎,死于任上。李充著有《尚书注》及《周易旨》六篇、《释庄论》上下二篇、诗赋表颂等杂文二百四十首,今多不传。其《翰林论》清人严可均辑有佚文。《晋书》卷九十二有传。

翰林论①(辑录)

或问曰:"何如斯可谓之文?"答曰:"孔文举之书②,陆士衡之议③,斯可谓成文矣。"

潘安仁之为文也,犹翔禽之羽毛,衣被之绡縠④。

容象图而赞立⑤,宜使辞简而义正。孔融之赞杨公⑥,亦其美(本作"义",据《太平御览》卷五百八十八改)也。

表宜以远大为本,不以华藻为先⑦。若曹子建之表⑧,可谓成文矣;诸葛亮之表刘主⑨,裴公之辞侍中⑩,羊公之让开府⑪,可谓德音矣。

驳不以华藻为先⑫。世以傅长虞每(《太平御览》卷五百九十四作"美")奏驳事⑬,为邦之司直矣。

研核(本作"玉",据《太平御览》卷五百九十五改)名理而论难生焉⑭。论贵于允理,不求支离⑮。若嵇康之论⑯,成文美矣(本作"文矣",据《太在朝辨政而议奏出,宜以远大为本⑰。陆机议晋断⑱,亦名其美矣。

盟檄发于师旅⑲。相如《喻蜀父老》⑳,可谓德音矣。

严可均《全晋文》卷五十三　中华书局影印本

木氏《海赋》㉑,壮则壮矣,然首尾负揭,状若文章,亦将由未成而然也。(《文选》卷十二《海赋》李善注引)

应休琏五言诗百数十篇㉒,以风规治道,盖有诗人之旨。(《文选》卷二十一《百一诗》李善注引)

扬子论秦之剧,称新之美㉓,此乃计其胜负,比其优劣之义。(《文选》卷四十八《剧秦美新》李善注引)

六臣注《文选》　《四部丛刊》影宋本

【注释】

①《翰林论》——《隋书·经籍志》总集类载:"《翰林论》三卷。"注云:"梁五十四卷。"《玉海》六十二引《中兴书目》谓:"《翰林论》二十八篇,论为文体要。"可知《翰林》原为作品总集,《翰林论》是其中论述的部分。全书已亡佚,严可均《全晋文》辑录八条,另外有三则见《文选》李善注引。

从佚文看,《翰林论》在性质上与挚虞《文章流别论》相近,也是一部辨析文体的书。所论文体,有赞、表、驳、论、奏、盟、檄、诗等。

其与《文章流别志论》不同的地方,《文章流别志论》与其《文章流别集》为花开并蒂,《流别集》分流别派以罗列文章,《流别志论》论述各体文章的流别与得失。《翰林论》则按照文体而"斟酌利病"(《文镜秘府论》语),又喜于每体之中,选定几首为此体之代表作。从文体评论的侧重点上说,似乎《文章流别志论》较近于历史的探讨,《翰林论》较近于美恶的批判(罗根泽《中国文学批评史》)。此其一。

其二,《翰林论》于谈文体之外兼及其他方面的评论,而《流别论》则仅论文体(郭绍虞《中国文学批评史》)。

《翰林论》作者极其简要地揭示各种文体的特征和要求,还对一些文体的起源进行探究,如他说论难生于"研求名理",议奏生于"在朝辨政",所论皆中肯而客观。同时也恰切地举出一些著名作家作品作为每一文体的典范,后来《文心雕龙》中的二十多篇文体论就采用了这种模式。在对作品的具体评论中,李充每能抓住作家的特点,对孔融、曹植、潘岳、陆机等人的作品尤为称赞。特别是他对郭璞诗的推崇,更是独具慧眼,故成为千秋定论。后来钟嵘《诗品》卷中论郭璞,就特别采纳了李充的意见:"宪章潘岳,文体相辉,彪炳可玩,始变永嘉平淡之体,故称中兴第一,《翰林》以为诗首。"

李充的整个文艺观深受时尚的影响,他虽主达意,但颇倡藻饰。黄侃《文心雕龙札记》说:"此《翰林论》之一斑,观其所取,盖以沈思翰藻为贵者,故极推孔、陆而立名曰《翰林》。"但值得注意的是,李充在重辞采的同时,有时也强调"简辞而义正",甚至倡导"宜以远大为本,不以华藻为先",说明他并非完全受时俗的裹挟。

②孔文举之书——指孔融《论盛孝章书》,见《文选》卷四十一。孔融字文举。

③陆士衡之议——陆机议文有《大田议》及《晋书限断议》,见严可均《全晋文》九十七卷。陆机字士衡。

④"潘安仁之为文也"三句——此条见《初学记》二一引,但所引不全。钟嵘《诗品》上"晋黄门郎潘岳条"云:"《翰林》叹其翩翩然如翔禽之有羽毛,衣服之有绡縠,犹浅于陆机。"又云:"《翰林》笃论,故叹陆为深。"潘岳字安仁,为太康文学之代表,与陆机齐名,并称"潘陆"。又《世说新语·文学篇》注引孙兴公云:"潘文烂若披锦,无处不佳。"

⑤容象图而赞立——萧统《文选序》:"图像则赞兴。"意与此同。

⑥孔融之赞杨公——赞杨公文今不存。

⑦表宜以远大为本,不以华藻为先——《文心雕龙·章表》:"表以陈请","表者,标也。《礼》有《表记》,谓德见于仪。其在器式,揆景曰表";"曹公称'为表不必三让',又'勿得浮华'";"表以致策,骨采宜耀。循名课实,以文为本者也";"表体多包,情伪屡迁。必雅义以扇其风,清文以驰其丽。"

⑧曹子建之表——《文心雕龙·章表》:"陈思之表,独冠群才。"曹植表类文章著名者有《求自试表》、《求通亲亲表》等,为《文选》选录。

⑨诸葛亮之表刘主——指诸葛亮的《前后出师表》。刘主即蜀后主刘禅。《文心雕龙·章表》:"孔明之辞后主,志尽文畅;虽华实异旨,并表之英也。"

⑩裴公之辞侍中——裴公即裴頠,字逸民,河东闻喜人,西晋文学家,惠帝时,累迁侍中,拜尚书。有《让吏部尚书表》和《辞任门下事表》,见《全晋文》卷三十三。

⑪羊公之让开府——羊公,即羊祜,字叔子,泰山南城人,西晋大臣,曾拜尚

书左仆射,都督荆州诸军事,加车骑将军开府。有《让开府表》,见《文选》卷三十七。

⑫驳不以华藻为先——按,上文言表"不以华藻为先",此"华藻"即指华丽之辞藻。

⑬傅长虞每奏驳事——《文心雕龙·议对》:"晋代能议,则傅咸为宗。"傅长虞,即傅咸,傅玄子。傅咸有《重表驳成粲议太社》,见《全晋文》卷五十二。

⑭研核名理而论难生焉——谓论、难之文体产生于对名理的辨究。

⑮论贵于允理,不求支离——按,曹丕《典论·论文》:"书论宜理。"又《文心雕龙·论说》:"原夫论之为体,所以辨正然否。穷于有数,究于无形,钻坚求通,钩深取极;乃百虑之筌蹄,万事之权衡也。故其义贵圆通,辞忌枝碎,必使心与理合,弥缝莫见其隙;辞共心密,敌人不知所乘:斯其要也。是以论如析薪,贵能破理。"

⑯嵇康之论——《文心雕龙·才略》:"嵇康师心以遣论",又《论说》篇:"叔夜之辨声,……并师心独见,锋颖精密,盖人伦之英也。""辨声"即《声无哀乐论》。嵇康又有《养生论》,见《文选》五十三。

⑰在朝辨政而议奏出,宜以远大为本——曹丕《典论·论文》:"奏议宜雅。"又《文心雕龙·奏启》:"昔唐虞之臣,敷奏以言;秦汉之辅,上书称奏。陈政事,献典仪,上急变,劾愆谬,总谓之奏。奏者,进也。言敷于下,情进于上也。"《文心雕龙·议对》:"'周爰咨谋',是谓为议。议之言宜,审事宜也。《易》之《节卦》:'君子以制度数,议德行。'《周书》曰:'议事以制,政乃弗迷。'议贵节制,经典之体也。"

⑱陆机议晋断——见本文注释③。议晋断,指《晋书限断议》。《文心雕龙·议对》:"及陆机断议,亦有锋颖,而腴辞弗剪,颇累文骨。"

⑲盟檄发于师旅——《文心雕龙·祝盟》:"盟者,明也。""夫盟之大体,必序危机,奖忠孝,共存亡,戮心力,祈幽灵以取鉴,指九天以为正,感激以立诚,切至以敷辞,此其所同也。"又《文心雕龙·檄移》论述檄文的产生曰:"震雷始于曜电,出师先乎威声。故观电而惧雷壮,听声而惧兵威。兵先乎声,其来已久。昔有虞始戒于国,夏后初誓于军,殷誓军门之外,周将交刃而誓之。故知帝世戒兵,三王誓师,宣训我众,未及敌人也。至周穆西征,祭公谋父称'古有威让之令,令有文告之辞',即檄之本源也。及春秋征伐,自诸侯出,惧敌弗服,故兵出须名。振此威风,暴彼昏乱,刘献公之所谓'告之以文辞,董之以武师'者也。齐桓征楚,诘苞茅之缺;晋厉伐秦,责箕郜之焚。管仲、吕相,奉辞先路,详其意义,即今之檄文。暨乎战国,始称为檄。檄者,皦也。宣露于外,皦然明白也。"

⑳ 相如《喻蜀父老》——司马相如有《喻巴蜀檄》和《难蜀父老》,见《文选》卷四十四。《文心雕龙·檄移》:"相如之《难蜀老》,文晓而喻博,有移檄之骨焉。"

㉑ 木氏《海赋》——木氏指木华,字玄虚,广川人,西晋文学家。著有《海赋》,见《文选》卷十二。

㉒ 应休琏五言诗百数十篇——应休琏,即应璩,应场弟,汝南人,三国魏文学家。所作《百一诗》见《文选》卷二一。李善注引孙盛《晋阳秋》云:"应璩作五言诗百三十篇。"

㉓ 扬子论秦之剧,称新之美——扬子,扬雄。著有《剧秦美新》,见《文选》卷四十八。

【附录】

军书羽檄,非儒者之事,但家奉道法,言不及杀。语不虚诞,而檄不切厉则敌心陵,言不夸壮则军容弱,请姑舍之,以待能者。

　　　　李充《起居诫》　严可均《全晋文》卷五十三　中华书局影印本

先生挺邈世之风,资高明之质。神萧萧以宏远,志落落以遐逸。忘尊荣于华堂,括卑静于蓬室。宁漆园之逍遥,安柱下之得一。寄欣孤松,取乐竹林。尚想蒙庄,聊与抽簪。味孙豋之浊胶,鸣七弦之清琴。慕义人之元旨,咏千载之徽音。凌晨风而长啸,托归流而咏吟。乃自足乎丘壑,孰有愠乎陆沈?马乐原而翘足,龟悦途而曳尾。畴庙堂而足荣,岂和铃之足视?久先生之所期,羌元达于遐旨。尚遗大以出生,何殉小而入死?嗟乎先生!逢时命之不丁。冀后调于岁寒,遭繁霜于夏零。灭皎皎之玉质,绝琅琅之金声。援明珠以弹雀,损所重而为轻。谅鄙心之不爽,非大雅之所营。

　　　　李充《吊嵇中散》　严可均《全晋文》卷五十三　中华书局影印本

夫赞象之所作,所以昭述勋德,思咏政惠,此盖《诗·颂》之末流矣,宜由上而兴,非专下而作也。世考之导。实有勋绩,惠利加于百姓,遗爱留于民庶,宜请于国,当录于史官,载于竹帛,上章君将之德,下宣臣吏之忠。若言不足纪,事不足述,虚而为盈,亡而为有,此圣人之所疾,庶几之所耻也。(赞象)

夫渝世富贵,乘时要世,爵以赂至,官以贿成。视常侍黄门,宾客假其气势,以致公卿牧守,所在宰莅,无清惠之政而有饕餮之害,为臣无忠诚之行而有奸欺之罪,背正向邪,附下罔下,此乃绳墨之所加,流放之所弃。而门生故吏,合集财货,刊石纪功,称述勋德,高邈伊周,下陵管、晏,远追豹产,近逾黄邵,势重者称美,财富者文丽。后人相踵,称以为义,外若赞善,内为己发,上下相效,竞以为荣,其流之弊,乃至于此。欺曜当时,疑误后世,罪莫大焉!且夫赏生以爵禄,荣死以诔谥,是人主权柄而汉世不禁!使私称与王命争流,臣子与君上俱用,善恶无章,得失无效,岂不误哉!(铭诔)

夫著作书论者,乃欲阐弘大道,述明圣教,推演事义,尽极情类,记是贬非,以为法式。当时可行,后世可修。且古者富贵而名贱废灭,不可胜记,唯篇论俶傥之人,为不朽耳。夫奋名于百代之前,而流誉于千载之后,以其览之者益,闻之者有觉故也。岂徒转相放效,名作书论,浮辞谈说,而无损益哉?而世俗之人,不解作体,而务泛溢之言,不存有益之义,非也。故作者不尚其辞丽,而贵其存道也;不好其巧慧,而恶其伤义也。故夫小辩破道,狂简之徒,斐然成文,皆圣人之所疾矣。(序作)

桓范《世要论》 严可均《全三国文》卷三十七 中华书局影印本

葛 洪

葛洪(283—363),字稚川,自号抱朴子,丹阳句容(今江苏句容)人,东晋著名道家兼神仙家的代表人物。生于仕宦之家,父亲早逝,年少贫寒。然葛洪少而好学,伐薪以贸纸笔,夜辄写书诵习,十六岁便颇以儒学知名。葛洪曾因镇压张昌、石冰起义有功,赐爵关内侯,后任州主簿、咨议参军等职。葛洪从叔祖葛玄以学道炼丹为事,并曾从葛玄弟子郑隐习炼丹术。晚年闻交趾出丹砂,求为勾漏令,携子侄前往广州罗浮山修道炼丹,死时八十一岁。葛洪曾著碑诔诗赋等百余卷,皆佚。又曾托名刘歆撰《西京杂记》,被鲁迅评为:"此则在古小说中,固亦意绪秀异,文笔可观者也。"(《中国小说史略》)其传世著作主要有《抱朴子》、《神仙传》及医学名著《肘后要急方》等。《晋书》卷七十一有传。

抱朴子·钧世①

或曰:"古之著书者,才大思深,故其文隐而难晓;今人意浅力近,故露而易见。以此易见,比彼难晓,犹沟浍之方江河②,螳垤之并嵩、岱矣③。故水不发昆山④,则不能扬洪流以东渐;书不出英俊,则不能备致远之弘韵焉。"

抱朴子答曰:"夫论管穴者⑤,不可问以九陔之无外⑥;习拘阂者⑦,不可督以拔萃之独见⑧。盖往古之士,匪鬼匪神,其形器虽冶铄于畴曩⑨,然其精神布在乎方策⑩,情见乎辞⑪,指归可得⑫。

"且古书之多隐,未必昔人故欲难晓。或世异语变,或方言不同⑬;经荒历乱,埋藏积久,简编朽绝⑭,亡失者多,或杂续残缺,或脱去章句。是以难知,似若至深耳。

"且夫《尚书》者,政事之集也⑮,然未若近代之优文、诏、策、军书、奏、议之清富赡丽也⑯。《毛诗》者,华彩之辞也⑰,然不及《上林》《羽猎》《二京》《三都》之汪濊博富也⑱。

"然则古之子书,能胜今之作者,何也?然守株之徒⑲,喽喽所玩⑳,有耳无目,何肯谓尔?其于古人所作为神,今世所著为贱,贵远贱近,有自来矣㉑。故新剑以诈刻加价㉒,弊方以伪题见宝也㉓。是以古书虽质朴,而俗儒谓之堕于天也;今文虽金玉,而常人同之于瓦砾也。

"然古书者虽多,未必尽美,要当以为学者之山渊,使属笔者得采伐渔猎其中。然而譬如东瓯之木,长洲之林㉔,梓豫虽多㉕,而未可谓之为大厦之壮观,华屋之弘丽也。云梦之泽,孟诸之薮㉖,鱼肉之虽饶,而未可谓之为煎熬之盛膳,渝、狄之嘉味也㉗。

"今诗与古诗,俱有义理,而盈于差美㉘。方之于士,并有德行,而一人偏长艺文,不可谓一例也;比之于女,俱体国色,而一人独闲百伎,不可混为无异也。

"若夫俱论宫室,而奚斯'路寝'之颂㉙,何如王生之赋《灵光》乎㉚?同说游猎,而《叔畋》、《卢铃》之诗㉛,何如相如之言《上林》乎?并美祭祀,而《清庙》《云汉》之辞㉜,何如郭氏《南郊》之艳乎㉝?等称征伐,而《出车》、《六月》之作㉞,何如陈琳《武军》之壮乎㉟?则举条可以觉焉。近者夏侯湛、潘安仁并作《补亡诗》:《白华》《由庚》《南陔》《华黍》之属㊱,诸硕儒高才之赏文者,咸以古诗三百,未有足以偶二贤之所作也。

"且夫古者事事醇素,今则莫不雕饰,时移世改,理自然也。至于鬻锦丽而且坚,未可谓之减于蓑衣㊲;辐辀妍而又牢,未可谓之不及椎车也㊳。

"书犹言也,若入谈语,故为知有。胡、越之接㊴,终不相解,以此教戒,人岂知之哉?若言以易晓为辨,则书何故以难知为好哉!若舟车之代步涉㊵,文墨之改结绳㊶,诸后作而善于前事,其功业相次千万者,不可复缕举也。世人皆知之快于曩矣。何以独文章不及古邪?"

杨明照《抱朴子外篇校笺》卷之三十　中华书局版

【注释】

①《抱朴子·钧世》——《抱朴子》一书,分为《外篇》与《内篇》,《内篇》二十卷,《外篇》五十卷,《外篇》的写作时间在《内篇》之前,书成于东晋初期元帝建武年代。《抱朴子·自叙》云:《内篇》"言神仙方药、鬼怪变化、养生延年、禳邪却祸之事,属道家",《外篇》"言人间得失、世事臧否,属儒家。"《外篇》议论政治、讥弹社会,对西晋的政治概况和社会风貌有相当深刻的反映,是研究晋代历史的一部重要著作。《抱朴子》内、外篇原分别单行,宋尤袤《遂初堂书目》始将其合二为一。此书版本今传有《平津馆丛书》原刻本、明正统道藏本、旧写本、四库全书文渊阁本、王谟《汉魏丛书》本、崇文局本等。今人王明有《抱朴子内篇校释》,杨明照有《抱朴子外篇校笺》。

《晋书·葛洪传》说:"洪博闻深洽,江左绝伦,著述篇章,富于班、马。"葛洪不仅深谙儒道两家思想,在文艺创作和理论上也取得了颇高的成就。他对文艺的论述散见于《抱朴子·外篇》的《钧世》《尚博》《辞义》《应潮》《喻蔽》《文行》诸篇中。其文艺美学思想上承王充、曹丕,下开刘勰、钟嵘,在魏晋文艺思想发展史上具有承上启下的意义和作用。

从整体上看,葛洪文艺思想呈现出杂糅的特点。他既有接受儒家影响的一面,如他以儒家的"正经"为源,以"子书"为流;强调"立言贵于助教",推崇"古诗刺过失,故有益而贵";反对"违情曲笔,错滥真伪"等等。但他也有突破儒家传统观念束缚的一面,这明显地表现在他关于今胜于古和"文""德"并重的论述之中。

这里选录的《钧世》是《抱朴子·外篇》的第三十篇。文章主要阐明他今胜于古的文学思想,这也是葛洪最基本的文学观。作者认为社会是在不断地发展的,作为反映社会现实的文学,必然也是不断发展,后来居上。所以,那些贵古贱今的保守者,在他看来,乃是"有耳无目"的"守株之徒"。葛洪严厉批评了那些崇古者"其于古人所作为神,今世所著为贱,贵远贱近"的倒退倾向,反对他们对古人、古文的迷信,而力赞今文对古文的超越。应该说葛洪今胜于古的文学观,整体来看确值得肯定,它是对汉代唯物主义思想家王充反对尊古卑今思想的继承。

但是,也要看到葛洪的"厚今薄古"之倾向的片面性,尤其是,从他的举例来看,他于后来的作品最为夸耀的多是形式上的"赡丽"、"博富"、"艳美",说明他的文学观受有较深的时风的影响。当年的王充是反对浮华的,然葛洪不但不反对华丽之辞,而且还认为,文学的发展和其他事物一样,本身就是从质朴到华丽逐渐演进的。换言之,讲究艳丽、雕饰不但是一种合理的、而且是一种进步的要求。这一思想,也就决定了他的反古与王充的反古存在着质的不同。从历史上看,如果说王充是两汉文学观的结束,那么葛洪就是六朝文学观的开始。王充所结束的是汉赋的旧的浮华,而葛洪所开辟的则是六朝的新的浮华。王充不赞成"珍古",理由是"才有浅深,无有古今;文有真伪,无有故新";而葛洪以为今胜于古的,恰是"清富赡丽"与"汪濊博富"。

②沟浍——指田间的水沟。《周礼·地官·遂人》:"十夫之田有沟,沟上有畛;千夫有浍,浍上有道。"郑玄注:"沟,广、深各四尺。浍,广二寻,深二仞也。"

③螘垤之并嵩岱——螘,蚁本字。螘垤,螘冢,亦曰螘封。按《诗·豳风·东山》:"鹳鸣于垤。"毛传:"垤,蚁冢也。"正义:"此虫穴处,辇土为冢以避湿。"嵩,指嵩山。岱,指岱宗,即华山。

④昆山——即昆仑山。

⑤论管穴者——指以管窥天的人。《后汉书·陈忠传》:"(上疏)若嘉谋异策,宜辄纳用;如其管穴者,妄有讥刺,虽苦口逆耳,不得事实,且优游宽容,以示圣朝无讳之美。"李贤注:"管穴者,言小也。《史记》(扁鹊传)扁鹊曰:'若以管窥天,以郄视文。'郄,即穴也。"

⑥九陔——犹九天。《淮南子·道应训》:"吾汗漫期于九垓之外。"高诱注:"九垓,九天也。"

⑦习拘阂者——指固守局限的人。拘,固执。阂,局限。

⑧拔萃——即出类拔萃之意。《孟子·公孙丑》:"出于其类,拔乎其萃。"

⑨其形器虽冶铄于畴曩——谓其形体虽消亡于往昔。形器,指人的躯体。《易·系辞下》:"形乃谓之器。"冶铄,犹云消亡。畴曩,往昔也。

⑩然其精神布在乎方策——谓其精神却陈载于典籍。方策,犹言典籍。《礼记·中庸》:"哀公问政。子曰:'文、武之政,布在方策。'"

⑪情见乎辞——语出《易·系辞下》:"圣人之情见乎辞。"

⑫指归——旨意的归向。《三国志·吴志·诸葛瑾传》:"与(孙)权谈说谏喻,未尝切愕,微见风彩,粗陈指归。"

⑬或世异语变,或方言不同——颜之推《颜氏家训·音辞》:"古今言语,时俗不同;著述之人,楚、夏各异。"又,"夫九州之人,言语不同,生民已来,固常然矣。自《春秋》标齐言之传,《离骚》目《楚辞》之经,此盖其较明之初也。后有扬雄著《方言》,其言大备。"意与此近,可以互参。

⑭简编朽绝——简,指用竹简书写的书籍。编,指用以串联书简的绳子。

意谓书籍的竹简和绳子已经腐朽断绝。按,《文选》刘歆《移书让太常博士》:"《尚书》初出于屋壁,朽折散绝。"李周翰注:"古书以竹简写,用绳连之,故云朽折散绝。"

⑮且夫《尚书》者,政事之集也——《荀子·劝学》:"故《书》者,政事之纪也。"意谓《尚书》是用来记载政事的。

⑯优文、诏、策、军书、奏、议——优文,《文心雕龙·诏策》:"优文诏策,则气含风雨之润。"是优文谓褒奖文诰,如《潘勖册魏公九锡文》。诏、策,古文体名,《文心雕龙》有《诏策》篇。军书,指古代的军事文书,主要文体有檄、移等,如陈琳《为袁绍檄豫州文》,《文心雕龙》有《檄移》篇。奏、议,古文体名,《文心雕龙》有《奏启》篇、《议对》篇。

⑰《毛诗》者,华彩之辞也——《诗经》抒情状物,兴象鲜明,韵味浓郁,故称"华彩"。

⑱《上林》《羽猎》《二京》《三都》——《上林》,即《上林赋》,司马相如著。《羽猎》,即《羽猎赋》,扬雄著。《二京》,即《二京赋》,张衡著。《三都》,即《三都赋》,左思著。均见录于《文选》。

⑲守株之徒——即指守株待兔之徒。《韩非子·五蠹》:"宋人有耕者,田中有株,兔走触株,折颈而死,因释其耒而守株,冀复得兔。兔不可复得,而身为宋国笑。"

⑳喽喽所玩——谓经常地、反复地涵咏、称誉其所熟悉的古人的作品。喽,指言语繁多。玩,习也。

㉑贵远贱近,有自来矣——《庄子·外物》:"夫尊古而卑今,学者之流也。"《淮南子·修务》:"世俗之人,多尊古而贱今。"曹丕《典论·论文》:"常人贵远贱近,向声背实。"诸如此类,可谓"有自来矣"的明证。

㉒新剑以诈刻加价——《淮南子·修务训》:"今剑或绝侧赢文,齿缺卷铩,而称以顷襄之剑,则贵人争带之。"高诱注:"绝,无。侧赢无文,齿缺卷铩,钝弊无刃,托之为楚顷襄王所服剑,故贵人争慕而带之。一说'顷襄,善为剑人名。'铩,读丰年稔之稔也。"

㉓弊方以伪题见宝——谓错误的药方因为托名于古代的名医而变得宝贵。

㉔东瓯之木,长洲之林——东瓯,今浙江温州西南一带。长洲,即吴苑,春秋时吴王阖闾游猎的地方,在今江苏苏州地区。《汉书·枚乘传》:"枚乘复说吴王曰:'……修治长林,杂以离宫,积聚玩好,圈守禽兽,不如长洲之苑。'"颜师古注:"服虔曰:'吴苑。'韦昭曰:'长洲在吴东。'"按,东瓯、长洲两地皆以林木茂盛著称。

㉕梓豫——梓,梓木。豫,豫章木。二者皆为良材。

㉖云梦之泽,孟诸之薮——云梦、孟诸,并为古泽薮名。云梦,故址在今湖北省境内,春秋时楚国的游猎区。孟诸,故址在今河南省商丘一带。《尔雅·释地》:"宋有孟诸,楚有云梦。"

㉗渝、狄——渝,渝儿,或作俞儿、臾儿。狄,狄牙,即易牙。二者并为我国古代善辨五味者。《庄子·骈拇》:"属其性于五味,虽通如俞儿,非吾所谓臧也。"又《淮南子·氾论训》:"臾儿、易牙,淄渑之水合者,尝一哈水,而甘苦知矣。"注云:"俞儿,黄帝时人。狄牙则易牙,齐桓公时识味人也。"

㉘"今诗与古诗"三句——句谓今人诗和古人诗所表现的义理是差不多的,因此很难从义理方面来辨别二者的高下。二者之优劣乃突出表现在文辞的华美与否。盈,满溢之意,此引申为突出。

㉙奚斯"路寝"之颂——奚斯,即春秋时鲁公子鱼,奚斯是其字。曾作《鲁颂·閟宫》,中有"松桷有舄,路寝孔硕。新庙奕奕,奚斯所作"句。又《文选》班固《两都赋序》:"故皋陶歌虞,奚斯颂鲁。"王延寿《鲁灵光殿赋序》:"故奚斯颂僖,歌其'路寝'。"

㉚王生之赋《灵光》——王生,即王延寿,字文考,东汉辞赋家。《灵光》,指《鲁灵光殿赋》,见《文选》卷十一。按《后汉书·文苑》上《王逸传》:"子延寿,字文考,有俊才。少游鲁国,作《鲁灵光殿赋》。后蔡邕亦造此赋,未成,及见延寿所为,甚奇之,遂辍翰而已。"

㉛《叔畋》、《卢铃》之诗——《叔畋》,指《诗经·郑风》中《叔于田》、《大叔于田》,二诗咏太叔段田猎之事。《卢铃》,指《诗经·齐风·卢铃》,亦为田猎诗。

㉜《清庙》、《云汉》之辞——《清庙》,《诗经·周颂》中诗,祭文王的颂歌。《清庙序》云:"《清庙》,祀文王也。周公既成洛邑,朝诸侯,率以祀文王焉。"又《文选》王褒《四子讲德论》:"昔周公咏文王之德而作《清庙》,建为《颂》首。"《云汉》,《诗经·大雅》中诗,颂美周宣王之诗。《云汉序》云:"《云汉》,仍叔美宣王也。宣王承厉王之烈,内有拨乱之志,遇灾而惧,侧身修行,欲销去之。天下喜于王化复行,百姓见忧,故作是诗也。"

㉝郭氏《南郊》——指郭璞《南郊赋》,已散佚,严可均《全晋文》卷一百二十辑有佚文。

㉞《出车》、《六月》之作——二诗均见《诗经·小雅》,为咏宣王北伐之作。按,《诗·小雅·出车序》:"《出车》,劳率还也。"《诗·小雅·六月序》:"《六月》,宣王北伐也。"

㉟陈琳《武军》——指陈琳《武军赋》，严可均《全后汉文》卷九十二辑有佚文。

㊱近者夏侯湛、潘安仁并作《补亡诗》——《诗经·小雅》中《南陔》、《白华》、《华黍》、《由庚》、《崇丘》、《由仪》等六篇有目无辞，故夏侯湛、潘岳等为之补作，称为《补亡诗》。按，《诗·小雅·鹿鸣》之什毛序云："《南陔》，孝子相戒以养也。《白华》，孝子之絜白也。《华黍》，时和岁丰，宜黍稷也。有其义而亡其辞。"《仪礼·乡饮酒礼》："笙入堂下，磬南北面立，乐《南陔》、《白华》、《华黍》。"又《南有嘉鱼》之什毛序云："《由庚》，万物得由其道也。《崇丘》，万物得极其高大也。《由仪》，万物之生各得其宜也。有其义而亡其辞。"《晋书·夏侯湛传》："夏侯湛字孝若，谯国谯人也。……初，湛作《周诗》成，以示潘岳。岳曰：'此文非徒温雅，乃别见孝弟之性。'岳因此遂作《家风诗》。"（又见《世说新语·文学》）夏侯湛《周诗》一首，潘岳《家风诗》一首，均见《全晋诗》卷四。另束皙亦作有《补亡诗》六首，见《文选》卷十九。

㊲"蠲锦丽而且坚"二句——蠲，毛织品。锦，丝织品。蓑衣，即草衣。《诗经·小雅·无羊》："何蓑何笠。"毛《传》："蓑，所以备雨。"

㊳"辎軿妍而又牢"二句——辎、軿，谓有衣蔽之车。李善《二京赋》注引张揖云："辎重，有衣车也。……前有衣为軿车，后有衣为辎车。"椎车，最原始的车，合木为轮，无辐，其状如椎，故曰椎车。按，《文选序》："若夫椎轮为大辂之始，大辂宁有椎轮之质？"

㊴胡、越之接——《淮南子·俶真训》："是故自其异者视之，肝胆胡越；自其同者视之，万物一圈也。"高注："肝胆，喻近；胡越，喻远。"

㊵舟车之代步涉——《墨子·辞过》："古之民未知为舟车时，重任不移，远道不至。故圣王作为舟车，以便民之事。"

㊶文墨之改结绳——《易·系辞下》："上古结绳而治，后世圣人易之以书契，百官以治，万民以察，盖取诸夬。"又许慎《说文解字叙》："古者庖牺氏之王天下也，仰则观象于天，俯则观法于地，视鸟兽之文，与地之宜，近取诸身，远取诸物，于是始作《易》、八卦，以垂宪象。及神农氏结绳为治，而统其事，庶业其繁，饰伪萌生，黄帝之史仓颉，见鸟兽蹄迒之迹，知分理之可相别异也，初造书契。百工以乂，万品以察，盖取诸夬。夬，扬于王庭。言文者宣教明化于王者朝廷。君子所以施禄及下，居德则忌也。"

【附录】

抱朴子曰："贵远而贱近者，常人之用情也；信耳而疑目者，古今之所患也。

是以秦王叹息于韩非之书而想其为人,汉武慷慨于相如之文而恨不同世。及既得之,终不能拔。或纳谗而诛之,或放之乎冗散。此盖叶公之好伪形,见真龙而失色也。"

《抱朴子外篇·广譬》 中华书局杨明照《抱朴子外篇校笺》本

或人又曰:"然吾子所著,弹断风俗,言苦辞直,吾恐适足取憎在位,招摈于时,非所以扬声发誉,见贵之道也。"

抱朴子曰:"夫制器者珍于周急,而不以辨饰外形为善;立言者贵于助教,而不以偶俗集誉为高。若徒阿顺谄谀,虚美隐恶,岂所匡失弼违,醒迷补过者乎?虑寡和而废《白雪》之音,嫌难售而贱连城之价,余无取焉。非不能属华艳以取悦,非不知抗直言之多咨,然不忍违情曲笔,错滥真伪。欲令心口相契,顾不愧景,冀知音之在后也。否泰有命,通塞听天,何必书行言用,荣及当年乎?

"夫君子之开口动笔,必戒悟蔽,式整雷同之倾邪,磋砻流通之暗秽。而著书者徒饰弄华藻,张礫迂阔,属难验无益之辞,治靡丽虚言之美,有似坚白厉修之书,公孙刑名之论。虽旷笼天地之外,微入无间之内,立解连环,离同合异,鸟影不动,鸡卵有足,犬可为羊,大龟长蛇之言,适足示巧表奇以诳俗,何异乎画敖仓以救饥,仰天汉以解渴?说昆山之多玉,不能赈原宪之贫;观药藏之簿领,不能治危急之疾。墨子刻木鸡以厉天,不如三寸之车辖;管青铸骐骥于金象,不如驽马之周用。言高秋天而不可施者,'丘不与易也'。"

《抱朴子外篇·应嘲》 中华书局杨明照《抱朴子外篇校笺》本

抱朴子·尚博①

抱朴子曰:"正经为道义之渊海,子书为增深之川流②。仰而比之,则景星之佐三辰也③;俯而方之,则林薄之裨嵩岳也④。虽津途殊辟,而进德同归;虽离于举趾,而合于兴化⑤。故通人总原本以括流末,操纲领而得一致焉。古人叹息于才难,故谓百世为随踵⑥。不以璞非昆山而弃耀夜之宝⑦,不以书不出圣而废助教之言⑧。是以间陌之拙诗⑨,军旅之鞠誓⑩,或词鄙喻陋,简不盈十,犹见撰录,亚次典诰⑪。百家之言,与善一揆⑫。譬操水者,器虽异而救火同焉⑬;犹针灸者,术虽殊而攻疾均焉。

"汉魏以来,群言弥繁。虽义深于玄渊,辞赡于波涛,施之可以臻徵祥于天上，发嘉瑞于后土，召环、雉于大荒之外⑭，安圆堵于函夏之内⑮，近弭祸乱之阶，远垂长世之祉。然时无圣人，目其品藻，故不得骋骅、骝之迹于千里之途⑯，编近世之道于三坟之末也⑰。拘系之徒⑱，桎梏浅隘之中，掣瓶训诂之间⑲，轻奇贱异，谓为不急。或云小道不足观，或云广博乱人思，而不识合锱铢可齐重于山陵，聚百十可以致数于亿兆，群色会而衮藻丽，众音杂而《韶》《濩》和也㉑。或贵爱诗赋浅近之细文，忽薄深美富博之子书，以磋切之至言为骇拙，以虚华之小辩为妍巧㉒。真伪颠倒，玉石混淆，同《广乐》于桑间㉓，钧龙章于卉服㉔。悠悠皆然㉕。可叹可慨也！"

或曰："著述虽繁，适可以骋辞耀藻，无补救于得失，未若德行不言之训。故颜、闵为上，而游、夏乃次㉖。四科之格，学本而行末㉗。然则缀文固为余事，而吾子不襃崇其源，而独贵其流，可乎？"

抱朴子答曰："德行为有事，优劣易见。文章微妙，其体难识㉘。夫易见者，粗也；难识者，精也。夫唯粗也，故铨衡有定焉；夫唯精也，故品藻难一焉。吾故舍易见之粗，而论难识之精，不亦可乎！"

或曰："德行者本也，文章者末也。故四科之序，文不居上。然则著纸者，糟粕之余㉙；可传者，祭毕之刍狗㉚。卑高之格，是可识矣。文之体略，可得闻乎？"

抱朴子曰："筌可以弃，而鱼未获则不得无筌；文可以废，而道未行则不得无文㉛。若夫翰迹韵略之宏促，属辞比事之疏密，源流至到之修短，蕴藉汲引之深浅㉜，其悬绝也，虽天外毫内，不足以喻其辽邈㉝；其相倾也，虽三光熠耀，不足以方其巨细㉞。龙渊铅铤，未足譬其锐钝㉟；鸿羽积金，未足比其轻重。清浊参差，所禀有主，朗昧不同科，强弱各殊气㊱。而俗士唯见能染毫画纸者，便概之一例。斯伯牙所以永思钟子㊲，郢人所以格斤不运也㊳。

"盖刻削者比肩，而班、狄擅绝手之称㊴；援琴者至众，而夔襄专知音之难㊵。厩马千驷，而骐骥有迈群之价㊶；美人万计，而威施有超世之容㊷。盖有远过众者也。且夫文章之与德行，犹十尺之与一丈，谓之余事，未之前闻。"

"夫上天之所以垂象㊸，唐虞之所以为称㊹，大人虎炳，君子豹蔚⑮,昌,旦定圣谥于一字⑯,仲尼从周之郁⑰,莫非文也。八卦生鹰隼之所被⑱,六甲出灵龟之所负⑲。文之所在,虽贱犹贵;犬羊之鞟⑳,未得比焉。且夫本不必皆珍,末不必悉薄。譬若锦绣之因素地㉑,珠玉之居蚌石㉒,云雨生于肤寸,江河始于咫尺尔。则文章虽为德行之弟,未可呼为余事也。"

或曰:"今世所为,多不及古。文章著述,又亦如之。岂气运衰杀,自然之理乎?"

抱朴子答曰:"百家之言,虽有步起,皆出硕儒之思,成才士之手。方之古人,不必悉减也。或有汪涉玄旷,合契作者,内辟不测之深源,外播不匮之远流。其所祖宗也高,其所绅绎也妙。变化不系滞于规矩之方圆,旁通不凝阂于一途之逼促。是以偏嗜酸咸者,莫能知其味;用思有限者,不能得其神也。夫应龙徐举,顾昐凌云㉓;汗血缓步,呼吸千里㉔。而蝼(蚁)怪其无阶而高致,驽蹇患其过己之不渐也。若夫驰骤于诗论之中,周旋于传记之间,而以常情览巨异,以褊量测无涯,以至粗求至精,以甚浅揣甚深,虽始自髫龀,讫于振素㉕,犹不得也。夫赏其快者,必誉之以好;而不得晓者,必毁之以恶,自然之理也㉖。于是以其所不解者为虚诞,偻诚以为尔,未必违情以伤物也。

"又世俗率神贵古昔而黩贱同时:虽有追风之骏,犹谓之不及造父之所御也㉗;虽有连城之珍㉘,犹谓之不及楚人之所泣也㉙;虽有疑断之剑㉚,犹谓之不及欧冶之所铸也㉛;虽有起死之药,犹谓之不及和鹊之所合也㉜;虽有超群之人,犹谓之不及竹帛之所载也;虽有益世之书,犹谓之不及前代之遗文也。是以仲尼不见重于当时㉝,《太玄》见蚩薄于比肩也㉞。

"俗士多云:今山不及古山之高,今海不及古海之广,今日不及古日之热,今月不及古月之朗。何肯许今之才士,不减古之枯骨!重所闻,轻所见,非一世之所患矣。昔之破琴剿弦者,谅有以而然乎!"

杨明照《抱朴子外篇校笺》卷之三十二　中华书局本

【注释】

①《抱朴子·尚博》——本篇为《抱朴子外篇》第三十二篇,主要论述"文德

并重"的观点。在传统的儒家观念中,立德、立功、立言三者,立言的功用和价值,是排在最后的,孔子《论语·宪问》就说:"有德者必有言,有言者不必有德。"儒家这种以"德"为本,以"文"为末的思想对中国传统文化影响深刻,致使文学的地位和价值难以得到正确的评估和定位。文章著述之事常被视为"雕虫篆刻",与"俳优博弈"无异。直到曹魏之世,文学的地位才有所提高。曹氏父子以政治领袖的身份和感召力推动了文学的新发展。在切身创作体验的基础上,曹丕把文章提升到了"经国之大业,不朽之盛事"(《典论·论文》)的高度,但未就此正面展开论述。葛洪在此基础上,更大胆地向前迈进一步,大力提高文章的地位和价值,又明确主张德行与文章并重,从而把曹丕的文章价值观提到了一个新的高度。如果说,曹丕只做到了曹植所谓的"以翰墨为勋绩",即以立言取代了立功,那么葛洪继曹丕之后又公然强调"以辞赋为君子",也就是以立言取代了立德。至此,古训中压在"立言"头上的两座大山也就全都被搬掉了。

《尚博》篇针对文章"无补救于得失,未若德行不言之训"的流行论调,提出"文章之与德行,犹十尺之与一丈"的观点。首先,他认为,文章绝非人人都能善为,而是需要很高造诣才能写得好的。这是就文章的写作与"道"的获得难易的比较,认为后者未必比前者难。他进而指出:"德行为有事,优劣易见;文章微妙,其体难识,夫易见者粗也,难识者精也。夫唯粗也,故铨衡有定焉。夫唯精也,故品藻难一焉",品德的优劣容易从实践活动中见出,而文章风格多样,审美标准又难以齐一,故对文章的品评也就见仁见智。这就是说,文章著述不但并不比立德低贱,而且比立德更难。基此,葛洪提出"文之所在,虽贱犹贵,犬羊之鞟,未得比焉",高度强调了文学独立的价值。葛洪最后的结论是:"且文章之与德行,犹十尺之与一丈,谓之余事,未之前闻。"即文章与德行并无本末轻重之别,立言完全可以超越于立德之外。这一思想无疑是魏晋时代文学的自觉在理论上的反映,它对冲击传统的思想,提高文学艺术的社会地位,都有十分重要的意义。

②正经为道义之渊海,子书为增深之川流——正经,指儒家经典,即两汉至晋以来所称之《五经》、《六经》及《七经》。子书,即诸子之著述。按《太平御览》六〇八引杨泉《物理论》:"夫《五经》,则海也;他传记,则四渎也;诸子,则泾渭也。"

③景星之佐三辰也——景星,星名,又名瑞星、德星。其状无常,生于晦朔,助月之明。按《史记·天官书》:"天精而见景。景星者,德星也。其状无常,常出于有道之国。"三辰,日、月、星也。

④林薄之神嵩岳也——林薄,丛林也。《楚辞·九章·涉江》:"露申辛夷死林薄兮。"王逸注:"丛木曰林。草木交错曰薄。"神,接也。嵩岳,即中岳嵩山。

⑤虽离于举趾,而合于兴化——举趾,指举动。兴化,振兴教化。《后汉书·蔡茂传》:"(上书)臣闻兴化致教,必由进善。"

⑥古人叹息于才难,故谓百世为随踵——才难,谓人才难得。《论语·泰伯》:"才难,不其然乎?"随踵,谓前后相继。《战国策·齐策》三:"寡人闻之:千里而一士,是比肩而立;百世而一圣,若随踵而至也。"又《吕氏春秋·观世》:"千里而有一士,比肩也;累世而有圣人,继踵也。士与圣人之所自来,若此其难也!"

⑦不以璞非昆山而弃耀夜之宝——璞,玉璞。昆山,即昆仑山。《尔雅·释地》:"西北之美者,有昆仑虚之璆、琳、琅、玕焉。"郭璞注:"璆、琳,美玉名。琅、玕,状似珠也。"耀夜之宝,指夜光璧,见《战国策·楚策》一。

⑧不以书不出圣而废助教之言——书不出圣,此指汉魏以来的子书。

⑨间陌之拙诗——指《诗经》中的十五国风,因其为民歌,故言"间陌之拙诗"。

⑩军旅之鞠誓——指古代军旅的誓言,如《尚书》中的《甘誓》、《汤誓》等。鞠,告也。《诗·小雅·采芑》:"陈师鞠旅。"郑玄《笺》:"二千五百人为师,五百人为旅。此言将战之日,陈列其师旅誓告之也。"

⑪典诰——指《尚书》中的《尧典》、《大诰》、《康诰》等篇。

⑫百家之言,与善一揆——谓汉魏诸子之书,虽其言说各异,然其指归则是一致的。一揆。一致。按,《淮南子·齐俗》:"故百家之言,指奏相反,其合道一也。"

⑬譬操水者,器虽异而救火同焉——《淮南子·修务训》:"今夫救火者,汲水而趋之,或以瓮瓴,或以盆盂,其方员锐椭不同,盛水各异,其于灭火,钧也。"

⑭召环、雉于大荒之外——环,白环;雉,白雉,皆为远裔所贡之祥物。大荒,指边远地区。《山海经·大荒西经》:"大荒之中,有山名大荒之山,日月所入,……是谓大荒之野。"

⑮安圜堵于函夏之内——圜堵,通"环堵"。《淮南子·原道》:"环堵之室,茨之以生茅,蓬户瓮牖,扶桑为枢,……圣人处之,不为愁悴怨怼,而不失其所以自乐也。"高诱注:"堵长一丈,高一丈。面环一堵,为方一丈,故曰环堵。言其小也。"函夏,函诸夏也,即中国之意。句谓使全中国居住于环堵之中的人们,各得其所,安居乐业。

⑯骅、骒——骅,骅骝马。骒,绿耳马。并为古代骏马。

⑰三坟——相传为三皇之书。《左传》昭公十二年:"是能读《三坟》、《五典》、《八索》、《九丘》。"杜预注:"皆古书名。"《正义》:"《周礼·春官·外史》:'掌三皇、五帝之书。'"贾逵《春秋左氏解诂》云:"《三坟》,三皇之书。《五典》,五帝之典。"

⑱拘系之徒——谓固执之徒。拘系,拘束、牵绊也。《淮南子·要略》:"非循一迹之路,守一隅之指,拘系牵连之物,而不与世推移也。"

⑲桎梏浅隘之中,挈瓶训诂之间——句谓(拘系之徒)自囿于浅隘之域,只能从事章句训诂的研究。挈瓶:比喻知识浅薄。《左传》昭公七年:"人有言曰:'虽有挈瓶之知,守不假器,礼也'。"杜预注:"挈瓶,汲者,喻小知。为人守器,犹知不以借人。"训诂:郭璞《尔雅序》:"夫《尔雅》者,所以通诂训之指归。"邢注:"诂,古也,通古今之言使人知也。训,道也,道物之貌以告人也。"

⑳群色会而衮藻丽——群色,谓五色。衮,衮衣,指古代上绣有卷龙的衣服。

㉑众音杂而《韶》《濩》和——众音,指五音,即宫、商、角、徵、羽。《韶》,《大韶》,舜乐名。《礼记·乐记》:"《韶》,继也……殷、周之乐尽矣。"郑玄注:"(《韶》)舜乐名也。《韶》之言绍也,言舜能继绍尧之德。"《濩》,《大濩》,汤乐名。《汉书·礼乐志》:"舜作《招》……汤作《濩》。"

㉒虚华之小辩——《大戴礼记·小辩》:"小辩破言。"《文子·上仁》:"故小辩害辞。"《汉书·扬雄传》:"虽小辩,终破大道而或众。"颜师古注:"为巧辩异辞以搅乱时政也。"辨、辩古通。

㉓同《广乐》于桑间——《广乐》,传说古代天子所奏的一种音乐。《穆天子传》卷二:"庚戌,(穆)天子西征,至于玄池。天子三日休于玄池之上,乃奏《广乐》,三日而终,是曰'乐池'。"《史记·赵世家》:"赵简子疾,五日不知人。……简子寤,语大夫曰:'我之帝所甚乐,与百神游于钧天,广乐九奏万舞,不类三代之乐,其声动人心。'"桑间,原指地名,后专指淫靡的亡国之音。《礼记·乐记》:"桑间、濮上之音,亡国之音也。"郑玄注:"濮水之上,地有桑间,亡国之音,于此水出也。昔殷纣使师延作靡靡之乐,已而自沉于濮水。后师涓过焉,夜闻而写之,为晋平公鼓之,是之谓也。桑间,在濮阳南。"又《汉书·地理志》下:"卫地有桑间濮上之阻,男女亦亟聚会,声色生焉,故俗称郑卫之音。"

㉔钧龙章于卉服——龙章,即衮章,指上有龙画的衣服,此引申为华贵的衣服。《礼记·明堂位》:"有虞氏服韨,夏后氏山,殷火,周龙章。"《正义》:"周人加龙以为文章。"卉,草也。卉服,即指用葛草编制而成的衣服,此引申为粗陋的

衣服。

㉕悠悠皆然——谓众人皆如此。悠悠，众多也。

㉖故颜、闵为上，而游、夏乃次——《论语·先进》说："德行：颜渊、闵子骞、冉伯牛、仲弓。言语：宰我、子贡。政事：冉有、季路。文学：子游、子夏。"皇疏："孔子门徒三千。而唯有此以下十人名为四科。四科者，德行也，言语也，政事也，文学也。德行为人生之本，故为第一以冠初也。而颜、闵及二冉合其名矣。王弼曰：'此四科者，各举其才长也，颜渊德行之俊，尤兼之矣。'范宁曰：'德行，谓百行之美也。四子俱虽在德行之目，而颜子为其冠。'"

㉗学本而行末——疑当为"学末而行本"或"行本而学末"。

㉘"德行为有事"四句——按，"为"字盖涉上文误衍，当删，"德行有事"，始能与下文"文章微妙"偶对。体，指文章的体格风调。

㉙然则著纸者，糟粕之余——《庄子·天道》："桓公读书于堂上，轮扁斫轮于堂下，释椎凿而上，问桓公曰：'敢问公之所读者，何言邪？'公曰：'圣人之言也。'曰：'圣人在乎？'公曰：'已死矣。'曰：'然则君之所读者，古人之糟魄已夫？'"

㉚可传者，祭毕之刍狗——刍狗，古代结草为狗以供祭祀之用。刍，草也。按《庄子·天运》："师金曰：'夫刍狗之未陈也，盛以箧衍，巾以文绣，尸祝齐戒以将之。及其已陈也，行者践其首脊，苏者取而爨之而已。"又《淮南子·本经训》："著于竹帛，镂于金石，可传于人者，其粗也。"《齐俗训》："譬若刍狗，土龙之始成，文以青黄，绢以绮绣，缠以朱丝，尸祝袀袨，大夫端冕以送迎之。及其已用之后，则壤土草芥而已。夫有孰贵之！"

㉛"筌可以弃"四句——《庄子·外物》："荃者所以在鱼，得鱼而忘荃；蹄者所以在兔，得兔而忘蹄。言者，所以在意，得意而忘言。"荃，香草，可作鱼饵。亦作筌，取鱼器也。

㉜"翰迹韵略之宏促"四句——按，前文谓"文章微妙，其体难识"，"难识者，精也"，"夫唯精也，故品藻难一焉"。此处则进一步申说文章微妙之具体表现：一者音韵或宏或促，二者用典或疏或密，三者源流或长或短，四者蕴涵或深或浅。应该说，葛洪的这一概括是比较全面而精要的。

㉝"其悬绝也"三句——悬绝，谓相差甚远。天外，喻遥远，对应"辽"；毫内，喻纤细，对应"邈"。

㉞"其相倾也"三句——三光，指日、月、星。熠耀，荧火也。

㉟龙渊铅铤，未足譬其锐钝——龙渊，相传为古代干将、欧冶所作之宝剑。《越绝书·绝外传记·宝剑》："欧冶子、干将……作为宝剑三枚：一曰龙渊，二

曰泰阿,三曰工不布。"铅,锡也。铤,指未加磨砺的铜、铁。

㊱"清浊参差"四句——曹丕《典论·论文》:"文以气为主,气之清浊有体,不可力强而致。譬诸音乐,曲度虽均,节奏同检,至于引气不齐,巧拙有素,虽在父兄,不可以移子弟。"所论与此同,可以相参。

㊲斯伯牙所以永思钟子——事见《吕氏春秋·本味》:"伯牙鼓琴,钟子期听之。方鼓琴而志在太山,钟子期曰:'善哉乎鼓琴,巍巍乎若太山。'少选之间,而志在流水,钟子期又曰:'善哉乎鼓琴,汤汤乎若流水。'钟子期死,伯牙破琴绝弦,终身不复鼓琴,以为世无足复为鼓琴者。"又见《韩诗外传》九、《说苑·尊贤》、《风俗通义·声音》及《列子·汤问》等。

㊳郢人所以格斤不运也——按,"郢人"当为"匠石",盖葛洪行文有误。匠石运斤,事出《庄子·徐无鬼》:"庄子送葬,过惠子之墓,顾谓从者曰:'郢人垩慢其鼻端,若蝇翼,使匠石斫之。匠石运斤成风,听而斫之,尽垩而鼻不伤,郢人立不失容。宋元君闻之,召匠石曰:"尝试为寡人为之。"匠石曰:"臣则尝能斫之。虽然,臣之质死久矣!"自夫子之死也,吾无以为质矣,吾无与言之矣!'"

㊴班、狄擅绝手之称——班,公输班,亦称鲁班,为古代鲁国著名巧匠。狄,墨狄,即墨翟,为墨家学术的创始人。相传二者均曾刻木为鸢,飞三日而不落,故有"绝手之称"。《淮南子·齐俗训》,"鲁般、墨子以木为鸢而飞之,三日不集。"《论衡·儒增》:"儒书称鲁般、墨子之巧,刻木为鸢,飞三日而不集。"《乱龙》:"鲁般、墨子刻木为鸢,蜚之三日而不集,为之巧也。"

㊵夔、襄专知音之难——夔,舜时乐官。《尚书·尧典》:"帝曰:'夔,命汝典乐,教胄子。直而温,宽而栗,刚而无虐,简而无傲。诗言志,歌永言,声依永,律和声,八音克谐,无相夺伦,神人以和。'夔曰:'於!予击石拊石,百兽率舞。'"襄,师襄,春秋鲁乐官,相传孔子曾学乐于他。《韩诗外传》卷五:"孔子学鼓琴于师襄子而不进。师襄子曰:'夫子可以进矣!'孔子曰:'丘已得其曲矣,未得其数也。'有间,曰:'夫子可以进矣!'曰:'丘已得其数矣,未得其意也。'有间,复曰:'夫子可以进矣!'曰:'丘已得其人矣,未得其类也。'有间,曰:'邈然远望,洋洋乎!翼翼乎!必作此乐也,默然思,戚然而怅,以王天下,以朝诸侯者,其惟文王乎?'师襄子避席再拜曰:'善!师以为文王之操也。'孔子持文王之声,知文王之为人。师襄子曰:'敢问何以知其文王之操也?'孔子曰:'然。夫仁者好伟,和者好粉,智者好弹,有殷勤之意者好丽。丘是以知文王之操也。'"

㊶厩马千驷,而骐骥有逸群之价——千驷,指四千匹马。骐、骥,皆骏马也。逸群,出众之意。

㊷威、施有超世之容——威，南之威，亦作南威。《战国策·魏策》二："晋文公得南之威，三日不听朝，遂推南之威而远之，曰：'后世必有以色亡其国者。'"《文选》曹植《与杨德祖书》："盖有南威之容，乃可以论其淑媛。"施，即西施。南威、西施，并我国古代著名美女。

㊸上天之所以垂象——《易·系辞》上："县象著明，莫大乎日月。"又："天垂象，见吉凶，圣人象之。"

㊹唐虞之所以为称——《论语·泰伯》："子曰：'大哉尧之为君也！巍巍乎！唯天为大，唯尧则之。荡荡乎！民无能名焉。巍巍乎！其有成功也。焕乎！其有文章。'"此言尧，因历来尧舜并称，故葛洪此文连及舜。

㊺大人虎炳，君子豹蔚——《周易·革》："象曰：'大人虎变，其文炳也。'……象曰：'君子豹变，其文蔚也。'"《正义》："其文炳者，义取文章炳著也。其文蔚者，明其不能大变，故文细而相映蔚也。"

㊻昌、旦定圣谥于一字——昌、旦：即周文王姬昌和周公姬旦，昌谥号文王，旦谥号文公。《史记·周本纪》："公季卒，子昌立，是为西伯。西伯曰文王。……西伯盖即位五十年，……谥为文王。"又《鲁周公世家》："周公旦者，周武王弟也。"《索隐》："谥曰周文公，见《国语》。"

㊼仲尼从周之郁——《论语·八佾》："子曰：'周监于二代，郁郁乎文哉！吾从周。'"周，周礼。监，通"鉴"，借鉴。二代，指夏代和商代。郁郁，文采很盛的样子。从，听从，这里指行周礼。

㊽八卦生鹰隼之所被——八卦，即《周易》中所说的八种符号和卦象，相传为伏羲所作。《易·系辞》下："古者包牺氏之王天下也，仰则观象于天，俯则观法于地。观鸟兽之文与地之宜，近取诸身，远取诸物，于是始作八卦，以通神明之德，以类万物之情。"葛洪之说与此有异，未详所出。

㊾六甲出灵龟之所负——六甲，五行方术之一。旧题葛洪《神仙传·左慈》："乃学道，尤明六甲。"《汉书·艺文志》"五行家"有《风鼓六甲》、《文解六甲》，已佚。"六甲出灵龟之所负"，不详待考。

㊿犬羊之鞟——《论语·颜渊》："子贡曰：'……文犹质也，质犹文也，虎豹之鞟犹犬羊之鞟！'"皇疏："虎豹所以贵于犬羊者，政以毛炳蔚为异耳。今若取虎豹及犬羊皮俱灭其毛，唯余皮在，则谁复识其贵贱，别于虎豹与犬羊乎？"鞟，指去毛的兽皮。

㈤锦绣之因素地——《考工记》："五采备谓之绣。……凡画绘之事，后素功。"《论语·八佾》："子曰：'绘事后素。'"《集解》引郑玄曰："绘，画文也。凡绘画，先布众色，然后以素分布其间，以成其文。"皇《疏》："……又刺缝成文，则谓之绣。画之成文,谓之为绘也。"

㊵珠玉之居蚌石——《史记·龟策列传》:"明月之珠,出于江海,藏于蚌中。"又《文选》班固《答宾戏》:"宾又不闻和氏之璧韫于荆石,隋侯之珠藏于蚌蛤乎?"

㊶应龙徐举,顾眄凌云——应龙,古代传说中有翼之龙。《淮南子·览冥训》:"服应龙。"高诱注:"应龙,有翼之龙也。"又《主术训》:"应龙乘云而举。"班固在《汉书叙传》上:"应龙潜于潢污,鱼鼋媒之,不睹其能奋灵德,合风云,超忽荒,而躔昊苍也。故夫泥蟠而天飞者,应龙之神也。"顾眄凌云,言其飞入云霄之速。

㊷汗血缓步,呼吸千里——汗血,古代的一种骏马,能一日行千里。汗从前肩出,如血,故名。《史记·大宛传》:"初,天子(武帝)发《易》书,云'神马当从西北来'。得乌孙马好,名曰'天马'。及得大宛汗血马,益壮,更名乌孙马曰'西极',名大宛马曰'天马'云。"呼吸千里,言其速度之疾。

㊸始自髫龀,讫于振素——谓从童年到老年。髫龀,代指童年。髫,小孩下垂的头发。龀,小孩换牙齿。振素,比喻飘动的白发,此代指老年。

㊹"夫赏其快者"四句——按,《文心雕龙·定势》:"桓谭称:'文家各有所慕,或好浮华而不知实核,或美众多而不见要约。'陈思亦云:'世之作者,或好烦文博采,深沉其旨者;或好离言辨白,分毫析厘者;所习不同,所务各异。'"又《知音》:"夫篇章杂沓,质文交加,知多偏好,人莫圆该。慷慨者逆声而击节,酝藉者见密而高蹈,浮慧者观绮而跃心,爱奇者闻诡而惊听。会己则嗟讽,异我则沮弃,各执一隅之解,欲拟万端之变,所谓'东向而望,不见西墙'也。"所论与葛洪此文意近,可以互参。

㊺"虽有追风之骏"二句——追风,古代名马,奔速迅疾。《古今注·鸟兽》:"秦始皇有名马七:一曰追风。"《文选》曹植《七启》:"驾超野之驷,乘追风之舆。"造父,周时之善御者。相传他曾献骏马与穆王,穆王赐以赵城,因以为氏。《史记·秦本纪》:"造父以善御幸于周穆王,得骥、温骊、骅骝、騄耳之驷,西巡狩,乐而忘归。徐偃王作乱,造父为穆王御,长驱归周,一日千里以救乱。穆王以赵城封造父,造父族由此为赵氏。"

㊻连城之珍——价值连城之玉。

㊼楚人之所泣——楚人,指卞和。事见《韩非子·和氏》:"楚人和氏得玉璞楚山中,奉而献之厉王。厉王使玉人相之。玉人曰:'石也。'王以和为诳,而刖其左足。及厉王薨,武王即位。和又奉其璞而献之武王。武王使玉人相之。又曰:'石也。'王又以和为诳,而刖其右足。武王薨,文王即位。和乃抱其璞而

哭于楚山之下,三日三夜,泪尽而继之以血。王闻之,使人问其故,曰:'天下之刖者多矣,子奚哭之悲也?'和曰:'吾非悲刖也,悲夫宝玉而题之以石,贞士而名之以诳,此吾所以悲也。'王乃使玉人理其璞而得宝焉,遂命曰:'和氏之璧。'"

⑩疑断之剑——"疑"字误,当为"拟",谓干将之子赤鼻以雄剑断君头以报父仇。事见《列士传》《搜神记》等。

⑪欧冶之所铸——欧冶,即欧冶子,春秋时冶工,善铸剑,曾为越王、楚王铸荐。事见《吴越春秋·阖闾内传》。

⑫和、鹊——和,即医和,秦景公时名医。鹊,即扁鹊,姓秦,名越人,号卢医,战国时名医。

⑬仲尼不见重于当时——《荀子·大略》:"仲尼、颜渊知而穷于世。"《淮南子·泰族》:"孔子欲行王道,东西南北七十说而无所偶。"《说苑·至公》:"夫子行说七十诸侯,无定处。意欲使天下之民各得其所,而道不行。"等等,均可作葛洪此说之明证。

⑭《太玄》见蚩薄于比肩也——《论衡·齐世》:"扬子云作《太玄》,造《法言》,张松伯不肯一观。与之并肩,故贱其言。"又《汉书·扬雄传赞》:"以为经莫大于《易》,故作《太玄》,传莫大于《论语》,作《法言》。……时有好事者载酒肴从游学,而巨鹿侯芭常从雄居,受其《太玄》、《法言》焉。刘歆亦尝观之,谓雄曰:'空自苦!今学者有禄,然尚不能明《易》,又如《玄》何?吾恐后人用覆酱瓿也。'雄笑而不应。"

【附录】

抱朴子曰:"玄寂虚静者,神明之本也;阴阳柔刚者,二仪之本也;巍峨岩岫者,山岳之本也;德行文学者,君子之本也。莫或无本而能立焉。是以欲致其高,必丰其基;欲茂其末,必深其根。"

《抱朴子外篇·循本》 中华书局杨明照《抱朴子外篇校笺》本

或曰:"德行者,本也;文章者,末也。故四科之序,文不居上。然则著纸者,糟粕之余事;可传者,祭毕之刍狗。卑高之格,是可讥也。"

抱朴子答曰:"筌可弃,而鱼未获,则不得无筌;文可废,而道未行,则不得无文。若夫翰迹韵略之广逼。属辞比义之妍蚩,源流至到之修短,韫籍汲引之深浅。其悬绝也,虽天外、毫内,不足以喻其辽邈;其相倾也,虽三光、熠耀,不足以方其巨细。龙渊、铅铤,未足以譬其锐钝;鸿羽、积金,未足以方其轻重。而俗士唯见能染毫画纸,便概以一例。斯伯氏所以永思钟子,郢人所以格斤不运也。

"夫斫削者比肩,而班、狄擅绝手之名;援琴者至多,而夔、襄专清声之称。厩马千驷,而骐骥有邈群之价;美人万计,而威、施有超世之色者,盖远过众也。且文章之与德行,犹十尺之与一丈,谓之余事,未之前闻也。八卦生乎鹰隼之飞,六甲出于灵龟之负。文之所在,虽且贵。本不必便疏,末不必皆薄。譬锦绣之因素地,珠玉之托蚌石,云雨生于肤寸,江河始于咫尺,理诚若兹,则雅论病矣。

"又世俗率贵古昔而贱当今,敬所闻而黩所见。同时虽有追风绝景之骏,犹谓不及伯乐之所御也;虽有宵郎兼城之璞,犹谓不及楚和之所泣也;虽有断马指雕之剑,犹谓不及欧冶所铸也;虽有生枯起朽之药,犹谓不及和、鹊之所合也;虽有冠群独行之士,犹谓不及于古人也。"

《抱朴子外篇·文行》 中华书局杨明照《抱朴子外篇校笺》本

抱朴子曰:"余雅谓王仲任作《论衡》八十余篇,为冠伦大才。有同门鲁生难余曰:夫琼瑶以寡为奇,碌砾以多为贱,故庖牺卦不盈十而弥纶二仪,老氏言不满万而道德备举。王充著书,兼箱累袠,而乍出乍入,或儒或墨,属词比义,又不尽美,所谓陂原之蒿莠,未若步武之黍稷也。"

抱朴子答曰:"且夫作者之谓圣,述者之谓贤,徒见述作之品,未闻多少之限也。吾子所谓窜巢穴之沉昧,不知八纮之无外;守灯烛之宵曜,不识三光之晃朗;游潢洿之浅狭,未觉南溟之浩汗;滞丘垤之位坤,不窥嵩岱之峻极也。两仪所以称大者,以其函括八荒,缅邈无表也;山海所以为富者,以其包笼旷阔,含受杂错也。若如雅论,贵少贱多,则穹隆无取乎宏焘,而旁泊不贵於厚载也。夫……云厚者雨必猛,弓劲者箭必远。王生学博才大,又安省乎!

"吾子云:'玉以少贵,石以多贱。'夫玄圃之下,荆华之颠,九员之泽,折方之渊,琳琅积而成山,夜光焕而灼天,顾不善也。又引庖牺氏著作不多,若周公既繇大易,加之以礼乐,仲尼作《春秋》,而重之以十篇。过于庖牺,多于老氏,皆当贬也。言少则至理不备,辞寡即庶事不畅。是以必须篇累卷积,而纲领举也。……五色聚而锦绣丽,八音谐而箫韶美,群言合而道艺辨。积猗顿之材,而用之甚少,是何异于原宪也?怀无铨之量,而著述约陋,亦何加别于琐碌也?音为知者珍,书为识者传,瞽旷之调钟,未必求解于同世;格言高文,岂患莫赏而减之哉!……数千万言,虽有不艳之辞,事义高远,足相掩也。"

《抱朴子外篇·喻蔽》 中华书局杨明照《抱朴子外篇校笺》本

抱朴子·辞义[①]

或曰:"乾坤方圆,非规矩之功[②];三辰摛景,非莹磨之力[③];春华粲焕,非渐染之采;苣蕙芬馥,非容气所假[④]。知夫至真,贵乎天然也。义以罕观为异,辞以不常为美。而历观古今属文之家,鲜能挺逸丽于毫端,多斟酌于前言,何也?"

抱朴子曰:"清音贵于雅韵克谐[⑤],著作珍乎判微析理。故八音形器异而钟律同[⑥],黼黻文物殊而五色均[⑦]。徒闲涩有主宾,妍媸有步骤[⑧]。是则总章无常曲,大庖无定味。夫梓、豫山积,非班、匠不能成机巧[⑨];众书无限,非英才不能收膏腴[⑩]。何必寻木千里,乃构大厦?鬼神之言,乃著篇章乎?"

抱朴子曰:"夫才有清浊[⑪],思有修短。虽并属文,参差万品。或浩瀁而不渊潭[⑫],或得事情而辞钝,违物理而文工[⑬]。盖偏长之一致,非兼通之才也。暗于自料,强欲兼之,违才易务,故不免嗤也[⑭]。"

抱朴子曰:"五味舛而并甘[⑮],众色乖而皆丽[⑯]。近人之情,爱同憎异;贵乎合己,贱于殊途[⑰]。夫文章之体,尤难详赏。苟以入耳为佳,适心为快,鲜知忘味之九成[⑱],雅颂之风流也。所谓考盐梅之咸酸,不知大羹之不致[⑲];明飘摇之细巧,蔽于沈深之弘邃也。其英异宏逸者,则网罗乎玄黄之表;其拘束龌龊者,则羁绁于笼罩之内[㉑]。振翅有利钝,则翔集有高卑;骋迹有迟迅,则进趋有远近。弩锐不可胶柱调也[㉒]。文贵丰赡,何必称善如一口乎?不能拯风俗之流遁,世途之凌夷[㉓],通疑者之路,赈贫者之乏,何异春华不为肴粮之用,苣蕙不救冰寒之急?古诗刺过失[㉔],故有益而贵;今诗纯虚誉,故有损而贱也。"

抱朴子曰:"属笔之家[㉕],亦各有病:其深者,则患乎譬烦言冗,申诫广喻,欲弃而惜,不觉成烦也;其浅者,则患乎妍而无据,证援不给,皮肤鲜泽而骨鲠迥弱也[㉖]。繁华晔晔,则并七曜以高丽[㉗];沉微沦妙,则侪玄渊之无测[㉘]。人事靡细而不浃,王道无微而不备[㉙]。故能身贱而言贵,千载弥彰焉。"

杨明照《抱朴子外篇校笺》卷之四十　中华书局本

【注释】

①《抱朴子·辞义》——本篇为《抱朴子外篇》第四十篇,主要从创作和鉴赏两方面谈论审美差异性问题。一方面,葛洪继承并发展了曹丕的"文以气为主,气之清浊有体"的观点,从创作主体才性的不同论及创作的差异性问题。在《尚博篇》,他曾说:"清浊参差,所禀有主,朗昧不同科,强弱各殊气。"本篇再次重申:"夫才有清浊,思有修短。虽并属文,参差万品。"所谓"参差万品"即是指作品风格的多样性。在他看来,每个作家所禀受的才气不同,故其创作出来的作品风格也就各异,"或浩瀁而不渊潭,或得事情而辞钝,违物理而文工"。每个作家必须首先了解自己,根据自己的所长来撰文。在这里,葛洪实际上揭示出作家才思是决定作品风格特点的主要因素,这对后来刘勰的作家论和风格论都有直接的影响。

另一方面,作家才性不同,其作品异彩纷呈,带给接受者的美也必然是丰富多样的,飘摇与深沉、细巧与弘邃,不同风格和韵味的作品都有自己的美,也就都有自己存在的价值。所以,在接受和欣赏具体作品时,葛洪反对那种"爱同憎异,贵乎合已,贱于殊途"的不良习气,而主张持一种宽容的态度,"文贵丰赡,何必称善如一口乎?"后来刘勰也认为"篇章杂沓,质文交加,知多偏好,人莫圆该",并对那些以接受者个人的情感态度和趣味好尚作为标准来衡量和评价文学作品的片面做法提出严厉的批评(《文心雕龙·知音》),这明显是受了葛洪的影响。

还值得一提的是,葛洪在本篇提到"属笔之家"以与"属文"相对。虽然作者并未明确就文与笔作出文体上的区分,从他的论述中我们很难判明何谓文何谓笔,但其中透露出的信息却很值得我们注意。刘宋以后,文笔区分开始受重视,并在齐梁时候走向明确。此前,葛洪的观点是否也算得上是文、笔之辨的滥觞呢?

②乾坤方圆,非规矩之功——《易·说卦》:"乾,天也。……坤,地也。"《淮南子·天文》:"天道曰圆,地道曰方。"《太玄·玄图》:"天道成规,地道成矩。"《孟子·告子》上:"大匠诲人必以规矩。"赵歧注:"规所以为圆也,矩所以为方也。"

③三辰摛景,非莹磨之力——三辰,日、月、星。摛景,发光也。景,光也。莹磨,意同琢磨。

④茝蕙芬馥,非容气所假——茝、蕙,均为香草。"容"字误,当作"客",按《史记·天官书》:"日月晕适,风云,皆天之客气。"句谓芬芳之气乃茝蕙所固有,而非假借外物。

⑤清音贵于雅韵克谐——《尚书·舜典》:"八音克谐,无相夺伦,神人以和。"克谐,和谐也。

⑥八音形器异而钟律同——八音,指金、石、土、革、丝、木、匏、竹。钟律,指以黄钟为首的十二律。《周礼·春官·大师》:"掌六律六同,以合阴阳之声。阳声:黄钟、大蔟、姑洗、蕤宾、夷则、无射。阴声:大吕、应钟、南吕、函钟、小吕、夹钟。皆文之以五声:宫、商、角、徵、羽。皆播之以八音:金、石、土、革、丝、木、匏、竹。"又《汉书·律历志》:"五声之本,生于黄钟之律。……律十有二,阳六为律,阴六为吕。律以统气类物,一曰黄钟,二曰太族,三曰姑洗,四曰蕤宾,五曰夷则,六曰亡射。吕以旅阳宣气,一曰林钟,二曰南吕,三曰应钟,四曰大吕,五曰夹钟,六曰中吕。有三统之义焉。"

⑦黼黻文物殊而五色均——黼黻,指古代礼服上所绣的华美花纹。按,《考工记》:"画绘之事,杂五色。……青与赤谓之文,赤与白谓之章,白与黑谓之黼,黑与青谓之黻。"又《淮南子·说林训》:"黼黻之美,在于杼轴。"高诱注:"白与黑为黼,青与赤为黻,皆文衣也。"

⑧徒闲涩有主宾,妍媸有步骤——承上两句言,谓音乐之演奏有娴熟与生涩之不同,绘画的水平有漂亮与丑陋的差距。闲,通娴。主宾,主与宾。步骤,步与趋。二者皆指事物之间的差距。

⑨夫梓、豫山积,非班、匠不能成机巧——梓、豫,即梓树和豫章树,二者皆为有用之材。班、匠,公输班和匠石,并为我国古代的名匠。《文选》王褒《洞箫赋》:"于是班、匠施巧。"李善注:"《墨子》曰:'公输为云梯。'郑玄曰:'般伎巧者。'《庄子》曰:'匠石之齐,见栎社树,匠伯不顾。'司马彪曰:'匠石,字伯。'"

⑩众书无限,非英才不能收膏腴——《文心雕龙·事类》:"经典沉深,载籍浩瀚,实群言之奥区,而才思之神皋也。扬班以下,莫不取资,任力耕耨,纵意渔猎,操刀能割,必裂膏腴。"所论与葛洪此文意近,可以互参。

⑪夫才有清浊——曹丕《典论·论文》:"文以气为主,气之清浊有体,不可力强而致。"葛洪语出于此。

⑫或浩瀁而不渊潭——浩瀁,即浩漾,原指水深广无边际。渊潭,即渊博。浩瀁而不渊潭,即广而不博之意。

⑬或得事情而辞钝,违物理而文工——此即陆机《文赋》"恒患意不称物,文不逮意"一语中所谓的物、意、文三者的矛盾关系。陆谓"物",葛谓"事"、"物";陆谓"意",葛谓"情"、"理";陆谓"言",葛谓"辞"、"文",其意相通。

⑭"盖偏长之一致"五句——曹丕《典论·论文》:"此四科不同,故能之者偏也;唯通才能备其体。"又云:"常人贵远贱近,向声背实,又患暗于自见,谓己

为贤。"此即葛洪"非兼通之才""暗于自料"所本。

⑮五味舛而并甘——五味,指酸、苦、辛、咸、甘。《礼记·礼运》:"五味六和十二食。"郑注:"五味,酸、苦、辛、咸、甘也。"《说文·甘部》部首:"甘为五味之一,而五味之可口者皆曰甘。"

⑯众色乖而皆丽——《尚书·益稷》:"以五采彰施于五色。"孔《传》:"以五采明施于五色。"《正义》:"以五种之彩,明施于五色。"《国语·郑语》:"(史伯)对曰:'……物一无文。'"韦《注》:"五色杂,然后成文。"又《文心雕龙·情采》:"五色杂而成黼黻。"

⑰"近人之情"四句——《庄子·在宥》:"世俗之人,皆喜人之同乎己,而恶人之异于己也。同于己而欲之,异于己而不欲者,以出乎众为心也。"《文心雕龙·知音》:"夫篇章杂沓,质文交加,知多偏好,人莫圆该。……会己则嗟讽,异我则沮弃。"所论与此同。

⑱忘味之九成——《论语·述而》:"子在齐闻韶,三月不知肉味。曰:'不图为乐之至于斯也!'"《尚书·益稷》:"箫韶九成,凤皇来仪。"孔《传》:"……备乐九奏而致凤皇。"《正义》:"成,谓乐曲成也。郑云:'成,犹终也。'每曲一终,必变更奏,故经言九成,《传》言九奏,《周礼》谓之九变,其实一也。"

⑲大羹之不致——《左传》桓公二年:"大羹不致。"杜预注:"大羹,肉汁,不致五味。"《正义》:"大羹者,大古初食肉者,煮之而已,未有五味之齐。"不致,即不调五味之意。

⑳玄黄之表——《易·坤》:"夫玄黄者,天地之杂也。天玄而地黄。"《考工记·画绘》:"天谓之玄,地谓之黄。"玄黄之表,犹言天地之表。

㉑羁绁于笼罩之内——羁绁:原指马首为绳索所牵系,此引申为羁绊、受制之意。绁:《说文》:"系也。从系,世声。字亦作绁。"《左传·僖公二十四年》:"臣负羁绁,从君巡于天下。"笼罩之内,喻范围小。

㉒驽锐不可胶柱调也——按,"不可"下有脱文。《文选》刘峻《辩命论》:"非可以一途验。"李善注:"《抱朴子》曰:'驽锐不可以一途验,筝琴不可以胶柱调。'"李注引文即此处文,当据此补。筝琴不可胶柱调,筝、琴之弦,皆有一柱系之。改调时,鼓者就柱上下推移,以定声音之清浊高低。故曰"筝琴不可以胶柱调也"。《淮南子·氾论》:"事犹琴瑟,每弦改调。"高诱注:"琴瑟弦有数急,柱有前却,故调事亦如之也。"

㉓"不能"二句——流通、凌夷,皆衰微之意。

㉔古诗刺过失——《毛诗序》:"上以风化下,下以风刺上,主文而谲谏,言之者无罪,闻之者足以戒,故曰风。"又《论语·阳货》:"(诗)可以怨。"《集解》

引孔安国曰:"怨刺上政。"

㉕属笔之家——笔,此指无韵之文。按,六朝文论中的出现"文笔"之争,认为有韵之文谓之文,无韵之文谓之笔。

㉖皮肤鲜泽而骨鲠迥弱也——按,此以人体比喻文章,皮肤喻指语言形式,骨鲠喻思想内容。后来刘勰《文心雕龙·风骨》篇指出:"若瘠义肥辞,繁杂失统,则无骨之征也。"又说:"若能确乎正式,使文明以健,则风清骨峻,篇体光华。""蔚彼风力,严此骨鲠。"此或为对葛洪文学思想之进一步发展。

㉗七曜——指日、月、火星、水星、木星、金星、土星七星。"七曜"一说,源自道教,道教有五星七曜星君一说,也是道教的七位星神。五星指的是岁星(木星)、荧惑(火星)、太白(金星)、辰星(水星)、镇星(土星)。五星又称五曜,加上日、月,合称七曜。道教尊七曜为神,名为星君。

㉘玄渊——深渊。

㉙人事靡细而不浃,王道无微而不备——浃,周浃,犹周匝也。按,《春秋繁露·玉杯》:"《春秋》论十二世之事,人道浃而王道备。"又《说苑·至公》:"(夫子)退而修《春秋》,采毫毛之善,贬纤介之恶,人道浃,王道备。"又《论衡·正说》:"说《春秋》者曰:'二百四十二年,人道浃,王道备。'"

【附录】

抱朴子曰:"华章藻蔚,,非蒙瞍所玩;英逸之才,非浅短所识。夫瞻视不能接物,则充龙与素褐同价矣;聪鉴不足相涉,则俊民与庸夫一概矣。眼不见,则美不入神焉;莫之与,则伤之者至焉。且夫爱憎好恶,古今不均,时移俗易,物同价异。譬之夏后之璜,曩直连城,鬻之于今,贱于铜铁。故昔以隐居求志为高士,今以山林之儒为不肖。故圣世之良干,乃暗俗之罪人也;往者之介洁,乃末叶之赢劣也。"

《抱朴子外篇·擢才》　中华书局杨明照《抱朴子外篇校笺》本

抱朴子答曰:"……是以偏嗜酸减者,莫能识其味;用思有限者,不能得其神也。夫应龙徐举,顾眄凌云;汗血缓步,呼吸千里。而蝼蚁怪其无阶而高致,驽蹇患其过已之不渐也。若夫驰骤于诗论之中,周旋于传记之间,而以常情览巨异,以褊量测无涯,以至粗求至精,以甚浅揣甚深,虽始自髻龀,讫于振素,犹不得也。夫尝其快者必誉之以好,而不得晓者必毁之以恶,自然之理也。于是以其所不解者为虚诞,悾诚以为尔,未必违情以伤物也。"

《抱朴子外篇·尚博》　中华书局杨明照《抱朴子外篇校笺》本

抱朴子曰:"观听殊好,爱憎难同。飞鸟睹西施而惊逝,鱼鳖闻九韶而深沉。故兖藻之粲焕,不能悦裸乡之目;采菱之清音,不能快楚隶之耳。古公之仁,不能喻欲地之狄;端木之辩,不能释系马之庸。"

《抱朴子外篇·广譬》 中华书局杨明照《抱朴子外篇校笺》本

抱朴子曰:"妍媸有定矣,而憎爱异情,故两目不相为视焉。雅郑有素矣,而好恶不同,故两耳不相为听焉。真伪有质矣,而趋舍舛忤,故两心不相为谋焉。以丑为美者有矣,以浊为清者有矣,以失为得者有矣,此三者乖殊,炳然可知。如此其易也,而彼此终不可得而一焉。"

《抱朴子内篇·塞难》 中华书局杨明照《抱朴子内篇校释》本

范 晔

范晔(398—445),字蔚宗,顺阳(今河南淅川)人,系东晋车骑将军范泰之子。少好学,博涉经史,能隶书,晓音律。曾任彭城王义康冠军参军,入补尚书外兵郎,后迁尚书吏部郎。元嘉九年(432)任宣城太守时,著《后汉书》。官至左卫将军、太子詹事。元嘉二十二年(445),因与孔熙先等密谋杀宋文帝,拥立彭城王义康,事泄被诛。原有集十五卷,已佚。今存《后汉书》八十卷。《宋书》卷六十九有传。

狱中与诸甥侄书[①]

吾狂衅覆灭[②],岂复可言?汝等皆当以罪人弃之。然平生行己任怀[③],犹应可寻。至于能不意中所解,汝等或不悉知[④]。

吾少懒学问,晚成人,年三十许,政始有向(《太平御览》卷五百八十五作"尚")耳。自尔以来,转为心化[⑤],虽(本作"推",严可均《全宋文》作"虽",据改)老将至者,亦当未已也。往往有微解,言乃不能自尽[⑥]。为性不寻注书[⑦],心气恶,小苦思,便愦闷;口机又不调利,以此无谈功。至于所通解处,皆自得之于胸怀耳。文章转进,但才少思难,所以每于操笔,其所成篇,殆无全称者。常耻作文士。

文患其事尽于形,情急于藻,义牵其旨,韵移其意[⑧]。虽时有能者,大较多不免此累。政可类工巧图绘,竟无得也。常谓情志所托,故当以意为主,以文传意。以意为主,则其旨必见;以文传意,则其词不流。然后抽其芬芳,振其金石耳。此中情性旨趣,千条百品,屈曲有成理[⑨]。自谓颇识其数,尝为人言,多不能赏,意或异故也。性别宫商，识清浊，斯自然也⑩。观古今文人，多不全了此处；纵有会此者，不必从根本中来。言之皆有实证，非为空谈。年少中，谢庄最有其分⑪。手笔差易，文不拘韵故也⑫。吾思乃无定方，特能济难，适轻重，所禀之分犹当未尽⑬。但多公家之言，少于事外远致，以此为恨⑭。亦由无意于文名故也⑮。

本未关史书，政恒觉其不可解耳。既造《后汉》，转得统绪⑯。详观古今著述及评论，殆少可意者。班氏最有高名，既任情无例，不可甲乙辨，后赞于理近无所得，唯志可推耳⑰。博赡可不及之，整理未必愧也⑱。吾杂传论，皆有精意深旨。既有裁味，故约其词句⑲。至于《循吏》以下，及《六夷》诸序论，笔势纵放，实天下之奇作，其中合者，往往不减《过秦》篇。尝共比方班氏所作，非但不愧之而已⑳。欲遍作诸志，《前汉》所有者悉令备，虽事不必多，且使见文得尽。又欲因事就卷内发论，以正一代得失，意复未果㉑。赞自是吾文之杰思，殆无一字空设，奇变不穷，同合异体，乃自不知所以称之㉒。此书行，故应有赏音者。纪传例为举其大略耳。诸细意甚多。自古体大而思精㉓，未有此也。恐世人不能尽之，多贵古贱今，所以称情狂言耳㉔。

吾于音乐，听功不及自挥㉕。但所精非雅声㉖，为可恨。然至于一绝处，亦复何异邪㉗？其中体趣㉘，言之不尽，弦外之意，虚响之音㉙，不知所从而来。虽少许处，而旨态无极㉚。亦尝以授人，士庶中未有一毫似者㉛，此永不传矣！

吾书虽小小有意，笔势不快，余竟不成就，每愧此名。

《宋书》卷六十九《范晔传》 中华书局点校本

【注释】

①《狱中与诸甥侄书》——这是范晔事发之后，在狱中写给几个外甥的信，作于宋文帝元嘉二十二(445)年。信中主要讲述自己写作中的心得体会，是一篇著名的文学批评文章。

"文以意为主"是范晔此书的一个重要理论观点。而这一观点，是针对当时作家形式主义的"以辞为主"的不良倾向提出来的："文患其事尽于形，情急于藻，义牵其旨，韵移其意。"形式主义者构思文章，将外在的形式作为中心，使要表达的情旨去迁就词藻和声韵，故往往为了言辞的华美而不惜改易所表现的内容。范晔针锋相对地提出,作文"当以意为主,以文传意。以意为主,则其旨必见;以文传意,则其词不流。"所谓"意",是作者为文之前的立意,包括作者所欲表现的客观事物和主观情思,这些东西是作品的本体,而词藻与声韵都不过是表现本体的手段。作家的构思要牢牢把握住这个"意",时时从"意"出发去选择、安排辞、韵,使形式的选择为"意"服务,这也就是陆机《文赋》所说的"辞程才以效伎,意司契以为匠"。只有"以意为主"写出的作品,中心意旨才会突出,此谓之"其旨必见";只有这样的作品,其文藻才会扣准主旨而不会跑题,此所谓"其辞不流"。范晔此论,从文学构思的视角,生动而中肯地阐明了文学作品的内容与形式的关系。它看似平常,实则为范晔在长期的写作实践中所获的心得。后来刘勰在《文心雕龙》中提倡"为情造文"而反对"为文造情",就是对范晔此论的发挥。"文以意为主"的观点在后世有很大的影响。除了刘勰之外,唐人杜牧《答庄充书》讲:"凡为文以意为主,以气为辅,以辞采章句为兵卫。"(《诗人玉屑》误作魏文帝语)金人王若虚《滹南诗话》讲:"文章以意为主,字语为之役。"一直到王夫之,他在《姜斋诗话》中也讲:"无论诗歌与长行文字,俱以意为主。意犹帅也,无帅之兵谓之乌合。"可见此论得到后人的广泛认同。

此外,范晔在此书中所提到的文章的声韵问题也值得注意。《书》中提到了自己的音乐才华和对乐曲的精鉴,"性别宫商,识清浊,斯自然也"。《宋书》本传也称他"善弹琵琶,能为新声。"正因为对音乐的精通,也就促使他对诗文的音节声调之美十分关注。他充分认识到声调韵律在表现内容中的重要功能,认为自己的写作之所以获得成功,与通晓音韵这一件秘宝有关。也指出有音乐天分的谢庄的韵文之所以比无韵文做得好,正取决于对韵律的安排。范晔说:对这一秘密,至今尚无人察觉,"观古今文人,多不全了此处;纵有会此者,不必从根本中来",说明范晔对文章的韵律体悟确为独得之秘,而且觉察得很早。钟嵘《诗品序》载齐人王融云:"宫商与二仪俱生,自古词人不知之。惟颜宪子乃云律吕音调,而其实大谬。唯见范晔、谢庄,颇识之耳"。这话颇能证实范晔关于发现韵律的自许为不误。当然,在他之前的陆机,已注意到文学语言的音响之美,故《文赋》中云:"文徽徽以溢目,音泠泠而盈耳","暨音声之迭代,若五色之相宜"。但陆机只是泛泛地涉及,而范晔则自觉而具体地将"宫商"、"清浊"等音乐概念应用到文学语言上去,表现了他对语言中所包含的音乐性的切实体会。后来沈约等人创制永明体诗和永明声律论,无疑是受了范晔的启发。

另外值得我们注意的是,范晔在此《书》中较之葛洪更明确地提到"文笔"之分,且以无韵有韵作为判别之标准:"手笔差异,文不拘韵故也。"其所谓"手笔"即指"公家之言",也就是奏章书表一类的公文,这类应用文章不拘泥于声韵。范晔自言于此类文章所作更多。与此相对的是"文"。在他看来,"文"应该既拘韵又有"事外远致",故此"文"是指诗赋之文,与史家之文有别。正如萧绎《与湘东王书》所说:"裴氏乃良史之才,了无篇什之美",即意味史家之"文"不同于篇什之"文"。范晔自觉自己有史才而无文才,故先言"常耻作文士",又谓"无意于文名"。这虽是自谦之语,但表现了他对"文"与"笔"的清楚区分。

②狂衅覆灭——指坐叛逆谋反,被族诛一事。

③行己任怀——行己,指自己的操行。任怀,指抱负、怀抱。

④至于能不意中所解,汝等或不悉知——谓至于我的长处短处以及我的写作心得,你们恐怕还不完全知道。能不,即能否指所擅所短。

⑤心化——一心化于学问。

⑥往往有微解,言乃不能自尽——陶渊明诗所谓:"此中有真意,欲辨已忘言。"微解,精微的体会。自尽,说出自己的体会。

⑦注书——指五经古注和《老子》王弼注、《庄子》郭象注等。

⑧"文患其事尽于形"四句——按,此四者皆文之病累。事尽于形,即形容事物仅在于穷形尽相。情急于藻,谓本旨在抒情,重心却在大量铺陈词藻,本末倒置。义牵其旨,谓作者滥用典故,典故之"义"牵率作者之"旨",即为迁就典故而不惜牺牲原来要表达的意旨。韵移其意,指为了协韵,从而使文章所要表达的旨意发生偏移。

⑨"常谓情志所托"七句——这是正面阐述文章去病无累的要领。即作文当以"意"为主,以文传"意",这里,"意"是指作者想要表达的心中之意念、情感等,"文"指用以传达心中意念、情感的言辞。作者心中的"意"的主导地位确定之后,一方面,文章的主旨才能得到突出的表现;另一方面,文词才会有所指向,而不至于变成漂浮的能指符号。

⑩"性别宫商"三句——宫商、清浊,指文字的声韵规律。性,天性;别、识:指辨别、识别。此处范自称天性能辨别声韵。

⑪年少中谢庄最有其分——谢庄(421—466),陈郡阳夏(今河南太康)人,宋武帝时官至吏部尚书,明帝时转中书令,金紫光禄大夫。善诗赋,有《月赋》等作品。范晔死时谢庄年二十四。此句意谓年少中谢庄最有区分宫商清浊的天分。按钟嵘《诗品序》:"齐有王元长者,尝谓余云:'宫商与二仪俱生,自古词人不知之。唯颜宪子乃云'律吕音调',而其实大谬。唯见范晔、谢庄,颇识之耳。尝欲进《知音论》,未就而卒。'王元长创其首,谢、沈约扬其波。"又《南史》本传云:"王玄谟问谢庄,何者为双声,何者为叠韵。答曰:'玄护为双声,碻磝为叠韵。'其捷速如此。"

⑫手笔差易,文不拘韵故也——手笔,指不押韵的文章如公文之类,即所谓的"公家之言"。二句意谓:公文一类的"笔"的写作较"文"为容易,因为其行文不必像"文"那样拘于韵律。

⑬"吾思乃无定方"三句——意谓:我为文构思没有固定的方法,唯能在构思时补救难措之字句,安排声音之轻重。这方面的天分尚没有充分发挥。

⑭"但多"三句——意谓:我虽有组织音声之天分,然平生之务因多为无韵之公文的写作,很少于主务之外去追求文人之情致,故未能发挥自己的音乐天分,以此为恨。

⑮无意于文名——合观上文"常耻作文士",可知此"文"即刘勰所谓"有韵之文",接近我们今天所谓的纯文学。

⑯"本未关史书"四句——意谓本来我与史书无涉,因为我常常感觉史书体例的不可理解,待到写作完《后汉书》,转获得写史书的要领。关,关涉。政,通"正"。统绪,纲领、要领。

⑰"班氏最有高名"五句——按,这是范氏对班固《汉书》的评价,在他看来,班固《汉书》的写作,凭任才情,而不讲体例。其中的"赞"语在分析事理方面毫无可取之处,只有"志"部值得称道。任情无例,指任凭才情写作,不讲求体例。甲乙辨,一一辩驳。赞,《汉书》列传后面的赞语。志,《汉书》中的《律历》《礼乐》《刑法》《食货》《郊祀》《天文》《五行》《地理》《沟洫》《艺文》等十志。

⑱博赡可不及之,整理未必愧也——谓自己的《后汉书》在广博丰富方面可能赶不上《汉书》,但它的组织安排却并不比《汉书》逊色。

⑲"吾杂传论"四句——此为范氏对《后汉书》中"传论"的自评。传论,指《后汉书》中的《党锢》、《儒林》等传的评论。裁味,对所论之事具有自己的判断和体会。

⑳"至于《循吏》以下"八句——此为范氏对《后汉书》中"序论"的自誉。按,《后汉书》《循吏》至《乌桓鲜卑列传》,每一传前皆有序论。《六夷》,指《后汉书》中的《东夷》、《南蛮西南夷》、《西羌》、《西域》、《南匈奴》、《乌桓鲜卑》六传。《过秦》,贾谊的《过秦论》,贾子《新书》中的一篇。

㉑"欲遍作诸志"七句——按,此为范氏对《后汉书》无"志"原因的解释。见文得尽,谓看过文章后完全知晓。意复未果,这种意图没有实现。现存《后汉书》的"志"为梁刘昭所补。

㉒"赞自是吾文之杰思"五句——数句为范氏对《后汉书》中"赞"文的自评、自誉,字里行间洋溢着作者的自得之情。句谓"赞"文是我杰出的构思结果,其中没有一字是多余的,笔法变化无穷,所含内容同而表现不同,连我自己都不

知如何称道才好。体,这里指表现形式。

㉓体大而思精——谓《后汉书》的写作规模大且作者的思考也很深刻。

㉔称情狂言——谓尽情地无顾忌地言说,即指上文作者对所撰写的《后汉书》的自评、自誉的话。称情,尽情。

㉕听功不及自挥——谓自己的鉴赏水平不及演奏水平。听功,听他人音乐的能力。自挥,亲自演奏。

㉖雅声——指用于庙堂的典雅曲调。

㉗然至于一绝处,亦复何异邪——谓弹奏到绝妙处时,和雅声也就并无二致了。

㉘体趣——指音乐中的风格情趣。

㉙虚响之音——指响外之音。

㉚虽少许处,而旨态无极——谓这种弦外之意,声外之音虽则只有少许,但它的旨态却是难以穷尽的。

㉛士庶中未有一毫似者——谓士人和平民中没有一个能够学得像我的。

【附录】

论曰:司马迁、班固父子,其言史官载籍之作,大义粲然著矣。议者咸称二子有良史之才。迁直而事核,固文赡而事详。若固之序事,不激诡,不抑抗,赡而不秽,详而有体,使读之者亹亹而不厌,信哉其能成名也。彪、固讥迁,以为是非颇谬于圣人。然其论议常排死节,否正直,而不叙杀身成仁之为美,则轻仁义,贱守节愈矣。固伤迁博物洽闻,不能以智免极刑;然亦身陷大戮,智及之而不能守之。呜呼,古人所以致论于目睫也!

范晔《班固传论》 《后汉书》卷四十下 中华书局点校本

《易》称"遁之时义大矣哉"。又曰:"不事王侯,高尚其事。"是以尧称则天,而不屈颍阳之高;武尽美矣,终全孤竹之絜。自兹以降,风流弥繁,长往之轨未殊,而感致之数匪一。或隐居以求其志,或回避以全其道,或静己以镇其躁,或去危以图其安,或垢俗以动其槩,或疵物以激其清。然观其甘心畎亩之中,憔悴江海之上,岂必亲鱼鸟乐林草哉,亦云介性所至而已。故蒙耻之宾,屡黜不去其国;蹈海之节,千乘莫移其情。适使矫易去就,则不能相为矣。彼虽硁硁有类沽名者,然而蝉蜕嚣埃之中,自致寰区之外,异夫饰智巧以逐浮利者乎!荀卿有言曰"志意修则骄富贵,道义重则轻王公"也。

范晔《逸民传论》 六臣注《文选》卷五十 《四部丛刊》影宋本

凡为文以意为主，以气为辅，以辞彩章句为之兵卫，未有主强盛而辅不飘逸者，兵卫不华赫而庄整者。四者高下，圆折步骤，随主所指，如鸟随凤，鱼随龙，师众随汤、武，腾天潜泉，横裂天下，无不如意。苟意不先立，止以文采辞句，绕前捧后，是言愈多而理愈乱，如入阛阓，纷然莫知其谁，暮散而已。是以意全胜者，辞愈朴而文愈高；意不胜者，辞愈华而文愈鄙。是意能遣辞，词不能成意，大抵为文之旨如此。

杜牧《答庄充书》《全唐文》卷七五一　中华书局影印本

沈 约

沈约(441—513),字休文,吴兴武康(今浙江德清)人。南朝著名史学家、文学家。沈约出身于门阀士族家庭,历史上有所谓"江东之豪,莫强周、沈"的说法,足见其家族社会地位的显赫。历仕宋、齐、梁三朝。宋时历官记室参军、法曹参军、尚书度支郎。齐时侍奉文惠太子,校四部图书,撰定明帝遗诏,任黄门侍郎、御史中丞、国子祭酒等职。在竟陵王萧子良西邸与诸文士交游,与萧衍、王融、谢朓、任昉、范云、萧琛、陆倕同游竟陵王萧子良门下,号称"竟陵八友"。因助梁武帝萧衍建帝业有功,入梁后,任尚书左仆射,封建昌县侯,迁尚书令兼太子少傅。因触怒梁武帝萧衍,天监十二年(513)忧惧而卒,年七十三,谥曰隐,世称沈隐侯。沈约为齐梁文坛领袖,学识渊博,精通音律,诗文兼长。其时谢朓善诗,任昉擅文,沈约兼而有之,萧绎尝论:"诗多而能者沈约,少而能者谢朓、何逊"(《梁书·何逊传》);钟嵘谓其"长于清怨","五言最优"(《诗品中》)。沈约曾与谢朓、王融等人创"四声""八病"说,开创"永明体",推动了诗歌的格律化,影响深远。沈约一生著述丰富,今存《宋书》一百卷,明人张溥辑有《沈隐侯集》。《梁书》卷十三、《南史》卷五十七有传。

宋书·谢灵运传论[①]

史臣[②]曰:民禀天地之灵,含五常之德[③],刚柔迭用,喜愠分情[④]。夫志动于中[⑤],则歌咏外发,六义所因,四始攸系[⑥],升降讴谣,纷披风什[⑦]。虽虞、夏以前(前字原本无,据乾隆殿本《宋书》增),遗文不睹,禀气怀灵,理无或异(《文选》作理或无异)。然则歌咏所兴,宜自生民始也[⑧]。

周室既衰,风流弥著⑨。屈平、宋玉导清源于前⑩,贾谊、相如振芳尘于后⑪,英辞润金石,高义薄云天⑫。自兹以降,情志愈广⑬。王褒、刘向、扬、班、崔、蔡⑭之徒,异轨同奔,递相师祖⑮。虽清辞丽曲,时发乎篇,而芜音累气⑯,固亦多矣。若夫平子艳发⑰,文以情变⑱,绝唱高踪,久无嗣响⑲。至于建安,曹氏基命⑳,三祖(原本作二祖,依《文选》改)、陈王㉑,咸蓄盛藻,甫乃以情纬文,以文被质㉒。自汉至魏,四百余年,辞人才子,文体三变。相如巧为形似之言㉓,班固(《文选》作二班)长于情理之说㉔,子建、仲宣以气质为体㉕,并标能擅美,独映当时,是以一世之士,各相慕习。源其飙流㉖所始,莫不同祖风骚㉗。徒以赏好异情,故意制相诡㉘。降及元康,潘、陆特秀㉙,律异班、贾,体变曹、王,缛旨星稠,繁文绮合㉚,缀平台之逸响㉛,采南皮之高韵㉜。遗风余烈,事极江右㉝。有晋中兴,玄风独振(《文选》作扇)㉞,为学穷于柱下㉟,博物止乎七篇㊱,驰骋文辞,义殚(原本作单,从《文选》改)乎此㊲。自建武暨乎义熙㊳,历载将百,虽缀(《文选》作比)响联辞,波属云委㊴,莫不寄言上德㊵,托意玄珠㊶,遒丽之辞,无闻焉尔㊷。仲文始革孙、许之风㊸,叔源大变太元之气㊹。爰逮宋氏,颜、谢腾声㊺。灵运之兴会标举,延年之体裁明密㊻,并方轨前秀,垂范后昆㊼。

若夫敷衽论心㊽,商榷前藻㊾,工拙之数,如有可言㊿。夫五色相宣,八音协畅,由乎玄黄律吕㉑,各适物宜。欲使宫羽相变,低昂互节(《文选》作舛节)㉒,若前有浮声,则后须切响㉓。一简之内,音韵尽殊,两句之中,轻重悉异㉔。妙达此旨,始可言文。至于先士茂制㉕,讽高历赏,子建函京之作㉗,仲宣霸岸之篇㉘,子荆零雨之章㉙,正长朔风之句㉚,并直举胸情,非傍诗史㉛,正以音律调韵,取高前式㉜。自骚人以来,此秘未睹(二句《文选》作:"自灵运以来,多历年代,虽文体稍精,而此秘未睹")。至于高言妙句,音韵天成,皆暗与理合,匪由思至㉝。张、蔡、曹、王㉞,曾无先觉;潘、陆、谢、颜㉟,去之弥远。世之知音者,有以得之,知(《文选》无此字)此言之非谬;如曰不然,请待来哲㊱。

《宋书》卷六十七《谢灵运传》　中华书局点校本

【注释】

①《宋书·谢灵运传论》——本文是沈约在《宋书》谢灵运传之后所作的论赞,充分表达了沈约的文学理论见解,是我们研究沈约文学思想的重要文献资料。据《宋书·自序》,本文当作于齐永明六年(488)。

本篇所论,主要包括两方面的内容。一是概括论述了从远古到刘宋时期文学发展的历史,体现出沈约的文学史观,二是阐述了关于声律的理论。

在相当意义上说,《宋书·谢灵运传论》不啻为我国最早的一篇从先秦至刘宋的文学发展小史,而沈约也可称得上中国最早的文学史家。他在这篇传论中,对先秦至刘宋这一时期的文学发展轨迹作了精要的概述。他追其源,溯其流,对不同时代、不同风格的作家都给予充分的重视,并指出各自在文学史上的地位和贡献。其对文学史的追溯,紧扣一个"变"字,指出"自汉至魏""文体三变";赞扬"平子艳发,文以情变";服膺"潘陆特秀""体变曹王"。这都说明沈约具有发展的历史观,而且敏锐地察觉到文学的内容和风格皆随时代而迁移。他在评论作品时强调"文以情变""以情纬文",反映他首先重视作品的思想内容;同时,沈约又很重视作品的语言形式美,倾情赞颂"英辞"、"清辞"、"盛藻"、"遒丽之辞"。正是出于这样一种"情辞并重"的审美观念,他批判了东晋那些淡乎寡味的"寄言上德"之作。这些都是很有意义的。

本文另一个重要的理论贡献在于"声律说"的倡导。

中国诗文学的母体是原始的"乐",在很古的时候,诗是作为口唱的歌词包孕在歌舞里的。那时,因为有乐谱的限制,故唱出的歌辞必有声韵。但周末以后,随着书面文字的广泛应用和社会意识形态的分化,真正文学意义上的诗逐渐摆脱了歌舞混一的原始形式,而取得了自己独立的地位。而这无形之中就给诗的韵律提出了一个更高的要求,那就是:以前通过乐谱的限制才能表现出来的韵律,现在要让文字一端来承担,这就迫使诗人们去寻找语言文字本身的固有音乐素质,并通过调节组织,来造成以前通过配乐才能有的音乐效果。这种要求在理论上的反映,就是沈约声律论的出现。

沈约声律论的建立,与人们对汉语声调的音乐素质的发现有密切关系。当时,由于转读梵文佛经的启发,人们发现汉字有"平上去入"四声之不同,沈约等人将这一音韵学上的成果应用于诗学,作诗时自觉地搭配不同声调的字来调整诗句,以造成诗句的音乐美,世呼为"永明体"。据《梁书》本传载,沈约曾撰《四声谱》,"以为在昔词人,累千载而不悟,而独得胸衿,穷其妙旨,自谓入神之作。"(按,此种自许的口气显然是从范晔的《狱中与诸甥侄书》中学来的,这无形中也暴露了他对声律的发现是受了范晔的启发)。又,《南齐书》卷五十二《陆厥传》云:"永明末,盛为文章。吴兴沈约,陈郡谢朓,琅琊王融以气类相推毂,汝南周颙善识声韵。约等文皆用宫商,以平上去入为四声,以此制韵,不可增减,世呼为永明体。"尽管沈约重要的声律论著作《四声论》已经亡佚,使我们不能直接得知永明体的布字细则,但在这篇《谢灵运传论》中,却可窥出其重要的精神要领,那便是:"欲使宫羽相变,低昂互节。若前有浮声,则后须切响。一简之内,音韵尽殊;两句之中,轻重悉异。"质言之,即通过对字声抑调和扬调的对比交替,以造成诗句抑扬顿挫的音乐美。这种布律方式,也就是律诗的滥觞。初唐时期,人们在永明体的基础上所创造出的律诗,标志着我国古典诗歌在声律形式上的成熟和固定,这种声律形式在以后的整个古典诗坛上一直长盛不衰。而我们在击节叹赏律诗的优美韵律时,是不应该忘记沈约等人的筚路蓝缕之功的。当然,从一些间接材料来看,沈约的声律说也有细碎烦琐、讳忌过多的毛病,从而限制了诗人对情志的自然抒发,故后代如钟嵘、皎然等人对沈约的批评,亦属良有所由。

②史臣——沈约自称。古时的官修正史,皆因袭《史记》的体例,在叙述史实之后加上作史者的评论、总结。

③"民禀天地之灵"二句——《汉书·刑法志》:"夫人肖天地之貌,怀五常之性,聪明精粹,有生之最灵者也。"班固《白虎通义·情性》:"五常者何?谓仁、义、礼、智、信也。"

④"刚柔迭用"二句——意为人之性格有的刚有的柔,人之情感有时喜有时怒。

⑤志动于中——《毛诗·关雎序》:"诗者,志之所之也。情动于中而形于言。""志动于中"即"情动于中"。

⑥"六义所因"二句——六义、四始已见本书第一卷中的《毛诗·关雎序》。参见该文注⑮、注㉘。二句意谓六义因诗而生,四始系诗而存。

⑦"升降讴谣"二句——升降,指礼仪,《礼记·乐记·乐论》:"升降上下,周还裼袭,礼之文也。"此指诗用于燕礼。讴谣,指诗用于空口唱诵。纷披,文采繁盛貌。风什,《诗经》中雅、颂以十篇为一"什",风什犹言风雅。

⑧"虽虞、夏以前,遗文不睹"六句——虞,传说中舜之国号。按《尚书·舜典》中有"诗言志"的话,古人曾以此证明舜时有诗,如郑玄《诗谱序》云:"诗之兴也,谅不于上皇之世,……《虞书》云:'诗言志,歌永言,声依永,律和声',然则诗之道放于此乎。"而沈约认为:舜以前之所以没有诗的记载,是因为年久遗佚,不可复睹。实则人禀天地之灵气,感物生情,发为吟咏,古今虽时异而理无

不同,所以诗歌当是随着人类的产生而产生的。

⑨周室既衰,风流弥著——李善注:"幽厉之时,多有讽刺,在下祖习,如风之散,如水之流,故曰弥著。"弥,更。著,明,这里有盛行的意思。句谓东周以后,诗歌更盛行于世。

⑩屈平、宋玉导清源于前——清源,澄清之水源。张衡《思玄赋》:"旦沐于清源兮。"导,引也。这里所谓"导清源",是说屈、宋的辞赋发扬了《诗经》的良好传统。班固《两都赋序》:"赋者,古诗之流也。"又,《汉书·艺文志·诗赋略》:"春秋之后,周道寝坏,聘问歌咏,不行于列国,学诗之士,逸在布衣,而贤人失志之赋作矣。大儒孙卿及楚臣屈原,离谗忧国,皆作赋以风喻,咸有侧隐,古诗之义也。"

⑪贾谊、相如振芳尘于后——芳尘,香尘。陆机《大暑赋》:"播芳尘之馥馥"。振,扬也。这里所谓振芳尘,即步其后尘之意,谓贾谊、司马相如继承屈、宋,写出了好作品。贾谊(前201—前169),西汉政论家、辞赋家。洛阳人。汉文帝时官至大中大夫,出为长沙王太傅。《汉书·艺文志》著录有贾谊辞赋七篇,今存者,以《鹏鸟赋》、《吊屈原赋》最为著名。司马相如(前179—前117),字长卿。西汉辞赋家,蜀成都人,汉景帝时为武骑常侍,文帝时为孝文园令。《汉书·艺文志》录其赋二十九篇,今存者以《子虚赋》、《上林赋》最著名。

⑫"英辞润金石"二句——英辞,美辞也。仲长统《昌言》:"英辞雨下。"金石已见《文赋》注。高义,高超的义旨。二句意谓其优美的文辞能使金石生色,其超凡的义旨可上薄云天。

⑬情志愈广——谓以辞赋所表达的情志愈加广泛。

⑭王褒、刘向、扬、班、崔、蔡——王褒(前?——前61),西汉辞赋家。字子渊,蜀资中人,汉宣帝时曾任谏议大夫。《汉书·艺文志》著录其赋十六篇,今存者有《圣主得贤臣赋》(见《汉书》本传)、《洞箫赋》(见《文选》)、《九怀》(见《楚辞》)等。刘向(前77—前6),字子政,西汉文学家。汉元帝时曾为散骑宗正给事。一生著述颇多,《汉书·艺文志》中著录其辞赋三十三篇,今存者有《九叹》(见《楚辞》)、《高祖颂》(见《汉书》)、《清雨华山赋》(见《古文苑》)等。扬指扬雄(前53—公元18),字子云,蜀郡成都人,西汉文学家。汉成帝时因献赋除为郎中,给事黄门。王莽时召为大夫,一生著述丰富,所作辞赋,《汉书·艺文志》著录十二篇,今存者有《甘泉赋》、《羽猎赋》、《长杨赋》(见《汉书》及《文选》)、《蜀都赋》、《太玄赋》(见《古文苑》)等。班指班固,见《典论·论文》注。崔指崔骃(?—92),字亭伯,涿郡安平人,汉章帝时窦宪曾辟为掾,所作辞赋有《七依》等。蔡指蔡邕(133—192),字伯喈,陈留圉人。汉灵帝时为议郎,董卓擅政

时曾官左中郎将,有《蔡中郎集》十卷传世,所作辞赋有《述行赋》等。

⑮递相师祖——两汉辞赋多转相效仿,如司马相如的《子虚赋》、《上林赋》是模拟宋玉的《高唐赋》、《神女赋》,而扬雄的辞赋,又模仿司马相如,"每作赋,常拟以为式"。其《甘泉》、《羽猎》拟《子虚》、《上林》。班固《答宾戏》仿东方朔《答客难》和扬雄《解嘲》,其《两都赋》也仿司马相如和扬雄。其后张衡《二京赋》又仿班固《两都赋》,《七辨》模仿枚乘《七发》与傅毅的《七激》,如此等等。故这里谓之"递相师祖"。

⑯芜音累气——芜,原指田不治而滋生杂草。这里的"芜音",指前人为文因不解调声而产生的韵律上的杂乱。累,害也。文辞之声韵不调,即于全篇贯通之气势有损,故曰累气。按《文心雕龙·声律》云:"字句气力,穷于和韵",谓只有和韵,才能使文辞有"气"。又云:"其为疾病,亦文家之吃也","吃"即文气不通畅,如人之口吃,而这是不和韵造成的。《文镜秘府论·南·论体》云:"辞引声滞",注云:"辞虽引长,而声不通利,故云滞也。""滞"即"吃",而滞是由于"声不通利"。这些论述,皆可作为"芜音累气"的注脚。

⑰平子艳发——平子,张衡字,参见《典论·论文》注。艳发,光彩四射之意。《文选》张协《七命》:"浮彩艳发",五臣李周翰注:"艳发,谓光起也。"

⑱文以情变——文体随所抒发感情的变化而变化。按张衡的《归田赋》,突破了汉以来长赋的传统,是东汉的第一篇抒情小赋;而他的《四愁诗》,又奠定了文人抒情七言诗之大形。诗、赋体格之变,张衡为功实多,故沈约谓之"文以情变"。

⑲"绝唱高踪"二句——绝唱,指《四愁诗》。高踪,高尚之典范。《汉书·扬雄传》:"蹑三皇之高踪。"嗣响,后继之作。二句谓像《四愁诗》那样的绝唱,已很久没有后继者了。

⑳"至于建安"二句——建安,汉献帝年号,为公元196年—219年。曹氏,指曹操。基命,谓王者始承"天命"。按曹操于建安中为丞相,并加九锡、封魏王,实际上已掌握了政权,故曰"基命"。

㉑三祖、陈王——三祖,指魏武帝曹操、魏文帝曹丕,魏明帝曹睿。《文选》李善注引《三国志·魏志》:"明帝青龙四年,有司奏:武皇帝为魏太祖,文皇帝为魏高祖,明皇帝为魏列祖。"《文心雕龙·乐府》:"至于魏之三祖,气爽才丽。"陈王,指陈思王曹植。按曹操、曹丕、曹睿、曹植,皆以乐府见长。

㉒"甫乃以情纬文"二句——甫,始也。以情纬文,谓根据情意来组织文辞。以文被质,谓以文采来装饰内容。

㉓相如巧为形似之言——司马相如的赋,多体物之辞。如《子虚》、《上林》

铺写上林苑的奇景与天子校猎的盛况,《大人赋》描摹神仙之云游,都极尽物态之形色,故曰"巧为形似之言"。

㉔班固长于情理之说——班固的《幽通赋》,为述情写志之作;其《咏史诗》,也重在即史实而说义理,故云"长为情理之说"。

㉕子建、仲宣以气质为体——子建,曹植字。仲宣,王粲字。气质,指作家的才性。所谓"以气质为体",是说曹、王为文以表现自己的才性为主。

㉖飙流——即风流。

㉗同祖风骚——李善注引《续晋阳秋》云:"自司马相如、王褒、扬雄诸贤,代尚诗赋,皆体则风骚。"

㉘"徒以赏好异情"二句——诡,异也。二句意谓只是因为每个作家的爱好不同,所以才造成他们作品在具体意旨和体制上的区别。

㉙"降及元康"二句——元康,晋惠帝年号,为公元291年—299年,潘指潘岳,陆指陆机。潘岳(247—300),西晋文学家,字安仁,荥阳中牟人,曾官河阳令,给事黄门侍郎等职,擅诗赋,为文绮丽。《隋书·经籍志》著录有《潘岳集》十卷。按太康间潘岳与陆机齐名,世称"潘陆"。钟嵘《诗品》卷上:"陆才如海,潘才如江。"

㉚缛旨星稠,繁文绮合——缛,繁也。绮,有花纹之丝织品。二句意为文旨之繁有如星斗之密布,文藻之丽有如绮彩之会合。《文心雕龙·明诗》:"晋世群才,稍入轻绮,张陆左潘,比肩诗衢,采缛于正始,力柔于建安。"

㉛缀平台之逸响——平台,汉梁孝王刘武所筑离宫之所在地,位于大梁(今开封)东北。《史记·梁孝王世家》:"(梁孝王)大治宫室,为复道,自宫连属于平台三十里……招延四方豪杰,自山东游说之士,莫不毕至:齐人羊胜、公孙诡、邹阳之属。"又据《史记·司马相如传》:"会景帝不好辞赋,是时梁孝王来朝,从游说之士齐人邹阳、淮阴枚乘、吴庄忌夫子之徒。相如见而说之,因病免,客游梁。梁孝王令与诸生同舍,相如得与诸生游士居数岁,乃著《子虚》之赋。"可知司马相如的《子虚赋》写于他与邹阳等人作为梁孝王的门客同居平台之时。这里的"缀平台之逸响",即指继承司马相如的辞赋而言。

㉜采南皮之高韵——南皮,汉置县名,在今河北沧州附近。曹丕曾与吴质、阮瑀等人共游南皮,其《与吴质书》云:"每念昔日南皮之游,诚不可忘。"又,谢灵运《拟魏太子(丕)邺中集》:"念昔渤海时,南皮戏清浊。"这里的"采南皮之高韵",意指潘陆等人继承了建安作家的创作风格。

㉝"遗风余烈"二句——江右,西晋之代称。六朝时长江以东称江左,长江以西称江右,西晋在长江之西,故称江右。二句意谓潘陆的影响,在西晋达到了

极点。

㉞有晋中兴,玄风独振——中兴,指东晋的建立。玄风,玄学之风气。按魏正始以来,文士崇尚玄学,至东晋更甚。《晋书·儒林传序》:"有晋始自中朝,迄于江左,莫不崇饰华竞,祖述虚玄。"

㉟为学穷于柱下——柱下指老子,《史记·张汤传》:"老子为柱下史。"司马贞《索隐》:"周秦皆为柱下史,所掌及侍立恒在殿柱之下,故老聃为周柱下史。"

㊱博物止乎七篇——博物,博通万物,此指学问,《孔子家语·辨政》:"于学为博物。"七篇,指《庄子》,按《庄子》内篇共计七篇。《文心雕龙·时序》论晋世文学之玄风:"诗必柱下之旨归,赋乃漆园(指庄子)之义疏。"

㊲义殚乎此——殚,尽也、止也。句谓当时文学之义旨止于老庄。《文心雕龙·明诗》云:"江左篇制,溺乎玄风。嗤笑徇务之志,崇盛忘机之谈。袁(宏)孙(绰)已下,虽各有雕采,而辞趣一揆,莫与争雄",就说的是这种情况。

㊳建武、义熙——建武,东晋的第一个皇帝晋元帝的年号,为公元317年。义熙,东晋安帝年号,为公元405—418年。

㊴波属云委——谓文辞之盛如波涛之相续,如云气之委积。

㊵上德——为《老子》中的概念,意为最高之德。《老子》三十八章:"上德不德,是以有德。"

㊶玄珠——《庄子·天地》:"黄帝游乎赤水之北,登乎昆仑之丘而南望,还归,遗其玄珠。"司马彪云:"玄珠"喻道。

㊷遒丽之辞,无闻焉尔——钟嵘《诗品序》:"永嘉时,贵黄老,稍尚虚谈。于时篇什,理过其辞,淡乎寡昧。爰及江表,微波尚传。孙绰、许询、桓(温)、庾(亮)诸公诗,皆平典似《道德论》,建安风力尽矣",可与此处相参证。

㊸仲文始革孙、许之风——仲文指殷仲文(?—407),陈郡人,东晋时曾官新安太守、咨议参军、东阳太守等职。《隋书·经籍志》著录其文集七卷。孙、许,指东晋玄言诗人孙绰、许询。孙绰字兴公,太原中都人,约公元301—380年间在世,曾官著作郎、散骑常侍等职,《隋书·经籍志》录其文集十五卷。许询字玄度,高阳人,约公元345年前后在世,与孙绰并称为一时文宗,《隋书·经籍志》录其文集三卷。钟嵘《诗品》卷下云:"爰洎江表,玄风尚备,世称孙、许,弥尚恬淡之词。"

㊹叔源大变太元之气——谢混(?—412?),字叔源,小字益寿,阳夏人,东晋时曾任中书令、中领军、尚书左仆射等官。《隋书·经籍志》著录其文集三卷。太元,晋武帝年号,时当公元376—396年,正是玄言诗盛行的年代,故太元之气

指玄言诗的风气。《南齐书·文学传论》云:"仲文玄气,犹不尽除;谢混清新,得名未盛";《续晋阳秋》亦云:"至义熙中,谢混始改",此即"叔源大变太元之气"。

㊺颜、谢——颜指颜延之(384—456),字延年,琅琊临沂人,刘宋时曾任秘书监等职,文学上与谢灵运齐名,江左称"颜谢",《隋书·经籍志》著录其文集三十卷。谢指谢灵运(385—433),陈郡阳夏人,小字客儿,晋时袭封康乐公,入宋曾任太子左卫率、永嘉太守、秘书监等职,后因兴兵叛宋而被杀。《隋书·经籍志》著录其文集二十卷。钟嵘《诗品序》云:"谢客为元嘉之雄,颜延年为辅,斯皆五言之冠冕,文词之命世也。"

㊻"灵运之兴会标举"二句——兴会,情兴所会也,《世说新语·赏誉》:"每至兴会,故有相思时。"兴会标举,谓作诗重灵感,表现一时感发之兴致。《颜氏家训·文章篇》:"标举兴会,发引性灵。"按钟嵘《诗品》卷上谓谢灵运诗"兴多才高,寓目辄书",亦指其标举兴会而言。体裁明密,谓为诗制体裁章,明晰而细密。钟嵘《诗品上》谓颜延之"体裁绮密,情喻渊深,动无虚散,一字一句,皆致意焉"。

㊼方轨前秀,垂范后昆——方,仿也。轨,依也。前秀,指前代优秀作家。垂范,遗法。后昆,指后世作家,《后汉书·周举传》:"作范后昆。"二句谓颜、谢能承前启后,学习前代的作家,为后世的作者留下了良好的榜样。

㊽敷衽论心——衽,衣襟。敷衽,谓习地而跪时,手摄衣襟使不皱叠,以表示恭敬。《楚辞·离骚》:"跪敷衽以陈词兮。"这里的"敷衽论心"是正襟危坐而谈心,可引申为以严肃冷静的态度平心而论之意。

㊾商榷前藻——商榷,斟酌裁度,亦即褒贬评价之意。左思《吴都赋》:"剖判庶士,商榷万俗。"前藻,指前代的作品。

㊿工拙之数,如有可言——数,术也。《庄子·天道》云:"得之于手而应之于心,口不能言,有数存焉其间。"这里是说作品或巧或拙的技术,似有可以言说的地方。

㉛玄黄律吕——玄黄,黑与黄,此代指不同色彩。律吕,古时调正乐音所用之笛,分阴阳各六。阳为律,阴为吕,这里代指不同音调。

㉜宫羽相变、低昂互节——古五声:宫商角徵羽,宫是最低音,羽是最高音。这是用宫和羽来代指汉字声调的低与高、抑与扬,相当于后来所谓的"仄"与"平"。二句意谓组织诗的句子要使字音的高低有变化,平仄互相搭配。按《南齐书·陆厥传》云:"约等为文皆用宫商,以平上去入为四声",则这里所谓"宫"和"低",指上去入三声;所谓"羽"和"昂",指平声。

㉝"若前有浮声"二句——《文心雕龙·声律》云:"声有飞沉,……沉则响

发而断，飞则声扬不还。”浮声、切响，相当于刘勰所谓的飞、沉。前者指扬调（平），后者指抑调（上、去、入）。

(54)“一简之内”四句—— 一简即一句。按《南齐书·陆厥传》中说沈约等人以四声制韵：“五字之中音韵各异，两句之内角徵不同”；又引沈约《答陆厥书》：“十字之文，颠倒相配”，可知这里所谓“一简”、“两句”，是指五言诗的一句和一联而言。所谓“一简之内，音韵尽殊”，是说在一句五字中，不能有同音同韵的字出现。如沈约所谓“八病”中有“大韵”、“小韵”：大韵，指一句五字中前边四字出现有与最后的韵脚同韵的字；小韵，指五字中前四字出现了互相同韵的字，这些都属于应当防止的病犯。所谓“两句之中，轻重互异”，是说在一联两句之间，声调的平仄抑扬要求互相交叉搭配，如“八病”中有“平头”、“上尾”：平头，是上句开头两字与下句开头两字声调相同；上尾，是上句最后一字与下句最后一字声调相同。这样就不符合“两句之中轻重互异”的要求，故亦为病犯。

(55)先士茂制——先代作家的优秀作品。

(56)讽高历赏——《文选》李善注：“言讽咏之者，咸以为高；历载辞人，所共传赏。”

(57)子建函京之作——指曹植《赠丁仪王粲诗》，其首句为：“从军度函谷，驱马过西京。”

(58)仲宣霸岸之篇——指王粲《七哀诗》，其中有“南登霸陵岸，回首望长安”的句子。

(59)子荆零雨之章——子荆，孙楚字。孙楚（？—293），西晋文学家，太原中都人，晋惠帝时曾任冯翊太守。《隋书·经籍志》著录其文集六卷。“零雨”之章，指孙楚的《征西官属送于陟阳侯作诗》，其首句云：“晨风飘歧路，零雨被秋草。”

(60)正长朔风之句——正长，王赞之字。王赞，西晋文学家，义阳人，晋惠帝时任司空掾、散骑侍郎。《隋书·经籍志》著录其文集五卷。朔风之句，指王赞《杂诗》首句：“朔风动秋草，边马有归心”。

(61)直举胸情，非傍诗史——意谓以上所举诸诗，皆直抒胸臆，并不依傍前人的诗句和史籍。

(62)取高前式——前式，前代之法则。《三国志·魏志·陈留王传》：“仰遵前式”。取高前式，即高于前代作诗之法。

(63)暗与理合，匪由思至——谓前人作诗符合韵律者，都是在不自觉中与韵律法则相合，而并不是他们自觉思考的结果。范晔《狱中与诸甥侄书》云：“性别宫商，识清浊，斯自然也。观古今文人，多不了此处，纵有会此者，不必从根本中来",即是这种说法。刘滔亦云:"得者暗与理合,失者莫诚(识?)所由,唯知龃龉虽(难?)安,未悟安之有术"(隋刘善经《四声论》引),亦同此论。按沈约提出此论之后,时人陆厥曾在《与沈约书》中提出反驳,他认为"前英早已识宫商",故不可说他们"未睹此秘"。对此,沈约在《答陆厥书》中进行了答辩,其大意云:前人所识之宫商,单指声音高低而言;而要想写出韵律协调之诗,不仅需要注意音量之高低,还要注意每个字具体发音之不同,从而自觉地造成诗句中的字音变化之势,亦即达到上文所说的"音韵尽殊"。沈约说:"宫商之别有五,文字之别累万,……自古辞人,岂不知宫商之殊、商徵之别?虽知五音之异,而其中参差变动,所昧实多,故鄙意所谓'此秘未睹'也。以此相推,则知前世文士,便未悟此处。"

⑭张、蔡、曹、王——指张衡、蔡邕、曹植、王粲。
⑮潘、陆、颜、谢——指潘岳、陆机、颜延之、谢灵运。
⑯来哲——未来之贤哲。

【附录】

宫商之声有五,文字之别累万。以累万之繁,配五声之约,高下低昂,非思力所举,又非止若斯而已也。十字之文,颠倒相配;字不过十,巧历已不能尽,何况复过于此者乎!灵均以来,未经用之于怀抱,固无从得其仿佛矣。若斯之妙,而圣人不尚,何邪?此盖曲折声韵之巧,无当于训义,非圣哲立言之所急也。是以子云譬之"雕虫篆刻",云"壮夫不为"。

自古辞人,岂不知宫羽之殊,商徵之别?虽知五音之异,而其中参差变动,所昧实多。故鄙意所谓"此秘未睹"者也。以此而推,则知前世文士,便未悟此处。若以文章之音韵,同弦管之声曲,则美恶妍蚩,不得顿相乖反。譬犹子野操曲,安得忽有阐缓失调之声?以《洛神》比陈思他赋,有似异手之作。故知天机启则律吕自调,六情滞则音律顿舛也。士衡虽云"炳若缛锦",宁有濯色江波,其中复有一片是卫文之服?此则陆生之言,即复不尽矣。韵与不韵,复有精粗,轮扁不能言,老夫亦不尽辨此。

沈约《答陆厥书》 《南齐书》卷五十二《陆厥传》 中华书局点校本

范詹事自序:"性别宫商,识清浊,特能适轻重,济艰难。古今文人,多不全了斯处,纵有会此者,不必从根本中来。"沈尚书亦云:"自灵均以来,此秘未睹。"或"暗与理合,匪由思至。张、蔡、曹、王,曾无先觉,潘、陆、颜、谢,去之弥远"。大旨钧使"宫羽相变,低昂舛节。若前有浮声,则后须切响。一简之内,音韵尽殊;两句之中,轻重悉异。辞既美矣,理又尽善焉。"

但观历代众贤,似不都暗此处,而云"此秘未睹",近于诬乎?案范云"不从根本中来",尚书云"非由思至"。斯可谓揣情谬于玄黄,摘句差其音律也。范又云"时有会此者",尚书云"或暗与理合"。则美咏清讴,有辞章调韵者,虽有差谬,亦有会合,推此以往,可得而言。

夫思有合离,前哲同所不免;文有开塞,即事不得无之。子建所以好人讥弹,士衡所以遗恨终篇。既曰遗恨,非尽美之作,理可诋诃。君子执其诋诃,便谓合理为暗。岂如指其合理而寄诋诃为遗恨邪?

自魏文属论,深以清浊为言;刘桢奏书,大明体势之致。龃龉妥贴之谈,操末续巅之说,兴玄黄于律吕,比五色之相宣,苟此秘未睹,兹论为何所指邪?故愚谓前英已早识宫徵,但未屈曲指的,若今论所申。至于掩瑕藏疾,合少谬多,则临淄所云"人之著述,不能无病"者也。非知之而不改,谓不改则不知,斯曹、陆又称竭情多悔,不可力强者。今许以有病有悔为言,则必自知无悔无病之地,引其不了不合为暗,何独诬其一合一了之明乎?意者亦质文时异,古今好殊,将急在情物,而缓于章句。情物,文之所急,美恶犹且相半;章句,意之所缓,故合少而谬多。义兼于斯,必非不知明矣。

《长门》《上林》,殆非一家之赋;《洛神》《池雁》,便成二体之作。孟坚精正,《咏史》无亏于东主;平子恢富,《羽猎》不累于凭虚。王粲《初征》,他文未能称是;杨修敏捷,《暑赋》弥日不献。率意寡尤,则事促亭一日;翳翳愈伏,而理赊于七步。一人之思,迟速天悬;一家之文,工拙壤隔。何独宫商律吕,必责其如一邪?论者乃可言未穷其致,不得言曾无先觉也。

陆厥《与沈约书》 《南齐书》卷五十二《陆厥传》 中华书局点校本

夫音律所始,本于人声者也。声含宫商,肇自血气,先王因之,以制乐歌。故知器写人声,声非学器者也。故言语者,文章,神明枢机,吐纳律吕,唇吻而已。古之教歌,先揆以法,使疾呼中宫,徐呼中徵。夫商徵响高,宫羽声下;抗喉矫舌之差,攒唇激齿之异,廉肉相准,皎然可分。今操琴不调,必知改张,摘文乖张,而不识所调。响在彼弦,乃得克谐;声萌我心,更失和律:其何故哉?良由内听难为聪也。故外听之易,弦以手定;内听之难,声与心纷,可以数求,难以辞逐。凡声有飞沈,响有双叠,双声隔字而每舛,叠韵杂句而必睽;沈则响发而断,飞则声飏不还,并辘轳交往,逆鳞相比;迕其际会,则往蹇来连,其为疾病,亦文家之吃也。夫吃文为患,生于好诡,逐新趣异,故喉唇纠纷,将欲解结,务在刚断。左碍而寻右,末滞而讨前,则声转于吻,玲玲如振玉;辞靡于耳,累累如贯珠矣。是以声画妍蚩,寄在吟咏,吟咏滋味,流于字句;[字句]气力,穷于和韵。异音相从谓之和,同声相应谓之韵。韵气一定,故余声易遣;和体抑扬,故遗响难契。属笔易巧,选和至难,缀文难精,而作韵甚易。虽纤意曲变,非可缕言,然振其大纲,不出兹论。

若夫宫商大和,譬诸吹籥;翻回取均,颇似调瑟。瑟资移柱,故有时而乖贰;籥含定管,故无往而不壹。陈思、潘岳,吹籥之调也;陆机、左思,瑟柱之和也。概举而推,可以类见。

又诗人综韵,率多清切,《楚辞》辞楚,故讹韵实繁。及张华论韵,谓士衡多楚,《文赋》亦称知楚不易,可谓衔灵均之声余,失黄钟之正响也。凡切韵之动,势若转圜,讹音之作,甚于枘方;免乎枘方,则无大过矣。练才洞鉴,剖字钻响,识疏阔略,随音所遇,若长风之过籁,南郭之吹竽耳。古之佩玉,左宫右徵,以节其步。声不失序,音以律文,其可忘哉!

赞曰:标情务远,比音则近。吹律胸臆,调钟唇吻。声得盐梅,响滑榆槿。割弃支离,宫商难隐。

范文澜注《文心雕龙·声律》 人民文学出版社

刘 勰

刘勰(约465—532),字彦和,祖籍山东莒县,出生于江苏镇江。他一生经历了宋、齐、梁三个朝代。据《梁书·刘勰传》记载,刘勰的父亲刘尚做过越骑校尉,刘勰的伯祖父刘秀之曾任刘宋时期的司空。刘勰幼年丧父,家道中落,但他一心向学,大概在二十岁的时候,他投奔当时有名的和尚僧祐,在南京附近的定林寺协助僧祐整理了十多年的经藏。刘勰的思想以儒家为主兼杂佛、道。他虽然长期寄身于寺庙,却怀有强烈的仕进之心。梁天监初年(502年左右),刘勰得到机会出来做官,他差不多做了二十年的官,历任记室、车骑仓曹参军、县令、步兵校尉等职,他还做过昭明太子萧统的通事舍人,深受萧统的喜爱。后期,刘勰奉皇命再入定林寺撰经,完成后,他燔发出家,改名为慧地,不到一年便去世了。据范文澜的考证,刘勰生于宋泰始初年(465年)左右,已无多大疑义,然他的卒年歧说甚多。范文澜《文心雕龙注》猜测刘勰"普通元二年(520年、521年)卒,计得五十六七岁"。杨明照《文心雕龙校注》指出刘勰约卒于梁大同四年或五年(538年或539年)。李庆甲《刘勰卒年考》则考证出刘勰卒于梁中大通三年或四年(531年或532年)。对于刘勰的卒年,范注的结论建立在猜测的基础上,没有史料的支撑;杨明照、李庆甲则进一步从《大藏经》《续藏经》中找到了相关史料,力证刘勰死于昭明太子之后,其中尤以李庆甲的说法较为合理,即刘勰卒时六十七八岁左右。

文心雕龙·原道①

文之为德也大矣②,与天地并生者何哉③?夫玄黄色杂,方圆体分④,日月叠璧,以垂丽天之象;山川焕绮,以铺理地之形:此盖道之文也⑤。仰观吐曜,俯察含章,高卑定位,故两仪既生矣⑥。惟人参之,性灵所钟,是谓三才⑦。为五行之秀,实天地之心⑧,心生而言立,言立而文明,自然之道也⑨。旁(原作傍,据杨明照《文心雕龙校注拾遗》改)及万品,动植皆文:龙凤以藻绘呈瑞,虎豹以炳蔚凝姿⑩;云霞雕色,有逾画工之妙;草木贲华,无待锦匠之奇⑪;夫岂外饰,盖自然耳⑫。至于林籁结响,调如竽瑟;泉石激韵,和若球锽⑬;故形立则章成矣,声发则文生矣⑭。夫以无识之物,郁然有采,有心之器,其无文欤⑮!

人文之元,肇自太极⑯,幽赞神明,易象惟先⑰。庖牺画其始,仲尼翼其终⑱。而乾坤两位,独制文言⑲。言之文也,天地之心哉⑳!若乃河图孕乎八卦,洛书韫乎九畴㉑,玉版金镂之实,丹文绿牒之华㉒,谁其尸之,亦神理而已㉓。自鸟迹代绳,文字始炳㉔,炎皞遗事,纪在三坟,而年世渺邈,声采靡追㉕。唐虞文章,则焕乎始盛㉖。元首载歌,既发吟咏之志;益稷陈谟,亦垂敷奏之风㉗。夏后氏兴,业峻鸿绩,九序惟歌,勋德弥缛㉘。逮及商周,文胜其质,雅颂所被,英华日新㉙。文王患忧,繇辞炳曜,符采复隐,精义坚深㉚。重以公旦多材,振其徽烈,制(原作剬,据《太平御览》所引改)诗缉颂,斧藻群言㉛。至夫子继圣,独秀前哲,镕钧六经,必金声而玉振㉜,雕琢情性,组织辞令,木铎起而千里应,席珍流而万世响㉝,写天地之辉光,晓生民之耳目矣。

爰自风姓,暨于孔氏,玄圣创典,素王述训㉞,莫不原道心以敷章,研神理而设教㉟,取象乎河洛,问数乎蓍龟,观天文以极变,察人文以成化㊱;然后能经纬区宇,弥纶彝宪,发挥(原作辉,据《太平御览》所引改)事业,彪炳辞义㊲。故知道沿圣以垂文,圣因文以明道㊳,旁通而无滞,日用而不匮㊴。易曰:鼓天下之动者存乎辞㊵。辞之所以能鼓天下者,乃道之文也。

赞曰:道心惟微,神理设教㊶。光采玄圣,炳耀仁孝㊷。龙图献体,龟书呈貌。天文斯观,民胥以效㊸。

范文澜《文心雕龙注》本　　人民文学出版社

【注释】

①《文心雕龙·原道》——《文心雕龙》凡五十篇,三万七千余字。它梳理并批判性地发展了先秦至齐梁时期文论研究的成果,涉及了文学的本原论、文体论、创作论、批评论、鉴赏论等各个方面,"体大而虑周",堪称集大成之作。《文心雕龙》是中国古代文论史上少有的理论体系完备而论述独到深刻的文论专著,鲁迅先生将其与亚里士多德的《诗学》相提并论,认为它们在中西文论史上各自具有开源发流的重要地位。《文心雕龙》成书时间,以往的《文心雕龙》版本,大都题为梁刘勰撰。纪昀指出:"据《时序篇》此书实成于齐代,今题曰梁代,盖后人所追题。"后来,刘毓崧进一步考证出《文心雕龙》写作于齐永泰元年(498)八月之后,齐中兴二年(502)四月之前(《通义堂文集》卷十四《书文心雕龙后》)。由此可以大致推断刘勰三十几岁时写作了《文心雕龙》。《文心雕龙》写成后,刘勰为了得到文坛和政坛上都很有权威的沈约的定评,曾像小贩一样,背着书稿,等待沈约的车子经过。沈约读后,称赞《文心雕龙》"深得文理"(《南史·刘勰传》),并常置于几案阅读。

《文心雕龙》的旧注本主要有明代梅庆生的音注本、王维俭的训诂本,清代黄叔琳的辑注本等。今注本最有影响的是范文澜的《文心雕龙注》,日本学者户田浩晓《文心雕龙小史》称范注是"《文心雕龙》注释史上划时代的作品"。

《原道》是《文心雕龙》的首篇,处于"文之枢纽"的地位。原道,指文以道为本。《文心雕龙·序志》自称"盖《文心》之作也,本乎道"。在刘勰之前,西汉刘安《淮南子》也以"原道"开篇,高诱注:"原,本也。本道根真,包裹天地,以历万物,故曰原道。"关于刘勰所原之"道",究竟是何家之道,历来有不同的看法,儒家之道说、道家之道说、佛家之道说、儒道释三家融合说、自然之道说、理念说等等,莫衷一是。认为刘勰所原之道是自然之道的代表人物是黄侃,他在《文心雕龙札记》中指出:"案彦和之意,以为文章本由自然生,故篇中数言'自然'……寻绎其旨,甚为平易。盖人有思心,即有言语;既有言语,即有文章。言语以表思心,文章以代言语,惟圣人为能尽文之妙。所谓'道'者,如此而已。"黄侃所言,从《原道》文本出发,较为合理。

在《原道》中,刘勰从形而上的角度,阐述了他对文学本原和本质的看法。他指出"文"是"道之文",即文学与自然事物的文采都是道的外化,是宇宙运动变化的必然。刘勰将文学的合法性上升到了形而上的"道"的层面,较曹丕《典论·论文》将文章称为"经国之大业,不朽之盛事"更进了一步,为"文"的独立价值奠定了坚实的理论基础。纪昀评曰:"自汉以来,论文者罕能及此。彦和以此发端，所见在六朝文士之上。"又说："文以载道，明其当然，文原于道，明其本然。识其本乃不逐其末。首揭文体之尊，所以截断众流。"纪昀的这些评语很恰当地指出了这一点。尽管刘勰相信《河图》、《洛书》之说，有他认识上的局限，但将道看作天地万物的本原，看做包括文学在内的各种艺术的本原，这在中国古代文艺思想中有着很大的代表性，它实际上是中国古代哲学对天人关系的理解在文艺思想上的首次系统的反映。

刘勰认为万物有文是自然而然的事情，文学具有美的属性也是自然而然的事情。由万物有文推论人之有文，并将它们归之于"道之文"，这无疑从理论上肯定了辞采、对偶、声律等形式因素存在的合理性。虽然刘勰在《文心雕龙》其他篇目中反对过雕华的文风，比如"习华随侈，流遁忘反"(《风骨》), "繁华损枝，膏腴害骨"(《诠赋》)。但这些例子不构成对《原道》篇所倡导的文之自然有采的观点的解构，因为在《原道》中，刘勰还指出文具有善的功能。他认为孔子文章是美的，称赞孔子的《文言》"言之文也，天地之心哉"；孔子文章"研神理而设教", "炳耀仁孝"，又是善的。换言之，刘勰肯定文章要有"美"的形式和"善"的内容。美善统一之文，才是刘勰所说的"道之文"。刘勰强调雕华优美的形式要与充实雅正的内容相结合，这对于齐梁文坛日竞雕华，片面追求形式美的文风，具有纠偏救弊的现实意义。

②文之为德也大矣——文，本义指线条交错的花纹或图饰，后来又有了文学之文、文章之文、文化之文的含义。这里的"文"则是指广义的文采，是广泛存在于事物之上的、可以使人的身心愉悦的一种美的形式。

对于"文德"的"德"的解释，历来分歧较大。范文澜《文心雕龙注》指出刘勰的"文德"来源于《易》中所讲的"君子以懿文德"。杨明照《文心雕龙校注拾遗》则认为"文之为德"，不能简化为"文德"，正如"中庸之为德"、"鬼神之为德"不能简化为中庸德、鬼神德。朱熹《中庸章句》："为德，犹言性情功效。"杨明照据此认为："'文之为德'者，犹言文之功用或功效也。"钱锺书《管锥编》也认为："《文心雕龙·原道》：'文之为德也大矣'，亦言'文之德'，而德如马融赋'琴德'、刘伶颂'酒德'，《韩诗外传》举'鸡有五德'之'德'，指成章后之性能功用。"王元化则指出："《原道》篇列为《文心雕龙》之首，其中第一句就说：'文之为德也大矣。'(过去注释家多训'德'为'德行'或'意义'，均失其解。德者，得也，若物德之德。犹言某物之所以得成为某物。)'文之为德'也就是说文之所由来的意思。"

我们认为，将"文之为德"之"德"解为"得"，较为恰当。从《原道》篇来看，刘勰提出"文之为德亦大矣"之后，并没有去论述文章的功用或功效，而是从天地万物这些无意识之物具有文采入手,去推论作为天地之心的有意识的人应该同样具有文采。刘勰认为"文"的范围是很广的,比如云霞雕色、草木贲华展现的是一种色彩的华丽,即《情采》篇所谓的"形文";林籁结响、泉石激韵展现的是一种声音的文采,即《情采》篇所谓的"声文"。刘勰正是由形文、声文的存在,去推论人之"情文"的存在。按刘勰的逻辑,"文"的范围之所以很广,是因为"道"无所不在,故而作为道的具体呈现的"文"也应该是无所不在的。王元化将"德"释为"得",正是将"德"与"道"相联系后得出的结论。《管子·心术上》:"德者,道之舍,物得以生生。"又说:"故德者,得也;得也者,其谓所得以然也。"也就是说,"德"是"道"存在的处所,"道"在具体事物中的存在形式就是"德"。因此"文之为德亦大矣"的意思是说:文作为"道"的体现,它所涵盖的范围是很广的。

③与天地并生——语本陆机《文赋》:"彼琼敷与玉藻,若中原之有菽,同橐籥之罔穷,与天地乎并育。"橐籥指代天地,意谓文与天地一样无穷,并且随着天地一起诞生,也即凡物皆有文。范文澜注:"下文云'人文之元,肇自太极',故曰与天地并生。"

④"玄黄色杂"二句——玄黄,指天地的颜色,古人认为"天玄而地黄"(《易·坤·文言》)。玄,黑赤色。方圆,指天地的形状,古人认为"天圆地方"(《淮南子·天文训》)。又如《庄子·说剑》:"上法圆天,下法方地。"《大戴礼记·曾子天圆》:"天道曰圆,地道曰方。"

⑤"日月叠璧"五句——日月叠璧,日月宛如两块接连出现的璧玉。《尚书·顾命·释文》引马融语:"日月如叠璧。"璧,璧玉。叠,连。《庄子·列御寇》:"以日月为连璧";东汉桓谭《新论》:"日月若连璧。"垂丽天之象,显示附着于天空中的景象。垂,显示。丽,附着。《易·离卦·彖辞》:"日月丽乎天,百谷草木丽乎土。"正义,丽谓附著也。山川焕绮,山河像绚烂的锦绣。焕,光亮。绮,有花纹的丝织品。铺理地之形,展示有条理的大地的形貌。铺,铺展,展示。理,条理。《易·系辞上》正义曰:"地有山川原隰,各有条理,故称理也。"道之文,自然之道的外在纹饰。

⑥"仰观吐曜"四句——仰观吐曜,仰望天上的日月星辰。西晋傅咸《舜华赋》"含晖吐曜"。曜,同耀。吐曜指上文的"丽天之象"。俯察含章,俯视大地上的山河草木。含章,蕴涵纹饰,指上文的"理地之形"。"仰观吐曜,俯察含章"二句源于《易·系辞上》:"仰以观于天文,俯以察于地理"。高卑,谓天高地低。两仪,指天地。西晋成公绥《天地赋序》:"天地至神,难以一言定称,故体而言之,则曰两仪;名而言之,则曰天地。"

⑦"惟人参之"三句——参,三。此指人与天地合而为三。《荀子·王制》:"君子者,天地之参也。"《中庸》:"可以赞天地之化育,则可与天地参矣。"朱熹注:"与天地参,谓与天地并立为三也。"之,指天地。钟,聚积。三才,天、地、人。

⑧为"五行之秀"二句——五行,金、木、水、火、土。《礼记·礼运》:"故人者,其天地之德,阴阳之交,鬼神之会,五行之秀气也。"五行之秀,指人是天地万物中最尊贵的生物。《荀子·王制》:"水火有气而无生,草木有生而无知,禽兽有知而无义,人有气、有生、有知,亦且有义,故最为天下贵也。"天地之心,《礼记·礼运》:"故人者,天地之心也。"孔颖达《礼记正义》:"'天地之心'也者,天地高远在上,临升四方,人居其中央,动静应天地,天地有人,如人腹内有心,动静应人也。故云天地之心也。王肃云:人于天地之间,如五藏之有心矣,人乃生之最灵,其心五藏之最圣也。"

⑨"心生而言立"三句——心生,指人的诞生。心生而言立,人诞生了,语言就产生了。言立而文明,语言产生了,文采就彰明了。《文心雕龙·练字》:"心既托声于言,言亦寄形于字",可以相参读。自然之道,自然而然的道理。扬雄《法言·君子》:"有生者必有死,有始者必有终,自然之道也。"

⑩"旁及万品"四句——旁及,广及。万品,万事万物。藻绘,指龙凤身上的美丽的鳞甲或羽毛。炳蔚,指虎豹身上鲜明的毛色。凝姿,展现美妙的身姿。

⑪"云霞雕色"四句——雕,设。云霞雕色,云霞呈现出美丽的色彩。鲍照《登大雷岸与妹书》:"上常积云霞,雕锦缛。"喻,同"逾",指超过。贲,装饰。《易·序卦》:"贲者,饰也。"《尚书·汤诰》:"贲若草木。"华,花。锦匠,织锦的匠人。

⑫自然——自然而然。刘勰认为"动植皆文",是自然而然就如此的,并非外在人工雕饰的缘故。

⑬至于"林籁结响"四句——林籁结响,风吹林木形成的声响。调如竽瑟,像吹竽鼓瑟一样互相协调。泉石激韵,泉水激打在石头上发出的声响。和若球锽,像敲钟击磬一样和谐。球锽,球指玉磬,一种打击乐器;锽指钟声。

⑭故"形立则章成"二句——章、文互义,东汉荀悦《申鉴·杂言》:"章成,谓之文。"此处"章"指形文,"文"指声文。二句意谓,有其形就会有文采,有其声就会产生韵律。

⑮"夫以无识之物"四句——无识之物,没有意识之物。有心之器,指人。此四句意谓无意识的东西都郁然有文采,有意识的人类更应该有文采。

⑯"人文之元"二句——人文,人类创造的文化。元,初始。肇,开端。太极,天地未分以前的状态。《易·系辞上》:"是故易有太极,是生两仪。"东晋韩

康伯注:"夫有必始于无,故太极生两仪也。太极者无称之称,不可得而名,取有之所极,况之太极者也。"

⑰"幽赞神明"二句——《易·说卦》:"昔圣人之作易也,幽赞于神明而生蓍。"韩康伯注:"幽,深也。赞,明也。"神明,神妙的道理。易象,《易》的卦象。此二句意谓《易经》的卦象首先深刻地阐明了这个道理。

⑱"庖牺画其始"二句——庖牺,即伏羲,相传是伏羲画的八卦。《易·系辞上》:"古者庖牺氏之王天下也,仰则观象于天,俯则观法于地,观鸟兽之文与地之宜,近取诸身,远取诸物,于是始作八卦,以通神明之德,以类万物之情。"仲尼,孔子字。翼,辅佐。相传孔子曾作《象辞》上下、《象辞》上下、《系辞》上下、《文言》、《说卦》、《序卦》、《杂卦》十篇文章来解释《易经》,称为《十翼》。

⑲"而乾坤两位"二句——乾坤,《易》中的《乾》卦和《坤》卦。文言,孔子作的《十翼》的一翼,专用于解说《乾》卦和《坤》卦。

⑳"言之文也"二句——言,指《文言》。文,文采。《周易正义》:"《文言》,文饰卦下之言也。"天地之心,天地宇宙的基本精神。刘勰认为,《文言》用富于文采的语言解释乾坤两卦,反映了天地宇宙的基本精神。

㉑"若乃河图孕乎八卦"二句——河图,相传黄河中有龙献出图,伏羲据此画成八卦。洛书,一作雒书。相传洛水中有龟献出书,大禹据此制定了《九畴》。九畴,九类治国的大法。《易·系辞上》:"河出图,洛出书,圣人则之。"

㉒"玉版金镂之实"二句——玉版金镂,指上文的河图。《王子年拾遗记》:"河洛之滨得玉版,方尺,图天地之形。"镂,清代黄叔琳注改"镂"为"缕"。《说文解字》:"缕,线也。"曹丕《典论》:"汉帝卫侯送葬,皆珠襦玉匣,玉匣形如铠甲,连以金镂。"丹文绿牒,指上文的洛书。牒,《广韵》:"书版曰牒。"二句意谓,玉版上刻有金色图纹的《河图》,绿底上写着红字的《洛书》。

㉓"谁其尸之"二句——《诗经·召南·采蘋》:"谁其尸之。"尸,主宰。神理,即"道"。

㉔"鸟迹代绳"二句——鸟迹,相传仓颉模仿鸟兽足迹创制了文字。许慎《说文解字叙》:"黄帝之史苍颉,见鸟兽蹄迒之迹,知分理之可相别异也,初造书契。"代绳,《易·系辞下》:"上古结绳而治,后世圣人易之以书契。"西汉孔安国《尚书序》:"古者伏牺氏之王天下也,始画八卦,造书契,以代结绳之政,由是文籍生焉。"《文心雕龙·练字》:"夫文象列而结绳移。"炳,明。《说文解字》:"炳,明也。"

㉕"炎皞遗事"四句——炎,炎帝神农氏。皞,太皞伏羲氏。三坟,上古记载伏羲、神农、黄帝事迹的书。孔安国《尚书序》称:"伏羲、神农、黄帝之书,谓之

《三坟》。"渺邈,久远。靡,无法。此四句意谓神农、伏羲的事迹,记录在《三坟》之中,但年代久远,这些文字已经难以考查了。

㉖"唐虞文章"二句——唐,尧。虞,舜。焕,鲜明。《论语·泰伯》:"子曰:大哉尧之为君也,……焕乎其有文章。"二句意谓尧舜时的文章,文采鲜明,开始繁盛。

㉗"元首载歌"四句——元首,舜。载,成。歌,指舜所作的歌,事见《尚书·益稷》:"帝(舜)乃歌曰:股肱喜哉!元首起哉!百工熙哉!"益稷,伯益和后稷,舜的两位臣子。谟,谟议。垂,流传。敷,陈。奏,进。此四句意谓,舜作歌,已经是在抒发自己的情志了;伯益和后稷向舜上陈谟议,也开了臣子向君主进言的风气。

㉘"夏后氏兴"四句——夏后氏,指禹。业峻鸿绩,业绩鸿大。九序,各种政事。《尚书·大禹谟》:"九功惟叙,九叙惟歌。"《左传·文公七年》:"九功之德,皆可歌也,谓之九歌。六府三事,谓之九功。水、火、金、木、土、谷,谓之六府。正德、利用、厚生谓之三事。"勋德,功德。缛,繁盛。此四句意谓夏朝兴起,业绩鸿大,各种政事都得到了歌颂,功德更加繁盛。

㉙"逮及商周"四句——逮及,等到。文胜其质,即文采有余之意。所被,影响所及。《礼记·表记》:"子曰:虞夏之质,殷商之文,至矣。虞夏之文,不胜其质;殷商之质,不胜其文。"《文心雕龙·通变》:"夏歌雕墙,缛于虞代;商周篇什,丽于夏年。"此四句意谓到了商周时期,文采得到了很大的发展。《诗经》的影响所及,作品的藻饰日趋新颖。

㉚"文王患忧"四句——文王患忧,指周文王被纣王囚禁。《史记·太史公自序》:"昔西伯(周文王)拘羑里,演《周易》。"繇辞,《易经》中解释卦爻的辞,相传为文王所作。符采复隐,文采丰富。符采,刘渊林《蜀都赋注》:"符采,玉之横文也。"这里符采比喻辞藻。复隐,丰富含蓄。《文心雕龙·练字》:"复文隐训。"《文心雕龙·总术》:"奥者复隐。"坚深,精当深刻。此四句意谓周文王被纣王囚禁时创作的《易经》卦爻辞,光彩照耀,文采丰富,含义精当深刻。

㉛"重以公旦多材"四句——重,《广雅》:"重,再也。"公旦,周公旦,文王之子,武王之弟。徽烈,美好的功业。斧藻,删改润饰。周武王死后,子成王立,当时成王年幼,由周公旦摄政,刑措四十年而不用,天下大定。《诗经·邠风·鸱鸮序》称成王不知周公旦摄政之本意,周公旦作此诗以遗王。此四句意谓,加上周公旦多才多艺,发扬了周文王的美好功业,他创作诗歌,辑录《周颂》,删改润饰各种典籍。

㉜"至夫子继圣"四句——夫子,即孔子。秀,超出。镕,铸器的模型。钧,

制陶器所用的转轮。镕钧,此处指编订。六经,《诗》、《书》、《礼》、《乐》、《易》、《春秋》。相传六经为孔子编订。金声玉振,钟声和磬声。古代奏乐,以钟声始,以磬声终,这里金声玉振指条理井然。《孟子·万章》:"孔子之谓集大成。集大成也者,金声而玉振之也。金声也者,始条理也;玉振之也者,终条理也。"此四句意谓,孔子继承前代圣哲,又超过了他们。孔子编订了六经,使之条理井然。

㉝"雕琢情性"四句——雕琢情性,陶冶情性。木铎,古代宣告政令时用的木舌铃,这里指孔子的教化。《礼记·明堂位》郑玄注:"天子将发号令,必以木铎警众。"《论语·八佾》:"天将以夫子为木铎。"席珍,席位上的珍品,这里指孔子所倡导的政治道德思想。流,传播。响,响应。《礼记·儒行》:"儒有席上之珍以待聘。"此四句意为,孔子陶冶自己的情性,写作出美妙的文章,孔子的教化使千里响应;孔子的道德思想传播后世,万代之后还有回响。

㉞"爰自风姓"四句——爰,发语词。风姓,指伏羲,相传伏羲姓风。《礼记·月令》孔氏《正义》引《帝王世纪》:"太皞帝庖牺氏,风姓也。"暨,及。玄圣,远古的圣人,此指伏羲。素王,有王者之德而无王者之位的人,此指孔子。此四句意谓,从伏羲到孔子,前者创制了典则,后者加以阐发解释。

㉟"莫不原道心以敷章"二句——道心,道的基本精神。《淮南子·要略》"原道之心"。敷章,写作文章。神理,即道心。设教,实施教化。《易·观·象》:"圣人以神道设教。"此二句意谓伏羲和孔子都是本着自然之道的基本精神来写作文章,研究自然之道的精妙道理来实施教化。

㊱"取象乎河洛"四句——取象,取法。河洛,即河图、洛书。问数,占卜,问卦。蓍龟,蓍草和龟壳。古人占卜吉凶时用的两种工具。天文,日月星辰和风云雨雪等自然现象。极,穷究。成化,成就教化。《易·贲·象》:"观乎天文,以察时变;观乎人文,以化成天下。"此四句意谓他们从河图洛书中取法,利用蓍草和龟壳占卜吉凶,观察天文以穷究变化,研究人文来成就教化。

㊲"然后能经纬区宇"四句——经纬,织布时经线与纬线交织,此指治理。区宇,天下。弥纶,包罗。彝宪,永久不变的法则。彪炳,鲜明显著。《文心雕龙·明诗》:"四始彪炳,六义环深。"此四句意谓然后才能治理国家,囊括包罗永久不变的法则,发扬光大各种功业,使文辞意义鲜明显著。

㊳"故知道沿圣以垂文"二句——沿,凭。垂,示。道沿圣以垂文,自然之道通过圣人而表达在文章中。圣因文而明道,圣人通过文章来阐明自然之道。因,依,通过。

㊴"旁通而无滞"二句——旁,广泛,广博。旁通而无滞,广泛通晓而没有阻

碍。匮,缺乏。日用而不匮,天天运用也不会匮乏。

㊵"易曰"二句——语出《易·系辞上》:"极天下之赜者存乎卦,鼓天下之动者存乎辞。"鼓天下之动,鼓动天下。辞,原指爻辞,此指文辞。

㊶"赞曰"三句——赞,说明。《文心雕龙·颂赞》:"赞者,明也,助也。"《文心雕龙》每一篇之后都有"赞",用于总结全篇大意。道心惟微,自然之道的基本精神是十分精微的。《荀子·解蔽》:"道心之微。"《尚书·伪大禹谟》:"人心惟危,道心惟微。"神理设教,即神道设教。

㊷"光采玄圣"二句——炳曜,焕发光采。此二句意谓伟大的孔子使仁孝之道焕发光采。

㊸"天文斯观"二句——斯,语助词。民胥以效,语本《诗·小雅·角弓》:"尔之教矣,民胥以效矣。"胥,都。此二句意谓圣人观察天文设置教化,人民都纷纷效法、学习。

【附录】

道者,万物之所然也,万理之所稽也。理者成物之文也,道者万物之所以成也。……天得之以高,地得之以藏,维斗得之以成其威,日月得之以恒其光,五常得之以常其位,列星得之以端其行,四时得之以御其变气,轩辕得之以擅四方,赤松得之与天地统,圣人得之以成文章。

韩非《韩非子·解老》 《诸子集成》本

夫虎生而文炳,凤生而五色,岂以五采自饰画哉？天性自然也。盖河、洛由文兴,《六经》由文起,君子懿文德,采藻其何伤!

陈寿《三国志·蜀书·秦宓传》 中华书局

夫天之文位乎上,地之文位乎下,人之文位乎中,不可得而增损者,自然之文也。故伏羲作八卦以象天地,穷极终始,万化无有差忒,故《易》与天地准,此圣人之文至也。但合其德,而三才之道尽。……故圣人当使将来无得以笔削。果可以包举其义,虽一画一字,其可已矣。病不能然,而曰必以采饰之能、援引之富为作文之秘诀,是何言之末欤!夫天岂有意于文彩耶？而日月星辰不可逾;地岂有意于文采耶？而山川丘陵不可加;八卦、《春秋》岂有意于文采耶？而极与天地侔。其何故得以不可越,自然也。夫自然者,不得不然之谓也。

独孤郁《辩文》 《全唐文》卷六百八十三 中华书局

天之文,日月五星;地之文,百谷草木;人之文,六籍五常。舍是而称文者,吾未知其可也。咸通以来,斯文不竞,革弊复古,宜其有闻。国家乘五代之末,接千岁之统,创业守文,垂三十载,圣人之化成矣,君子之儒兴矣。然而服勤古道,钻仰经旨,造次颠沛,不违仁义,拳拳然以立言为己任,盖亦鲜矣。

王禹偁《送孙何序》 《小畜集》卷十九 《四部丛刊》本

动静互根而阴阳生,阳变阴合而五行具,天下之至文实始诸此。仰观俯察,而日月之代明,星辰之罗布,山川之流峙,草木之生息,凡物之相错而粲然不可紊者,皆文也。近取诸身,而君臣之仁敬,父子之慈孝,兄弟之友恭,夫妇之好合,朋友之信睦,凡天理之自然,而非人所得为者,皆文也。尧之荡荡,不可得而名,而仅可名者,文章也。夫子之言性与天道不可得而闻,而所可闻者,文章也。然则,尧之文章乃荡荡之所发见,而夫子之文章亦性与天道之流行。谓文云者必如此而后为至。……圣人所谓斯文,亦曰斯道云耳,而非文人之所以玩物肆情,进士之所以哗众取宠者也。

魏了翁《大邑县学振文堂记》《鹤山先生大全文集》卷四十 《四部丛刊》本

自孔子没,由汉以降,老佛之说兴,学者日趋于异端,圣人之道不行,而天地之大,日月之明,固自若也。当二家滥觞横流之际,孰能排而斥之？苟知以道为原,以经为宗,以圣为征,而立言著书,其亦庶几可取乎？呜呼！此《文心雕龙》所由述也。

钱惟善《文心雕龙序》 元至正本《文心雕龙》

道与文不相离,妙而不可见之谓道,形而可见者之谓文。道非文,道无自而明;文非道,文不足以行也。是故文与道非二物也。道与天地并,文其有不同于天地者乎？载籍以来,六经之文至矣,凡其为文皆所以载夫道也。阴阳变化载于《易》,帝王之政事载于《书》,人之情性、草木鸟兽之名物载于《诗》,君臣华夷之名分、人事之善恶载于《春秋》,尊卑贵贱之等级以节文乎天理者,则《礼》载焉,声容之美以建天地之和者,则《乐》载焉。此其为道实至著至久,与天地同化而同运者,而皆托于文以见,则其为文,固亦至著而至久,无或不同于天地矣。呜呼,此固圣人之文也欤！

王祎《文原》 《王忠文公集》卷二十 北京图书馆《古籍珍本丛刊》本

《序志篇》云:《文心》之作也,本乎道。案彦和之意,以为文章本由自然生,故篇中数言自然。一则曰:心生而言立,言立而文明,自然之道也。再则曰:夫岂外饰,盖自然耳。三则曰:谁其尸之,亦神理而已。寻绎其旨,甚为平易。盖人有思心,即有言语,既有言语,即有文章,言语以表思心,文章以代言语,惟圣人为能尽文之妙,所谓道者,如此而已。此与后世言文以载道者截然不同。……《韩非子·解老》篇曰:道者,万物之所然也,万理之所稽也。理者,成物之文也;道者,万物之所以成也。……《庄子·天下》篇曰:古之所谓道术者果恶乎在?曰无乎不在。案庄、韩之言道,犹言万物之所由然。文章之成,亦由自然,故韩子又言圣人得之以成文章。韩子之言,正彦和所祖也。

黄侃《文心雕龙札记》　上海古籍出版社

　　《文心雕龙》首篇题为"原道";刘勰前后的作者也曾使用"原道",意指"溯道之源"(tracing the origin of the Tao),但在此处,以略称意指"文源于道"(literature originates from the Tao)或"溯文之源于道"(tracing the origin of literature to the Tao)。通贯全篇,刘勰很技巧地利用"文"这个字的多义性(polysemy),以强调文学与其他形式或文饰间的类比。因此,要以一个英文字来翻译几乎是不可能的;……将文学之"文"与自然现象之形状的"文"合而为一,刘勰因此能够将文学的渊源追溯到宇宙的开始,而将文学提升到具有宇宙重要性的地位。他的观念取自《易经》与其他古籍,而演变出宇宙秩序与人类心灵之间,心灵与语言之间,以及语言与文学之间的多重互应的理论。……我们再度看到他(刘勰)如何巧妙地将重点从泛指"文化"或"文饰"的"文",转移到意指"文学"的"文"。事实上,"文言"这一篇名,可有而且已有不同的解释:指"文章之言"(words on the text),或指"文饰之言"(embellished words)。刘勰自然采取后一解释,而且灵巧地将此一复合词变成"言之文",语言的"图样"或"表象"或"修饰"——"文学"的一个便利的定义!然后他重述"天地之心"这句话,这次将它应用于文学(文)而非应用于"人",而将"文"调合于前面指出的多重互应中(宇宙——心灵——语言——文学)。……我们可以看出刘勰如何将"文"所表示的数种概念合并在一起,以形成他的基本的文学概念:(1)"文"即自然现象的图样或形象,作为宇宙之道的显示;(2)"文"即文化,人文制度的形式,与"自然"的"文"平行;(3)"文"即文饰;(4)"文"即文字,代表语言,而语言又表达人心,人心与宇宙之心合一。这些概念合并在一起的结果,亦即:文学即宇宙原理之显示与文饰之言的表象这种概念。

刘若愚《中国文学理论》第二章　台北联经出版事业公司

文心雕龙·宗经①

三极彝训②,其书曰(原作"言",据唐写本改)经。经也者,恒久之至道,不刊之鸿教也③。故象天地,效鬼神,参物序,制人纪,洞性灵之奥区,极文章之骨髓者也④。皇世《三坟》⑤,帝代《五典》⑥,重以《八索》⑦,申以《九丘》⑧,岁历绵暧,条流纷糅⑨。自夫子删述,而大宝启(原作"咸",据《太平御览》改)耀⑩。于是《易》张《十翼》⑪,《书》标"七观"⑫,《诗》列"四始"⑬,《礼》正"五经"⑭,《春秋》"五例"⑮,义既埏(原作"极",据《太平御览》改)乎性情,辞亦匠于文理,故能开学养正,昭明有融⑯。然而道心惟微,圣谟卓绝,墙宇重峻,而吐纳自深⑰。譬万钧之洪钟,无铮铮之细响矣。

夫《易》惟谈天,入神致用,故《系》称旨远辞文,言中事隐。韦编三绝⑱,固哲人之骊渊也⑲。《书》实记言,而诂训(原作"训诂",据唐写本改)茫昧⑳,通乎《尔雅》㉑,则文意晓然。故子夏叹《书》,"昭昭若日月之明,离离如星辰之行",言昭灼也㉒。《诗》主言志,诂训同《书》,摛风裁兴,藻辞谲喻,温柔在诵,故最附深衷矣㉓。《礼》以立体,据事制范,章条纤曲,执而后显㉔,采掇片(原作"生",据唐写本改)言,莫非宝也。《春秋》辨理,一字见义,"五石"、"六鹢"㉕,以详略成文㉖,"雉门"、"两观"㉗,以先后显旨㉘,其婉章志晦,谅以邃矣㉙。《尚书》则览文如诡,而寻理即畅;《春秋》则观辞立晓,而访义方隐。此圣文(原作"人",据唐写本改)之殊致,表里之异体者也。

至于根柢槃深㉚,枝叶峻茂,辞约而旨丰,事近而喻远。是以往者虽旧,余味日新,后进追取而非晚,前修久(原作"文",据唐写本改)用而未先㉛,可谓太山遍雨,河润千里者也。

故论、说、辞、序㉜,则《易》统其首;诏、策、章、奏㉝,则《书》发其源;赋、颂、歌、赞㉞,则《诗》立其本;铭、诔、箴、祝㉟,则《礼》总其端;纪、传、盟(原作"铭",据唐写本改)、檄㊱,则《春秋》为根:并穷高以树表,极远以启疆,所以百家腾跃,终入环内者也㊲。若禀经以制式,酌《雅》以富言,是即(原作"仰",据唐写本改)山而铸铜,煮海而为盐也㊳。故文能宗经,体有六义㊴:一则情深而不诡,二则风清而不杂,三则事信而不诞,四则义贞(原作"直",据唐写本改)而不回⑩,五则体约而不芜,六则文丽而不淫。扬子比雕玉以作器,谓五经之含文也㊶。夫文以行立,行以文传㊷。四教所先,符采相济㊸。励德树声,莫不师圣,而建言修辞,鲜克宗经。是以楚艳汉侈,流弊不还,正末归本,不其懿欤㊹!

赞曰:三极彝道,训深稽古㊺。致化惟(原作"归",据唐写本改)一,分教斯五㊻。性灵熔匠,文章奥府。渊哉铄乎,群言之祖㊼。

【注释】

①《文心雕龙·宗经》——《宗经》是《文心雕龙》的第三篇。按刘勰《序志》篇所述,《文心雕龙》前五篇是"文之枢纽",其中《原道》、《征圣》、《宗经》三篇关系尤为密切。简而言之,刘勰认为,道、圣、经三位一体,道为圣之本,圣为经之本,而经为后世文章之本。所谓"宗经",即宗法经书,以儒家"五经"为写作和评价文章的标准。

本篇的主要内容有四个方面:一是概述了古代经书的基本情况,指出经书表现了恒久不变之道,它们内容深奥,文辞规范。二是指出了《易》、《书》、《诗》、《礼》、《春秋》这"五经"各自的思想艺术特色。三是指出论、说、辞、序等二十种主要文体均溯源于"五经"。四是指出作文宗法"五经",则有"六义"之美,其中情深、事信、义直指思想内容之美,风清指文章风貌之美,体约、文丽指形式和语言风格之美。

刘勰为文宗经的思想受到了王充的影响,王充在《论衡·佚文》中指出:"文人宜遵《五经》六艺为文。"刘勰将王充的思想进一步系统化,提出了文章宗法"五经"的"六义"之美,其旨在对"楚艳汉侈"的流弊进行"正末归本",具有一定的理论价值和现实针对性。但他对"五经"价值和作用的过分推崇,则有失偏颇。事实上,在刘勰的时代,《书》已经是要借助《尔雅》才能读懂,向这样古奥难懂的经典取法,很难想象写作出来的文章会有"六义"之美。

②三极彝训——三极,即三才,指天、地、人。《周易·系辞》:"六爻之动,三极之道也。"韩康伯注:"三极,三才也。"彝,经常。

③不刊之鸿教——不刊,不可更改,不可磨灭。鸿,大。

④"故象天地"六句——象,取象。效,验证。参,参究。洞,通达。奥区,秘不可见的地方。极,穷尽,此指彻底掌握。此六句意谓,经书是取象于天地,征验于鬼神,参究万物秩序,制定人伦纲纪,洞察人类心灵奥秘,极尽文章精髓的

著作。

⑤皇世《三坟》——皇,三皇,有说是指伏羲、女娲、神农,也有说是指伏羲、神农、黄帝。《三坟》,相传为记载三皇事迹的书。

⑥帝代《五典》——帝,五帝,有说是指黄帝、颛顼、帝喾、尧、舜,也有说是指少昊、颛顼、高辛、尧、舜。《五典》,相传为记载五帝事迹的书。

⑦重以《八索》——重,加上。《八索》,相传是关于八卦的书。

⑧申以《九丘》——申,加上。《九丘》,相传是关于九州的书。

⑨"岁历绵暧"二句——绵,久远。暧,昏暗不明。二句意谓上述古书由于年代久远,其流派众多而杂乱。

⑩"自夫子删述"二句——大宝,指经书。启耀,焕发光彩。此二句意谓经过孔子的删定阐述,经书焕发出光彩。

⑪《十翼》——相传为孔子所写的十篇阐释《易经》的文章,即《彖辞》上下、《象辞》上下、《系辞》上下、《文言》、《说卦》、《序卦》、《杂卦》。

⑫七观——据《尚书大传》记载,孔子认为从《尚书》的部分篇章中可以观义、仁、诚、度、事、治、美。

⑬四始——《毛诗序》称《诗经》中的《风》、《小雅》、《大雅》、《颂》为"四始"。始,王政兴衰的开始。

⑭五经——据《礼记·祭统》郑玄注,吉礼、凶礼、宾礼、军礼和嘉礼,称为"五经"。

⑮五例——据杜预《春秋左氏传序》记载,《春秋》有五种记事条例,即微而显、志而晦、婉而成章、尽而不汙、惩恶而劝善。

⑯"义既埏乎性情"四句——埏,以水和土,此指陶冶。匠,精心组织。有,又。融,长。此四句意谓,经书的义理能陶冶人的性情,文辞也精心组织,合乎文理,所以能开启学问,培养正气;经书是文章的典范,光明又长久。

⑰"然而道心惟微"四句——圣谟,指经书。重峻,深广高峻。吐纳,喻内涵。此四句意谓,自然之道精微,圣人的经书如深宅大院,内涵广大。

⑱韦编三绝——韦,熟皮。绝,断裂。《史记·儒林传序》记载孔子读《易》,用来编竹简的熟皮绳断了三次。

⑲固哲人之骊渊也——骊,传说中的黑龙。《庄子·列御寇》中说,深潭中的黑龙,下巴上有珍贵的宝珠。这里刘勰把《易》比喻为蕴藏着精妙道理的宝库。

⑳诂训茫昧——诂训,即训诂,此指古文字。茫昧,不明。

㉑《尔雅》——解释语辞和名物术语的古书,相传为周公所撰,一说为孔子

门徒解释六艺之作。

㉒"故子夏叹《书》"四句——子夏,孔子的弟子。昭昭,明亮。离离,分明。昭灼,明显。《尚书大传》载,子夏赞美《尚书》:"昭昭如日月之代明,离离若参辰之错行。"

㉓"摛风裁兴"四句——摛,传布。裁,制。风,此指《诗经》之《风》、《雅》。兴,指比兴。附,切合。此四句意谓,《诗经》创立了风、雅、比、兴,文辞华美,比喻委婉,诵读起来能够体会到温柔敦厚的特点,最切合内心的情感。

㉔"据事剬范"三句——剬,制。章条,章程条款。此三句意谓,《礼经》根据具体事务制定规范,条例细致缜密,执行之后功效显著。

㉕"五石"、"六鹢"——五石,《春秋·僖公十六年》载:"陨石于宋五。"意即五块陨石落在了宋国。六鹢,《春秋·僖公十六年》载:"六鹢退飞过宋都。"意即六只鹢鸟倒飞,经过宋国都城。

㉖以详略成文——《春秋》记"陨石于宋五"时详载月份和日期,记"六鹢退飞过宋都"时仅录月份。晋范宁《春秋穀梁传集解》解释,无知的陨石坠落必是天意,故详记月、日;微有知的鹢退飞或出偶然,故略记月。

㉗"雉门"、"两观"——《春秋·定公二年》载:"雉门及两观灾。"雉门,鲁宫的南门。两观,宫门前两边的望楼。

㉘以先后显旨——鲁宫火灾首先起火的是两观,但《春秋》记载时先说雉门,因为雉门重要,两观次要。

㉙"其婉章志晦"二句——谅,确实。邃,深远。此二句意谓,《春秋》文字委婉,用意隐晦,确实已臻深邃的境界。

㉚根柢槃深——柢,根。槃,弯曲。此处指经书犹如大树,树根盘结深固。

㉛"后进追取而非晚"二句——二句意谓后辈追赶汲取并不嫌晚,前人长久运用也未必占先。

㉜论、说、辞、序——论、说这两种文体主要用来说理,参见《文心雕龙·论说》。辞、序主要用于解释,《文心雕龙》无专篇论及。

㉝诏、策、章、奏——诏、策是天子向臣民发布的文件,参见《文心雕龙·诏策》。章、奏是臣下向君主奏事进言的文书,参见《文心雕龙·章表》、《文心雕龙·奏启》。

㉞赋、颂、歌、赞——赋盛行于汉魏六朝,是韵文与散文的综合体,参见《文心雕龙·诠赋》。颂是颂扬功德的韵文,参见《文心雕龙·颂赞》。歌是诗歌,参见《文心雕龙·明诗》。赞是颂的变体,有褒有贬,有时也用于总结、补充、说明。参见《文心雕龙·颂赞》。

㉟铭、诔、箴、祝——铭是刻在器物上用于鉴戒或记功的韵文。箴是用于告诫规劝的韵文,一般为四言。以上两种文体参见《文心雕龙·铭箴》。诔是用于陈述死者德行并致哀悼的文体,参见《文心雕龙·诔碑》。祝是向神祷告的祝文,参见《文心雕龙·祝盟》。

㊱纪、传、盟、檄——纪、传是历史散文。参见《文心雕龙·史传》。盟是会盟的誓辞。参见《文心雕龙·祝盟》。檄是征讨文书。参见《文心雕龙·檄移》。

㊲"并穷高以树表"四句——穷,极尽。表,表率。极,最。启疆,开拓疆土,此指拓展文体的范围。环,范围。此四句意谓,这些经书登峰造极,为后世文章树立了表率,开拓了疆域,所以诸子百家无论怎样驰骋跳跃,终究还是落在了经书所开拓的范围之内。

㊳"若禀经以制式"四句——禀,接受。酌,酌取。《雅》,指《尔雅》。此四句意谓,若能依据经书来制定文章的体式,酌取《尔雅》来丰富语汇,这就如同靠近矿山来炼铜,煎煮海水来制盐。

㊴六义——六种美。

㊵义贞而不回——贞,正。回,曲。此指思想正直而不奸邪。

㊶"扬子比雕玉以作器"二句——语本扬雄《法言·寡见》:"或曰:'良玉不雕,美言不文,何谓也?'曰:'玉不雕,玙璠不作器;言不文,典谟不作经。'"扬雄认为良玉不雕不成器,经典没有文采也不称其为经典。

㊷"夫文以行立"二句——行,德行。此二句意谓文章靠德行来树立,德行靠文章来传播。

㊸"四教所先"二句——四教,《论语·述而》:"子以四教:文、行、忠、信。"符采,玉的横纹。济,助。此二句意谓,孔子以"文"、"行"、"忠"、"信"教育学生,其中又以"文"为先,正如美玉有精美的花纹相配,"行"、"忠"、"信"有"文"配合才相得益彰。

㊹"是以楚艳汉侈"四句——楚,楚辞。汉,汉赋。懿,美好。此四句意谓,楚辞艳丽,汉赋铺张,它们流传下来的弊病至今不止。纠正偏颇,回归到经书的正道上来,不就好了吗?

㊺"三极彝道"二句——稽,查究。此二句意谓,天、地、人之常理至为难懂,必须从古代的经书中去考求。

㊻"致化惟一"二句——致,达到。斯,则。总的教化目的只有一个,分别教育时则分为五经。

㊼"性灵熔匠"四句——渊,深。此四句意谓,"五经"是陶冶性灵的工匠,

又是文章写作的深奥宝库。多么深远美好啊,经书是各种文章的始祖。

【附录】

舍舟航而济乎渎者,末矣;舍五经而济乎道者,末矣。弃常珍而嗜乎异馔者,恶睹其识味也?委大圣而好乎诸子者,恶睹其识道也?

扬雄《扬子法言·吾子》 《诸子集成》本

或问:"圣人之经不可使易知与?"曰:"不可。天俄而可度,则其覆物也浅矣;地俄而可测,则其载物也薄矣。大哉!天地之为万物郭,五经之为众说郛。"

扬雄《扬子法言·问神》 《诸子集成》本

受天之文,文人宜遵五经六艺为文,诸子传书为文,造论著说为文,上书奏记为文,文德之操为文。立五文在世,皆当贤也。

王充《论衡·佚文》 《诸子集成》本

夫文章者,原出五经。诏命策檄,生于《书》者也;序述论议,生于《易》者也;歌咏赋诵,生于《诗》者也;祭祀哀诔,生于《礼》者也;书奏箴铭,生于《春秋》者也。

颜之推《颜氏家训·文章》 《诸子集成》本

伏羲造书契后,文章滥觞者《六经》。《六经》糟粕《离骚》,《离骚》糠秕建安七子。七子至白,中有兰芳,情理宛约,词句妍丽。白与古人争长,三字九言,鬼出神入,瞠若乎后耳。

魏颢《李翰林集序》 《李太白全集》附录 中华书局

公之作本乎王道,大抵以五经为泉源。抒情性以托讽,然后有歌咏。美教化,献箴谏,然后有赋颂。悬权衡,以辨天下公是非,然后有论议。至若纪序、编录、铭鼎、刻石之作,必采其行事以正褒贬,非夫子之旨不书。故风雅之指归,刑政之本根,忠孝之大伦,皆见于词。

独孤及《检校尚书吏部员外郎赵郡李公中集序》,《全唐文》卷三八八 中华书局影清刊本

盖尝以为学诗者,必探赜六经,以浚其源;历观古今,以益其波;玩物化之无极,以穷其变;窥古今之步趋,以律其度。虽知其然而病未能也。窃尝叹夫自诗

人以来,莫盛于唐,读其诗者,皆粲然可喜,而考其平生,鲜有轨于大道而厌足人意者,其甚者,曾与闾阎儿童之见无以异。此风也,至唐之季年而尤剧,使人鄙厌其文,惟恐持去之不速。

朱松《上赵漕书》 《韦斋集》卷九 《四部丛刊》续编本

《易》、《诗》、《书》、《仪礼》、《春秋》、《论语》、《大学》、《中庸》、《孟子》,皆圣贤明道经世之书,虽非为作文设,而千万世文章从是出焉。

李涂《文章精义》 人民文学出版社

昔者先师黄文献公尝有言曰:"作文之法,以群经为本根,迁、固二史为波澜。本根不蕃,则无以造道之原;波澜不广,则无以尽事之变。舍此二者而为文,则槁木死灰而已。"予窃识之不敢忘。

宋濂《叶夷仲文集序》 《宋学士文集》卷三十四 商务印书馆

然后知进学之必有本,而文章不离乎经术也。西京之文,惟董仲舒、刘向经术最纯,故其文最尔雅。彼扬雄之徒,品行自诡于圣人,务掇奇字以自矜尚,安知所谓文哉?魏晋以降,学者不本经术,惟浮夸是务,文运之厄数百年。

朱彝尊《与李武曾论文书》 《曝书亭集》卷三十一 《四部丛刊》初编本

秦汉唐宋,虽代有升降,要文之流委而非其源也。颜之推曰:"文章者,原出五经。"而柳子厚论文亦曰:"本之《书》,以求其质;本之《诗》,以求其情;本之《礼》,以求其宜;本之《春秋》,以求其断;本之《易》,以求其动。"王禹偁曰:"为文而舍六经,又何法焉?"李涂曰:"经虽非为作文设,而千万代文章从是出。"是则六经者,文之源也,足以尽天下之情之辞之政之心,不入于虚伪,而归于有用。执事诚欲以古文名家,则取法者莫若经焉尔矣。

朱彝尊《答胡司泉书》 《曝书亭集》卷三十三 《四部丛刊》初编本

知始则知本。漱六艺之芳润,非本也;约六经之旨,乃本也。清昼受西方之教者,亦曰:"诗,六经之菁英。"事以末来,而情以本应,末即本也。欧阳永叔不喜《史记》,苏子美不喜杜诗,洵弗阁为通人;若不本之六经,虽复"熟精《文选》理",有是非颇谬者矣。

宋大樽《茗香诗论》 《清诗话》上册 中华书局

夫六艺所载,政教学艺耳,文章之用,隆之至于能载政教学艺而止。挹其流者,必撢其原,揽其末者,必循其柢。此为文之宜宗经一矣。经体广大,无所不包,其论政治典章,则后世史籍之所从出也;其论学术名理,则后世九流之所从出也;其言技艺度数,则后世术数方技之所从出也。不睹六艺,则无以见古人之全,而识其离合之理。此为文之宜宗经二矣。杂文之类,名称繁穰,循名责实,则皆可得之于古。彦和此篇所列,无过举其大端。若夫九能之见于《毛诗》,六辞之见于《周礼》,尤其渊源明白者也。此为文之宜宗经三矣。文以字成,则训故为要;文以义立,则体例居先,此二者又莫备于经,莫精于经。欲得师资,舍经何适?此为文之宜宗经四矣。谨推刘旨,举此四端,至于经训之博厚高明,盖非区区短言所能扬榷也。

黄侃《文心雕龙札记》 上海古籍出版社

文心雕龙·辨骚[①]

自风雅寝声,莫或抽绪[②],奇文郁起,其《离骚》哉!固已轩翥诗人之后[③],奋飞辞家之前,岂去圣之未远,而楚人之多才乎!昔汉武爱《骚》,而淮南作《传》[④],以为《国风》好色而不淫,《小雅》怨诽而不乱,若《离骚》者,可谓兼之。蝉蜕秽浊之中[⑤],浮游尘埃之外,皭然涅而不缁[⑥],虽与日月争光可也。班固[⑦]以为露才扬己,忿怼沉江[⑧];羿浇二姚[⑨],与左氏不合[⑩];昆仑悬圃[⑪],非经义所载;然其文辞丽雅,为词赋之宗,虽非明哲[⑫],可谓妙才。王逸以为[⑬]诗人提耳[⑭],屈原婉顺。《离骚》之文,依经立义,驷虬乘鹥[⑮],则时乘六龙[⑯],昆仑流沙[⑰],则《禹贡》敷土[⑱]。名儒辞赋,莫不拟其仪表[⑲],所谓金相玉质[⑳],百世无匹者也。及汉宣嗟叹[㉑],以为皆合经术;扬雄讽味[㉒],亦言体同诗雅。四家举以方经[㉓],而孟坚谓不合《传》[㉔],褒贬任声,抑扬过实,可谓鉴而弗精,玩而未覈者也[㉕]。

将覈其论,必征言焉。故其陈尧舜之耿介,称禹汤(原作汤武,据唐写本改)之祗敬,典诰之体也[㉖];讥桀纣之猖披,伤羿浇之颠陨,规讽之旨也[㉗];虬龙以喻君子,云蜺以譬谗邪,比兴之义也[㉘];每一顾而掩涕,叹君门之九重,忠怨之辞也[㉙]。观兹四事,同于风雅者也。至于托云龙,说迂怪,驾(原无驾字,据唐写本增)丰隆,求宓妃,凭(原无凭字,据唐写本增)鸩鸟,媒娀女,诡异之辞也[㉚];康回倾地,夷羿㚄日,木夫九首,土伯三目,谲怪之谈也㉛;依彭咸之遗则,从子胥以自适,狷狭之志也㉜;士女杂坐,乱而不分,指以为乐,娱酒不废,沉湎日夜,举以为欢(原作懽,据唐写本改),荒淫之意也㉝。摘此四事,异乎经典者也。

故论其典诰则如彼,语其夸诞则如此。固知《楚辞》者,体宪(原作慢,据唐写本改)于三代㉞,而风杂(原作雅,据唐写本改)于战国,乃雅颂之博徒,而词赋之英杰也㉟。观其骨鲠所树,肌肤所附,虽取熔经旨(原作意,据唐写本改),亦自铸伟辞㊱。故《骚经》、《九章》,朗丽以哀志;《九歌》、《九辩》,绮靡以伤情;《远游》、《天问》,瑰诡而慧(原作惠,据唐写本改)巧;《招魂》、《大招》(原作招隐,据唐写本改),耀艳而采(原作深,据唐写本改)华;《卜居》标放言之致㊲,《渔父》寄独往之才㊳。故能气往轹古,辞来切今㊴,惊采绝艳,难与并能矣。

自《九怀》以下,遽蹑其迹,而屈宋逸步,莫之能追㊵。故其叙情怨,则郁伊而易感㊶;述离居,则怆怏而难怀㊷;论山水,则循声而得貌;言节候,则披文而见时。是以枚贾追风以入丽,马扬沿波而得奇,其衣被词人,非一代也㊸。故才高者菀其鸿裁㊹,中巧者猎其艳辞,吟讽者衔其山川,童蒙者拾其香草。若能凭轼以倚《雅》、《颂》,悬辔以驭楚篇㊺,酌奇而不失其贞(原作真,据唐写本改),玩华而不坠其实,则顾盼可以驱辞力,欬唾可以穷文致㊻,亦不复乞灵于长卿,假宠于子渊矣㊼。

赞曰:不有屈原,岂见《离骚》。惊才风逸,壮采(原作志,据唐写本改)烟高。山川无极,情理实劳㊽。金相玉式,艳溢锱毫㊾。

【注释】

①《文心雕龙·辨骚》——《辨骚》是《文心雕龙》的第五篇。所谓骚,原指《离骚》,后泛指《楚辞》。所谓辨,则着重于辨析楚辞与经书的异同及其艺术特色。从《序志》篇"本乎道,师乎圣,体乎经,酌乎纬,变乎骚"的论述来看,刘勰所谓"变乎骚",重点是要阐明楚辞在《诗经》后的变化和创新,本篇正是在总结了楚辞思想艺术特点的基础上,提出了文学求变的原则:"凭轼以倚《雅》、《颂》,悬辔以驭楚篇,酌奇而不失其贞,玩华而不坠其实。"

刘勰辨析了楚辞与经书的异同,他指出汉代刘安等五家对《离骚》或褒或贬都失之片面,他具体分析了《楚辞》与经典的四同四异,在此基础上,他给《楚辞》的定位为"乃雅颂之博徒,而词赋之英杰也",也就是说,他认为《楚辞》的艺术价值比《诗经》低,而比汉赋高。此外,刘勰对《楚辞》中《离骚》、《九章》等十个篇章各自的艺术特色进行了总结,并从"叙情怨"、"述离居"、"论山水"、"言节候"四个方面对《楚辞》的整体艺术特色进行了概括。刘勰认为,作文应当以《诗经》的雅正为本,同时又要利用楚辞的奇辞异彩。

刘勰辨析楚辞的思想内容时,从分析楚辞与经典的异同入手,这受到汉儒依经立论的影响,但他又能超越汉儒,对楚辞的艺术特色进行辨析,并且重点放在了后者,尤其是他提出的"酌奇而不失其贞,玩华而不坠其实"的观点,不仅对"楚艳汉侈,流弊不还"(《宗经》)的不良文风有"正末归本"的意义,更重要的是刘勰从理论上妥善地解决了奇与正、华与实相统一的问题。奇正结合,华实相扶,这是写作中的一条重要规律,也是贯穿《文心雕龙》的一个基本观点。

骚、赋是相近的文体,刘勰并没有将它们放在一起论述,而是以《辨骚》和《诠赋》两篇分别论之,其中将《诠赋》归入文体论中加以论述,而把《辨骚》放到《文心雕龙》的总论中加以辨析。这表明刘勰对《楚辞》的重视,他认为《楚辞》上继《诗经》下开汉赋,是文学的典范,是奇文的代表。如果说,《原道》、《征圣》、《宗经》从正面阐述了为文宗经的重要,那么《辨骚》、《正纬》则从"酌奇"、"玩华"等方面进行了补充,从而在前五篇展现了刘勰"执正驭奇"的基本观点。

②"自风雅寝声"二句——寝,停息。抽绪,继其余绪,此指继续写诗。此二句意谓周王朝衰微后,不再采诗,也没有人继续写这样的诗。

③固已轩翥诗人之后——轩翥,高飞。诗人,《诗经》作者。

④"昔汉武爱《骚》"二句——汉武,汉武帝。淮南,淮南王刘安。《传》,指刘安的《离骚传》,已失传。以下自"《国风》好色而不淫"至"虽与日月争光可也"是班固《离骚序》引刘安《离骚传序》中的话。

⑤蝉蜕秽浊之中——蜕,脱皮。秽浊,污泥。

⑥皭然涅而不缁——皭,洁白。涅,染黑。缁,黑。

⑦班固——东汉作家,著有《汉书》。以下自"露才扬己"至"可谓妙才"是班固《离骚序》评论屈原及《离骚》的话。

⑧忿怼沉江——忿怼,怨恨。

⑨羿浇二姚——羿,后羿,传说中夏部落有穷国的国君。浇,过浇。寒浞杀羿,与羿妻所生之子。二姚,夏少康妃,有虞氏之女。羿、浇、二姚事见《左传》。

⑩与左氏不合——左氏,此指《左传》。班固在《离骚序》中指责刘安《离骚传》讲述羿、浇、二姚事时有所增损,与《左传》的记载不同,刘勰误以为班固批评《离骚》所记与《左传》不同,实则不然。

⑪昆仑悬圃——昆仑,山名。悬圃,昆仑山巅。

⑫虽非明哲——明哲,通达事理的人。《诗经·大雅·烝民》有"既明且哲,以保其身"句,屈原投江,未能保其身,所以班固认为屈原"非明哲"。

⑬王逸以为——王逸,东汉作家,著有《楚辞章句》。以下"诗人提耳"至"百世无匹者也"是刘勰引述王逸《楚辞章句序》中的话。

⑭诗人提耳——《诗经·大雅·抑》中有"言提其耳"句,此谓《诗经》作者语气峻急。王逸认为,《诗经》作者在诗中直斥当权者,而屈原在《离骚》中对君主的劝谏则更加委婉。

⑮驷虬乘鹥——意谓驾龙骑凤。驷,四匹马拉的车,此处用作动词。虬,龙的一种。鹥,凤的一种。

⑯时乘六龙——语出《易传·乾·象辞》"时乘六龙以御天"。王逸认为《离骚》驷虬乘鹥的说法出自《易传》。

⑰昆仑流沙——昆仑,昆仑山。流沙,地名。

⑱《禹贡》敷土——《禹贡》,《尚书》中的一篇。敷土,治理水土。王逸认为《离骚》言及的昆仑、流沙语出《尚书》。

⑲莫不拟其仪表——拟,模拟。仪表,外貌,此指形式。

⑳金相玉质——金玉之质。相,质。

㉑汉宣嗟叹——汉宣,汉宣帝。嗟叹,汉宣帝曾称赞《楚辞》为"辞赋大者,与古诗同义",事见《汉书·王褒传》。

㉒扬雄讽味——扬雄,西汉末作家。讽味,诵读品味。扬雄诵读品味《楚辞》的原话今已失传。

㉓四家举以方经——四家,刘安、王逸、汉宣帝、扬雄。方,比方。句意谓:上述四家推崇《楚辞》,拿它与经书相比。

㉔孟坚谓不合《传》——孟坚,班固字。传,《左传》。

㉕玩而未覈者也——玩,品味。覈,核实。刘勰认为,汉代上述五家对《离骚》的评价都不够精确,虽然他们品味了《离骚》,但都未加核实。

㉖"故其陈尧舜之耿介"三句——尧舜之耿介,《离骚》中有"彼尧舜之耿介兮"句。耿介,光明正大。禹汤之祗敬,《离骚》中有"汤禹俨而祗敬兮"句。祗,恭敬。典,指《尚书·尧典》。诰,指《尚书·汤诰》。刘勰认为,《离骚》陈述唐尧和虞舜的光明正大,称赞夏禹、商汤的谨严敬戒,接近于《尚书》中《尧典》、《汤诰》的体制。

㉗"讥桀纣之猖披"三句——桀纣之猖披,《离骚》中有"何桀纣之猖披兮"句。猖披,衣不系带,此指任意妄为。羿浇之颠陨,《离骚》中有"羿淫游以佚畋

兮,……(浇)厥首用夫颠陨"句。颠陨,坠落,指羿、浇被杀。刘勰认为,《离骚》讥讽夏桀、商纣的放纵,痛惜后羿、过浇被杀,这些符合《诗经》讽刺、规劝的旨趣。

㉘"虬龙以喻君子"三句——《九章·涉江》有"驾青虬兮骖白螭"句,王逸注云:"虬、螭:神兽,宜于驾乘,以喻贤人清白,宜可信任也。"云蜺,此指恶气。蜺同"霓",即虹。《离骚》有"帅云蜺而来御"句。刘勰认为,《涉江》用虬龙比喻君子,《离骚》以云霓比喻坏人,运用的是《诗经》中比兴的手法。

㉙"每一顾而掩涕"三句——每一顾而掩涕,事见《九章·哀郢》:"望长楸而太息兮,涕淫淫其若霰。过夏首而西浮兮,顾龙门而不见。"叹君门之九重,事见宋玉《九辩》:"岂不郁陶而思君兮,君之门以九重。"刘勰认为,《哀郢》述说回望故土,潸然落泪,《九辩》感叹宫禁森严,难以接近楚君,这些是忠而怀怨之辞。

㉚"至于托云龙"七句——托云龙,《离骚》有"驾八龙之婉婉兮,载云旗之委蛇"句。迂怪,指神怪。驾丰隆,求宓妃,《离骚》中有"吾令丰隆乘云兮,求宓妃之所在"句。丰隆,云神。宓妃,洛水女神。凭鸩鸟,媒娀女,《离骚》中有"望瑶台之偃蹇兮,见有娀之佚女,吾令鸩为媒兮"句。娀,即有娀,古国名。刘勰认为,《离骚》假托八龙和云旗,讲述神怪之事,如驾着风神去找宓妃,托鸩鸟去向有娀国的美女求婚,这些都是怪异之辞。

㉛"康回倾地"五句——康回倾地,《天问》有"康回凭怒,地何故以东南倾"句。康回,共工的名字,传说他与颛顼争帝失败,怒触不周山,折断了天柱,大地因而向东南倾斜。夷羿弊日,《天问》中有"羿焉毙日"句。夷,羿的姓。弊,射。木夫九首,《招魂》中有"一夫九首,拔木九千些"句。土伯三目,《招魂》中有"土伯……三目虎首"句。土伯,土地神。刘勰认为,《天问》里说共工撞倒天柱,后羿射落九个太阳,《招魂》里说九头人拔起千棵树,土地神有三只眼,这些都是奇谈怪论。

㉜"依彭咸之遗则"三句——依彭咸之遗则,《离骚》中有"愿依彭咸之遗则"句。彭咸,殷大夫,谏君不听,投水自杀。遗则,留下的榜样。从子胥以自适,《九章·悲回风》中有"从子胥而自适"句。子胥,伍子胥,谏吴王夫差不听,被赐死,投尸于江。狷,狷介。狭,狭隘。刘勰认为,《离骚》说要效法彭咸的榜样,《悲回风》说要追随伍子胥,这些是狭隘的思想。

㉝"士女杂坐"七句——士女杂坐,乱而不分,语出《招魂》。娱酒不废,沉湎日夜,《招魂》中有"娱酒不废,沈日夜些"句。不废,不停。刘勰认为,《招魂》把男女混坐当作快乐;把沉湎饮酒视为欢娱,这是荒淫的意思。

㉞体宪于三代——宪,效法。三代,夏、商、周,此指三代的典籍。

㉟"乃雅颂之博徒"二句——雅颂,《诗经》。博徒,赌徒,此指贱者。刘勰

认为,楚辞的艺术价值比《诗经》低,而比汉赋高。

㊱"观其骨鲠所树"四句——骨鲠,骨干,喻内容。肌肤,喻辞采。刘勰认为,从内容和形式两方面来看,楚辞虽然熔取了经书的旨意,但也独创了卓越的辞采。

㊲《卜居》标放言之致——标,显示。放,放纵不羁。致,情致。

㊳《渔父》寄独往之才——独往,特立独行。

㊴"故能气往轹古"二句——轹,车轮辗轧,此指超过。切今,切合当前。

㊵"自《九怀》以下"四句——《九怀》,《楚辞》篇名,汉代王褒所作。以下,指《楚辞》中《九怀》以下的汉代作品。遽,急。躔,追踪。迹,足迹。刘勰认为,《楚辞》中《九怀》以下的汉代作品,都模仿屈原、宋玉,却没有人能赶得上。

㊶郁伊而易感——郁伊,忧愤郁结。此处指屈原、宋玉抒写的怨情,使人抑郁而易受感动。

㊷怆怏而难怀——怆怏,悲伤失意。此处指屈原、宋玉叙述离别,令人悲愁而难以忍受。

㊸"是以枚贾追风以入丽"四句——枚,枚乘,西汉初作家。贾,贾谊,西汉初作家。马,司马相如,西汉作家。扬,扬雄,西汉末作家。衣被,像穿衣盖被,使人受益。刘勰认为,上述四位汉代作家都从《楚辞》中受益,枚乘、贾谊得其华丽,司马相如、扬雄得其宏伟。《楚辞》对于后世作家的影响,远不止汉代一朝。

㊹才高者菀其鸿裁——菀,取。此句意谓才能高的人从《楚辞》中学得宏大的体制。

㊺"凭轼以倚《雅》、《颂》"二句——轼,车前横木。悬,提着。辔,马缰。刘勰认为,写作应该遵照《诗经》的准则,有控制地学习《楚辞》。

㊻"则顾盼可以驱辞力"二句——顾盼、欻唑,均指极短的时间。刘勰认为,诗骚并用,奇正华实并重,这样就能迅速地驱遣辞情才力,穷尽文章情致。

㊼"亦不复乞灵于长卿"二句——长卿,司马相如字。子渊,王褒字。乞灵,乞求灵气。假宠,借取荣耀。

㊽情理实劳——劳,同"辽",辽阔。

㊾"金相玉式"二句——相,质。式,形式。艳溢,艳采四溢。锱,重量单位,四分之一两。毫,重量单位,千分之一钱。锱毫,极细微处,指作品的细节。

【附录】

昔在孝武,博览古文,淮南王安叙《离骚传》,以国风好色而不淫,小雅怨悱而不乱,若《离骚》者,可谓兼之。蝉蜕浊秽之中,浮游尘埃之外,皭然泥而不滓,推此志,虽与日月争光可也。斯论似过其真。……今若屈原,露才扬己,竞乎危国群小之间,以离谗贼。然责数怀王,怨恶椒兰,愁神苦思,强非其人,忿怼不容,沈江而死,亦贬絜狂狷景行之士。多称昆仑冥婚宓妃虚无之语,皆非法度之政,经义所载。谓之兼诗风雅,而与日月争光,过矣。然其文弘博丽雅,为辞赋宗,后世莫不斟酌其英华,则象其从容。自宋玉、唐勒、景差之徒,汉兴,枚乘、司马相如、刘向、扬雄,骋极文辞,好而悲之,自谓不能及也。

班固《离骚序》 《楚辞》卷一 《四部丛刊》本

今若屈原,膺忠贞之质,体清洁之性,直若砥矢,言若丹青,进不隐其谋,退不顾其命,此诚绝世之行,俊彦之英也。而班固谓之露才扬己,竞于群小之中,怨恨怀王,讥刺椒兰,苟欲求进,强非其人,不见容纳,忿恚自沉,是亏其高明,而损其清洁者也。昔伯夷、叔齐让国守分,不食周粟,遂饿而死。岂可复谓有求于世而怨望哉?且诗人怨主刺上,曰:"呜呼小子,未知臧否。匪面命之,言提其耳。"风谏之语,于斯为切。然仲尼论之,以为大雅。引此比彼,屈原之词,优游婉顺,宁以其君不智之故,欲提携其耳乎?而论者以为露才扬己,怨刺其上,强非其人,殆失厥中矣。

王逸《楚辞章句序》 《楚辞补注》卷一 中华书局

太史公以屈平"正直忠智以事其君,信而见疑,忠而被谤,能无怨乎?《离骚》之作,盖自怨生也。国风好色而不淫,小雅怨诽而不乱,若《离骚》者,可谓兼之矣。"嗟夫,此有道者之言也。天下英豪奇魄之士,苟有意乎世容,非好色者乎?君父不见知,而有不怨其君父者乎?彼夫好色而至于淫,怨其君父而至于乱者,则有意乎世之极,而不得夫道者也。

汤显祖《骚苑笙簧序》 《汤显祖诗文集》下册卷二十九 上海古籍出版社

刘勰云:"《离骚》轩翥诗人之后,奋飞辞家之前,……乃《雅》《颂》之博徒,而词赋之英杰也。"按:淮南王、宣帝、扬雄、王逸皆举以方经,而班固独深贬之。勰始折中,为千古定论,盖屈子本辞赋之宗,不必以圣经列之也。

许学夷《诗源辨体》卷二 人民文学出版社

风雅云亡,楚《骚》继作。知屈子者,汉惟淮南王安。淮南以后,梁惟彦和,谓其轩翥诗人之后,奋飞词家之前,去圣未远,后世作者,莫不蹑其迹,而屈宋逸步,杳然难追。以此读《骚》,可谓莫逆者矣。

叶绍泰《文心雕龙》评点 叶绍泰增订汉魏别解本《文心雕龙》

《诗》亡之后,屈平直接其绪,故彦和正纬以辨骚也。此非刘子之言也,《国风》《小雅》,《离骚》兼之,汉人已言之矣。

曹学佺《文心雕龙》批语　明凌云刻本《文心雕龙》

按班氏《离骚经章句叙》云:"说五子以失家巷,谓伍子胥。及至羿、浇、少康、有娀佚女,皆各以所识有所增损,然犹未得其正也。"此并言淮南说《骚》之误,彦和遂云与下昆仑、虙妃同为讥屈之词,失其指矣。

姚范《援鹑堂笔记》卷四十　道光乙未冬刊本

屈子之作,称尧、舜之耿介,讥桀、纣之昌披,以寓其规讽;誓九死而不悔,嗟黄昏之改期,以致其忠怨:近于诗之陈情与志者矣。若夫体事与物,风之《驷驖》,雅之《车攻》、《吉日》,畋猎之祖也;《斯干》、《灵台》,宫殿苑囿之始也;《公刘》之"幽居允荒",《绵》之"至于岐下",京都之所由来也。至于鸟兽草木之咏,其流寖以广矣。故诗者,骚赋之大原也。

程廷祚《骚赋论上》　《清溪集》卷三　《金陵丛书》本

《骚》为赋之祖。太史公《报任安书》:"屈原放逐,乃赋《离骚》。"《汉书·艺文志》:"屈原赋二十五篇。"不别名骚。刘勰《辨骚》曰:"名儒辞赋,莫不拟其仪表。"又曰:"雅颂之博徒,而辞赋之英杰也。"

刘熙载《艺概·赋概》　上海古籍出版社

《文心雕龙·辨骚》篇曰:"酌奇而不失其贞,玩华而不坠其实。"是言真知《骚》者也。枚、贾得其丽,马、扬得其奇,此私淑者之径造其室也。然其叙情怨,述离居,论山水,言节候,综此四者,披而读之,瞑目遐想,良有不可自解者。

林纾《春觉斋论文·流别论》　人民文学出版社

自彦和论文,别骚于赋,盖欲以尊屈子,使《离骚》上继《诗经》,非谓骚赋有二。观《诠赋》篇云:灵均唱骚,始广声貌。是仍以《离骚》为赋矣。《隋书·经籍志》别《楚辞》于总集,意盖亦同舍人。

黄侃《文心雕龙札记》　上海古籍出版社

文心雕龙·明诗①

大舜云:"诗言志,歌永言②。"圣谟所析③,义已明矣。是以"在心为志,发言为诗"④,舒文载实,其在兹乎⑤!诗者,持也,持人情性⑥;三百之蔽,义归"无邪"⑦,持之为训,有符焉尔⑧。

人禀七情⑨,应物斯感,感物吟志,莫非自然⑩。昔葛天(原"天"后有"氏"字,据唐写本删)乐辞(原"辞"字后有"云"字,据唐写本删),《玄鸟》在曲⑪;黄帝《云门》,理不空弦(原作绮,据唐写本改)⑫。至尧有《大唐》之歌,舜造《南风》之诗⑬,观其二文,辞达而已。及大禹成功,九序惟歌⑭;太康败德,五子咸讽⑮(原作怨,据唐写本改):顺美匡恶,其来久矣。自商暨周,《雅》、《颂》圆备,四始彪炳,六义环深⑯。子夏鉴(原作监,据唐写本改)绚素之章,子贡悟琢磨之句,故商赐二子,可与言诗⑰。自王泽殄竭,风人辍采⑱,春秋观志,讽诵旧章,酬酢以为宾荣,吐纳而成身文⑲。逮楚国讽怨,则《离骚》为刺。秦皇灭典,亦造《仙诗》⑳。汉初四言,韦孟首唱㉑,匡谏之义,继轨周人。孝武爱文,柏梁列韵㉒;严马之徒,属辞无方㉓。至成帝品录,三百余篇,朝章国采,亦云周备㉔,而辞人遗翰,莫见五言,所以李陵、班婕妤见疑于后代也㉕。按《召南·行露》,始肇半章㉖;孺子《沧浪》,亦有全曲㉗;《暇豫》优歌,远见春秋㉘;《邪径》童谣,近在成世㉙。阅时取证,则五言久矣。又古诗佳丽,或称枚叔,其《孤竹》一篇,则傅毅之词㉚。比采而推,两汉之作乎?观其结体散文㉛,直而不野,婉转附物,怊怅切情㉜,实五言之冠冕也。至于张衡《怨》篇㉝,清典可味;仙诗缓歌㉞,雅有新声。暨建安之初,五言腾踊,文帝陈思,纵辔以骋节㉟;王徐应刘㊱,望路而争驱。并怜风月,狎池苑㊲,述恩荣,叙酣宴,慷慨以任气,磊落以使才㊳;造怀指事㊴,不求纤密之巧,驱辞逐貌,唯取昭晰之能㊵:此其所同也。及(原作乃,据唐写本改)正始明道,诗杂仙心;何晏之徒,率多浮浅㊶。唯嵇志清峻,阮旨遥深,故能标焉㊷。若乃应璩《百一》,独立不惧,辞谲义贞,亦魏之遗直也㊸。晋世群才,稍入轻绮。张潘左陆,比肩诗衢㊹,采缛于正始,力柔于建安,或析(原作枏,据唐写本改)文以为妙,或流靡以自妍㊺,此其大略也。江左篇制,溺乎玄风,嗤笑徇务之志,崇盛忘(原作亡,据唐写本改)机之谈㊻,袁孙已下,虽各有雕采,而辞趣一揆㊼,莫与争雄,所以景纯仙篇㊽,挺拔而为隽(原作俊,据唐写本改)矣。宋初文咏,体有因革,庄老告退,而山水方滋;俪采百字之偶(49),争价一句之奇,情必极貌以写物,辞必穷力而追新,此近世之所竞也。

故铺观列代,而情变之数可鉴(原作监,据唐写本改)(50);撮举同异,而纲领之要可明矣。若夫四言正体,则雅润为本;五言流调,则清丽居宗;华实异用,惟才所安。故平子得其雅,叔夜含其润(51),茂先凝其清,景阳振其丽(52),兼善则子建、仲宣,偏美则太冲、公干(53)。然诗有恒裁(54),思无定位,随性适分,鲜能通圆。若妙识所难,其易也将至(55);忽以(原作之,据唐写本改)为易,其难也方来。至于三六杂言,则出自篇什(56);离合之发,则萌(原作明,据唐写本改)于图谶(57);回文所兴,则道原为始(58);联句共韵,则柏梁余制(59)。巨细或殊,情理同致,总归诗囿(60),故不繁云。

赞曰:民生而志,咏歌所含(61)。兴发皇世,风流《二南》(62)。神理共契,政序相参(63)。英华弥缛,万代永耽(64)。

【注释】

①《文心雕龙·明诗》——《明诗》是《文心雕龙》的第六篇,是文体论中的重要篇章之一。本篇实际上是一篇先秦到晋宋的诗歌发展简史。所谓“明诗”就是要阐明诗歌的诗体源流、诗体特点、诗歌功能及诗歌发生发展的历史和规律等问题。全篇分三个部分:第一部分是总论,讲诗的含义、作用;第二部分概述了先秦至晋宋的诗歌发展的历史;第三部分评说四言诗、五言诗的基本特点及各个时期代表作家作品的成就。

刘勰认识到诗歌具有抒发性情的作用,认为诗歌是诗人受外物触发“感物吟志”的结果。这表明刘勰对诗歌起源问题的认识,是较为客观的。刘勰总结四言诗的特点是“雅润”,五言诗的特点是“清丽”,相比曹丕论诗的特点是“丽”(《典论·论文》),陆机论诗的特点是“绮靡”(《文赋》)而言,概括更为细致。他注意到了不同诗体具有不同的艺术特点,对历代作家作品的时代风貌及艺术特色的总结,大都十分精当,比如称汉代《古诗十九首》为“五言之冠冕”,指出建安诗歌“慷慨以任气”,概括嵇康诗“清峻”、阮籍诗“遥深”,评价西晋诗歌“采缛”、“力柔”,批评东晋诗歌“溺乎玄风”,阐明宋初山水诗斗艳争奇等等,这些常被后人称引,成为定评。不过,《明诗》没有提及建安风骨奠基人之一的曹操,也没有提及晋宋田园诗的开创者陶渊明,这又显然是刘勰这篇诗歌简史的不足之处。

《明诗》表现了刘勰强烈的儒家思想。刘勰强调诗歌"持人情性"和"顺美匡恶"的教育作用,在"赞"中他提出"神理共契,政序相参"观点,即强调诗歌的发展要与自然之理相符合,与政教秩序相结合。刘勰肯定夏朝《五子之歌》"顺美匡恶",肯定《离骚》为刺,肯定汉初韦孟《讽谏诗》"匡谏之义",肯定魏代应璩《百一诗》"辞谲义贞",这些都反映出刘勰重视诗歌的政治讽谕作用。另一方面,也是由于儒家宗经思想的影响,刘勰对《诗经》的四言传统推崇备至,称赞四言是"正体",而贬低五言为"流调"。刘勰虽然认识到"阅时取证,则五言久矣",认识到五言诗从东汉出现,到宋齐之时,经过二百余年发展,已是当时文士们普遍采用的成熟诗体,但他不能与时俱进,仍视四言为正体,轻视更有表现力的五言诗,这又表现出刘勰宗经保守的一面。

②"诗言志"二句——语出《尚书·舜典》。永,延长。歌永言,歌是拉长声音咏唱的。

③圣谟所析——圣谟,圣训,此指《舜典》。

④"在心为志"二句——语出《毛诗序》。

⑤"舒文载实"二句——舒文,舒展文辞。载实,表达情志。兹,此。刘勰认为,诗歌的功能就在于运用文辞表达情志。

⑥"诗者"三句——《诗纬·含神雾》:"诗者,持也。"持人情性,扶持端正人的性情。

⑦"三百之蔽"二句——《论语·为政》:"子曰:'《诗》三百,一言以蔽之,曰思无邪。'"三百,指《诗经》。蔽,概括。无邪,无邪念。

⑧"持之为训"二句——训,训诂,解释。刘勰认为用"持"来解释"诗"的含义,是符合上述孔子的原意的。在刘勰看来,诗歌就是扶持端正人的性情,使之不生邪念的。

⑨人禀七情——禀,禀受天授。七情,指喜、怒、哀、惧、爱、恶、欲。《礼记·礼运》:"何谓人情?喜、怒、哀、惧、爱、恶、欲,七者弗学而能。"

⑩"应物斯感"三句——可与《礼记·乐记》"凡音之起,由人心生也。人心之动,物使之然也。感于物而动,故形于声"相参读。应物,指受外物刺激。斯,则。刘勰认为,人受外物刺激就会产生相应的感应,因受外物感动而吟咏性情,这是自然而然的事情。

⑪"昔葛天乐辞"二句——葛天,传说中的氏族首领。《玄鸟》,相传是葛天氏之乐中的第二首歌曲。据《吕氏春秋·仲夏纪·古乐》载:"昔葛天氏之乐,三人操牛尾,投足以歌八阕:一曰《载民》,二曰《玄鸟》……"。

⑫"黄帝《云门》"二句——《云门》,黄帝时的乐舞。据《周礼·春官·大司

乐》载:"以乐舞教国子,舞《云门》、《大卷》。"空弦,有曲无辞。

⑬"至尧有《大唐》之歌"二句——《大唐》,尧时乐名。据《尚书大传》郑玄注,《大唐》是"美尧之禅"的颂歌。《南风》,相传为帝舜所作。据《礼记·乐记》:"昔者舜作五弦之琴,以歌《南风》。"

⑭九序惟歌——各项政事都有秩序,都得到了歌颂。

⑮"太康败德"二句——太康,夏禹之孙,帝启之子,是夏朝的第三代帝王。据《尚书·夏书·五子之歌》,太康无德,游猎无度,民怨沸腾,其弟五人怨而作《五子之歌》。

⑯"四始彪炳"二句——四始,《诗大序》说《诗经》的《风》、《小雅》、《大雅》、《颂》四部分为"四始"。始,王政兴衰之始。彪炳,光彩焕发。六义,指《诗大序》所谓风、赋、比、兴、雅、颂六义。环深,周全深密。

⑰"子夏鉴绚素之章"四句——子夏,孔子的弟子。鉴,借鉴。绚素之章,指"素以为绚兮"句。这是逸诗,现存《诗经》中无此句。《论语·八佾》载子夏问孔子《诗》中"素以为绚兮"何意,孔子答以"绘事后素",意,绘画着色之事与白色的底子,即先有白底后有彩饰。子夏便问"礼后乎",意,以忠信为质,然后学礼。孔子赞赏子夏对诗句意蕴的理解。子贡,孔子的弟子。琢磨之句,即"如切如磋,如琢如磨",语出《诗经·卫风·淇奥》。《论语·学而》记载,子贡从《诗经》"如切如磋,如琢如磨"句中领悟到道德修养要精益求精,孔子赞扬他,认为可以和他谈论诗。商,子夏姓卜,名商。赐,子贡姓端木,名赐。

⑱"自土泽疹竭"二句——土泽,周土的恩泽。疹竭,断绝。风人,采诗官。辍采,停止采诗。

⑲"春秋观志"四句——旧章,指《诗经》。酬酢,劝酒与回敬,此指宴会上宾主礼节性的应对。吐纳,此指诵诗。身文,自身的文采,指文化修养。春秋时代,观察人的志向,往往靠讽诵《诗经》;外交应对中也常以能赋诗言志为荣耀,诵读《诗经》,能展示诵诗者的文化修养。

⑳"秦皇灭典"二句——典,典籍。秦皇灭典,指秦始皇焚书。《仙诗》,即《仙真人诗》,秦始皇三十六年命博士作此诗。

㉑韦孟首唱——韦孟,西汉初人,据《汉书·韦贤传》载,韦孟曾作四言《讽谏诗》。

㉒"孝武爱文"二句——孝武,汉武帝。柏梁列韵,据《古文苑》载,汉武帝与群臣在柏梁台上联句成《柏梁诗》,诗每句七字,句句押韵。不过,清代顾炎武考证后认为今存《柏梁诗》是后人的拟作。

㉓"严马之徒"二句——严,严忌。一说严助(严忌之子),均为西汉作家。

马,司马相如,西汉作家。属辞,写作。无方,不拘定规。

㉔"至成帝品录"四句——成帝,汉成帝。品录,品评、编集。据《汉书·艺文志·总序》:"成帝时诏光禄大夫刘向校经传诸子诗赋。"朝章,朝臣作的篇章。国采,犹国风,指各地民歌。四句意谓到了汉成帝时,品评收集的诗篇有三百余首,当时朝野的作品,收集得已经相当完备了。

㉕"而辞人遗翰"三句——遗,留下。翰,笔,此处指诗歌作品。李陵,汉武帝时名将,率部击匈奴,兵败降匈奴。《文选》载其五言《与苏武诗》三首,后人多疑其伪。班婕妤,汉成帝时妃嫔,后畏赵飞燕之谗,求退供养太后。《文选》载其五言《怨歌行》一首,后人亦疑之。

㉖"按《召南·行露》"二句——《召南·行露》,《诗经》中的篇名。其诗共三章,前两章每章六句,前四句为五言,如"谁谓雀无角,何以穿我屋?谁谓女无家,何以速我狱"。肇,始。二句意谓《召南·行露》中已开始有半章的五言诗句。

㉗"孺子《沧浪》"二句——据《孟子·离娄上》载:"有孺子歌曰:沧浪之水清兮,可以濯我缨;沧浪之水浊兮,可以濯我足。"除去诗中的"兮"字,已是全篇五言。孺子,孩子。

㉘"《暇豫》优歌"二句——据《国语·晋语》载,春秋时,晋献公宠姬骊姬要陷害太子申生,因担心大臣里克反对,于是派遣优施去说服里克,优施起舞,并给里克唱了一首歌,歌曰:"暇豫之吾吾,不如鸟乌。人家集于菀,己独集于枯。"歌的首句有"暇豫"二字,故称《暇豫歌》。歌四句,三句为五言。

㉙"《邪径》童谣"二句——成世,汉成帝时期。《邪径》,汉成帝时期的童谣名,是完整的五言歌谣。据《汉书·五行志》载,其谣为:"邪径败良田,谗口乱善人。桂树华不实,黄爵巢其颠。昔为人所羡,今为人所怜。"

㉚"又古诗佳丽"四句——古诗,指《古诗十九首》,载于《文选》,为无名氏所作五言诗。枚叔,西汉作家枚乘,字叔。《孤竹》,即《冉冉孤生竹》,《文选》列在《古诗十九首》中,《玉台新咏》署为傅毅所作。傅毅,东汉初作家。四句意谓辞采优美的《古诗十九首》,有人说是枚乘写的,其中《冉冉孤生竹》一首却是傅毅的诗。

㉛观其结体散文——结体,结构诗篇。散文,铺陈文辞。

㉜怊怅切情——怊怅,惆怅。切,切合。

㉝至于张衡《怨》篇——张衡,东汉作家。《怨》篇,指四言《怨诗》。

㉞仙诗缓歌——不详。缓歌疑指乐府古辞中的《前缓声歌》。

㉟"文帝陈思"二句——文帝,魏文帝曹丕。陈思,曹植。封陈王,死后谥号

"思"。纵辔,放开缰绳。骋节,驰骋有节,此指从容不迫。

㊱王徐应刘——王,王粲。徐,徐幹。应,应玚。刘,刘桢。四人均在"建安七子"之中。

㊲"并怜风月"二句——怜,喜爱。狎,亲近,此指游赏。池苑,荷池花苑。

㊳"慷慨以任气"二句——任气,放纵意气。磊落,形容胸怀坦荡。使才,施展才华。

㊴造怀指事——造怀,抒发情怀。指事,叙述事情。

㊵"驱辞逐貌"二句——逐貌,描摹形貌。昭晰,明白清晰。二句意谓运用辞藻,描摹形貌,力求以清晰明白为能事。

㊶"及正始明道"四句——正始,魏废帝齐王曹芳年号(240—249)。明道,阐明老庄之道。诗杂仙心,诗歌中杂有道家的思想。何晏,正始时期的玄学家。率,大致。

㊷"唯嵇志清峻"三句——嵇,嵇康,魏末作家。阮,阮籍,魏末作家。标,树的末端,此指突出、显著。三句意谓嵇康的诗志趣清高,阮籍的诗意旨深远,所以二人的诗在当时能独树一帜。

㊸"若乃应璩《百一》"四句——若乃,至于。应璩,魏末作家,应玚之弟。《百一》,即应璩所写的《百一诗》,诗名取百虑一得之意,诗歌内容大多讥弹时事,有讽谏之意。辞谲,措辞委婉。贞,正。魏之遗直,魏代遗留下的质直的诗篇。此四句意谓应璩《百一诗》巍然独立,敢于讽谏,措辞委婉,含义质直,有建安遗风。

㊹"张潘左陆"二句——张,指张载、张协、张亢三兄弟。潘,指潘岳、潘尼两叔侄。左,左思。陆,指陆机、陆云两兄弟。他们都是西晋作家。诗衢,指诗坛。

㊺"或析文以为妙"二句——析,雕琢。析文,指讲究对偶辞藻。流靡,音韵流畅调和。妍,美。二句意谓有的诗篇以讲究对偶辞藻而自以为妙,有的诗篇以音韵流畅调和而自以为美。

㊻"江左篇制"四句——江左,江东,指东晋。篇制,诗篇。溺乎玄风,陷入谈玄的风气。徇务,致力于政务。徇,通"殉"。忘机,忘却人事的机巧。

㊼"袁孙已下"三句——袁,袁宏,东晋作家。孙,孙绰,东晋作家。一揆,一致。揆,标准,准则。三句意谓袁宏、孙绰以后的诗人,虽然各有各的文采,但他们的文辞旨趣崇尚谈玄,这却是一致的。

㊽所以景纯仙篇——景纯,郭璞字景纯,东晋作家。仙篇,指郭璞《游仙诗》。

㊾俪采百字之偶——俪,对偶。百字,五言诗二十句共一百字,这里泛指全篇。此句意谓诗人们追求诗歌全篇对偶,以显示文采。

㊿"故铺观列代"二句——铺观,纵观。情变,情势演变。鉴,明。二句意谓纵观历代诗歌,诗歌情势演变的规律就可以明辨出来。

(51)"平子得其雅"二句——平子,张衡字。叔夜,嵇康字。二句意谓张衡和嵇康的诗分别得到了四言诗雅正、温润的特点。

(52)"茂先凝其清"二句——茂先,张华字。景阳,张协字。二句意谓张华和张协的诗分别发扬了五言诗清畅、华丽的特点。

(53)"兼善则子建、仲宣"二句——子建,曹植字。仲宣,王粲字。太冲,左思字。公干,刘桢字。兼善,兼具雅润、清丽的特点。偏美,指雅润、清丽,只得其一。

(54)然诗有恒裁——恒裁,持久恒定的体裁。

(55)"若妙识所难"二句——二句意谓如果懂得写诗的难处,那么写诗时就会更容易。

(56)"至于三六杂言"二句——三六杂言,三言诗、六言诗、杂言诗。篇什,指《诗经》。

(57)"离合之发"二句——离合,离合诗,即拆字诗,萌芽于图谶。如纬书《孝经右契》"卯金刀,在轸北;字禾子,天下服"预言刘邦得天下。其中以"卯金刀"代指"劉",以"字禾子"代指"季"。季,刘邦字。图谶,巫师或方士制作的预言吉凶得失的文字图记。

(58)"回文所兴"二句——回文,回文诗,一种倒过来也可读通的诗。道原,不详,可能是人名,生平无考。

(59)"联句共韵"二句——共韵,押同一韵脚。《柏梁》,《柏梁诗》。二句意谓用同一韵脚联句写诗,是《柏梁诗》传下来的体制。

(60)总归诗囿——诗囿,指诗坛。囿,苑囿。

(61)"民生而志"二句——意谓人生下来就有情志,而情志正是诗歌所表现的内容。

(62)"兴发皇世"二句——皇世,三皇之世,指远古时代。《二南》,《诗经》中《周南》、《召南》。二句意谓诗歌产生于远古时代,它的风教传播在《周南》、《召南》之中。

(63)"神理共契"二句——契,合。政序,政教秩序。参,结合。二句意谓诗歌的发展与自然之理相符合,与政教秩序相结合。

(64)"英华弥缛"二句——弥缛,更加繁盛。耽,喜爱。二句意谓优秀的诗篇日益增多,为万世的人永远喜爱。

【附录】

是以诗人感物,联类不穷。流连万象之际,沉吟视听之区;写气图貌,既随物以宛转;属采附声,亦与心而徘徊。故"灼灼"状桃花之鲜,"依依"尽杨柳之貌,"杲杲"为出日之容,"瀌瀌"拟雨雪之状,"喈喈"逐黄鸟之声,"喓喓"学草虫之韵。"皎日"、"嘒星",一言穷理;"参差"、"沃若",两字穷形:并以少总多,情貌无遗矣。

刘勰《文心雕龙·物色》 人民文学出版社

时运交移,质文代变,古今情理,如可言乎!昔在陶唐,德盛化钧,野老吐"何力"之谈,郊童含"不识"之歌。有虞继作,政阜民暇,薰风诗于元后,"烂云"歌于列臣。尽其美者何?乃心乐而声泰也。至大禹敷土,九序咏功,成汤圣敬,"猗欤"作颂。逮姬文之德盛,《周南》勤而不怨;大王之化淳,《邠风》乐而不淫。幽厉昏而《板》、《荡》怒,平王微而《黍离》哀。故知歌谣文理,与世推移,风动于上,而波震于下者也。

……

自献帝播迁,文学蓬转,建安之末,区宇方辑。魏武以相王之尊,雅爱诗章;文帝以副君之重,妙善辞赋;陈思以公子之豪,下笔琳琅:并体貌英逸,故俊才云蒸。仲宣委质于汉南,孔璋归命于河北,伟长从宦于青土,公干徇质于海隅;德琏综其斐然之思,元瑜展其翩翩之乐。文蔚、休伯之俦,于叔、德祖之侣,傲雅觞豆之前,雍容衽席之上,洒笔以成酣歌,和墨以藉谈笑。观其时文,雅好慷慨,良由世积乱离,风衰俗怨,并志深而笔长,故梗概而多气也。……

自中朝贵玄,江左称盛,因谈余气,流成文体。是以世极迍邅,而辞意夷泰,诗必柱下之旨归,赋乃漆园之义疏。故知文变染乎世情,兴废系乎时序,原始以要终,虽百世可知也。

刘勰《文心雕龙·时序》 人民文学出版社

古者诸侯卿大夫交接邻国,以微言相感,当揖让之时,必称诗以谕其志,盖以别贤不肖而观盛衰焉。故孔子曰"不学诗,无以言"也。

班固《汉书·艺文志》 中华书局

词人属文,其体非一,譬甘辛殊味,丹素异彩。后来祖述,识昧圆通。家有诋诃,人相掎摭,故刘勰《文心》生焉。

刘知几《史通·自叙》 四部丛刊本

风雅之道,孔圣删备矣。美刺之说,卜商之序明矣。降自屈宋,逮乎齐梁,穷诗源流,权衡辞义,曲尽商榷,则成格言,其惟刘氏之《文心》乎!后之品评,不复过此。

孙光宪《白莲集序》 《全唐文》卷九百

夫学者称饯送率于诗,尚矣。然《烝民》首列乎《崧高》,《韩奕》亦曰:"奕奕梁山"。此何哉?盖诗者,感物造端者也。是以古者登高能赋,则命为大夫。而列国大夫之相遇也,以微言相感则称诗以谕志。故曰:言不直遂,比兴以彰,假物讽谕,诗之上也。……故古之人之欲感人也,举之以似,不直说也;托之以物,无遂辞也。然皆造始于诗。故曰:诗者,感物造端者也。

李梦阳《秦君饯送诗序》 《空同集》卷五十一 明嘉靖刊本

作诗不必执于一个意思,或此或彼,无适不可,待语意两工乃定。《文心雕龙》曰:"诗有恒裁,思无定位。"此可见作诗不专于一意也。

谢榛《四溟诗话》卷三第四条 人民文学出版社

"若妙识所难,其易也将至;忽之为易,其难也方来。"此刘勰《明诗》至要,非老于作者不能发。凡构思当于难处用工,艰涩一通,新奇迭出,此所以难而易也。若求之容易中,虽十脱稿而无一警策,此所以易而难也。独谪仙思无难易,而语自超绝,此朱考亭所谓"圣于诗者"是也。

谢榛《四溟诗话》卷四第六十三条 人民文学出版社

自三百篇而下,能诗者数百家,变体易韵,浸以浮滥。彦和力维风雅,取诗家而差等之,合于持训之义矣。

叶绍泰《文心雕龙》评点 《汉魏别解》本

汉初郊庙乐歌,但有三言、四言及长短句,无所谓五言者。《文心雕龙》曰:汉成帝品录三百余篇,不见有五言。盖在西汉时五言犹是创体,故甄录未及也。五言断以《古诗十九首》及《苏、李赠答》为始,《十九首》或称枚乘所作,其《孤竹》一篇则傅毅所作,盖汉武好尚文辞,故当时才士各争新斗奇,创为此体,实亦天地自然有此一种,至时而开,不能秘也。刘勰又曰:《召南·行露》已肇半章,《孺子》《沧浪》亦有全曲,则五言久矣。又曰:四字密而不促,六字格而非缓,或变之以三五,盖应机之权衡也。钟嵘又以夏歌"郁陶乎余心"为五言滥觞。按《三百篇》中,五言单句固指不胜屈,若《小雅》"以介我稷黍","以谷我士女","彼有不获稚,此有不敛穧","乃求千斯仓,乃求万斯箱"等句,已皆连用五言,特未制为全篇耳。汉初诸人本此以为全篇,遂成五言体。至如"或燕燕居息,或尽瘁事国"数句连用或字,又为昌黎《南山》诗所本。

赵翼《五言》 《陔余丛考》卷二十三 商务印书馆

回文诗世皆以为始于苏蕙。然刘勰谓:回文所兴,道原为始。则非起于苏蕙矣。道原不知何姓何时人,按梅庆生注《文心雕龙》云:宋有贺道庆,作四言回文诗一首,计十二句,从尾至首读亦成韵。勰所谓道原,或即道庆之讹也?但道庆宋人而苏蕙苻秦人,则蕙仍在道庆前,而勰谓始自道原,意或当时南北朝分裂,蕙所作尚未传播江南,而道庆在南朝实创此体,故以为首耳。今道庆回文不传,唯蕙诗见于记载,亦名《璇玑图》,其序云:前秦安南将军窦滔与宠姬赵阳台之任,而遗其妻苏蕙于家。蕙织锦回文,题诗二百余首,计八百余字,纵横反复,皆为文章,名曰《璇玑图》寄滔,滔感其意,仍迎苏氏而遣阳台。此回文之祖也。

赵翼《回文诗》 《陔余丛考》卷二十三 商务印书馆

古昔篇章,大别之为有韵无韵二类,其有韵者,皆诗之属也。其后因事立名,支庶繁滋,而本宗日以胸削,诗之题号,由此隘矣。彦和析论文体,首以《明诗》,可谓得其统序。然篇中所论,亦但局于雅俗所称为诗者,则时序所拘,虽欲复古而不可得也。品物词人,尽于刘宋之季,自尔迄今,更姓十数,诗体屡变,好尚亦随世而殊,谈诗之书,充盈篇幅,遡观舍人之论,殆无不以为已陈之刍狗者。傍有记室《诗品》,班弟《诗才》,只限梁武之世,所举诸人,今日或不存只字,此与彦和之诗,皆运而往矣。自我观之,诗体有时而变迁,诗道无时而可易,欲求上继风雅,下异讴名,革下里之庸音,绍词人之正辙,则固有共循之术焉。曰:本之情性,协之声音,振之以文采,齐之以法度而已矣。历观古今诗人成名者,罔不如此。夫然,故彦和、仲伟之论,虽去今辽邈,而经纬本末,自有其期,年耆者又乌得而废之者哉?诗体众多,源流清浊,诚不可以短言尽。往为《诗品讲疏》,亦未卒业,兹但顺释舍人之文云尔。

黄侃《文心雕龙札记》 上海古籍出版社

如中国之诗,舜云言志;而后贤立说,乃云持人性情,三百之旨,无邪所蔽。夫既言志矣,何持之云?强以无邪,即非人志。许自繇于鞭策羁縻之下,殆此事乎?然厥后文章,乃果辗转不逾此界。

鲁迅《摩罗诗力说》 《坟》 人民文学出版社

文心雕龙·乐府①

乐府者,"声依永,律和声也"②。钧天九奏,既其上帝③;葛天八阕,爰及皇时④。自《咸》、《英》以降⑤,亦无得而论矣。至于涂山歌于"候人"⑥,始为南音;有娀谣乎"飞燕"⑦,始为北声;夏甲叹于东阳⑧,东音以发;殷整思于西河⑨,西音以兴。心(原作音,据唐写本改)声推移,亦不一概矣⑩。匹夫庶妇,讴吟土风,诗官采言,乐胥(原作盲,据唐写本改)被律⑪,志感丝篁(原作篁,据唐写本改),气变金石⑫。是以师旷觇风于盛衰⑬,季札鉴微于兴废⑭,精之至也⑮。

夫乐本心术,故响浃肌髓⑯,先王慎焉,务塞淫滥。敷训冑子,必歌九德⑰,故能情感七始,化动八风⑱。自雅声浸微,溺音腾沸⑲,秦燔《乐经》,汉初绍复,制氏纪其铿锵,叔孙定其容典(原作与,据唐写本改)⑳,于是《武德》兴乎高祖,《四时》广于孝文㉑,虽摹《韶》、《夏》,而颇袭秦旧,中和之响,阒其不还㉒。暨武帝崇礼,始立乐府,总赵代之音,撮齐楚之气㉓,延年以曼声协律,朱马以骚体制歌㉔,《桂华》杂曲,丽而不经㉕,《赤雁》群篇,靡而非典㉖,河间荐雅而罕御㉗,故汲黯致讥于《天马》也㉘。至宣帝雅颂,诗效《鹿鸣》㉙,迄及元成,稍广淫乐㉚,正音乖俗,其难也如此㉛。暨后汉(原无"汉"字,据唐写本增)郊庙,惟杂雅章,辞虽典文,而律非夔旷㉜。至于魏之三祖㉝,气爽才丽,宰割辞调,音靡节平㉞。观其"北上"众引,"秋风"列篇㉟,或述酣宴,或伤羁戍,志不出于慆(原作淫,据唐写本改)荡㊱,辞不离于哀思。虽三调之正声,实《韶》、《夏》之郑曲也㊲。逮于晋世,则傅玄晓音,创定雅歌,以咏祖宗㊳;张华新篇,亦充庭万㊴。然杜夔调律㊵,音奏舒雅,荀勖改悬,声节哀急,故阮咸讥其离声,后人验其铜尺㊶。和乐之(原无"之"字,据唐写本增)精妙,固表里而相资矣㊷。故知诗为乐心,声为乐体;乐体在声,瞽师务调其器;乐心在诗,君子宜正其文㊸。"好乐无荒",晋风所以称远㊹;"伊其相谑",郑国所以云亡㊺。故知季札观乐(原作辞,据王利器《文心雕龙校证》改),不直听声而已。

若夫艳歌婉娈,怨诗诀(原作訣,据唐写本改)绝㊻,淫辞在曲,正响焉生!然俗听飞驰,职竞新异㊼,雅咏温恭,必欠伸鱼睨;奇辞切至,则拊髀雀跃⁴⁹;诗声俱郑,自此阶矣⁴⁹!凡乐辞曰诗,咏(原作诗,据唐写本改)声曰歌,声来被辞,辞繁难节⁵⁰。故陈思称左(原作李,据唐写本改)延年闲于增损古辞⁵¹,多者则宜减之,明贵约也。观高祖之咏《大风》,孝武之叹《来迟》,歌童被声,莫敢不协⁵²。子建士衡,亟(原作咸,据唐写本改)有佳篇,并无诏伶人,故事谢丝管,俗称乖调,盖未思也⁵³。至于轩岐(原作"斩伎",据唐写本改)鼓吹,汉世铙挽⁵⁴,虽戎丧殊事,而并总入乐府,缪韦所改(原作"缪袭所致",唐写本为"缪朱所改",杨明照《文心雕龙校注拾遗补正》校"朱"为"韦",今据改),亦有可算焉⁵⁵。昔子政品文,诗与歌别⁵⁶,故略序(原作具,据唐写本改)乐篇,以标区界⁵⁷。

赞曰:八音摛文,树辞为体⁵⁸。讴吟坰野,金石云陛⁵⁹。《韶》响难追,郑声易启。岂惟观乐,于焉识礼。

【注释】

①《文心雕龙·乐府》——《乐府》是《文心雕龙》的第七篇。乐府在汉代是主管音乐的官署,掌管宫廷、巡行、祭祀所用的音乐,兼采民歌配以乐曲。乐府官署所采制的诗歌也被称为乐府,以至乐府官署创立以前的配乐的诗歌和后来文人模仿乐府诗的作品也称乐府。乐府其实只是诗歌中的一类,由于其体制有配乐的特点,且作品众多,故刘勰在《明诗》之后另立《乐府》篇加以专门论述。

本篇中,刘勰概括了乐府的起源,指出乐府具有"情感七始,化动八风"的教化作用及观风俗、正得失的政治功能。刘勰区别了诗与歌,"乐辞曰诗,咏声曰歌",并提出诗与歌相配合的问题,提倡歌词要简约,否则"辞繁难节"。这些理论概括是十分精当的。

由于受儒家正统思想的局限,对于汉魏晋宋时期乐府诗,刘勰基本上采取了否定的态度,这又反映了他复古保守的一面。刘勰认为,先秦时代中和雅正的乐曲,在汉代乐府中未能得到继承,所以他对汉魏以降的乐府诗多有诃责。比如,他指出汉初的歌诗虽然模仿《韶》《夏》,但沿袭的是秦代的旧乐,"中和之响,阒其不还";汉武帝时期的乐府诗是"丽而不经","靡而非典";汉元帝、汉成帝时期,淫乐大作;后汉祭天祭祖的乐曲"辞虽典文,而律非夔旷";曹操、曹丕、曹睿时代,用古调写新事,"虽三调之正声,实《韶》、《夏》之郑曲";晋代荀勖改悬后,乐府偏离了正声,奏的是亡国之音。

刘勰推崇先秦雅乐,贬责汉魏以来的通俗性乐曲。然而,现实却是"雅咏温恭,必欠伸鱼睨;奇辞切至,则拊髀雀跃"。从传播效果的角度而言,温和庄严之辞的确容易让人犯困,而切合情感的奇辞则容易引起人的兴趣。对于人们厌正声而喜新奇的现象,他不能见容;对于表现男女情爱的乐府诗,刘勰更是鄙薄。刘勰对"诗声俱郑"的婉叹,大有孔夫子婉叹礼崩乐坏的遗风。刘勰在赞中说"岂惟观乐,于焉识礼"也证明了这一点,也即是说,刘勰诃责通俗性乐曲的根本原因在于,通俗性乐曲失礼,不再是儒家思想的载体,不再展现儒家中和雅正之美,这是强调原道、征圣、宗经的刘勰所不能容忍的。

②"声依永"二句——语出《尚书·舜典》:"诗言志,歌永言,声依永,律和声。"声,五音,即宫、商、角、徵、羽。永,通"咏"。律,乐律,即十二律,指黄钟、太簇、姑洗、蕤宾、夷则、无射、林钟、南吕、应钟、大吕、夹钟、中吕。二句意谓用五声来咏唱,用十二律来调和歌声。

③"钧天九奏"二句——钧天,天的中央。九奏,多次演奏。既其,推及。按,《史记·赵世家》载,赵简子梦见自己在天庭听到"九奏《万舞》"。

④"葛天八阕"二句——葛天,传说中的氏族首领。八阕,八首曲子。按,《吕氏春秋·仲夏纪·古乐》,"昔葛天氏之乐,三人操牛尾,投足以歌八阕;一曰《载民》、二曰《玄鸟》、三曰《遂草木》、四曰《奋五谷》、五曰《敬天常》、六曰《达帝功》、七曰《依帝德》、八曰《总禽兽之极》。"爰及,乃是。皇时,三皇时代,三皇有说是指伏羲、女娲、神农,也有说是指伏羲、神农、黄帝。

⑤自《咸》、《英》以降——《咸》,《咸池》,黄帝时乐。《英》,《五英》,帝喾时乐。按,据《汉书·礼乐志》载:"昔黄帝作《咸池》……帝喾作《五英》。"以降,以来。

⑥至于涂山歌于"候人"——据《吕氏春秋·季夏纪·音初》载,禹巡视南方,涂山氏之女在涂山(今安徽怀远东南)之南等候禹时,唱了《候人歌》,其中有"候人兮猗"句,为南音之始。

⑦有娀谣乎"飞燕"——据《吕氏春秋·季夏纪·音初》载,有娀氏二女喜爱燕子,因叹燕子北飞不还,而唱"燕燕往飞"的歌,为北音之始。

⑧夏甲叹于东阳——据《吕氏春秋·季夏纪·音初》载,夏后氏孔甲在东阳(今山东费县西南)收养了一位孩子,后来孩子的脚不幸被斧所伤致残疾,孔甲叹惜而作《破斧》歌,为东音之始。

⑨殷整思于西河——殷整,殷代帝王河亶甲,名整,又叫整甲。按,据《吕氏春秋·季夏纪·音初》载,殷王整甲迁居西河,因思念故居而作歌,为西音之始。

⑩"心声推移"二句——推移,演变。不一概,不一致。

⑪"匹夫庶妇"四句——讴,歌唱。土风,民歌。诗官,采诗官。乐胥,乐官。被律,配乐。四句意谓普通男女所唱的民歌,被采诗官采集,由乐官配乐,成为

乐府。

⑫"志感丝簧"二句——丝,弦乐器。簧,管乐器。金,指钟。石,指磬。二句意谓音乐反映了人们的情志意气的变化。

⑬是以师旷觇风于盛衰——师旷,春秋时晋国乐师。觇,观察。风,各地的曲调。按,据《左传·襄公十八年》载,楚国伐郑,郑国的盟主晋国为了预测战事的胜败,由师旷演奏了南方和北方的乐曲,师旷察觉南方歌曲的音调低微不振,他预测楚国必败。师旷说:"吾骤歌北风,又歌南风,南风不竞,多死声。楚必无功。"

⑭季札鉴微于兴废——季札,春秋时吴王寿梦之子。按,据《左传·襄公二十九年》载,吴公子季札出使鲁国,听奏音乐,他从各诸侯国的乐曲中听出了各诸侯国的兴亡。

⑮精之至也——指师旷和季札审辨音乐精妙到了极点。

⑯"夫乐本心术"二句——语本《汉书·礼乐志》:"夫乐本情性,浃肌肤而臧骨髓。"浃,渗入。

⑰"敷训胄子"二句——敷,实施。胄子,卿大夫的子弟。九德,九功之德。九功即九序,九项关涉国计民生的政事。二句意谓贵族教育子弟,一定要歌唱宣扬九种功德的歌。

⑱"故能情感七始"二句——七始,指十二律中的黄钟、林钟、太簇、姑洗、蕤宾、南吕、应钟七律。它们分别与天、地、人、春、夏、秋、冬相配合。八风,八方风俗。二句意谓情志能被七种音律所感动,教化推动八方风俗。

⑲"自雅声浸微"二句——浸,渐渐。溺音,淫靡之音。溺,沉溺。

⑳"秦燔《乐经》"四句——燔,烧。《乐经》,相传是"六经"之一,说说在秦始皇时被焚毁。绍,继承。制氏纪其铿锵,汉初乐师制氏记下雅乐的音响节奏。按,据《汉书·礼乐志》载:"汉兴,乐家有制氏,以雅乐声律世世在大乐官,但能纪其铿锵鼓舞,而不能言其义。"叔孙定其容典,汉初叔孙通制定宗庙乐的礼容法则。容,礼容。典,法则。

㉑"于是《武德》兴乎高祖"二句——《武德》,乐舞名,汉高祖时作。《四时》,乐舞名,汉文帝时作。按,据《汉书·礼乐志》载:"《武德舞》者,高祖四年作……《四时舞》者,孝文所作。"

㉒"虽摹《韶》、《夏》"四句——《韶》,虞舜时的乐。《夏》,夏禹时的乐。阒,无声。四句意谓,上述《武德》、《四时》虽然模仿舜时的《韶》乐、禹时的《夏》乐,但多沿袭了秦朝的旧乐,中和雅正的音乐并没有得到恢复。

㉓"暨武帝崇礼"四句——语本《汉书·艺文志》:"自孝武立乐府而采歌

谣,于是有代赵之讴,秦楚之风。"乐府,此指掌管音乐的官署,在汉武帝之前已经存在,汉武帝对其进行了扩充,并令其收集民歌。赵代,今河北、山西一带。撮,聚集而取。齐楚,今山东、安徽、湖北一带。

㉔"延年以曼声协律"二句——延年,即李延年,为汉武帝时协律都尉,即乐府官署的长官。曼声,拉长声音。朱,朱买臣,汉武帝时大臣,精通《楚辞》。马,司马相如,西汉作家,相传汉武帝时《郊祀歌》中有一部分是他的作品。

㉕"《桂华》杂曲"二句——《桂华》,《安世房中歌》中第十首,汉高祖姬唐山夫人作。不经,不合雅乐。

㉖"《赤雁》群篇"二句——《赤雁》,指汉武帝时《郊祀歌》中的第十八首《象载瑜》,其中有"赤雁集"句,故称《赤雁》,为汉武帝行幸东海获赤雁而作。典,典正。

㉗河间荐雅而罕御——河间,河间献王刘德,汉景帝之子。御,用。《汉书·礼乐志》记载河间献王曾进献雅乐给汉武帝,但汉武帝很少用。

㉘故汲黯致讥于《天马》也——汲黯,字长孺,西汉初人。按,据《史记·乐书》记载,汉武帝得到千里马便作《天马歌》,将之列入《郊祀歌》中,大臣汲黯对他进行了讽谏。

㉙"至宣帝雅颂"二句——宣帝,汉宣帝。《鹿鸣》,指《诗经·小雅·鹿鸣》。按,据《汉书·王褒传》记载:"褒作《中和乐职宣布诗》,选好事者,令依《鹿鸣》之声,习而歌之。"

㉚"迄及元成"二句——迄,近。元,汉元帝。成,汉成帝。淫乐,不合雅乐的淫声。

㉛"正音乖俗"二句——乖,不合。二句意谓雅乐不合世人的口味,要恢复雅乐的传统很难。

㉜"暨后汉郊庙"四句——郊,祭天乐歌。庙,祭祖庙乐歌。律,音律。夔,舜时乐官。旷,晋国乐官师旷。四句意谓后汉时的祭天乐歌和祭祖庙乐歌,杂用了一些雅乐的诗章,文辞虽然雅正,但音律不再是古调。

㉝至于魏之三祖——魏之三祖,指魏太祖曹操、魏高祖曹丕、魏烈祖曹睿。

㉞"宰割辞调"二句——宰割辞调,分割乐府的辞和调,即用汉府的旧调写新事。二句意谓魏之三祖制作的新曲,音调浮靡,节奏平庸。

㉟"观其'北上'众引"二句——北上,指曹操《苦寒行》,其首句为"北上太行山"。引,曲。秋风,指曹丕《燕歌行》(其一),首句为"秋风萧瑟天气凉"。

㊱志不出于慆荡——慆,喜悦。荡,放荡。

㊲"虽三调之正声"二句——三调,《平调》、《清调》、《瑟调》,皆周代《房中

曲》遗留下来的古调,汉代称为三调。郑曲,春秋时郑国的乐曲。孔子说"郑声淫"(《论语·卫灵公》),故郑声一向被视为淫靡之声。二句意谓魏之三祖制作的新曲,虽然运用了古调,但相对于《韶》、《夏》而言,它们只能算是淫靡的曲子。

㊳"则傅玄晓音"三句——傅玄,魏晋间诗人,曾作宫廷乐章七十多首。按,据《晋书·乐志》,晋武帝即位之初,诏郊祀明堂,礼乐权用魏仪,但改乐章,使傅玄为之词。

㊴"张华新篇"二句——张华,魏晋间诗人,曾作宫廷乐章二十余首。庭万,宫廷舞曲,取《诗·邶风·简兮》"公庭万舞"之意。

㊵然杜夔调律——杜夔,汉末音乐家,为曹操所赏识,受命创制雅乐。按,据《三国志·魏书·杜夔传》:"荆州平,太祖以夔为军谋祭酒,参太乐事,用令创制雅乐。"

㊶"荀勖改悬"四句——荀勖,西晋音乐家。按,据《晋书·律历志》记载,荀勖认为杜夔创制雅乐所用的魏尺长于周尺,便缩小尺寸,创制新尺,改制乐器。悬,挂钟磬的架子,此指乐器。改悬,指荀勖改变杜夔所定的律吕。阮咸讥其离声,阮咸讥讽荀勖改制乐器之后音声偏高,为亡国之音。阮咸,西晋作家。离声,偏离正声。后人验其铜尺,据《晋书·乐志》说,荀勖改尺后,后人发掘出周代古尺,比荀勖新尺略长,时人佩服阮咸推断精妙。

㊷"和乐之精妙"二句——二句意谓和谐的音乐之所以精妙,本是乐器和乐章相配合的结果。

㊸"乐体在声"四句——瞽师,乐师。瞽,盲。古代常以盲人为乐师。文,指乐曲的歌词。四句意谓乐歌的形式存在于声调中,乐师要调整他的乐器;乐歌的心灵存在于诗中,诗作者应端正他的歌词。

㊹"好乐无荒"二句——好乐无荒,语出《诗经·唐风·蟋蟀》,意谓有节制地爱好音乐。晋风,即《唐风》,古唐国在山西晋阳,周成王时改为晋国。按,据《左传·襄公二十九年》载,吴公子季札在鲁国观乐,听《唐风》后称赞晋国乐曲有深思远见。

㊺"伊其相谑"二句——伊,乃。谑,调笑。"伊其相谑",语出《诗经·郑风·溱洧》,指青年男女互相调笑。按,据《左传·襄公二十九年》载,季札观乐,听了《郑风》后说,郑国要灭亡。

㊻"若夫艳歌婉娈"二句——艳歌,指汉乐府《相和歌辞·艳歌》。婉娈,缠绵。怨诗,指汉乐府《相和歌辞·怨歌行》。诀绝,决裂。

㊼"然俗听飞驰"二句——俗听,指世俗的审美趣味。飞驰,流行。职竞新

异,世俗之人竞相推崇新奇的乐曲。

㊽"雅咏温恭"四句——雅咏,指雅乐。欠伸,打呵欠,伸懒腰。鱼睨,像鱼眼那样目光呆滞。拊髀,拍大腿。雀跃,形容兴奋。四句意谓世俗的人对温和庄严的雅乐不感兴趣,而推崇恳切周至的奇辞。

㊾"诗声俱郑"二句——郑,郑声。阶,阶梯,用如动词,意谓坠入淫靡。二句意谓,歌词和曲调都走向淫靡。

㊿"声来被辞"二句——被,覆,引申为配上。节,控制。二句意谓用曲调配合歌辞,但歌词繁多,难于合乐。

㉛"故陈思称左延年闲于增损古辞——陈思,陈思王曹植。左延年,魏代乐师。闲,通"娴",熟悉。增损古辞,增减古辞使之合乐。按,曹植此语无考。

㉜"观高祖之咏《大风》"四句——高祖,汉高祖刘邦。《大风》,《史记·乐书》载,汉高祖曾还故乡作《大风歌》,令小儿歌之,首句为"大风起兮云飞扬"。孝武,汉武帝。《来迟》,据《汉书·外戚传》记载,汉武帝宠信的李夫人早逝,汉武帝悲而作《李夫人歌》,诗中有"偏何姗姗其来迟"句。被声,配以乐曲。协,指声律协调。

㉝"子建士衡"六句——子建,曹植字。士衡,陆机字。诏,令。伶人,乐工。谢,不用。丝,弦乐器。管,管乐器。乖,不和谐。六句意谓曹植和陆机的一些佳篇,没有令乐工制谱配乐,所以不能用乐器来伴奏,世俗之人不经思考,就称它们不配乐。

㉞"至于轩岐鼓吹"二句——轩,轩辕,黄帝的名号。岐,岐伯,传说是黄帝时主管医药的大臣,据说鼓吹曲为其所作。鼓吹,指鼓吹曲,由管乐器和打击乐器合奏的军乐。铙,指短箫铙歌,是由短箫和铙合奏的军乐。铙是一种似铃但无舌的打击乐器。挽,即挽歌,指《薤露》《蒿里》二首。

㉟"缪韦所改"二句——缪,缪袭,三国时魏作家,曾作《魏鼓吹曲》十二首及《挽歌》一首。韦,韦昭,三国时吴作家,曾作《吴鼓吹曲》十二篇。二句意谓缪袭、韦昭所改编的汉代乐曲,也可以算入乐府之内。

㊱"昔子政品文"二句——子政,刘向字,西汉学者。汉成帝时刘向校书,取各书提要撰成《别录》一书,其子刘歆承父业。据《别录》写成分类目录学著作《七略》,将诗归入《六艺略》,将歌纳入《诗赋略》,把诗和歌区别开来了。

㊲"故略序乐篇"二句——二句意谓本书向刘向、刘歆取法,把诗和歌区别开来论述,论诗有《明诗》篇,而论歌则专有《乐府》篇。

㊳"八音摛文"二句——八音,指金、石、土、革、丝、木、匏、竹八类乐器。摛,指制曲。文,指声文,即乐曲。二句意谓用各种乐器演奏音乐,以创作歌词为主

体。

(59)"讴吟坰野"二句——坰,远郊。金石,钟磬类乐器,此指演奏。云陛,刻有云纹的宫廷阶石,此指宫廷。二句意谓有的在乡野歌唱,有的在宫廷演奏。

【附录】

魏文侯问于子夏曰:吾端冕而听古乐,则唯恐卧;听郑卫之音,则不知倦。敢问古乐之如彼何也?新乐之如此何也?子夏对曰:今夫古乐,进旅退旅,和正以广,弦匏笙簧,会守拊鼓,始奏以文,复乱以武,治乱以相,讯疾以雅。君子于是语,于是道古,修身及家,平均天下。此古乐之发也。今夫新乐,进俯退俯,奸声以滥,溺而不止,及优侏儒,犹杂子女,不知父子。乐终不可以语,不可以道古。此新乐之发也。今君之所问者乐也,所好者音也。夫乐者,与音相近而不同。

《礼记·乐记》《四部丛刊》本

《诗》三百五篇,有一字不文者乎?有一字无法者乎?《离骚》,风之衍也;《安世》,雅之继也。《郊祀》颂之阐也。皆文义蔚然,为万世法。惟汉乐府歌谣,采摭闾阎,非由润色。然质而不俚,浅而能深,近而能远,天下至文,靡以过之。后世言诗,断自两汉,宜也。

胡应麟《诗薮》内编卷一 中华书局

两汉诸诗,惟《郊庙》颇尚辞,乐府颇尚气。至《十九首》及诸杂诗,随语成韵,随韵成趣。辞藻气骨,略无可寻,而兴象玲珑,意致深婉,真可以泣鬼神,动天地。

胡应麟《诗薮》内编卷二 中华书局

曲之有南、北,非始今日也。关西胡鸿胪侍《珍珠船》引刘勰《文心雕龙》,谓:涂山歌于"候人",始为南音;有娀谣于"飞燕",始为北声。及夏甲为东,殷整为西。古四方皆有音,而今歌曲但统为南、北。如《击壤》、《康衢》、《卿云》、《南风》,《诗》之二南,汉之乐府,下逮关、郑、白、马之撰,词有雅、郑,皆北音也;《孺子》、《接舆》、《越人》、《紫玉》,吴歈、楚艳,以及今之戏文,皆南音也。……以辞而论,则宋胡翰所谓:晋之东,其辞变为南、北;南音多艳曲,北俗杂胡戎。以地而论,则吴莱氏所谓:晋、宋、六代以降,南朝之乐,多用吴音;北国之乐,仅袭夷虏。以声而论,则关中康德涵所谓:南词主激越,其变也为流丽;北曲主忼慨,其变也为朴实。

王骥德《曲律·总论南北曲》 湖南人民出版社

呜呼！乐歌之难甚矣！工于辞者，调未必协；谙于律者，辞未必嘉。善乎刘勰之论曰："诗为乐心，声为乐体。乐体在声，瞽师务调其器；乐心在诗，君子宜正其文。"安得律辞兼得者而使之作乐哉！

徐师曾《文体明辨序说·乐府》　人民文学出版社

乐府之诗，歌功咏德，三代以来，多取之民间；至后世则文士润色以成，一代之乐，求其志感丝篁，气变金石，不可得矣。然能调器正文，则庶有裨于郊庙之章耳。

叶绍泰《文心雕龙》评点　汉魏别解本《文心雕龙》

古之人，诗皆乐也。文人或不闲音律，所作篇什不协于丝管，故但谓之诗。诗与乐府从此分区。又乐府须伶人知音增损，然后可调。陈王、士衡，多有佳篇，刘彦和以为"无诏伶人，事谢丝管"，则于时乐府，已有不歌者矣。

冯班《正俗》　《钝吟杂录》卷三　四库全书本

尝考《三百篇》之声歌，亡于东汉，而绝于晋。汉、魏之乐府，亡于东晋，变于唐、宋之长短句，而乱于金、元之南北曲。前此，《文心雕龙》虽分诗与乐府为二，然其论元、成以后之乐章，辞虽典文，而律非夔、旷。又论子建、士衡之篇，俗称乖调，奈何后之拟乐府者，妄用填词之法以求合？……窃谓今人于诗，不妨以古乐府之题写我胸臆而不必兢兢句字间也。

汪师韩《诗学纂闻·乐府》　《清诗话》上册　上海古籍出版社

《汉书·礼乐志》：武帝定郊祀之礼，乃立乐府，采诗夜诵。有赵、代、秦、楚之讴，以李延年为协律都尉，多举司马相如等，造诗赋以合八音之调，作十九章之歌。师古曰：乐府之名，盖起于此。又《乐志》云：汉郊庙诗歌，内有掖廷材人，外有上林乐府，皆以郑声施于朝廷，故哀帝时罢之。然百姓渐渍日久，湛沔自若。《文心雕龙》曰：汉武立乐府，总赵代之音，撮齐楚之气。延年以曼声协律，朱马以骚体制歌。桂华杂曲，丽而不经。赤雁群篇，靡而非典。河间献雅而不御，故汲黯致讥于天马。然则乐府本非雅乐也。又云：轩代鼓吹，汉世铙挽，并出乐府。故乐府有饶吹等曲。

赵翼《乐府》　《陔余丛考》卷二十三　商务印书馆

《诗》三百篇，皆可以被之音而为乐。自汉以下，乃以其所赋五言之属为徒诗，而其协于音者，则谓之乐府。宋以下，则其所谓乐府者，亦但拟其辞，而与徒诗无别，于是乎诗之与乐判然为二，不特乐亡，而诗亦亡。古人以乐从诗，今人以诗从乐。古人必先有诗,而后以乐和之。舜命夔教胄子,"诗言志,歌永言;声依永,律和声"。是以登歌在上,而堂上堂下之器应之,是之谓以乐从诗。

顾炎武《乐章》 《日知录》卷五 商务印书馆

刘向校书,以诗赋与六艺异略,故其歌诗亦不得不与六艺之《诗》异类。然观《艺文志》所载,有乐府所采歌谣,有郊庙所用乐章,有歌咏功烈乐章,有帝者自撰歌诗,有材人名倡所作歌诗,有杂歌诗,此则凡诗皆以入录,以其可歌,故曰歌诗。刘彦和谓子政品文,诗与歌别,殆未详考也。……盖诗与乐府者,自其本言之,竟无区别,凡诗无不可歌,则统谓之乐府可也;自其末言之,则惟尝被管弦者谓之乐,其未诏伶人者,远之若曹陆依拟古题之乐府,近之若唐人自撰新题之乐府,皆当归之于诗,不宜与乐府淆溷也。……郭茂倩曰:凡乐府歌辞,有因声而作歌者,若魏之三调歌诗,因弦管金石造歌以被之,是也。有因歌而造声者,若清商吴声诸曲,始皆徒歌,既而被之弦管,是也。有有声有辞者,若郊庙、相和、铙歌、横吹等曲是也。有有辞无声者,若后人之所述作,未必尽被于金石是也。案彦和作《乐府》篇,意主于被弦管之作,然又引及子建士衡之拟作,则事谢丝管者亦附录焉。故知诗乐界画,漫汗难明,适与古初之义相合者也。今略区乐府以为四种:一乐府所用本曲,若汉相和歌辞,江南东光乎之类是也。二依乐府本曲以制辞,而其声亦被弦管者,若魏武依《苦寒行》以制《北上》,魏文依《燕歌行》以制《秋风》是也。三依乐府题以制辞,而其声不被弦管者,若子建、士衡所作是也。四不依乐府旧题,自创新题以制辞,其声亦不被弦管者,若杜子美《悲陈陶》诸篇、白乐天《新乐府》是也。从诗歌分途之说,则惟前二者得称乐府,后二者虽名为乐府,与雅俗之诗无殊。……

彦和此篇大恉,在于止节淫滥。盖自秦以来,雅音沦丧,汉代常用,皆非雅声。魏晋以来,陵替滋甚,遂使雅郑混淆,钟石斯缪。彦和闵正声之难复,伤郑曲之盛行,故欲归本于正文。以为诗文果正,则郑声无所附丽,古之雅声虽不可复,古之雅咏固可放依。盖欲去郑声,必先为雅曲。至如魏氏三祖所为,犹且谓非正响。推此以观,则简文赋咏,志在桑中,叔宝耽荒,歌高绮艳,隋炀艳篇,辞极淫绮,弥为汉魏之罪人矣。彦和生于齐世,独能抒此正论,以挽浇风,洵可谓卓尔之才矣。

黄侃《文心雕龙札记》 上海古籍出版社

文心雕龙·诠赋[①]

《诗》有六义[②],其二曰赋。赋者,铺也,铺采摛文[③],体物写志也。昔邵公称:"公卿献诗,师箴瞽(原无瞽字,据唐写本增)赋。"[④]传云:"登高能赋,可为大夫。"[⑤]诗序则同义,传说则异体[⑥]。总其归涂,实相枝干[⑦]。故(原无故字,据唐写本增)刘向(向后原有云字,据唐写本删)明"不歌而颂"[⑧],班固称"古诗之流也"[⑨]。至如郑庄之赋"大隧"[⑩],士蔿之赋"狐裘"[⑪],结言短韵,词自己作[⑫],虽合赋体,明而未融[⑬]。及灵均唱《骚》,始广声貌[⑭]。然则(原无则字,据唐写本增)赋也者,受命于诗人,而(原无而字,据唐写本增)拓宇于《楚辞》也[⑮]。于是荀况《礼》《智》[⑯],宋玉《风》《钓》[⑰],爰锡名号,与诗画境,六义附庸,蔚成大国[⑱]。遂客主以首引,极声貌以穷文。斯盖别诗之原始,命赋之厥初也[⑲]。

秦世不文,颇有杂赋[⑳]。汉初词人,循(原作顺,据唐写本改)流而作。陆贾扣其端,贾谊振其绪,枚马播(原作同,据唐写本改)其风,王扬骋其势,皋朔已下,品物毕图[㉑]。繁积于宣时,校阅于成世,进御之赋千有余首,讨其源流,信兴楚而盛汉矣[㉒]。

若(原无若字,据唐写本增)夫京殿苑猎,述行叙(原作序,据唐写本改)志,并体国经野[㉓],义尚光大。既履端于唱(原作倡,所唐写本改)序,亦归余于总乱[㉔]。序以建言,首引情本;乱以理篇,写送文势[㉕](原作迭致文契,据唐写本改)。按《那》之卒章,闵马称"乱",故知殷人缉(原作辑,据唐写本改)颂,楚人理赋,斯并鸿裁之寰域,雅文之枢辖也[㉖]。至于草区禽族,庶品杂类,则触兴致情,因变取会[㉗],拟诸形容,则言务纤密;象其物宜,则理贵侧附[㉘];斯又小制之区畛,奇巧之机要也[㉙]。

观夫荀结隐语,事数自环[㉚],宋发夸(原作巧,据唐写本改)谈,实始淫丽[㉛]。枚乘《兔园》,举要以会新[㉜];相如《上林》,繁类以成艳[㉝];贾谊《鵩鸟》,致辨于情理[㉞];子渊《洞箫》,穷变于声貌[㉟];孟坚《两都》,明绚以雅赡[㊱];张衡《二京》,迅拔(原作发,据唐写本改)以宏富[㊲];子云《甘泉》,构深伟(原作玮,据唐写本改)之风[㊳];延寿《灵光》,含飞动之势[㊴];凡此十家,并辞赋之英杰也。及仲宣靡密,发篇(原作端,所唐写本改)必遒⁴⁰;伟长博通,时逢壮采⁴¹;太冲、安仁,策勋于鸿规⁴²;士衡、子安,厎(原作底,据杨明照《文心雕龙校注拾遗补正》改)绩于流制⁴³,景纯绮巧,缛理有余⁴⁴;彦伯梗概,情韵不匮⁴⁵:亦魏、晋之赋首也。

原夫登高之旨,盖睹物兴情⁴⁶。情以物兴,故义必明雅;物以情睹⁴⁷(原作观,据唐写本改),故词必巧丽。丽词雅义,符采相胜⁴⁸,如组织之品朱紫,画绘之著玄黄⁴⁹。文虽杂(原作新,据唐写本改)而有质,色虽糅而有仪(原作本,据《太平御览》改)⁵⁰,此立赋之大体也。然逐末之俦⁵¹,蔑弃其本,虽读千赋,愈惑体要⁵²,遂使繁华损枝,膏腴害骨,无贵风轨⁵³,莫益劝戒,此扬子所以追悔于雕虫⁵⁴,贻诮于雾縠者也⁵⁵。

赞曰:赋自《诗》出,分歧异派⁵⁶。写物图貌,蔚似雕画⁵⁷。抑(原作枃,据唐写本改)滞必扬,言旷(原作庸,据唐写本改)无隘⁵⁸。风归丽则,辞翦荑稗(原作美,据唐写本改)⁵⁹。

【注释】

①《文心雕龙·诠赋》——本篇是《文心雕龙》的第八篇。诠赋,即诠释赋的名称、赋的演变及其文体特点。刘勰认为赋是从《诗经》和《楚辞》中演化而来的,赋在文辞表现上的特色是"铺采摛文",此外,赋也有不歌而诵之义。刘勰指出,经由荀子赋和宋玉赋的实践,赋由附庸于诗歌的铺陈手法发展为一种独立的文体。在《辨骚》、《明诗》、《乐府》之后,刘勰单独列出《诠赋》进行论述,亦足见他对赋这种文体的重视。曹丕、陆机、挚虞等人对于赋的特点已经有过一些论述,刘勰在汲取前人成果的基础上,列出专篇来论赋,这反映了他更为自觉的文体意识。

对于赋的文体特点,刘勰有精到的论述。他指出赋分为大赋和小赋,大赋内容涉及范围广泛,体制宏大,开篇有"序",结尾有"乱";小赋描写内容更细致,是即兴抒情的。他例举了从先秦到魏晋十八位代表性作家的赋,指出了他们各自的特点。在此基础上,刘勰认为赋的文体特点是"丽词雅义",即赋的语言是华美的,而内容又是雅正的。对于"繁华损枝,膏腴害骨,无贵风轨,莫益劝戒"的作品,刘勰提出了批评,这反映了他在《文心雕龙》中一以贯之的儒家文艺观。此外,刘勰在本篇中对于情与物(景)关系的认识,即"情以物兴"、"物以情睹",与《物色》篇的论述是一致的。

值得一提的是,刘勰虽然强调赋要"丽词雅义",但他所称赞的"辞赋之英杰"的十家,有些只有丽词而没有雅义,比如刘勰说宋玉是"宋发夸谈,实始淫丽",说司马相如"繁类以成艳",然而这些人都被刘勰称为"辞赋之英杰",这又或多或少反映了刘勰的理论主张与具体的批评实践存在一些差异。

②《诗》有六义——《毛诗序》:"《诗》有六义:一曰风,二曰赋,三曰比,四曰兴,五曰雅,六曰颂。"

③铺采摛文——摛,铺陈。铺采摛文即铺陈文采。

④"昔邵公称"三句——邵公,即召公。姓姬名奭,周初封于召(今陕西岐山西南),故称召公。公,古代朝廷中的最高官位。卿,大夫以上的官。师,少师,主管教化。箴,古代一种文体,是规戒性的韵文。师箴,指少师献箴。瞽,古代乐师。古代以目盲者为乐官,故为乐官的代称。瞽赋,指瞽献赋。按,参见《国语·周语上》:"召公曰:故天子听政,使公卿至于列士献诗,瞽献曲,史献书,师箴,蒙诵。"

⑤"传云"三句——传,解释经文叫做传,此处指《毛诗故训传》,简称《毛传》,传为西汉毛亨作。按,引文见《诗经·鄘风·定之方中》的《毛传》:"故建邦能命龟,田能施命,作器能铭,使能造命,升高能赋,师旅能誓,山川能说,丧纪能诔,祭祀能语,君子能此九者,可谓有德音,可以为大夫。"

⑥"诗序则同义"二句——诗序,指《毛诗序》。同义,《毛诗序》把赋列为诗的六义之一,实际上是把赋作为诗的一种表现手法。传说,指《毛传》。异体,《毛传》把赋与铭、誓、诔并称,实际上是把赋作为一种文体。

⑦"总其归涂"二句——归涂,即归途,指总的道路。枝干,意谓《诗经》是赋这种文体的源头。

⑧故刘向明"不歌而颂"——刘向,西汉学者。不歌而颂,只能诵读不能歌唱。刘向语,见《汉书·艺文志·诗赋略》,原文为"不歌而诵",颂同诵。

⑨班固称"古诗之流也"——班固,东汉史学家和辞赋家。古诗之流,语出班固《两都赋序》:"赋者,古诗之流也。"意谓赋是《诗经》的支流。

⑩至如郑庄之赋"大隧"——郑庄,春秋时郑庄公。按,据《左传·隐公元年》载,郑庄公恨其母姜氏支持他的弟弟公叔段作乱,发誓不到黄泉不见其母,后反悔,为不违誓言,挖隧道与姜氏见面,并赋诗:"大隧之中,其乐也融融。"

⑪士芳之赋"狐裘"——士芳,春秋时晋国大夫。按,据《左传·僖公五年》载,晋献公时,骊姬恃宠,与献公诸子争权,士芳赋诗:"狐裘尨茸,一国三公,吾谁适从。"尨茸,杂乱。

⑫词自己作——指上述郑庄赋"大隧",士芳赋"狐裘"都是自作自诵的,与当时借朗诵别人的诗句来赋诗言志的风气是不同。

⑬"虽合赋体"二句——融,大明。二句意谓上述"大隧"、"狐裘"短韵赋文虽然接近赋的体裁,但属初创,尚未成熟。

⑭"及灵均唱《骚》"二句——灵均,屈原字。《骚》,《离骚》。二句意谓到了屈原的《离骚》,才开始改变原来赋文"结言短韵"的局面,开始着力于铺陈描写事物的声音形貌。

⑮"然则赋也者"三句——诗人,指《诗经》作者。三句意谓赋从《诗经》作者那里获得生命,而从《楚辞》那里开拓了疆界,也即是说赋来源于《诗经》,发展于《楚辞》。

⑯于是荀况《礼》《智》——荀况,战国末期儒家思想家。《礼》《智》,《荀子·赋篇》中的两部分。按,《荀子·赋篇》分为《礼》、《智》、《云》、《蚕》、《箴》五部分。

⑰宋玉《风》《钓》——宋玉,战国时,楚国辞赋家。《风》,《风赋》,载于《文选》。《钓》,《钓赋》,载于《古文苑》。一说《钓赋》系后人假托宋玉所作。

⑱"爰锡名号"四句——爰,于是。锡,赐。画境,划分界限。附庸,附属于大国的小国,此指赋是《诗经》六义之一。四句意谓上述荀况的《赋篇》和宋玉的《风赋》、《钓赋》才开始以赋命篇,与《诗经》划分了界限,赋这种文体由《诗经》的六义之一,发展为一种独立的文体。

⑲"遂客主以首引"四句——客主,荀况的《赋篇》虚构了君臣对话以展开全篇,其后汉赋也采取了这种主客对话的方式展开全篇。首引,作为文章的开端。命,命名。厥初,开始。厥,语助词,无义。四句意谓用客主问答来展开全篇,穷尽文采来铺张描写声音形貌,这是赋区别于诗而独自命名的开始。

⑳"秦世不文"二句——二句意谓,秦代不崇尚文辞,只有一些杂赋。按,据《汉书·艺文志》载,秦有杂赋九篇,不列其名。

㉑"陆贾扣其端"六句——扣,通"叩",敲开。枚马,指枚乘和司马相如。王扬,指王褒和扬雄。皋朔,枚皋和东方朔,枚皋为枚乘之子。品物,各种物类。毕图,都用赋描绘。按,据《汉书·艺文志》载,陆贾有赋三篇,已失传;贾谊有赋七篇,枚乘有赋九篇,司马相如有赋二十九篇,王褒有赋十六篇,扬雄有赋十二篇,枚皋有赋百二十篇,未列东方朔之赋。枚皋和东方朔之赋已失传。

㉒"繁积于宣时"五句——宣时,汉宣帝时代。成世,汉成帝时代。信,确实。按,据班固《两都赋序》,汉成帝时进献给皇帝的赋有一千多篇。五句意谓汉宣帝时代,赋大量积累,汉成帝时代则对这些赋进行了校订整理,呈献皇帝的赋有一千余首,探究赋的源流,确实是在楚国兴起而在汉代兴盛的。

㉓"若夫京殿苑猎"三句——京殿,京都、宫殿,此指描写京殿的赋。苑猎,苑囿、畋猎,此指描写苑猎的赋。述行,叙述行旅,此指述行的赋。叙志,抒写情

志,此指叙志的赋。体国经野,语出《周礼·天官·太宰》,指分国划野等国家大计,此指从上述赋中可以考察国都的规模体制,丈量郊野的田地丘林。体国,针对"京殿"而言;经野,针对"苑猎"、"述行"而言。

㉔"既履端于唱序"二句——履端,推算历法的开始,此即指开端。唱序,指赋前的小序。归余,推算历法每年积余的时日,此指终结。总乱,总结。乱,乐曲的尾声。

㉕"序以建言"四句——情本,情由。写送文势,增强文章的气势。四句意谓"序"用于开端发言,首先引出写赋的情由;"乱"用于整理全篇,使赋收笔有不尽的文势。

㉖"按《那》之卒章"六句——《那》,《诗经·商颂》的首篇。闵马,即闵马父,春秋时鲁国大夫。按,据《国语·鲁语下》载闵马父称《商颂·那》的最后一章为"乱"。殷人缉颂,指殷人编辑《商颂》。《商颂》实际是殷人后代宋国人所作。楚人理赋,屈原的《离骚》在汉代被称为赋,结尾也被称为"乱"。理,即"乱",总括。寰域,范围。枢辖,关键。六句意谓闵马父称《诗经·商颂·那》的最后一章为"乱"。由此可知,殷人作颂,楚人作赋,都以"乱"结尾,它们都属于鸿篇巨制的范围,都是形成雅正文章的关键。

㉗"至于草区禽族"四句——草区,草木类。禽族,禽兽类。庶品,指各种各样的东西。庶,众。致,引发。会,合,即情与物会合。

㉘"拟诸形容"四句——拟诸形容,描绘事物的形貌。象其物宜,描绘事物的性质。侧附,不直接描绘,从侧面附会。按,《易·系辞上》:"圣人有以见天下之赜,而拟诸其形容,象其物宜。"

㉙"斯又小制之区畛"二句——小制,指小赋。区畛,区域范围。畛,田地间的小路,此指界限。机要,关键。

㉚"观夫荀结隐语"二句——荀,荀子。结,结撰。隐语,谜语。自环,自相问答。《赋篇》采用的是先问后答的方式展开。

㉛"宋发夸谈"二句——宋,宋玉。夸谈,夸张的言谈。宋玉《风赋》记录了他与楚王的谈话。淫丽,浮靡艳丽。

㉜"枚乘《兔园》"二句——《兔园》,《梁王兔园赋》。举要,标举要点。会新,文辞新奇。枚乘《梁王兔园赋》铺写景物,不用兮字,是继屈原赋之后的一种新的赋体。

㉝"相如《上林》"二句——相如,司马相如。《上林》,《上林赋》。繁类,物类繁多。《上林赋》分类描写天子狩猎的上林苑中的景物,辞采华丽。

㉞"贾谊《鹏鸟》"二句——《鹏鸟》,《鹏鸟赋》。致辨于情理,辨析如何以理

遣情。贾谊被贬长沙,在《鹏鸟赋》中以道家的祸福相生的思想来安慰自己。

㉟"子渊《洞箫》"二句——子渊,王褒字。《洞箫》,《洞箫赋》。穷变于声貌,在描绘声音形貌方面穷尽变化。王褒在《洞箫赋》中运用了各种比喻来描绘箫声。

㊱"孟坚《两都》"二句——孟坚,班固字。《两都》,《两都赋》,描写西都长安和东都洛阳。明绚以雅赡,文辞鲜明绚烂,内容雅正丰赡。

㊲"张衡《二京》"二句——《二京》,《西京赋》和《东京赋》的合称。迅拔以宏富,文辞刚健有力,内容宏大丰富。

㊳"子云《甘泉》"二句——子云,扬雄字。《甘泉》,《甘泉赋》。深伟,阔大瑰奇。汉成帝到甘泉宫祭祀太一神求子,扬雄作赋,描绘甘泉景物阔大而瑰奇。

㊴"延寿《灵光》"二句——延寿,王延寿,东汉作家。《灵光》,《鲁灵光殿赋》。按,灵光殿是汉景帝之子鲁恭王刘余所建,王延寿描绘灵光殿上的雕刻如"朱鸟舒翼以峙衡,腾蛇蟉虬而绕榱"等句,含飞动之势。

㊵"及仲宣靡密"二句——仲宣,王粲字,"建安七子"之一。靡密,结构紧密。遒,遒劲有力。

㊶"伟长博通"二句——伟长,徐幹字,"建安七子"之一。博通,渊博通晓。壮采,壮丽的文采。

㊷"太冲、安仁"二句——太冲,左思字,西晋作家。安仁,潘岳字,西晋作家。策勋,建立功勋。鸿规,宏大的规模,此指大赋。

㊸"士衡、子安"二句——士衡,陆机字,西晋作家。子安,成公绥字,西晋作家。厎绩,获得成绩。按,引处原作"底绩",杨明照《文心雕龙校注拾遗补正》举《尚书·舜典》"乃言厎可绩"及《尚书·禹贡》"覃怀厎绩"等句证明底绩当为"厎绩"。厎,致。流制,流行体制。

㊹"景纯绮巧"二句——景纯,郭璞字,东晋作家。绮巧,绮丽巧妙。缛理,义理繁盛。缛,繁盛。

㊺"彦伯梗概"二句——彦伯,袁宏字,东晋作家。梗概,慷慨。情韵,情调韵味。匮,缺乏。

㊻"原夫登高之旨"二句——原夫,推究。兴,引发。二句意谓推究登高作赋的道理,是由于看到景物引发了情感。

㊼物以情睹——带着情感来看景物。

㊽"丽词雅义"二句——符采,玉的横纹。二句意谓华丽的文辞和雅正的内容互相配合,就像玉的纹理与玉的质地相辉映一样。

㊾"如组织之品朱紫"二句——组织,织物。品,区分。朱紫,正色和间色。著,附着。玄,黑赤色。

(50)“文虽杂而有质”二句——质,质地,此指赋的内容。糅,杂糅。仪,准则。二句意谓文采虽然错杂,但依附于质地;色彩虽然杂糅,但有准则。

(51)然逐末之俦——片面追求形式美的人。俦,辈。

(52)“虽读千赋”二句——读千赋,桓谭《新论》记扬雄语“能读千赋,则善为之”。体要,赋之为体的大要。

(53)无贵风轨——风轨,教化法度。

(54)此扬子所以追悔于雕虫——扬子,扬雄。追悔于雕虫,扬雄早年爱好作赋,后来后悔。扬雄《法言·吾子》载:“或问:吾子少而好赋?曰:然,童子雕虫篆刻。俄而曰:壮夫不为也。”按,雕虫与篆刻为西汉学童必学的两种书体,即虫书和刻符,此喻小技。

(55)贻诮于雾縠者也——贻,留下。诮,讥讽。雾縠,薄纱。按,扬雄在《法言·吾子》中称作赋好比织薄纱,徒然耗费女工的精力,而没有实际用处。

(56)分歧异派——歧,岔路。派,支流。此谓赋的种类很多,如前文所言,赋在内容上有的言志,有的说理,有的博辨;体制上又分大赋与小赋。

(57)蔚似雕画——蔚,文采繁富。雕画,雕刻绘画。

(58)“抑滞必扬”二句——抑滞,压抑停滞,此指平凡的事物。言旷,语言空阔奔放。隘,窘迫。二句意谓描写平凡的事物,一定要铺张扬厉,语言空阔奔放,没有阻碍。

(59)“风归丽则”二句——丽则,既绮丽又合法则。语出扬雄《法言·吾子》:“诗人之赋丽以则,辞人之赋丽以淫。”稊,杂草。稗,稗草。二句意谓风格要归于绮丽而有法则,文辞要删去繁芜浮滥的语句。

【附录】

传曰:“不歌而诵谓之赋,登高能赋,可以为大夫。”言感物造端,材知深美,可与图事,故可以为列大夫也。……

春秋之后,周道浸坏,聘问歌咏,不行于列国,学诗之士,逸在布衣,而贤人失志之赋作矣。大儒孙卿及楚臣屈原,离谗忧国,皆作赋以风,咸有侧隐古诗之义。其后宋玉、唐勒,汉兴,枚乘、司马相如,下及扬子云,竞为侈丽闳衍之词,没其风谕之义,是以扬子悔之。

班固《汉书·艺文志》 中华书局

玄晏先生曰:古人称不歌而颂谓之赋。然则赋也者,所以因物造端,敷弘体理,欲人不能加也。引而申之,故文必极美;触类而长之,故辞必尽丽。然则美丽之文,赋之作也。昔之为文者,非苟尚辞而已,将以纽之王教,本乎劝戒也。自夏殷以前,其文隐没,靡得而详焉。周监二代,文质之体,百世可知。故孔子采万国之风,正雅颂之名,集而谓之《诗》。诗人之作,杂有赋体。子夏序《诗》曰:"一曰风,二曰赋。"故知赋者,古诗之流也。

  至于战国,王道陵迟,风雅寝顿,于是贤人失志,辞赋作焉。是以孙卿、屈原之属,遗文炳然,辞义可观,存其所感,咸有古诗之意,皆因文以寄其心,托理以全其制,赋之首也。及宋玉之徒,淫文放发,言过于实,夸竞之兴,体失之渐,风雅之则,于是乎乖。逮汉贾谊,颇节之以礼。自时厥后,缀文之士,不率典言,并务恢张,其文博诞空类。大者罩天地之表,细者入毫纤之内,虽充车联驷,不足以载;广厦接榱,不容以居也。其中高者,至如相如《上林》,杨雄《甘泉》,班固《两都》,张衡《二京》,马融《广成》,王生《灵光》,初极宏侈之辞,终以约简之制,焕乎有文,蔚尔鳞集,皆近代辞赋之伟也。若夫土有常产,俗有旧风,方以类聚,物以群分。而长卿之俦,过以非方之物,寄以中域,虚张异类,托有于无。祖构之士,雷同影附,流宕忘反,非一时也。

皇甫谧《三都赋序》 《全晋文》卷七十一 商务印书馆

  赋者,敷陈之称,古诗之流也。古之作诗者,发乎情,止乎礼义。情之发,因辞以形之;礼义之旨,须事以明之。故有赋焉,所以假象尽辞,敷陈其志。前世为赋者有孙卿、屈原,尚颇有古诗之义,至宋玉则多淫浮之病矣。楚辞之赋,赋之善者也。故扬子称赋莫深于《离骚》。贾谊之作,则屈原俦也。古诗之赋,以情义为主,以事类为佐。今之赋,以事形为本,以义正为助。情义为主,则言省而文有例矣;事形为本,则言富而辞无常矣。文之烦省,辞之险易,盖由于此。夫假象过大则与类相远,逸辞过壮则与事相违,辩言过理则与义相失,丽靡过美则与情相悖。此四过者,所以背大体而害政教。是以司马迁割相如之浮说,扬雄疾辞人之赋丽以淫。

挚虞《文章流别论》 《全晋文》卷七十七 商务印书馆

  然则学古者奈何?曰:发乎情止乎礼义。其赋古也,则于古有怀;其赋今也,则于今有感;其赋事也,则于事有触,其赋物也,则于物有况。以乐而赋,则读者跃然而喜;以怨而赋,则读者愀然以吁;以怒而赋,则令人欲按剑而起;以哀而赋,则令人欲掩袂而泣。动荡乎天机,感发乎人心,而兼出于六义,然后得赋之正体,合赋之本义。苟为不然,则虽能脱乎俳律,而不知其又入于文矣,学者宜细求之。

徐师曾《文体明辨序说·赋》 人民文学出版社

屈平后出,本诗义以为骚,盖兼六义而"赋"之义居多。厥后宋玉继作,并号《楚辞》。自是辞赋之家,悉祖此体。故宋宋祁有云:"离骚为辞赋之祖,后人为之,如至方不能加矩,至圆不能过规。"信哉斯言也。故今列屈宋诸辞于篇,而自汉至宋凡仿作者附焉,俾后之诠赋者知所祖述云。

徐师曾《文体明辨序说·楚辞》 人民文学出版社

声韵之文,诗最先作,至周而体分六义焉。其二曰赋。战国之季,屈原作《离骚》,传称为贤人失志之赋。班孟坚云:"赋者,古诗之流也。"然则诗也,骚也,赋也,其名异也,义岂同乎? 古之为诗也,风行于邦国,雅烦施于朝廷,情动于中而形于言,其用则有赋与比兴之分。总其大要,有陈情与志者焉,有体事与物者焉。屈子之作,称尧、舜之耿介,讥桀、纣之昌披,以寓其规讽;誓九死而不悔,嗟黄昏之改期,以致其忠怨;近于诗之陈情与志者矣。若夫体事与物,风之《驷骥》,雅之《车攻》《吉日》,畋猎之祖也,《斯干》《灵台》,宫殿苑囿之始也;《公刘》之"幽居允荒",《绵》之"至于岐下",京都之所由来也。至于鸟兽草木之咏,其流寖以广矣。故诗者,骚赋之大原也。

既知诗与骚赋之所以同,又当知骚与赋之所以异。诗之体大而该,其用博而能通,是以兼六义而被管弦。骚则长于言幽怨之情,而不可以登清庙。赋能体万物之情状,而比兴之义缺焉。盖风、雅、颂之再变而后有《离骚》,骚之体流而成赋。赋也者,体类于骚而义取乎诗者也。故有谓《离骚》为屈原之赋者,彼非即以赋命之也,明其不得为诗云尔。骚之出于诗,犹王者之支庶封建为列侯也。赋之出于骚,犹陈完之育于姜,而因代有其国也。骚之于诗远而近,赋之于骚近而远,骚主于幽深,赋宜于浏亮。……若夫赋之立体造端则异是,二十五篇之中,《远游》《橘颂》,似赋而实骚,汉之《长门》自悼,似骚而实赋。门庭流品,于是判矣。传曰:"登高能赋,可以为大夫。"郑康成云:"赋者,铺也,铺陈今之政教美恶。"赋家之用,自朝廷郊庙以及山川草木,靡不摅写。故作之者,必若长卿所谓包括宇宙,总览人物。有得之于内,不可得而传者。故其难与诗与骚并。或曰:骚作于屈原矣。赋何始乎? 曰:宋玉。

程廷祚《骚赋论上》 《清溪集》卷三 《金陵丛书》本

古之赋家者流,原本《诗》《骚》,出入战国诸子。假设问对,《庄》《列》寓言之遗也;恢廓声势,苏张纵横之体也;排比谐隐,韩非《储说》之属也;征材聚事,《吕览》类辑之义也。……

赋者,古诗之流,刘勰所谓:"六义附庸,蔚成大国"者是也。义当列诗于前而叙赋于后,乃得文章承变之次第。刘、班顾以赋居诗前,则标略之称诗赋,岂非颠倒与？每怪萧梁《文选》，赋冠诗前，绝无义理，而后人竞效法之，为不可解。今知刘、班著录已启之矣。又诗赋本《诗经》支系，说已见前，不复置议。

章学诚《汉志诗赋》 《校雠通义》卷三 中华书局

班固言"赋者古诗之流"，其作《汉书·艺文志》，论孙卿、屈原赋，有恻隐古诗之义。刘勰《诠赋》谓赋为六义附庸。可知六义不备，非诗即非赋也。

……

《骚》为赋之祖。太史公《报任安书》："屈原放逐，乃赋《离骚》。"《汉书·艺文志》："屈原赋二十五篇。"不别名骚。刘勰《辨骚》曰："名儒辞赋，莫不拟其仪表。"又曰："雅颂之博徒，而辞赋之英杰也。"

……

赋，辞欲丽，迹也；义欲雅，心也。"丽辞雅义"，见《文心雕龙·诠赋》。前此，《扬雄传》云："司马相如作赋，甚宏丽温雅。"《法言》云："诗人之赋丽以则。""则"与"雅"无异旨也。

刘熙载《艺概·赋概》 上海古籍出版社

献赋始于汉。宋玉诸赋，颇称楚王，然由意撰，羌非实事。汉赋，孝成之世，奏御者千有余篇，然非由自献，盖其时犹有辀轩之使，采诗夜诵，赵、代、秦、楚之讴，皆列乐府，赋亦当在采中。故刘勰云"繁积于宣时，校阅于成世"也。

王芑孙《读赋卮言·献赋》 《国朝名人著述丛编》本

《诠赋》曰："履端于唱叙，归余于总乱。乱以理篇，迭致文契。"盖赋重发端，尤慎结局矣。行百里者半九十里，言晚节末路之难也。迟声以曼，铿尔未希；明月夜珠，与诗同境；末篇乡颛，减赋半德，卒读称善，完赋全功。

王芑孙《读赋卮言·谋篇》 《国朝名人著述丛编》本

观彦和此篇，亦以丽词雅义，符采相胜，风归丽则，辞翦美稗为要，盖与仲洽同其意恉。然自魏晋以降，赋体渐趋整练，而齐梁益之以妍华，江鲍徐庾之作，盖已不逮古处。自唐迄宋，以赋取士，创为律赋，用便程式，命题贵巧，选韵贵险，其规矩则有破题颔接之称，其精彩限于声律对仗之内，故或谓赋至唐而遂绝，由其体尽变，非复古义也。

黄侃《文心雕龙札记》 上海古籍出版社

文心雕龙·神思①

古人云:"形在江海之上,心存魏阙之下。"神思之谓也②。文之思也,其神远矣。故寂然凝虑,思接千载;悄焉动容,视通万里③;吟咏之间,吐纳珠玉之声;眉睫之前,卷舒风云之色④;其思理之致乎?故思理为妙,神与物游⑤。神居胸臆,而志气统其关键;物沿耳目,而辞令管其枢机⑥。枢机方通,则物无隐貌;关键将塞,则神有遁心⑦。是以陶钧文思,贵在虚静⑧,疏瀹五藏,澡雪精神⑨。积学以储宝,酌理以富才⑩,研阅以穷照,驯致以绎(原作怿,据天启梅庆生《文心雕龙》音注本改)辞⑪,然后使玄解之宰⑫,寻声律而定墨;独照之匠,窥意象而运斤⑬;此盖驭文之首术,谋篇之大端⑭。夫神思方运,万涂竞萌,规矩虚位,刻镂无形⑮,登山则情满于山,观海则意溢于海,我才之多少,将与风云而并驱矣⑯。方其搦翰,气倍辞前,暨乎篇成,半折心始⑰。何则?意翻空而易奇,言征实而难巧也⑱。是以意授于思,言授于意,密则无际,疏则千里⑲,或理在方寸而求之域表,或义在咫尺而思隔山河。是以秉心养术,无务苦虑,含章司契,不必劳情也⑳。

人之禀才,迟速异分,文之制体,大小殊功。相如含笔而腐毫㉑,扬雄辍翰而惊梦㉒,桓谭疾感于苦思㉓,王充气竭于沉虑(原作思虑,《事文类聚》、《群书通要》引作沉虑,杨明照《文心雕龙校注拾遗》云:"'沉'字较胜。上云'苦思',此云'沉虑',文始相对;且复字亦避。"今据改)㉔,张衡研京以十年㉕,左思练都以一纪㉖,虽有巨文,亦思之缓也。淮南崇朝而赋骚㉗,枚皋应诏而成赋㉘,子建援牍如口诵㉙,仲宣举笔似宿构㉚,阮瑀据鞍(原作案,按《三国志》载阮瑀于马上作书,援笔立成,故案当为鞍。王维俭《文心雕龙》训诂本亦作鞍,今据改)而制书㉛,祢衡当食而草奏㉜,虽有短篇,亦思之速也。若夫骏发之士,心总要术,敏在虑前,应机立断㉝;覃思之人,情饶歧路,鉴在疑后,研虑方定㉞。机敏故造次而成功,虑疑故愈久而致绩㉟。难易虽殊,并资博练㊱。若学浅而空迟,才疏而徒速,以斯成器,未之前闻。是以临篇缀虑,必有二患:理郁者苦贫,辞溺者伤乱㊲。然则博见为馈贫之粮,贯一为拯乱之药,博而能一,亦有助乎心力矣。

若情数诡杂,体变迁贸㊳,拙辞或孕于巧义,庸事或萌于新意㊴,视布于麻,虽云未贵(原作费,据天启梅庆生《文心雕龙》音注本改),杼轴献功,焕然乃珍㊵。至于思表纤旨,文外曲致㊶,言所不追,笔固知止。至精而后阐其妙,至变而后通其数,伊挚不能言鼎,轮扁不能语斤㊷,其微矣乎!

赞曰:神用象通,情变所孕㊸。物以貌求,心以理应㊹。刻镂声律,萌芽比兴㊺。结虑司契,垂帷制胜㊻。

【注释】

①《文心雕龙·神思》——《神思》是《文心雕龙》的第二十六篇,也是创作论的首篇。从"文之思,其神远矣"来看,神思就是"文之思",近似于我们今天说的文学思维。在刘勰看来,文学思维可以跨越时空,纵横跳跃,所谓"意翻空而易奇"。在《文心雕龙》其他篇中,刘勰也谈到文学思维的这种无拘束性,比如"诗有恒裁,思无定位"(《文心雕龙·明诗》),"思无定契,理有恒存"(《文心雕龙·总术》),"物有恒姿,而思无定检"(《文心雕龙·物色》)。"无定位"、"无定契"、"无定检"讲的都是文学思维超越常规的特点。正因为文学思维具有无拘束性,所以可以达到"寂然凝虑,思接千载;悄焉动容,视通万里"的境界。刘勰将文学思维的这种妙处总结为"神与物游",这个"游"字,很能说明文学思维的自由性。"游"在庄子哲学中是一种精神自由的表征,是一种处世的态度与存在的方式,庄子提倡的是自由无待的"逍遥游"。这种哲学之"游"的精神,被刘勰引入到文学领域,成为一种文学之游,借以说明文学思维的自由状态。刘勰提倡的"神与物游",在精神实质上接近于庄子"游"的精神,而不同于孔子带有道德色彩的"游于艺"的"游"。

以文艺心理学的观点来看,刘勰的"神与物游"说,准确地指出了文学思维是伴随着一个个纷至沓来的意象而展开的。这里的"物"并非现实中的外物,而是作家头脑中的意象,是外物在作家头脑中投射的影子。"神与物游"并非是精神与外物之游,而是精神与意象之游。所谓"登山则情满于山,观海则意溢于海",这里的山和海并非外在的物象,而是作家在运用文学思维时,在头脑中唤起的山和海的意象。文学思维的妙处正在于,作家一想到登山或观海,就能够将主观情感投射进去,头脑中即刻呈现山与海的景象。这种物我无间,心物交融的境界,就是刘勰所谓的"神与物游"。刘勰认为文学创作是"窥意象而运斤",指的就是作家根据头脑中的意象来进行创作。

另一方面,刘勰注意到文学思维的无拘束性也导致了文学传达的困难,因为"意翻空而易奇,言征实而难巧"。文学思维的无拘束性与语言表述征实的特点,决定了言意矛盾的存在。"神与物游"能否最终产生出成功的作品,取决于运思中"神"与"物"的有效性。刘勰认为"神"的背后是"志气"在统辖,而"物"的背后是"辞令"在起作用。刘勰之所以提倡"秉心养术,无务苦虑,含章司契,不必劳情",正是出于畅神的目的,即保证文学思维中"神"的有效性,也即是《养气》篇所说"意得则舒怀以命笔,理伏则投笔以卷怀,逍遥以针劳,谈笑以药倦,常弄闲于才锋,贾馀于文勇,使刃发如新,腠理无滞"的意思。此外,"神"的有效性还体现在作家的才学、阅历、情趣的培养上,所以刘勰提倡"积学以储宝,酌理以富才,研阅以穷照,驯致以绎辞"。对于文学思维中"物"的有效性,刘勰提出"物沿耳目,而辞令管其枢机",他认识到"物"在作家大脑中的存在方式是一种语言性的存在。从西方现代语言学的观点来看,所指必然与一种能指相联系。只有语言这个"枢机"通了,意象才能充分逗露出来,才能"物无隐貌"。

刘勰看到了文学创作中的言意矛盾,这或多或少受到魏晋玄学"言意之辨"的影响,但刘勰没有简单地将自己圈入魏晋玄学言意之辩的语境中而偏执于一端,他基本上还是持较为辩证的观点。在《神思》篇中,他指出言和意既可能"密则无际",也可能"疏以千里";他既指出言不尽意现象的存在,比如"方其搦翰,气倍辞前,暨乎篇成,半折心始",又如"思表纤旨,文外曲致,言所不追,笔固知止";又指出言有尽意的可能,比如"至精而后阐其妙,至变而后通其数"。刘勰所谓的"至精"、"至变",一方面体现在精湛的艺术技巧上,比如言不尽意之处,可以通过巧妙的艺术构思加以疏通,所谓"视布于麻,虽云未贵,杼轴献功,焕然乃珍";另一方面,看似言不尽意的"笔固知止",对于"至精"、"至变"者却有另外一层含义,即主动给读者留下艺术想象的空间,这也就是《文心雕龙·隐秀》篇中提出的"隐也者,文外之重旨也"。

②"古人云"四句——魏阙,指古代宫殿前的一对高建筑,因两阙之间有空缺,故名阙,又因其是悬示法令之所在,故而魏阙指代朝廷。按,《庄子·让王》:"中山公子牟谓瞻子曰:'身在江海之上,心居乎魏阙之下,奈何?'"中山公子牟身虽隐居,心想仕途。刘勰引此语,借以说明文学思维可以不受空间的限制。

③"寂然凝虑"四句——凝虑,凝神思考。动容,面部表情变化。"思接千载"、"视通万里"指文学思维能突破时空限制。文学运思之时,身体的外部状态是寂然的,而内心却波澜起伏,穿越时空,亦如陆机《文赋》所言"观古今于须臾,抚四海于一瞬","恢万里而无阂,通亿载而为津"。

④"吟咏之间"四句——所谓"珠玉之声"和"风云之色",指文学运思是声

色并茂的。

⑤"思理为妙"二句——想象的精妙之处,在于作家的主观情思与物象的融合。按,"神与物游"是刘勰提出的重要观点,指文学思维是心物融合的过程。这种观点可以上溯到庄子的"乘物以游心"(《庄子·人间世》)。对于心物的融合,在《文心雕龙·物色》中,刘勰有细致的描述:"是以诗人感物,联类不穷,流连万象之际,沈吟视听之区;写气图貌,既随物以宛转;属采附声,亦与心而徘徊。"

⑥"神居胸臆"四句——神,指精神活动。胸臆,指心。神居胸臆,指心是精神活动展开之所。志,指思想,气,指情感。赵岐《孟子章句》:"志,心所念虑也。气,所以充满形体为喜怒也。"志气统其关键,指思想感情是作家精神活动的主宰。物沿耳目,指外物通过耳目来感知。辞令管其枢机,指外物的表达依赖于语言的发动。《国语》韦昭注:"枢机,发动也。"

⑦"枢机方通"四句——枢机,指辞令。关键,指志气。此四句意谓语言通畅了,对外物的形貌就能刻画无遗;思想情感如果阻塞了,精神就涣散不能集中。

⑧"陶钧文思"二句——陶钧,古代制陶器所用的转轮,这里用如动词,引申为酝酿、创造。虚静,指内心空彻澄明的状态。按,刘勰将古代哲学中的虚静说引入到文论中,强调酝酿文思必须要有空彻澄明的心灵状态。古代哲学中的虚静说导源于道家对道的观照态度。"致虚极,守静笃,万物并作,吾以观其复"(《老子》十六章),"唯道集虚,虚者,心斋也"(《庄子·人间世》)。老庄的虚静说是将主体导向对道的无言的体验,他们反对学问、见识,主张"绝学无忧"(老子),"离形去知"(庄子),认为只有这样才能进入虚静的体道状态。稷下黄老学提出"虚者,无藏也"(《管子·心术》),也反对学问、见识。荀子则不同,他提出"心何以知道?曰虚壹而静。心未尝不藏也,然而有所谓虚;心未尝不满也,然而有所谓壹;心未尝不动也,然而有所谓静。"(《荀子·解蔽》)。荀子并不排斥学问、见识,而是强调不要以已有的知识妨碍新知识的接受,所谓"不以所已藏害将受谓之虚"。刘勰吸收了老庄虚静说中精神专注于对象的因素,又吸收了荀子虚静说不排斥学问、见识的因素,在文论领域发展出一种较为辩证的虚静说。具体而言,刘勰将虚静看做构思想象时的一种必备心态,这种心态不仅有助于主体对对象的认识,也有助于主体对认识内容的传达。

⑨"疏瀹五藏"二句——疏瀹,疏通。五藏,即五脏,这里指代心灵。澡雪,洗净。语出《庄子·知北游》:"老聃曰:'汝齐戒,疏瀹而心,澡雪而精神。'"此二句意谓疏通心里的烦绪,使情感平和;洗净心中杂念,使精神澄彻。这是文学运

思的前提,也是刘勰文论虚静说的主要内容。

⑩"积学以储宝"二句——储宝,储存珍贵的材料。酌理,斟酌事理。此二句意谓积累学问以储存珍贵的材料,斟酌事理以丰富自己的才能。

⑪"研阅以穷照"二句——研,探究。阅,阅历。穷照,彻底观照。驯,顺。《易·坤·象辞》"驯致其道",正义:"驯,犹狎顺也。"致,情趣。绎辞,选取文辞。二句意谓深入探究所经历的事物以达到对它的洞察,顺着情趣来选取确切的文辞。

⑫玄解之宰——玄解,通于"悬解",指哀乐无动于心。《庄子·大宗师》:"安时而处顺,哀乐不能入也,此古之所谓县(悬)解也。"玄解之宰,指虚静澄明的心灵。范文澜《文心雕龙注》:"玄解之宰谓心。"

⑬"独照之匠"二句——独照之匠,有独特观察力的匠人,这里指作家。意象,艺术构思中的文学形象。运斤,挥动斧子。《庄子·徐无鬼》:"匠石运斤成风",此处运斤指文学创作。

⑭"此盖驭文之首术"二句——驭文,驾驭文字,这里指写作。首术,最重要的方法。大端,根本要领。《礼记·礼器》:"二者居天下之大端矣。"郑玄注:"端,本也。"

⑮"神思方运"四句——运,活动。万涂,指纷杂的思绪。虚位,指尚未定型的思绪。无形,指模糊的意象。此四句意谓开始文学运思的时候,思绪纷杂,意象模糊。故而要对未定型的文思进行梳理定型,对模糊的意象进行艺术加工。陆机《文赋》"课虚无以责有,叩寂寞以求音"正是此意。

⑯"登山则情满于山"四句——此四句意谓想到登山,脑海中便充满了山的意象;想到观海,脑海里便涌现出海的意象。似乎觉得自己的才气,可以和风云并驾齐驱。

⑰"方其搦翰"四句——搦,执。翰,笔。暨,等到。此四句意谓刚动笔之时,情思充沛,可写的内容很多;文章写好之后,却发现只传达出构思内容的一半。

⑱"意翻空而易奇"二句——文意是任凭想象的,故天马行空,容易奇妙;文章是用文字将文意落实传达,所以很难精巧。按,黄侃《文心雕龙札记》云:"寻思与文不能相传,由于思多变状,文有定形。"

⑲"意授于思"四句——此四句意谓意象的形成源于艺术构思,文辞的表达又本于意象。构思、意象、文辞三者配合得好时,能吻合得天衣无缝;三者配合不好时,则相去千里。按,陆机《文赋》"每自属文,尤见其情。恒患意不称物,文不逮意",可与此相参读。

⑳"秉心养术"四句——秉心养术,指修养自己的心性,使之保持虚静平和的状态。刘勰认为冥思苦想会阻塞文思。含章,指自然万物,《文心雕龙·原道》"俯察含章"。司契,统领、主宰。含章司契,意指自然物是触发作家文思的关键。刘勰认为,文思是感物而动的结果,因此在未受外物感发之前,没有必要去强思苦索。

㉑相如含笔而腐毫——含笔而腐毫,指将毛笔含在口中苦思,时间太长以致笔毫腐烂,此处指司马相如文思迟缓。按,据《西京杂记》,司马相如写《上林》、《子虚》二赋,耗时百日。《汉书·枚皋传》:"司马相如善为文而迟。"

㉒扬雄辍翰而惊梦——辍翰而惊梦,指文章成后,因苦思过甚,以致恶梦。按,桓谭《新论·祛蔽篇》载:"子云亦言:成帝时,赵昭仪方大幸。每上甘泉,诏令作赋,为之卒暴,思虑精苦,赋成遂困倦小卧,梦其五脏出在地,以手收而内之,及觉病喘悸,大少气,病一岁。"

㉓桓谭疾感于苦思——疾感于苦思,指写文章苦思过分而累病。按,《新论·祛蔽》载:"余少时见扬子云之丽文高论,不自量年少新进,而猥欲逮及。尝激一事而作小赋,用精思太剧,而立感动发病,弥日瘳。"

㉔王充气竭于沉虑——气竭于沉虑,指写文章苦思过分而气力衰竭。按,《后汉书·王充传》载:"充好论说……著《论衡》八十五篇,二十余万言。年渐七十,志力衰耗。"

㉕张衡研京以十年——研京,指张衡写作《二京赋》。按,《后汉书·张衡传》载:"衡乃拟班固《两都》作《二京赋》,因以讽谏。精思傅会,十年乃成。"

㉖左思练都以一纪——练都,指左思写作《三都赋》。一纪,十二年。按,臧荣绪《晋书》载:"左思,字太冲,齐国人。少博览文史,欲作《三都赋》,乃诣著作郎张载访岷邛之事,遂构思十稔。"十稔,十年。

㉗淮南崇朝而赋骚——淮南,指淮南王刘安。崇朝,一个早上。赋骚,指刘安写作《离骚赋》。按,高诱《淮南子序》载:"诏使(刘安)为《离骚赋》,自旦受诏,日早食已上。"

㉘枚皋应诏而成赋——据《汉书·枚皋传》载:"上有所感,辄使赋之。为文疾,受诏辄成。"

㉙子建援牍如口诵——子建,曹植字。此处指曹植文思敏捷,出口成章。援牍,手持木简。指写作。按,据杨德祖《答临淄侯(曹植)笺》载:"又尝亲见执事,握牍持笔,有所造作,若成诵在心,借书于手,曾不斯须少留思虑。"

㉚仲宣举笔似宿构——仲宣,王粲字。宿构,预先写好。按,《三国志·魏志·王粲传》载:"(王粲)善属文,举笔便成,无所改定,时人常以为宿构。"

㉛阮瑀据鞍而制书——《三国志·魏志·王粲传》注引《典略》:“太祖尝使瑀作书与韩遂。时太祖适近出,瑀随从,因于马上具草,书成呈之。太祖揽笔欲有所定,而竟不能增损。”

㉜祢衡当食而草奏——《后汉书·祢衡传》:“刘表尝与诸文人共草章奏,并极其才思。时衡出,还见之,开省未周,因毁以抵地。表抚然为骇,衡乃从求笔札,须臾立成,辞义可观。”又:“黄祖长子射,时大会宾客。人有献鹦鹉者,射举卮于衡曰:‘愿先生赋之,以娱嘉宾。’衡揽笔而作,文无加点,辞采甚丽。”范文澜注:“案草奏一事,当食作赋又一事,彦和云‘当食草奏’,殆合两事而言之。”

㉝“骏发之士”四句——骏发之士,思维敏捷的人。《诗·周颂·噫嘻》:“骏发尔私。”郑笺:“骏,疾也;发,伐也。”此处骏发指思维敏捷。心总要术,心里掌握了写作的要领。总,统领,掌握。《说文》:“总,聚束也。”敏在虑前,思维敏锐,在深思熟虑之前就已完成构思。应机立断,根据具体情况迅速作出反应。陈琳《答东阿王笺》:“拂钟无声,应机立断。”

㉞“覃思之人”四句——覃思,深思。情饶歧路,思路繁杂,拿不定主意。饶,多。四句意谓深思之人思路繁杂,要经过再三考虑后,才拿定主意下笔。

㉟“机敏故造次而成功”二句——机敏,取上文“敏在虑前,应机立断”之意。造次,仓促。虑疑,取上文“鉴在疑后,研虑方定”之意。

㊱“难易虽殊”二句——难易,分指上文所言构思的慢和快。博练,即下文所言“博而能一”。博,博闻,即“博见”。练,指精练,即“贯一”。资,依靠。

㊲“临篇缀虑”四句——缀虑,构思。临篇缀虑,也即《文心雕龙·风骨》“缀虑裁篇”之意。理郁者,指未明事理的人。辞溺者,指沉溺于文辞的人。贫,指文思贫乏。乱,指文辞杂乱。

㊳“情数诡杂”二句——情,指文章内容。数,多样。《文心雕龙·章句》:“情数运周,随时代用矣。”体,指文章体式。迁贸,变化。二句意谓文章的内容与体式都是复杂多变的。

㊴“拙辞或孕于巧义”二句——二句意谓有时拙劣的文辞孕育着工巧的义旨,有时平凡的事物也可萌发新颖的意思。按,拙辞孕巧义,庸事生新义,正是下文所言“杼轴献功”的结果。

㊵“视布于麻”四句——杼,梭子。轴,布筘。杼轴,都是织布机上的主要部件,这里比喻作家的构思。陆机《文赋》:“虽杼轴于予怀,怵他人之我先。”刘勰所谓“杼轴献功”,强调的是构思的重要性,亦如《文心雕龙·书记》所言:“并杼轴乎尺素,抑扬乎寸心。”此四句意谓拙辞所孕的巧义,庸事所生的新义,都是作家构思的结果,正好比麻在未织成布以前,并无可贵之处,但经过加工成为布,

就成了光彩而珍贵的东西。

㊶ "至于思表纤旨" 二句——表,外。思表纤旨,指文思之外的细微精妙的道理。致,情致。文外曲致,指文辞之外的曲折情致。

㊷ "伊挚不能言鼎" 二句——伊挚,即伊尹,名挚,商汤之臣,以善烹调著称。《吕氏春秋·本味》:"汤得伊尹,……说汤以至味,曰:'鼎中之变,精妙微纤,口弗能言,志弗能喻。'轮扁语斤,轮扁认为斫轮的精妙之处不能诉之以语言。《庄子·天道》:"轮扁曰:'斫轮徐则甘而不固,疾则苦而不入,不徐不疾,得之于手而应之于心,口不能言,有数存焉于其间。'"

㊸ "神用象通" 二句——神思依靠物象来贯通,由情感变化孕育而成。用,以,依靠。

㊹ "物以貌求" 二句——物以貌求,意谓从形貌去把握表现外物。《文心雕龙·物色》"写气图貌,既随物以宛转" 可以相参读。心以理应,意谓从情理入手来求得内心的反应。

㊺ "刻镂声律" 二句——刻镂,指运用。二句意谓运用声律的技巧,产生比兴的手法。

㊻ "结虑司契" 二句——结虑,指构思。司契,掌握要领。结虑司契,意谓精心构思,掌握要领。垂帷,即下帷,指专心于学。垂帷制胜,意谓积学博见才能成功。按,杨明照《文心雕龙校注拾遗补正》引《史记·董仲舒传》"下帷讲诵",《汉书·董仲舒传述》"下帷覃思",又引束晳《读书赋》"垂帷帐以隐几",顾野王《玉篇序》"垂帷闭户" 等,力证垂帷制胜乃重申篇中积学、博见之要,非谓将军之运筹帷幄,决胜千里也。

【附录】

人希见生象也,而得死象之骨,案其图以想其生也,故诸人之所以意想者皆谓之象也。

《韩非子·解老》 《韩非子集解》 中华书局

其始也,皆收视反听,耽思傍讯,精骛八极,心游万仞。其致也,情瞳昽而弥鲜,物昭晰而互进。倾群言之沥液,漱六艺之芳润。浮天渊以安流,濯下泉而潜浸。于是沈辞怫悦,若游鱼衔钩而出重渊之深;浮藻联翩,若翰鸟缨缴而坠曾云之峻。收百世之阙文,采千载之遗韵。谢朝华于已披,启夕秀于未振。观古今于须臾,抚四海于一瞬。

陆机《文赋》 《文赋集释》 上海古籍出版社

余少时见扬子云之丽文高论,不自量年少新进,而猥欲逮及。尝激一事而作小赋,用精思太剧,而立感动发病,弥日瘳。子云亦言:成帝时,赵昭仪方大幸。每上甘泉,诏使作赋,为之卒暴,思精苦,始成,遂困倦小卧,梦其五脏出在地,以手收而内之。及觉,病喘悸,大少气,病一岁。由此言之,尽思虑,伤精神也。

桓谭《新论·祛蔽》　上海人民出版社

夫以应目会心为理者,类之成巧,则目亦同应,心亦俱会。应会感神,神超理得,虽复虚求幽岩,何以加焉?又,神本亡端,栖形感类,理入影迹。诚能妙写,亦诚尽矣。于是闲居理气,拂觞鸣琴,披图幽对,坐究四荒,不违天励之藂,独应无人之野。峰岫峣嶷,云林森眇,圣贤暎于绝代,万趣融其神思。余复何为哉?畅神而已。神之所畅,孰有先焉。

宗炳《画山水序》　中华书局本《历代名画记》卷六

且夫思有利钝,时有通塞,沐则心覆,且或反常;神之方昏,再三愈黩。是以吐纳文艺,务在节宣,清和其心,调畅其气,烦而即舍,勿使壅滞,意得则舒怀以命笔,理伏则投笔以卷怀,逍遥以针劳,谈笑以药倦,常弄闲于才锋,贾馀于文勇,使刃发如新,腠理无滞,虽非胎息之万术,斯亦卫气之一方也。

刘勰《文心雕龙·养气》　人民文学出版社

属文之道,事出神思,感召无象,变化不穷。俱五声之音响,而出言异句;等万物之情状,而下笔殊形。

萧子显《南齐书·文学传论》　中华书局本《南齐书》卷五十二

当其一室燕坐,图书左右离列,拂拭尘埃,几案间冥默觊思,神与趣融,景与心会,鱼龙出没巨海中,殆难以测度。或花间月下,引觞独酌,酒酣气豪,放奇作楚调,已而吟思俊发,涌若源泉,捷如风雨,顷刻间数百言,落笔弗能休。

谢徽《缶鸣集序》《高太史大全集》卷首　《四部丛刊》初编本

夫才有迟速,作有难易,非谓能与不能尔。含毫改削而工,走笔天成而妙;其速也多暗合古人,其迟也每创出新意;迟则苦其心,速则纵其笔:若能处于迟速之间,有时妙而纯,工而浑,则无适不可也。

谢榛《四溟诗话》卷三　人民文学出版社

凡构思之始,众妙纷呈,茫无统纪,必择其意贯气属,应节而不杂者,属而为文,陆平原所谓"选义按部,考辞就班"也。凡钻砺过分,思路至断绝处,当澄心息虑,逾时复更端而起,刘舍人所谓"理伏则投笔以卷怀,意得则舒怀以命笔"也。凡意有所触,妙378呈,便当琢以慧心,著之楮上,缓之则情移理逸,不可复睹,苏长公所谓"作诗火急追亡逋,清景一失后难摹"也。

袁守定《谈文》 《占毕丛谈》卷五　光绪重校刻本

诗有三要,曰:发窍于音,征色于象,运神于意。……何谓象与意?曰:物有声即有色。象者,摹色以称音也。如舞曲者动容而歌,则意慊悉关飞动,无论兴比与赋,皆有恍然心目者。故诗家写景,是大半功夫。今读古人诗,望而知为谁氏作。象固然矣,斯不独征声,又当选色也。意之运神,难以言传,其能者常在有意无意间。何者?诗缘情而生,而不欲直致其情;其蕴含只在言中,其妙会更在言外。《易》曰:"鼓之舞之以尽神。"善写意者,意动而其神跃然欲来,意尽而其神渺然无际,此默而成之,存乎其人矣。

李重华《贞一斋诗说》 《清诗话》下册　中华书局

文心雕龙·体性①

夫情动而言形,理发而文见,盖沿隐以至显,因内而符外者也②。然才有庸俊,气有刚柔,学有浅深,习有雅郑③,并情性所铄,陶染所凝,是以笔区云谲,文苑波诡者矣④。故辞理庸俊,莫能翻其才;风趣刚柔,宁或改其气⑤;事义浅深,未闻乖其学;体式雅郑,鲜有反其习⑥:各师成心,其异如面⑦。若总其归涂,则数穷八体⑧:一曰典雅,二曰远奥,三曰精约,四曰显附,五曰繁缛,六曰壮丽,七曰新奇,八曰轻靡。典雅者,镕式经诰,方轨儒门者也⑨;远奥者,复采曲文,经理玄宗者也⑩;精约者,核字省句,剖析毫厘者也⑪;显附者,辞直义畅,切理厌心者也⑫;繁缛者,博喻酿(原作醲。王利器《文心雕龙校证》云:"'酿'原作'醲',今改。《说文》:'酿,厚酒也'。'酿'与'博'义相应。《时序》篇有'浓采'语,一本作'酿采。'"今据改)采,炜烨枝派者也⑬;壮丽者,高论宏裁,卓烁异采者也⑭;新奇者,摈古竞今,危侧趣诡者也⑮;轻靡者,浮文弱植,缥缈附俗者也⑯。故雅与奇反,奥与显殊,繁与约舛,壮与轻乖,文辞根叶,苑囿其中矣⑰。

若夫八体屡迁,功以学成,才力居中,肇自血气[18];气以实志,志以定言,吐纳英华,莫非情性[19]。是以贾生俊发,故文洁而体清[20];长卿傲诞,故理侈而辞溢[21];子云沈寂,故志隐而味深[22];子政简易,故趣昭而事博[23];孟坚雅懿,故裁密而思靡[24];平子淹通,故虑周而藻密[25];仲宣躁竞(原作"锐"。范文澜《文心雕龙校注》:"案《程器篇》:'仲宣轻脆以躁竞。'此锐疑是竞字之误。《魏志·杜袭传》:'粲性躁竞。'此彦和所本。"今据改),故颖出而才果[26];公幹气褊,故言壮而情骇[27];嗣宗俶傥,故响逸而调远[28];叔夜俊侠,故兴高而采烈[29];安仁轻敏,故锋发而韵流[30];士衡矜重,故情繁而辞隐[31]。触类以推,表里必符[32],岂非自然之恒资,才气之大略哉[33]!

夫才有天资,学慎始习[34],斫梓染丝,功在初化,器成采定,难可翻移[35]。故童子雕琢,必先雅制[36],沿根讨叶,思转自圆[37]。八体虽殊,会通合数[38],得其环中,则辐辏相成[39]。故宜摹体以定习,因性以练才[40],文之司南[41],用此道也。

赞曰:才性异区,文体(原作辞。范文澜《文心雕龙注》云:"文辞,当作文体,与上句才性相对成文。"今据改)繁诡[42]。辞为肌肤(原作肤根。杨明照《文心雕龙校注拾遗补正》云:"《辨骚篇》:'观其骨鲠所树,肌肤所附。'《附会篇》:'事义为骨髓,辞采为肌肤。'正以'肌肤'与'骨髓'或'骨鲠'对。则此处之'肤根',当作'肌肤',始合文意。"今据改),志实骨髓[43]。雅丽黼黻,淫巧朱紫[44]。习亦凝真,功沿渐靡[45]。

【注释】

①《文心雕龙·体性》——《体性》是《文心雕龙》的第二十七篇。体,指作品风格。性,指作家个性。本篇着重探讨了作家个性和作品风格间的关系,亦即性和体的关系。

刘勰认为,作家的个性和他的作品风格存在一致性,有什么样的性格就会产生与之对应的作品风格,此所谓"沿隐以至显,因内而符外","吐纳英华,莫非情性"。刘勰例举了文学史上十二位作家的个性与他们作品风格的关系,来论证这种一致性。他认识到作家间个性的差异,导致了作品风格的多样性。他指出,这些作家的作品之所以"其异如面",乃出于他们"各师成心",不同的风格取决于作家不同的创作个性。本篇中,刘勰将作家个性的形成原因归结为

"才气学习"四个方面,其中才、气偏于先天的禀赋,而学、习则属于后天的陶冶。可贵的是,刘勰并没有像曹丕那样,认为先验的气质不可改变,而是充分看到了后天的学习对作家个性的影响,故而刘勰特别强调"功以学成"。他指出,作家固然可以因其天性来发挥相应的创作才能,也可以勉力模仿自己所喜欢的风格,以培养良好的写作习惯,这就是"摹体以定习,因性以练才"。另外,在"笔区云谲,文苑波诡"的多样风格面前,刘勰又归纳出八种基本的风格类型,它们两两相对,分别是:典雅与新奇、远奥与显附、繁缛与精约、壮丽和轻靡。刘勰认为,这四组八体,把文章内容和形式的差异都囊括在内了。最后,刘勰还认识到风格具有多样统一性,此所谓"八体虽殊,会通合数"。刘勰认为,对于同一个作家而言,只要把握住了最适合自己个性的风格,其他风格就会起到相辅相成的作用。刘勰对创作主体选择风格的主动性的论述,是深刻而正确的。

关于风格和个性的关系,法国人布封曾有"风格即人"的经典论断。刘勰则不仅认识到了风格与个性间的一致性,更认识了由于个性差异而导致的风格的差异性及风格的多样统一性,并由此从体性两方面确定文学创作的基本原则,这些都要比布封的论断丰富得多。

②夫"情动而言形"四句——情动而言形,语本《诗大序》"情动于中而形于言"。《文心雕龙·知音》亦言"夫缀文者情动而辞发"。形、见,显现。沿、因,由。隐、内,情理。显、外,言辞。四句意谓文章写作是将作家受到激发的思想情感用文辞表达出来。从潜藏于内心的情理,到表达为显豁的文辞,这是一个由内而外,由隐而显的过程。按,这里,刘勰肯定了作家内在的思想感情和文辞的外在表现存在着一致性,实际也就是肯定了"体"与"性"的一致性。

③然"才有庸俊"四句——才,才华,才能。气,气质。学,学识。习,习染。四句意谓,作家的才能有的平庸,有的杰出;气质有的刚健,有的柔婉;学识有的肤浅,有的渊博;习染有的高雅,有的低俗。按,刘勰指出了才、气、学、习这四个构成作家个性的基本因素都是因人而异的。

④"并情性所铄"四句——铄,熔化,这里指形成。《孟子·告子上》:"仁义礼智,非由外铄我也,我固有之也。"陶染,陶冶熏染。文苑波诡,语本扬雄《甘泉赋》"于是大厦云谲波诡",这里形容文学风格的千姿百态。四句意谓才、气是天赋的性情决定的,学、习是后天的陶冶熏染所积渐而成的。由于作家才、气、学、习的不同,文章的风格也如同云气变化,波涛起伏般各不相同。

⑤故"辞理庸俊"四句——辞理,文理。翻,通"反"。"辞理庸俊,莫能翻其才"可与上文"才有庸俊"相参读,意谓文辞情理的平庸或杰出,与作家的才能是一致的。风趣,指由作家气质所决定的文章的力度。宁或,岂能。"风趣刚

柔,宁或改其气"可与上文"气有刚柔"相参读,意谓文章风力骨气的刚健或柔婉,与作家的气质是相关的。

⑥"事义浅深"四句——事义,用典托义。《文心雕龙·事类》"据事以类义"。乖,违反。"事义浅深,未闻乖其学"可与上文"学有浅深"相参读,意谓用典托义的浅深与学问的低高是一致。体式,文章的体制法度。"体式雅郑,鲜有反其习"可与上文"习有雅郑"相参读,意谓文章体制的雅俗和所受的陶染有关。以上八句指出属于作家个性("性")范畴的才、气、学、习对属于作品风格("体")范畴的辞理、风趣、事义、体式的决定作用。

⑦"各师成心"二句——成心,本心,犹言各自的个性。二句意谓各人都按自己的本性来写作,所以文章风格也就犹如人的面容彼此有别。按《左传·襄公三十一年》:"人心之不同,如其面焉。"

⑧"若总其归涂"二句——总,总括。涂,通"途"。穷,尽。八体,八种风格类型。二句意谓如果总括各家的创作道路,那么可以归纳为八种风格类型。

⑨"典雅者"三句——镕式,取法。经诰,经典作品。方轨,并驾,这里指依傍。三句意谓典雅的风格,是取法经典,依傍儒家思想立论的作品所具有的。

⑩"远奥者"三句——复采,文采内蕴。曲文,文意深远。经理,经营,此处指阐述。玄宗,即玄学。三句意谓远奥的风格,是那些文采内蕴,文意深远,阐述玄学的文章所具有的。按,原文中"馥采典文"当为"复采曲文"。刘永济《文心雕龙校释》:"疑'馥'当作'复','典'当作'曲',皆字形之误。复者,隐复也;曲者,深曲也。谈玄之文,必隐复而深曲,《征圣》篇论《易》经有'四象精义以曲隐'可证。舍人每以复、隐、曲、奥等词连用,如《原道》篇'繇辞炳曜'、'符采复隐',《练字》篇'复文隐训',《征圣》篇'精义曲隐',《总术》篇'奥者复隐',《隐秀》篇'隐以复意为工',又'深文隐蔚,余味曲包',《序志》篇'或有曲意密源,似近而远',皆可证此篇所谓'远奥'之义。"

⑪"精约者"三句——核字,考核用字是否精当。省句,删去多余的句子。剖析毫厘,分析说理精细入微,语本《西京赋》"剖析毫厘,擘肌分理"。三句意谓精约的风格,表现为字斟句酌语言简练,分析说理细致入微。

⑫"显附者"三句——直,直截了当。畅,畅达。切,切合。厌,同"餍",满足。三句意谓显附的风格,表现为用语直截了当,意旨畅达,切合事理,令人悦服。

⑬"繁缛者"三句——酝采,辞藻华赡。炜烨,光彩貌。枝派,枝指树的分枝,派指水的支流。《文心雕龙·附会》:"凡大体文章,类多枝派,整派者依源,理枝者循干。"这里枝派比喻文章的各个部分。三句意谓繁缛的风格,表现为譬

喻广博,辞藻华赡,文章的每一部分都流光溢彩。

⑭"壮丽者"三句——宏裁,体制宏大。卓烁,光彩突出。三句意谓壮丽的风格,体现为议论高超,体制宏伟,辞采不凡。

⑮"新奇者"三句——摈,抛弃。危侧,危险的岔道。三句意谓新奇的风格,表现为抛弃古代的陈规,独创新体,在危险的岔道上追求奇诡的情趣。

⑯"轻靡者"三句——植,干,指内容。缥缈,虚浮。三句意谓轻靡的风格,表现为文辞浅浮,内容贫弱,命意虚浮不实,依附俗说。

⑰故"雅与奇反"六句——文辞根叶,文章内容与形式的各个部分。苑囿,囊括。六句意谓这八种风格中,典雅与新奇相反,远奥与显附相对,繁缛与精约相违,壮丽和轻靡相背。这四组八体,把文章内容和形式的差异都囊括在内了。

⑱"才力居中"二句——居中,位于心中。肇,始。血气,气质。《乐记·乐言》:"夫民有血气心知之性,而无哀乐喜怒之常。"二句意谓人的内在才能来自于他的性情气质。

⑲"气以实志"四句——《左传·昭公九年》:"味以行气,气以实志,志以定言。"杜预注:"气和则志充。在心为志,发口为言。"二句意谓作家的性情气质决定了他的心志,而心志决定了文辞表现,他创作出的精妙文章,都是他的情性的表现。

⑳是以"贾生俊发"二句——贾生,贾谊。俊发,才气超逸。《史记·屈贾列传》:"时贾生年二十余,最为少,每诏令议下,诸老先生不能言,贾生尽为之对。"二句意谓贾谊才气超逸,所以文辞简洁,文风清俊。

㉑"长卿傲诞"二句——长卿,司马相如字。傲诞,自负狂放。嵇康《高士传赞》:"长卿慢世,越礼自放。"二句意谓司马相如自负狂放,所以他的作品文理夸张,辞藻繁富。

㉒"子云沈寂"二句——子云,扬雄字。沈寂,沉静。《汉书·扬雄传》:"(雄)默而好深湛之思,清静亡为,少嗜欲。"二句意谓扬雄沉静,所以他的作品主旨含蕴,意味深长。

㉓"子政简易"二句——子政,刘向字。简易,平易近人。《汉书·刘向传》:"向为人简易无威仪,廉靖乐道,不交接世俗。"二句意谓刘向平易近人,所以他的作品旨趣显明,征引广博。

㉔"孟坚雅懿"二句——孟坚,班固字。懿,美好。靡,细致。《后汉书·班固传》:"(班固)及长,遂博通载籍,九流百家之言无不穷究。……性宽和容众,不以才能高人。"二句意谓班固文雅深湛,所以他的作品体裁周密,思想绵密细致。

㉕"平子淹通"二句——平子,张衡字。淹通,广博贯通。《后汉书·张衡传》"(衡)通五经、贯六艺",《文心雕龙·才略》"张衡通赡"。二句意谓张衡知识广博贯通,所以他的作品考虑问题周到,文辞细密。

㉖"仲宣躁竞"二句——仲宣,王粲字。躁竞,指性格急躁。二句意谓王粲性格急躁,争强好胜,所以他的作品锋芒外露,才思敏捷。按,王粲才思敏捷,又如《魏志·王粲传》:"(王粲)善属文,举笔便成,无所改定,时人常以为宿构。"《文心雕龙·神思》:"仲宣举笔似宿构。"《文心雕龙·才略》:"仲宣溢才,捷而能密。"

㉗"公幹气褊"二句——公幹,刘桢字。气褊,性格急躁刚烈。《尔雅·释言》:"褊:急也。"二句意谓刘桢性格急躁刚烈,所以他的作品语言雄壮,情思惊人。按,刘桢作品语言雄壮,又如《典论·论文》云:"刘桢壮而不密。"钟嵘《诗品上》:"魏文学刘桢,其源出于古诗,仗气爱奇,动多振绝,真骨凌霜,高风跨俗。但气过其文,雕润恨少。"

㉘"嗣宗俶傥"二句——嗣宗,阮籍字。俶傥,即"倜傥",指放达不拘。二句意谓阮籍放达不拘,所以他的作品风格飘逸,格调高迈。按,阮籍倜傥,又如《魏志·王粲传》称阮籍"才藻艳逸而倜傥放荡,行己寡欲,以庄周为模则"。《晋书·阮籍传》说阮籍:"志气宏放,傲然独得,任性不羁,而喜怒不形于色。"

㉙"叔夜俊侠"二句——叔夜,嵇康字。二句意谓嵇康品貌英俊,性格豪侠,所以他的作品诗兴高绝,辞采刚健。按,《魏志·王粲传》:"时又有谯郡嵇康,文辞壮丽,好言老庄,而尚奇任侠。"《晋书·嵇康传》:"有奇才,远迈不群,身长七尺八寸,美词气,有风仪,而土木形骸,不自藻饰,人以为龙章凤姿。天质自然,恬静寡欲,含垢匿瑕,宽简有大量。……康善谈理,又能属文,其高情远韵,率然玄远。"

㉚"安仁轻敏"二句——安仁,潘岳字。二句意谓潘岳轻浮机敏,所以他的作品辞锋外露,音韵和畅。按,《文心雕龙·才略》:"潘岳敏给,辞自和畅。"潘岳轻浮机敏,事见《晋书·潘岳传》:"岳以才颖见称乡邑,号为奇童。……岳性轻躁,趋世利。与石崇等诣事贾谧,每候其出,与崇辄望尘而拜。"又"岳美姿仪,辞藻艳丽,尤善为哀诔之文。少时常挟弹出洛阳道,妇人遇之者,皆连手萦绕,投之以果。遂满载以归。"

㉛"士衡矜重"二句——士衡,陆机字。二句意谓陆机矜持庄重,所以他的作品情思繁富,文辞含蓄。按,陆机矜重,如《晋书·陆机传》所说:"(陆机)伏膺儒术,非礼不动。"陆机作品情繁辞隐,如《文心雕龙·熔裁》所言:"至如士衡才优,而缀辞尤繁。"又如《文心雕龙·才略》所说:"陆机才欲窥深,辞务索广,

故思能入巧,而不制繁。"

㉜"触类以推"二句——触类以推,从上述所举的例子来类推一切作家。表里必符,作家才性和作品风格必相符合。上文刘勰例举的十二个例子,均是上句说作家个性,下句说作品风格,以说明作家个性与作品风格存在一致性。

㉝"岂非自然之恒资"二句——资,资质,有本性、内在规律的意思。自然之恒资,谓上述的才性决定作品风格的情况,是自然的常理。才气之大略,黄侃《文心雕龙札记》:"才气之大略,此语甚明,盖谓因文观人,亦但得其大端而已。"

㉞"夫才有天资"二句——有,由。二句意谓作家的"才"是天赋的,"学"却得于之后天,因此学习写作,一开始就要谨慎。

㉟"斫梓染丝"四句——斫,砍。《尚书·梓材》:"若作梓材既勤朴斫。"四句意谓砍木制器,素丝染色,这些是否成功取决于刚开始的工作。器物制成,素丝染色后,就难以更改了。按,《墨子·所染》:"子墨子言,见染丝者而叹曰:'染于苍则苍,染于黄则黄,所入者变,其色亦变……故染不可不慎也。'"

㊱"童子雕琢"二句——雕琢,指学习写作。二句意谓童子学习写作,必须先从学习雅正的体式入手。

㊲"沿根讨叶"二句——根,指上文所言的"雅制"。叶,指其他风格的作品。二句意谓以雅制作为学习的根本,再扩展到学习其他风格的作品,这样文思才能圆转自如,随心所欲。

㊳"八体虽殊"二句——会通,会合变通。数,指规律。二句意谓八种风格虽然各不相同,但它们之间的会合变通,却又符合一定的规律。

㊴"得其环中"二句——得其环中,语出《庄子·齐物论》"枢始得其环中,以应无穷",又《庄子·则阳》"冉相氏得其环中以随成"。环中,车毂,即车轮的轴心,这里指最适合自己个性的风格。辐辏,车辐聚于毂。二句意谓作家把握住了最适合自己个性的风格,其他风格就会起到相辅相成的作用。

㊵"故宜摹体以定习"二句——摹体以定习,模仿合适的风格,以确定写作的良好习尚。因性以练才,根据自己的性情来培养相应的创作才能。

㊶司南——指南针,这里比喻指导原则。

㊷"才性异区"二句——异区,指有别。二句意谓由于作家们各自的才能气质不同,因此文章的体貌也随之变化无穷。

㊸"辞为肌肤"二句——二句意谓文辞是外在的,犹如人的肌肤;情志则是内在的决定因素,犹如人的骨髓。

㊹"雅丽黼黻"二句——黼黻,古代礼服上绣的花纹。黑白相间为黼,青黑

相间为黼黻。《文心雕龙·情采》："五色杂而成黼黻。"朱紫,朱为正色,紫为间色,此谓朱紫混杂,色泽不纯。《文心雕龙·正纬》："世历二汉,朱紫腾沸。"二句意谓典雅秀丽的文章,正如礼服上的刺绣,端庄秀美;淫邪纤巧的文章,则如紫之乱朱,色泽不纯。

㊺"习亦凝真"二句——凝真,形成好的风格。渐靡,慢慢受到浸润陶染。《文心雕龙·时序》:"盖历政讲聚,故渐靡儒风者也。"《荀子·性恶篇》:"身日进于仁义而不自知也者,靡使之然也。"二句意谓后天的学习陶染也有助于形成好的风格,而好的风格的形成是长期浸润陶染的结果。

【附录】

将叛者其辞惭,中心疑者其辞枝。吉人之辞寡,躁人之辞多,诬善之人其辞游,失其守者其辞屈。

《周易·系辞下》 《四部丛刊》本

故言,心声也;书,心画也。声画形,君子小人见矣。声画者,君子小人之所以动情乎?

扬雄《扬子法言·问神》 《诸子集成》本

有根株于下,有荣叶于上,有实核于内,有皮壳于外。文墨辞说,士之荣叶、皮壳也。实诚在胸臆,文墨著竹帛,外内表里,自相副称。意奋而笔纵,故文见而实露也。人之有文也,犹禽之有毛也;毛有五色,皆生于体。苟有文无实,是则五色之禽毛妄生也。

王充《论衡·超奇篇》 《诸子集成》本

夫姜桂同地,辛在本性,文章由学,能在天资。才自内发,学以外成,有学饱而才馁,有才富而学贫。学贫者,迍邅于事义;才馁者,劬劳于辞情;此内外之殊分也。是以属意立文,心与笔谋,才为盟主,学为辅佐,主佐合德,文采必霸,才学褊狭,虽美少功。夫以子云之才,而自奏不学,及观书石室,乃成鸿采。表里相资,古今一也。故魏武称张子之文为拙,然学问肤浅,所见不博,专拾掇崔杜小文,所作不可悉难,难便不知所出,斯则寡闻之病也。夫经典沈深,载籍浩瀚,实群言之奥区,而才思之神皋也。扬班以下,莫不取资,任力耕耨,纵意渔猎,操刀能割,必列膏腴,是以将赡才力,务在博见,狐腋非一皮能温,鸡蹠必数千而饱矣。

刘勰《文心雕龙·事类》 人民文学出版社

诗,心之声也。声因于气,皆随其人而著形焉。是故凝重之人,其诗典以则;俊逸之人,其诗藻而丽;躁易之人,其诗浮以靡;苛刻之人,其诗峭厉而不平;严庄温雅之人,其诗自然从容,而超乎事物之表。如斯者,盖不能尽数之也。

宋濂《林伯恭诗集序》 《宋学士文集》卷三十三 商务印书馆

盖辞根于气,气命于志,志立于学。气之薄厚,志之小大,学之粹驳,则辞之险易正邪从之,如声音之通政,如蓍蔡之受命,积中而形外,断断乎不可掩也。

魏了翁《攻愧楼宣献公文集序》 《鹤山先生大全文集》卷五十六 《四部丛刊》本

天下之鸣多矣,锵锵凤鸣,雍雍雁鸣,喈喈鸡鸣,嘒嘒蝉鸣,呦呦鹿鸣,萧萧马鸣,无不善鸣者。而彼此不能相为,各一其性也。其于诗亦然,鲍谢自鲍谢,李杜自李杜,欧苏自欧苏,陈黄自陈黄,鲍谢之不能为李杜,犹欧苏之不能为陈黄也。

文天祥《跋周汝明自鸣集》 《文山先生全集》卷十 商务印书馆

故性格清彻者,音调自然宣畅,性格舒徐者,音调自然疏缓,旷达者自然浩荡,雄迈者自然壮烈,沉郁者自然悲酸,古怪者自然奇绝。有是格,便有是调,皆情性自然之谓也。莫不有情,莫不有性,而可以一律求之哉!

李贽《读律肤说》 《焚书》卷三 中华书局

夫窍非为响,而响自符窍。根非为华,而华自肖根。故文可以得士也。鸿巨之士,其文典;骚雅之士,其文藻;沈毅之士,其文庄;清通之士,其文畅;宋澹之士,其文婉;俊迈之士,其文劲;中庸之士,其文近;修旷之士,其文玄。泛而览之,十不失三;定而烛之,十不失七;衡而量之,十不失九。故物无遁照也。

屠隆《徐检吾司理制义稿序》 《白榆集》卷一 伟文图书出版社

诗本性情。若系真诗,则一读其诗而其人性情入眼便见。大都其诗潇洒者,其人必畅快;其诗庄重者,其人必敦厚;其诗飘逸者,其人必风流;其诗流丽者,其人必疏爽;其诗枯瘠者,其人必寒涩;其诗丰腴者,其人必华赡;其诗凄怨者,其人必拂郁;其诗悲壮者,其人必磊落;其诗不羁者,其人必豪宕;其诗峻洁者,其人必清修;其诗森整者,其人必谨严。如桃梅李杏,望其华便知其树。

江盈科《雪涛诗评》 《说郛》续集卷三十四 宛委山堂本

人谓诗有别才,非关学力者,只就天分一边论之;究竟有天分者,非学力断不成家。孔子云:"镞而砺之,笴而羽之,其为人也,不亦深乎?"孟子云:"或相倍蓰而无算者,不能尽其才者也。"岂非全重学力?特患天分先已限之,即此事终悬隔耳。

李重华《贞一斋诗说》 《清诗话》下册 中华书局

体斥文章形状,性谓人性气有殊,缘性气之殊而所为之文异状。然性由天定,亦可以人力辅助之,是故慎于所习。此篇(《文心雕龙·体性》)大旨在斯。

黄侃《文心雕龙札记》 上海古籍出版社

文心雕龙·风骨①

诗总六义,风冠其首②,斯乃化感之本源,志气之符契也③。是以怊怅述情,必始乎风④,沈吟铺辞,莫先于骨⑤。故辞之待骨,如体之树骸,情之含风,犹形之包气⑥。结言端直,则文骨成焉;意气骏爽,则文风清焉⑦。若丰藻克赡,风骨不飞,则振采失鲜,负声无力⑧。是以缀虑裁篇,务盈守气⑨,刚健既实,辉光乃新⑩。其为文用,譬征鸟之使翼也⑪。故练于骨者,析辞必精,深乎风者,述情必显⑫。捶字坚而难移,结响凝而不滞,此风骨之力也⑬。若瘠义肥辞,繁杂失统,则无骨之征也⑭。思不环周,牵课(原作索莫,元至正本为索课。杨明照《文心雕龙校注拾遗》:"养气篇'非牵课才外也',正以'牵课'连文。'索'即'牵'之形误。"今据改)乏气,则无风之验也⑮。昔潘勖锡魏,思摹经典,群才韬笔,乃其骨髓峻(原作畯,据元正至本改)也⑯;相如赋仙,气号凌云,蔚为辞宗,乃其风力遒也⑰。能鉴斯要,可以定文,兹术或违,无务繁采⑱。

故魏文称文以气为主,气之清浊有体,不可力强而致⑲。故其论孔融,则云体气高妙;论徐幹,则云时有齐气⑳;论刘桢,则云有逸气㉑。公幹亦云,孔氏卓卓,信含异气,笔墨之性,殆不可胜,并重气之旨也㉒。夫翚翟备色,而翾翥百步,肌丰而力沈也。鹰隼乏采,而翰飞戾天,骨劲而气猛也㉓:文章才力,有似于此。若风骨乏采,则鸷集翰林,采乏风骨,则雉窜文囿㉔,唯藻耀而高翔,固文笔之鸣凤也㉕。

若夫熔冶(原作铸,据元至正本改)经典之范,翔集子史之术㉖,洞晓情变,曲昭文体,然后能莩(原作孚,据元至正本改)甲新意,雕画奇辞㉒。昭体故意新而不乱,晓变故辞奇而不黩㉘。若骨采未圆,风辞未练,而跨略旧规,驰骛新作,虽获巧义,危败亦多㉙,岂空结奇字,纰缪而成轻(原作经,据元至正本改)矣㉚。周书云,辞尚体要,弗惟好异。盖防文滥也㉛。然文术多门,各适所好,明者弗授,学者弗师㉜。于是习华随侈,流遁忘反㉝。若能确乎正式,使文明以健,则风清骨峻,篇体光华㉞。能研诸虑,何远之有哉㉟!

赞曰:情与气偕,辞共体并㊱。文明以健,珪璋乃聘(原作骋,据元至正本改)㊲。蔚彼风力,严此骨鲠㊳。才锋峻立,符采克炳㊴。

【注释】

①《文心雕龙·风骨》——《风骨》篇是《文心雕龙》的第二十八篇。在刘勰之前,风骨较多运用于人物品评及书画评论中,本篇是首次对文学风骨论进行了系统的理论概括,具有重要的理论价值。

"风骨"的含义到底是什么,这是龙学界争议最多的话题之一。据陈耀南《〈文心〉风骨群说辨疑》在1989年的统计就有六十四种说法,二十年来相关解说还在不断涌现,众说纷纭可见一斑。在辨析综合以有的研究基础上,我们认为,文风是指作品骏发爽朗的情感倾向。骏发爽朗的情感倾向直接决定了作品的感染力量,所以刘勰说风是"化感之本源";情感具有了骏发爽朗的倾向,就像人体获得了生气一样,所以刘勰说"情之含风,犹形之包气";感情倾向骏发爽朗,情感表达才会显豁,所以刘勰说"深乎风者,述情必显"。换言之,骏发爽朗的情感倾向使作品具有了一种流动美,刘勰称之为"结响凝而不滞"。司马相如《大人赋》文风骏发爽朗,汉武帝读后称之飘飘有凌云之气。如果作家的情思枯竭勉强作文,作品必然艰涩而缺乏流动美,所以刘勰说"思不环周,牵课乏气,则无风之验也"。

文骨是指作品刚健精要的语言倾向。结构篇章,安排文辞,没有什么比骨力更重要的了,所以刘勰说"沉吟铺辞,莫先于骨";文辞刚健精要,就如同人体具有了骨骼一样,所以刘勰说"辞之待骨,如体之树骸";擅长运用文章骨力的作家,他遣词造句必定精当,所以刘勰说"练于骨者,析辞必精"。换言之,刚健精要的语言倾向赋予作品一种凝重美,刘勰称之为"捶字坚而难移"。潘勖《册魏公九锡文》模仿经典,笔力刚健精要,因其具有凝重美而难以超越,所以群才为之搁笔。如果缺乏刚健精要的语言倾向,则下笔必定散漫不经,所以刘勰说"瘠义肥辞,繁杂失统,则无骨之验也"。

刘勰对风骨(主要指风)和气,风骨和文采的关系进行了深入辨析。刘勰首先例举了曹丕和刘桢的评论,认为他们的评论都重视从"气"这个角度来展开,指出了不同气质的作家具有不同的文章风貌。接着刘勰以野鸡低飞和老鹰高翔设喻,赞赏了以骨力强劲、气势刚猛为特征的风骨。不过,刘勰认为作品仅具有风骨并不完美,只有风骨与文采兼备的作品才是他心目中最理想的作品,刘勰将之喻为凤凰,因为凤凰有高翔的风骨又兼具美丽羽毛。由此可见风骨是刘勰对于诸种文体提出的普遍性要求,而非最理想的作品独有的审美特征。

对于获得风骨的途径,刘勰也有精到的阐述。刘勰指出应向经典的范本取法,广泛吸收子书和史书的写作方法,即从旧的规则中学习风骨,然后运用新意奇辞,这样才能达到"风清骨峻,篇体光华"。如果风骨辞采没有圆熟而抛弃旧的规则,追逐新的技巧,那么即使获得了巧妙的文意,最终失败的也很多。南朝的诗赋骈文主要沿袭了楚辞和汉赋追求辞采华美的特点,"楚艳汉侈,流弊不还"(《文心雕龙·宗经》),刘勰有针对性地提倡向经、子、史书取法风骨,正是旨在扫荡当时文坛的浮华文风。

②"诗总六义"二句——诗,《诗经》。总,包括。六义,《毛诗序》:"故诗有六义焉:一曰风,二曰赋,三曰比,四曰兴,五曰雅,六曰颂。"因为风处于六义之首,所以说"风冠其首"。

③"斯乃化感之本源"二句——化感之本源,语本《毛诗序》"风,风也、教也;风以动之,教以化之"。化感,感化人心。志气,情志气质。符契,凭证,此指表征。二句意谓风是感化人心的本源,是作家情志气质的外在表现。

④"是以怊怅述情"二句——怊怅,即惆怅,此指作家心中的悲愤。二句意谓抒发内心的悲愤,一定要先注意到风的感化力量。《文心雕龙·情采》"风雅之兴,志思蓄愤"可以相参读。

⑤"沈吟铺辞"二句——沈吟,低声吟咏。铺辞,安排文辞。二句意谓低声吟咏,安排文辞,没有什么比骨力更重要的了。《文心雕龙·封禅》:"构位之始,宜明大体。树骨于训典之区,选言于宏富之路,使意古而不晦于深,文久而不坠于浅。义吐光芒,辞成廉锷,则为伟矣。"可以参读。

⑥"故辞之待骨"四句——体、形,人的形体。骸,骨架。气,生气。四句意谓文辞需要骨力,如同人体须有骨骼一样;文情需要风力,就像人体必须包含生气一样。

⑦"结言端直"四句——结言,措辞。端直,端庄正直。意气,即噫气,呼气之意,此指情感抒发。《庄子·齐物论》:"大块噫气,其名为风。"骏爽,骏发爽

朗。四句意谓措辞端庄正直,就会产生文骨;情感抒发骏发爽朗,就会产生文风。

⑧"若丰藻克赡"四句——藻,辞藻。克,能。赡,富足。四句意谓作品如果仅有丰赡的辞藻而缺乏风骨,那么它的文采必定黯淡,声韵也必定乏力。

⑨是以"缀虑裁篇"二句——缀虑,运思。缀,连接。虑,思绪。裁篇,谋篇布局。盈,充满。守气,守身之气,此指志气。《左传·昭公十一年》:"单于会韩宣子于戚,视下,言徐。叔向曰:'单子其将死乎?……无守气矣。"二句意谓作家运思谋篇时,一定要有饱满的精神状态。

⑩"刚健既实"二句——语本《易·大畜》"刚健笃实,辉光日新其德"。此指作家有了刚健饱满的精神状态,才能写出文采斐然的作品。

⑪"其为文用"二句——其,指风骨。征鸟,远飞的鸟,指鹰隼一类的猛禽。二句意谓风骨对于文章的作用,好比翅膀对于猛禽的作用,猛禽凭借翅膀才能高飞远走。

⑫"故练于骨者"四句——练,熟练,此指擅长。析辞,运用文辞。深,精。四句意谓擅长运用文章骨力的作家,他遣词造句必定精当;精于运用文章风力的作家,他的情感表达必定显豁。

⑬"捶字坚而难移"三句——捶字,锤炼文字。结响,安排声韵。三句意谓文字锤炼得精确而难以替换,声韵安排得有力而不板滞,这就是文章风骨的作用。

⑭"若瘠义肥辞"三句——瘠义肥辞,文意贫乏,文辞臃肿。失统,没有条理。征,表现。三句意谓如果文意贫乏,文辞臃肿,文章写得杂乱而没有条理,这是无骨的表现。

⑮"思不环周"三句——思,情思。环周,周密。牵课,勉强。三句意谓作家的情思不周密,勉强作文而缺乏生气,这是无风的表现。

⑯"昔潘勖锡魏"四句——潘勖,东汉作家。锡魏,指《册魏公九锡文》,即汉献帝封曹操为魏公的册封之文,由潘勖所作。韬笔,搁笔。韬,藏。四句意谓从前潘勖写的《册魏公九锡文》,文思摹仿经典,众才子不敢再写,原因在于其文骨峻拔难以超越。

⑰"相如赋仙"四句——赋仙,指司马相如写的《大人赋》。气号凌云,语本《史记·司马相如传》:"相如既奏《大人》之颂,天子大说(悦),飘飘有凌云之气,似游天地之间意"。蔚为辞宗,《汉书·叙传下》评价司马相如的作品"蔚为辞宗,赋颂之首"。蔚,盛大。四句意谓司马相如所作《大人赋》,被评为有凌云之气,文采繁盛而成为辞赋之宗,这是由于它风力遒劲。

⑱"能鉴斯要"四句——鉴,明察。斯要、兹术,指上文所说的风骨之形成及作用。四句意谓如果能明白这个要领,就可以写作出好文章;如果违反了这个方法,那么就无须去追求丰赡的辞采了。

⑲"故魏文称文以气为主"三句——语本《典论·论文》。魏文,魏文帝曹丕。气,作家的性格气质。清浊,分别指阳刚与阴柔。三句意谓魏文帝曹丕说,作家的性格气质是文章的主宰,这种性格气质或阳刚或阴柔,是不能勉强得到的。

⑳"故其论孔融"四句——孔融,东汉末年作家,建安七子之一。徐幹,建安七子之一。评语均见《典论·论文》。体气,才气。齐气,舒缓的文气。四句意谓曹丕评论孔融,说他才气高超精妙;评论徐幹,说他有时文气舒缓。

㉑"论刘桢"二句——语本曹丕《与吴质书》:"公幹(刘桢字)有逸气,但未遒耳。"逸气,俊逸之气。

㉒"公幹亦云"六句——刘桢的原话已佚。《文心雕龙·定势》及陆厥《与沈约书》曾引用刘桢的话。孔氏,孔融。卓卓,优越。信,的确。异气,特殊的气质。性,才性。六句意谓刘桢也说,孔融高超不凡,的确含有特殊的气质,他的文笔中表现出来的才性,别人几乎是不能超越的。这些话都是重视作家的才性气质的意思。

㉓"夫翚翟备色"六句——翚翟,指山鸡。《说文》"雉五采备曰翚","翟,山雉尾长者"。翾翥,低飞。翰飞戾天,高飞至天。《诗经·小雅·小宛》:"宛彼鸣鸠,翰飞戾天。"戾,到。六句意谓野鸡有各种颜色的羽毛,却只能低飞百步之遥,这是由于它肌肉丰满而力量匮乏的缘故。老鹰没有漂亮的羽毛,却高飞到天上,这是由于它骨力强劲而气势刚猛的缘故。

㉔"若风骨乏采"四句——鸷,猛禽。翰林、文囿,均指文坛。四句意谓如果作品有风骨而缺少文采,就如同鹰翔高空;作品有文采却缺乏风骨,就如同山鸡低飞。

㉕"唯藻耀而高翔"二句——藻耀,文采绚烂。文笔,文章。二句意谓只有那种文采与风骨兼备的作品,才称得上是文章中的凤凰。

㉖"若夫熔冶经典之范"二句——熔冶,熔铸,此指取法。范,熔铸金属器物的模具。翔集,飞翔聚集,此指广泛吸收。二句意谓向经典的范本取法,广泛吸收子书和史书的写作方法。

㉗"洞晓情变"四句——情变,文情的变化。曲昭,详察。荸甲,萌芽。雕画,修饰。四句意谓通晓文情的变化,详察文体的特点,然后才能萌发新颖的立意,修饰奇妙的文辞。

㉘"昭体故意新而不乱"二句——昭体,指上文"曲昭文体"。晓变,指上文"洞晓情变"。黩,滥用。二句意谓详察文体的特点所以能达到文意新颖而不杂乱,通晓文情的变化所以能做到文辞奇特而不浮滥。

㉙"若骨采未圆"六句——骨采、风辞,互文见义,即风骨辞采。圆,圆熟。练,熟练。跨略,抛弃。驰骛,追逐。六句意谓如果风骨辞采没有圆熟,而抛弃旧的规则,追逐新的技巧,那么即使获得了巧妙的文意,但最终失败的也很多。

㉚"岂空结奇字"二句——纰缪,错误。轻,轻靡。二句意谓岂不是徒然地结撰奇僻文字,错误地成为轻靡的文章了。《明诗》:"俪采百字之偶,争价一句之奇,情必极貌以写物,辞必穷力而追新,此近世之所竞也。"可以相参读。

㉛"周书云"四句——周书,指《尚书·周书》。《尚书·周书·毕命》:"辞尚体要,不惟好异。"体要,体现要义。四句意谓《尚书》说,文辞贵在体现要义,不能只喜好奇异。这是为了防止文辞浮滥。

㉜"然文术多门"四句——文术,文章写作的方法。适,选取。四句意谓然而文章写作的方法多种多样,各人选取自己喜好的方法,深明写作方法的人无法传授,而学习写作的人也无从师法请教。

㉝"于是习华随侈"二句——随,追随。遁,背离。反,同"返"。流遁忘反,语本张衡《东京赋》"流遁忘反,放心不觉"。二句意谓于是追随文辞奢华的风气,越走越远,背离了正道而不知回头。

㉞"若能确乎正式"四句——确,确立。正式,雅正的体式。文明以健,语本《周易·同人·象辞》"文明以健,中正而应,君子正也",此指文章风骨明快而刚健。"明"针对风而言,"健"针对骨而言。篇体,整篇文章。四句意谓如果能确立雅正的体式,使文章风骨明快而刚健,那么就能达到文章风力清朗,骨力高峻,整篇文章流光溢彩。

㉟"能研诸虑"二句——诸虑,诸种问题,此指上文"熔冶经典之范"等内容。何远之有,语本《论语·子罕》:"子曰:'未之思也,夫何远之有?'"此指离获得风骨就不远了。二句意谓如果能研究上述诸种问题,那么就离获得风骨不远了。

㊱"情与气偕"二句——偕,配合。二句意谓情志与气质相互配合,文辞与体裁相统一。

㊲"文明以健"二句——珪璋,古代用于朝聘的玉制礼器。聘,古代诸侯之间派使节互访,此指礼遇。士大夫在聘问时,持有珪璋才会受到礼遇。二句意谓文章风骨明快而刚健,就会如同持有珪璋的君子一样受到礼遇。

㊳"蔚彼风力"二句——蔚,茂盛,此处用如动词,意为使之盛大。严,用如

动词,意为使之严谨。二句意谓使文章风力盛大,使文章骨骼严谨。

㊴ "才锋峻立"二句——才锋,才力。符采,玉的横纹,此指文采。克,能。二句意谓才力峻拔出众,文采定能鲜明突出。

【附录】

六法者何?一气韵生动是也,二骨法用笔是也,三应物象形是也,四随类赋彩是也,五经营位置是也,六传移模写是也。唯陆探微、卫协备该之矣。

谢赫《古画品录序》　《丛书集成》初编本

莹以文学见重,常语人云:"文章须自出机杼,成一家风骨,何能共人同生活也!"

魏收《祖莹传》　《魏书》卷八十二　《四部备要》本

东方公足下:文章道弊五百年矣。汉魏风骨,晋宋莫传,然而文献有可征者。仆尝暇时观齐梁间诗,彩丽竞繁,而兴寄都绝,每以永叹。思古人常恐逶迤颓靡,风雅不作,以耿耿也。一昨于解三处见明公《咏孤桐篇》,骨气端翔,音情顿挫,光英朗练,有金石声。遂用洗心饰视,发挥幽郁。不图正始之音复睹于兹,可使建安作者相视而笑。解君云:张茂先、何敬祖、东方生与其比肩。仆亦以为知言也。故感叹雅制,作《修竹诗》一篇,当有知音以传示之。

陈子昂《修竹篇序》　《陈伯玉文集》卷一　四部丛刊本

假令众妙攸归,务存骨气,骨既存矣,而道润加之,亦犹枝干扶疏,凌霜雪而弥劲,花叶鲜茂,与云日而相晖。如其骨力偏多,遒丽盖少,则若枯槎架险,巨石当路,虽妍媚云阙,而体质存焉。若遒丽居优,骨气将劣,譬夫芳林落蕊,空照灼而无依,兰沼漂萍,徒青翠而奚托。是知偏工易就,尽善难求。

孙过庭《书谱》　《丛书集成》初编本

大约秦以前之文主骨,汉以后之文主气。秦以前之文,若六经,非可以文论也。其他如老、韩诸子、《左传》、《战国策》、《国语》,皆敛气于骨者也。汉以后之文,若《史》、若《汉》,若八家,最擅其胜,皆运骨于气者也。敛气于骨者,如泰华三峰,直与天接,层岚危蹬,非仙灵变化未易攀陟。寻步计里,必蹶其趾。始举明文,如李梦阳者,亦所谓蹶其趾者也。运骨于气者,如纵舟长江大海间,其中烟屿星岛,往往可自成一都会,即飓风忽起,波涛万状,东泊西注,未知所底。苟能操柁觇星,立意不乱,亦自可免漂溺之失,此韩、欧诸子所以独嵯峨于中流也。

侯方域《与任王谷论文书》　《壮悔堂文集》卷三　顺治刻本

故《风骨》一篇,归之于气,气属风也。文理数尽,乃尚通变,变亦风也。刚柔乘利而定势,繁简趋时而镕裁;律调则标清而务远,位失则飘寓而不安。风刺道丧,比兴之义已消;物色动摇,形似之工犹接。盖均一风也,袭兰转蕙,足以披襟;伐木折屋,令人丧胆。倏焉而起,不知所自;倏焉而止,不知所终。善御之人,行乎八极;知音之士,程于尺幅。勰不云乎:"深于风者,其情必显。"勰之深得文理也,正与休文之好易合。而勰之所以能易也,则有风以使之者矣。

曹学佺《文心雕龙序》　凌云套印本《文心雕龙》

左氏论女色曰"美而艳"。美犹骨也,艳犹风也。文章风骨兼全,如女色之美艳两致矣。

杨慎《文心雕龙》评语　凌云套印本《文心雕龙》

曰:诗以风骨为要,何以不论?曰:风含于神,骨备于气,知神气即风骨在其中。况吾所言古人未及言之也,若风骨言之,数数矣。

李重华《贞一斋诗说》　《昭代丛书》本

二者皆假于物以为喻。文之有意,所以宣达思理,纲维全篇,譬之于物,则犹风也。文之有辞,所以摅写中怀,显明条贯,譬之于物,则犹骨也。必知风即文意,骨即文辞,然后不蹈虚空之弊。或者舍辞意而别求风骨,言之愈高,即之愈渺,彦和本意不如此也。绅诵斯篇之辞,其曰怊怅述情,必始于风,沈吟铺辞,莫先于骨者,明风缘情显,辞缘骨立也。其曰辞之待骨,如体之树骸,情之含风,犹形之包气者,明体㥦骸以立,形㥦气以生;辞之于文,必如骨之于身,不然则不成为辞也,意之于文,必若气之于形,不然则不成为意也。其曰结言端直,则文骨成焉,意气骏爽,则文风清焉者,明言外无骨,结言之端直者,即文骨也;意外无风,意气之骏爽者,即文风也。其曰丰藻克赡,风骨不飞者,即徒有华辞,不关实义者也。其曰缀虑裁篇,务盈守气者,即谓文以命意为主也。其曰练于骨者,析辞必精,深乎风者,述情必显者,即谓辞精则文骨成,情显则文风生也。其云瘠义肥辞,无骨之征,思不环周,无气之征者,明治文气以运思为要,植文骨以修辞为要也。其曰情与气偕,辞共体并者,明气不能自显,情显则气具其中,骨不能独章,辞章则骨在其中也。综览刘氏之论,风骨与意辞,初非有二。然则察前文者,欲求其风骨,不能舍意与辞也;自为文者,欲健其风骨,不能无注意于命意与修辞也。风骨之名,比也;意辞之实,所比也。今舍其实而求其名,则适令人迷罔而不得所归宿,海气之楼台,可以践历乎?病眼之空花,可以把玩乎?彼舍意与辞而别求风骨者,其亦海气、空华之类也。彦和既明言风骨即辞意,复恐学者失命意修辞之本而以奇巧为务也,故更揭示其术曰:镕铸经典之范,翔集子史之术,洞晓情变,曲昭文体,然后能孚甲新意,雕画奇辞。昭体故意新而不乱,晓变故辞奇而不黩。明命意修辞,皆有法式,合于法式者,以新为美,不合法式者,以新为病。推此言之,风藉意显,骨缘辞章,意显辞章,皆遵轨辙,非夫弄虚响以为风,结奇辞以为骨者矣。大抵舍人论文,皆以循实反本酌中合古为贵,全书用意,必与此符。《风骨》篇之说易于凌虚,故首则诠释其实质,继则指明其径途,乃令学者不致迷罔,其斯以为文术之圭臬者乎。

黄侃《文心雕龙札记·风骨》 上海古籍出版社

刘勰说:"怊怅述情,必始乎风;沈吟铺辞,莫先于骨。""结言端直,则文骨成焉,意气骏爽,则文风清焉。"(《文心雕龙·风骨》)对于"风骨"的理解,现在学术界很有争论。"骨"是否只是一个辞藻(铺辞)的问题?我认为"骨"和词是有关系的。但词是有概念内容的。词清楚了,它所表现的现实形象或对于形象的思想也清楚了。"结言端直",就是一句话要明白正确,不是歪曲,不是诡辩。这种正确的表述,就产生了文骨。但光有"骨"还不够,还必须从逻辑性走到艺术性,才能感动人。所以"骨"之外还要有"风"。"风"可以动人,"风"是从情感中来的。中国古典美学理论既重视思想——表现为"骨",又重视情感——表现为"风"。一篇有风有骨的文章就是好文章,这就同歌唱艺术中讲究"咬字行腔"一样。咬字是骨,即结言端直,行腔是风,即意气骏爽,动人情感。

宗白华《中国美学史中重要问题的初步探索》《美学散步》 上海人民出版社

文心雕龙·通变[①]

夫设文之体有常,变文之数无方[②],何以明其然耶?凡诗赋书记,名理相因[③],此有常之体也;文辞气力,通变则久[④],此无方之数也。名理有常,体必资于故实;通变无方,数必酌于新声[⑤];故能骋无穷之路,饮不竭之源。然绠短者衔渴,足疲者辍涂,非文理之数尽,乃通变之术疏耳[⑥]。故论文之方,譬诸草木,根干丽土而同性,臭味晞(原作"晞",杨明照《文心雕龙校注拾遗》云:"又按'晞',翰墨园本误作'晞',范注本同。非是。"今据改)阳而异品矣[⑦]。

是以九代咏歌,志合文则[⑧]。黄歌断竹,质之至也[⑨];唐歌在昔,则广于黄世[⑩];虞歌卿云,则文于唐时[⑪];夏歌雕墙,缛于虞代[⑫];商周篇什，丽于夏年[13]。至于序志述时，其揆一也[14]。暨楚之骚文，矩式周人[15]；汉之赋颂，影写楚世[16]；魏之篇(原作策，杨明照《文心雕龙校注拾遗》云："此当以作'篇'为是。"今据改)制，顾慕汉风[17]；晋之辞章，瞻望魏采[18]。推而论之，则黄唐淳而质，虞夏质而辨，商周丽而雅，楚汉侈而艳，魏晋浅而绮，宋初讹而新[19]。从质及讹，弥近弥澹[20]，何则？竞今疏古，风末(原作味，据天启梅本改)气衰也[21]。今才颖之士，刻意学文，多略汉篇，师范宋集，虽古今备阅，然近附而远疏矣[22]。夫青生于蓝，绛生于蒨，虽逾本色，不能复化[23]。桓君山云："予见新进丽文，美而无采；及见刘扬言辞，常辄有得。"此其验也[24]。故练青濯绛，必归蓝蒨；矫讹翻浅，还宗经诰[25]。斯斟酌乎质文之间，而櫽栝乎雅俗之际，可与言通变矣[26]。

夫夸张声貌，则汉初已极[27]，自兹厥后，循环相因[28]，虽轩翥出辙，而终入笼内[29]。枚乘《七发》云："通望兮东海，虹洞兮苍天[30]。"相如《上林》云："视之无端，察之无涯，日出东沼，入乎(原作月生，范文澜注云："据《上林赋》'月生西陂'当作'入乎西陂'。"今据改)西陂[31]。"马融《广成》云："天地虹洞，固无端涯，大明生(原作出，据《后汉书 · 马融传》改)东，月朔(原作生，据《后汉书 · 马融传》改)西陂[32]。"扬雄《羽(原作校，据王利器《文心雕龙校证》改)猎》云："出入日月，天与地沓[33]。"张衡《西京》云："日月于是乎出入，象扶桑与(原作于，杨明照《文心雕龙校注拾遗》："按'于'字不可解，盖涉上句而误者。当依西京赋作'与'。"今据改)濛汜[34]。"此并广寓极状，而五家如一[35]。诸如此类，莫不相循，参伍因革，通变之数也[36]。

是以规略文统，宜宏大体，先博览以精阅，总纲纪而摄契[37]；然后拓衢路，置关键，长辔远驭，从容按节[38]，凭情以会通，负气以适变[39]，采如宛虹之奋鬐，光若长离之振翼，乃颖脱之文矣[40]。若乃龌龊于偏解，矜激乎一致，此庭间之回骤，岂万里之逸步哉[41]！

赞曰：文律运周，日新其业[42]。变则其久，通则不乏[43]。趋时必果，乘机无怯[44]。望今制奇，参古定法[45]。

【注释】

①《文心雕龙 · 通变》——《通变》是《文心雕龙》第二十九篇。刘勰在本篇

中主要论述了他对于文学创作"通"(继承)与"变"(革新)的看法。刘勰是从两个方面来论述文学创作通变的必要性的:从正面来说,文章要有所革新才会有生命力,有所继承才不会贫乏,此所谓"变则其久,通则不乏";从反面来说,不懂通变,写作只能在庭间回骤,难以行远。刘勰以齐梁之际的文学"竞今疏古"、"近附而远疏"为例,指出不通于古,忽略继承传统的危害是作品"矫讹翻浅";又以汉赋"广寓极状,而五家如一"为例,指出不变于今的危害是作品"循环相因",缺乏生气。可见,刘勰把继承和革新结合在一起,他认为文学要健康发展,二者都不可偏废,既要继承前代,也要革新变化,此所谓"参伍因革,通变之数也"。

对于如何通变,刘勰亦有深入的论述。他认为"通"要"先博览以精阅,总纲纪而摄契",即广泛而精心地研读,把握写作的纲领和要点;而"变"要"凭情以会通,负气以适变",即从作家自己的性情才气出发,根据作家自己的个性基质来进行革新。另外,他指出通变还要在质与文、雅与俗之间通盘考虑。只有在质朴和华丽,典雅和浅俗之间权衡正确,才可以谈论通变,此所谓"斟酌乎质文之间,而櫽括乎雅俗之际,可与言通变矣";通变也需要在古今问题上辩证处理,既要观察当今的作品来寻求自己作品的创新变化,也要参考古代的作品来确定自己写作法则,此所谓"望今制奇,参古定法";最后,在通变的问题上还必须果断,抓住时机就不要胆怯,要有创新的勇气,此所谓"趋时必果,乘机无怯"。

正确处理继承与革新的问题,实关乎文学的健康发展和作品的艺术生命,《知音》篇讲对作品的品鉴,将通变列为"六观"之一,可见刘勰对这个问题的重视。刘勰关于通变的理论是辩证的,它不但对历史上的创作弊病具有纠偏作用,同时对当今的文学创作依然具有指导意义。

②"夫设文之体有常"二句——常,恒久。数,术,方法。无方,不固定。《文心雕龙·附会》:"夫文变无方,意见浮杂。"二句意谓文章的体式基本是不变的,文章变化的方法却是不固定的。

③"凡诗赋书记"二句——书,书札。记,奏记。名,文体名称。理,文体特征。因,沿袭。二句意谓诗歌、辞赋、书札、奏记,它们的文体名称和文体特征是相沿袭的。

④"文辞气力"二句——通变则久,语本《易·系辞下》"变则通,通则久"。通,通于古。变,变于今。二句意谓文辞和风力,只有变化创新才能使作品流传久远。

⑤"名理有常"四句——体,体制。资,凭借。故实,前代的作品。酌,参考。新声,当今的作品。四句意谓文体名称与文体特征基本上是古今沿袭不变的,

所以文章的体制应借鉴前代的作品;文章的变化创新是不固定的,所以方法上应参考当前的作品。按,《文心雕龙·议对》"采故实于前代,观通变于当今"可以相参读。

⑥"然绠短者衔渴"四句——绠,井绳。衔,含。衔渴,指口渴。涂,通"途"。辍涂,停止在中途。四句意谓井绳短了汲不到水就会口干舌燥,脚力不够就会半途而废;写不出好作品并不是文学创作的方法已经穷尽,而只是不善于通变罢了。

⑦"根干丽土而同性"二句——丽,附着。臭,通"嗅"。晞,晒。二句意谓草木都扎根在泥土里,这是共性;但由于草木获得的光照不同,它们的气味各不相同。按,刘勰这里以草木为喻,指出文章写作的方法,通于古是共性,变于今则显出各自的差异性。

⑧"九代咏歌"二句——九代,指黄、唐、虞、夏、商、周、汉、魏、晋。则,法则。二句意谓从黄帝到晋朝,这九个朝代的诗歌,情志的表达和文章的写作法则都是相符合的。

⑨"黄歌断竹"二句——黄,黄帝。断竹,指《弹歌》"断竹,续竹,飞土,逐肉"。二句意谓黄帝时的歌谣《弹歌》,质朴到了极点。

⑩"唐歌在昔"二句——唐,尧。在昔,可能是尧时的歌谣,今不传。广,丰富。二句意谓尧时的歌谣《在昔》,文辞要比黄帝时的《弹歌》丰富。

⑪"虞歌卿云"二句——虞,舜。卿云,《卿云歌》。《尚书大传·虞夏传》记载:"舜将禅禹,百工相和而歌《卿云》。帝歌曰:卿云烂兮,纠缦缦兮,日月光华,旦复旦兮。八伯咸进,稽首而和歌曰:明明上天,烂然是陈,日月光华,弘予一人。"二句意谓舜时的歌谣《卿云歌》,文采超过了尧时的歌谣。

⑫"夏歌雕墙"二句——雕墙,指《五子之歌》。《尚书·五子之歌》云:"内作色荒,外作禽荒;甘酒嗜音,峻宇雕墙;有一于此,未或不亡。"二句意谓夏朝的《五子之歌》,文采丰富胜过了舜时的《卿云歌》。

⑬"商周篇什"二句——篇什,指诗歌。《诗经》的编次,雅颂诗十篇为什,后代遂以篇什或什篇指代诗篇。二句意谓商朝和周朝的诗歌,辞采比夏朝的诗歌华丽。

⑭"至于序志述时"二句——序,叙。揆,度量,这里指尺度、准则。二句意谓在叙述情志、讲述时事方面,这些作品的准则是一致的。

⑮"暨楚之骚文"二句——暨,及。骚文,楚辞。矩式,取法。二句意谓楚国的骚体作品,从周代的《诗经》中取法。

⑯"汉之赋颂"二句——影写,模仿。赋颂,指汉赋。唐李周翰《文选注》:

"颂亦赋之通称也。"二句意谓汉代的赋,模仿楚辞。

⑰"魏之篇制"二句——顾慕,仰慕。二句意谓魏代的篇章,仰慕效法汉赋。

⑱"晋之辞章"二句——瞻望,仰慕。二句意谓晋代的作品,仰慕取法魏代的作品。

⑲"推而论之"七句——推,大略。辨,明。讹,诡巧。《文心雕龙·定势》"自近代辞人,率好诡巧,原其为体,讹势所变"。七句意谓大致来说,黄帝和唐尧时代的作品淳厚而质朴,虞舜和夏代的作品质朴而鲜明,商周两代的作品华丽而雅正,楚国和汉朝的作品铺张而艳丽,魏晋两朝的作品浅显而绮丽,南朝宋初的作品诡巧而新奇。

⑳"从质及讹"二句——澹,淡。二句意谓从质朴到诡巧,越往近代,诗味越淡。

㉑"竞今疏古"二句——风末气衰,指作品的风力气势衰微,《文心雕龙·封禅》"风末力寡"可相参读。二句意谓竞相模仿近代的作品而忽略学习古法,以致作品的风力气势日渐衰微。

㉒"今才颖之士"六句——今,指南齐,即刘勰写作《文心雕龙》之时。颖,突出。略,忽略。宋集,刘宋时期的文章。附,接近。六句意谓今天才华横溢的人,用心学习写作,他们大都忽略向汉代的作品学习,而向刘宋时期的作品取法,他们虽然通读古今的作品,然而总是偏向于近代的作品而疏远古代的作品。按,刘勰这里承上文"竞今疏古"而言。

㉓"夫青生于蓝"四句——绛,大红。蓝,蓝草,可用于染青色。蒨,茜草,可用于染大红色。逾,超过。四句意谓青色是从蓝草中提炼出来的,大红色是从茜草中提炼出来的,它们虽然在色泽上超过了原来的草色,但却不能再变化了。按,这里刘勰喻指"师范宋集"的"才颖之士"的文章不可能再有什么变化了。

㉔"桓君山云"六句——桓君山,桓谭,君山是他的字。采,取。刘、扬,指刘向、扬雄。辄,总。六句意谓桓谭说:"我看见新近的华丽文章,文辞华美却没有什么可取之处,看了刘向和扬雄的文章之后,却常常有收获。"这是上述道理的证明。按,此处引文出处不详,范文澜注:"桓谭语当是《新论》佚文。"

㉕"故练青濯绛"四句——练,提炼。濯,洗濯,此指提炼。翻,反,纠正。四句意谓所以提炼青色和绛色,必须取材于蓝草和茜草;要纠正创作中诡巧浅薄的风气,还是需要从经书中取法。

㉖"斯斟酌乎质文之间"三句——櫽括,衡器名,矫正曲木的工具,这里指权衡。三句意谓在质朴和华丽之间斟酌合适,在典雅和浅俗之间权衡正确,这样就可以谈论通变了。

㉗"夫夸张声貌"二句——夸张,夸饰,铺陈。声貌,事物的声音形貌。二句意谓夸饰、铺陈事物的声音形貌,汉初的作品已经达到了极点。

㉘"自兹厥后"二句——厥,其。自兹厥后,从那以后。因,沿袭。二句意谓从那以后,作家们循环不断地互相沿袭模仿。

㉙"虽轩翥出辙"二句——轩翥,高飞。辙,车轮碾过的痕迹,此喻指范围。二句意谓虽然有些作家试图高飞出轨,但最终还是落入前人的牢笼之中。

㉚"枚乘《七发》云"三句——虹洞,相连。三句意谓枚乘的《七发》说:"遥望东海,海天相连。"

㉛"相如《上林》云"五句——端,开始。涯,边际。沼,水池。陂,山坡。五句意谓司马相如《上林赋》说:"看不到开始,望不到边际,太阳从东边的水池中升起,落入西边的山坡下。"

㉜"马融《广成》云"五句——大明,太阳。朔,生。五句意谓马融《广成颂》说:"天地相连,确实是无边无际,太阳从东方升起,月亮从西边的山坡上升起。"

㉝"扬雄《羽猎》云"三句——沓,合。三句意谓扬雄《羽猎赋》说:"太阳和月亮交替升落,天地相连。"

㉞"张衡《西京》云"三句——扶桑,传说中的神树,是太阳升起的地方。《山海经·海外东经》:"汤谷上有扶桑,十日所浴,在黑齿北。居水中,有大木,九日居下枝,一居上枝。"濛汜,传说中日落的地方。屈原《天问》:"出自汤谷,次于濛汜。"王逸注:"汜,水涯也。言日出东方汤谷之中,暮入西极濛水之涯也。"三句意谓张衡《西京赋》说:"太阳和月亮在此升落,这里仿佛就是日出的扶桑和日落的濛汜。"

㉟"此并广寓极状"二句——寓,寄托,托喻。状,形容。二句意谓这此都是广泛地运用比喻,极力地描摹形容,在这方面,上述五位作家是如出一辙的。

㊱"参伍因革"二句——参伍因革,《文心雕龙·物色》"参伍以相变,因革以为功"可相参读。参伍,错杂。原指《易》中对卦爻进行错杂排列以求变化,《易·系辞上》"参伍以变,错综其数"。因革,因袭革新。二句意谓因袭和革新交替使用,这是通变的方法。

㊲"是以规略文统"四句——规略,规划。统,纲领。大体,全局。纲纪,纲领。摄契,抓住要点。四句意谓所以规划文章的纲领,应该从全局着眼,先广泛而精心地研读,把握写作的纲领和要点。

㊳"然后拓衢路"四句——衢路,大路。长辔远驭,放松马缰长途远行,语见《南齐书·孔稚圭传》"长辔远驭,子孙是赖"。辔,马缰绳。节,节奏。四句意谓拓宽自己的写作道路,安排写作的重点,放松马缰长途远行,按一定的节奏从

容写作。

㉝"凭情以会通"二句——负,恃。二句意谓根据自己的情志来继承前人,依据自己的才气来适应革新。

㊵"采如宛虹之奋鬐"三句——宛,弯曲。鬐,鱼脊。张衡《西京赋》"瞰宛虹之长鬐"。长离,凤凰。张衡《思玄赋》:"前长离使拂羽兮。"《后汉书·张衡传》李贤注:"长离,即凤也。"颖脱,突出。语出《史记·平原君列传》"使遂蚤得处囊中,颖脱而出"。三句意谓文采好像弯曲的彩虹的拱背,光华好比凤凰振动的翅膀,这就是文采超凡的文章。

㊶"若乃龌龊于偏解"四句——龌龊,局促。矜激,骄傲偏激。一致,一得。回骤,马来回疾跑。骤,马疾步。四句意谓如果局促于偏颇的见解,夸耀自己的一得之见,这是在院子里来回跑马,哪里是万里长途的快速奔驰啊!按,刘勰此指写作不懂通变就不能行远。

㊷"文律运周"二句——文律,文章的规律。运周,运转不停。二句意谓文章写作的规律是循环往复,运转不停的,每天都有新的发展。

㊸"变则其久"二句——二句意谓文章要有所革新才具有长久的生命力,有所继承才不会贫乏。

㊹"趋时必果"二句——果,果断。二句意谓适应时代变化必须果断,抓住时机不要胆怯。

㊺"望今制奇"二句——定法,确定写作的方法。二句意谓观察当今的作品来寻求自己作品的创新变化,参考古代的作品来确定自己写作的法则。

【附录】

神农氏没、黄帝、尧、舜氏作,通其变,使民不倦,神而化之,使民宜之。易穷则变,变则通,通则久。是以自天佑之,吉无不利。

《周易·系辞下》 四部丛刊本

五言之制,独秀众品。习玩为理,事久则渎,在乎文章,弥患凡旧。若无新变,不能代雄。建安一体,《典论》短长互出,潘、陆齐名,机、岳之文永异。江左风味,盛道家之言,郭璞举其灵变,许询极其名理。仲文玄气,犹不尽除;谢混情新,得名未盛。颜、谢并起,乃各擅奇;休、鲍后出,咸亦标世。朱兰共妍,不相祖述。

萧子显《南齐书·文学传论》 中华书局本《南齐书》卷五十二

古来辞人,异代接武,莫不参伍以相变,因革以为功,物色尽而情有余者,晓会通也。

刘勰《文心雕龙·物色》 人民文学出版社

评曰:作者须知复、变之道,反古曰复,不滞曰变。若惟复不变,则陷于相似之格,其状如驽骥同厩,非造父不能辨。能知复、变之手,亦诗人之造父也。……又,复变二门,复忌太过,诗人呼为膏肓之疾,安可治也。如释氏顿教,学者有沈性之失,殊不知性起之法,万象皆真。夫变若造微,不忌太过,苟不失正,亦何咎哉? 如陈子昂复多而变少,沈、宋复少而变多,今代作者不能尽举。吾始知复、变之道岂惟文章乎? 在儒为权,在文为变,在道为方便。后辈若乏天机,强效复古,反令思扰神沮,何则? 夫不工剑术,而欲弹抚干将太阿之铗,必有伤手之患,宜其诫之哉。

皎然《诗式·复古通变体》 人民文学出版社

盖诗文至近代而卑极矣。文则必欲准于秦汉,诗则必欲准于盛唐,剿袭模拟,影响步趋,见人有一语不相肖者,则共指以为野狐外道,曾不知文准秦汉矣,秦汉人曷尝字字学六经欤? 诗准盛唐矣,盛唐人曷尝字字学汉魏欤? 秦汉而学六经,岂复有秦汉之文? 盛唐而学汉魏,岂复有盛唐之诗? 唯夫代有升降,而法不相沿,各极其变,各穷其趣,所以可贵,原不可以优劣论也。

袁宏道《序小修诗》《袁中郎全集·文钞》 世界书局本

天下无百年不变之文章,有作始自有末流,有末流还有作始。其变也,皆若有气行乎其间。创为变者,与受变者,皆不及知。是故性情之发,无所不吐,其势必互异而趋俚。趋于俚,又将变矣,作者始不得不以法律救性情之穷。法律之持,无所不束,其势必互同而趋浮。趋于浮,又将变矣,作者始不得不以性情救法律之穷。夫昔之繁芜,有持法律者救之;今之剽窃,又将有主性情者救之矣。此必变之势也。

袁中道《花雪赋引》《珂雪斋集》 上海古籍出版社

文也者,至变者也。古之为文者,各极其才而尽其变,故人有一家之业,代有一代之制,其洼隆可手摸,而青黄可目辨。古不授今,今不蹈古,要以屡迁而日新,常用而不可敝。然微迹其绪系,又如草隶变矣,而篆籀之法具存其间,非深于书者,莫能辨也。今文人之论则恶变而尚同,去情而悦貌,诎见事,裁己衷,以苟附古辞。夫迫而吐者不择言,触而书者不择事。择言则吐不诚,择事则书不备。不备不诚,则词成而情事已隐,黯然若像人之无情,而土鼓之不韵。故弘正、嘉隆之间作者林立,古学烂焉修明,而所谓一家之言,一代之制,盖有其人焉,而亦鲜矣。

陶望龄《徐文长三集序》 《明文奇赏》卷四十 明天启三年刻本

才人所撰诗赋古文,与佳人所制锦绣花样,无不随时更变。变则新,不变则腐;变则活,不变则板。至于传奇一道,尤是新人耳目之事,与玩花赏月同一致也。使今日看此花,明日复看此花。昨夜对此月,今夜复对此月,则不特我厌其伯,而花与月亦自愧其不新矣。故桃陈则李代,月满即哉生。花月无知,亦能自变其调,矧词曲出生人之口,独不能稍变其音,而百岁登场,乃为三万六千日雷同合掌之事乎?

李渔《闲情偶寄·变调第二》 浙江古籍出版社

盖自有天地以来,古今世运气数,递变迁以相禅。古云:"天道十年而一变。"此理也,亦势也。无事无物不然,宁独诗之一道胶固而不变乎?今就《三百篇》言之,风有正风,有变风;雅有正雅,有变雅。风雅已不能不由正而变,吾夫子亦不能存正而删变也。则后此为风雅之流者,其不能伸正而诎变也明矣。

叶燮《原诗·内篇上》 人民文学出版社

不学古人,法无一可。竟似古人,何处著我?字字古有,言言古无。吐故吸新,其庶几乎?孟学孔子,孔学周公,三人文章,颇不相同。

袁枚《续诗品·著我》 《小仓山房诗集》卷二十 四部备要本

齐梁间风气绮靡,转相神圣,文士所作,如出一手,故彦和以通变立论。然求新于俗尚之中,则小智师心,转成纤仄,明之竟陵、公安,是其明征,故挽其返而求之古。盖当代之新声,既非滥调,则古人之旧式,转属新声,复古而名以通变,盖以此尔。

纪昀评语《文心雕龙辑注》 中华书局

此篇(《文心雕龙·通变》)大指,示人勿为循俗之文,宜反之于古。其要语曰:矫讹翻浅,还宗经诰,斯斟酌乎质文之间,而㯻括乎雅俗之际,可与言通变矣。此则彦和之言通变,犹补偏救弊云尔。文有可变革者,有不可变革者。可变革者,遣辞捶字,宅句安章,随手之变,人各不同。不可变革者,规矩法律是也,虽历千载,而粲然如新,由之则成文,不由之而师心自用,苟作聪明,虽或要誉一时,徒党猥盛,曾不转瞬而为人唾弃矣。拘者规摹古人,不敢或失,放者又自立规则,自以为救患起衰。二者交讥,与不得已,拘者犹为上也。彦和此篇,既以通变为旨,而章内乃历举古人转相因袭之文,可知通变之道,惟在师古,所谓变者,变世俗之文,非变古昔之法也。

黄侃《文心雕龙札记·通变》 上海古籍出版社

文心雕龙·定势①

夫情致异区,文变殊术,莫不因情立体,即体成势也②。势者,乘利而为制也③。如机发矢直,涧曲湍回,自然之趣也④。圆者规体,其势也自转;方者矩形,其势也自安。文章体势,如斯而已⑤。是以模经为式者,自入典雅之懿⑥;效骚命篇者,必归艳逸之华⑦;综意浅切者,类乏酝藉⑧;断辞辨约者,率乖繁缛⑨;譬激水不漪,槁木无阴,自然之势也⑩。

是以绘事图色,文辞尽情,色糅而犬马殊形,情交而雅俗异势⑪。镕范所拟,各有司匠,虽无严郛,难得逾越⑫。然渊乎文者,并总群势;奇正虽反,必兼解以俱通;刚柔虽殊,必随时而适用⑬。若爱典而恶华,则兼通之理偏,似夏人争弓矢,执一不可以独射也⑭;若雅郑而共篇,则总一之势离,是楚人鬻矛(原有誉字,杨明照《文心雕龙校注拾遗》:"按此文失伦次,当作'是楚人鬻矛楯,誉两,难得而俱售也'。始能与上文'似夏人争弓矢,执一,不可以独射也'相俪。"今据删)楯,誉(原无誉字,据杨明照《文心雕龙校注拾遗》增)两难得而俱售也⑮。是以括囊杂体,功在铨别,宫商朱紫,随势各配⑯。章表奏议,则准的乎典雅⑰;赋颂歌诗,则羽仪乎清丽⑱;符檄书移,则楷式于明断⑲;史论序注,则师范于核要⑳;箴铭碑诔,则体制于弘深㉑;连珠七辞,则从事于巧艳㉒,此循体而成势,随变而立功者也。虽复契会相参,节文互杂,譬五色之锦,各以本采为地矣㉓。

桓谭称:"文家各有所慕,或好浮华而不知实核,或美众多而不见要约。"㉔陈思亦云:"世之作者,或好烦文博采,深沈其旨者;或好离言辨白,分毫析厘者,所习不同,所务各异。"㉕言势殊也㉖。刘桢云:"文之体势(原作指,杨明照《文心雕龙校注拾遗》:"'指'疑为'势'之误。"今据改),实有(原无有字,杨明照《文心雕龙校注拾遗》:"'实'下似脱一

'有'字。"今据增)强弱,使其辞已尽而势有余,天下一人耳,不可得也。"㉗公幹所谈,颇亦兼气㉘。然文之任势,势有刚柔,不必壮言慷慨,乃称势也。又陆云自称:"往日论文,先辞而后情,尚势而不取悦泽,及张公论文,则欲宗其言。"㉙夫情固先辞,势实须泽,可谓先迷后能从善矣㉚。

自近代辞人,率好诡巧,原其为体,讹势所变,厌黩旧式,故穿凿取新,察其讹意,似难而实无他术也,反正而已㉛。故文反正为乏,辞反正为奇㉜。效奇之法,必颠倒文句,上字而抑下,中辞而出外,回互不常,则新色耳㉝。夫通衢夷坦,而多行捷径者,趋近故也;正文明白,而常务反言者,适俗故也㉞。然密会者以意新得巧,苟异者以失体成怪㉟。旧练之才,则执正以驭奇;新学之锐,则逐奇而失正;势流不反,则文体遂弊。秉兹情术,可无思耶㊱!

赞曰:形生势成,始末相承㊲。湍回似规,矢激如绳㊳。因利骋节,情采自凝㊴。枉辔学步,力止寿(原作襄,杨明照《文心雕龙校注拾遗》:"按此语本庄子秋水篇,自以作'寿'为是。杂文篇:'可谓寿陵匍匐,非复邯郸之步。'正作'寿',不误。"今据改)陵㊵。

【注释】

①《文心雕龙·定势》——《定势》篇是《文心雕龙》的第三十篇。学界对"势"的理解分歧较大。据郁沅统计,相关解释有十余种,比如黄侃、范文澜认为是法度标准;刘永济认为是姿度、姿态;王元化、缪俊杰认为是文体风格;詹锳、周振甫认为是趋势、趋向;陆侃如、牟世金认为是气势、局势;石家宜认为是机变性,等等。综合诸家所说,结合刘勰《定势》原文,我们认为"势"指的是作品呈现出来的风格趋向,是由作品体裁决定的。如果说《体性》篇论述了个人风格,即作家个性这一主观因素决定了作品风格的话;那么本篇则侧重于论述文体风格,即作品体裁这一客观因素决定了作品风格趋向。故而所谓"定势",指的是确定作品的风格趋向。

首先,刘勰提出了"因情立体,即体成势"的观点,以比喻来说明作品的体裁决定了作品的体势。在刘勰看来,弩机所发的箭形成了"直"的态势,曲涧的湍流形成了"回"的态势,圆规画出的圆形形成了"转"的态势,方矩画出的方形形成了"安"的态势,而文章的体势,也是如此。向儒家经典取法的作品,自然具有典雅之美;效法楚辞写作成篇的作品,必然具有艳丽出众的文采。其次,刘勰论述了如何定势的问题。刘勰认为首先要处理好风格的多样性与统一性的问题,既不能"爱典而恶华"致使风格单调,也不能"雅郑而共篇"破坏风格的统一性。精通写作法则的人应当灵活运用奇正刚柔各种风格。其次要衡量鉴别各种文体风格,这样才能根据体势的需要加以配合运用。刘勰将章、表、奏、议等二十几种文体分为六类,归纳了它们各自的文体风格特征。除本篇之外,刘勰在《明诗》至《书记》二十篇中对近三十种文体的风格特征进行了论述,显然刘勰的研究较之前人更加系统,也更为精密。刘勰指出各种风格可以汇合交错在一起,但应该各自以自己的本色为底子。他既强调了"循体"来形成文章体势,又强调了"随变"来具体运用各种文体风格。接着,刘勰评论了前人的各种"势"论。刘勰先引桓谭、曹植的话,旨在说明由于喜好和习尚的差异,文章体势因人而异。次引刘桢的话,刘勰指出刘桢所言涉及的是文章气势的问题,而不是文章体势。体势有刚有柔,刘桢以气势刚猛为美的观点是片面的。末引陆云的话,指出"势实须泽",旨在说明文体风格趋向虽然符合了,但依然需要文采的润色。

刘勰批评了刘宋朝以来作者崇尚诡巧的不良风格,提出了"执正以驭奇"的观点。刘勰认为,刘宋朝以来的作者喜好怪异奇巧是受"讹势"影响所致。讹势不过是违反定势的常规,颠倒文句,颠倒词序,看似新奇,实际是为了迎合时俗。针对"宋初讹而新"(《文心雕龙·通变》)的不良影响,刘勰强调作文应当摆正奇正的关系,确立正确的文章体势,具体说来就是提倡"执正以驭奇",反对"逐奇而失正"。这与刘勰在《辨骚》篇中所提出的"酌奇而不失其贞,玩华而不坠其实"的观点相互辉映。

②"夫情致异区"四句——情致,情趣。异区,不同的种类。殊术,不同的方法。体,体裁。势,此指由体裁所决定的作品风格。四句意谓作品所表达的情趣有不同的种类,文章变化的方法也是多种多样的,它们都是遵循着作家的情志来确立文章的体裁,按照体裁的特点而形成各自不同的体势。

③"势者"二句——语本《孙子·计篇》:"势者,因利而制权也。"乘利,顺其便利。贾谊《过秦论》:"因利乘便,宰割天下。"制,使之成形。二句意谓势是顺着便利条件而形成的。

④"如机发矢直"三句——机,弩机,靠机械来发射的弓箭。矢,箭。涧,山间溪水。湍回,急流回旋。趣,趋势。三句意谓例如弩机发射出来的箭,是笔直射出的;弯曲的山涧形成的急流是回旋的,这是自然而然的趋势。

⑤"圆者规体"六句——规,圆规。矩,画方形的工具。六句意谓圆形的物体是由圆规造就的圆体,它自然能转动;方形的物体是由矩尺造就的方体,它自

然能够放置安稳;文章的体与势的关系,也是这样的。按,《尹文子·大道上》:"圆者之转,非能转而转,不得不转也;方者之止,非能止而止,不得不止也。"可以相参读。

⑥"是以模经为式者"二句——模经,模仿儒家经典。式,法式。懿,美好。二句意谓向儒家经典取法的作品,自然具有典雅之美。

⑦"效骚命篇者"二句——效,效法。骚,以《离骚》为代表的楚辞。命篇,写作成篇。艳逸,艳丽出众。二句意谓效法楚辞写作成篇的作品,必然具有艳丽出众的文采。

⑧"综意浅切者"二句——综意,命意。类,大都。酝藉,含蓄。二句意谓命意浅显的作品大都缺乏含蓄之美。

⑨"断辞辨约者"二句——断辞,措辞。辨约,明辨简约。率,大抵。乖,不合。繁缛,文采过盛。二句意谓措辞简约的作品,大抵不会文采过盛。

⑩"譬激水不漪"三句——激水,急流。漪,涟漪,细小的波浪。槁木,枯木。阴,树荫。三句意谓好比急流不会有细小的波浪,枯木不会有浓密的树荫,这是自然而然的趋势。

⑪"是以绘事图色"四句——绘事,绘画。图色,调色。色糅,色彩杂糅,此指调色。情交,情感交会。四句意谓绘画讲究调色,文章讲究表情,调配颜色而画出的狗和马形态各一,情感交会而创作出的作品具有雅和俗不同的风格。

⑫"镕范所拟"四句——镕范,熔铸的模具。拟,仿照。司匠,专职的工匠。司,主管。严郭,高峻的城墙,此指严格的界限。四句意谓熔铸的模具所仿照的范本,各有专职的工匠来制作,其间虽没有严格的界限,却也很难超越。按,刘勰旨在说明文章各有师承,风格之间存在差异,难以兼备。

⑬"然渊乎文者"六句——渊,精通。总,总括。六句意谓然而精通于写作法则的人,可以综合各种风格,奇崛与雅正虽然相反,但必须都掌握并加以贯通;阳刚和阴柔虽然不同,但必须根据不同的时机加以灵活运用。

⑭"若爱典而恶华"四句——夏人争弓矢,《太平御览》卷三四七引《胡非子》:"一人曰:'吾弓良,无所用矢。'一人曰:'吾矢善,无所用弓。'羿闻之曰:'非弓,何以往矢?非矢,何以中的?'令合弓矢而教之射。"夏人,羿为夏射官,故争弓矢者称为夏人。四句意谓如果只爱好典雅而厌恶华丽,就难以兼通,好比夏朝人争论弓和箭谁重要一样,只有弓或只有箭,都是无法单独发射的。

⑮"若雅郑而共篇"四句——总一,统一。鬻,卖。楯,即盾。楚人鬻矛楯,事见《韩非子·难一》:"楚人有鬻盾与矛者,誉之曰:'吾盾之坚,物莫能陷也。'又誉其矛曰:'吾矛之利,于物无不陷也。'或曰:'以子之矛,陷子之盾,何

如?'其人弗能应。"四句意谓如果典雅与庸俗在一篇作品中共存,就会破坏作品的统一风格,这好比楚国人卖矛和盾,同时夸耀二者,是无法将矛和盾都卖出去的。

⑯"是以括囊杂体"四句——括囊,囊括。杂体,各种文体风格。铨别,衡量鉴别。宫商,五音中的宫音与商音,此指各种声音。朱紫,指各种颜色。四句意谓要包罗各种文体风格,就要去衡量鉴别,好比乐师运用各种声音,画师运用各种颜色一样,根据体势的需要加以配合运用。

⑰"章表奏议"二句——准的,以之为标准。二句意谓章、表、奏、议这四种文体,都是以典雅为标准。

⑱"赋颂歌诗"二句——羽仪,以之为表率。语本《易经·渐·上九》:"鸿渐于陆,其羽可用为仪。"疏:"其羽可用为物之仪表,可贵可法也。"二句意谓赋、颂、歌、诗这四种文体,都以清丽作为表率。

⑲"符檄书移"二句——楷式,以之为法式。明断,明快决断。二句意谓符、檄、书、移这四种文体,都是以明快决断作为法式。

⑳"史论序注"二句——师范,以之为模范。核要,真实精要。二句意谓史、论、序、注这四种文体,都是以真实精要作为模范。

㉑"箴铭碑诔"二句——体制,以之为体制。二句意谓箴、铭、碑、诔这四种文体,都是以宏大精深为体制。

㉒"连珠七辞"二句——连珠、七辞,均为赋的变体。连珠是由若干短篇骈文组成,七辞则是由七件事组成。二句意谓连珠、七辞都按巧妙艳丽来写作。

㉓"虽复契会相参"四句——契会,会和。契,合。参,交错。节,节奏。文,文采。本采,本色。地,底子。四句意谓虽然各种风格可以汇合交错在一起,节奏和文采可以交相杂用,但是好比五色的锦缎,各自以自己的本色为底子。

㉔"桓谭称"四句——桓谭,东汉学者。所引桓谭的话,不知所出,可能是《新论》的佚文。要约,扼要简约。四句意谓桓谭说:"文章家各有喜好,有的喜欢浮华而不知道核实,有的以繁多为美而不注意扼要简约。"

㉕"陈思亦云"八句——陈思,曹植。封陈王,谥思。所引曹植的话无考。烦,繁多。深沉,深藏。离言,明言。离,明。辨白,分辨明白。八句意谓曹植也说,世上的作者,有的喜欢繁文博采,意思深藏不露;有的喜欢明言直白,描写细致,各人的习尚不同,他们所追求的目标也各不相同。

㉖言势殊也——这是刘勰对上述曹植的话的评论。刘勰认为,由于作家的喜好不同,而导致了作品体势的不同。

㉗"刘桢云"六句——刘桢,三国时魏作家,建安七子之一。所引刘桢的话

无考。天下一人,天下第一。六句意谓刘桢说,文章体势,或强或弱,能使文辞已尽而势有余的人,就是天下第一了,这样的人不可多得。

㉘"公幹所谈"二句——公幹,刘桢字。气,气势。二句意谓刘桢上述话,涉及了文章气势的问题。

㉙"又陆云自称"六句——陆云,西晋作家,陆机之弟。陆云《与兄平原书》:"往日论文,先辞而后情,尚絜而不取悦泽。尝忆兄道张公文子论文,实自欲得,今日便欲宗其言。"黄侃认为,絜与势两字草书形近,絜当为势。今从之。悦泽,文采。陆云《与兄平原书》:"久不作文,多不悦泽,兄为小润色之,可成佳物。"张公,西晋作家张华。六句意谓陆云说他自己,以前谈论文章,先注意文辞而后考虑情志,崇尚气势而忽略文采,后来听到张华谈论文章,就想听从他的话去做。

㉚"夫情固先辞"三句——情固先辞,是对上文"先辞而后情"的纠正。势实须泽,是对上文"尚势而不取悦泽"的反拨。三句意谓情志本来就先于文辞,气势的确需要润泽,陆云是先走错路,后来接受了建议,加以改正了。

㉛"自近代辞人"九句——近代,指刘宋朝以后。诡巧,怪异奇巧。原,推究。厌黩,厌恶蔑视。穿凿,牵强附会。九句意谓刘宋朝以后的作家,大都喜好怪异奇巧,推究这种体势的成因,是错误的风格趋向所致。厌恶旧有的体式,所以牵强附会地去追求新奇,考察这种错误的意向,表面上似乎很难,实际上很简单,不过是违反常规罢了。

㉜"故文反正为乏"二句——文反正为乏,古文中的"乏"字是"正"字的反写。《左传·宣公十五年》:"故文反正为乏。"二句意谓把"正"字反过来写就是"乏"字,文辞违反常规就是新奇。

㉝"效奇之法"六句——效,仿效。上字而抑下,把本该在前面的字放到后面。比如鲍照《石帆铭》将"想彼君子"写成"君子彼想"。中辞而出外,把本该在本句中间的字放到别句中。比如江淹《恨赋》将"孤臣坠涕,孽子危心"写成"孤臣危涕,孽子涕心"。回互不常,颠倒词序,不按常规。六句意谓仿效奇异的方法,就是颠倒文句,把本该在前面的字放到后面,把本该在本句中间的字放到别句中,颠倒词序,不按常规,这样就令人耳目一新了。

㉞"夫通衢夷坦"六句——通衢,大路。夷坦,平坦。适俗,迎合时俗。六句意谓大路平坦而走小路的人,是为了抄近道;正常的文辞明白晓畅而偏要说反话的人,是为了迎合时俗。

㉟"然密会者以意新得巧"二句——密会,深入地了解。苟异,只求奇异。二句意谓精通奇正变化的作者,以新颖的立意来写得巧妙;只追求奇异的作者,

因为失去正体而趋于怪异。

㊱“旧练之才”八句——旧练，老练。势，讹势。反，返。文体，文章体制。弊，坏。秉，持，掌握。八句意谓精通写作之道的人，掌握正道来驾驭新奇；后起之秀，则追逐新奇而失去正道。这种错误的趋势任其发展，文章体制就要遭到破坏。掌握上述情致和方法，需要加以深思。

㊲“形生势成”二句——始末，指形与势。二句意谓形体产生了，体势就形成了，二者好比始与末一样互相承接。

㊳“湍回似规”二句——湍，急流。规，圆。矢，箭。激，发射。二句意谓急流回旋好似圆形，利箭发射笔直宛如直绳。

㊴“因利骋节”二句——因，顺着。骋节，任意驰骋，此指写作。凝，结合。二句意谓顺着便利来写作，文情与辞采就自然结合。

㊵“枉辔学步”二句——枉辔，走弯路。枉，曲。辔，缰绳。学步，即邯郸学步，语本《庄子·秋水》：“子独不闻夫寿陵余子之学行于邯郸与？未得国能，又失其故行矣，直匍匐而归耳。”力，功力，此指结果。寿陵，燕国城邑。二句意谓走了弯路又跟人学新奇，结果就会像那个寿陵人一样邯郸学步。

【附录】

道生之，德畜之，物形之，势成之。

老子《老子道德经》五十一章 《四部丛刊》本

战势不过奇正，奇正之变，不可胜穷也。奇正相生，如循环之无端，孰能穷之。激水之疾，至于漂石者，势也；鸷鸟之疾，至于毁折者，节也。是故善战者，其势险，其节短。势如彍弩，节如发机。……故善战者，求之于势，不责于人，故能择人而任势。任势者，其战人也，如转木石。木石之性，安则静，危则动，方则止，圆则行。故善战人之势，如转圆石于千仞之山者，势也。

孙武《孙子兵法·势篇》《宋本十一家注孙子》 中华书局

夫兵形象水。水之形避高而趋下；兵之形避实而击虚。水因地而制流，兵因敌而制胜。故兵无常势，水无常形，能因敌变化而取胜者，谓之神。

孙武《孙子兵法·虚实》《宋本十一家注孙子》 中华书局

自魏文属论，深以清浊为言，刘桢奏书，大明体势之致，岨峿妥怗之谈，操末续颠之说，兴玄黄于律吕，比五色之相宣，苟此秘未睹，兹论为何所指邪？

陆厥《与沈约书》《南齐书·文学传·陆厥传》 中华书局

势者,诗之力也。如物有势,即无往不克。此道隐其间,作者明然可见。

徐寅《雅道机要·明势含升降》 《吟窗杂录》卷十七　中华书局

作文如作字,欧虞颜柳,字不同而同笔。笔不同,非字矣。不同者何也? 肥也,瘦也,长也,短也,疏也,密也。故六者势也,字之体也,非笔之精也。

李梦阳《驳何氏论文书》 《空同集》卷六十二　四库全书本

把定一题、一人、一事、一物,于其上求形模,求比似,求词采,求故实;如钝斧子劈栎柞,皮屑纷霏,何尝动得一丝纹理? 以意为主,势次之。势者,意中之神理也。惟谢康乐为能取势,宛转曲伸,以求尽其意,意已尽则止,殆无剩语;夭矫连蜷,烟云缭绕,乃真龙,非画龙也。

王夫之《夕堂永日绪论内编》 《姜斋诗话》卷二　人民文学出版社

论画者曰:"咫尺有万里之势。"一"势"字宜着眼。若不论势,则缩万里于咫尺,直是《广舆记》前一天下图耳。五言绝句,以此为落想时第一义。唯盛唐人能得其妙,如"君家住何处? 妾住在横塘。停船暂借问,或恐是同乡",墨气所射,四表无穷,无字处皆其意也。

王夫之《夕堂永日绪论内编》 《姜斋诗话》卷二　人民文学出版社

古人文章可告人者惟法耳。然不得其神而徒守其法,则死法而已。要在自家于读时微会之。李翰云:"文章如千军万马,风恬雨霁,寂无人声。"此语最形容得气好。论气不论势,文法总不备。

刘大櫆《论文偶记》　人民文学出版社

所寄来诗文皆有可观。文韵致好,但说到中间,忽有滞钝处,此乃是读古人文不熟。急读以求其体势,缓读以求其神味。得彼之长,悟吾之短,自有进也。

姚鼐《与陈硕士九十六首》 《姚惜抱尺牍》　新文化书社

所谓笔势者,言以笔之气势,貌物之体势,方得谓画……气以成势,势以御气,势可见而气不可见,故欲得势,必先培养其气。气能流畅,则势自合拍。气与势原是一孔所出,洒然出之,有自在流行之致,回旋往复之宜,不屑屑以求工,能落落而自合。气耶势耶并而发之,片时妙意,可垂后世而无忝,质诸古人而无悖。此中妙精,难为添凑而成者道也。

沈宗骞《芥舟学画编》卷三《取势》　人民美术出版社

自文术之衰,竅言文势者,何其纷纷耶! 吾尝取刘舍人之言,审思而熟察之矣。彼标其篇曰《定势》,而篇中所言,则皆言势之无定也。其开宗也,曰:因情立体,即体成势。明势不自成,随体而成也。申之曰:机发矢直,涧曲湍回,自然之趣;激水不漪,槁木无阴,自然之势。明体以定势,离体立势,虽玄宰哲匠有所不能也。又曰:循体成势,因变立功。明文势无定,不可执一也。举桓谭以下诸子之言,明拘固者之有所谢短也。终讥近代辞人以效奇取势,明文势随体变迁,苟以效奇为能,是使体束于势,势虽若奇,而体因之弊,不可为训也。《赞》曰:形生势成,始末相承。明物不能有末而无本,末又必自本生也。凡若此者,一言蔽之曰:体势相须而已。

黄侃《文心雕龙札记·定势》 上海古籍出版社

文心雕龙·情采[①]

　　圣贤书辞,总称文章,非采而何[②]! 夫水性虚而沦漪结,木体实而花萼振,文附质也[③]。虎豹无文,则鞟同犬羊[④];犀兕有皮,而色资丹漆,质待文也[⑤]。若乃综述性灵,敷写器象,镂心鸟迹之中,织辞鱼网之上,其为彪炳,缛采名矣[⑥]。故立文之道,其理有三[⑦]:一曰形文,五色是也;二曰声文,五音是也;三曰情文,五性是也[⑧]。五色杂而成黼黻,五音比而成韶夏,五情发而为辞章,神理之数也[⑨]。孝经垂典,丧言不文;故知君子常言未尝质也[⑩]。老子疾伪,故称美言不信;而五千精妙,则非弃美矣[⑪]。庄周云辩雕万物,谓藻饰也[⑫]。韩非云艳乎(原作采,据《韩非子》原文改)辩说,谓绮丽也[⑬]。绮丽以艳说,藻饰以辩雕,文辞之变,于斯极矣。研味孝(原作李,据元至正本《文心雕龙》改)老,则知文质附乎性情;详览庄韩,则见华实过乎淫侈[⑭]。若择源于泾渭之流,按辔于邪正之路,亦可以驭文采矣[⑮]。夫铅黛所以饰容,而盼倩生于淑姿;文采所以饰言,而辩丽本于情性[⑯]。故情者,文之经,辞者,理之纬[⑰];经正而后纬成,理定而后辞畅,此立文之本源也。

　　昔诗人什篇,为情而造文,辞人赋颂,为文而造情[⑱]。何以明其然? 盖风雅之兴,志思蓄愤,而吟咏情性,以讽其上,此为情而造文也[⑲];诸子之徒,心非郁陶,苟驰夸饰,鬻声钓世,此为文而造情也[⑳]。

故为情者要约而写真,为文者淫丽而烦滥㉑。而后之作者,采滥忽真,远弃风雅,近师辞赋㉒,故体情之制日疏,逐文之篇愈盛㉓。故有志深轩冕,而泛咏皋壤,心缠几务,而虚述人外㉔,真宰弗存,翩其反矣㉕。夫桃李不言而成蹊,有实存也;男子树兰而不芳,无其情也㉖。夫以草木之微,依情待实,况乎文章,述志为本。言与志反,文岂足征?

是以联辞结采,将欲明理(原作经,据元至正本《文心雕龙》改),采滥辞诡,则心理愈翳㉗。固知翠纶桂饵,反所以失鱼。言隐荣华,殆谓此也㉘。是以衣锦褧衣,恶文太章㉙,贲象穷白,贵乎反本㉚。夫能设模(原作谟,据王利器《文心雕龙校证》改)以位理,拟地以置心㉛,心定而后结音,理正而后摛藻㉜,使文不灭质,博不溺心㉝,正采耀乎朱蓝,间色屏于红紫㉞,乃可谓雕琢其章,彬彬君子矣㉟。

赞曰:言以文远,诚哉斯验㊱。心术既形,英华乃赡㊲。吴锦好渝,舜英徒艳㊳。繁采寡情,味之必厌。

【注释】

①《文心雕龙·情采》——《情采》是《文心雕龙》的第三十一篇。刘勰在本篇的论述中形成了两个理论层次:一是沿袭《原道》篇的语境,论述文采之必有;二是超越《原道》篇的语境,论述情与采的关系。

在第一个层次中,刘勰从文附质与质待文两方面,指出文采存在的必然性与合理性。刘勰指出文采之必有,这是神理之数,这种观点与《原道》篇的论述是一致的。刘勰在本篇中,从《孝经》、《老子》、《庄子》、《韩非子》中取言,论证古人重视文采,又在赞语中以"言以文远"强调文采之重要,这也是对《原道》篇观点的有力补充。由于《原道》篇已经从根本上论证了文采之必有的问题,故而在本篇中,刘勰并没有停留于此,而是将论述的重点放在了情与采的关系上。

在第二个层次中,刘勰论述了情与采的联系、顺序和主次,而最终的落脚在强调情对采的决定作用上。首先,刘勰例举了"为文而造情"和"为情而造文"这两种文学史现象,前者的表现是情与采的乖离,后者的表现是情与采的一致。刘勰批评了前者,指出文章应该是"述志为本",为写文章而虚情假意,"繁采寡情",这是要不得的。这里对情与采的一致性的强调,可视为是对《体性》篇中体与性的一致性的旁证和补充。其次,刘勰又深入论述了作为内容的情与作为形式的采在理论范畴上的先后顺序,他以织布为喻,指出情理是经线,文辞是纬线,织布是先经后纬,写作则是先情理而后文采,此所谓"心定而后结音,理正而后摛藻"。在他看来,坚持以情为经,这是写作的最重要的原则:"经正而后纬成,理定而后辞畅,此立文之本源也。"最后,刘勰论述了情与采的主从关系。刘勰指出,"辩丽本于情性"、"文质附乎性情",即文采本之于性情,亦依附于性情。刘勰上述对于情与采关系的论述,是全面而深刻的,它具有正本清源的指导意义,有利于纠正不良的写作风气,引导树立正确的写作观念。

②"圣贤书辞"三句——文章,既指言论著作,又指文采。"文章"在《文心雕龙》中凡二十四见,如"圣人之文章"(《征圣》)、"文章才力"(《风骨》)、"文章体势"(《定势》)、"文章之枝派"(《杂文》)等,其基本含义是指言论著作。《周礼·考工记》:"青与赤谓之文,赤与白谓之章。"故而文章又指文采,如"荀卿以为观人美辞,丽于黼黻文章"(《章表》)。刘勰在此一语双关,指出了圣贤著述与文采的联系。三句意谓圣贤的言论著作,总称为"文章",不就是因为它们具有文采吗!

③"水性虚而沦漪结"三句——沦漪,水的波纹。花萼,花朵。萼,花托。结,构成。振,开放。三句意谓水的本性是流动的,所以水面上微波荡漾;树木的枝干是坚实的,所以树枝上花朵盛开,这说明文采必须依附于相应的质地。

④"虎豹无文"二句——语本《论语·颜渊》:"子贡曰:……文犹质也,质犹文也;虎豹之鞟犹犬羊之鞟。"鞟,亦作鞹,去掉了毛的皮。《说文》:"鞹,去毛皮也。"二句意谓虎、豹的皮如果去掉斑斓的毛色,那么就和狗、羊的皮没有什么区别了。

⑤"犀兕有皮"三句——兕,雌犀牛。资,凭借。三句意谓犀牛有坚硬的皮革,(用于制甲)若想颜色好看,还要涂上红色的漆。所以说优良的质地也需要文采的附托。

⑥"若乃综述性灵"六句——性灵,性情。敷,铺陈。器象,事物的形象。镂,雕刻。鸟迹,指文字。相传仓颉模仿鸟兽足迹发明了文字。许慎《说文解字序》:"黄帝之史苍颉,见鸟兽蹄迒之迹,知分理之可相别异也,初造书契。"鱼网,指纸。《后汉书·蔡伦传》:"伦乃造意用树肤麻头及敝布鱼网以为纸。"彪炳,文采焕发。缛采,富丽的文采。缛,繁盛。名,明。《释名·释言语》:"名,明也,实使分明也。"六句意谓至于抒写性情,描写形象,用文字刻画内心,在纸上组织辞句,它们之所以光采焕发,是富丽的文采使它们彰明的。

⑦"故立文之道"二句——立文之道,形成文采的途径。理,种类。

⑧"一曰形文"六句——五色,指青、黄、赤、白、黑。五音,宫、商、角、徵、羽。五性,喜、怒、欲、惧、忧。《大戴礼记·文王官人》:"民有五性,喜、怒、欲、惧、忧

⑨"五色杂而成黼黻"四句——杂,搭配。黼黻,古代礼服上的花纹,白与黑谓之黼,黑与青谓之黻,此泛指绘画。《周礼·考工记》:"画绘之事,杂五色:东方谓之青,南方谓之赤,西方谓之白,北方谓之黑。天谓之玄,地谓之黄。……青与赤谓之文,赤与白谓之章,白与黑谓之黼,黑与青谓之黻,五彩备谓之绣。"比,组合。《乐记·乐本》:"比音而乐之,及干戚羽旄,谓之乐。"韶夏,《韶》是舜乐,《夏》是夏乐,这里泛指音乐。发,抒发。神理,同于《文心雕龙·原道》所谓的"自然之道"。数,法则。四句意谓五色搭配而成美丽的绘画,五音组合而成悦耳的音乐;五情抒发而成优美的文章,这是自然之道的法则。

⑩"孝经垂典"三句——垂典,传下训示。丧言不文,居丧期间,语言不得文饰。《孝经·丧亲》"子曰:'孝子之丧亲也,哭不偯,礼无容,言不文。'"常言,平日的语言,即不在居丧期间的语言。质,质朴。三句意谓《孝经》传下训示说,居丧期间,语言不得文饰,由此可知,君子们平日的语言并非是质朴的。

⑪"老子疾伪"四句——疾伪,痛恨虚伪。美言不信,华丽的语言不真实。《老子·八十一章》:"信言不美,美言不信。"五千,指代老子所作之《道德经》,五千言其字数。四句意谓老子痛恨虚伪,所以才说"华丽的语言不真实",然而他的《道德经》又写得语句精美,可见他并非要舍弃文章之美。

⑫"庄周云辩雕万物"二句——辩,巧言。辩雕万物,巧妙的语言可以描绘万物。《庄子·天道》:"故古之王天下者,知虽落天地,不自虑也,辩虽雕万物,不自说(悦)也。"二句意谓庄子说"巧妙的语言可以描绘万物",说的是辞采的修饰。

⑬"韩非云艳乎辩说"二句——艳乎辩说,迷恋于巧妙诡丽的语言。艳,羡慕。《韩非子·外储说左上》:"夫不谋治强之功,而艳乎辩说文丽之声,是却有术之士,而任坏屋折弓也。"二句意谓韩非子说,迷恋于巧妙诡丽的语言,说的是言辞的绮丽。

⑭"研味孝老"四句——孝老,即上文所言《孝经》、《老子》。四句意谓研究体味《孝经》、《老子》的上述言论,就可知文章的华丽或质朴都取决于作家的性情;仔细阅读《庄子》、《韩非子》的上述论断,则可知文章过分的华丽或质朴都是作家放纵无节的结果。

⑮"择源于泾渭之流"三句——泾渭,泾水和渭水。据传泾水清澈,渭水浑浊。邪正,邪路与正途。按辔,控制马缰,使马缓行,这里指谨慎选择道路。三句意谓如果能在清流与浊流之间正确选择,在正路与邪途之间审慎抉择,那么就可以驾驭文采了。按,刘勰以泾水和正路比喻上文所言"文质附乎性情",以

渭水和邪路比喻上文所言"华实过乎淫侈"。

⑯"夫铅黛所以饰容"四句——铅黛,古代女性的化妆品。铅是用以饰容的铅粉,黛是用以画眉的黛石。盼倩,指女子动人的神态。盼,指美目。倩,指笑靥。《诗经·卫风·硕人》"巧笑倩兮,美目盼兮"。淑姿,秀美的姿容。辩丽,巧妙美丽。四句意谓铅粉和黛石是用来修饰容颜的,然而笑靥和美目却只能从天生丽质中产生出来;文采是用来修饰语言的,然而巧妙美丽的言辞却本之于作家固有的性情。

⑰"情者"四句——经,织布的纵线。纬,织布的横线。织布时,以经受纬,经先纬次,经纬相交,布才能织成。四句互文见义,意谓情理是文辞的经线,文辞是情理的纬线。按,刘勰以织布为喻,旨在说明情理在文章写作中居于主导地位。《文心雕龙·定势》"情固先辞"可以相参读。

⑱"昔诗人什篇"四句——诗人,指《诗经》作者。什篇,指诗。《诗经》的编次,雅颂诗十篇为什,后代遂以什篇或篇什指代诗篇。辞人,指汉代以来的辞赋家。赋颂,指赋。唐李周翰《文选注》:"颂亦赋之通称也。"四句意谓《诗经》作者写的诗,是为了抒发情感而创作文辞;后世辞赋家写作的赋,却是为了写作文章而生造情感。

⑲"盖风雅之兴"五句——兴,产生。志思蓄愤,情志思绪中积蓄了忧愤。吟咏情性,以讽其上,语本《毛诗序》:"国史明乎得失之迹,伤人伦之废,哀刑政之苛,吟咏情性,以风其上。"五句意谓《风》、《雅》的产生,是作者的情志思绪中积蓄了忧愤,他们将这种忧愤的情感歌咏出来,用以讽谏当权者,这是为了抒发情感而进行的创作。

⑳"诸子之徒"五句——诸子之徒,汉代以来的辞赋家,即上文所说的"辞人"。郁陶,忧思郁积。苟驰夸饰,勉强地运用夸张雕饰。苟,勉强。鬻声钓世,即沽名钓誉。鬻,卖。声,名。五句意谓汉代以来的辞赋家,心中没有忧思郁积,却勉强地运用夸张雕饰的文辞来沽名钓誉,这是为了写作文章而生造情感。

㉑"故为情者"二句——为情者,指为情造文者。要约,扼要简约。为文者,指为文造情者。烦滥,烦琐空泛。二句意谓为情造文者的文辞扼要简约且能抒发真情实感,而为文造情者的文辞浮艳而烦琐空泛。按,扬雄《法言·吾子》"诗人之赋丽以则,辞人之赋丽以淫"可以相参读。

㉒"后之作者"四句——后之作者,指六朝以来的作者。忽真,忽视真情实感。四句意谓六朝以来的作者,文辞浮艳而忽视真情实感,他们抛弃了古代风雅的优良传统,而向汉代以来的辞赋取法。

㉓"故体情之制日疏"二句——制,与"篇"互文见义。二句意谓抒发真情

实感的作品日渐稀少,追逐华丽辞句之篇章越来越多。

㉔"故有志深轩冕"四句——轩冕,指功名利禄。轩,古代供大夫以上贵族乘坐的车。冕,古代大夫以上贵族所戴的礼帽。皋壤,沼泽边的高地,此指隐居生活。心缠几务,语见嵇康《与山巨源绝交书》"机务缠于心"。几务,即机务,泛指政事。人外,世外,指隐居生活。四句意谓所以有的人思想上热衷于追求功名利禄,却浮泛地歌咏隐居生活;有的人内心纠缠于政事,却虚伪地描述世外的闲情逸致。

㉕"真宰弗存"二句——真宰,真心。翩其反矣,即下文所言"言与志反",语本《诗·小雅·角弓》"骍骍角弓,翩其反矣"。翩,反貌。二句意谓真情实感荡然无存,写作出来的是违心之作。

㉖"桃李不言"四句——蹊,小路。桃李不言而成蹊,语出《史记·李将军列传》"桃李不言,下自成蹊"。实,果实。男子树兰而不芳,语本《淮南子·缪称训》"男子树兰,美而不芳"。四句意谓桃树、李树不会说话,但树下却让人走出了小路,这是因为它们有果实的原因;男子种植的兰花,有花而无香,这是因为男子没有爱兰之情的缘故。

㉗"是以联辞结采"四句——翳,遮蔽。四句意谓因此,写作中联缀辞句,雕画文采,都是为了表现情理;如果文采泛滥,辞句怪异,就会遮蔽情理。

㉘"翠纶桂饵"四句——翠纶桂饵,语本《阙子》:"鲁人有好钓者,以桂为饵,黄金之钩,错以银碧,垂翡翠之纶,其持竿处位即是,然其得鱼不几矣。故曰:钓之务不在芳饰,事之急不在辩言。"(《太平御览》卷八三四引)翠纶,用翡翠鸟毛织成的钓鱼线。桂,肉桂。言隐荣华,语出《庄子·齐物论》"言隐于荣华",指言辞的意义为华丽的辞采所淹没。四句意谓由此可知用翡翠鸟的羽毛为钓鱼线,以肉桂为鱼饵,反而钓不到鱼。庄子所谓言辞的意义为华丽的辞采所淹没,大概就是说这种情况吧。

㉙"衣锦褧衣"二句——锦,有彩色花纹的丝织衣裳。褧,麻布罩衫。衣锦褧衣,语出《诗·卫风·硕人》"硕人其颀,衣锦褧衣"。二句意谓穿了华丽的衣裳之后,在外面再加一件麻布罩衫,这是不愿意文采太过张扬。

㉚"贲象穷白"二句——贲,本义指装饰。《易·序卦》:"贲者饰也。"贲象,《易·贲卦》的卦象。穷白,终于白。贲卦最后一爻是白贲,故称穷白。反本,即返回到本色。《易·杂卦》:"贲,无色也。"可知贲的本色是白色,而贲卦的最后一爻回归到白色,故称返本。二句意谓贲卦的最终卦象主张以白为饰,其所以可贵就在于它回到本色。按,刘勰借贲卦最后一爻回归本色,喻指文章写作不宜过分追求华丽的文采,而应以性情的本色为贵。

㉛"夫能设模以位理"二句——模,模式。地,底色。《文心雕龙·定势》"譬五色之锦,各以本采为地矣"。位、置,安置。二句意谓设立相应的模式来安置内心的情理,选择合适的底色来展现内心的情感。

㉜"心定而后结音"二句——结,安排。摊,发布。二句意谓内心要表达的情理确定后,才能安排音韵,发布辞藻。按,《文心雕龙·熔裁》"情理设位,文采行乎其中"可以相参读。

㉝"使文不灭质"二句——溺,淹没。《庄子·缮性》:"知而不足以定天下,然后附之以文,益之以博,文灭质,博溺心。"二句意谓文章写作要有文采但不能掩盖要表达的内容,文章写作要旁征博引但不可淹没文章的思想情感。

㉞"正采耀乎朱蓝"二句——朱蓝,朱色与蓝色。红紫,红色与紫色。间色,杂色。屏,摒弃。红色和紫色,在古代属于杂色。《论语·乡党》:"红紫不以为亵服。"二句意谓使朱、蓝等正色发出光采,而将红、紫等间色排斥在外。

㉟彬彬君子——彬彬,文质兼俱。《论语·雍也》:"质胜文则野,文胜质则史,文质彬彬,然后君子。"

㊱"言以文远"二句——言以文远,语本《左传·襄公二十五年》:"子曰:'……言之无文,行而不远。'"二句意谓文章凭借文采才能流传久远,这话说得确实不错。

㊲"心术既形"二句——心术,内心的情感。心术既形,语本《乐记·乐言篇》"应感起物而动,然后心术形焉"。英华,指文采。二句意谓作家内心要表达的情感形成后,才能写出文采丰赡的文章。

㊳"吴锦好渝"二句——吴锦,吴地出的锦。渝,褪色。舜英,木槿花,朝开暮落,故云徒艳。二句意谓吴地出的锦虽然美丽,但容易褪色;木槿花朝开夕败,只能艳于一时。这里刘勰喻指,脱离了性情的艳辞丽采只能炫于一时,不能流传久远。

【附录】

礼为情貌者也,文为质饰者也。夫君子取情而去貌,好质而恶饰。夫恃貌而论情者,其情恶也;须饰而论质者,其质衰也。何以论之?和氏之璧,不饰以五彩,隋侯之珠,不饰以银黄,其质至美,物不足以饰之。夫物之待饰而后行者,其质不美也。

《韩非子·解老》 诸子集成本《韩非子集解》

文者所以接物也,情系于中而欲发外者也。以文灭情,则失情;以情灭文,则失文;文情理通,则凤麟极矣。

刘安《淮南子·缪称训》 中华书局

为文当存气质。气质浑圆,意到辞达,便是天下之至文。若华靡淫艳,气质雕丧,虽工不足尚矣。此理全在心识通明。心识不明,虽情览多好,无益也。古人谓"文灭质,博溺心"者,岂特为儒之病哉?亦为文之弊也。

沈作喆《寓简》卷八 丛书集成初编本

汉、魏五言,为情而造文,故其体委婉而情深。颜、谢五言,为文而造意,故其语雕刻而意冗。

许学夷《诗源辩体》卷三 民国壬戌上海重印本

祝氏曰:扬子云云:"诗人之赋丽以则,词人之赋丽以淫。"夫骚人之赋与诗人之赋虽异,然犹有古诗之义,辞虽丽而义可则;至词人之赋则辞极丽而过于淫荡矣。盖诗人之赋,以其吟咏情性也。骚人所赋,有古诗之义者,亦以其发于情也。其情不自知而形于辞,其辞不自知而合于理。情形于辞,故丽而可观;辞合于理,故则而可法。如或失于情,尚辞而不尚意,则无兴起之妙,而于则也何有?又或失于辞,尚理而不尚辞,则无咏歌之遗,而于丽也何有?

吴讷《文章辨体》 续修四库全书本

史若水曰:自吾得元子而文思益古。夫太上有质而无文,其次有质而有文,其次文浮其质。文浮其质,道之敝也。故林放问礼之本,孔子大之。物之生也,先质而后文,故质也者,生乎天者也;文也者,生乎人者也;质也者,先天而作者也;文也者,后天而述者也。故人之于斯文也,不难于文而难于质,不难于华而难于朴,不难于巧而难于拙。余自北游,观艺于燕冀之都,得元子而异焉,欲质不欲野,欲朴不欲陋,欲拙不欲固,卓然自成其家者也。

湛若水《元次山集序》《元次山集》卷首 《四部丛刊》本

自永嘉以降,文格渐弱,体密而近缛,言丽而斗新,藻绘沸腾,朱紫夸耀,虫小而多异响,木弱而有繁枝,理诎于辞,文灭其质。求其是非不谬,华实并隆,以骈俪之言,而有驰骤之势,含飞动之彩,极瑰玮之观,其惟刘彦和乎?

刘开《书文心雕龙后》《孟涂骈体文》卷二 檗山草堂刊本

诗之至者,在乎道性情。性情所至,风格立焉,华采见焉,声调出焉。无性情而矜风格,是鸷集翰苑也;无性情而炫华采,是雉窜文囿也;无性情而夸声调,亦鸦噪词坛而已。

尤侗《曹德培诗序》 《西堂杂俎三集》卷三 康熙刊本

　　文生于情,情又生于文,气动志而志动气也。故有所识解而著文辞,辞之所及,忽有所触而转增识解,皆一理之奇也。……

　　文以气行,亦以情至。人之于文,往往理明事白,于为文之初指,亦若可无憾矣。而人见之者,以谓其理其事不过如是,虽不为文可也。此非事理本无可取,亦非作者之文不如其事其理,文之情未至也。今人误解辞达之旨者,以谓文取理明而事白,其他又何求焉?不知文情未至,即其理其事之情亦未至也。譬之为调笑者,同述一言而闻者索然,或同述一言而闻者笑不能止,得其情也;譬之诉悲苦者,同叙一事而闻者漠然,或同叙一事而闻者涕洟不能自休,得其情也。昔人谓文之至者,以为不知文生于情,情生于文。夫文生于情,而文又能生情,以谓文人多事乎?不知使人由情而恍然于其事其理,则辞之于事理,必如是而始可称为达尔。

章学诚《文史通义·杂说》 商务印书馆

　　舍人处齐梁之世,其时文体方趋于缛丽,以藻饰相高,文胜质衰,是以不得无救正之术。此篇旨归,即在挽尔日之颓风,令循其本,故所讥独在采溢于情,而于浅露朴陋之文未遑多责,盖揉曲木者未有不过其直者也。虽然,彦和之言文质之宜,亦甚明憭矣。首推文章之称,缘于采绘,次论文质相待,本于神理,上举经子以证文之未尝质,文之不弃美,其重视文采如此,曷尝有偏畸之论乎?然自义熙以来,力变过江玄虚冲淡之习而振以文藻,其波流所荡,下至陈隋,言既隐于荣华,则其弊复与浅露朴陋相等,舍人所讥,重于此而轻于彼,抑有由也。综览南国之文,其文质相剂,情韵相兼者,盖居泰半,而芜辞滥体,足以召后来之谤议者,亦有三焉:一曰繁,二曰浮,三曰晦。繁者,多征事类,意在铺张;浮者,缘文生情,不关实义;晦者,窜易故训,文理迂回。此虽笃好文采者不能为讳。爱而知恶,理固宜尔也。或者因彦和之言,遂谓南国之文,大抵侈艳居多,宜从屏弃,而别求所谓古者,此亦失当之论。盖侈艳诚不可宗,而文采则不宜去;清真固可为范,而朴陋则不足多。若引前修以自张,背文质之定律,目质野为淳古,以独造为高奇,则又堕入边见,未为合中。方乃标树风声,传诏来叶,借令彦和生于斯际,其所讥当又在此而不在彼矣。故知文质之中,罕能不越,或失则过质,或失则过文。救质者不得不多其文,救文者不得不隆其质。

黄侃《文心雕龙札记·情采》 上海古籍出版社

文心雕龙·丽辞[①]

造化赋形,支体必双,神理为用,事不孤立[②]。夫心生文辞,运裁百虑,高下相须,自然成对[③]。唐虞之世,辞未极文,而皋陶赞云:罪疑惟轻,功疑惟重[④]。益陈谟云:满招损,谦受益[⑤]。岂营丽辞?率然对尔[⑥]。易之文系,圣人之妙思也[⑦]。序乾四德,则句句相衔[⑧];龙虎类感,则字字相俪[⑨];乾坤易简,则宛转相承[⑩];日月往来,则隔行悬合[⑪]。虽句字或殊,而偶意一也。至于诗人偶章,大夫联辞,奇偶适变,不劳经营[⑫]。自扬马张蔡,崇盛丽辞[⑬],如宋画吴冶,刻形镂法[⑭],丽句与深采并流,偶意共逸韵俱发。至魏晋群才,析句弥密,联字合趣,剖毫析厘[⑮]。然契机者入巧,浮假者无功[⑯]。

故丽辞之体,凡有四对:言对为易,事对为难;反对为优,正对为劣。言对者,双比空辞者也;事对者,并举人验者也;反对者,理殊趣合者也;正对者,事异义同者也[⑰]。长卿上林赋云:修容乎礼园,翱翔乎书圃。此言对之类也[⑱]。宋玉神女赋云:毛嫱鄣袂,不足程式,西施掩面,比之无色。此事对之类也[⑲]。仲宣登楼云:钟仪幽而楚奏,庄舄显而越吟。此反对之类也[⑳]。孟阳七哀云,汉祖想枌榆,光武思白水。此正对之类也[㉑]。凡偶辞胸臆,言对所以为易也;征人之学,事对所以为难也;幽显同志,反对所以为优也;并贵共心,正对所以为劣也[㉒]。言对(原作又以,据刘永济《文心雕龙校释》改)事对,各有反正,指类而求,万条自昭然矣[㉓]。

张华诗称游雁比翼翔,归鸿知接翮[㉔]。刘琨诗言宣尼悲获麟,西狩泣孔邱[㉕]。若斯重出,即对句之骈枝也[㉖]。

是以言对为美,贵在精巧;事对所先,务在允当。若两言相配,而优劣不均,是骥在左骖,驽为右服也[㉗]。若夫事或孤立,莫与相偶,是夔之一足,趻踔而行也[㉘]。若气无奇类,文乏异采,碌碌丽辞,则昏睡耳目[㉙]。必使理圆事密,联璧其章。迭用奇偶,节以杂佩,乃其贵耳[㉚]。类此而思,理斯(原作自,据元至正本《文心雕龙》改)见也。

赞曰:体植必两,辞动有配[㉛]。左提右挈,精味兼载[㉜]。炳烁联华,镜静含态[㉝]。玉润双流,如彼珩珮[㉞]。

【注释】

①《文心雕龙·丽辞》——《丽辞》篇是《文心雕龙》的第三十五篇。丽辞,即俪辞,意指对偶的词句。南朝时期骈文盛行,当时文人作文时十分重视运用对偶,"六朝争尚骈俪,即序事之文,亦多四字为句,罕有用散文单行者"(赵翼《廿二史札记》卷九),刘勰的《文心雕龙》也是用骈文写成。刘勰在本篇中就对偶问题展开了专门的论述。

刘勰认为,如同大自然赋予人的肢体必然成双成对一样,对偶的产生也是自然而然形成的。五经中已经出现了对偶,《尚书》中皋陶和益的进言在不经意间已经自然成对了;《易传》中的《文言》、《系辞》既有句句衔接成对的,也有字字成对及隔句成对的情况存在;《诗经》中也有以偶句为主的诗篇。春秋诸国大夫朝聘应对时的言辞,常常运用对偶。从先秦到汉魏,丽辞完成了由自然成对向精心刻镂的转变。刘勰分析了丽辞的四种基本类型,并比较了它们的难易优劣。他认为,丽辞分为言对、事对、反对、正对四种基本类型,其中言对容易而事对较难,反对优秀而正对拙劣。言对和事对中,又各有反对与正对。丽辞的这四种基本类型交叉配对后,又产生了其他的对偶的类型。刘勰指出丽辞运用中存在四大弊病,即两句语义重复、两事优劣不均、用事孤立及语句平庸;丽辞运用中应遵循四大原则,即精巧允当、奇气异采、理圆事密、迭用奇偶。这些见解,对于指导骈体诗文的写作,具有重要的意义。

丽辞是骈文最主要的特点,在骈文流行的情况下,刘勰能客观地分析骈文创作的得失,既总结经验,又批评不足,且提出"迭用奇偶"的观点,其见识是超拔的。刘永济《文心雕龙校释》评价说:"舍人当骈体盛行之世,即倡裁抑之论,而主'迭用奇偶'之说,其言平正,贤于后世古文家远矣。其论魏晋之文,'析句弥密',浮巧为病,则且明斥过求偶丽者非有当于文学之真理。由今观之,不得不许其识之超越。"是为确论。

②"造化赋形"四句——造化,天地自然。支体,肢体。神理,自然之道。四句意谓大自然赋予人形体,肢体必然成双成对,这是自然之道在起作用,使事物都不孤立存在。

③"夫心生文辞"四句——运裁,构思剪裁。百虑,各种思虑。须,等待。四句意谓文辞是由人心产生的,作者构思剪裁各种思虑,使高低上下相互配合,自然形成对偶。

④"唐虞之世"五句——唐虞,唐尧、虞舜。皋陶,舜帝之臣,掌管刑狱之事。赞,辅佐。皋陶所说的"罪疑"二句语出《尚书·大禹谟》。罪疑,罪行可疑。功

疑,功劳有疑。五句意谓尧舜时期,文辞尚没有达到藻采的标准,舜帝的臣子皋陶为辅佐而进言说,罪行可疑则从轻判罚,功劳有疑则从重行赏。

⑤"益陈谟云"三句——益,舜的臣子。谟,谋略。益所说的"满招损"二句语出《尚书·大禹谟》。三句意谓舜的臣子益陈述谋略说,自满招来损害,谦虚则能得到好处。

⑥"岂营丽辞"二句——营,经营。丽,成对,后作"俪"。《小尔雅·广言》:"丽,两也。"率然,不经意。二句意谓上述皋陶和益的进言,没有刻意追求对偶,是不经意间自然成对的。

⑦"易之文系"二句——易,《易经》。文系,指解释《易经》的《文言》《系辞》,相传为孔子所作。二句意谓解释《易经》的《文言》《系辞》,是经圣人精妙构思后写作出来的。

⑧"序乾四德"二句——序,同"叙"。乾,《易经·乾卦》。四德,元、亨、利、贞。《易经·乾卦·文言》:"元者,善之长也;亨者,嘉之会也;利者,义之和也;贞者,事之干也。君子体仁足以长人,嘉会足以合礼,利物足以和义,贞固足以干事。君子行此四德者,故曰:'乾,元亨利贞。'"二句意谓《文言》叙述乾卦"元亨利贞"四种德性时,句句衔接成对。

⑨"龙虎类感"二句——龙虎类感,《易经·乾卦·文言》:"同声相应,同气相求。水流湿,火就燥;云从龙,风从虎。圣人作而万物睹。本乎天者亲上,本乎地者亲下,则各从其类也。"俪,骈俪,对偶。二句意谓《文言》论述"云从龙,风从虎"同类相感应时,字字成对。

⑩"乾坤易简"二句——乾坤易简,语本《易经·系辞上》:"乾以易知,坤以简能,易则易知,简则易从;易知则有亲,易从则有功;有亲则可久,有功则可大;可久则贤人之德,可大则贤人之业。易简而天下之理得矣。"二句意谓《系辞》论述天地之道平易简要时,上下文意宛转相承。

⑪"日月往来"二句——日月往来,语本《易经·系辞下》:"日往则月来,月往则日来,日月相推,而明生焉。寒往则暑来,暑往则寒来,寒暑相推而岁成焉。"这段文字中日月相对,寒暑相对,而且日月与寒暑隔句相对,所以说"隔行悬合"。悬合,遥相符合。二句意谓《系辞》中"日月往来"等语句,隔句遥相对应。

⑫"至于诗人偶章"四句——诗人,指《诗经》作者。大夫,春秋时各国大夫。奇,不对偶的散句。偶,对偶句。四句意谓《诗经》作者以偶句为主的诗篇,春秋诸国大夫朝聘应对时的言辞,散句与对偶句适应情况的变化而加以运用,不是刻意地追求的结果。

⑬ "自扬马张蔡"二句——扬,扬雄,西汉作家。马,司马相如,西汉作家。张,张衡,东汉作家。蔡,蔡邕,东汉作家。丽辞,对偶之辞。二句意谓扬雄、司马相如、张衡、蔡邕等作家,崇尚对偶之辞。

⑭ "如宋画吴冶"二句——语出《淮南子·修务训》:"夫宋画吴冶,刻形镂法,乱修曲出。其为微妙,尧舜之圣不能及。"宋画,事见《庄子·田子方》:"宋元君将画图,众史皆至,受揖而立,舐笔和墨,在外者半。有一史后至者,儃儃然不趋,受揖不立,因之舍。公使人视之,则解衣般礴,裸。君曰:'可矣,是真画者也。'"吴冶,事见《吴越春秋·阖闾内传》:"干将作剑,采五铁之精不销。……干将妻乃断发剪爪,投入炉中,使童女童男三百人鼓橐装炭,金铁乃濡,遂以成剑。"后以"宋画吴冶"作为精巧神妙之物的代称。二句意谓汉代作家文辞像宋人绘画,吴人铸剑一般精细微妙,精心雕镂。

⑮ "至魏晋群才"四句——析句,将一意分成两句。析,分。联字,联缀字词,此指文字的对偶。剖毫析厘,分解剖析极为细小的事物,形容分析仔细而透彻。四句意谓魏晋时代的才子们,运用对偶更加缜密,联结字句使意思和情趣配合相对,对字义句式的辨析仔细而透彻。

⑯ "然契机者入巧"二句——契机,契合时机,此指对偶恰当。浮假,浮滥。二句意谓对偶恰当的作品显得巧妙,浮滥的作品则徒劳无功。

⑰ "言对者"八句——空辞,不用典的文辞。并举人验,两句都举出典故来验证。八句意谓言对,是两句并立而不用典的对偶;事对,是两句都举出典故来验证的对偶;反对,是道理相反而情趣一致的对偶;正对,是事情不同而意义相同的对偶。

⑱ "长卿上林赋云"四句——长卿,司马相如的字。上林赋,《上林赋》是司马相如的代表作,载《文选》卷八。修容,修饰仪容。《文选》李善注引郭璞语:"《礼》所以整威仪,自修饰也。"翱翔,在高空飞行或盘旋,此指学习。四句意谓司马相如《上林赋》说,在《礼》的园地里修饰仪容,在《书》的花圃里飞翔,这是言对的例子。

⑲ "宋玉神女赋云"六句——宋玉,战国时楚国作家。神女赋,《神女赋》载《文选》卷十九。毛嫱,古代美女,相传为越王的美姬。鄣,同"障",遮蔽。袂,袖子。程式,法式,此处指标准。西施,古代美女,相传为吴王夫差的妃子。六句意谓宋玉《神女赋》说,毛嫱见了神女则用袖子遮身,自认为达不到神女的标准;西施见了神女则掩面,在神女面前黯然失色。这是事对的例子。

⑳ "仲宣登楼云"四句——仲宣,三国魏作家王粲的字。登楼,《登楼赋》,载《文选》卷十一。钟仪,春秋时楚国乐师。幽,幽禁。楚奏,演奏楚国的音乐。

据《左传·成公九年》记载,钟仪被郑国俘虏而送到晋国,晋侯要他演奏音乐,钟仪不忘旧土而演奏了楚国的音乐。庄舄,战国时越国人,在楚国为官。显,显要。《史记·张仪列传》记载,越人庄舄在楚国做官,但病中思念越国,呻吟中发出了越声。四句意谓王粲《登楼赋》说,楚国乐师钟仪被晋国囚禁却依然演奏楚国的音乐,越人庄舄在楚国做官,富贵显赫,但病中呻吟却发出了越声。这是反对的例子。

㉑"孟阳七哀云"四句——孟阳,西晋作家张载的字。七哀,《七哀诗》,《文选》卷二十三载其中二首,但没有刘勰所引的二句。可能张载另有一首《七哀诗》,今不存。汉祖,汉高祖刘邦。枌榆,地名,刘邦的故乡,在今江苏省丰县东北。光武,东汉光武帝刘秀。白水,地名,刘秀的家乡,在今湖北省枣阳县东。四句意谓张载《七哀诗》说,汉高祖刘邦思念家乡枌榆,汉光武帝刘秀思念家乡白水。这是正对的例子。

㉒"凡偶辞胸臆"八句——偶辞胸臆,用对偶的文辞说出心中的话。征人之学,验证一个人的学问。征,验证。幽,指上文钟仪被囚禁。显,指上文庄舄富贵显赫。同志,指钟仪和庄舄不忘故土之志相同。并贵共心,指上文汉高祖、汉光武帝都贵为皇帝而思乡的心理是一样的。八句意谓用对偶的文辞说出心中的话,所以言对较为容易;借以验证一个人的学问,所以事对相对较难;钟仪落难被囚,庄舄富贵显赫,但他们不忘故土之志相同,所以反对相对优秀;汉高祖、汉光武帝都贵为皇帝而思乡的心理是一样的,所以正对相对拙劣。

㉓"言对事对"四句——指类,归类,依据类型。万条,指各种对偶的类型。昭然,明明白白,显而易见。四句意谓言对和事对,各有反与正,依据这样的分类去推求,各种对偶的类型自然显而易见了。

㉔"张华诗称游雁比翼翔"二句——张华,西晋作家。刘勰所引此二句出自张华《杂诗》其三,诗载《玉台新咏》卷二。比,并排。翮,代指鸟翼。接翮,翅膀挨着翅膀,意同比翼。二句意谓张华的诗说,远游的大雁比翼飞翔,归来的大雁知道翅膀挨着翅膀。

㉕"刘琨诗言宣尼悲获麟"二句——刘琨,西晋作家。刘勰所引此二句出自刘琨《重赠卢谌》,载《文选》卷二十五。宣尼,指孔子,汉平帝时追尊孔子为褒成宣尼公。悲获麟,事见《公羊传·哀公十四年》:"西狩获麟……孔子曰:'孰为来哉,孰为来哉!'反袂拭面,涕沾袍。"又:"西狩获麟。孔子曰:'吾道穷矣。'"西狩,在鲁国西边狩猎。孔邱,即孔丘。按,古人认为麒麟是仁兽,猎获麒麟,所以孔子伤心哭泣。

㉖"若斯重出"二句——重出,指上文"游雁比翼翔"和"归鸿知接翮"语义

重复;"宣尼悲获麟"与"西狩泣孔丘"语义重复。骈枝,即骈拇枝指,指多余。二句意谓像上文语义重复的语句就是对偶中多余的东西了。

　　㉗"是骥在左骖"二句——骥,良马。驽,劣马。骖、服,古代一车驾四马,两侧的两匹马叫"骖",居中的两匹叫"服"。二句意谓好比驾车,良马在左侧,劣马在右侧。

　　㉘"是夔之一足"二句——夔,传说中的独脚兽。踔踔,跳跃。踔踔而行,语出《庄子·秋水》:"夔谓蚿曰:'吾以一足,踔踔而行。'"二句意谓一只脚的夔跳跃而行。

　　㉙"若气无奇类"四句——气无奇类,即气类无奇。气类,气质同类者,此指对偶。碌碌,平庸。丽辞,对偶之辞。四句意谓如果对偶不奇特,文采不卓异,对偶的语句平庸,则使人昏昏欲睡。

　　㉚"必使理圆事密"五句——联璧,成对的璧玉。章,通"彰",光彩鲜明。迭,交替。节,调节。杂佩,连缀在一起的各种佩玉,佩带在身上用以调节步伐,兼为装饰。五句意谓一定要使对偶的句子事理周密,如成对的璧玉文采焕发,交替地使用散句与偶句,好比用各种连缀在一起的佩玉来调节步伐,这才是可贵的。

　　㉛"体植必两"二句——体植必两,即"造化赋形,支体必双"之意。植,树立。动,使用。二句意谓人的肢体必然成双成对,文辞的运用也必定对偶相配。

　　㉜"左提右挈"二句——左提右挈,相互扶持,左右辅佐。挈,携。精,精义。味,意味。二句意谓对偶的语句相辅相成,精义和韵味并存兼备。

　　㉝"炳烁联华"二句——炳烁,光彩闪耀貌。联华,花开并蒂,喻对偶。华,通"花"。静,通"净"。二句意谓并蒂鲜花光彩闪耀,明净的镜面映物成双。

　　㉞"玉润双流"二句——玉润,像宝玉一样润朗光滑。流,光泽闪耀。珩,佩玉上面的横玉,形状像磬。珮,即"佩"。二句意谓对偶的句子成双成对,像佩带在身上的双璧,流光溢彩。

【附录】

　　宋初文咏,体有因革,庄老告退,而山水方滋;俪采百字之偶,争价一句之奇,情必极貌以写物,辞必穷力而追新,此近世之所竞也。

　　　　　　　　　　　　刘勰《文心雕龙·明诗》　人民文学出版社

　　偶俪之文,苟合于理,未必为非,故不是此而非彼也。若谓近年古文自师鲁始,则范公《祭文》已言之矣,可以互见,不必重出也。

欧阳修《论尹师鲁墓志》 《欧阳文忠公文集》卷七十三 《四部丛刊》本

文之所以贵对偶者,谓出于自然,非假于牵强也。潘子真诗话记禹玉元丰间以钱二万、酒二壶饷吕梦得,梦得作启谢之,有"白水真人,青州从事",禹玉叹赏,为其切题。东坡得章质夫书,遗酒六瓶,书至而酒亡,因作诗寄之云:"岂意青州六从事,化为乌有一先生。"二句浑然一意,无斧凿痕,更觉有功。(《复斋漫录》)

魏庆之《诗人玉屑》卷七 上海古籍出版社

四六骈俪,于文章家为至浅,然上自朝廷命令、诏册,下而搢绅之间笺书、祝疏,无所不用。则属辞比事,固宜警策精切,使人读之激卬,讽味不厌,乃为得体。

洪迈《容斋三笔》卷八 《容斋随笔》《四部丛刊》续编本

理充者华采不为累,气盛者偶俪不为病,陈言不足去,新语不足撰,非格式所能拘,非世运所能限,在山满山,在谷满谷,则庶几乎由秦而前,圣贤人之文矣。若退之之张皇号叫,永叔之缠绵悲慨,皆内不足而求工好于文,岂古人所有哉?

程廷祚《复家鱼门论古文书》 《青溪集》卷十 《金陵丛书》本

自唐以来,始有古文之目,而目六朝之文为骈俪,而为其学者,亦自以为与古文殊路。既歧奇与偶为二,而于偶之中,又歧六朝与唐与宋为三。夫苟第较其字句,猎其影响而已,则岂徒二焉三焉而已,以为万有不同可也。夫气有厚薄,天为之也;学有纯驳,人为之也;体格有迁变,人与天参焉者也;义理无殊途,天与人合焉者也。得其厚薄纯杂之故,则于其体格之变,可以知世矣;于其义理之无殊,可以知文矣。文之体,至六代而其变尽矣。沿其流,极而泝之,以至乎其源,则其所出者一也。吾甚惜夫歧奇偶而二之者毗于阴阳也。毗阳则躁剽,毗阴则沉膇,理所必至也,于相杂迭用之旨均无当也。

李兆洛《骈体文钞·自序》 《四部备要》本

由古迄今,文不一体。然循名责实,则经史诸子,体与文殊,惟偶语韵词,体与文合。昔孔美唐尧,特著焕乎之喻,《诗》歌卫武,亦标有斐之称。以文杂质,则曰彬彬;舍质从文,乃称郁郁。观于文字之古义,可以识文章之正宗矣。况《易》以六位而成章,《书》为四言之嚆矢,太师采《诗》,咸属韵语,宣尼赞《易》,

首肇《文言》,遐稽《六艺》之书,半属偶文之体。是犹工绘事者,必待五采之彰施;聆乐音者,必取八音之迭奏。惟对待之法未严,平侧之音未判,乃偶寓于奇,非奇别于偶。虽句法奇变,长短参差,然音律克谐,低昂应节。故训辞尔雅,抽句匪单,或运用叠词,或整列排语,三代文体,即此可窥。……东周以降,文体日工。屈宋之作,上如二《南》;苏张之词,下开《七发》。韩非著书,隐肇连珠之体;荀卿《成相》,实为对偶之文。莫不振藻简策,耀采词林。西汉文人,追踪三古,而终军有奇木白麟之对,兒宽摅奉觞上寿之辞,胎息微萌,俪形已具。迨及东汉,文益整赡,盖踵事而增,自然之势也。故敬通、平子之伦,孟坚、伯喈之辈,揆厥所作,咸属偶文。用字必宗故训,摛词迥脱恒溪,或掇丽字以成章,或用骈音以叶韵。观雍容揄扬之颂,明堂清庙之诗,不少篇章,胥关体制。若夫当涂受箓,太始开基,洛中则七子无双,吴下则联翩竞爽,才思虽弱于西京,音律实开夫典午。六朝以来,风格相承,刻镂之精,昔疏而今密,声韵之叶,旧涩而新谐。凡江范之弘裁,沈任之巨制,莫不短长合节,追琢成章。故《文选》勒于昭明,屏除奇体;《文心》论于刘氏,备列偶词。体制谨严,斯其证矣。

刘师培《文说·耀采篇第四》 《刘申叔先生遗书》卷二十 宁武南氏校印本

　　文之有骈俪,因于自然,不以一时一人之言而遂废。然奇偶之用,变化无方,文质之宜,所施各别。或鉴于对偶之末流,遂谓骈文为下格;或惩于俗流之恣肆,遂谓非骈体不得名文;斯皆拘滞于一隅,非闳通之论也。惟彦和此篇所言,最合中道。一曰高下相须,自然成对。明对偶之文依于天理,非由人力矫揉而成也。次曰岂营丽辞,率然对尔。明上古简质,文不饰雕,而出语必双,非由刻意也。三曰句字或殊,偶意一也。明对偶之文,但取配俪,不必比其句度,使语律齐同也。四曰奇偶适变,不劳经营。明用奇用偶,初无成律,应偶者不得不偶,犹应奇者不得不奇也。终曰迭用奇偶,节以杂佩。明缀文之士,于用奇用偶,勿师成心,或舍偶用奇,或专崇俪对,皆非为文之正轨也。舍人之言,明白如此,真可以息两家之纷难,总殊轨而齐归者矣。原夫古之为文,初无定术,所可识者,文质二端,奇偶偏畸,即由此起。盖文言藻饰,用偶必多,质语简淳,用奇必众,《尚书》、《春秋》,同为国史,而一则丽辞盈卷,一则俪语无闻;《周官》、《礼经》,同出周公,而一则列数陈文,一则简辞述事;至于《易传》、《书序》,皆宣圣亲撰之书,《易传》纯用骈词,《书序》皆为奇句,斯一人之作无定者也;《洪范》、《大诰》,同为外史所掌之籍,《洪范》分胪名数,《大诰》直举词言,斯一书之体无定者也。此皆举六艺为征,而奇偶无定已若此。至于子史之作,更无一成之规,老庄同为道家,而柱史之作,尽为对语,园吏之籍,不尽骈言,左、马同属史官,而

《春秋外传》捶词多偶,《太史公书》叙语皆奇,此则子史之文用奇用偶绝无定准者矣。总之,偏于文者好用偶,偏于质者善用奇,文质无恒,则偶奇亦无定,必求分畛,反至拘墟。

黄侃《文心雕龙札记·丽辞》 上海古籍出版社

丽者并也。丽加人旁,成俪,即并偶的意思。即两个鹿并排在山中跑。这是美的景象。在艺术中,如六朝骈俪文,如园林建筑中的对联,如京剧舞台上的形象的对比、色彩的对称等,都是并俪之美。这说的《离卦》又包含有对偶、对称、对比等对立因素可以引起美感的思想。

宗白华《中国美学史中重要问题的初步探索》《美学散步》 上海人民出版社

文心雕龙·比兴[①]

诗文弘奥,包韫六义,毛公述传,独标兴体,岂不以风通而赋同,比显而兴隐哉[②]?故比者,附也;兴者,起也[③]。附理者切类以指事,起情者依微以拟议[④]。起情故兴体以立,附理故比例以生[⑤]。比则蓄(原作畜,据杨明照《文心雕龙校注拾遗》改)愤以斥言,兴则环譬以托(原作记,据王惟俭《文心雕龙》训故本改)讽[⑥]。盖随时之义不一,故诗人之志有二也[⑦]。

观夫兴之托谕,婉而成章,称名也小,取类也大[⑧]。关雎有别,故后妃方德[⑨];尸鸠贞一,故夫人象义[⑩]。义取其贞,无从于夷禽;德贵其别,不嫌于鸷鸟。明而未融,故发注而后见也[⑪]。且何谓为比?盖写物以附意,飏言以切事者也[⑫]。故金锡以喻明德[⑬],珪璋以譬秀民[⑭],螟蛉以类教诲[⑮],蜩螗以写号呼[⑯],澣衣以拟心忧[⑰],卷席(原作席卷,据元至正本《文心雕龙》改)以方志固[⑱]:凡斯切象,皆比义也[⑲]。至如麻衣如雪,两骖如舞,若斯之类,皆比类者也[⑳]。衰楚(原作楚襄,据杨明照《文心雕龙校注拾遗》改)信谗,而三闾忠烈,依诗制骚,讽兼比兴[㉑]。炎汉虽盛,而辞人夸毗,讽(原作诗,据王惟俭《文心雕龙》训故本改)刺道丧,故兴义销亡[㉒]。于是赋颂先鸣,故比体云构,纷纭杂遝,倍(原作信,刘永济《文心雕龙校释》:"此言汉文兴亡比盛,与旧不同,不当曰信。'信'乃'倍'字形误。"今据改)旧章矣[㉓]。

夫比之为义,取类不常:或喻于声,或方于貌,或拟于心,或譬于事㉔。宋玉高唐云:纤条悲鸣,声似竽籁。此比声之类也㉕。枚乘菟园云:焱焱(原作焱焱,据杨明照《文心雕龙校注拾遗》改)纷纷,若尘埃之间白云。此则比貌之类也㉖。贾生鹏鸟(原作赋,据杨明照《文心雕龙校注拾遗》改)云:祸之与福,何异纠缠。此以物比理者也㉗。王褒洞箫云:优柔温润,如慈父之畜子也。此以声比心者也㉘。马融长笛云:繁缛络绎,范蔡之说也。此以响比辩者也㉙。张衡南都云:起郑舞,茧曳绪。此以容比物者也㉚。若斯之类,辞赋所先,日用乎比,月忘乎兴,习小而弃大,所以文谢于周人也㉛。至于扬班之伦,曹刘以下,图状山川,影写云物,莫不织(原作纤,王利器《文心雕龙校证》:"作'织'字是,《正纬》篇亦有'织综'语。"今据改)综比义,以敷其华,惊听回视,资此效绩㉜。又安仁萤赋云流金在沙,季鹰杂诗云青条若总翠,皆其义者也㉝。故比类虽繁,以切至为贵,若刻鹄类鹜,则无所取焉㉞。

赞曰:诗人比兴,触物圆览㉟。物虽胡越,合则肝胆㊱。拟容取心,断辞必敢㊲。攒杂咏歌,如川之澹(原作涣,黄侃《文心雕龙札记》:"涣字失韵,当作澹,字形相近而误。"今据改)㊳。

【注释】

①《文心雕龙·比兴》——《比兴》篇是《文心雕龙》的第三十六篇。据《诗大序》所载,《诗经》包含风、赋、比、兴、雅、颂六义。赋、比、兴属于《诗经》的写作手法,而风、雅、颂属于《诗经》的三种诗体。本篇对比、兴的内涵作了较为全面的论述。

刘勰认为,比、兴有各自的特点和作用。比的手法较为明显,而兴的手法则较为隐晦,所以毛亨给《诗经》作注,只标明了属于兴的诗句。比是比附事理,即用类似的事物来指明事理;兴是兴起情感,即用细微之物来比拟情思。另一方面,比又是作者积蓄了激愤的情感而有所指斥,兴又是作者用委婉的比喻来寄托讽谕。显然,刘勰认为"比"有"切类以指事"和"蓄愤以斥言"两大功能,兴兼有"起情"和"托讽"两方面的作用。

刘勰举例说明了兴的"托谕"和比的区别,对汉代辞赋"兴义销亡"而比体独存的文学史现象表示了不满。他认为,兴的托物讽谕,文辞委婉而成篇章,所举称的名物很细微,但所兴起的情感事理很广泛。比如《关雎》以关雎鸟雌雄有别,比方周文王后妃贞洁的品德;《鹊巢》以布谷鸟贞洁专一,象征诸侯夫人的美德。而比则是描写事物来比附意义,用夸张的语言来切合事理。比如用金锡比喻君子的美好品德,用圭璋比喻杰出的人才,用细腰蜂抚育螟蛉来比喻教养后辈,以蝉鸣比喻饮酒呼号的声音,用未洗的脏衣服来比喻心中的忧愁,以心非席子不可卷起来比喻心志坚定。刘勰指出,《离骚》中的讽谕兼用比和兴两种手法,汉代辞赋家以谄谀、卑屈取媚于人,讽刺之道丧失,兴的手法消亡了。刘勰认为,比的种类繁多,以"切至为贵"。汉赋多用比喻来铺陈文采,惊骇读者的视听,但由于汉赋重比而轻兴,"习小而弃大",辞赋家的作品比不上《诗经》。

刘勰将"比"和"兴"强分高下,在逻辑上存在难以自圆其说之处。刘勰指出"兴"兼有"起情"和"托讽"两方面的作用,而"比"也有"切类以指事"和"蓄愤以斥言"两大功能。从"比则蓄愤以斥言"来看,"比"也可用于讽刺。只不过汉代辞赋大都"讽一而劝百",对"比"的运用,只侧重于其铺张扬厉的一面,而很少用于讽刺。也就是说,汉赋"讽刺道丧"的结果,不仅仅是"兴义销亡",而且"比"义也失去了"蓄愤以斥言"的功能,诚如黄叔琳所评:"非特兴义销亡,即比体亦与三百篇中之比差别。大抵是赋中之比,循声逐影,拟诸形容而已,无如《鹤鸣》之陈诲,《鸱鸮》之讽谕也。"然而在行文中,刘勰似乎有意忘记了"比"亦有讽刺的功能,而对于"兴"的"托讽"功能则念念不忘,由此刘勰得出了"辞赋所先,日用乎比,月忘乎兴,习小而弃大"的结论。以"比"为小,以"兴"为大,显然是对"比"义的一种有意阉割。或许,刘勰受儒家"温柔敦厚"诗教的影响,并不欣赏"比"之狂风暴雨、金刚怒目式的蓄愤斥言,而对"兴"的"环譬以托讽"即和风细雨、委婉曲折地讽谕的方式更为推重。此外,刘勰认为《关雎》比方后妃之德,《鹊巢》象征夫人之义,这种观点也未脱汉儒说诗的影响。

②"诗文弘奥"六句——诗,《诗经》。弘奥,宏大深奥。六义,《诗大序》:"诗有六义焉,一曰风,二曰赋,三曰比,四曰兴,五曰雅,六曰颂。"毛公,战国末鲁人毛亨。传,指毛亨《毛诗诂训传》。独标兴体,《毛传》只标明属于兴的诗句,如《关雎》:"关关雎鸠,在河之洲"二句下标"兴也"。风通,风泛指风、雅、颂。《诗经》已按《风》、《雅》、《颂》明确分类,人所共晓,故不需要在每首诗下再注明。赋同,赋的铺陈手法各篇相同,容易辨别,所以也不需要标出。六句意谓《诗经》宏大深奥,包含风、雅、颂、赋、比、兴六义。毛亨给《诗经》作注,只标明属于兴的诗句,这是因为风、雅、颂的分类人所共晓,赋的铺陈手法各篇相同,比的手法十分明显,因此这些都不需要再标出,而兴的手法隐晦,所以特别进行了标注。

③"故比者"四句——附,比附,指用近似的事物相比。起,起兴。二句意谓

比是比附,兴是兴起。

④"附理者切类以指事"二句——切,切合。类,类似之物。指事,指明事理。拟议,比拟。二句谓比附事理的,用类似的事物来指明事理;兴起情感的,用细微之物来比拟情思。

⑤"起情故兴体以立"二句——例,体。二句意谓兴起情感所以兴体得以成立,比附事理所以比体得以形成。

⑥"比则蓄愤以斥言"二句——蓄愤,积蓄激愤的情感。斥言,指斥。环譬,委婉的比喻。二句意谓比是作者积蓄了激愤的情感而有所指斥,兴是作者用委婉的比喻来寄托讽谕。

⑦"盖随时之义不一"二句——随时之义,《易·随》象辞:"随时之义大矣哉。"此指顺应时势变化而相应的运用比兴。诗人,《诗经》作者。有二,指比、兴两种方法。二句意谓随着情况的不同,比兴的用法也不同,所以《诗经》作者言志的方法有比和兴两种。

⑧"观夫兴之托谕"四句——婉而成章,《左传》成公十四年:"君子曰:'春秋之称,微而显,志而晦,婉而成章。'"婉,委婉。章,篇章。称名也小,取类也大,语出《易传·系辞下》。称,举。名,名物。取类,与举称的名物相类似的情感事理。四句意谓细察兴的托物讽谕,文辞委婉而成篇章,所举称的名物很细微,但所兴起的情感事理很广泛。

⑨"关雎有别"二句——关雎,指《诗经·周南·关雎》首句"关关雎鸠"中的雎鸠。关关,鸟鸣声。雎鸠,一种水鸟,上体暗褐,下体白色,趾具锐爪,适于捕鱼。有别,雌雄有别。后妃方德,即方后妃德。方,比方。后妃,周文王的后妃。《诗小序》:"《关雎》,后妃之德也。"二句意谓关雎鸟雌雄有别,所以用来比方周文王后妃贞洁的品德。按,毛传称:"后妃说乐君子之德,无不和谐,又不淫其色,慎固幽深,若关雎之有别焉,然后可以风化天下。"

⑩"尸鸠贞一"二句——尸鸠,布谷鸟。贞一,贞洁专一。夫人象义,即象夫人义。夫人,诸侯的夫人。象,象征。义,此指美德。二句意谓布谷鸟贞洁专一,所以用来象征诸侯夫人的美德。按《诗经·召南·鹊巢》描写鹊筑巢而尸鸠来居住。《毛诗序》认为此诗是歌颂诸侯夫人之德的。郑玄注:"尸鸠因鹊成巢而居有之,而有均壹之德,犹国君夫人来嫁,居君子之室,德亦然。"

⑪"义取其贞"六句——从,通"纵",舍弃。无从,不舍弃。夷禽,平常的鸟,此指尸鸠。鸷鸟,猛禽,此指雎鸠。融,大明。明而未融,语出《左传·昭公五年》。六句意谓只取其忠贞之义,所以《诗经》也用平常的鸟起兴;只看重其雌雄有别之德,所以《诗经》也用猛禽起兴;起兴的句子所蕴涵的寓意没有得到

完全的揭示,所以还有待于注解来发挥阐释。

⑫"且何谓为比"三句——飏言,扬言,大力宣扬。切事,切合事理。三句意谓什么叫比?比就是描写事物来比附意义,用夸张的语言来切合事理。

⑬故金锡以喻明德——《诗经·卫风·淇奥》称赞卫武公"有匪君子,如金如锡。"此句意谓用金锡比喻君子的美好品德。

⑭珪璋以譬秀民——《诗经·大雅·卷阿》以"如圭如璋"称赞贤人。珪璋,古代用于朝聘的玉制礼器。秀民,杰出的人。此句意谓用圭璋比喻杰出的人。

⑮螟蛉以类教诲——螟蛉,小青虫。《诗经·小雅·小宛》:"螟蛉有子,蜾蠃负之。教诲尔子,式谷似之。"蜾蠃,细腰蜂。此句意谓用细腰蜂抚育螟蛉来比喻教养后辈。按,细腰蜂捕捉螟蛉幼虫后,产卵其中,并将其封入巢中,细腰蜂幼虫孵出后,即以螟蛉幼虫为食物。古人误以为细腰蜂不产子,而以螟蛉为养子,螟蛉幼虫长大后成为细腰蜂。故古人又以"螟蛉"比喻养子。

⑯蜩螗以写号呼——蜩螗,蝉。《诗经·大雅·荡》:"如蜩如螗,如沸如羹。"此句意谓以蝉鸣比喻饮酒呼号的声音。

⑰澣衣以拟心忧——澣,同"浣",洗。拟,比拟。《诗经·邶风·柏舟》:"心之忧矣,如匪浣衣。"此句意谓用未洗的脏衣服来比喻心中的忧愁。

⑱卷席以方志固——方,比方。《诗经·邶风·柏舟》:"我心匪席,不可卷也。"此句意谓以心非席子不可卷起来比喻心志坚定。

⑲"凡斯切象"二句——切象,与上文"切类"同义。二句意谓上述切合事理的形象,用的都是比的方法。

⑳"至如麻衣如雪"四句——麻衣如雪,语出《诗经·曹风·蜉蝣》。两骖如舞,语出《诗经·郑风·大叔于田》。骖:古代驾在车前两侧的马。四句意谓至于"麻衣像雪一样洁白","车前两侧拉车的马跑起来如同舞蹈",类似这样的句子,都属于比的一类。

㉑"衰楚信谗"四句——衰楚,衰败的楚国。谗,谗言。三闾,指屈原,他曾任三闾大夫。讽兼比兴,《离骚》中的讽谕兼用比和兴两种手法。四句意谓衰败的楚国听信谗言,而屈原忠君爱国,根据《诗经》创制了《离骚》,其中的讽谕兼用了比和兴两种手法。

㉒"炎汉虽盛"四句——炎汉,汉代。古代以五行附会朝代的更替,汉属五行中的火德,故称炎汉。夸毗,以谄谀、卑屈取媚于人。四句意谓汉代虽然兴盛,但辞赋家以谄谀、卑屈取媚于人,讽刺之道丧失,所以兴的手法也就消亡了。

㉓"于是赋颂先鸣"四句——先鸣,首先得到发展。云构,像云一样多,形容作品大量涌现。《文心雕龙·杂文》:"腴辞云构,夸丽风骇。"杂遝,杂乱。倍,即背,违背。倍旧章,违背比兴兼用的旧的章法。四句意谓赋和颂首先得到了发展,比的手法大量涌现,纷纭杂乱,背离了比兴兼用的旧的章法。

　　㉔"夫比之为义"六句——取类,指选取类比的事物以说明本体。不常,不固定。六句意谓比的手法,在选取类比的事物以说明本体方面是不固定的:有的比喻声音,有的比方形貌,有的比拟心情,有的譬喻事理。

　　㉕"宋玉高唐云"四句——宋玉,战国楚国作家。高唐,《高唐赋》,载《文选》卷十九。纤条,细小的树枝。竽,一种类似笙的吹奏乐器,有三十六簧。籁,孔窍所发出的声音。四句意谓宋玉《高唐赋》说:风吹过细枝发出悲鸣的声音,好像在吹竽。这是比喻声音的例子。

　　㉖"枚乘菟园云"四句——枚乘,西汉作家。菟园,《梁王菟园赋》,载《古文苑》卷三。焱焱,迅疾的样子。现存《梁王菟园赋》作"疾疾"。间,夹杂。四句意谓枚乘《梁王菟园赋》说:众鸟迅疾飞驰,好似白云中夹杂的尘埃。这是比方形貌的例子。

　　㉗"贾生鵩鸟云"四句——贾生,贾谊,西汉作家。鵩鸟,《鵩鸟赋》,载《文选》卷十三。纠缠,绳索。四句意谓贾谊《鵩鸟赋》说:祸福相依存,与绞合在一起的绳索没有什么区别。这是用物品来譬喻事理。

　　㉘"王褒洞箫云"四句——王褒,西汉作家。洞箫,《洞箫赋》,载《文选》卷十七。畜,抚养。四句意谓王褒《洞箫赋》说:箫声宽和温厚,好像慈夫抚育儿子似的。这是把声音比作心情。按,刘勰所引王褒《洞箫赋》二句,在《洞箫赋》原文中并不是在一起的。原文为:"故听其巨音,则周流泛滥,并包吐含,若慈父之畜子也。……科条譬类,诚应义理,澎濞慷慨,一何壮士!优柔温润,又似君子。"

　　㉙"马融长笛云"四句——马融,东汉作家。长笛,《长笛赋》,载《文选》卷十八。络绎,连续不断。范蔡,范雎和蔡泽,二人都是战国时期的辩士,都曾任秦相。说,游说。四句意谓马融《长笛赋》说:笛声音节繁多而又连续不断,好像范雎和蔡泽的游说。这是把声响比喻游说。

　　㉚"张衡南都云"四句——张衡,东汉作家。南都,《南都赋》,载《文选》卷四。茧,蚕茧。曳,牵引。绪,丝头。容,仪容。四句意谓张衡《南都赋》说:跳起郑国的舞蹈,如同蚕茧抽丝。这是把舞姿比作物品。按,《南都赋》原文为:"坐南歌兮起郑舞,白鹤飞兮茧曳绪。"

　　㉛所以文谢于周人也——谢,比不上。周人,指《诗经》作者。此句意谓辞赋家重比而轻兴,所以他们的作品比不上周人所作的《诗经》。

㉜"至于扬班之伦"八句——扬,扬雄,西汉作家。班,班固,东汉作家。伦,辈。曹,曹植。刘,刘桢,三国魏作家。影写,描写。织综,经纬线交织,此指运用。惊,惊骇。回,迷惑。资,凭借。効,同"效",显示。八句意谓至于扬雄、班固诸人,曹植、刘桢以下的人,描写山川云霞,都是运用比喻来铺陈文采,惊骇迷惑他人的视听,凭借比喻来显示成绩。

㉝"又安仁萤赋云流金在沙"三句——安仁,西晋作家潘岳的字。萤赋,《萤火赋》,载《初学记》卷三十。流金在沙,萤火像流动的金屑在沙中闪烁。《萤火赋》原文为:"飘飘颎颎,若流金之在沙。"季鹰,西晋作家张翰的字。杂诗,《杂诗》,载《文选》卷二十九。总,聚合。翠,翠鸟的羽毛。青条若总翠,青枝好像一束翠鸟的羽毛。原诗为:"青条若总翠,黄华如散金。"三句意谓潘岳《萤火赋》说萤火像流动的金屑在沙中闪烁,张翰《杂诗》说青枝好像一束翠鸟的羽毛,都是比的手法。

㉞"故比类虽繁"四句——切至,恳切周至。鹄,天鹅。鹜,家鸭。刻鹄类鹜,将天鹅刻画成了家鸭,语出马援《诫兄子严敦书》"所谓刻鹄不成尚类鹜者也"(《全后汉文》卷十七)。四句意谓比的种类虽然繁多,但以恳切周至为贵,如果将天鹅刻画成了家鸭,就不可取了。

㉟"诗人比兴"二句——诗人,《诗经》作者。圆览,周密地观察。二句意谓《诗经》作者运用比、兴的手法,接触事物进行周密地观察。

㊱"物虽胡越"二句——《淮南子·俶真训》:"是故自其异者视之,肝胆胡越。"高诱注:"肝胆喻近,胡越喻远。"胡,指北方。越,指南方。二句意谓事物虽然相距很远,但运用比兴的手法,却可以使它们像肝胆一样紧密结合。

㊲"拟容取心"二句——拟容,比拟事物的形貌。取心,比拟事物的意义。运用比兴手法,如果是联想到事物外部形象的相似之处,则是"拟容";如果是联想到事物之间具有的意义上的联系,则是"取心"。断辞,措辞。敢,果敢。二句意谓比拟事物的形貌或意义,措辞一定要果敢。

㊳"攒杂咏歌"二句——攒杂,聚集,此指杂用比兴。澹,波浪起伏的样子。二句意谓在诗歌中杂用比兴,文辞像河水中起伏的波浪一样生动。

【附录】

教六诗,曰风,曰赋,曰比,曰兴,曰雅,曰颂。以六德为之本,以六律为之音。

《周礼·大师》 阮元刻十三经注疏本

比,见今之失,不敢斥言,取比类以言之。兴,见今之美,嫌于媚谀,取善事以喻劝之。……比者,比方于物也。兴者,托事于物。

郑玄《周礼·大师》注 《周礼注疏》卷二十三 阮元刻十三经注疏本

故诗有三义焉:一曰兴,二曰比,三曰赋。文已尽而意有余,兴也;因物喻志,比也;直书其事,寓言写物,赋也。宏斯三者,酌而用之,干之以风力,润之以丹采,使味之者无极,闻之者动心,是诗之至也。若专用比兴,患在意深,意深则词踬。若但用赋体,患在意浮,意浮则文散,嬉成流移,文无止泊,有芜漫之累矣。

钟嵘《诗品序》《诗品注》 人民文学出版社

比之与兴,虽同是附托外物,比显而兴隐,当先显后隐,故比居兴先也。《毛传》特言兴也,为其理隐故也。……风雅颂者,《诗》篇之异体;赋比兴者,《诗》文之异辞耳。大小不同而得并为六义者,赋比兴是《诗》之所用,风雅颂是《诗》之成形。用彼三事,成此三事,是故同称为义。

孔颖达《毛诗序正义》《毛诗正义》卷一 阮元刻十三经注疏本

今且于六义之中,略论比兴:取象曰比,取义曰兴,义即象下之意。凡禽鱼草木、人物名数,万象之中义类同者,尽入比兴。《关雎》即其义也。

皎然《诗式·用事》《诗式校注》 人民文学出版社

比论三

比者,类也。妍媸相类相显之理,或君臣昏佞,则物象比而刺之,或君臣贤明,亦取物比而象之。

兴论四

兴者,情也。谓外感于物,内动于情,情不可遏,故曰兴。感君臣之德政废兴而形于言。

贾岛《二南密旨》《丛书集成》初编本

比虽是较切,然兴却意较深远。也有兴而不甚深远者,比而深远者,又系人之高下,有做得好底,有拙底。

朱熹《朱子语类》卷八十《诗一·纲领》 中华书局

孔安国曰:"兴,引譬连类。"凡景物相感,以彼言此,皆谓之兴。后世咏怀、游览、咏物之类是也。……自毛公之六义,以风、雅、颂为经,以赋、比、兴为纬,后儒因之。比、兴强分,赋有专属。及其说之不通也,则又相兼。是使性情之所融结,有鸿沟南北之分裂矣。

黄宗羲《汪扶晨诗序》 《黄梨洲文集》 中华书局

诗重比兴:比但以物相比,兴则因物感触,言在于此而义寄于彼,如《关雎》、《桃夭》、《兔罝》、《樛木》。解此则言外有余味而不尽于句中。又有兴而兼比者,亦终取兴不取比也。若夫兴在象外,则虽比而亦兴。然则,兴最诗之要用也。

方东树《昭昧詹言》卷十八 人民文学出版社

赋义甚明,不必言。惟是兴、比二者,恒有游移不一之病。然在学者亦实无以细为区别,使其凿然归一也。第今世习读者一本《集传》,《集传》之言曰,"兴者,先言他物,以引起所咏之辞也。比者,以彼物比此物也"。语邻鹘突,未为定论。故郝仲舆驳之,谓"先言他物"与"彼物比此物"有何差别,是也。愚意当云,兴者,但借物以起兴,不必与正意相关也。比者,以彼物比此物也。如是,则兴、比之义差足分明。然又有未全为比,而借物起兴与正意相关者,此类甚多,将何以处之?严坦叔得之矣。其言曰,"凡曰'兴'也,皆兼比;其不兼比者,则曰'兴之不兼比者也'"。然辞义之间,未免有痕。今愚用其意,分兴为二,一曰"兴而比也",一曰"兴也"。其兴而比也者,如《关雎》是也。其云"关关雎鸠",似比矣;其云"在河之洲",则又似兴矣。其兴也者,如《殷其雷》是也。但借雷以兴起下义,不必与雷相关也。如是,使比非全比,兴非全兴,兴或类比,比或类兴者,增其一途焉,则兴、比可以无淆乱矣。

姚际恒《诗经论旨》 《诗经通论》卷前 中华书局

兴之为义,是诗家大半得力处。无端说一件鸟兽草木,不明指天时而天时恍在其中;不显言地境而地境宛在其中;且不实说人事而人事已隐约流露其中。故有兴而诗之神理全具也。

比,不但物理,凡引一古人,用一故事,俱是比,故比在律体尤得力。

李重华《贞一斋诗说》 《清诗话》下册 中华书局

《诗序正义》云:"比与兴虽同是附托外物,比显而兴隐,当先显后隐,故比居先也。《毛传》特言兴也,为其理隐故也。"案《文心雕龙·比兴篇》云:"毛公述《传》,独标兴体,岂不以风异而赋同,比显而兴隐哉!"《正义》盖本于此。

"取象曰比,取义曰兴",语出皎然《诗式》,即刘彦和所谓"比显兴隐"之意。

刘熙载《艺概·诗概》　上海古籍出版社

诗有赋比兴,词则比兴多于赋。或借景以引其情,兴也。或借物以寓其意,比也。盖心中幽约怨悱,不能直言,必低徊要眇以出之,而后可感动人。

沈祥龙《论词随笔》　《词话丛编》本

若兴则难言之矣。托喻不深,树义不厚,不足以言兴。深矣厚矣,而喻可专指,义可强附,亦不足以言兴。所谓兴者,意在笔先,神余言外,极虚极活,极沉极郁,若远若近,可喻不可喻。反覆缠绵,都归忠厚。

陈廷焯《白雨斋词话》卷六　人民文学出版社

毛公传《诗》,独言兴而不言比、赋,以兴兼比、赋也。人之心思,必触于物而后兴,即所兴以为比而赋之。故言兴而比、赋在其中。毛氏之意,未始不然也。然三百篇惟《狡童》、《褰裳》、《株林》、《清庙》之类,直指其事,不假比兴,其余篇篇有之。《传》独于诗之山川草木鸟兽起句者,始谓之兴,则几于偏矣。《诗》或先兴而后赋,或先赋而后兴,见其篇法错综变化之妙。毛氏独以首章发端者为兴,则又拘于法矣。文公传《诗》,又以兴、比、赋分而为三,无乃失之愈远乎。

《文心雕龙》曰:毛公述传,独标兴体,以比显而兴隐。鹤林吴氏曰:赋直而兴微,比显而兴隐,故毛公不称比、赋。朱氏又于其间增补十九篇,而摘其不合于兴者四十八条,且曰:《关雎》兴诗也,而兼于比;《绿衣》比诗也,而兼于兴;《頍弁》一诗,兴、比、赋兼之。则析义愈精,恐未然也。

惠周惕《诗说》　《丛书集成》初编本

彦和谓明而未融,发注后见;冲远谓毛公特言,为其理隐,诚谛论也。孟子云:学诗者以意逆志,此说施之说解已具之后,诚为谠言,若乃兴义深婉,不明诗人本所以作,而辄事探求,则穿凿之弊固将滋多于此矣。自汉以来,词人鲜用兴义,固缘诗道下衰,亦由文词之作,趣以喻人,苟览者恍惚难明,则感动之功不显。用比忘兴,势使之然,虽相如、子云,未如之何也。然自昔名篇,亦或兼存比兴,及时世迁贸,而解者只益纷纭,一卷之诗,不胜异说。九原不作,烟墨无言。是以解嗣宗之诗。则首首致讥禅代,笺杜陵之作,则篇篇系念朝廷,虽当时未必不托物以发端,而后世则不能离言而求象。由此以观,用比者历久而不伤晦昧,用兴者说绝而立致辨争。当其览古,知兴义之难明,及其自为,亦遂疏兴义而希用,此兴之所以浸微浸灭也。虽然,微子悲殷,实兴怀于禾黍;屈平哀郢,亦假助于江山。兴之于辞,又焉能遽废乎。

黄侃《文心雕龙札记·比兴》 上海古籍出版社

文心雕龙·隐秀[①]

夫心术之动远矣,文情之变深矣[②],源奥而派生,根盛而颖峻[③],是以文之英蕤,有秀有隐[④]。隐也者,文外之重旨者也;秀也者,篇中之独拔者也[⑤]。隐以复意为工,秀以卓绝为巧,斯乃旧章之懿绩,才情之嘉会也[⑥]。夫隐之为体,义生(原作主,据元至正本《文心雕龙》改)文外,秘响傍通,伏采潜发,譬爻象之变互体,川渎之韫珠玉也[⑦]。故互体变爻,而化成四象;珠玉潜水,而澜表方圆[⑧]。

朔风动秋草,边马有归心,气寒而事伤,此羁旅之怨曲也[⑨]。凡文集胜篇,不盈十一;篇章秀句,裁可百二:并思合而自逢,非研虑之所求也[⑩]。或有晦塞为深,虽奥非隐,雕削取巧,虽美非秀矣[⑪]。故自然会妙,譬卉木之耀英华;润色取美,譬缯帛之染朱绿[⑫]。朱绿染缯,深而繁鲜;英华曜树,浅而炜烨:秀句所以照文苑,盖以此也[⑬]。

赞曰:深文隐蔚,余味曲包[⑭]。辞生互体,有似变爻[⑮]。言之秀矣,万虑一交[⑯]。动心惊耳,逸响笙匏[⑰]。

【注释】

①《文心雕龙·隐秀》——《隐秀》是《文心雕龙》的第四十篇。本篇原文有残缺。《文心雕龙》刻本"元至正本"中,《隐秀》篇"而澜表方圆"句以下,"朔风的动秋草"句以前,缺了一页。明万历四十二年(1614),学者钱允治声称得到了宋本《文心雕龙》,并据此在《隐秀》篇中补入四百余字。现存录有这段补文的最早刻本,是明末天启二年(1622)梅庆生第六次校定本。不过,这段补文的观点多处不合《隐秀》篇残文的原意,故纪昀、黄侃等学者证明其为明人伪托。范文澜《文心雕龙注》即舍去这段补文,今从之。这段补文,读者可见附录。另,南宋张戒《岁寒堂诗话》引《隐秀》篇语曰:"情在词外曰隐,状溢目前曰秀。"二句为今本所无,当是佚文。

隐秀是刘勰独创的对偶范畴,如果说风骨代表了一种阳刚美的风格类型,那么隐秀则指称一种柔性美的风格类型。隐秀美对应的文学创作是永明诗歌。

与刘宋山水诗追求新奇不同,永明诗歌开始从寻常平淡中寻求隽永的韵味,在烟霞泉石、风花雪月之中蕴含了诗人深婉的情感。隐秀正是刘勰对永明诗歌风格所作的理论凝炼。隐是"文外之重旨",它产生于文辞之外,所谓"情在词外"却又不是简单的"言外之意",而是以"复意"为特点,指的是文辞之外丰富的意旨。秀则是"篇中独拔"的警句,与陆机所谓"立片言以居要,乃一篇之警策"(《文赋》)意思相近,强调的是"状溢目前"般的活泼生动。刘勰认为,隐、秀都是"自然会妙"的结果。秀句并不多见,是"思合而自逢",即作家的情思与景物相合而自然得到的,并非是精研苦虑得来的。刘勰反对以"晦塞为深",由晦塞而致的深奥并非"隐";刘勰也反对"雕削取巧",由刻意雕琢而致华丽不是"秀"。强调言约旨丰,反对刻意雕削,这正是刘勰在《文心雕龙》中一贯的主张。

今学界有人认为刘勰的隐秀说与海德格尔的显隐说相似,隐秀讲的是隐蔽与显现的关系,即"不在场"与"在场"的关系。表面上似乎两者相类,但细加品味,实则不然。刘勰的隐秀说是通过对永明诗风的理论概括,得出的风格论范畴;而海德格尔显隐说是存在论范畴,两者的核心命题是不同的。故而脱离语境,将两者互相比附,已不是基于历史的对话,而是新的理论建构了。

②"夫心术之动远矣"二句——心术之动,语出《庄子·天道》:"此五末者,须精神之运,心术之动,然后从之者也。"此指作家创作时的思维活动。《文心雕龙·神思》"文之思也,其神远矣"可以相参读。文情,文章情思。二句意谓文学创作时思维活动的领域无边无际,文章情思的变化也很深微。

③"源奥而派生"二句——奥,深远。派,水的支流。颖,稻禾的末端。峻,高。二句意谓水的源头深远则支流派生,树的根柢深厚则枝叶长得高大。

④"是以文之英蕤"二句——英,花。蕤,花叶下垂的样子。英蕤,英华。二句意谓优秀的文章,表现为有秀有隐。

⑤"隐也者"四句——文外,文辞之外。重旨,丰富的意旨。独拔,出类拔萃。四句意谓隐,是文辞之外丰富的意旨;秀,是文章中出类拔萃的警句。

⑥"隐以复意为工"四句——复意,指字面以外的又一层含意。懿,美。嘉会,众美相聚。四句意谓隐以蕴义丰富为精巧,秀以超群出众为巧妙,这是前人作品创造的美绩,是作家才华的集中体现。

⑦"夫隐之为体"六句——秘响,秘而不宣的心声。傍通,即旁通,指通过旁敲侧击的方式来传达意思。伏采,隐藏的文采。潜发,暗中展现。爻,《易经》中组成卦的符号。"—"为阳爻,"- -"为阴爻。每三爻合成一卦,可得八卦;两卦(六爻)相重则得六十四卦,称为别卦。爻含有交错和变化之意。互体,卦爻

的变化形式,指两卦的上下体交互取象而成之新卦,又叫"互卦"。刘勰借爻象有互体来比喻文章有本义,也有字外以外的另一层含意。川,河流。渎,沟渠。韫,蕴藏。六句意谓隐的特点是含义产生于文辞之外,秘而不宣的心声通过旁敲侧击的方式来传达,隐藏的文采暗中展现,这好比《易经》的卦爻隐含了互体变化,江河沟渠中有珍珠美玉蕴藏。

⑧"故互体变爻"四句——四象,《易经·系辞上》说"《易》有四象",《正义》引庄氏曰:"四象谓六十四卦之中,有实象,有假象,有义象,有用象,为四象也。"按,"珠玉"二句,《淮南子·地形训》:"水,圆折者有珠,方折者有玉。"可相参读,即可以根据水波的方圆推断水下潜藏的是珠还是玉。刘勰此处意指文章隐义是有迹可寻的,好比根据水波的方圆可以推断水下是珠还是玉一样。四句意谓互体内爻的变化形成了《易经》的四种象,珠玉潜藏在水中而在水面形成了或圆或方不同的波纹。

⑨"朔风动秋草"四句——"朔风"二句,见西晋王赞《杂诗》(载《文选》卷二九)。朔风,北风。朔,北方。羁旅,寄居异乡。四句意谓北风吹动了秋草,边塞戍边的马儿思念着家乡,气氛悲凉而事情感伤,这是寄居异乡者的哀怨之歌。

⑩"凡文集胜篇"六句——胜篇,优秀的篇章。盈,满。十一,十分之一。裁,通"才",仅。百二,百分之二。思合而自逢,谓隐秀的效果是作家的情思与景物相合而自然得到的。合,符合。逢,遇合。六句意谓作家文集中的佳篇,不足十分之一,篇章中突出的警句,才占百分之二。这些佳篇警句都是作家的情思与景物相合而自然得到的,并非是精研苦虑得来的。

⑪"或有晦塞为深"四句——晦塞,隐晦不流畅。雕削,雕琢。四句意谓有的以隐晦不流畅为深奥,虽然深奥但不是含蓄;有的以刻意雕琢求取工巧,语句华美但不是警句。

⑫"故自然会妙"四句——会,合。英华,草木的花。缯,丝织品的总称。四句意谓所以自然地形成巧妙,好比草木上花朵闪耀光华;润色文章使之华美,好似在丝织品上染上鲜艳的红色和绿色。

⑬"朱绿染缯"六句——耀,照耀。炜烨,光采鲜明。六句意谓红绿染在丝织品上,色彩浓艳鲜明;花朵闪耀在树梢,色浅而光采鲜明,警句之所以能光大文坛,就是这个原因。按,刘勰没有完全否定"润色取美",但润色而来的人工美相对"自然会妙"形成的隐秀美,则要逊色一些。

⑭"深文隐蔚"二句——深文,深厚之文。蔚,草木茂盛,此指文采丰富。曲包,曲折地包含。二句意谓蕴含深厚的文章含蓄而多彩,文外的情味曲折地包含在内。

⑮"辞生互体"二句——互体,此指文章本义之外的另一层含意。二句意谓文章中含有另一层意思,好似《易经》中卦爻变化而产生的新卦。

⑯"言之秀矣"二句——一交,犹言一合,指遇到一次。二句意谓挺拔精警的秀句,要经过千思万虑后才有一得。

⑰"动心惊耳"二句——逸响,高超之音。笙匏,乐器名。应劭《风俗通义·声音》:"音者,土曰埙,匏曰笙。"二句意谓这种惊心动魄的句子,如同笙匏发出的高超之音。

【附录】

始正而末奇,内明而外润,使玩之者无穷,味之者不厌矣。彼波起辞间,是谓之秀。纤手丽音,宛乎逸态,若远山之浮烟霭,娈女之靓容华。然烟霭天成,不劳于妆点;容华格定,无待于裁镕;深浅而各奇,秾纤而俱妙,若挥之则有余,而揽之则不足矣。

夫立意之士,务欲造奇,每驰心于元默之表;工辞之人,必欲臻美,恒溺思于佳丽之乡。呕心吐胆,不足语穷;锻岁炼年,奚能喻苦?故能藏颖词间,昏迷于庸目;露锋文外,惊绝乎妙心。使酝藉者蓄隐而意愉,英锐者抱秀而心悦。譬诸裁云制霞,不让乎天工;斫卉刻葩,有同乎神匠矣。若篇中乏隐,等宿儒之无学,或一叩而语穷,句间鲜秀,如巨室之少珍,若百诘而色沮:斯并不足于才思,而亦有愧于文辞矣。

将欲征隐,聊可指篇:古诗之离别,乐府之长城,词怨旨深,而复兼乎比兴。陈思之《黄雀》,公干之《青松》,格刚才劲,而并长于讽谕。叔夜之□□,嗣宗之□□,境元思澹,而独得乎优闲。士衡之□□,彭泽之□□,心密语澄,而俱适乎□□。

如欲辨秀,亦惟摘句"常恐秋节至,凉飙夺炎热",意凄而词婉,此匹妇之无聊也;"临河濯长缨,念子怅悠悠",志高而言壮,此丈夫之不遂也;"东西安所之,徘徊以旁皇",心孤而情惧,此闺房之悲极也。

《隐秀篇》补文 据黄叔琳《文心雕龙辑注》 中华书局

然章句之言,有显有晦。显也者,繁词缛说,理尽于篇中;晦也者,省字约文,事溢于句外。然则晦之将显,优劣不同,较可知矣。夫能略小存大,举重明轻,一言而巨细咸该,片语而洪纤靡漏,此皆用晦之道也。……丘明受经,师范尼父。夫经以数字包义,而传以一句成言,虽繁约有殊,而隐晦无异。故其纲纪而言邦俗也,则有士会为政,晋国之盗奔秦;邢迁如归,卫国忘亡。其款曲而言人事也,则有使妇人饮之酒,以犀革裹之,比及宋,手足皆见,宋人醢之。萧溃,师人多寒,王抚而勉之。三军之士,皆如挟纩:斯皆言近而旨远,辞浅而义深,虽发语已殚,而含意未尽,使夫读者望表而知里,扪毛而辨骨,睹一事于句中,反三隅于字外。晦之时义不亦大哉!

刘知几《史通·叙事》 《四部丛刊》本

客有问予,谢公此二句优劣奚若?予因引梁征远将军记室钟嵘评为"隐"、"秀"之语,且钟生既非诗人,安可辄议?徒欲聋瞽后来耳目。且如"池塘生春草",情在言外;"明月照积雪",旨冥句中。风力虽齐,取兴各别。古今诗中,或一句见意,或多句显情。王昌龄云:"日出而作,日入而息。"谓一句见意为上。事殊不尔。……其有二义:一情,一事。事者如刘越石诗曰:"邓生何感激,千里来相求。白登幸曲逆,鸿门赖留侯。重耳用五贤,小白相射钩。苟能隆二伯,安问党与仇。"是也。情者如康乐公"池塘生春草"是也。抑由情在言外,故其辞似淡而无味,常手览之,何异文侯听古乐哉!《谢氏传》曰:"吾尝在永嘉西堂作诗,梦见惠连,因得'池塘生春草'。岂非神助乎?"

皎然《诗式》卷二 《诗式校注》 人民文学出版社

圣俞尝语余曰:"诗家虽率意而造语亦难。若意新语工,得前人所未道者,斯为善也。必能状难写之景,如在目前;含不尽之意,见于言外,然后为至矣。……"余曰:"语之工者固如是。状难写之景,含不尽之意,何诗为然?"圣俞曰:"作者得于心,览者会以意,殆难指陈以言也。虽然亦可略道其髣髴。若严维'柳塘春水漫,花坞夕阳迟',则天容时态,融和骀荡,岂不如在目前乎?又若温庭筠'鸡声茅店月,人迹板桥霜',贾岛'怪禽啼旷野,落日恐行人',则道路辛苦,羁愁旅思,岂不见于言外乎?"

欧阳修《六一诗话》 人民文学出版社

沈约云:"相如工为形似之言,二班长于情理之说。"刘勰云:"情在词外曰隐,状溢目前曰秀。"梅圣俞云:"含不尽之意见于言外,状难写之景如在目前。"三人之论,其实一也。

张戒《岁寒堂诗话》卷上 人民文学出版社

诗有活句,隐秀之词也。直叙事理,或有词无意,死句也。隐者,兴在象外,言尽而意不尽者也;秀者,章中迫出之词,意象生动者也。

冯班《钝吟杂录》卷五 《四库全书》本

词以炼章法为隐,炼字句为秀。秀而不隐,是犹百琲明珠而无一线穿也。

刘熙载《艺概·词曲概》 上海古籍出版社

是书自至正乙未刻于嘉禾,至明宏治、嘉靖、万历间,凡经五刻,其《隐秀》一篇皆有阙文。明末,常熟钱允治称得阮华山宋椠本,抄补四百余字,然其书晚出,别无显证,其词亦颇不类。如"呕心吐胆",似摭玉溪《李贺小传》语;"锻岁炼年",似摭《六一诗话》论周朴语;称班姬为匹妇,亦似摭钟嵘《诗品》语,皆有可疑。况至正去宋未远,不应宋本已无一存。三百年后,乃称明人所得,又考《永乐大典》所载旧本,阙文亦同。其时宋本如林,更不应内府所藏无一完刻。阮氏所称,殆亦影撰,何焯等误信之也。

纪昀《文心雕龙》提要 《四库全书总目提要》卷一百九十五 商务印书馆

自始正而末奇,至朔风动秋草朔字,纪氏以《永乐大典》校之,明为伪撰,然于波起辞间一节,复云纯任自然,彦和之宗旨,即千古之定论,是仍为伪书所绐也。详此补亡之文,出辞肤浅,无所甄明,且原文明云:思合自逢,非由研虑,即补亡者,亦知不劳妆点,无待裁镕,乃中篇忽羼入驰心、溺思、呕心、锻岁诸语,此之矛盾,令人笑诧,岂以彦和而至于斯?至如用字之庸杂,举证之阔疏,又不足诮也。案此纸亡于元时,则宋时尚得见之,惜少征引者,惟张戒《岁寒堂诗话》引刘勰云:情在词外曰隐,状溢目前曰秀,此真《隐秀》篇之文。今本既云出于宋椠,何以遗此二言?然则赝迹至斯愈显,不待考索文理而亦知之矣。

黄侃《文心雕龙札记·隐秀》 上海古籍出版社

文心雕龙·养气①

昔王充著述,制养气之篇,验己而作,岂虚造哉②!夫耳目鼻口,生之役也;心虑言辞,神之用也③。率志委和,则理融而情畅;钻砺过分,则神疲而气衰:此性情之数也④。夫三皇辞质,心绝于道华;帝世始文,言贵于敷奏⑤;三代春秋,虽沿世弥缛,并适分胸臆,非牵课才外也⑥。战代枝诈,攻奇饰说;汉世迄今,辞务日新,争光鬻采,虑亦竭矣⑦。故淳言以比浇辞,文质悬乎千载;率志以方竭情,劳逸差于万里。古人所以余裕,后进所以莫遑也⑧。

凡童少鉴浅而志盛,长艾识坚而气衰,志盛者思锐以胜劳,气衰者虑密以伤神,斯实中人之常资,岁时之大较也⑨。若夫器分有限,智用无涯⑩;或惭凫企鹤,沥辞镌思⑪,于是精气内销,有似尾闾之波⑫,神志外伤,同乎牛山之木⑬;怛惕之盛疾,亦可推矣⑭。至如仲任置砚以综述⑮,叔通怀笔以专业⑯,既暄之以岁序,又煎之以日时⑰,是以曹公惧为文之伤命,陆云叹用思之困神,非虚谈也⑱。

夫学业在勤(其后原有"功庸弗怠"四字,据元至正本《文心雕龙》删),故有锥股自厉(其后原有"和熊以苦之人"六字,据元至正本《文心雕龙》删),志于文也,则有申写郁滞,故宜从容率情,优柔适会⑲。若销铄精胆,蹙迫和气,秉牍以驱龄,洒翰以伐性,岂圣贤之素心,会文之直理哉⑳!且夫思有利钝,时有通塞,沐则心覆,且或反常,神之方昏,再三愈黩㉑。是以吐纳文艺,务在节宣,清和其心,调畅其气,烦而即舍,勿使壅滞㉒,意得则舒怀以命笔,理伏则投笔以卷怀,逍遥以针劳,谈笑以药倦㉓,常弄闲于才锋,贾余于文勇,使刃发如新,凑理无滞,虽非胎息之万(原作迈,据元至正本《文心雕龙》改)术,斯亦卫气之一方也㉔。

赞曰:纷哉万象,劳矣千想㉕。玄神宜宝,素气资养㉖。水停以鉴,火静而朗㉗。无扰文虑,郁此精爽㉘。

【注释】

①《文心雕龙·养气》——《养气》是《文心雕龙》的第四十二篇。本篇论述作文应调节宣导精神,保持思路畅通。本篇所论之"气"不同于孟子所言"吾善养吾浩然之气"(《孟子·公孙丑上》)的那个"气",也不同于韩愈所谓"气盛则言之短长与声之高下者皆宜"(《答李翊书》)之"气"。刘勰所养之"气",不具有孟子、韩愈之"气"的道德伦理意味,它是一种生理之气,其义与"神"相近,指的是神气。

刘勰认为,人的心思和言辞都是为精神所用的,所以要注意保养精神,顺着情志,顺其自然,才能思理融和,情思通畅;如果钻研磨砺过度,就会精神疲惫而元气衰竭。上古的作者顺着情志进行创作,所以他们的创作显得从容不迫;战国以后的作者费尽心思追求新奇,所以他们的创作紧迫无暇。人所具有的资质与才能是有限的,而智力的运用是无边无际的。他以王充、曹褒、曹操的言行为证,指出如果才分不够却不切实际地刻意苦思,就会精气内销,神志外伤。刘勰还论述了养气的方法。他指出,积累学问需要锥刺股式的勤奋,但作文是为了抒发内心情志,不宜损伤精神和志气。精神昏乱时,再三苦思会更加糊涂。因此写作时,务必调节宣导精神,使心情清静和顺,体气调和通畅,如果精神烦乱就搁笔,用逍遥谈笑来消除疲劳。

本篇所论主旨与《神思》篇所谓"陶钧文思,贵在虚静"是一致的。《神思》篇说"神居胸臆,而志气统其关键","关键将塞,则神有遁心"。如何保持志气不塞,《神思》篇虽提到"秉心养术,无务苦虑,含章司契,不必劳情",然未展开论述。本篇正是上继《神思》篇未竟之旨,明确提出了"养气"的观点。刘勰的养气说将魏晋以来重视养生的生存哲学引入到文论领域,其实质在于强调构思及创作中应顺应自然,保持精气,使思路畅通。养气说的提出,表明刘勰对于创作规律的认识达到了较为精细的程度,对后世文论产生了重要影响。

②"昔王充著述"四句——王充,字仲任,东汉学者,思想家,著有《论衡》。养气之篇,王充《论衡·自纪》载:"乃作养性之书凡十六篇。养气自守,适食则酒,闭明塞聪,爱精自保。适辅服药引导,庶冀性命可延,斯须不老。"养性之书十六篇,已佚。验已,经过自己检验。四句意谓从前王充著书,曾写出了论述养气的篇章,是经过自己验证而写成的,难道是凭空虚造的吗!

③"夫耳目鼻口"四句——"夫耳目鼻口"二句,语出《吕氏春秋·贵生》。生,生命。役,役使。神,精神。四句意谓人的耳、目、鼻、口,是为生命服务的;人的心思、言辞,是为精神所用。

④"率志委和"五句——率志,顺着情志。委和,顺其自然。委,托付。和,自然和顺。理融,思理融和。钻砺,钻研磨砺。数,定数。五句意谓顺着情志,顺其自然,就能思理融和而情思通畅;钻研磨砺过度,就会精神疲惫而元气衰竭;这是性情的定数。

⑤"夫三皇辞质"四句——三皇,说法不一,有说是伏羲、女娲、神农,有说是伏羲、神农、黄帝。绝,断绝。道华,道的华采,语本《老子》三十八章:"前识者,道之华而愚之始。"帝世,指尧舜时代。敷奏,陈述进言。四句意谓上古三皇时期,言辞质朴,思想与华采绝缘;尧舜时代开始讲究文采,陈述进言时语言讲究精美。

⑥"三代春秋"四句——三代,指夏、商、周三代。沿世,随着时代的变化。弥缛,更加华丽。适分胸臆,适合作者的胸臆。牵课,强求。四句意谓夏、商、周及春秋时期,虽然随着时代的发展,文采更加繁盛,但都是发自当时作者的胸臆,并非是在作者才力之外强求的结果。

⑦"战代枝诈"六句——战代,战国时代。枝诈,繁杂而不真实。枝,分枝,

此指繁杂,与《诔碑》"辞多枝杂"中"枝"意同。攻,攻求。鬻,出售。六句意谓战国时代,文辞繁杂而不真实,作者追求新奇,讲究文饰;从汉代至今,文辞讲究日新月异,争妍斗丽,卖弄文采,用尽了心思。

⑧"故淳言以比浇辞"六句——淳言,淳厚之言。浇辞,浇薄之辞。悬,悬殊。方,比。余裕,从容不迫。莫遑,无暇。六句意谓所以拿淳厚之言与浇薄之辞相比,文采和质朴相隔千年;顺着情志的创作与冥思苦想的创作相比,劳苦与安逸相差万里。这就是古人的创作之所以从容不迫,而后人的创作之所以紧迫无暇的原因了。

⑨"凡童少鉴浅而志盛"六句——童少,儿童、少年。长艾,老年人。艾,五十岁。《礼记·曲礼上》:"五十曰艾。"中人,常人。常资,一般的资质。岁时,指年龄。大较,大致情况。六句意谓大凡青少年鉴识肤浅而志气旺盛,老年人鉴识力强而志气衰弱,志气旺盛的人思维敏锐而能胜任劳累,志气衰弱的人思虑周密却损伤精神,这是常人的一般资质,年龄的大致情况。

⑩"若夫器分有限"二句——器分,人所具有的资质与才能。涯,边际。智用无涯,语本《庄子·养生主》:"吾生也有涯,而知也无涯。以有涯随无涯,殆已。"二句意谓人所具有的资质与才能是有限的,而智力的运用是无边无际的。

⑪"或惭凫企鹤"二句——凫,野鸭。企,羡慕。惭凫企鹤,《庄子·骈拇》:"是故凫胫虽短,续之则忧;鹤胫虽长,断之则悲。故性长非所断,性短非所续,无所去忧也。"沥辞,精选辞藻。沥,过滤。镌思,刻意苦思。镌,雕凿。二句意谓有的人就像短腿自惭的野鸭羡慕长腿的鹤一样,才分不够却不切实际地精选辞藻,刻意苦思。

⑫"于是精气内销"二句——销,损耗。尾闾,传说中海水的泄排处,《庄子·秋水》:"天下之水,莫大于海。万川归之,不知何时止而不盈;尾闾泄之,不知何时已而不虚。"二句意为,于是精气消损于内,好似海水流入无底洞。

⑬"神志外伤"二句——牛山,齐国东南部的一座秃山。牛山之木,《孟子·告子上》:"牛山之木尝美矣,以其郊于大国也,斧斤伐之,……牛羊又从而牧之,是以若彼濯濯也。"二句意谓神思损伤于外,就像牛山的树木被砍光。

⑭"怛惕之盛疾"二句——怛,悲伤。惕,忧惧。盛,通"成"。二句意谓悲伤忧惧成疾,也是可以推想的了。

⑮至如仲任置砚以综述——仲任,王充的字。谢承《后汉书》载王充:"于宅内门户墙柱,各置笔砚简牍,见事而作,著《论衡》八十五篇。"本句意谓王充在门窗及墙柱上放置笔砚以进行写作。

⑯叔通怀笔以专业——叔通,东汉人曹褒的字。专业,指专心于礼仪。《后

汉书·曹褒传》:"褒字叔通,博雅疏通。常恨朝廷制度未备,慕叔孙通为汉礼仪,昼夜研精,沉吟专思,寝则怀抱笔札,行则诵习文书,当其念至,忘所之适。"本句意谓曹褒睡觉时也怀抱着纸和笔来精研礼仪。

⑰"既暄之以岁序"二句——暄、煎,煎熬。岁序,年月。二句意谓既是长年累月折磨自己,也是焚膏继晷煎熬自己。

⑱"是以曹公惧为文之伤命"三句——曹公,曹操。为文之伤命,曹操此语无考。陆云,西晋作家,陆机之弟。用思之困神,陆云《与兄平原书》:"兄文章已自行天下,多少无所在,且用思困人,亦不事复及,以此自劳役。"三句意谓因此曹操惧怕作文会伤害性命,陆云感叹运思使精神疲乏,这都不是空谈啊。

⑲"夫学业在勤"六句——厉,鞭策。申写,抒发。郁滞,郁闷。优柔,宽舒。适会,适应时机,《征圣》篇"变通适会",《章句》篇"随变适会"与此意同。锥股自厉,事见《战国策·秦策》:"苏秦乃夜发书,陈箧数十,得太公《阴符》之谋,伏而诵之,简练以为揣摩。读书欲睡,引锥自刺其股,血流至足。"六句意谓积累学问必须勤奋,所以苏秦用锥子刺股来鞭策自己,至于作文,则是要抒发内心郁闷,所以要从容地随其性情,宽舒地适应时机。

⑳"若销铄精胆"六句——销铄,消磨。精胆,精气。蹙迫,窘迫。秉牍,拿着简牍。驱龄,使年寿短促。洒翰,挥笔。伐性,伤害性命。素心,本心。会文,指写作。直理,正理。六句意谓假如耗费精气,消磨和顺之气,拿着简牍使年寿短促,挥笔来伤害性命,这岂是圣贤的本心,写作的正道啊。

㉑"且夫思有利钝"六句——思有利钝,语出陆云《与兄平原书》:"方当积思,思有利钝。"沐则心覆,语出《左传·僖公二十四年》:"沐则心覆,心覆则图反,宜吾不得见也。"晋文公重耳为避见小吏头须,推说正在洗头,头须向仆人说了上述话,意为洗头时弓身低头,心的位置不正,想法颠倒,所以不想见我。瞀,昏乱。六句意谓况且文思有敏锐和迟钝之分,思路有通畅或阻塞之别,洗头时心的位置不正,尚且会想法颠倒,精神昏乱时,再三苦思会更加糊涂。

㉒"是以吐纳文艺"六句——吐纳文艺,指写作。节宣,调节宣导。烦而即舍,语出《左传·昭公元年》:"至于烦,乃舍也已。"壅滞,阻塞不通。《左传·昭公元年》:"于是乎节宣其气,勿使有所壅闭湫底,以露其体。"可相参读。六句意谓因此写作时,务必调节宣导精神,使心情清静和顺,体气调和通畅,如果精神烦乱就搁笔,不要使思路阻塞。

㉓"意得则舒怀以命笔"四句——命笔,提笔写作。投笔,搁笔。卷怀,语出《论语·卫灵公》:"邦有道则仕,邦无道则可卷而怀之。"后以"卷怀"谓藏身隐退收心息虑。逍遥,优游自得。安闲自在。针劳,医治疲劳。四句意谓意有所得

就舒展心怀提笔写作,思理不通畅就搁笔收心息虑,优游自得以医治疲劳,谈笑风生以消除疲倦。

㉔"常弄闲于才锋"六句——贾余于文勇,语本《左传·成公二年》"欲勇者,贾余余勇",杜注:"贾,卖也,言已勇有余,欲卖之。"刃发如新,语本《庄子·养生主》"刀刃若新发于硎"。凑理,即腠理,指肌肉纹理。胎息,古代气功。《抱朴子·内篇·释滞》:"得胎息者,能不以鼻口嘘吸,如在胞胎之中,则道成矣。"万术,万全之术。卫气,养气。六句意谓常常在悠闲中展现才锋,发挥充沛有余的才力,使文思像新磨过的刀锋,划开肌肉毫无阻碍,这虽非胎息之类的万全之术,却也是养气的一种方法。

㉕"纷哉万象"二句——二句意谓万事万物纷纭复杂,千思万虑这些事物十分劳神。

㉖"玄神宜宝"二句——玄神,精神。素气,元气。资,依靠。二句意谓人的内在精神应该珍爱,人的元气需要保养。

㉗"水停以鉴"二句——鉴,照。静,指火焰不跳跃。《庄子·德充符》:"人莫鉴于流水,而鉴于止水。"二句意谓水静止不动才能照影,火焰稳定才能明亮。

㉘"无扰文虑"二句——郁,郁积。精爽,精神清爽。二句意谓不要扰乱文思,保持精神清爽。

【附录】

书者,散也。欲书先散怀抱,任情恣性,然后书之。若迫于事,虽中山兔毫,不能佳也。夫书先默坐静思,随意所适,言不出口,气不盈息,沉密神采,如对至尊,则无不善矣。

蔡邕《笔论》 《御定佩文斋书画谱》卷五 《四库全书》本

神居胸臆,而志气统其关键;物沿耳目,而辞令管其枢机。枢机方通,则物无隐貌;关键将塞,则神有遁心。是以陶钧文思,贵在虚静,疏瀹五藏,澡雪精神。积学以储宝,酌理以富才,研阅以穷照,驯致以绎辞,然后使玄解之宰,寻声律而定墨;独照之匠,窥意象而运斤;此盖驭文之首术,谋篇之大端。夫神思方运,万涂竞萌,规矩虚位,刻镂无形,登山则情满于山,观海则意溢于海,我才之多少,将与风云而并驱矣。方其搦翰,气倍辞前,暨乎篇成,半折心始。何则?意翻空而易奇,言征实而难巧也。是以意授于思,言授于意,密则无际,疏则千里,或理在方寸而求之域表,或义在咫尺而思隔山河。是以秉心养术,无务苦虑,含章司契,不必劳情也。

刘勰《文心雕龙·神思》 人民文学出版社

夫字以神为精魄,神若不和,则字无态度也;以心为筋骨,心若不坚,则字无劲健也;以副毛为皮肤,副若不圆,则字无温润也。所资心副相参用,神气冲和为妙。今比重明轻,用指腕不如锋芒,用锋芒不如冲和之气自然,手腕轻虚,则锋含沉静。夫心合于气,气合于心。神,心之用也,心必静而已矣。

李世民《唐太宗指意》《御定佩文斋书画谱》卷五 《四库全书》本

夫作文章,但多立意。令左穿右穴,苦心竭智,必须忘身,不可拘束。思若不来,即须放情却宽之,令境生。然后以境照之,思则便来,来即作文。如其境思不来,不可作也。

王昌龄《诗格》《诗学指南》卷三 乾隆敦本堂刊本

右养气之法,宜澄心静虑,以此景此事此人此物默存于胸中,使之融化,与吾心为一,则此气油然自生,当有乐处,文思自然流动,充满而不可遏矣。切不可作气。气不能养而作之,则昏而不可用。所出之言,皆浮辞客气,非文也。气之变化无方,当以此类推之。

陈绎曾《文说·养气法》《四库全书》本

先生曰:"你说元声在何处求?"对曰:"古人制管候气,恐是求元声之法。"先生曰:"若要去葭灰黍粒中求元声,却如水底捞月,如何可得？元声只在你心上求。"曰:"心如何求?"先生曰:"古人为治,先养得人心和平,然后作乐。比如在此歌诗,你的心气和平,听着自然悦怿兴起。只此便是元声之始。"

王阳明《王阳明全集》卷三《语录·传习录下》 上海古籍出版社

磅礴混茫,中是何物。有夫吸嘘,灵风披拂。春雷未鸣,众万沉郁。应龙蚓藏,奇葩含菀。胎息渊深,根柢盘屈。恍乎惚乎,穷于髣髴。

马荣祖《文颂·养气》 郭绍虞辑《文品汇钞》本

凡构思之始,众妙纷呈,茫无统纪,必择其意贯气属,应节而不杂者,属而为文,陆平原所谓"选义按部,考辞就班"也。凡钻砺过分,思路至断绝处,当澄心息虑,逾时复更端而起,刘舍人所谓"理伏则投笔以卷怀,意得则舒怀以命笔"也。凡意有所触,妙理乍呈,便当琢以慧心,著之楮上,缓之则情移理逸,不可复睹,苏长公所谓"作诗火急追亡逋,清景一失后难摹"也。

袁守定《谈文》《占毕丛谈》卷五 光绪重校刻本

养气谓爱精自保,与《风骨》篇所云诸气字不同。此篇之作,所以补《神思》篇之未备,而求文思常利之术也。《神思》篇曰:枢机方通,则物无隐貌,关键将塞,则神有遁心,是以陶钧文思,贵在虚静,疏瀹五藏,澡雪精神。又云:秉心养术,无务苦虑,含章司契,不必劳情也。《文赋》亦曰:应感之会,通塞之纪,来不可遏,去不可止,或竭情而多悔,或率意而寡尤,虽兹物之在我,非余力之所勠。以二君之言观之,则文思利钝,至无定准,虽有上材,不能自操张弛之术,但心神澄泰,易于会理,精气疲竭,难于用思,为文者欲令文思常赢,惟有弭节安怀,优游自适,虚心静气,则应物无烦,所谓明镜不疲于屡照也。然心念既澄,亦有转不能构思者,士衡云:理翳翳而愈伏,思乙乙其若抽;虽使闭聪塞明,一念若兴,仍复未静以前之状,故彦和云:意得则舒怀命笔,理伏则投笔卷怀;亦惟听其自然,不复强思以自困,若云心虚静者,即能无滞于为文,则亦不定之说也。大凡为学为文,皆有弛张之数,故《学记》云:君子之于学也,藏焉、修焉、息焉、游焉。注云:藏,谓怀抱之;修,习也;息,谓作劳休止之谓息;游,谓闲暇无事之谓游,然则息游亦为学者所不可缺,岂必终夜以思,对案不食,若董生下帷,王劭思书,然后为贵哉?至于为文伤命,益有其征,若夫相如含笔而腐毫,扬雄辍翰于惊梦,桓谭疾感于苦思,王充气竭于思虑,彦和既举之矣。后世若杜甫之性耽佳句,李贺之呕出心肝,又有吟成一字,捻断数髭,二句三年,一吟泪流,此皆销铄精胆,蹙迫和气,虽有妙文,亦夺自困之至也。又人才有高下,不可强为,故《颜氏家训》云:钝学累功,不妨精熟,拙义研思,终归蚩鄙,但成学士,自足为人,必乏天才,勿强操笔。此言才气庸下,虽使沥辞镌思,终然无益也,大抵年少精力有余,而照理不深,虽用苦思,而文章未即工妙,年齿稍长,略谙文术,操觚之际,又患精力不能赴之,此所以文鲜名篇,而思理两致之匪易也。恒人或用养气之说,尽日游宕,无所用心,其于文章之术未尝研炼,甘苦疾徐未尝亲验,苟以养气为言,虽使颐神胎息,至于百龄,一旦临篇,还成岨峿,彦和养气之说,正为刻厉之士言,不为逸游者立论也。

黄侃《文心雕龙札记·养气》 上海古籍出版社

文心雕龙·总术[①]

今之常言,有文有笔,以为无韵者笔也,有韵者文也[②]。夫文以足言,理兼诗书,别目两名,自近代耳[③]。颜延年以为笔之为体,言之文也;经典则言而非笔,传记则笔而非言[④]。请夺彼矛,还攻其楯矣⑤。何者？易之文言，岂非言文？若笔果（原作不，刘永济《文心雕龙校释》云"'不'乃'果'之坏字"，今据改）言文，不得云经典非笔矣。将以立论，未见其论立也⑥。予以为发口为言，属笔曰翰，常道曰经，述经曰传⑦。经传之体，出言入笔，笔为言使，可强可弱⑧。六（原作分，黄侃《文心雕龙札记》云："分当作六。"今据改）经以典奥为不刊，非以言笔为优劣也⑨。昔陆氏文赋，号为曲尽，然泛论纤悉，而实体未该⑩。故知九变之贯匪穷，知言之选难备矣⑪。

凡精虑造文，各竞新丽，多欲练辞，莫肯研术⑫。落落之玉，或乱乎石；碌碌之石，时似乎玉⑬。精者要约，匮者亦尠；博者该赡，芜者亦繁；辩者昭晢，浅者亦露；奥者复隐，诡者亦曲（原作典，据杨明照《文心雕龙校注拾遗》改）⑭。或义华而声悴，或理拙而文泽⑮。知夫调钟未易，张琴实难⑯。伶人告和，不必尽窕槬（此处原有"桍"字，据元至正本《文心雕龙》删）之中；动角（原作用，据杨明照《文心雕龙校注拾遗》改）挥羽（原作扇，杨明照《文心雕龙校注拾遗》改），何必穷初终之韵⑰；魏文比篇章于音乐，盖有征矣⑱。夫不截盘根，无以验利器；不剖文奥，无以辨通才⑲。才之能通，必资晓术，自非圆鉴区域，大判条例，岂能控引情源，制胜文苑哉⑳？

是以执术驭篇，似善弈之穷数；弃术任心，如博塞之邀遇㉑。故博塞之文，借巧儻来，虽前驱有功，而后援难继㉒。少既无以相接，多亦不知所删，乃多少之并惑，何妍蚩之能制乎㉓？若夫善弈之文，则术有恒数，按部整伍，以待情会，因时顺机，动不失正㉔。数逢其极，机入其巧，则义味腾跃而生，辞气丛杂而至㉕。视之则锦绘，听之则丝簧，味之则甘腴，佩之则芬芳，断章之功，于斯盛矣㉖。夫骥足虽骏，缰牵忌长，以万分一累，且废千里㉗。况文体多术，共相弥纶，一物携贰，莫不解体㉘。所以列在一篇，备总情变，譬三十之辐，共成一毂，虽未足观，亦鄙夫之见也㉙。

赞曰：文场笔苑，有术有门㉚。务先大体，鉴必穷源㉛。乘一总万，举要治繁㉜。思无定契，理有恒存㉝。

【注释】

①《文心雕龙·总术》——《总术》是《文心雕龙》的第四十四篇。总术,即总论文章写作之"术"。本篇重点论述了掌握文章写作基本原理的重要性。

刘勰首先剖析了文笔问题。他指出,文和笔两种名称的区分是从晋宋时期开始的。对于以有韵无韵区分文笔的观点,刘勰是基本认同的。《文心雕龙》从《明诗》至《书记》二十篇,前十篇论文,后十篇论笔,正是按"论文叙笔"的方式展开的。但对于颜延之的文笔观念,刘勰则进行了批评。颜延之认为,质朴少文的经书不是"笔"而是"言",解释经书的传记因为文辞有采,所以是"笔"。刘勰则认为颜延之的文笔观点是不成立的,六经因为精微深奥而成为不可删改的著作,而不是用颜延之所谓的"言"和"笔"来判定优劣的。此外,刘勰论述了掌握写作基本原理的重要性。他指出了陆机《文赋》虽然论述详尽,然而只对写作中的粗枝细节进行了泛论,对写作的基本原理却论述得不完备。虽然刘勰对遣词造句等细节也很重视,在《声律》至《指瑕》九篇中有详尽的论述,但他对"多欲练辞,莫肯研术"的现象是不满意的,所以在《声律》等篇之后,单列《总术》篇,旨在强调作文基本原理的重要性。他指出,掌握写作基本原理来进行写作,就像善于下棋的人精通技巧;抛弃写作基本原理而随意创作,就如同掷采游戏那样凭运气。刘勰要求作家"执术驭篇"而不是去盲目碰运气。本篇中,刘勰指出善于作文的四种人:精者、博者、辩者、奥者,与《征圣》篇所说圣人文章的四种特点:简言、博文、明理、隐义遥相呼应,这也反映了刘勰文必宗经的一贯主张。

文笔的区分标志着文体的区分日益精细,随之而来的写作方法问题也日渐复杂,需要探索出"乘一总万"的写作之"术",本篇将文笔之辩与总论文章写作之术"列在一篇",原因即在于此。刘勰所谓的写作之"术",在《风骨》、《通变》、《定势》、《情采》、《熔裁》、《附会》等篇中均有述及。不过"总术"是总括《文心雕龙》诸篇所言之"术"而言,不是指写作的具体技巧,本篇是针对当时文坛"多欲练辞,莫肯研术",即只注意细节,而忽视整体来立论的。刘勰认为文章写作的方法多种多样,需要互相综合组织,其中有一方面不协调,就会破坏文章的整体。刘勰描述了诸种方法综合成一个整体后形成的文章的理想形态:"义味腾跃而生,辞气丛杂而至。视之则锦绘,听之则丝簧,味之则甘腴,佩之则芬芳。"这种文章的理想形态亦提供了一个参照物,有助于我们反观《文心雕龙》创作论诸篇,从而加深对它们的理解。

②"今之常言"四句——今,指晋宋以来。四句意谓今人常说,文章有"文"和"笔"两种,他们认为无韵的是"笔",有韵的是"文"。

③"夫文以足言"四句——文以足言,语出《左传·襄公二十五年》:"仲尼曰:'志有之:言以足志,文以足言。'"意谓文采是用来修饰语言的。诗书,《诗经》和《尚书》,前者为韵文,后者为无韵之文。两名,文和笔两种名称。近代,指晋宋。四句意谓文采是用来修饰语言的,有韵的《诗经》和无韵的《尚书》理应囊括在内,文和笔两种名称的区分,是从近代开始的。

④"颜延年以为笔之为体"四句——颜延年,晋宋间作家颜延之,字延年。以下颜延之所言已佚。传记,经书的注释。四句意谓颜延之认为"笔"作为文体,是有文采的"言";经书是"言"而不是"笔",传记则是"笔"而不是"言"。

⑤"请夺彼矛"二句——语本《韩非子·难一》:"楚人有鬻盾与矛者,誉之曰:'吾盾之坚,物莫能陷也。'又誉其矛曰:'吾矛之利,于物无不陷也。'或曰:'以子之矛,陷子之盾,何如?'其人弗能应也。"此谓颜延之自相矛盾。二句意谓让我夺过他的矛,反过来攻他的盾吧。

⑥"易之文言"六句——文言,相传为孔子为阐述《易经》而作的"十翼"中的一篇。六句意谓《易经》中的《文言》,难道不是有文采的"言"?如果说"笔"果真是有文采的"言",那就不能说经书不是"笔"。颜延之以之立论,我看不出他的这个论点能够成立。

⑦"予以为发口为言"四句——属笔,用笔写出来。常,恒久不变。四句意谓我认为口头说的是"言",用笔墨写下来的是"翰",阐述恒久不变之道的叫经,阐释经书的叫传。

⑧"经传之体"四句——出言入笔,脱离了"言"的范围,而归入"笔"的类别。使,用。可强可弱,指文采可多可少。四句意谓经传这种体裁,不属于"言"而属于"笔","笔"为"言"用,文采可多可少。

⑨"六经以典奥为不刊"二句——六经,指《诗》、《书》、《礼》、《易》、《乐》、《春秋》。典奥,精微深奥。不刊,不可删改。二句意谓六经因为精微深奥而成为不可删改的著作,而不是用颜延之所谓的"言"和"笔"来判定优劣的。

⑩"昔陆氏文赋"四句——陆氏,陆机,字士衡,西晋作家。文赋,陆机《文赋》,载《文选》卷十七。号为曲尽,语本陆机《文赋》:"因论作文之利害所由,他日殆可谓曲尽其妙。"曲尽,详尽。纤,细微。悉,详尽。实体,写作中的实质性问题,也就是"总术"的"术"。该,完备。四句意谓从前陆机的《文赋》,号称论述详尽,然而只对写作中的粗枝细节进行了泛论,而对写作的基本原理却论述得不完备。

⑪"故知九变之贯匪穷"二句——九变,多变。九,泛指多。贯,一贯,指规律,即"术"。匪,通"非"。选,选拔出来的人才。二句意谓所以知道写作规律

的变化是无穷的,精通文章写作原理的人很少。

⑫"凡精虑造文"四句——练,选择。术,方法,此指写作的基本原理。四句意谓大凡精心构思写作的人,都竞相追求新奇华丽,他们大多精选文辞,却不肯钻研写作的基本原理。

⑬"落落之玉"四句——河上公本《老子·第三十九章》:"不欲琭琭如玉,落落如石。"注:"琭琭,喻少;落落,喻多。玉少故见贵,石多故见贱;言不欲如玉为人所贵,如石为人所贱,当处其中也。"落落,众多。碌碌,同"琭琭",稀少。四句意谓许多玉堆积在一起,有的与石头相类似;在珍稀的石头中,也时常有像玉的。

⑭"精者要约"八句——要约,扼要简洁。匮,贫乏。尠,同"鲜",指少。该赡,完备富足。昭晳,明白。复隐,复杂含蓄。八句意谓文思精密的人写的文章扼要简洁,文思贫乏的人也写得篇幅短小;渊博的人写的文章完备丰富,杂乱的人也写得文辞繁多;善辩的人写的文章清楚明白,肤浅的人也写得辞句显露;深奥的人写的文章复杂含蓄,怪异的人也写得晦涩难懂。

⑮"或义华而声悴"二句——义华,内容美好。声悴,声情干枯。二句意谓有的文章内容美好而声情欠缺,有的文章情理拙劣而文辞润泽。

⑯"知夫调钟未易"二句——调钟未易,用编钟奏乐之前,须调整音律,若音律不调,就需要重铸,故称未易。张琴,在琴上张弦定音。二句意谓由此可知,调节编钟的声律并不容易,在琴上张弦定音实在困难。按,此处以调钟张琴之不易比喻文章写作之不易。

⑰"伶人告和"四句——伶人告和,语出《国语·周语下》:"钟成,伶人告和。"伶人,乐工。和,调和。窕槬之中,《左传·昭公二十一年》:"天子省风以作乐,器以钟之,舆以行之,小者不窕,大者不槬,则和于物。"窕,音细。槬,音大。中,适中。"动角"二句,语本《说苑·善说》:"雍门子周引琴而鼓之,徐动宫徵,微挥羽角,初终而成曲。"此谓弹奏琴曲,不见得从头至尾都合音律。动、挥,弹琴。角、羽,指五音。初终,从头至尾。四句意谓乐工报告钟声已调节和谐,但钟声巨细不一定都恰到好处;弹奏出的各种音调,不一定从头至尾都合乎音律。

⑱"魏文比篇章于音乐"二句——魏文,魏文帝曹丕。征,根据。曹丕《典论·论文》:"文以气为主,气之清浊有体,不可力强而致。譬诸音乐,曲度虽均,节奏同检,至于引气不齐,巧拙有素,虽在父兄,不能以移子弟。"二句意谓曹丕把文章比作音乐,是有根据的。

⑲"夫不截盘根"四句——截,断。盘,弯曲。剖,分析。通才,精通写作的

人才。"不截盘根"二句语本《后汉书·虞诩传》:"不遇盘根错节,何以别利器乎?"四句意谓不截断弯曲的树根,就无从检验斧锯是否锋利;不分析文章的奥妙,就无法辨别出作者是否精通写作。

⑳"才之能通"六句——资,凭借。圆鉴,全面审察。区域,此指写作理论诸多方面。判,剖析。条例,指写作规则。控引,此指驾驭。六句意谓要具备精通写作的才能,必须依靠通晓写作的基本原理。不能全面明察写作理论的各个方面,彻底剖析写作规则,又怎能驾驭情感的抒发,在文坛上取得成功呢!

㉑"是以执术驭篇"四句——驭篇,指文章写作。弈,围棋。穷,精通。数,技巧。博塞,古代的掷采游戏。邀遇,碰运气。四句意谓掌握写作基本原理来进行写作,就像善于下棋的人精通技巧;抛弃写作基本原理而随意创作,就如同掷采游戏那样凭运气。

㉒"故博塞之文"四句——博塞之文,指上文"弃术任心"之文。借巧,碰巧。傥来,意外得来。前驱,指文章开头。后援,指文章的后半部分。四句意谓抛弃写作基本原理而随意创作出来的文章,只是碰巧偶然写得好,即使文章开头写得好,后面也难以为继。

㉓"少既无以相接"四句——并,都。妍蚩,好坏。制,控制。四句意谓内容少了不知道如何衔接,内容多了也不知道如何删减。内容不管多少都感到困惑,怎能控制写作的好坏呢!

㉔"若夫善弈之文"六句——善弈之文,指上文"执术驭篇"之文。按部整伍,此指按照规则秩序安排好文章的各个部分。情会,情感兴会。因,沿着。动,辄。六句意谓至于掌握写作基本原理写作出来的文章,则是掌握了一定的技巧,按照规则秩序安排好文章的各个部分,以等待情感兴会,顺应时机,就不会出错。

㉕"数逢其极"四句——极,极致。机入其巧,机会掌握得十分巧妙。义味,意味。辞气,文辞气势。丛杂,纷然。四句意谓技巧运用纯熟,机会掌握巧妙,那么文章的意味就会奔腾踊跃而生,文辞气势纷至沓来。

㉖"视之则锦绘"六句——丝,弦乐器。簧,管乐器。丝簧,指美妙的音乐。腴,肥美。佩,佩戴。断章,指写作。六句意谓这样的文章,看上去像五彩的锦绣,听起来像弦管合奏的美妙音乐,品尝起来像鲜美的佳肴,佩戴在身上像芬芳的香草。写作的效用,在这里达到极点。

㉗"夫骥足虽骏"四句——语本《战国策·韩策三》:"段干越人谓新城君曰:'王良之弟子驾,云取千里马,遇造父之弟子,造父之弟子曰:'马不千里。'王良弟子曰:'马,千里之马也;服,千里之服也。而不能取千里,何也?'曰:'子

缰牵长。'故缰牵于事,万分之一也,而难千里之行。"骥,骏马。骏,迅疾。缰牵,缰绳。累,拖累。四句意谓骏马跑得虽快,但缰绳切忌过长,万分之一的拖累,尚且会影响千里之行。

㉘"况文体多术"四句——弥纶,综合组织。携贰,指怀有二心。解体,破坏整体。四句意谓何况文章写作的方法多种多样,需要互相综合组织,其中有一方面不协调,就会破坏文章的整体。按,《文心雕龙·练字》"今一字诡异,则群句震惊",就是携贰解体的例子。

㉙"所以列在一篇"六句——一篇,指《总术》篇。备总,全面总领。"譬三十"二句语本《老子》"三十辐共一毂"。辐,车轮上的辐条。毂,车轮中心的圆木,外围与车辐相接,中心有圆孔插车轴。六句意谓所以集中在本篇,全面总领文情变化,好比车轮上的三十根辐条,共同配合在一个车毂里。虽然不值一看,也是我的一得之愚见。

㉚"文场笔苑"二句——二句意谓文章写作领域,是有方法有门径的。

㉛"务先大体"二句——大体,总体。鉴,审察。源,源头,此指文章写作的基本原理。二句意谓务必注意总体,摸清写作的基本原理。

㉜"乘一总万"二句——乘,因。一,指上文所谓的"源",即文章写作的基本原理。二句意谓根据文章写作的基本原理来总领一切变化,抓住要领来处理各种情况。

㉝"思无定契"二句——契,规则。二句意谓文章思维没有一定的规则,写作的基本原理却永远存在。

【附录】

夫鉴周日月,妙极机神;文成规矩,思合符契。或简言以达旨,或博文以该情,或明理以立体,或隐义以藏用。故春秋一字以褒贬,丧服举轻以包重,此简言以达旨也。邠诗联章以积句,儒行缛说以繁辞,此博文以该情也。书契断决以象夬,文章昭晰以象离,此明理以立体也。四象精义以曲隐,五例微辞以婉晦,此隐义以藏用也。故知繁略殊形,隐显异术,抑引随时,变通会适,征之周孔,则文有师矣。

刘勰《文心雕龙·征圣》 人民文学出版社

若夫骏发之士,心总要术,敏在虑前,应机立断;覃思之人,情饶歧路,鉴在疑后,研虑方定。机敏故造次而成功,虑疑故愈久而致绩。难易虽殊,并资博练。

刘勰《文心雕龙·神思》 人民文学出版社

夫设文之体有常,变文之数无方,何以明其然耶?凡诗赋书记,名理相因,此有常之体也;文辞气力,通变则久,此无方之数也。名理有常,体必资于故实;通变无方,数必酌于新声;故能骋无穷之路,饮不竭之源。然绠短者衔渴,足疲者辍途,非文理之数尽,乃通变之术疏耳。

刘勰《文心雕龙·通变》 人民文学出版社

凡思绪初发,辞采苦杂,心非权衡,势必轻重。是以草创鸿笔,先标三准:履端于始,则设情以位体;举正于中,则酌事以取类;归余于终,则撮辞以举要。然后舒华布实,献替节文,绳墨以外,美材既斫,故能首尾圆合,条贯统序。若术不素定,而委心逐辞,异端丛至,骈赘必多。

刘勰《文心雕龙·镕裁》 人民文学出版社

凡操千曲而后晓声,观千剑而后识器;故圆照之象,务先博观。阅乔岳以形培塿,酌沧波以喻畎浍,无私于轻重,不偏于憎爱,然后能平理若衡,照辞如镜矣。是以将阅文情,先标六观:一观位体,二观置辞,三观通变,四观奇正,五观事义,六观宫商,斯术既行,则优劣见矣。

刘勰《文心雕龙·知音》 人民文学出版社

文笔两涂,至齐而衰,非腴泽之病也。欲去腴泽以为病,是涸天之雨,童地之山,髡人之发,存虎之鞟焉耳矣。文因质立,质资文宣。衰王之由,何关于此,齐梁之病,正苦体蹋束而气不昌尔。

王夫之《古诗评选》卷五评肖子良《登山望雷居士精舍同沈右卫过刘先生墓下作》 文化艺术出版社

沉思翰藻之谓文,纪事直达之谓笔。其说昉于六朝,流衍于唐,而实则本于古。孔子赞《易》有《文言》。其为言也,比偶而有韵,错杂而成章,灿然有文,故文之。孔子作《春秋》,笔则笔,其为书也,以纪事为褒贬,振笔直书,故笔之。文笔之分,当自此始。其后得文意者长于文,颜延之云:"测得臣文是也。"得笔意者长于笔,颜延之云:"竣得臣笔是也。"推之史籍,莫可枚举。故昭明所选多文,唐宋八家多笔。韩、柳、欧、苏,散行之笔,奥衍灏瀚;好古之士,靡然从之。论者乃薄选体为衰,以散行为古。既尊之为古,且专名之为文,古文笔不复分别矣。

梁光钊《文笔考》《学海堂集》卷七 启秀山房本

此篇乃总会《神思》以至《附会》之旨,而丁宁郑重以言之,非别有所谓总术也。篇末曰:文体多术,共相弥纶,一物携贰,莫不解体,所以列在一篇,备总情变。然则彦和之撰斯文,意在提挈纲维,指陈枢要明矣。自篇首至知言之选句,乃言文体众多。自此以下,则明文体虽多,皆宜研术,即以证圆鉴区域大判条例之不可轻。纪氏于前段则云汗漫,于次节则云与前后二段不相属,愚诚未喻纪氏之意也。今当取全文而为之销解,庶览者毋惑焉。若夫练术之功,资于平素,明术之效,呈于斯须。割情析采,笼圈条贯,摛神性,图风势,苞会通,阅声字,其事至多,其例至密,其利害是非之辨至纷纭。必先之以博观,继之以勤习,然后览先士之盛藻,可以得其用心,每自属文,亦能自喻得失。真积力久,而文术稠适,无所滞疑,纵复难得善文,亦可退求无疚,虽开塞之数靡定,而利病之理有常。颜之推云:但使不失体裁,辞意可观,遂称才士。言成就之难也。是以练术而后为文者,如轮扁之引斧,弃术而任心者,如南郭之吹竽。绳墨之外,非无美材,以不中程而去之无吝;天籁所激,非无殊响,以不合度而听者告劳。是知术之文,等于规矩之于工师,节奏之于矇瞍,岂有不先晓解而可率尔操觚者哉?若夫晓术之后,用之临文,迟则研《京》以十年,速则奏赋于食顷,始自用思,终于定稿,同此必然之条例,初无歧出之衢途。盖思理有恒,文体有定,取势有必由之准臬,谋篇有难畔之纲维,用字造句,合术者工而不合术者拙,取事属对,有术者易而无术者难。声律待术而后安,采饰待术而后美,果其辨之有明通之识,斯为之无愤惑之虞。虽文意细若秋毫,而识照朗于镜镂。故曰乘一总万,举要治繁也。欲为文者,其可不先治练术之功哉。

黄侃《文心雕龙札记·总术》 上海古籍出版社

文心雕龙·时序[①]

时运交移,质文代变,古今情理,如可言乎[②]!昔在陶唐,德盛化钧,野老吐何力之谈,郊童含不识之歌[③]。有虞继作,政阜民暇,熏风诗于元后,烂云歌于列臣[④]。尽其美者何?乃心乐而声泰也[⑤]。至大禹敷土,九序咏功,成汤圣敬,猗欤作颂[⑥]。逮姬文之德盛,周南勤而不怨;大王之化淳,邠风乐而不淫[⑦]。幽厉昏而板荡怒,平王微而黍离哀[⑧]。故知歌谣文理,与世推移,风动于上,而波震于下者[⑨]。春秋以后,角战英雄,六经泥蟠,百家飘骇[⑩]。方是时也,韩魏力政,燕赵任权,五蠹六虱,严于秦令,唯齐楚两国,颇有文学[⑪]。齐开庄衢之第[⑫],楚广兰台之宫[⑬],孟轲宾馆[⑭],荀卿宰邑[⑮],故稷下扇其清风[⑯],兰陵郁其茂俗⑰,邹子以谈天飞誉,驺奭以雕龙驰响,屈平联藻于日月,宋玉交彩于风云⑱。观其艳说,则笼罩雅颂。故知晔烨之奇意,出乎纵横之诡俗也⑲。

爰至有汉,运接燔书,高祖尚武,戏儒简学⑳。虽礼律草创,诗书未遑,然大风鸿鹄之歌,亦天纵之英作也㉑。施及孝惠,迄于文景,经术颇兴,而辞人勿用。贾谊抑而邹枚沈,亦可知已㉒。逮孝武崇儒,润色鸿业,礼乐争辉,辞藻竞骛㉓:柏梁展朝谫之诗,金堤制恤民之咏㉔,征枚乘以蒲轮㉕,申主父以鼎食㉖,擢公孙之对策㉗,叹倪宽之拟奏㉘,买臣负薪而衣锦㉙,相如涤器而被绣㉚,于是史迁寿王之徒,严终枚皋之属,应对固无方,篇章亦不匮,遗风余采,莫与比盛㉛。越昭及宣,实继武绩,驰骋石渠,暇豫文会,集雕篆之轶材,发绮縠之高喻,于是王褒之伦,厎(原作底,据杨明照《文心雕龙校注拾遗》改)禄待诏㉜。自元暨成,降意图籍,美玉屑之谭,清金马之路㉝。子云锐思于千首,子政雠校于六艺,亦已美矣㉞。爰自汉室,迄至成哀,虽世渐百龄,辞人九变,而大抵所归,祖述楚辞,灵均余影,于是乎在㉟。

自哀平陵替,光武中兴,深怀图谶,颇略文华㊱,然杜笃献诔以免刑,班彪参奏以补令,虽非旁求,亦不遐弃㊲。及明章(原作帝,据杨明照《文心雕龙校注拾遗》改)叠耀,崇爱儒术,肆礼璧堂,讲文虎观㊳,孟坚珥笔于国史,贾逵给札于瑞颂,东平擅其懿文,沛王振其通论,帝则藩仪,辉光相照矣㊴。自安和以下,迄至顺桓,则有班傅三崔,王马张蔡,磊落鸿儒,才不时乏,而文章之选,存而不论㊵。然中兴之后,群才稍改前辙,华实所附,斟酌经辞,盖历政讲聚,故渐靡儒风者也㊶。降及灵帝,时好辞制,造羲皇之书,开鸿都之赋㊷,而乐松之徒,招集浅陋,故杨赐号为驩兜,蔡邕比之俳优,其余风遗文,盖蔑如也㊸。

自献帝播迁,文学蓬转,建安之末,区宇方辑㊹。魏武以相王之尊,雅爱诗章;文帝以副君之重,妙善辞赋;陈思以公子之豪,下笔琳琅(原作瑯,据元至正本《文心雕龙》改);并体貌英逸,故俊才云蒸㊺。仲宣委质于汉南㊻,孔璋归命于河北㊼,伟长从宦于青土㊽,公干徇质于海隅㊾,德琏综其斐然之思㊿,元瑜展其翩翩之乐㉛。文蔚休伯之俦,子(原作于,据元至正本《文心雕龙》改)叔德祖之侣,傲雅觞豆之前,雍容衽席之上,洒笔以成酣歌,和墨以藉谈笑㉝。观其时文,雅好慷慨,良由世积乱离,风衰俗怨,并志深而笔长,故梗概而多气也㉝。至明帝纂戎,制诗度曲,征篇章之士,置崇文之观,何刘群才,迭相照耀㉞。少主相仍,唯高贵英雅,顾盼含(原作合,据杨明照《文心雕龙校注拾遗》改)章,动言成论㉟。于时正始余风,篇体轻澹,而嵇阮应缪,并驰文路矣㊱。

逮晋宣始基,景文克构,并迹沈儒雅,而务深方术㊲。至武帝惟新,承平受命,而胶序篇章,弗简皇虑㊳。降及怀愍,缀旒而已㊴。然晋虽不文,人才实盛:茂先摇笔而散珠,太冲动墨而横锦,岳湛曜联璧之华,机云标二俊之采,应傅三张之徒,孙挚成公之属,并结藻清英,流韵绮靡㊵。前史以为运涉季世,人未尽才,诚哉斯谈,可为叹息㊶!

元皇中兴,披文建学,刘刁礼吏而宠荣,景纯文敏而优擢㊷。逮明帝秉哲,雅好文会,升储御极,孳孳讲艺,练情于诰策,振采于辞赋,庾以笔才逾亲,温以文思益厚,揄扬风流,亦彼时之汉武也㊸。及成康促龄,穆哀短祚,简文勃兴,渊乎清峻,微言精理,函(原作函,据杨明照《文心雕龙校注拾遗》改)满玄席,澹思浓采,时洒文囿㊹。至孝武不嗣,安恭已矣。其文史则有袁殷之曹,孙干之辈,虽才或浅深,珪璋足用㊺。自中朝贵玄,江左弥(原作称,据王惟俭《文心雕龙》训故本改)盛,因谈余气,流成文体㊻。是以世极迍邅,而辞意夷泰,诗必柱下之旨归,赋乃漆园之义疏㊼。故知文变染乎世情,兴废系乎时序,原始以要终,虽百世可知也㊽。

自宋武爱文,文帝彬雅,秉文之德,孝武多才,英采云构㊾。自明帝以下,文理替矣㊿。尔其缙绅之林,霞蔚而飙起;王袁联宗以龙章,颜谢重叶以凤采,何范张沈之徒,亦不可胜也[71]。盖闻之于世,故略举大较[72]。

暨皇齐驭宝,运集休明[73]:太祖以圣武膺箓,高祖以睿文纂业,文帝以贰离含章,中宗以上哲兴运,并文明自天,缉熙(原作遐,据梅庆生《文心雕龙》音注本改)景祚[74]。今圣历方兴,文思充(原作光,据元正至本《文心雕龙》改)被,海岳降神,才英秀发,驭飞龙于天衢,驾骐骥于万里[75]。经典礼章,跨周轹汉,唐虞之文,其鼎盛乎[76]!鸿风懿采,短笔敢陈？飏言赞时，请寄明哲⑦。

赞曰：蔚映十代，辞采九变⑱。枢中所动，环流无倦⑲。质文沿时，崇替在选⑳。终古虽远，旷焉如面㉑。

【注释】

①《文心雕龙·时序》——《时序》是《文心雕龙》的第四十五篇。本篇论述文学与时代的关系。时序，即时世的变迁，与"时运"同意。本篇中，刘勰依照时代顺序，总论了唐、虞、夏、商、周、汉、魏、晋、宋、齐十代文运的升降，得出"文变染乎世情，兴废系乎时序"的结论。《文心雕龙》从《明诗》至《书记》二十篇文体论，可视为各个分体的文学史，本篇则是概要的文学通史。

全篇可分为七个部分。第一部分评述了上古至战国的文学情况。刘勰指出唐尧虞舜时期文学的特点是"心乐而声泰"；夏禹、商汤圣明，因而出现了颂歌；周文王功德高、周太王教化淳，因此当时的诗歌快乐而无怨；周幽王、周厉王昏乱，当时的诗歌反映出人们的愤怒；周平王时王室衰微，当时的诗歌传达了哀伤的情绪。由此，刘勰指出"歌谣文理，与世推移"。接着，刘勰论述了战国时期齐、楚两国文化学术发达的现象及原因。

第二部分论述了西汉文学发展的情况。西汉初，文学不受重视，作家受压抑，不被重用。从汉武帝开始，汉代帝王开始注重招揽文士，用文学艺术来修饰他们的伟大功业，文学才重又兴盛。刘勰认为，西汉文学的特点是"祖述楚辞"。

第三部分论述了东汉文学发展的情况。进入东汉之后，文人的文风较之前代有所变化，他们开始酌量采用儒家经典中的文辞。这种文风的变化是由于经历了汉明帝、汉章帝等几代帝王聚众讲论经学，文人们渐渐受到儒学影响的结果。到汉灵帝时，由于招揽了一批不学无术之人，因而文学开始走下坡路。

第四部分论述了三国时期魏国的文学情况。建安时期，曹操父子不但擅长文学而且招揽了众多的文士。刘勰指出，此期的作品"梗概多气"，这主要是由于经过了长期的动乱离散，风气衰落，人民哀怨，作家们的情志深刻，笔意深长，所以作品慷慨激昂，气势旺盛。正始时期，受玄学风气的影响，文学作品"篇体轻澹"，内容空泛乏味，只有嵇康、阮籍等作家较为突出。

第五部分论述了西晋文学的发展情况。西晋不重视文学，司马懿父子倾心于玩弄权术，不重儒学；司马炎建立新朝，对学校和辞章未加考虑；晋怀帝和晋愍帝大权旁落，也未顾及文学。刘勰指出"晋虽不文，人才实盛"，张华、左思、陆机、陆云等一批作家涌现出来，他们的风格都是"结藻清英，流韵绮靡"。可惜西晋运至末世，留下了"人未尽才"的遗憾。

第六部分论述了东晋文学的发展情况。东晋初期的皇帝,如晋元帝、晋明帝提倡文学,提拔重用文士。晋简文帝又亲自推动了玄谈的风气。在玄风的影响下,西晋文学"辞意夷泰","诗必柱下之旨归,赋乃漆园之义疏",当时的诗赋很多成为了老庄思想的注解。由此,刘勰总结出文学发展的规律是"文变染乎世情,兴废系乎时序"。

第七部分论述了宋、齐文学发展的情况。刘宋时期,文人如风起云涌,人才辈出,刘勰只是笼统进行了称赞,未加具体评论。刘勰称齐代为"皇齐",极力恭维齐代的帝王,说他们文雅聪明出自天生,光辉照耀,国运昌隆,甚至说齐代的经籍和礼乐制度超过了周朝和汉代。这或可说是《文心雕龙》作于齐代的证据之一。

刘勰对十代文学的评论,从文学与时代的关系入手,颇多精辟之见,常为后人所称引。概而言之,刘勰认为时代主要从三个方面对文学产生影响:一是政治兴衰和社会治乱的影响,比如尧舜盛世,文学"心乐而声泰",又比如建安时期社会动乱离散,文学"梗概多气";二是学术思想的影响,如正始文学、东晋文学受到玄学的影响;三是君主态度的影响,比如汉高祖轻视文学,汉武帝倡文学等。

②"时运交移"四句——时运,时代的风气。移,变化。质,质朴。文,文采。代,时代。如,似乎。四句意谓时代风气交替变化,文风崇尚质朴还是崇尚华采也随着时代变化,古今文风演变的情理,似乎可以谈论吧!

③"昔在陶唐"四句——陶唐,陶唐之世,即唐尧时期。尧初封于陶,后徙于唐,史称陶唐氏。化钧,教化普及。钧,同"均"。野老,村野老人。何力,语出《击壤歌》,其中有"吾日出而作,日入而息,凿井而饮,耕田而食,尧何力于我也"句(据《文选》谢灵运《初去郡》诗注引)。不识,语出《康衢谣》,其中有"立我烝民,莫非尔极,不识不知,顺帝之则"句(据《列子·仲尼》引)。四句意谓唐尧时期,道德兴盛,教化普及,村野老人说出了"尧何力于我"的话,郊外儿童唱着"不识不知"的歌谣。

④"有虞继作"四句——有虞,虞舜,舜号有虞氏。作,起。阜,盛。暇,闲。熏风,指《南风歌》,其中有"南风之薰兮"句(据《孔子家语·辩乐解》引)。熏,温和。元后,指舜。烂云,指《卿云歌》,其中有"卿云烂兮"句(据《尚书大传·虞夏传》引)。列官,百官。四句意谓虞舜继起,政治清明,人民安闲,虞舜唱出了《南风歌》,群臣也和声唱起了《卿云歌》。

⑤"尽其美者何"二句——声泰,声调平和。二句意谓这些作品完美的原因何在?是因为人们心情愉快所以歌声平和。

⑥"至大禹敷土"四句——敷,分布治理。九序咏功,语本《尚书·大禹谟》:"九功惟叙,九叙惟歌。"九序,大禹治理天下的九项政事。成汤,商汤。圣敬,圣明谨慎。猗欤,语出《诗经·商颂·那》,其中有"猗欤那欤"句。猗欤,叹词,表示赞美。那,多。四句意谓大禹治理国土,九项政事有条不紊,受到歌颂;商汤圣明谨慎,后人作了"猗欤那欤"的颂歌。

⑦"逮姬文之德盛"四句——姬文,即周文王。周南,《诗经》十五《国风》之一,后人认为《周南》所收大抵为今陕西、河南、湖北之交的民歌,颂扬周德化及南方,汉以后被作为诗教的典范。勤而不怨,语出《左传·襄公二十九年》:"吴公子札来聘,……请观于周乐。使工为之歌《周南》、《召南》。曰:'美哉!始基之矣,犹未也,然勤而不怨矣。'"大王,即太王,周文王之祖。化,教化。邠,即豳,太王居住之处,在今陕西旬邑县一带。邠风,即《豳风》,《诗经》十五《国风》之一。乐而不淫,语出《左传·襄公二十九年》:"为之歌豳。曰:美哉,荡乎,乐而不淫。"四句意谓周文王功德隆盛,《诗经·周南》表现出当时作者勤劳而无怨言的情绪;周太王教化淳厚,《诗经·豳风》表现出当时人们快乐而不过分的心情。

⑧"幽厉昏而板荡怒"二句——幽厉,周幽王和周厉王,都是西周末的昏君。板荡,即《诗经·大雅·板》和《诗经·大雅·荡》,都是讽刺周厉王的诗,周幽王是连类而及。《板》序中说:"《板》,凡伯刺厉王也。"《荡》序中说:"《荡》,召穆公伤周室大坏也。厉王无道,天下荡荡,无纲纪文章,故作是诗也。"平王,周平王,东周第一位天子。微,衰微。黍离,即《诗经·王风·黍离》。《黍离》序说:"《黍离》,闵宗周也。周大夫行役,至于宗周,过故宗庙宫室,尽为禾黍,闵周室之颠覆,彷徨不忍去而作是诗也。"二句意谓周幽王、周厉王昏乱,《诗经·大雅·板》、《诗经·大雅·荡》反映了人们的愤怒;周平王时周室衰微,《诗经·王风·黍离》传达了哀伤的情绪。

⑨"故知歌谣文理"四句——文理,文辞义理。世,时代。推移,变化。四句意谓歌谣的文辞义理,是随着时代的变化而变化的,时代像风一样在水面上刮,文学就像波浪一样跟着震动。

⑩"春秋以后"四句——角战,角逐。角,竞争。六经,《诗》、《书》、《礼》、《易》、《乐》、《春秋》六部儒家经典。泥蟠,龙伏泥中,此喻不为人所重。飙,暴风。骇,起。四句意谓春秋以后,列国争霸,儒家的六经如龙伏泥中,不为人所重,诸子百家如暴风骤起。

⑪"方是时也"七句——力政,武力征伐。任权,任用权术。五蠹,五种蛀虫,《韩非子·五蠹》中韩非子认为学者(儒家)、言谈者(纵横家)、带剑者(游

侠)、患御者(害怕服兵役者)、工商之民这五种人是国家的蛀虫。蠹,蛀虫。六虱,六种有害的虱子,《商君书·靳令》中商鞅认为"礼、乐","诗、书","修善、孝弟","诚信、贞廉","仁、义","非兵、羞战"是危害政治的六种虱子。文学,文化学术。七句意谓此时韩国、魏国用武力征伐,燕国、赵国任用权谋诈术,秦国严令禁止韩非子所说的五种蛀虫和商鞅所说的六种虱子,只有齐国和楚国还有些文化学术。

⑫齐开庄衢之第——《史记·孟子荀卿列传》载,齐宣王招揽天下贤士,"为开第康庄之衢,高门大屋,尊宠之"。庄衢,大路。第,大宅。本句意谓齐国在大路旁为学者修建了高门大宅。

⑬楚广兰台之宫——宋玉《风赋》:"楚襄王游于兰台之宫,宋玉、景差侍。"广,扩建。兰台,战国时期楚国的宫台名,相传在今湖北钟祥。本句意谓楚国扩建了兰台宫。

⑭孟轲宾馆——孟轲,孟子,战国思想家。宾馆,作为宾师身份居住在宾馆中。孟子在齐国时,处宾师之位,不居官职而受到君主尊重。本句意谓孟轲作为宾师居住在齐国的宾馆中。

⑮荀卿宰邑——荀卿,荀子,名况,战国时期思想家。宰邑,《史记·孟子荀卿列传》载,荀子离开齐国前往楚国,楚国春申君任命荀子为兰陵令。宰,主宰。邑,城邑,此指兰陵,今在山东枣庄市东南。本句意谓荀况做了楚国的兰陵令。

⑯故稷下扇其清风——稷下,战国齐都城临淄西门稷门附近地区。齐威王、宣王曾在此建学宫,广招文学游说之士讲学议论,成为各学派活动的中心。扇,扬。本句意谓齐国的稷下扬起了清新的学风。

⑰兰陵郁其茂俗——刘向《孙(荀)卿书录》:"兰陵多善为学,盖以孙卿(荀卿)也。"郁,积。茂,美。本句意谓楚国兰陵形成了美好的习俗。

⑱"邹子以谈天飞誉"四句——邹子,邹衍,战国时期稷下学者,喜好谈天说地,被齐人称为"谈天衍"。驺奭,战国时期稷下学者,为文喜好文饰,齐人称之为"雕龙奭"。飞誉,驰响,指扬名。屈平,屈原,名平。宋玉,战国时期楚国作家。风云,宋玉《风赋》《高唐赋》,一写风,一写巫山神女"旦为朝云,暮为行雨"。四句意谓邹衍以谈天说地扬名,驺奭以雕镂文采著称,屈原描写日月联辞结采,宋玉刻画风云文采绚烂。

⑲"观其艳说"四句——笼罩,超越,凌驾于其上。雅颂,此指《诗经》。昈,古同"炜",形容光很盛。烨,光辉灿烂。诡,奇异。四句意谓他们艳丽的文辞超过了《诗经》。可知光彩灿烂的奇思妙想,来自于纵横变化的奇异风气。

⑳"爰至有汉"四句——爰,于是。有,语助词。运,时运。燔书,秦始皇焚

书。燔,烧。高祖,汉高祖刘邦。戏儒,《史记·郦食其传》:"沛公不好儒,诸客冠儒冠来者,沛公辄解其冠,溲溺其中。"简,怠慢。四句意谓到了汉代,时运紧接着秦始皇焚书,汉高祖崇尚武功,戏弄儒生轻视学术。

㉑"虽礼律草创"四句——礼律草创,汉初,刘邦命叔孙通制定礼仪,萧何制定法律。诗书未遑,无暇研究《诗经》、《尚书》一类的儒家典籍。遑,空闲。大风,《大风歌》,刘邦建立汉朝回故乡时所作。鸿鹄,《鸿鹄歌》,刘邦更换太子不成,感叹太子羽翼已丰而作,首句为"鸿鹄高飞"。天纵,天所放任,意谓上天赋予。四句意谓虽然汉初礼仪、法律才开始创立,无暇研究《诗经》、《尚书》一类的儒家典籍,然而刘邦的《大风歌》、《鸿鹄歌》,也算得上是上天赋予的杰作。

㉒"施及孝惠"六句——施,延。孝惠,汉惠帝刘盈,汉高祖之子。迄,到。文,汉文帝刘恒,汉高祖之子。景,汉景帝刘启,汉文帝之子。经术,经学。贾谊,西汉作家,因受谗被贬为长沙王太傅,抑郁而死。邹,邹阳,西汉作家,在梁国时被谗下狱。枚,枚乘,西汉作家,汉景帝时拜为弘农都尉,因非其所好,以病去官。沈,同"沉"。六句意谓延及汉惠帝,直至汉文帝、汉景帝,经学兴起,作家不被重用。从贾谊、邹阳、枚乘受压抑,就可见一斑了。

㉓"逮孝武崇儒"四句——孝武,汉武帝刘彻。润色,修饰,使之增美。鸿,大。骛,追求。汉武帝崇尚儒学,用文学艺术来修饰他的伟大功业,礼乐争相焕发出容光,文采辞藻竞相华丽。

㉔"柏梁展朝谵之诗"二句——柏梁,柏梁台。朝谵之诗,即《柏梁台诗》,相传汉武帝与群臣在柏梁台上宴饮时,君臣联句而成,见《古文苑》卷八。谵,同"宴"。金堤,黄河堤名,黄河在瓠子口决口时筑。恤民之咏,即《瓠子歌》,汉武帝在瓠子决口后作,见《史记·河渠书》。二句意谓柏梁台上,汉武帝君臣饮宴时联句成《柏梁台诗》;黄河金堤边,汉武帝创作了忧民的《瓠子歌》。

㉕征枚乘以蒲轮——征,征召。蒲轮,用蒲草裹轮的车子。这种车子行驶中震动较小,古时常用于迎接贤士,以示礼敬。事见《汉书·枚乘传》:"武帝自为太子闻乘名。及即位,乘年老,乃以安车蒲轮征乘。"本句意谓汉武帝用蒲草裹轮的车子去征召枚乘。

㉖申主父以鼎食——申,通"伸",提升。主父,主父偃,西汉大臣。鼎食,列鼎而食,吃饭时排列很多鼎,形容富贵人家豪华奢侈的生活。主父偃得到汉武帝信任后,一年中四次升迁,他说:"丈夫生不五鼎食,死即五鼎亨耳。"(《汉书·主父偃传》)本句意谓汉武帝用高官厚禄来提拔主父偃。

㉗擢公孙之对策——擢,提拔。公孙,公孙弘,汉武帝时丞相。对策,公孙弘的《举贤良对策》。《汉书·公孙弘传》载,汉武帝诏征"文学",参与对策的儒

士有百余人,"策奏,天子擢弘对为第一"。本句意谓汉武帝将公孙弘的对策评为第一。

㉘叹倪宽之拟奏——拟,草拟。倪宽,汉武帝时廷尉张汤的僚属。《汉书·倪宽传》载,倪宽曾为张汤草拟奏章,汉武帝赞叹奏章写得好,当得知是倪宽起草时,他说:"吾固闻之久矣。"本句意谓汉武帝赞叹倪宽草拟的奏章。

㉙买臣负薪而衣锦——买臣,朱买臣,初家贫,以卖柴为生,汉武帝时任会稽太守。负薪,背着柴草。衣,穿。《汉书·朱买臣传》载,朱买臣任会稽太守后,汉武帝对他说:"富贵不归故乡,如衣绣夜行,今子何如?"本句意谓朱买臣贫穷时卖柴为生,为官后衣锦还乡。

㉚相如涤器而被绣——相如,司马相如,西汉辞赋家。涤器,《史记·司马相如列传》载,司马相如曾开酒店卖酒,自己洗涤酒器。被绣,穿锦绣,指司马相如获汉武帝赏识,任为郎。本句意谓司马相如贫穷时卖酒洗酒器,做官后穿上了锦绣。

㉛"于是史迁寿王之徒"六句——史迁,司马迁,西汉史学家。寿王,姓吾丘,名寿王,西汉辞赋家。严,严助,西汉作家。终,终军,西汉大臣。枚皋,西汉作家。属,类。无方,无定规,此指善于应对。六句意谓司马迁、吾丘寿王、严助、终军、枚皋等人,善于应对,文章也不少,他们遗留下风采,后代无人能与之媲美。

㉜"越昭及宣"八句——越,度过。昭,汉昭帝刘弗陵,汉武帝之子。宣,汉宣帝刘询,汉武帝曾孙。武,汉武帝。石渠,石渠阁,西汉皇室藏书之处,在长安未央宫殿北,汉宣帝曾召集学者在此讨论经学。暇豫,悠闲逸乐。文会,文士饮酒赋诗或切磋学问的聚会。雕篆,指辞赋,扬雄《法言·吾子》称辞赋为"童子雕虫篆刻"。轶材,才华出众的人才。发绮縠之高喻,《汉书·王褒传》载,汉宣帝曾说:"辞赋大者与古诗同义,小者辩丽可喜,辟如女工有绮縠,音乐有郑卫。"绮縠,绫绸纱纱之类,汉宣帝以之比喻辞赋。王褒,西汉辞赋家。伦,辈。厎,致,得到。待诏,等待诏命。八句意谓经过汉昭帝到了汉宣帝时代,确实继承了汉武帝的业绩,文士们在石渠阁纵横自如地讨论经学,悠闲时聚会在一起切磋诗文,汉宣帝网罗了辞赋写作的优秀人才,发表了肯定辞赋的高妙比喻。当时王褒一类的文人得到了俸禄,等待诏命。

㉝"自元暨成"四句——元,汉元帝刘奭,汉宣帝之子。暨,到。成,汉成帝刘骜,汉元帝之子。降意,留意。玉屑,比喻美好的文辞。屑,碎末。金马,金马门,汉代宫门名,学士待诏之处,门旁边有铜马。四句意谓从汉元帝到汉成帝,都留意图书典籍,赞美美妙的言谈,扫清金马门前的通道来招揽文士。

㉞“子云锐思于千首”三句——子云，扬雄的字。千首，指赋。桓谭《新论·道赋》记载，扬雄曾说：“能读千赋则善赋。”子政，刘向的字，西汉学者，曾受命整理皇宫藏书。《汉书·艺文志》载汉成帝“诏光禄大夫刘向校经传诸子诗赋”。雠，校对文字，指整理。六艺，六经，此指典籍。三句意谓扬雄努力创作辞赋，刘向奉诏整理典籍，都是美好之举。

㉟“爰自汉室”八句——成，汉成帝。哀，汉哀帝刘欣，汉元帝之孙。渐，进。百龄，百年。九变，变化很多。九，指多。祖述，继承。灵均，屈原的小字。八句意谓从汉朝开国到汉成帝、汉哀帝，虽然已逾百年，作家有了很多变化，然而创作总的趋向，都是继承《楚辞》的传统，屈原的影响始终存在。

㊱“自哀平陵替”四句——哀，汉哀帝。平，汉平帝刘衎，汉哀帝之弟。陵替，衰落。光武，汉光武帝刘秀。中兴，指刘秀建立东汉政权。图谶，古代方士或儒生编造的关于帝王受命征验一类的书，多为隐语、预言。文华，文采。四句意谓自从汉哀帝、汉平帝时，西汉王朝衰落，刘秀建立了东汉政权，他非常看重关于帝王受命征验一类的书，有些忽略文章的辞采。

㊲“然杜笃献诔以免刑”四句——杜笃，东汉初年作家。诔，哀悼死者的作品。《后汉书·文苑传》载，杜笃曾入狱，后逢大司马吴汉去世，“光武诏诸儒诔之，笃于狱中为诔辞最高，帝美之，赐帛免刑”。班彪，东汉初年史学家、文学家。《后汉书·班彪传》载，班彪曾任窦融的从事，为其草拟奏章，光武帝得知后召见了班彪，拜其为徐令。参，参与。令，县令。旁求，广泛搜求。遐，远。四句意谓杜笃因为诔文写得好而被光武帝免刑，班彪因为奏章写得好而被光武帝任命为县令，光武帝虽然没有广泛搜求文士，但也没有疏远抛弃他们。

㊳“及明章叠耀”四句——明，汉明帝刘庄，光武帝之子。章，汉章帝刘炟，汉明帝之子。叠耀，重叠照耀。肄，学习。璧堂，辟雍与明堂的并称，辟雍，即太学，环之以水，形似璧；明堂，是宣明政教的厅堂。虎观，白虎观，汉章帝曾在此召集学者讲论经学。四句意谓汉明帝、汉章帝先后辉耀，他们都崇尚儒学，汉明帝在辟雍和明堂习礼，汉章帝则在白虎观讲论经学。

㊴“孟坚珥笔于国史”六句——孟坚，班固的字，东汉史学家、文学家。珥笔，古代史官上朝常插笔于冠侧以便记录。珥，插。国史，指班固《汉书》。贾逵，东汉学者、作家。瑞颂，指《神雀颂》。《后汉书·贾逵传》载，汉明帝时有神雀集宫殿官府，贾逵将之解释为胡人降服的征兆，汉明帝“敕兰台给笔札，使作《神雀颂》”。东平，东汉东平王刘苍，有文才，著有赋颂歌诗，今仅存其疏议数篇，载《全后汉文》卷十。沛王，东汉沛王刘辅。通论，指刘辅的《五经论》。《后汉书·沛献王辅传》载，刘辅“作《五经论》，时号之曰《沛王通论》”。帝，帝王，

此指汉明帝、汉章帝。藩,藩王,此指东平王、沛王。则,法则。仪,表率。六句意谓班固带笔入朝写作了《汉书》,贾逵被赐予纸笔创作了《神雀颂》。东平王擅长写美文,沛王写作了《五经论》。汉明帝、汉章帝树立了法则,东平王、沛王作出表率,光辉互相照耀。

⑩"自安和以下"八句——安,汉安帝刘祜,汉章帝之孙。和,汉和帝刘肇,汉章帝之子。顺,汉顺帝刘保,汉安帝之子。桓,汉桓帝刘志,汉章帝的曾孙。班,班固。傅,傅毅。三崔,崔骃、崔瑗、崔寔祖孙三人。王,王延寿。马,马融。张,张衡。蔡,蔡邕。磊落,众多的样子。八句意谓从汉和帝、汉安帝以下,到汉顺帝、汉桓帝,其间有班固、傅毅、崔骃、崔瑗、崔寔、王延寿、马融、张衡、蔡邕等众多大儒,不缺乏人才,他们的具体作品就不加以评论了。

⑪"然中兴之后"六句——辙,车轮压过的痕迹,此指写作风格。经,儒家经典。历政,历朝。讲聚,指上文所说的"讲文虎观"等。靡,顺风倒下,此指受影响。六句意谓进入东汉之后,文人们稍微改变了之前的文风,作品的文采和内容都有所据,他们酌量采用儒家经典中的文辞。这种文风的变化是由于经历了几代帝王聚众讲论经学,文人们渐渐受到儒学影响的结果。

⑫"降及灵帝"四句——灵帝,汉灵帝刘宏,汉章帝玄孙。羲皇,指《皇羲篇》。《后汉书·蔡邕传》载,汉灵帝好学,"自造《皇羲篇》五十章"。鸿都,鸿都门,汉代藏书和讲学之所。《后汉书·蔡邕传》载,汉灵帝招揽能为文赋者到鸿都门下。四句意谓汉灵帝喜好辞赋文章,不但自己写了《皇羲篇》,而且还打开鸿都门招揽辞赋家,让他们进行辞赋创作。

⑬"而乐松之徒"六句——乐松,汉灵帝时的一位待中祭酒,他负责招引文士到鸿都门来。招集浅陋,《后汉书·蔡邕传》载:"侍中祭酒乐松、贾护,多引无行趣势之徒,并待制鸿都门下。"杨赐,东汉大臣。号,称。驩兜,尧舜时期一位恶名昭彰的部落首领,与共工一起作恶,被舜放逐。《后汉书·杨赐传》载,杨赐上书汉灵帝,说:"又鸿都门下,招会群小,造作赋说,以虫篆小技见宠于时,如驩兜、共工,更相荐说。"蔡邕,东汉作家。俳优,以乐舞谐戏为业的艺人。《后汉书·蔡邕传》载,蔡邕上书汉灵帝,说:"诸生竞利,作者鼎沸,其高者颇引经训风谕之言,下则连偶俗语,有类俳优。"蔑如,不值得称道。六句意谓乐松等人招揽引荐了一批不学无术之人,杨赐称之为驩兜,蔡邕比之为俳优,他们流传下来的风气和作品不值得称道。

⑭"自献帝播迁"四句——献帝,汉献帝刘协,汉灵帝之子,东汉最后一个皇帝。播迁,迁徙,流离。董卓逼迫汉献帝,由洛阳迁都长安,后曹操挟持汉献帝,又迁都许昌。文学,指文学之士。蓬转,蓬草随风飞转,喻文士流离转徙,四处

飘零。建安,汉献帝年号(公元196年—220年)。区宇,国内。辑,安定。四句意谓自汉献帝迁徙以来,文人便如蓬草般流离转徙,建安末年,天下才安定。

㊺“魏武以相王之尊”八句——魏武,曹操,曹丕篡汉称帝后追尊曹操为魏武帝。相王,曹操为汉献帝丞相,封魏王。雅,一向。文帝,魏文帝曹丕。副君,指太子,曹丕为魏王太子。陈思,曹植,封陈王,谥思。琳琅,精美的玉石,比喻作品的美好。琳,美玉。琅,美石。体貌,以礼相待。英逸,才智卓越的人。云蒸,比喻盛多。八句意谓曹操居丞相,封魏王,地位尊贵,一向喜爱诗章;曹丕处于魏王太子的重要地位,善于写作辞赋;曹植有魏王公子的豪情,作品宛如美玉;他们对才智卓越的人以礼相待,所以招揽了众多的人才。

㊻仲宣委质于汉南——仲宣,王粲的字,建安七子之一。委质,臣服,归附。汉南,汉水之南,指刘表统治的荆州。《三国志·魏书·王粲传》载,汉末,王粲投奔刘表,刘表因王粲“貌寝而体弱通侻”,不加重用,刘表死后,王粲归顺曹操。本句意谓王粲从汉南来归顺曹操。

㊼孔璋归命于河北——孔璋,陈琳的字,建安七子之一。归命,归顺。河北,袁绍统治的冀州。《三国志·魏书·王粲传》载,陈琳避难冀州,依袁绍,袁绍失败后,陈琳归顺曹操。本句意谓陈琳从河北来归降曹操。

㊽伟长从宦于青土——伟长,徐幹的字,建安七子之一。从宦,做官。青土,青州,徐幹原籍为北海郡,古时属于青州,今山东寿光。曹植《与杨德祖书》:“伟长擅名于青土。”本句意谓徐幹从青州来做官。

㊾公幹徇质于海隅——公幹,刘桢的字,建安七子之一。徇质,意同上文的“委质”,指出仕。海隅,海边,刘桢原籍山东东平,东平近海。本句意谓刘桢从海边来投奔。

㊿德琏综其斐然之思——德琏,应玚的字,建安七子之一。综,运用。斐然,有文采的样子。曹丕《与吴质书》:“德琏常斐然有述作之意。”本句意谓应玚运用他文采斐然之思。

(51)元瑜展其翩翩之乐——元瑜,阮瑀的字,建安七子之一。翩翩,美好的样子。曹丕《与吴质书》:“元瑜书记翩翩,致足乐也。”阮瑀展现他风度翩翩的写作之乐。

(52)“文蔚休伯之俦”六句——文蔚,路粹的字,三国时魏作家。休伯,繁钦的字,三国时魏作家。俦,辈。子叔,邯郸淳的字,三国时魏作家。德祖,杨修的字,三国魏作家。侣,辈。傲雅,犹雍容,谓宴乐时举止文雅大方,从容不迫。觞豆,指宴饮。觞,盛酒器。豆,盛肉器。雍容,从容大方。衽席,指坐席。衽,床席。洒笔、和墨,指写作。藉,助。六句意谓路粹、繁钦、邯郸淳、杨修等人,宴乐时举止文雅大方,在坐席上从容大度,挥笔写成酣畅的诗歌,舞文弄墨为谈笑助兴。

㊼"观其时文"六句——良,实在。笔长,笔意深长。梗概,慷概。六句意谓此期的作品常常喜欢慷慨激昂,主要是由于经过了长期的动乱离散,风气衰落,人民哀怨,作家们的情志深刻,笔意深长,所以作品慷慨激昂,气势旺盛。

㊺"至明帝纂戎"六句——明帝,魏明帝曹叡,曹丕之子。纂戎,继承光大先人业绩。度曲,作曲。魏明帝所写乐府诗现存十三首,见《全三国诗》卷一。崇文之观,即崇文观,魏明帝招集文士的地方。《三国志·魏书·明帝纪》载,魏明帝"置崇文观,征善属文者以充之"。何刘,何晏、刘劭,均为三国时期魏作家。六句意谓魏明帝继承光大先人的业绩,自己写诗作曲,并且设立崇文观招揽文士,于是何晏、刘劭等杰出的文人,文采交相辉映。

㊻"少主相仍"四句——少主,年轻的君主,指魏明帝以后相继即位的齐王曹芳、高贵乡公曹髦、陈留王曹奂等人。相仍,相继。高贵,高贵乡公曹髦。含章,蕴含文采。四句意谓魏明帝以后年轻的君主相继即位,其中只有高贵乡公曹髦英俊风雅,顾盼之间都蕴含文采,出口发言就是宏论。

㊾"于时正始余风"四句——正始,齐王曹芳的年号(公元240年—249年)。正始余风,指正始年间玄学风气的影响。篇体轻澹,作品风格空泛乏味,此针对何晏等人的玄言诗而言。体,风格。轻澹,空泛乏味。嵇阮应缪,嵇康、阮籍、应璩、缪袭,均为三国时期魏作家,均经历过正始时期。四句意谓此时,受正始年间玄学风气的影响,作品风格空泛乏味,而嵇康、阮籍、应璩、缪袭,在文坛上并驾齐驱。

㊿"逮晋宣始基"四句——晋宣,指司马懿,三国时期魏之权臣,曹芳继位时,司马懿辅政,其孙司马炎以晋代魏后,追尊他为宣帝。基,本义为墙基,此指奠定基础。景文,司马师、司马昭,司马懿之子,司马懿死后,二人辅政,晋朝建立后二人被追尊为景帝、文帝。克,能。构,本义为架木造屋,此指继承父业,加以扩大。迹,事迹。沈,同"沉",沉没。迹沈儒雅,即在儒学方面没有成就。务,专力。方术,指权术。四句意谓司马懿开始奠定晋朝的基业,司马师、司马昭能够继承光大父业;他们在儒学方面没有成就,只倾全力于玩弄权术。

58"至武帝惟新"四句——武帝,晋武帝司马炎,司马昭之子,西晋第一位皇帝。惟新,更新,此指建立西晋王朝。承平,治平相承,太平。受命,受天之命,指司马炎代魏称帝。胶序,殷学名序,周学名胶,后即用为学校的通称。篇章,辞章。简,检阅。四句意谓司马炎以晋代魏,建立新朝,他受天之命承继太平,但学校和辞章,却未加考虑。

59"降及怀愍"二句——怀,晋怀帝司马炽,晋武帝之子,继位后朝政为东海王司马越把持,于"永嘉之乱"中被匈奴人俘虏,后被杀害。愍,晋愍帝司马邺,晋武帝之孙,司马邺少年即位,由琅邪王司马睿、南阳王司马保辅政。匈奴刘曜进攻长安,愍帝投降,受尽侮辱,后被杀害。缀旒,系在旗上的装饰物,比喻君主为臣下挟持,大权旁落。二句意谓晋怀帝和晋愍帝大权旁落,有如系在旗上的装饰物。

⑥"然晋虽不文"十句——茂先,张华的字。摇笔、动墨,指写作。珠、锦,比喻作品美好。太冲,左思的字。岳,潘岳。湛,夏侯湛。联璧,《晋书·夏侯湛传》载,夏侯湛与潘岳经常同车出行,连席而坐,"京都谓之连璧"。机云,陆机、陆云兄弟。二俊,《晋书·陆机传》载,吴国灭亡后,陆机、陆云到了洛阳,张华说:"伐吴之役,利获二俊。"应,应贞。傅,傅玄。三张,张载、张协、张亢三兄弟。孙,孙楚。挚,挚虞。成公,成公绥。藻,辞藻。清英,清美。韵,声韵。绮靡,柔美。十句意谓晋朝不重视文学,但人才却很多:张华下笔便成佳作,左思动墨就成妙篇,有"连璧"之称的潘岳、夏侯湛文辞闪耀着光华,有"二俊"之名的陆机、陆云显示出杰出的文采,应贞、傅玄、张载、张协、张亢、孙楚、挚虞、成公绥等人,都文采清丽,韵味柔美。

⑥"前史以为运涉季世"四句——季世,末世。人未尽才,人们未能充分展现才华,上文所言西晋作家或不得志,比如左思、张载、张协;或被杀害,如张华、潘岳、陆机、陆云等。诚,确实。四句意谓前代史书认为西晋运至末世,作家们未能充分展现才华,这话的确有道理,令人为之叹息。

⑥"元皇中兴"四句——元皇,晋元帝司马睿。中兴,指晋元帝建立东晋王朝。披文,提倡文学,开拓重文的风气。建学,建立太学。刘刁,刘隗、刁协,东晋大臣。礼吏,精通礼法的官吏。景纯,郭璞的字,东晋作家。《晋书·郭璞传》载,郭璞词赋为中兴之冠,"后复作《南郊赋》,帝见而嘉之,以为著作佐郎"。擢,提拔。四句意谓司马睿建立东晋,提倡文学,建立太学,刘隗、刁协因为精通礼法而受宠,郭璞因为才思敏捷而得到提拔。

⑥"逮明帝秉哲"十句——明帝,晋明帝司马绍,晋元帝之子。秉哲,具有智慧。雅好文会,《晋书·明帝纪》载,晋明帝"雅好文辞"。储,储君,太子。御极,登上皇位。孳孳,同"孜孜",不倦怠。艺,六艺,指儒家经典。练,熟悉。诰策,诰令策书。振采,指创作。庾,庾亮,东晋大臣。笔才,文才。逾,通"愈"。温,温峤,东晋大臣。益厚,更加受厚爱。揄扬,提倡。风流,指文章学术。彼时,那时,指晋代。十句意谓晋明帝天赋聪慧,向来爱好与文士切磋诗文,他被立为太子,登上皇位,不倦怠地讲论经义,他熟悉诰令策书的写作,并且亲自创作辞赋,庾亮、温峤因有文才而受到他的重用,他提倡文章学术,可以说是晋代

的汉武帝。

㉔"及成康促龄"八句——成,晋成帝司马衍(公元321—342年),在位17年,22岁死,晋明帝之子。康,晋康帝司马岳(公元322—344年),在位2年,23岁死,晋明帝之子,成帝死后继位。促龄,短命。穆,晋穆帝司马聃(公元343—361年),晋康帝之子,康帝死后继位,在位17年,终年19岁。哀,晋哀帝司马丕(公元341—365年),晋成帝之子,穆帝死后继位,在位4年,终年25岁。短祚,皇帝在位时间短。祚,帝位。按,比较而言,应是成帝、穆帝短命,康帝、哀帝短祚,本篇按在位的先后顺序,故言"成康促龄,穆哀短祚"。简文,晋简文帝司马昱,晋元帝之子。渊,深。清峻,清远高峻。玄席,谈论玄学的坐席。文囿,文坛。八句意谓晋成帝、晋康帝短命,晋穆帝、晋哀帝在位时间不长。晋简文帝兴起,他十分清远高峻,精微的言论和道理,屡屡充满于谈论玄学的坐席,恬淡的文思和丰富的文采,时常挥洒在文坛。

㉕"至孝武不嗣"六句——孝武,晋孝武帝司马曜,字昌明,简文帝之子。不嗣,当时有预言说孝武帝将是东晋的末代皇帝,《晋书·孝武帝纪》中有"晋祚尽昌明"的谶语。安恭,晋安帝司马德宗、晋恭帝司马德文,都是孝武帝之子,后都为刘裕所杀。已矣,完了,指晋朝灭亡。袁殷,袁宏、殷仲文,都是东晋作家。曹,辈。孙干,孙盛、干宝,都是东晋史学家。珪璋,珍贵的玉器,喻才学。六句意谓到孝武帝时,已有晋朝将灭亡的预言,到晋安帝、晋恭帝时,东晋就完结了。这时的文史学家,有袁宏、殷仲文、孙盛、干宝等人,他们的才学有浅有深,但都够用了。

㉖"自中朝贵玄"四句——中朝,指西晋。玄,玄学。江左,指东晋。因,因循。谈,玄谈。气,风气。体,风格。四句意谓自从西晋崇尚玄学以来,东晋更加盛行,因循着玄谈的余风,渐渐形成了新的文风。

㉗"是以世极迍邅"四句——迍邅,困难。夷泰,平和。柱下,指老子,相传他曾担任周朝的柱下史。漆园,指庄子,曾做过漆园吏。义疏,注解。四句意谓世道极其艰难,而文辞意旨平和,当时的诗赋都是以老子、庄子的思想为宗旨,成为了他们思想的注解。

㉘"故知文变染乎世情"四句——世情,社会情势。原始以要终,推求事物变化的始末。原,推求。要,归结。四句意谓可见文学的变化受到社会情势的感染,文学的兴衰与时代相关,推求事物变化的始末,百世的文学流变也是可以知晓的。

㉙"自宋武爱文"五句——宋武,宋武帝刘裕。文帝,宋文帝刘义隆,宋武帝之子。秉,持。文,崇尚文雅。孝武,宋孝武帝刘骏,宋文帝之子。云构,形容众

多。五句意谓宋武帝爱好文学,宋文帝文雅,秉承了崇尚文雅的德行,宋孝武帝有才华,美文众多。

⑩"自明帝以下"二句——明帝,宋明帝刘彧,宋文帝之子。文理,指崇尚文雅的风气。替,衰。二句意谓宋明帝以后,崇尚文雅的风气衰微了。

⑪"尔其缙绅之林"六句——尔其,连词,表承接,辞赋中常用作更端之词,犹言至于,至如。缙绅,指士大夫。蔚,盛。飙,暴风。王袁,宋代王、袁两家多文人,王家有王韶之、王淮之等人,袁家有袁淑、袁粲等人。联宗,两家宗族。龙章、凤采,比喻文采丰富。颜谢,宋代颜、谢两家多文人,颜家有颜延年及其子颜竣、颜测等,谢家有谢灵运及其族弟谢惠连、谢庄等人。重叶,几代。何,宋代何家有何承天、何长瑜、何尚之等文人。范,宋代范家有范泰、范晔等文人。张,宋代张家有张敷、张永等文人。沈,宋代沈家有沈达文、沈达远等文人。六句意谓宋代士大夫中,文人如风起云涌,王、袁、颜、谢家族中文人辈出,何、范、张、沈家族也是文人不胜枚举。

⑫"盖闻之于世"二句——大较,大概。二句意谓这些作家都闻名于世,所以只是略举大概情况。

⑬"暨皇齐驭宝"二句——皇,美。驭宝,登帝。宝,指帝位。运,国运。休,美。二句意谓到了齐代开国,国运美好清明。

⑭"太祖以圣武膺箓"六句——太祖,齐高帝萧道成。膺箓,指帝王承受天赐的符命。膺,受。世祖,齐武帝萧赜,齐高帝之子。纂业,继承帝业。文帝,齐文惠太子萧长懋,死后追尊为文帝。贰离,指太子,《周易》认为离象征帝王,贰离即副君。高宗,齐明帝萧鸾。上哲,具有超凡的道德、才智的人。文明自天,文雅英明出自天生。缉熙,光明。景祚,国运洪大。六句意谓齐高帝因英明神武而禀受天命,齐武帝因聪明文雅而继承帝业,齐文惠太子作为太子而富有文采,齐明帝因为具有超凡的才德而振兴国运,他们文雅聪明出自天生,光辉照耀,国运昌隆。

⑮"今圣历方兴"六句——圣历,指当时在位的皇帝,可能是东昏侯或齐和帝。充被,遍及。海岳,山海。才英,杰出的文才。秀发,喻指人神采焕发,才华出众。天衢,天街。骐骥,骏马。六句意谓现在皇帝刚继位,文德遍及四方,神灵降临在大海高山,杰出的文人神采焕发,他们在天街上驾驭飞龙,在万里之途上控引骏马。

⑯"经典礼章"四句——礼章,礼乐制度。轹,指超过。唐,唐尧。虞,虞舜。四句意谓经籍和礼乐制度超过了周朝和汉代,如同唐尧虞舜时的文章,十分兴盛。

⑦"鸿风懿采"四句——短笔，拙劣的文笔，此为刘勰的谦辞。飏言，大力宣扬。时，指齐代。寄，寄望于。四句意谓这些作品鸿大而美好的风采，我的拙劣文笔哪敢妄加论说？大力宣扬赞美这个时代，只能寄望于高明的人了。

⑧"蔚映十代"二句——十代，指唐尧、虞舜、夏、商、周、汉、魏、晋、宋、齐。九，指多。二句意谓十个朝代的文采交相辉映，文辞风貌经过了多次变化。

⑨"枢中所动"二句——枢中，中心、关键，此指时代。枢，户枢。环，指文学环绕时代而发展变化。无倦，不止。二句意谓在时代变化的带动下，文学不断地发展演变。

⑩"质文沿时"二句——沿，遵循。崇替，兴废。选，齐整，指合拍。二句意谓质朴或华丽遵循时代而变，文学的兴废合于社会的变化。

⑪"终古虽远"二句——终古，远古。旷，明白。二句意谓远古虽然遥远，那时的文风明白得如在面前。

【附录】

然礼与变俱，乐与时化，故五帝不同制，三王各异造，非其相反，应时变也。

阮籍《乐论》　见严可均辑《全三国文》卷四十六　商务印书馆

夫文之为用，其来日久。自昔圣达之作，贤哲之书，莫不统理成章，蕴气标致，其流广变，诸非一贯，文质推移，与时俱化。

魏收《文苑传序》　《魏书》卷八十五　中华书局

然则诗理之先，同夫开辟，诗迹所用，随运而移。上皇道质，故讽谕之情寡；中古政繁，亦讴歌之理切；唐虞乃见其初，牺轩莫测其始。于后时经五代，篇有三千，成康没而颂声寝，陈灵兴而变风息。

孔颖达《毛诗正义序》　《毛诗正义》卷首　中华书局

文籍之生，于今久也矣。天下有道则用而为常法，无道则存而为具物，与时偕者也。夫所以观其德也，亦所以观其政也，随其代而有焉，非止于古而绝于今矣。

柳开《上大名府王祜学士第四书》《河东先生集》卷五　《四部丛刊初编》本

夫王迹熄而《诗》亡，《离骚》作而文辞之士兴。历代盛衰，文章与时高下。然其变态百出，不可穷极，何其多也。

欧阳修等《新唐书·艺文志》　中华书局

某尝以为世道有升降，风气有盛衰，而文采随之。其辞平和而意深长者，大抵皆盛世之音也。其不然者，则其人有大过人而不系于时者也。

虞集《李仲渊诗稿序》 《道园学古录》卷六 《四部丛刊》本

时有废兴，道有隆替。文章与时高下，与代终始。向之君子，岂可泯然其不称乎？

高棅《五言古诗叙目》卷二十二 《唐诗品汇》卷首 上海古籍出版社

汉、魏、六朝、唐、宋、元诗，各自为体，譬之方言，秦、晋、吴、越、闽、楚之类，分疆画地，音殊调别，彼此不相入。此可见天地间气机所动，发为音声，随时与地，无俟区别，而不相侵夺。然则人囿于气化之中，而欲超乎时代土壤之外，不亦难乎？

李东阳《麓堂诗话》 《历代诗话续编》 无锡丁氏校印本

虞夏之书浑浑尔，商书灏灏尔，周书噩噩尔，汉文典厚，唐文俊亮，宋文质本，元文轻佻，斯声以代变者也。

屠隆《诗文》 《鸿苞集》卷十八 明万历茅氏刻本

三古以来，文章日变，其间有气运焉，有风尚焉。史莫善于班马，而班马不能为《尚书》、《春秋》，诗莫善于李杜，而李杜不能为《三百篇》，此关乎气运者也。至风尚所趋，则人心为之矣，其间异同得失，缕数难穷。

纪昀《爱鼎堂遗集序》 《纪文达公遗集》卷九 清嘉庆刊本

运会日移，诗亦随时而变。其实羲皇一画，未尝澌灭。何以有一种人，谈唐宋而下，诋若仇雠；以宋诗比拟其作，即艴然不悦？吾尝永夜思之，不得其解。

薛雪《一瓢诗话》四九 人民文学出版社

文心雕龙·物色[①]

春秋代序，阴阳惨舒，物色之动，心亦摇焉[②]。盖阳气萌而玄驹步，阴律凝而丹鸟羞，微虫犹或入感，四时之动物深矣[③]。若夫珪璋挺其惠心，英华秀其清气，物色相召，人谁获安[④]？是以献岁发春，悦豫之情畅；滔滔孟夏，郁陶之心凝[⑤]；天高气清，阴沈之志远；霰雪无垠，矜肃之虑深[⑥]。岁有其物，物有其容；情以物迁，辞以情发[⑦]。一叶且或迎意,虫声有足引心。况清风与明月同夜,白日与春林共朝哉⑧!

是以诗人感物,联类不穷。流连万象之际,沈吟视听之区;写气图貌,既随物以宛转;属采附声,亦与心而徘徊⑨。故灼灼状桃花之鲜⑩,依依尽杨柳之貌⑪,杲杲为出日之容⑫,瀌瀌拟雨雪之状⑬,喈喈逐黄鸟之声⑭,喓喓学草虫之韵⑮。皎日嘒星,一言穷理;参差沃若,两字连(原作穷,据元至正本《文心雕龙》改)形⑯:并以少总多,情貌无遗矣。虽复思经千载,将何易夺⑰?及离骚代兴,触类而长,物貌难尽,故重沓舒状,于是嵯峨之类聚,葳蕤之群积矣⑱。及长卿之徒,诡势瑰声,模山范水,字必鱼贯,所谓诗人丽则而约言,辞人丽淫而繁句也⑲。

至如雅咏棠(原作棠,据《诗经·小雅·裳裳者华》"裳裳者华,或黄或白"改)华,或黄或白;骚述秋兰,绿叶紫茎⑳。凡摛表五色,贵在时见,若青黄屡出,则繁而不珍㉑。

自近代以来,文贵形似,窥情风景之上,钻貌草木之中㉒。吟咏所发,志惟深远;体物为妙,功在密附㉓。故巧言切状,如印之印泥,不加雕削,而曲写毫芥。故能瞻言而见貌,即字而知时也㉔。然物有恒姿,而思无定检,或率尔造极,或精思愈疏㉕。且诗骚所摽(原作标,据元至正本《文心雕龙》改),并据要害,故后进锐笔,怯于争锋㉖。莫不因方以借巧,即势以会奇,善于适要,则虽旧弥新矣㉗。是以四序纷回,而入兴贵闲;物色虽繁,而析辞尚简;使味飘飘而轻举,情晔晔而更新㉘。古来辞人,异代接武,莫不参伍以相变,因革以为功,物色尽而情有余者,晓会通也㉙。若乃山林皋壤,实文思之奥府,略语则阙,详说则繁㉚。然屈平所以能洞监风骚之情者,抑亦江山之助乎㉛!

赞曰:山沓水匝,树杂云合㉜。目既往还,心亦吐纳㉝。春日迟迟,秋风飒飒㉞。情往似赠,兴来如答㉟。

【注释】

①《文心雕龙·物色》——《物色》是《文心雕龙》的第四十六篇。刘勰在《序志》篇云:"崇替于《时序》,褒贬于《才略》,怊怅于《知音》,耿介于《程器》,

长怀《序志》,以驭群篇。"从《时序》到《序志》,目前通行的《文心雕龙》的篇目排序,正是尊此。然而,位于《时序》、《才略》之间的《物色》篇,刘勰没有提及,这就引发了学界对于《物色》篇序位的怀疑。范文澜《文心雕龙注》认为"本篇当移在《附会篇》之下,《总术篇》之上",刘永济《文心雕龙校释》认为"此篇宜在《练字》篇后,皆论修辞之事也。今本乃浅人改编,盖误认《时序》为时令,故以《物色》相次。"李曰刚《文心雕龙斠诠》认为"实应位于《隐秀》篇之后,《指瑕》篇之前"。上述诸种说法虽能自成一说,但均没有史料的依据。有学者对此进行了反驳,石家宜《〈文心雕龙〉系统观》:"《物色》篇与《时序》篇并列,是因为它们分论文学发展与自然与社会的关系,因此这两篇篇意也是对应的,结构上的紧邻反映了这两篇篇意的先后相联和贯通。"牟世金《雕龙集》:"为对古籍持慎重态度,在没有找到可靠依据之前,仍应根据今本《文心雕龙》的篇次,来探讨刘勰的理论体系。"牟世金的说法较为中肯。

"物色"是六朝时的常用词。《文选》赋设有物色类,收录宋玉《风赋》、潘岳《秋兴赋》、谢惠连《雪赋》、谢希逸《月赋》四篇。李善注"四时所观之物色而为之赋","有物有文曰色"。在《文选》中运用物色一词的地方颇多,比如《文选·颜延之·秋胡诗》"日暮行采归,物色桑榆时",鲍照《秋日示休上人》"物色延暮思,霜露逼朝荣",谢朓《出下馆》"物色盈怀抱,方驾娱耳目",任昉《奉和登景阳山》"物色感神游,升高怅有阅",萧统《答玄圃园讲颂启令》"银草金云,殊得物色之美",郦道元《水经注·巨马水》"川石皓然,望同积雪,故以物色受名",以上物色均指自然景物。

刘勰在本篇的理论贡献主要体现在他对"心物"关系的辩证认识上。他既强调了"随物宛转",即自然景物影响人的情感;又强调了"与心徘徊",即人的情感对自然景物的驾驭与统摄。由于"物貌难尽",先秦、汉代作者在描写景物上,由简入繁、日趋形似,以至到了晋宋时期追求形似之风大炽,写景达到了"如印之印泥"的程度。从《诗经》"以少总多"到《楚辞》"重沓舒状",再到汉辞"丽淫繁句",晋宋"文贵形似",刘勰认为这是景物对作者的影响日益深远的表现。另一方面,作者对景物的驾驭及情韵的阐发,有弱化的趋势。针对"文贵形似"的创作潮流,刘勰提出了"物色尽而情有余"的观点,强调了"情"在景物描写中的重要性。他认为,描写景物应像《诗经》和《楚辞》那样善于"适要"、"析辞尚简",创作的重点应放在情感的抒发上,"使味飘飘而轻举,情晔晔而更新"。追求形似,堆砌词藻,真情不彰,反是舍本逐末。刘勰较为辩证地提出了情感与景物的互动关系:一方面景物影响人的情感,即"情以物迁",对此,陆机、挚虞等人有过论述,刘勰在《明诗》篇也说过:"人禀七情,应物斯感。感物吟志,莫非自然。"在本篇中,刘勰对此进行了进一步的详细论述;另一方面,刘勰在分析先秦以来景物描写的发展趋势的基础上,提出人的情感在景物描写中的作用问题。山林皋壤固然是"文思之奥府",但屈原能够洞察诗歌的情韵,却不仅仅是依赖于"江山之助"。刘勰认为,景物描写应该在"情往似赠,兴来如答",即情与物的互动中完成。

晋宋以来,描写山水景物的文学作品日渐增多,文学与自然景物的关系,成为当时文人普通关心的一个理论问题。对此,刘勰在《物色》篇里提出"山林皋壤,实文思之奥府"的观点,正面肯定了自然景物对文学创作的积极影响。更重要的一方面是,他针对晋宋以来"文贵形似"的现象,倡导了"物色尽而情有余",强调了文学在追求形似之外,更需要展现情感的丰富性和微妙性,这个观点使刘勰超越了"文贵形似"论,与钟嵘的"滋味"说一同成为了中国诗歌意境理论的先声。

刘勰在本篇中还树立了"以少总多"、"析辞尚简"的美学准则,从《文心雕龙》全书来看,这是刘勰的一个基本思想。《文心雕龙》对"简"、"约"、"核"、"要"、"精"、"少"等的强调,及对"繁"、"滥"、"淫"、"多"等的批评,都反映出了刘勰这种思想。比如《颂赞》篇,刘勰赞赏崔瑗《文学》、蔡邕《樊渠》的简约,称赞挚虞品藻"颇为精核";批评马融《广成》、《上林》"弄文而失质"。《诔碑》篇,刘勰批评扬雄"文实烦秽"、陈思"体实繁缓",而赞扬崔骃、刘陶"工在简要"。《铭箴》篇,刘勰提出"摛文也必简而深";《议对》篇,提出"文以辨洁为能,不以繁缛为巧"等等。概而言之,"以少总多"、"析辞尚简"反映出刘勰的基本美学思想,这就是"文约为美"(《铭箴》)。需要注意的是,"析辞尚简"的提出是针对晋宋以来,描写自然景物日益繁富的现状,这是文学创作用词过分繁富之后的一种理论反拨,实际上刘勰并非一味要求为文简约,正如《征圣》篇所言,"繁略殊形",要"变通适会"。当然,出于宗经思想,刘勰对《诗经》的"以少总多"、"析辞尚简"更为推崇。

②"春秋代序"四句——《离骚》:"日月忽其不淹兮,春与秋其代序。"春秋,代指四季。代序,更替次序。《文选·西京赋》:"夫人在阳时则舒,在阴时则惨。"薛综注曰:"阳谓春夏,阴谓秋冬。"四句意谓秋冬季节属阴,景物肃杀;春夏时节属阳,万物舒展。按,刘勰指出这种四季景物的变化,能够触动人的情感。这种观点,可以上溯到《礼记·乐记》:"人心之动,物使之然也。"陆机《文赋》说:"遵四时以叹逝,瞻万物而思纷,悲落叶于劲秋,喜柔条于芳春。"钟嵘《诗品序》也云:"气之动物,物之感人,故摇荡性情,形诸舞咏。"

③"盖阳气萌而玄驹步"四句——《大戴礼记·夏小正》:"玄驹贲。玄驹也

者,蚁也。贲者何也？走于地中也。"又曰："丹鸟羞白鸟。丹鸟者,谓丹良也。白鸟者,谓蚊蚋也。其谓之鸟也,重其养者也。有翼者为鸟。羞也者,进也,不尽食也。"按,范文澜《文心雕龙注》释丹鸟为螳螂,不确。晋崔豹《古今注·鱼虫》："萤虫,一名耀夜,一名夜光,一名宵烛,一名景天,一名熠燿,一名燐,一名丹良鸟。腐草化之,食蚊蚋。"丹鸟当指萤火虫。秋冬时阴气凝聚,萤火虫捕捉蚊蚋而不尽食之,用以储备冬食。古人用十二种乐律分配于十二月,阳律六,阴律六,此处阴律指阴气。四句意谓春夏时阳气萌生,蚂蚁开始活动,秋冬时阴气凝聚,萤火虫储备冬食,细微的昆虫尚且感到四季的变化,可见四季对万物影响是很深的。

④"若夫珪璋挺其惠心"四句——珪璋,玉器之贵重者,亦以喻人品。《文选》刘孝标《辨命论》："臣观管辂,天才英伟,珪璋特秀。"挺,突出。惠,通"慧"。华,同"花"。四句意谓动物尚能感受四时变化,拥有美玉般的慧心、鲜花般的清秀气质的人类,面对自然景物的感召,能无动于衷吗!

⑤"是以献岁发春"四句——献岁发春,语出《楚辞·招魂》："献岁发春兮,汨吾南征。"献岁,岁首。献,进。发春,春气奋扬。鲍照《春日行》有"献岁发,吾将行"句。豫,悦也。滔滔孟夏,语出屈原《九章·怀沙》："滔滔孟夏兮,草木莽莽。"滔滔,指阳气盛。孟夏,初夏。郁陶,郁闷。四句意谓岁首春气奋扬,人心快乐舒畅;初夏阳气升腾,人心郁闷凝重。

⑥"天高气清"四句——天高气清,《楚辞·九辩》"泬寥兮天高而气清"。沈,同"沉"。阴沈,深含不露。霰雪无垠,屈原《九章·涉江》"霰雪纷其无垠兮"。霰,雪珠。矜肃,庄重严肃。四句意谓秋日天高气爽,人们深含不露的情志遥远;冬天飞雪无边无际,人们庄重严肃的思虑深沉。

⑦"岁有其物"四句——物有其容,语出《左传·昭公九年》："事有其物,物有其容。"杜预注"物,类也;容,貌也。"按,人的情志会随四季景物不同而发生变化,所谓"情以物迁";受景物感召的情志通过文辞展现出来,所谓"辞以情发"。物—情—辞,构成了刘勰对文学创作发生过程的认识,这种认识是对传统物感说的发展。

⑧"一叶且或迎意"四句——迎意,引起感触。引心,引发心思。四句意谓一片树叶、一声虫鸣都能引发人们的感触,清风与明月相伴的夜晚、旭日照着春林的早晨更是对人的情志会产生影响。

⑨"是以诗人感物"八句——诗人,《诗经》作者。联类,联想到类似事物。沈,同"沉"。随物以宛转,指随物而变。《庄子·天下》"与物宛转",成玄英疏曰："宛转,变化也。"属,连缀。附,附会。八句意谓《诗经》作者受外物感召,引

发无穷联想,他们沉吟流连于世间的所见所闻,描写景物,文辞既随景物而变化,也在内心反复思考。

⑩故灼灼状桃花之鲜——《诗经·周南·桃夭》:"桃之夭夭,灼灼其华。"灼灼,花盛开貌。《诗经》用"灼灼"二字来形容桃花的鲜艳。

⑪依依尽杨柳之貌——《诗经·小雅·采薇》:"昔我往矣,杨柳依依。"依依,枝条轻弱貌。《诗经》用"依依"二字来展现杨柳轻柔之态。

⑫杲杲为出日之容——《诗经·卫风·伯兮》:"其雨其雨,杲杲出日。"杲杲,光明貌。《诗经》用"杲杲"二字形容日出时的光明之貌。

⑬瀌瀌拟雨雪之状——《诗经·小雅·角弓》:"雨雪瀌瀌。"瀌瀌,雪大貌。雨雪,下雪,雨作动词。《诗经》用"瀌瀌"二字模拟大雪纷飞之状。

⑭喈喈逐黄鸟之声——《诗经·周南·葛覃》:"黄鸟于飞,集于灌木,其鸣喈喈。"喈喈,众鸟和鸣的声音。逐,追,此指模仿。黄鸟,黄鹂。《诗经》用"喈喈"二字模仿黄鸟和鸣之声。

⑮喓喓学草虫之韵——《诗经·召南·草虫》:"喓喓草虫。"喓喓,虫鸣声。《诗经》用"喓喓"二字模仿虫鸣声。

⑯"皎日嘒星"四句——皎日,《诗经·王风·大车》:"谓予不信,有如皦日。"皦,即皎,洁白。嘒星,《诗经·召南·小星》:"嘒彼小星,三五在东。"嘒,微小。一言,一字。参差,不齐貌。《诗经·周南·关雎》:"参差荇菜,左右流之。"沃若,润泽貌。《诗经·卫风·氓》:"桑之未落,其叶沃若。"四句意谓"皎"、"嘒"分别形容太阳的明亮和星星的微小,是用一个字来穷尽事物;"参差"、"沃若"分别形容荇菜的参差和桑叶的润泽,是连用两字来描摹事物。

⑰"并以少总多"四句——总,综合。易,更改。四句意谓上举《诗经》的例句是用简约的文字总括丰富的内容,却使景物的情状形貌展现无遗。即使再经千年的思考,又能用什么文字来替换呢?按,"以少总多"是刘勰提出的一条美学原则,物色虽然繁多,但创作主体用少量的词语就可以穷形尽相,重章叠句的铺写反会"繁而不珍"。《诗经》在景物描写上的一个突出特点就是"以少总多"。创作主体受外物感发时是"随物宛转",但进入文学表达阶段,却不能一味地堆积词藻去随物宛转,而需要"与心徘徊",由创作主体对外物进行提炼与把握。

⑱"及离骚代兴"六句——离骚,指代《楚辞》。长,发展。舒,舒展,此指描写。嵯峨,山峰高峻貌。葳蕤,草木繁盛貌。六句意谓《楚辞》继《诗经》之后兴起,所描写的景物有所增加,简约的文字难以穷尽事物的形貌,所以就用重章叠句描写景物,于是"嵯峨"、"葳蕤"等词语大量涌现。

⑲"及长卿之徒"六句——长卿,司马相如字长卿。模、范,描摹。鱼贯,游鱼先后接续。"所谓"二句,语本扬雄《法言·吾子》:"诗人之赋丽以则,辞人之赋丽以淫。"则,合乎规则而不过分。淫,过分。六句意谓司马相如等人追求奇特瑰丽的声势,致力于描摹山水形貌,他们堆砌词藻像游鱼一样先后接续,正如扬雄所说,《诗经》作者华丽适度,用词简约;辞赋家华丽过分,辞句烦琐。按,刘勰继扬雄之后重申了"丽则"、"丽淫"的问题,《情采》篇也类似地区分了两类作者"为情者要约而写真,为文者淫丽而烦滥",可见刘勰的褒贬是很明显的。

⑳"至如雅咏棠华"四句——"至如"二句,语出《诗经·小雅·裳裳者华》:"裳裳者华,或黄或白。""骚述"二句,语出《楚辞·九歌·少司命》:"秋兰兮青青,绿叶兮紫茎"。雅,指《诗经·小雅》。裳,鲜明。华,花。骚,指《楚辞》。四句意谓《小雅》以"有的黄,有的白"歌咏鲜花;《楚辞》用"绿的叶,紫的茎"描写秋兰。

㉑"凡摛表五色"四句——摛表,描绘。五色,指青、赤、白、黑、黄五种颜色,古代以此五者为正色。时见,适时出现。四句意谓描写色彩的字,贵在适时出现,如果青黄等字迭出,就繁杂而不珍贵了。

㉒"自近代以来"四句——近代,指晋宋时期。四句意谓从晋宋以来,文章以追求形似为贵,作者们致力于观察、钻研风景的情态形貌。按,随着晋宋以来山水诗的兴起,文贵形似成为一种创作风气,钟嵘《诗品》也指出了这一点,比如他说,晋黄门侍郎张协"巧构形似之言",宋临川太守谢灵运"尚巧似",宋参军鲍照"善制形状之词"等等。

㉓"吟咏所发"四句——体,描写。密附,准确描绘。四句意谓作者吟咏文辞,追求深远的情志;描写外物极尽其妙,归功于文字的准确描绘。

㉔"故巧言切状"六句——切,切合。印之印泥,古人用泥给书信封口,在泥上盖印,泥上印迹与印吻合,此指文字所述与实际景物吻合。曲,详尽。毫芥,形容细微之物。毫,细毛。芥,小草。六句意谓用巧语写景,就如同印章印在封泥上,不加雕饰,而详尽入微,令读者透过这些描述而窥见景物的形貌和季节。

㉕"然物有恒姿"四句——检,法式、规范。率尔,随意。造极,达到极致。精思,精心构思。疏,同"疏",与"密附"相对,指描绘不准确。按,"思无定检"与"思无定位"(《明诗》)、"思无定契"(《总术》)的说法是一致的,都强调了文学思维的自由性。四句意谓景物有基本固定的形貌,但文学思维"翻空"跳跃,变化不居,无法固定,加之运思有通塞之别,所以有时随意就有佳构,有时精思却不得要领。按,《文赋》"或操觚以率尔,或含毫而邈然"指的也是此意。

㉖"且诗骚所摽"四句——摽,击也。要害,此指景物的精微处。四句意谓

《诗经》、《楚辞》描写景物抓住要害,文笔敏锐的后来者,不敢争胜。

㉗"莫不因方以借巧"四句——因,依也。方,方法,此指《诗经》、《楚辞》写景的方法。即势,顺着文势。适要,抓住要点。四句意谓后进者依循《诗经》、《楚辞》写景的方法,学其巧妙,顺着文势来获到新奇,只要善于抓住要点,景物虽旧也能将之描写新奇。按,刘勰出于宗经的思想,认为写景应向《诗经》、《楚辞》学习。《楚辞》虽非五经,但刘勰给予了它较高的评价,将之与《诗经》并列为景物描写的最高规范。

㉘"是以四序纷回"六句——四序,四季。入兴,引起感兴。闲,指虚静。析辞,用辞。晔晔,光采貌。六句意谓四季景物多变,作者保持虚静方能从景物中引发感兴;自然景色虽然繁富,但描写景物的用辞贵在简练;这样才能使文辞的韵味油然而生,情趣鲜明而新颖。按"入兴贵闲"讲的是文学构思阶段要保持虚静,"闲"是进入感兴状态的重要条件,《神思》篇"陶钧文思,贵在虚静",《养气》篇"弄闲于才锋",《杂文》篇"思闲可赡",也说到了这一点。"析辞尚简"讲的是文学表达阶段要精炼简洁,《征圣》篇"辞尚体要",《情采》篇"为情者要约而写真",《风骨》篇"练于骨者,析辞必精"等也提到这一点。

㉙"古来辞人"六句——接武,相继。武,半步,泛此脚步。参伍,错综。会通,融会贯通。六句意谓自古以来的作家,历代相继,都是错综旧有的技巧加以变化,通过继承和革新而取得成功,要想描写完景物后依然情味无穷,这需要通晓融会贯通。按,刘勰这里强调了写景要懂得通变,所谓"参伍因革,通变之数也"(《通变》)。懂得了通变,才能"物色尽而情有余",即除了形似之外尚能展现情感的丰富性和微妙性,这个观点与钟嵘的"滋味"说一同成为了中国诗歌意境理论的先声。

㉚"若乃山林皋壤"四句——《庄子·知北游》:"山林与,皋壤与,使我欣欣然而乐焉!"皋,水边高地。奥府,宝库。四句意谓山林原野,实是文思的宝库,写景过简则欠缺,过详则烦琐。按,"略语则阙,详说则繁"表明刘勰追求的是繁简之间的平衡,正如《章表》篇所言:"然恳恻者辞为心使,浮侈者情为文屈,必使繁约得正,华实相胜,唇吻不滞,则中律矣。"繁简之间是有度的,符合这个度,就是"中律"。这种思想,在《文心雕龙》中还可以找到其他表述,《附会》篇说到"约则义孤,博则辞叛",《铭箴》篇批评潘勖"要而失浅",温峤"博而患繁",《熔裁》篇言及"字删而意缺,则短乏而非核","辞敷而言重,则芜秽而非赡"等等。

㉛"然屈平所以能洞监风骚之情者"二句——洞监,洞察。风骚,代指诗歌。二句意谓屈原能够洞察诗歌的情韵,不就是因为他得到了自然景物的帮助吗。按,"山林皋壤,实文思之奥府"、"江山之助"讲的都是自然景物对创作主体的

感发作用。

㉜"山沓水匝"二句——沓,重复。匝,绕。二句意谓山脉重迭,绿水环绕,树木错杂,云气郁起。

㉝"目既往还"二句——吐纳,指抒发。二句意谓作者反复观察景物,心灵也会受景物感发而有所倾吐。

㉞"春日迟迟"二句——《诗经·七月》:"春日迟迟,采蘩祁祁。"迟迟,舒缓。二句意谓春天的阳光温暖舒缓,秋天的西风飒飒萧瑟。

㉟"情往似赠"二句——情往似赠,指创作主体投射情感到自然景物之中。兴来如答,指创作主体获得"江山之助",引发感兴。

【附录】

伫中区以玄览,颐情志于典坟。遵四时以叹逝,瞻万物而思纷;悲落叶于劲秋,喜柔条于芳春。心懔懔以怀霜,志眇眇而临云。咏世德之骏烈,诵先人之清芬;游文章之林府,嘉丽藻之彬彬。慨投篇而援笔,聊宣之乎斯文。

陆机《文赋》　李善注《文选》卷十七　中华书局

夫文生于情,情生于哀乐,哀乐生于治乱,故君子感哀乐而为文章,以知治乱之本。屈、宋以降,则感哀乐而亡雅正;魏、晋以还,则感声色而亡风教;宋、齐以下,则感物色而亡兴致。教化兴亡,则君子之风尽,故淫丽形似之文皆亡国哀思之音也。自夫子至梁、陈,三变以至衰弱。嗟乎,《关雎》兴而周道盛,王泽竭而诗不作;作则王道兴矣。天其或者肇往时之乱,为圣唐之治,兴三代之文者乎?

柳冕《与滑州卢大夫论文书》　《唐文粹》卷八十四　《四部丛刊》本

余于是以情绪为先,其直置为本,以物色留后,绮错为末;助之以质气,润之以流华,穷之以形似,开之以振跃。或事理俱惬,词调双举,有一于此,罔或孑遗。时历十代,人将四百,自古诗为始,至上官仪为终。

元兢《古今诗人秀句序》　见遍照金刚《文镜秘府论》南卷《集论》　人民文学出版社

夫置意作诗,即须凝心,目击其物,便以心击之,深穿其境。如登高山绝顶,下临万象,如在掌中。以此见象,心中了见,当此即用。如无有不似,仍以律调之定,然后书之于纸,会其题目,山林、日月、风景为真,以歌咏之。犹如水中见日月,文章是景,物色是本,照之须了见其象也。

遍照金刚《文镜秘府论·论文意》　人民文学出版社

时案上置牡丹数瓶，箕窗曰："譬如此牡丹花，他人只一种，先生能数十百种，盖极文章之变者。"水心曰："此安敢当。但譬之人家觞客，或虽金银器照座，然不免出于假借。自家罗列，仅瓷缶瓦杯，然却是自家物色。"水心盖谓不蹈袭前人耳。瓷瓦虽谦辞，辞不蹈袭则实语也。然不蹈袭最难，必有异禀绝识，融会古今文字于胸中，而洒然自出一机轴方可。不然，则虽临纸雕镂，只益为下耳。

吴子良《水心文不蹈袭》 《荆溪林下偶谈》卷三 四库全书本

予闻国风、雅、颂之体也，而美刺风戒则为作诗者之意。故怨而为《硕鼠》、《北风》，思而为《黍苗》、《甘棠》，美而为《淇澳》、《缁衣》，油油然感生于中而形为言。其谤也，不可禁；其歌也，不待劝。故嘤嘤之音生于春，而恻恻之音生于秋，政之感人，犹气之感物也。是故先王陈列国之诗，以验风俗、察治忽。公卿大夫之耳可聩，而匹夫匹妇之口不可杜，天下之公论，于是乎在。吁，可畏哉！

刘基《书绍兴府达鲁花赤九十子阳德政诗后》 《诚意伯刘文成公文集》卷七 《四部丛刊》本

宋进士许洞诗会九僧，约以山水风云竹石花草雪霜禽日星鸟，无犯其一，九僧阁笔。夫天光物色，抑亦一时之触尔。本真在我，因触而悦，故亦因触而诗。假若周、程、张、朱，有洞之约，性真之悦出之矣，无待于外，能囷之乎？子美除却君国诸作，一时曳白，料必九僧同之，可圣取哉！

海瑞《注唐诗鼓吹序》 《海瑞集》下册 中华书局

故善为诗者，其思浚发于性灵，其意陶镕于学问。凡物色之感于外，与喜怒哀乐之动于中者，两相薄而发为歌咏，如风水相遭，自然成文；如泉石相舂，自然成响。刘勰所谓"情往似赠，兴来如答"，盖即此意。岂步步趋趋，摹拟刻画，寄人篱下者所可拟哉！

纪昀《清艳堂诗序》 《纪文达公遗集》卷九 清嘉庆刊本

心灵百变，物色万端，逢所感触，遂生寄托。寄托既远，兴象弥深，于是缘情之什，渐化为文章。

纪昀《鹤街诗稿序》 《纪文达公遗集》卷九 清嘉庆刊本

在外者物色，在我者生意，二者相摩相荡而赋出焉。若与自家生意无相入处，则物色只成闲事，志士遑问及乎？

刘熙载《艺概·赋概》 上海古籍出版社

文心雕龙·才略①

　　九代之文,富矣盛矣;其辞令华采,可略而详也②。虞夏文章,则有皋陶六德,夔序八音,益则有赞,五子作歌,辞义温雅,万代之仪表也③。商周之世,则仲虺垂诰,伊尹敷训,吉甫之徒,并述诗颂,义固为经,文亦师矣④。及乎春秋大夫,则修辞聘会,磊落如琅玕之圃,焜耀似缛锦之肆⑤,薳敖择楚国之令典⑥,随会讲晋国之礼法⑦,赵衰以文胜从飨⑧,国侨以修辞扞郑⑨,子太叔美秀而文⑩,公孙挥善于辞令⑪,皆文名之标者也。战代任武,而文士不绝。诸子以道术取资,屈宋以楚辞发采⑫,乐毅报书辨以义⑬,范雎上书密而至⑭,苏秦历说壮而中⑮,李斯自奏丽而动⑯,若在文世,则扬班俦矣⑰。荀况学宗而象物名赋,文质相称,固巨儒之情也⑱。

　　汉室陆贾,首案奇采,赋孟春而选典诰,其辩之富矣⑲。贾谊才颖,陵轶飞兔,议惬而赋清,岂虚至哉⑳!枚乘之七发,邹阳之上书,膏润于笔,气形于言矣㉑。仲舒专儒,子长纯史,而丽缛成文,亦诗人之告哀焉㉒。相如好书,师范屈宋,洞入夸艳,致名辞宗。然核(原作覆,清谨轩本《文心雕龙》作覈,今据改,简化为核)取精意,理不胜辞,故扬子以为文丽用寡者长卿,诚哉是言也㉓!王褒构采,以密巧为致,附声测貌,泠然可观㉔。子云属意,辞义(原作人,范文澜云:"'人'当作'义',俗写致讹。"今据改)最深,观其涯度幽远,搜选诡丽,而竭才以钻思,故能理赡而辞坚矣㉕。桓谭著论,富号猗顿,宋弘称荐,爰比相如,而集灵诸赋,偏浅无才,故知长于讽论,不及丽文也㉖。敬通雅好辞说,而坎壈盛世,显志自序,亦蚌病成珠矣㉗。二班两刘,奕(原作弈,据元至正本《文心雕龙》改)叶继采,旧说以为固文优彪,歆学精向,然王命清辩,新序该练,璿璧产于昆冈,亦难得而踰本矣㉘。傅毅崔骃,光采比肩,瑗寔踵武,能世厥风者矣㉙。杜笃贾逵,亦有声于文,迹其为才,崔傅之末流也㉚。李尤赋铭,志慕鸿裁,而才力沈膇,垂翼不飞㉛。马融鸿儒,思洽登(原作识,据元至正本《文心雕龙》改)高,吐纳经范,华实相扶㉜。王逸博识有功,而绚采无力。延寿继志,瑰颖独标,其善图物写貌,岂枚乘之遗术欤㉝?张衡通赡,蔡邕精雅,文史彬彬,隔世相望㉞。是则竹柏异心而同贞,金玉殊质而皆宝也㉟。刘向之奏议,旨切而调缓;赵壹之辞赋,意繁而体疏㊱;孔融气盛于为笔,祢衡思锐于为文,有偏美焉㊲。潘勖凭经以骋才,故绝群于锡命㊳;王朗发愤以托志,亦致美于序铭㊴。然自卿渊已前,多役(原作俊,《史通·杂说下》引刘勰此语为"多役才而不课学",今据改)才而不课学;雄向以后,颇引书以助文:此取与之大际,其分不可乱者也㊵。

魏文之才,洋洋清绮,旧谈抑之,谓去植千里㊶,然子建思捷而才俊,诗丽而表逸;子桓虑详而力缓,故不竞于先鸣㊷。而乐府清越,典论辩要,迭用短长,亦无懵焉㊸。但俗情抑扬,雷同一响,遂令文帝以位尊减才,思王以势窘益价,未为笃论也㊹。仲宣溢才,捷而能密,文多兼善,辞少瑕累,摘其诗赋,则七子之冠冕乎㊺!琳瑀以符檄擅声㊻,徐幹以赋论标美㊼,刘桢情高以会采㊽,应玚学优以得文㊾,路粹杨修,颇怀笔记之工;丁仪邯郸,亦含论述之美,有足算焉㊿。刘邵(原作劭,据元至正本《文心雕龙》改)赵都,能攀于前修;何晏景福,克光于后进㊾;休琏风情,则百壹标其志;吉甫文理,则临丹成其采㊾;嵇康师心以遣论,阮籍使气以命诗,殊声而合响,异翮而同飞㊾。

张华短章,奕奕(原作弈弈,据元至正本《文心雕龙》改)清畅,其鹪鹩寓意,即韩非之说难也㊾。左思奇才,业深覃思,尽锐于三都,拔萃于咏史,无遗力矣㊾。潘岳敏给,辞自和畅,钟美于西征,贾余于哀诔,非自外也㊾。陆机才欲窥深,辞务索广,故思能入巧,而不制繁㊾。士龙朗练,以识检乱,故能布采鲜净,敏于短篇㊾。孙楚缀思,每直置以疏通㊾;挚虞述怀,必循规以温雅:其品藻流别,有条理焉㊾。傅玄篇章,义多规镜;长虞笔奏,世执刚中㊾:并桢干之实才,非群华之韡萼也㊾。成公子安选赋而时美㊾,夏侯孝若具体而皆微㊾,曹摅清靡于长篇㊾,季鹰辨切于短韵㊾,各其善也。孟阳景阳,才绮而相埒,可谓鲁卫之政,兄弟之文也㊾。刘琨雅壮而多风,卢谌情发而理昭,亦遇之于时势也㊾。景纯艳逸,足冠中兴,郊赋既穆穆以大观,仙诗亦飘飘而凌云矣㊾。庾元规之表奏,靡密以闲畅;温太真之笔记,循理而清通:亦笔端之良工也㊾。孙盛干宝,文胜为史,准的所拟,志乎典训,户牖虽异,而笔彩略同㊾。袁宏发轸以高骧,故卓出而多偏㊾;孙绰规旋以矩步,故伦序而寡状㉔;殷仲文之孤兴,谢叔源之闲情,并解散辞体,缥缈浮音,虽滔滔风流,而大浇文意㉕。

宋代逸才,辞翰鳞萃,世近易明,无劳甄序㉖。观夫后汉才林,可参西京;晋世文苑,足俪邺都㉗。然而魏时话言,必以元封为称首;宋来美谈,亦以建安为口实㉘。何也?岂非崇文之盛世,招才之嘉会哉㉙?嗟夫,此古人所以贵乎时也!

赞曰:才难然乎,性各异禀㉚。一朝综文,千年凝锦㉛。余采徘徊,遗风籍甚㉜。无曰纷杂,皎然可品㉝。

【注释】

①《文心雕龙·才略》——《才略》是《文心雕龙》的第四十七篇。才略指文才的概略。本篇论述了从先秦、两汉到魏晋时期的九十八位作家的文才概况,堪称古代文学批评史上作家论的重要篇章。

全篇分为个五部分。第一部分评述了先秦时代的作家。虞夏时期,刘勰所例举的皋陶提出的六德、夔职掌的八音、伯益的赞辞都称不上是文学,夏帝太康五兄弟的《五子之歌》乃是后人伪作,刘勰尊奉它为"万代之仪表",说明了他的局限。商周时期,刘勰认为仲虺《仲虺之诰》,伊尹《伊训》,尹吉甫等人创作的歌颂功德的诗,这些作品的内容经典,文辞也值得后人师法。春秋时期,士大夫们聘问和集会时辞藻华美,刘勰认为遽敖、随会、赵衰、子产、子太叔、公孙挥六家"皆文名之标者也"。战国时代,文士不断涌现,诸子凭借他们的学说获得地位声望,刘勰称赞了屈原、宋玉、乐毅、范雎、苏秦、荀况、李斯七家的文才。

第二部分评述了两汉作家。刘勰对陆贾等三十三位作家进行了精当的评论,例如说陆贾"奇采",贾谊"才颖",张衡"通赡",蔡邕"精雅",司马相如"洞入夸艳"、"理不胜辞",扬雄"涯度幽远,搜选诡丽",桓谭"长于讽论,不及丽文"等等,都是十分精当的。旧的说法认为班固文章胜于班彪,刘歆的学问精于刘向,刘勰则发表了不同于流俗的意见,他指出班彪的《王命论》写得清晰明辨,刘向的《新序》也写得完备精练。通过梳理辨析,刘勰发现了一个文学史现象,即西汉前期和中期,作家们大多驱使才气而不考求学问;西汉后期和东汉作家们则多引用古书来帮助写作。刘勰对于两汉作家,论述的都是辞赋及各体散文作家,而没有论及两汉的诗人,这是一大不足。

第三部分评述了曹魏时期的作家。过去的评论贬低曹丕,认为他与曹植相比,差距千里。刘勰则指出时俗的褒贬使曹丕因地位尊贵而减了文才,曹植因处境困窘而增了身价,这不是确当的评论。刘勰提出要交互地看曹丕与曹植的短处和长处,曹植文思敏捷才华突出,诗歌绮丽而章表超群,曹丕思虑周详而思力迟缓,所以在争令上不占优势,但曹丕的乐府诗清新激越,《典论》辨析扼要。可见,刘勰对于曹丕的评价更为客观全面。此外,刘勰评价王粲为"七子之冠冕",指出嵇康"师心以遣论",阮籍"使气以命诗"等都是不刊之论。不过,刘勰评魏诗不提曹操,也显示出他认识上的局限。

第四部分评述了两晋时期的作家。刘勰对张华等二十多位作家进行了评论,指出张华"清畅",左思"奇才",潘岳"敏给",陆云"朗练",孙楚"缀思",刘琨"雅壮而多风",卢谌"情发而理昭",陆机"思能入巧,而不制繁",郭璞"艳逸","足冠中兴"等均颇为中肯。值得一提的是,刘勰在论述晋代作家时丝毫没有提及陶潜。刘勰在本篇开始就指出从虞至晋九代之文,他看重的是"辞令华采",而陶潜的诗并不长于文采,显然刘勰评论晋诗不提陶潜,也有其历史局限性。刘宋作家辈出,因时代较近容易辨明,刘勰未作具体评述。

第五部分感叹了文学发展需要有适宜的机遇。刘勰指出西汉元封年间的文学、建安文学,由于统治者提倡文学,招揽人才,形成"崇文之盛世"。刘勰对于统治者提倡文学这个因素颇为看重。在第一部分中,刘勰已经指出屈原、宋玉等作家如果不是生活在战国崇武的时代氛围中,而是生活在崇尚文学的汉代,那么他们都会成为扬雄、班固那样的作家。可见在刘勰看来,统治者的提倡往往是文学繁荣的一个重要因素。可以说本篇与《时序》篇相辅相成,《时序》论述文学与时代的关系,涉及作家不多,本篇不但讲到作家才能和时代的关系,而且专门评论了历代作家的才思。黄叔琳评云:"上下百家,体大而思精,真文囿之巨观。"是为确论。

②"九代之文"四句——九代,指虞、夏、商、西周、春秋、战国、汉、魏、晋九代,与《通变》所谓"九代",《时序》篇所谓"十代"不同。略,大要。详,说明。四句意谓从虞至晋九代的文章,很丰富繁盛,其间的优秀作家作品,可简要地加以说明。

③"虞夏文章"七句——虞,虞舜。皋陶,舜时的刑官。六德,《尚书·皋陶谟》载,皋陶说"行有九德",即"宽而栗,柔而立,愿而恭,乱而敬,扰而毅,直而温,简而廉,刚而塞,强而义",具有其中的六德,就能成为诸侯。夔,舜时的乐官。序,排序,此指掌管。八音,指金、石、丝、竹、匏、土、革、木八种乐器。《尚书·舜典》载:"帝曰:'夔,命汝典乐。'"益,伯益,是远古明期尧、舜、禹三代之贤人,相传伯益助禹治水有功,禹欲让位于益,益避居箕山之北。有赞,有辅佐之言。赞,辅佐。《尚书·大禹谟》载,益赞于禹曰:"满招损,谦受益。"五子作

歌,据《尚书·夏书·五子之歌》载,夏帝太康无德,游猎无度,民怨沸腾,其弟五人怨而作《五子之歌》。七句意谓虞夏时期的文章,有皋陶提出的六德,夔职掌的八音,伯益辅佐禹的赞辞,夏帝太康五兄弟的《五子之歌》,辞义温和雅正,是后代万世的标准。

④"商周之世"七句——仲虺垂诰,《尚书·仲虺之诰序》载:"仲虺作诰。"仲虺,商汤的大臣。诰,训戒勉励的文告。伊尹敷训,《尚书·伊训序》载:"伊尹作伊训。"伊尹,商汤的大臣。敷,陈说。训,教训。吉甫,尹吉甫,周宣王的大臣。并述诗颂,指尹吉甫作诗歌颂周宣王。《诗经·大雅·烝民》:"吉甫作诵,穆如清风。"七句意谓商周时期,有仲虺传下的《仲虺之诰》,伊尹陈说的《伊训》,尹吉甫等人创作的歌颂功德的诗,这些作品的内容经典,文辞也值得后人师法。

⑤"及乎春秋大夫"四句——修辞,修饰辞藻。聘,国与国之间遣使访问。会,诸侯间的集会。磊落,形容众多。琅玕,似珠玉的美石。圃,园圃。焜耀,照明。肆,商店。四句意谓春秋时期,士大夫们聘问和集会时,修饰的辞藻众多如美石聚集的园圃,光彩照耀似锦绣陈列的商铺。

⑥蒍敖择楚国之令典——蒍敖,即芍敖,春秋楚国令尹。择,选用。令典,好的法典。《左传·宣公十二年》载:"芍敖为宰,择楚国之令典。"本句意谓蒍敖选用楚国好的法典。

⑦随会讲晋国之礼法——随会,即士会,春秋晋国大夫,因封于范,又称范武子。《左传·宣公十六年》载:"晋侯使士会平王室,定王享之。原襄公相礼。殽烝。武子私问其故。王闻之,召武子曰:'季氏,而弗闻乎?王享有体荐,宴有折俎。公当享,卿当宴,王室之礼也。'武子归而讲求典礼,以修晋国之法。"本句意谓随会讲求晋国的礼法。

⑧赵衰以文胜从飨——赵衰,春秋时晋国大夫。从飨,随从赴宴。《左传·僖公二十三年》载,晋公子重耳将赴秦穆公的宴会,晋国大夫狐偃推荐熟悉礼法的赵衰随同赴宴,狐偃说:"吾不如衰之文也,请使衰从。"本句意谓赵衰因更熟悉礼法而随从晋公子重耳赴宴。

⑨国侨以修辞扞郑——国侨,春秋郑国大夫公孙侨,字子产,柄国四十年,使晋楚不能加兵,得到人民歌颂,故称国侨。修辞,运用辞令。扞,同"捍"。《左传·襄公二十五年》载,郑国攻克陈国后,派遣子产去向盟主晋国献捷,面对晋国的责难,子产据理力争,捍卫了郑国的利益。本句意谓子产运用辞令捍卫了郑国的利益。

⑩子太叔美秀而文——子太叔,即游吉,春秋时郑国大夫。《左传·襄公三

十一年》:"子太叔美秀而文。"本句意谓子太叔貌美才秀又有文采。

⑪公孙挥善于辞令——公孙挥,春秋时郑国大夫。《左传·襄公三十一年》载:"公孙挥能知四国之为,而辨于其大夫之族姓、班位、贵贱、能否,而又善为辞令。"本句意为公孙挥善于言辞。

⑫"战代任武"四句——战代,战国。道术,指诸子的学说。取资,取得地位、声望。屈宋,屈原和宋玉,战国时楚国作家。四句意谓战国时代崇尚武力,但文士不断涌现,诸子凭借他们的学说获得地位声望,屈原、宋玉用《楚辞》发挥文采。

⑬乐毅报书辨以义——乐毅,战国时燕国的上将军,封昌国君。报书,指《献书报燕王》。《战国策·燕策二》载,乐毅助燕昭王攻齐,攻下七十余城。后燕昭王死,燕惠王听信谗言,夺去乐毅的军权,乐毅逃亡赵国。燕惠王派人责问乐毅,乐毅回信辩解。本句意谓乐毅的《献书报燕王》明辨而义正。

⑭范雎上书密而至——范雎,战国时魏人,入秦为秦昭王相。上书,指《献书昭王》。《战国策·秦策三》载,范雎入秦后,上书秦昭王,暗示宣太后擅政,穰侯等人无功受禄,威胁昭王的利益。本句意谓范雎的《献书昭王》含蓄而深切。

⑮苏秦历说壮而中——苏秦,战国时期的纵横家。历说,游说之辞。中,切中时事。《战国策》和《史记·苏秦列传》中载有苏秦的游说之辞。本句意谓苏秦游说诸侯的说辞雄辩而切中时事。

⑯李斯自奏丽而动——李斯,战国时期楚人,后任秦始皇的丞相。自奏,指《谏逐客书》。动,动人。《史记·李斯列传》载,秦宗室大臣建议秦王,将各国来到秦国的人一律驱逐出境,李斯也在被逐之列,于是李斯上书秦王,指出此举不利于秦国,秦王接受了他的意见。本句意谓李斯的《谏逐客书》华丽而有说服力。

⑰"若在文世"二句——文世,崇文之世。扬,扬雄,西汉末作家。班,班固,东汉作家。俦,辈。二句意谓若在崇尚文学的时代,这些人都会成为扬雄、班固那样的作家。

⑱"荀况学宗而象物名赋"三句——荀况,荀子,战国思想家。学宗,学界宗师。象物名赋,《荀子·赋篇》有《礼》、《知》、《云》、《蚕》、《箴》五篇赋。象物,描写物象。三句意谓荀子是学界的宗师,他把描绘事物之作命名为赋,文采与质朴相称,所表达的确实是大儒的情怀。

⑲"汉室陆贾"四句——陆贾,西汉初年大臣。孟春,《汉书·艺文志》列陆贾赋三篇,已佚,此可能是指其中的一篇。选,通"撰"。典诰,此指陆贾所作的

《新语》,此书是向刘邦陈述历史兴亡教训的书。辩,辩说。四句意谓汉代的陆贾,首先发出了奇异的文采,创作了《孟春赋》,撰写了《新语》,其辩说的文辞十分丰富。

⑳"贾谊才颖"四句——贾谊,西汉作家。颖,突出。陵轶,超越。陵,通"凌"。飞兔,古代的骏马。议惬,议论恰当。至,到,达到。四句意谓贾谊才华突出,文思敏捷超过了骏马,他的议论恰当,辞赋清新,这岂是凭空达到的。

㉑"枚乘之七发"四句——枚乘,西汉作家。七发,枚乘的《七发》,载《文选》卷三十四。邹阳,西汉作家。上书,邹阳的《上吴王书》和《狱中上梁王书》,均载《汉书·邹阳传》。膏,油脂,比喻丰富的文采。四句意谓枚乘的《七发》,邹阳的上书,文采丰润,气势充沛。

㉒"仲舒专儒"四句——仲舒,董仲舒,西汉学者。子长,司马迁的字。文,董仲舒有《士不遇赋》,司马迁有《悲士不遇赋》。诗人之告哀,《诗经·小雅·四月》"君子作歌,维以告哀"。诗人,《诗经》作者。四句意谓董仲舒是儒学大家,司马迁是纯粹的史家,他们的赋作辞采繁盛,也是类似《诗经》作者抒写哀情的作品。

㉓"相如好书"八句——相如,司马相如,西汉作家。好书,《汉书·司马相如传》载,司马相如"少时好读书"。师范,学习。洞,深。致,指获得。辞宗,班固《汉书·叙传》称司马相如"蔚为辞宗,赋颂之首"。覈,通"核",考核。扬子,扬雄,西汉作家。扬雄《法言·君子》:"文丽用寡,长卿也。"用寡,用处不多。长卿,司马相如的字。八句意谓司马相如喜好读书,他效仿屈原、宋玉的辞赋,文辞夸张艳丽,得到了辞赋宗师的名声。然而考核他作品的精义,义理比不上辞采,所以扬雄认为文采华丽而用处不大的是司马相如,这话的确不错。

㉔"王褒构采"四句——王褒,西汉作家。构,指创作。致,情致。附声测貌,描绘声貌。附,比附。泠然,轻妙的样子。四句意谓王褒结构辞采,以细密精巧为特点,他描绘声貌,写得轻妙飘逸,大有可观。

㉕"子云属意"六句——子云,扬雄的字。属意,命意。涯度,指意义的广度和深度。幽远,深广。搜选诡丽,指选奇丽的文辞。赡,丰富。六句意谓扬雄命意作文,立意最为深刻,看他的作品寓义深广,选辞奇丽,又竭尽才力钻研苦思,所以他的作品义理丰富而文辞确切。

㉖"桓谭著论"八句——桓谭,东汉作家。著论,桓谭有《新论》二十九篇,原书已不存,佚文见《全后汉文》卷十三至十五。富号猗顿,王充《论衡·佚文》:"挟桓君山之书,富于积猗顿之财。"猗顿,春秋时鲁国的富商。宋弘称荐,《后汉书·宋弘传》载:"帝尝问弘通博之士,弘乃荐沛国桓谭,才学洽闻,几能

及扬雄、刘向父子。"宋弘,东汉大臣。爰比相如,《后汉书·宋弘传》说宋弘向光武帝推荐桓谭,说桓谭才比扬雄、刘向父子,而未与司马相如相比,此处应是刘勰误记。集灵,指桓谭的《仙赋》,载《艺文类聚》卷七十八,其序云:"余少时为中郎,从孝成帝出祠甘泉河东,见郊先置华阴集灵宫。"丽文,指诗、赋一类的文学作品。八句意谓桓谭写作的论文,丰富得号称比得上猗顿的财富,宋弘称赞他并向皇帝推荐他,认为他的才学可比司马相如,但他的《仙赋》等作品,内容褊狭浅陋,才气匮乏,由此可知他擅长写讽谕论说,而不善于写华丽的辞赋。

㉗"敬通雅好辞说"四句——敬通,东汉作家冯衍的字。坎壈,坎坷,不得志。显志,冯衍的《显志赋》,载《后汉书·冯衍传》。自序,《后汉书·冯衍传》载,冯衍著有各类文章五十篇,其中有《自序》。蚌病成珠,语本《淮南子·说林训》:"明月之珠,蚌之病而我之利也。"此喻冯衍不得志促使他写出好文章。四句意谓冯衍向来爱好写作辞赋、论说,但他在盛世却不得志,他的《显志赋》、《自序》,就像蚌病后生出的明珠。

㉘"二班两刘"八句——二班,班彪、班固父子,东汉作家、史学家。两刘,刘向、刘歆父子,西汉作家、学者。奕叶,即奕世,此指两代。固文优彪,班固文章胜于班彪。歆学精向,刘歆的学问精于刘向。王命,班彪的《王命论》,载《汉书·叙传》。新序,刘向《新序》。该练,完备精练。璿,同"璇",璿璧,美玉制成的璧。昆冈,传说中产美玉的昆仑山。八句意谓班彪、班固父子,刘向、刘歆父子,两代人文采前后相继,旧的说法认为班固文章胜于班彪,刘歆的学问精于刘向,然而班彪的《王命论》写得清晰明辨,刘向的《新序》写得完备精练,如同玉璧产于昆仑山,难以超越它原有的本质。

㉙"傅毅崔骃"四句——傅毅、崔骃,二人均是东汉作家。比肩,并肩。瑗,崔瑗,崔骃之子,东汉作家。寔,崔寔,崔骃之孙,东汉作家。踵武,跟着别人的脚步走,比喻继承前人的事业。踵,追随。武,足迹。世,世袭。厥,其。风,指文章写作的传统。四句意谓傅毅、崔骃,文采并肩,崔瑗、崔寔追随先辈的足迹,能世袭文章写作的传统。

㉚"杜笃贾逵"四句——杜笃,东汉作家,《文心雕龙·诔碑》:"杜笃之诔,有誉前代。"贾逵,东汉作家、学者。《后汉书·贾逵传》说贾逵"后世称为通儒",写过《神雀颂》,今不存。迹,循其迹而考察。四句意谓杜笃、贾逵,在文章写作上也有声望,但考察他们的文才,只能算是崔氏、傅氏的末流。

㉛"李尤赋铭"四句——李尤,东汉作家,有《函谷关赋》、《辟雍赋》等五篇赋,现均不全,有《河铭》、《洛铭》等八十余篇铭,见《全后汉文》卷五十。鸿裁,鸿篇巨制。沈腼,即沉腼,形容滞重,不飞动。《左传·成公六年》:"于是乎有

沉溺重胝之疾。"杜预注:"沉溺,湿疾;重胝,足肿。"四句意谓李尤的辞赋和铭文,追求鸿篇巨制,但他才力滞重,像鸟垂下翅膀不能飞举。

㉜"马融鸿儒"四句——马融,东汉学者、作家。思洽,思路博洽。登高,指登高作赋,《汉书·艺文志》:"《传》曰:'登高能赋,可以为大夫。'"吐纳,指创作。经范,符合经典规范。四句意谓马融是东汉的大儒,他思路博洽,登高作赋,合于经书的规范,文质兼备。

㉝"王逸博识有功"六句——王逸,东汉作家。博识,学识渊博,《楚辞章句·九思序》:"逸,南阳人,博雅多览。"有功,有成就,指王逸著有《楚辞章句》。绚采无力,指文学创作乏力。延寿,王延寿,王逸之子,东汉作家。瑰颖,瑰丽、新颖。标,显示。六句意谓王逸学识渊博有所成就,但文学创作乏力。王延寿继承父志,瑰丽新颖特别突出,他善于描绘事物的形貌,可能是得到了枚乘流传下来的技巧。

㉞"张衡通赡"四句——张衡,东汉学者、作家。通赡,博学贯通。蔡邕,东汉作家。精雅,精深雅正。文史彬彬,文学、史学均有成就。《后汉书·张衡传》载,张衡曾在东观撰《汉记》。《后汉书·蔡邕传》载,蔡邕也曾在东观撰补《后汉记》。隔世,张衡生活的年代早于蔡邕数十年。四句意谓张衡博学贯通,蔡邕精深雅正,他们都文史兼通,隔代辉映。

㉟"是则竹柏异心而同贞"二句——竹柏异心,竹心空,柏心实。贞,坚定。二句意谓竹子和柏树的内心一虚一实,却同样坚定,黄金和美玉质地不同,却都是宝物。

㊱"刘向之奏议"四句——赵壹,东汉作家。意繁,文意繁富。体疏,体制粗疏。赵壹的《刺世疾邪赋》赋末有五言诗二首,文体不纯。四句意谓刘向的奏议,旨意深切而语调舒缓;赵壹的辞赋,命意繁富而体制粗疏。

㊲"孔融气盛于为笔"三句——孔融,东汉末文学家,建安七子之一。笔,无韵之文。祢衡,东汉末作家。文,指有韵之文。偏美,指孔融偏长于"气盛",祢衡偏美于"思锐"。三句意谓孔融撰写的文章气势旺盛,祢衡创作的诗赋文思敏锐,二人的才力各有偏长。

㊳"潘勖凭经以骋才"二句——潘勖,汉末作家。凭经,依据经典。绝群,超群。锡命,指潘勖的《册魏公九锡文》,载《文选》卷三十五。二句意谓潘勖依据经典来驰骋文才,所以《册魏公九锡文》写得超群绝伦。

㊴"王朗发愤以托志"二句——王朗,三国时期文人,魏文帝、魏明帝时为司空、司徒。序铭,指王朗效法武王诸铭所作的杂箴。二句意谓王朗发愤著述以寄托志意,也在序和铭的写作上获得成绩。

㊵"然自卿渊已前"六句——卿,司马相如,字长卿。渊,王褒,字子渊。役,驱使。课学,考求学问。雄,扬雄。向,刘向。引书以助文,《文心雕龙·事类》:"及扬雄《百官箴》,颇酌于《诗》《书》。"取与,取舍。际,分界线。分,区分。六句意谓在司马相如和王褒以前,作家们大多驱使才气而不考求学问;扬雄和刘向以后,作家们则多引用古书来帮助写作,这种取舍的重大不同,它们的区别是不可以混淆的。

㊶"魏文之才"四句——魏文,魏文帝曹丕。洋洋,众多。清绮,清新绮丽。抑,贬低。植,曹植。四句意谓魏文帝曹丕的文才丰富,清新绮丽,过去的评论贬低他,说他与曹植相比,差距千里。

㊷"然子建思捷而才俊"四句——子建,曹植的字。表逸,章表超群。《文心雕龙·章表》:"陈思之表,独冠群才。"子桓,曹丕的字。不竞于先鸣,不强于争先。四句意谓曹植文思敏捷才华突出,诗歌绮丽而章表超群,曹丕思虑周详而思力迟缓,所以在争先上不占优势。

㊸"而乐府清越"四句——典论,曹丕《典论》,今不全。辩,通"辨"。迭用短长,交互看到曹丕与曹植的短处和长处。憎,不明。四句意谓曹丕的乐府诗清新激越,《典论》辨析扼要,交互看到曹丕与曹植的短处和长处,就不会不明了。

㊹"但俗情抑扬"五句——抑扬,贬褒。思王,曹植,封陈王,谥思。势窘,曹植与曹丕争太子位失败后处境困窘。笃论,确当的评论。五句意谓但时俗的褒贬雷同,于是使曹丕因地位尊贵而减了文才,曹植因处境困窘而增了身价,这不是确当的评论。

㊺"仲宣溢才"六句——仲宣,王粲的字。兼善,兼长各体文章。瑕累,疵病。七子,建安七子,指建安时代的孔融、王粲、陈琳、阮瑀、徐幹、刘桢、应玚七位作家。冠冕,帝王的帽子,比喻最好的。六句意谓王粲才华横溢,文思敏捷细密,擅长各种文体的写作,文辞很少有疵病,选出他的诗赋代表作品来看,堪称建安七子中文学成就最高者。

㊻琳瑀以符檄擅声——琳瑀,陈琳和阮瑀,都在建安七子之列。符,符命,古代歌颂帝王功德的文体。檄,檄文,军事上晓谕敌方的文体。《三国志·魏书·王粲传》:"军国书、檄,多琳瑀所作也。"擅声,著称。本句意谓陈琳、阮瑀以善写符命和檄文而声名卓著。

㊼徐幹以赋论标美——徐幹,三国魏作家,擅长写赋,《典论·论文》:"幹之《玄猿》、《漏卮》、《圆扇》、《橘赋》,虽张蔡不过也。"其赋今不存,只有《圆扇赋》存有残文数句,载《全后汉文》卷九十三。标,显示。本句意谓徐幹以辞赋

议论而显示美名。

㊽刘桢情高以会采——刘桢，建安七子之一。会采，会合文采。本句意谓刘桢情志高妙又兼有文采。

㊾应玚学优以得文——应玚，建安七子之一。学优，学识优异。本句意谓应玚才学优异而写作出许多作品。

㊿“路粹杨修”五句——路粹、杨修，二人均为三国魏作家。笔记，笔札书记。工，工巧。丁仪，三国魏作家，有《刑礼论》。邯郸，邯郸淳，三国魏作家，有《受命述》。足算，值得一提。五句意谓路粹、杨修，颇有写作笔札书记的才能；丁仪、邯郸淳，也具有论说著述的美才，这些都是值得一提的。

(51)“刘邵赵都”四句——刘邵，三国魏作家。赵都，指刘邵《赵都赋》，今存不全，见《全三国文》卷三十二。攀，依附，此指赶上。前修，前贤。何晏，三国魏作家、学者。景福，何晏《景福殿赋》，载《文选》卷十一。克，能。后进，后代作家。四句意谓刘邵的《赵都赋》，能够追赶上前代的名家；何晏的《景福殿赋》，能够光彩照耀后代作家。

(52)“休琏风情”二句——休琏，应璩的字，三国时期魏作家，应玚之弟。百壹，指应璩《百一诗》，载《文选》卷二十一。二句意谓应璩的风尚情怀，有《百一诗》标明他的志趣。

(53)“吉甫文理”二句——吉甫，应贞的字，应璩之子，西晋作家。文理，为文有条理。临丹，指应贞《临丹赋》，见《艺文类聚》卷八。二句意谓应贞的创作条理，有《临丹赋》构成他的文采。

(54)“嵇康师心以遣论”四句——嵇康，三国魏作家，他的论文较多，有《养生论》、《声无哀乐论》等。师心，顺着自己的心意。遣论，发表议论。阮籍，三国魏作家，擅长写诗，有八十二首《咏怀诗》。使气，放纵意气。命诗，作诗。殊声，指嵇康擅长写论，阮籍擅长写诗。合响，都产生了巨大影响。翮，指翅膀。同飞，指都很有成就。四句意谓嵇康顺着心意发表议论，阮籍放纵意气写出诗篇，他们就像不同的声音汇成和谐的音响，又像鸟儿各自展翅一起飞翔。

(55)“张华短章”四句——张华，西晋作家。奕奕，美盛。鷦鹩，指张华《鷦鹩赋》，载《文选》卷十三。寓意，张华《鷦鹩赋》序说，鷦鹩“色浅体陋，不为人用，形微处卑，物莫之害，繁滋族类，乘居匹游，翩翩然有以自乐也”，以此寓全身远害之意。说难，指《韩非子·说难》，陈述了向君主游说进谏的种种难处，指出触犯逆鳞必定被杀，故此篇亦有全身远害之意。四句意谓张华的小赋，美好而清新流畅，他《鷦鹩赋》的寓意与《韩非子·说难》的寓意是相通的。

(56)“左思奇才”五句——左思，西晋作家。覃思，深思。三都，指左思《三都赋》,载《文选》卷四至六。臧荣绪《晋书》:“左思,字太冲,齐国人。少博览文史,欲作《三都赋》,乃诣著作郎张载访岷邛之事,遂构思十稔。”拔萃,出众。咏史,指左思《咏史诗》八首,载《文选》卷二十一。五句意谓左思有奇才,写作擅长深思,《三都赋》耗尽了锐气,《咏史诗》出类拔萃,无才力剩余。

(57)“潘岳敏给”五句——潘岳,西晋作家。敏给,敏捷。钟,聚集。西征,指潘岳《西征赋》,载《文选》卷十。贾余,炫示余勇,用其余力。非自外,不假外求。五句意谓潘岳才思敏捷,文辞和顺通畅,他的《西征赋》聚集了文采之美,哀诔文炫示了丰富的才力,这些都是发自内心,不假外求的。

(58)“陆机才欲窥深”四句——陆机,西晋作家。辞务索广,辞藻力求广博。索,寻求。四句意谓陆机运用才思,想要探索深奥的道理,辞藻力求广博丰富,他的文思虽然工巧,却不能控制繁富。

(59)“士龙朗练”四句——士龙,陆云的字,陆机之弟。朗练,明白精练,陆云《与兄平原书》中称“云今意视文,乃好清省”,“文实无贵于为多”。以识检乱,以识见来约束繁杂。检,约束。四句意谓陆云提倡明白精练,他以识见来控制繁杂,所以能鲜明省净地敷设文采,善于写作短篇。

(60)“孙楚缀思”二句——孙楚,西晋作家。缀思,构思写作。直置,直抒胸臆。疏通,畅达。二句意谓孙楚构思写作,往往直抒胸臆,文辞疏通畅达。

(61)“挚虞述怀”四句——挚虞,西晋作家。循规,遵循规矩。品藻流别,品评流派,挚虞有《文章流别论》。四句意谓挚虞抒发情怀,必定遵循规矩且文辞温文尔雅;他的《文章流别论》品评流派,颇有条理。

(62)“傅玄篇章”四句——傅玄,西晋作家。规镜,规劝鉴戒。长虞,西晋作家傅咸,字长虞,傅玄之子。世,此指傅玄父子两代人。执,持。刚中,刚毅中正。《晋书·傅玄传》称傅玄“性刚劲亮直”,傅咸“刚简有大节”。四句意谓傅玄的作品,多有规劝鉴戒的意义,傅咸长于奏议,傅玄父子两代人都刚毅中正。

(63)“并桢干之实才”二句——桢干,古代筑墙时所用的木柱,竖在两端的叫“桢”,竖在两旁的叫“干”,此指支柱、骨干。铧萼,有光彩的花萼,比喻浮华的文才。铧,光明盛大的样子。二句意谓都是国家的骨干人才,而不是徒有其表的浮华之士。

(64)成公子安选赋而时美——成公子安,西晋作家成公绥,字子安。选,通“撰”。时美,时有美篇。

(65)夏侯孝若具体而皆微——夏侯孝若,西晋作家夏侯湛,字孝若。具体而皆微,语本《孟子·公孙丑上》:“子夏、子游、子张,皆有圣人之一体,冉牛、闵子、颜渊,则具体而微。"此指夏侯湛模仿《尚书》作《昆弟诰》,又模仿《诗经·小雅》作《周诗》,夏侯湛的仿作具备了《尚书》和《诗经》的体制,但规模较小。

⑥⑥曹摅清靡于长篇——曹摅,西晋作家。清靡,清新流靡。

⑥⑦季鹰辨切于短韵——季鹰,西晋作家张翰的字。辨切,辨明切实。短韵,指短篇。

⑥⑧"孟阳景阳"四句——孟阳,西晋作家张载的字。景阳,西晋作家张协的字。张载、张协是两兄弟。埒,等,等于。鲁卫之政,语出《论语·子路》:"鲁卫之政,兄弟也。"此指张载、张协才情不相上下。四句意谓张载、张协,文才绮丽不相上下,可以说像鲁国和卫国的政治,兄和弟的文章。

⑥⑨"刘琨雅壮而多风"三句——刘琨,西晋诗人。多风,风力强盛。卢谌,东晋诗人。刘琨被害后,卢谌上表为刘琨申冤,写得情发而理昭。理昭,说理明白。遇之于时势,指刘琨、卢谌遭遇了西晋末年的动乱。三句意谓刘琨的诗歌雅壮而风力强盛,卢谌文章情感明显而说理明白,也是遭遇了动乱时世造成的。

⑦⑩"景纯艳逸"四句——景纯,东晋作家郭璞的字。中兴,指东晋。郊赋,指郭璞《南郊赋》,见《初学记》卷十三,不全。穆穆,庄严美好。仙诗,指郭璞《游仙诗》。四句意谓郭璞的辞采艳丽超群,足以号称东晋第一,《南郊赋》庄严美好,蔚为大观,《游仙诗》飘飘然有凌云之气。

⑦①"庾元规之表奏"五句——庾元规,东晋作家庾亮,字元规,刘勰对其表奏评价较高,"庾公之《让中书》,信美于往载"(《文心雕龙·章表》)。靡密,细密。闲畅,悠闲舒畅。温太真,东晋作家温峤,字太真。笔记,笔札书记。清通,指文章层次清楚,文句通顺。良工,古代泛称技艺高超的人。五句意谓庾亮的表奏,文思细密悠闲舒畅;温峤的笔札书记,遵循事理而层次清楚,文句通顺,都是文笔高超的人。

⑦②"孙盛干宝"六句——孙盛、干宝,二人均为东晋史学家。文胜为史,以善于文辞而任史官。准的,标准。拟,仿效。典训,《尚书》中的《尧典》《伊训》,此指经典。户牖,门窗,此指途径。笔彩,文笔辞采。六句意谓孙盛、干宝,都是善于文辞而任史官,他们仿效的写作标准,在于《尚书》等经典,他们的学术门径虽然不同,但文笔辞采却大致相同。

⑦③"袁宏发轸以高骧"二句——袁宏,东晋作家、史学家。发轸,发车,此指创作。高骧,腾越,腾飞。卓出,卓越。二句意谓袁宏的作品开篇才气高昂,所以气势卓越而多有偏激之处。

⑦④"孙绰规旋以矩步"二句——孙绰,东晋玄言诗人。规旋以矩步,循规蹈

矩,指受玄理的束缚。伦序,有条理。寡状,缺少描摹。二句意谓孙绰受玄理束缚,循规蹈矩,所以他的作品富有条理而缺少描摹。

⑦⑤"殷仲文之孤兴"六句——殷仲文,东晋作家。孤兴,孤高的兴致。谢叔源,东晋作家谢混,字叔源。解散辞体,指破坏了诗文俳偶的体制。《宋书·谢灵运传论》:"仲文始革孙、许之风,叔源大变太元之气。"缥缈浮音,轻靡浮华的音辞,此指殷仲文、谢混未除尽玄风的影响。《南齐书·文学传论》:"仲文玄气,犹不尽除;谢混情新,得名未盛。"滔滔,水奔流貌,此指玄风的影响。风流,流为一时风尚。浇,薄。六句意谓殷仲文展现孤高的兴致,谢混抒写闲适的情怀,都破坏了诗文俳偶的体制,他们的风格轻靡浮华,未除尽玄风的影响,虽然流为一时风尚,但文意大为淡薄。

⑦⑥"宋代逸才"四句——逸才,指出众的人才。鳞萃,犹鳞集,指如鳞片一般聚集。甄序,分别评述。四句意谓宋代出众的人才,作品如鳞片聚集,因时代较近容易辨明,也就无须分别评述了。

⑦⑦"观夫后汉才林"四句——后汉,指东汉。参,相比。西京,指西汉。俪,匹配。邺都,指三国时期的魏国。魏定都于邺。四句意谓东汉的作家们,可与西汉相比;晋代的文坛,可以和魏国相匹配。

⑦⑧"然而魏时话言"四句——话言,议论。元封,汉武帝年号(前110—前105),此指西汉元封年间的文学。建安,汉献帝的年号(196—220),此指建安时期的文学。口实,谈论的资料。四句意谓然而魏国人的议论,一定首推西汉元封年间的文学;宋代以来的美谈,也以建安文学为谈资。

⑦⑨"岂非崇文之盛世"二句——嘉,美。会,时机。二句意谓西汉元封年间及建安时期,难道不是崇尚文学的盛世,招揽人才的美好时机吗?

⑧⑩"才难然乎"二句——才难然乎,语本《论语·泰伯》:"才难,不其然乎?"二句意谓人才难得,不是这样吗? 人的禀性各有不同。

⑧①"一朝综文"二句——一朝,一旦。综文,组织成文章。凝锦,凝结成锦绣。二句意谓一旦创作成好文章,就能凝结成流传千古的锦绣。

⑧②"余采徘徊"二句——徘徊,往返回旋,此指影响久远。籍甚,盛大。二句意谓流传的文采长存于世,遗留的影响盛大显著。

⑧③"无曰纷杂"二句——皎然,明白清楚的样子。二句意谓不要说历代的作家作品纷繁复杂,其优劣高下还是可以明白地品评的。

【附录】

望丰屋知名家,睹乔木知旧都。鸿文在国,圣世之验也。孟子相人以眸子焉,心清则眸子瞭,瞭者目文瞭也。夫候国占人,同一实也。国君圣而文人聚,人心惠而目多采。

王充《论衡·佚文》 《诸子集成》本

晋氏中兴,唯明帝崇才,以温峤文清,故引入中书。自斯以后,体宪风流矣。

刘勰《文心雕龙·诏策》 人民文学出版社

观夫屈宋属篇,号依诗人,虽引古事而莫取旧辞。唯贾谊鵩赋,始用鹖冠之说;相如上林,撮引李斯之书;此万分之一会也。及扬雄百官箴,颇酌于诗书,刘歆遂初赋,历叙于纪传;渐渐综采矣。至于崔班张蔡,遂捃摭经史,华实布濩,因书立功,皆后人之范式也。

刘勰《文心雕龙·事类》 人民文学出版社

逮孝武崇儒,润色鸿业,礼乐争辉,辞藻竞骛:柏梁展朝谚之诗,金堤制恤民之咏,征枚乘以蒲轮,申主父以鼎食,擢公孙之对策,叹倪宽之拟奏,买臣负薪而衣锦,相如涤器而被绣,于是史迁寿王之徒,严终枚皋之属,应对固无方,篇章亦不匮,遗风余采,莫与比盛。越昭及宣,实继武绩,驰骋石渠,暇豫文会,集雕篆之轶材,发绮縠之高喻,于是王褒之伦,底禄待诏。自元暨成,降意图籍,美玉屑之谭,清金马之路。

……

自献帝播迁,文学蓬转,建安之末,区宇方辑。魏武以相土之尊,雅爱诗章;文帝以副君之重,妙善辞赋;陈思以公子之豪,下笔琳琅;并体貌英逸,故俊才云蒸。

……

元皇中兴,披文建学,刘刁礼吏而宠荣,景纯文敏而优擢。逮明帝秉哲,雅好文会,升储御极,孳孳讲艺,练情于诰策,振采于辞赋,庾以笔才逾亲,温以文思益厚,揄扬风流,亦彼时之汉武也。

刘勰《文心雕龙·时序》 人民文学出版社

至于割情析采,笼圈条贯,摛神性,图风势,苞会通,阅声字,崇替于时序,褒贬于才略,怊怅于知音,耿介于程器,长怀序志,以驭群篇。

刘勰《文心雕龙·序志》 人民文学出版社

古今诗人之不相及,非其才质逊古,运会限之也。使李、杜生建安、正始,亦能为子建、嗣宗;使东坡生天宝、元和,亦能为杜、韩。十五《国风》多闾巷妇女所作,谓李、杜、韩、苏不及成周之间巷妇女,恐无此理。

陈仅《竹林问答》 《清诗话续编》本

　　本篇与《时序》篇相辅。《时序》所论,属文学风尚之高下流变,论世之事也。本篇所重,在比较作品之长短,作家之同异,知人之事也。……本篇以《才略》标目,而篇首乃揭"辞令华采"四字,其义亦可得而言也。才略者,才能识略之谓也,属之人。发而为辞令,蔚而成华采,则属之文。而辞令华采之中,又含笔与文二类。故篇中涉及文体,至为广泛。上自诗赋,下及书记,皆在扬搉之列,与本书上篇所论,旨趣无二。又辞令华采之发,固源于才略,而才略所资,则以性情为土壤,以学术为膏泽,二者得而后可以滋长,此以本末言之则然也。至篇中评骘之语,或称"才颖",或称"学精",或称"识博",或称"理赡",或称"思锐",或称"虑详",或称"气盛",或称"力缓",或称"情高",或称"文美",或称"辞坚",或称"体疏",或称"采密",或称"意浮",用字甚杂,似无分于本末,然细绎之,要不出性情学术,才能识略,辞令华采诸端。盖衡文者操术有四:一论其性情,二考其学术,三研其才略,四赏其辞采。本篇随文立言,盖亦互文见义之例也。

刘永济《文心雕龙校释》 中华书局

文心雕龙·知音[①]

　　知音其难哉[②]!音实难知,知实难逢[③],逢其知音,千载其一乎!夫古来知音,多贱同而思古[④],所谓日进前而不御,遥闻声而相思也[⑤]。昔储说始出,子虚初成,秦皇汉武,恨不同时[⑥]。既同时矣,则韩囚而马轻,岂不明鉴同时之贱哉[⑦]?至于班固傅毅,文在伯仲,而固嗤毅云下笔不能自休[⑧]。及陈思论才,亦深排孔璋,敬礼请润色,叹以为美谈,季绪好诋诃,方之于田巴,意亦见矣[⑨]。故魏文称文人相轻,非虚谈也[⑩]。至如君卿唇舌,而谬欲论文,乃称史迁著书,谘东方朔,于是桓谭之徒,相顾嗤笑[⑪],彼实博徒,轻言负诮,况乎文士,可妄谈哉[⑫]!故鉴照洞明,而贵古贱今者,二主是也[⑬];才实鸿懿,而崇己抑人者,班曹是也[⑭];学不逮文,而信伪迷真者,楼护是也[⑮]。酱瓿之议,岂多叹哉[⑯]!

夫麟凤与麏雉悬绝,珠玉与砾石超殊,白日垂其照,青眸写其形⑰。然鲁臣以麟为麏⑱,楚人以雉为凤⑲,魏民(原作氏,据天启梅本《文心雕龙》改)以夜光为怪石⑳,宋客以燕砾为宝珠㉑。形器易征,谬乃若是;文情难鉴,谁曰易分㉒?

夫篇章杂沓,质文交加,知多偏好,人莫圆该㉓。慷慨者逆声而击节,酝藉(原作籍,王利器《文心雕龙校证》云:"'藉'纪本误'籍'。"今据改)者见密而高蹈,浮慧者观绮而跃心,爱奇者闻诡而惊听㉔。会己则嗟讽,异我则沮弃,各执一隅之解,欲拟万端之变㉕。所谓东向而望,不见西墙也㉖。

凡操千曲而后晓声,观千剑而后识器㉗;故圆照之象,务先博观㉘。阅乔岳以形培塿,酌沧波以喻畎浍㉙。无私于轻重,不偏于憎爱,然后能平理若衡,照辞如镜矣㉚。是以将阅文情,先标六观㉛:一观位体,二观置辞,三观通变,四观奇正,五观事义,六观宫商㉜。斯术既行,则优劣见矣。

夫缀文者情动而辞发,观文者披文以入情,沿波讨源,虽幽必显㉝。世远莫见其面,觇文辄见其心。岂成篇之足深,患识照之自浅耳㉞。夫志在山水,琴表其情,况形之笔端,理将焉匿㉟。故心之照理,譬目之照形,目瞭则形无不分,心敏则理无不达㊱。然而俗鉴(原作监,据王惟俭训故本《文心雕龙》改)之迷者,深废浅售㊲,此庄周所以笑折扬,宋玉所以伤白雪也㊳。昔屈平有言,文质疏内,众不知余之异采,见异唯知音耳㊴。扬雄自称心好沈博绝丽之文,其不(原无不字,王惟俭训故本《文心雕龙》"其"后有一白框,杨明照《文心雕龙校注拾遗》称:"'其'下疑脱一'不'字。"今据增)事浮浅,亦可知矣㊵。夫唯深识鉴奥,必欢然内怿,譬春台之熙众人,乐饵之止过客㊶。盖闻兰为国香,服媚弥芬;书亦国华,玩绎(原作泽,据王惟俭训故本《文心雕龙》改)方美。知音君子,其垂意焉㊷。

赞曰:洪钟万钧,夔旷所定㊸。良书盈箧,妙鉴乃订㊹。流郑淫人,无或失听㊺。独有此律,不谬蹊径㊻。

【注释】

①《文心雕龙·知音》——《知音》篇是《文心雕龙》的第四十八篇。本篇是刘勰的文学批评论,主要论述了正确地进行文学批评的困难及解决的途径。所谓"知音",原意是能欣赏音乐,这里刘勰用以指称文学批评。作者开篇即指出知音难得,正确地进行文学批评是很难的。而"文情难鉴",客观上是由于文学作品情况复杂,"篇章杂沓,质文交加";主观上由于人们贵古贱今、崇己抑人、信伪迷真的不良习惯,再加上人们对不同的文章各有偏好,"会己则嗟讽,异我则沮弃",所以很难对文章进行正确批评。

刘勰指出,正确地进行文学批评的前提首先是"博观",即在广泛的阅读实践中培养和提高自己的审美鉴赏能力;其次是持有公正、客观的评判立场,要"无私于轻重,不偏于憎爱"。具体而言,正确地进行文学批评的途径是"六观":观位体,就是要观察作品的体制安排;观置辞,就是要观察作品的辞句安排;观通变,就是要考察作品的因袭和革新情况;观奇正,就是要观察作品风格是奇崛还是雅正;观事义,就是要考察作品的用典情况;观宫商,就是要考察作品的声律情况。"六观"的方法,实际是对文本的具体解读的方法。刘勰认为沿着文章提供的线索去探究作者的情感,即使作者的情感表达得很含蓄幽深,也能被读者揭示出来。刘勰的六观说没有提到作品的思想性,但位体、置辞等表现方式的因素,实为领会作品思想性的重要渠道。同时,这也反映了刘勰作为一个文学理论家,在文学观上与传统士大夫的差别,他评论作品,对于"怎么写"的问题,比"写什么"更为关心。此外,刘勰认为正确的批评之所以是可能的,在于文本提供了一个让"观文者"得以感受"缀文者"的依据或中介,即作者的情感抒发在作品中,而读者通过阅读作品了解作者的情感,正所谓"缀文者情动而辞发,观文者披文以入情"。这些论述,对于认识文本在文学活动中的地位,也是富有启示性的。

②知音其难哉——知音,能欣赏音乐,理解音乐中的含义。《列子·汤问》:"伯牙鼓琴,志在高山,钟子期曰:'峨峨兮若泰山。'志在流水,曰:'洋洋兮若在江河。'钟子期死,伯牙绝弦,以无知音者。"此指对作品的正确鉴赏和评价。此句意谓正确鉴赏和评价作品是很困难的。

③"音实难知"二句——二句意谓作品的确难以鉴赏和评价,知音者也确实难以遇到。

④"夫古来知音"二句——同,同时代的作家。古,古人。二句意谓自古以来的知音者,大多轻视同时代的作家,而思慕古人。

⑤"所谓日进前而不御"二句——御,用。声,名声。语出《鬼谷子·内楗》:"君臣上下之事,有远而亲,近而疏,就之不用,去之反求,日进前而不御,遥闻声而相思。"二句意谓每日在跟前的人反而不用,对远方有名声的人却加以思慕。曹丕《典论·论文》"常人贵远贱今,向声背实"可以相参读。

⑥"昔储说始出"四句——储说,《韩非子》中的内外《储说》。子虚,指司马相如的《子虚赋》。恨不同时,误以为不是同时代的人而引以为恨。据《史记·老庄申韩列传》记载,秦王读到韩非子的文章后,叹曰:"嗟乎!寡人得见此人与之游,死不恨矣。"据《汉书·司马相如传》记载,汉武帝读到《子虚赋》后,叹曰:"朕独不得与此人同时哉?"

⑦"既同时矣"三句——韩囚,事见《史记·老庄申韩列传》记载韩王派韩非子出使秦国后"秦王悦之,未信用。李斯姚贾害之,毁之,秦王以为然,下吏治非。李斯使人遗非药,使自杀"。马轻,指司马相如遭到汉武帝的轻视。三句意谓知道他们是同时代的人了,韩非子却被秦始皇囚禁,司马相如遭到汉武帝的轻视,这难道不是以同时代的人为低贱的明证吗!按,此处可参读《抱朴子·广譬》:"贵远而贱近者,常人之用情也;信耳而疑目者,古今之所患也。是以秦王叹息于韩非之书,而想其为人;汉武慷慨于相如之文,而恨不同时。及既得之,终不能拔,或纳谗而诛之,或放乎冗散。"

⑧"至于班固傅毅"三句——嗤,嘲笑。休,停止。语本曹丕《典论·论文》:"傅毅之于班固,伯仲之间耳,而固小之,与弟超书曰:'武仲(傅毅字)以能属义为兰台令史,下笔不能自休。'"三句意谓至于班固和傅毅,他们的文学成就不相上下,但是班固却嘲笑傅毅写文章一下笔就没完没了。

⑨"及陈思论才"七句——陈思,曹植,封陈王,谥思,故称陈思。孔璋,陈琳字。敬礼,汉末作家丁廙字。季绪,汉末作家刘修字。诋诃,诽谤。方,比。田巴,战国时期的善辩之士,曾被鲁仲连驳倒。七句意谓曹植评论作家的才能,他排斥贬低陈琳,丁廙请曹植修改文章,曹植就把丁廙的话视为美谈,刘修喜欢诋毁批评人,曹植就把刘修喻为田巴,曹植的偏见是很明显的了。按,"深排孔璋"一事见曹植《与杨德祖书》:"以孔璋之才,不闲于辞赋,而多谓能与司马长卿同风,譬画虎不成,反为狗者也。"又"敬礼请润色"一事,见曹植《与杨德祖书》:"昔丁敬礼尝作小文,使仆润饰之,仆自以为才不过若人,辞不为也。敬礼谓仆:'卿何所疑难?文之佳恶,吾自得之。后世谁相知定吾文者耶?'吾常叹此达言,以为美谈。"另"季绪好诋诃"一事亦见曹植《与杨德祖书》:"刘季绪才不能逮于作者,而好诋诃文章,掎摭利病。昔田巴毁五帝,罪三王,訾五霸于稷下,一旦而服千人。鲁连一说,使终身杜口。刘生之辩,未若田氏;今之仲连,求之不难,可

无叹息乎!"

⑩"故魏文称文人相轻"二句——魏文,魏文帝曹丕。文人相轻,语本曹丕《典论·论文》:"文人相轻,自古而然。"二句意谓魏文帝曹丕说文人互相轻视,并不是凭空乱说的。

⑪"至如君卿唇舌"六句——君卿,西汉辩士楼护的字。唇舌,指有口才。《文心雕龙·论说》:"楼护唇舌。"《汉书·游侠传》记载楼护:"为人短小精辩,论议常依名节,听之者皆竦。与谷永俱为五侯上客。长安号曰:'谷子云笔札,楼君卿唇舌。'"史迁,司马迁。谘,同咨。六句意谓至于楼护徒有口舌之利,荒谬地想要评论文章,他说司马迁写作《史记》咨询了东方朔,于是引来了桓谭等人的讥笑。按,司马迁写作《史记》咨询了东方朔,此事无考。《史记·太史公自序》司马贞《索隐》称:"桓谭云:'迁所著书成,以示东方朔,朔皆署曰太史公。'"可能是桓谭引用了楼护的话,旨在加以讥讽。

⑫"彼实博徒"四句——博徒,赌徒,此指低贱的人。轻,轻率。负诮,遭到讥笑。四句意谓楼护其实是一个低贱的人,他的轻率言论遭人讥笑,何况是文人,难道可以妄发评论吗!

⑬"故鉴照洞明"三句——鉴照,鉴识察照。洞明,深明。二主,指秦始皇、汉武帝。三句意谓鉴识察照透彻而又崇尚古人轻视今人,秦始皇和汉武帝便是这样的人。

⑭"才实鸿懿"三句——鸿懿,鸿大深美。懿,美。班曹,指班固、曹植。三句意谓才能确实鸿大深美却又推崇自己而贬低别人,班固和曹植就是这样的人。

⑮"学不逮文"三句——逮,及。三句意谓学识不足以评论文章却相信传闻不分真假,楼护就是这样的人。

⑯"酱瓿之议"二句——酱瓿,酱缸。瓿,一种陶制容器。酱瓿之议,语本《汉书·扬雄传》,扬雄写出《太玄》、《法言》后,"刘歆亦尝观之,谓雄曰:'空自苦!今学者有禄利,然尚不能明《易》,又如《玄》何?吾恐后人用覆酱瓿也。'"二句意谓刘歆担心后人用扬雄的著作去盖酱缸,这难道是多余的感叹吗!按,此处刘勰意指能正确鉴赏和评论作品的人并不多。

⑰"夫麟凤与麏雉悬绝"四句——麟,麒麟。麏,獐,似鹿。砾石,碎石。青眸,黑眼珠。四句意谓麒麟和獐,凤凰和野鸡相差悬殊,珠玉和碎石也不相同,太阳光下,它们的形象是很清楚的,肉眼看去也能明显地加以分辨。

⑱"然鲁臣以麟为麏"——语本《孔丛子·记问》:"冉有告孔子曰:'麏身而肉角,岂天之妖乎?'夫子曰:'今何在?吾将观焉。'遂往,谓其御高柴曰:'若求

(引者注：冉有名求)之言，其必麟乎！'到视之，果信。"鲁臣，此指冉有，冉有为鲁国贵族季氏的家臣。

⑲楚人以雉为凤——语本《尹文子·大道上》："楚人担山雉者，路人问：'何鸟也？'担雉者欺之曰：'凤凰也。'路人曰：'我闻有凤凰，今直见之。'"

⑳魏民以夜光为怪石——语本《尹文子·大道上》："魏田父有耕于野者，得宝玉径尺，弗知其玉也，以告邻人，邻人阴欲图之，谓之曰：'怪石也，畜之弗利其家，弗如复之。'田父虽疑，犹录以归，置于庑下；其夜玉明，光照一室；田父称家大怖，……于是遽而弃于远野。"魏民，此指魏田父，即魏国的一位农夫。

㉑宋客以燕砾为宝珠——语本《阙子》："宋之愚人得燕石于梧台之东，归而藏之以为宝。周客闻而观焉，……笑曰：'此特燕石也，其与瓦甓不殊。'"（《艺文类聚》卷六录）燕砾，燕山上的碎石。《山海经·北山经》："北百二十里曰燕山，多婴石。"郭璞注："言石似玉，有符彩婴带，所谓燕石者。"

㉒"形器易征"四句——征，验证。四句意谓有形状的器物容易验证，尚且发生了上述谬误；文章的情理难以鉴别，谁说容易区分优劣呢。

㉓"夫篇章杂沓"四句——杂沓，指纷乱。知，鉴赏。圆，全面。该，完备。四句意谓文学作品是多种多样的，质朴的和华丽的篇章交织在一起，而鉴赏评论者又有自己的偏好，其审美趣味不可能面面俱到。

㉔"慷慨者逆声而击节"四句——逆，迎。击节，打拍子，此指赞赏。节，原为一种乐器，后用其他器物或拍掌来代替。酝藉，含蓄。《文心雕龙·定势》"综意浅切者，类乏酝藉"，《文心雕龙·隐秀》"使酝藉者蓄隐而意愉"。密，此指细密的作品。高蹈，高举足顿地，原指远行，此表示高兴。浮慧，浮华聪慧。绮，绮丽的作品。跃心，动心。诡，奇诡的作品。惊听，惊动视听。《文心雕龙·比兴》"惊听回视"。四句意谓性情慷慨的人听到激昂的声音就会击节赞赏，含蓄的人看到细密的作品就会手舞足蹈，浮华聪慧的人看到绮丽的作品就会怦然动心，爱好新奇的人听到奇诡的言辞就会惊动视听。

㉕"会己则嗟讽"四句——会己，合己。嗟讽，赞叹诵读。沮弃，终止抛弃。一隅，一方，片面。拟，衡量。四句意谓符合自己审美趣味的作品就赞叹诵读，不符合的就终止抛弃，各人都掌握着一种片面的见解，却想要衡量变化万端的作品。

㉖"所谓东向而望"二句——语本《吕氏春秋·去宥》："东面望者，不见西墙。"

㉗"凡操千曲而后晓声"二句——操，演奏。操千曲而后晓声，语出桓谭《新论·琴道》："成少伯工吹竽，见安昌侯张子夏鼓瑟，谓曰：'音不通千曲以

上,不足以为知音.'"器,兵器。观千剑而后识器,语出桓谭《新论·道赋》:"扬子云工于赋,王君大习兵器,余欲从二子学,子云曰:'能读千赋则善赋。'君大曰:'能观千剑则晓剑。'"二句意谓大凡演奏了上千首曲子后,才能真正通晓音乐;观赏了上千把剑之后,才能擅长鉴别兵器。

㉘"故圆照之象"二句——圆,全面。照,察照,认识。象,此指方法。二句意谓全面认识、评论作品的方法,务必先要广博地阅读。

㉙"阅乔岳以形培塿"二句——乔岳,高山。形,显出。培塿,小山丘。酌,酌取,此指亲历。沧波,沧海。喻,明白。畎浍,田间水沟。二句意谓看过高山就会显出小山丘的矮小,亲历过沧海就会明白田间水沟的窄浅。

㉚"无私于轻重"四句——衡,秤。四句意谓对作品评价的高低,不掺杂自己的私心,对作品爱憎,不融入自己的偏见,然后才能像秤一样公平地说理,像镜子一样准确地评价作品。

㉛"是以将阅文情"二句——阅,评判。文情,文辞情理。标,举。二句意谓所以要评判作品的文辞情理,应先从六个方面进行考察。

㉜"一观位体"六句——位体,安排体制。置辞,布置辞句。通变,指对前人作品的因袭和革新。奇正,指作品的风格奇崛或雅正。事义,指用典。宫商,指声律。

㉝"夫缀文者情动而辞发"四句——缀文者,作者。观文者,读者。披,披阅。波,此指文章。源,此指作者的情感。四句意谓作者的情感受外物触动而发为辞章,读者由阅读文章进而了解作者的情感,沿着文章提供的线索去探究作者的情感,即使作者的情感表达得很含蓄幽深,也能被读者揭示显露出来。

㉞"世远莫见其面"四句——觇,窥视。成篇,作品。四句意谓由于年代久远,不能与古代的作者见面,但阅读他们的文章就可以知道他们的心灵。难道是古人的作品太深奥吗,恐怕还是我们自己的鉴赏能力太浅陋了。

㉟"夫志在山水"四句——"志在山水,琴表其情"用伯牙与钟子期一事,见本篇注释②。四句意谓弹琴的人心里想到了山水,琴声会传达出他的山水之情,何况文章是用笔写出来的,作者内心的情理又如何能够藏匿呢。

㊱"故心之照理"四句——心,指读者之心。理,文章的情理。瞭,明。四句意谓读者用心去理解文章的情理,好比用眼睛去观察事物,只要眼睛明亮,就没有分辨不清楚的外物,同理,只要读者心思敏捷,文章的情理就不难理解。

㊲"然而俗鉴之迷者"二句——俗鉴之迷者,指鉴赏力低下的读者,承上文"识照之自浅"而言。深,深刻的作品。浅,浅薄的作品。售,出售,此指受欢迎。二句意谓鉴赏力低下的读者,抛弃了深刻的作品,而欢迎浅薄的作品。

㊳ "此庄周所以笑折扬"二句——折扬,古代的一种俗曲。白雪,古代的一种雅乐。庄周所以笑折扬,语本《庄子·天地》:"大声不入于里耳,《折扬》《皇华》则嗑然而笑。是故高言不止于众人之心,至言不出,俗言胜也。"宋玉所以伤白雪,语本宋玉《对楚王问》:"客有歌于郢中者,其始曰《下里》、《巴人》,国中属而和者数千人;其为《阳阿》、《薤露》,国中属而和者数百人;其为《阳春》、《白雪》,国中属而和者数十人。"二句意谓这就是庄子讥笑俗乐《折杨》受人欢迎,宋玉感叹雅乐《白雪》遭人冷落。

㊴ "昔屈平有言"四句——屈平,屈原名平。文,此指外表。疏,粗。质,指内在本质。内,同讷,此指朴实。文质疏内,即文疏质讷。屈原《九章·怀沙》:"文质疏内兮,众不知余之异采。"四句意谓从前屈原说过:"我的外表和内心都很朴实,众人不知道我有独特的文采。"只有知音才能够认识到屈原的异采。

㊵ "扬雄自称"三句——沈博,深沉渊博。心好沈博绝丽之文,语见扬雄《答刘歆书》:"雄为郎之岁,自奏少不得学,而心好沈博绝丽之文。"三句意谓扬雄曾说:"我内心喜欢深沉渊博而又绝美的文章。"他不欣赏浮浅的文章,由此可知。

㊶ "夫唯深识鉴奥"四句——深识,深入认识。鉴奥,鉴赏奥妙。怿,喜悦。春台之熙众人,语本《老子》二十章:"众人熙熙,如享太牢,如登春台。"春台,赏春之台。熙,和悦。乐饵之止过客,语本《老子》三十五章:"乐与饵,过客止。"乐饵,音乐与食物。四句意谓只要对作品深入认识,鉴赏奥妙,阅读后必然会内心喜悦,好比春天登台让人高兴,音乐和美食让过客停下脚步。

㊷ "盖闻兰为国香"六句——"兰为国香,服媚弥芬"语本《左传·宣公三年》"以兰有国香,人服媚之如是"。服,佩戴。媚,喜爱。国华,国内最美的花。玩绎,品味。垂意,留意。六句意谓听说兰花是国中最香的花,佩戴并喜欢它,就会更芬芳;文章书籍也是国中最美的花,品味它才会知道它的美妙;鉴赏作品者,希望注意这点。

㊸ "洪钟万钧"二句——洪,大。钧,古代重量单位,三十斤为一钧。夔,舜时的乐官。旷,师旷,春秋晋国的乐师。二句意谓上万斤的巨钟,要由夔和师旷来定音。

㊹ "良书盈箧"二句——箧,箱子。订,校定。二句意谓满箱子的好书,要通过精妙的鉴赏才能评定。

㊺ "流郑淫人"二句——流郑,放荡的郑声,此指靡靡之音。《论语·卫灵公》:"郑声淫,佞人殆。"淫人,使人惑乱。无或,切不可。失听,听错。二句意谓放荡的郑声使人惑乱,鉴赏者切不可被它迷惑而失去鉴赏力。

㊻"独有此律"二句——律,规则,此指"六观"等鉴赏文章的方法。谬,错误。二句意谓只有遵循正确鉴赏的规则,才不会误入歧途。

【附录】

凡音者,生于人心者也;乐者,通伦理者也。是故知声而不知音者,禽兽是也;知音而不知乐者,众庶是也;唯君子为能知乐。是故审声以知音,审音以知乐,审乐以知政,而治道备矣。是故不知声者,不可与言音;不知音者,不可与言乐,知乐则几于礼矣。

《礼记·乐记》 阮元校刻《十三经注疏》 中华书局

伯牙鼓琴,钟子期听之。方鼓琴而志在太山,钟子期曰:"善哉乎鼓琴,巍巍乎若太山。"少选之间,志在流水,钟子期又曰:"善哉乎鼓琴,汤汤乎若流水。"钟子期死,伯牙破琴绝弦,终身不复鼓琴,以为世无足复为鼓琴者。

《吕氏春秋·本味》 诸子集成本

成少伯工吹竽,见安昌侯张子夏鼓琴,谓曰:"音不通千曲以上,不足以为知音。"

桓谭《桓子新论·琴道篇》 中华书局

嗟乎! 道之显晦,幸不幸系焉;谈之辩讷,升降系焉;鉴之颇正,好恶系焉;交之广狭,屈伸系焉。则彼卓然自得以奋其间者,合乎否乎? 是未可知也。而又荣古虐今者,比肩叠迹。大抵生则不遇,死而垂声者众焉。扬雄没而《法言》大兴,马迁生而《史记》未振,彼之二才,且犹若是,况乎未甚闻者哉! 固有文不传于后祀,声遂绝于天下者矣。故曰知之愈难。

柳宗元《与友人论为文书》 《柳宗元集》卷三十一 中华书局

为文非难而知文为难。文之美恶易见也,而谓之难者,何哉? 问学有浅深,识见有精粗,故知之者未必真,则随其所好以为是非。照乘之珠或疑之于鱼目,淫哇之音或媲之以黄钟,虽十百其喙,莫能与之辨矣。然则斯世之人,果无有知文者乎? 曰:非是之谓也。荆山之璞,卞和氏固知其为宝;渥洼之马,九方歅固知其为良。使果燕石也,驽骀也,其能并陈而方驾哉?

宋濂《丹崖集序》 《宋学士文集》卷七 商务印书馆

苕溪渔隐曰:鲁直《过平舆怀李子先诗》:"世上岂无千里马,人中难得九方皋。"《题徐孺子祠堂诗》:"白屋可能无孺子,黄堂不是欠陈蕃。"二诗命意绝相似,盖叹知音者难得耳。

胡仔《苕溪渔隐丛话后集》卷三十二　人民文学出版社

诗文无定价,一则眼力不齐,嗜好各别;一则阿私所好,爱而忘丑。或心知,或亲串,必将其声价逢人说项,极口揄扬;美则牵合归之,疵则宛转掩之。谈诗论文,开口便以其人为标准,他人纵有杰作,必索一瘢以诋之。

薛雪《一瓢诗话》　昭代丛书本

"文人相轻,自古而然",魏文帝志之矣。至若知己之难,千载同慨。彦和有如此才,惟沈休文以为奇绝,未闻梁帝宠而异之也。以文臣遇文主,竟等寻常,况不得其主,不际其时者乎! 感慨系之。

叶绍泰《文心雕龙》评语　汉魏别解本《文心雕龙》

文心雕龙·程器[①]

周书论士,方之梓材,盖贵器用而兼文采也[②]。是以朴斫成而丹雘施,垣墉立而雕杇附[③]。而近代词人,务华弃实,故魏文以为古今文人(此处原有之字,梅庆生音注本《文心雕龙》曰:"之字衍。"今据删),类不护细行[④],韦诞所评,又历诋群才[⑤],后人雷同,混之一贯,吁可悲矣[⑥]! 略观文士之疵[⑦]:相如窃妻而受金[⑧],扬雄嗜酒而少算[⑨],敬通之不修(原作循,据杨明照《文心雕龙校注拾遗》改)廉隅[⑩],杜笃之请求无厌[⑪],班固谄窦以作威[⑫],马融党梁而黩货[⑬],文举傲诞以速诛[⑭],正平狂憨以致戮[⑮],仲宣轻脆(原作脆,据杨明照《文心雕龙校注拾遗》改)以躁竞[⑯],孔璋偬恫以粗疏[⑰],丁仪贪婪以乞贷(原作货,据杨明照《文心雕龙校注拾遗》改)[⑱],路粹餔啜而无耻[⑲],潘岳诡祷(原作诔,据元至正本《文心雕龙》改)于愍怀[⑳],陆机倾仄于贾郭[㉑],傅玄刚隘而詈台[㉒],孙楚很(原作狠,据元至正本《文心雕龙》改)愎而讼府[㉓],诸如(原作有,据杨明照《文心雕龙校注拾遗》改)此类,并文士之瑕累[㉔]。文既有之,武亦宜然。古之将相,疵咎实多[㉕]:至如管仲之盗窃[㉖],吴起之贪淫[㉗],陈平之污点[㉘],绛灌之谗嫉[㉙],沿兹以下,不可胜数。孔光负衡据鼎,而仄媚董贤,况班马之贱职,潘岳之下位哉[㉚]! 王戎开国上秩,而鬻官嚣俗,况马杜之磬悬,丁路之贫薄哉㉛!然子夏无亏于名儒,潜冲不尘乎竹林者,名崇而讥减也㉜。若夫屈贾之忠贞㉝,邹枚之机觉㉞,黄香之淳孝㉟,徐幹之沈默㊱,岂曰文士,必其玷欤㊲?

盖人禀五材,修短殊用,自非上哲,难以求备㊳。然将相以位隆特达,文士以职卑多消,此江河所以腾涌,涓流所以寸折者也㊴。名之抑扬,既其然矣;位之通塞,亦有以焉㊵。盖士之登庸,以成务为用㊶。鲁之敬姜,妇人之聪明耳,然推其机综,以方治国,安有丈夫学文,而不达于政事哉㊷?彼扬马之徒,有文无质,所以终乎下位也㊸。昔庾元规才华清英,勋庸有声,故文艺不称,若非台岳,则正以文才也㊹。文武之术,左右惟宜㊺。郤縠敦书,故举为元帅,岂以好文而不练武哉㊻?孙武兵经,辞如珠玉,岂以习武而不晓文也㊼?

是以君子藏器,待时而动㊽,发挥事业㊾,固宜蓄素以㭈中,散采以彪外,梗柟其质,豫章其干㊿,摛文必在纬军国,负重必在任栋梁51,穷则独善以垂文,达则奉时以骋绩52,若此文人,应梓材之士矣53。

赞曰:瞻彼前修,有懿文德54。声昭楚南,采动梁北55。雕而不器,贞幹谁则56。岂无华身,亦有光国57。

【注释】

①《文心雕龙·程器》——《程器》是《文心雕龙》的第四十九篇。"程器"就是衡量一个作家的品德和才能。

全篇可分为四部分。第一部分指出,衡量士人应从器用和文采两方面考察。近代作家因为务华弃实,从而招致了曹丕、韦诞等人的讥评。由此后人产生了误解,认为文人都不注意小节。第二部分列举了汉、魏、晋时期十六位文人的瑕累及古往今来六位将相大臣的瑕累。刘勰指出虽然很多文人、将相有瑕累,但存在"名崇而讥减"的现象,比如孔光虽然承迎董贤却并没有损害他的名儒声誉,王戎虽然卖官却也没有玷污其竹林名士的身份。此外,刘勰还例举了六位品行良好的文人,对文人无行的观点进行了辩驳。第三部分针对"名崇而讥减"现象进一步指出,将相因为地位高,其污点容易被原谅,文人因为地位卑下所以其污点常被指责。由此,刘勰特别强调文人学文要达于政事,他认为文才和武略是可以兼备的。刘勰举例说,扬雄、司马相如等人,有文学才能而没有政治才能,所以终生处于低下的地位;而庾亮、郤縠、孙武等人能文能武,所以成为将相大臣。第四部分刘勰正面提出他心目中的"梓材之士"的标准,即有优良的才德,强烈的进取心,敢担重任;仕途通达就遵循天时建功立业,仕途不顺就修养品德以文章传世。

《程器》篇与《原道》篇首尾呼应,在文论层面,既论了形而上之"道",又论了形而下之"器",可谓立意深远。如果说《原道》篇从天地自然万物入手,指出人之必有文采,那么《程器》篇则进而指出"雕而不器,贞干谁则",突出了作为作家才德的"器"之重要,阐明了学文本以达政之旨。刘勰认为"摛文必在纬军国",这种观点表面上是对曹丕"盖文章,经国之大业,不朽之盛世"(《典论·论文》)的继承,然而这里刘勰的主旨却并非是为文学争地位,而是强调文学应为军国服务。由于过分强调了文学的功利性,这也反映了刘勰思想中的保守一面。

②"周书论士"三句——周书,指《尚书·梓材》。《尚书》自《泰誓》至《秦誓》三十二篇记载了周秦之事,这一部分被称为《周书》。方,比。梓材,木匠把木料做成器具。梓,木匠。器用,实用。三句意谓《尚书·梓材》谈论人才,将之比作木匠制作木器,兼顾实用和美观。

③"是以朴斫成而丹雘施"二句——语本《尚书·梓材》:"若作室家,既勤垣墉,惟其涂塈茨,若作梓材,既勤朴斫,惟其涂丹雘。"朴,未加工的木材。斫,砍削。丹雘,红漆。垣,低墙。墉,高墙。雕杇,刷墙的涂料。二句意谓木材砍削成器具后涂以红漆,墙壁建筑好后刷以涂料。

④"而近代词人"四句——近代,此指汉魏至宋。"故魏文"二句语出曹丕《与吴质书》:"古今文人,类不护细行,鲜能以名节自立。"魏文,指魏文帝曹丕。类,大多。护,维护。细行,小节。四句意谓近代作家,致力于作品华丽的外表而不顾实用,所以曹丕认为古今文人,大多不注意小节。

⑤"韦诞所评"二句——韦诞,字仲将,三国时期书法家。《三国志·魏书·王粲传》注引鱼豢《魏略》说:"仲宣伤于肥戆,休伯都无格检,元瑜病于体弱,孔璋实自粗疏,文蔚性颇忿鸷。"二句意谓韦诞的评论,诋毁了许多作家。

⑥"后人雷同"三句——一贯,一样。二句意谓后人随声附和,认为文人都一样不注意小节。唉,真是可悲啊!

⑦略观文士之疵——疵,缺点。本句意谓大略地观察一下文人们的缺点。

⑧相如窃妻而受金——相如,司马相如,西汉作家。窃妻,指司马相如以弹琴引诱新寡的卓文君私奔。据《史记·司马相如列传》记载:"是时卓王孙有女文君新寡,好音,故相如缪与令相重,而以琴心挑之。相如之临邛,从车骑,雍容闲雅甚都;及饮卓氏,弄琴,文君窃从户窥,心悦而好之,恐不得当也。既罢,

相如乃使人重赐文君侍者通殷勤。文君夜亡奔相如,相如乃与驰归成都。"受金,指司马相如受贿。据《史记·司马相如列传》载司马相如:"乃拜相如为中郎将,建节往使。……其后人有上书言相如使时受金,失官。"

⑨扬雄嗜酒而少算——扬雄,西汉作家。《汉书·扬雄传》载:"雄家素贫,嗜酒。"少算,此指扬雄政治上失算,写了《剧秦美新》,美化王莽新朝。

⑩敬通之不修廉隅——敬通,东汉作家冯衍,字敬通。廉隅,比喻品行端正。不修廉隅,不拘礼法。冯衍老年时将悍妻赶走。据《后汉书·冯衍传》载:"衍娶北地任氏女为妻,悍忌,不得畜媵妾,儿女亲自操井臼,老竟逐之,遂坎壈于时。"

⑪杜笃之请求无厌——杜笃,东汉作家。厌,满足。据《后汉书·文苑传》载,杜笃"博学不修小节,不为乡人所礼。居美阳,与美阳令游,数从请托,不谐,颇相恨。令怒,收笃送京师。"

⑫班固谄窦以作威——班固,东汉史学家、文学家。谄,奉承,巴结。窦,大将军窦宪。据《后汉书·班固传》载:"大将军窦宪出征匈奴,以固为中护军,与参议。……固不教学诸子,诸子多不遵法度,吏人苦之。初,洛阳令种兢尝行,固奴干其车骑,吏推呼之,奴醉骂。兢大怒,畏宪不敢发,心衔之。"

⑬马融党梁而黩货——马融,东汉经学家、文学家。党,阿附,偏袒。梁,大将军梁冀。黩货,贪污。据《后汉书·马融传》载,马融"桓帝时为南郡太守。先是融有事忤大将军梁冀旨,冀有司奏融在郡贪浊,免官,髡徙朔方。"又"初,融惩于邓氏,不敢复违忤势家,遂为梁冀草奏李固,又作《大将军西第颂》,以此颇为正直所羞。"

⑭文举傲诞以速诛——文举,东汉末作家孔融,字文举。傲诞,狂傲放诞。速,招致。诛,指遭曹操杀害。据《后汉书·孔融传》载,孔融反对曹操,"融频书争之,多侮慢之辞",最终被曹操所杀。

⑮正平狂憨以致戮——正平,东汉末作家祢衡,字正平。狂憨,狂放愚痴。戮,杀。据《后汉书·文苑传》载,祢衡"尚气刚傲,好矫时慢物",曾因与曹操赌气,当众裸身击鼓,后因当众辱骂江夏太守黄祖而被黄祖所杀。

⑯仲宣轻脱以躁竞——仲宣,东汉末作家王粲,字仲宣。轻脱,轻率、放荡。《三国志·魏书·王粲传》中说"粲貌寝而体弱通侻"。侻,通"脱",轻率。躁竞,急躁求进。据《三国志·魏书·杜袭传》载:"粲性躁竞。"

⑰孔璋偬恫以粗疏——孔璋,陈琳的字。偬恫,草率。据《三国志·魏书·王粲传》载,陈琳事袁绍,曾写信大骂曹操,袁绍兵败后,陈琳又谢罪事曹操。粗疏,《三国志·魏书·王粲传》注引鱼豢《魏略》说:"孔璋实自粗疏。"

⑱丁仪贪婪以乞贷——丁仪,东汉末文人。本句所指不详。

⑲路粹铺啜而无耻——路粹,东汉末文人。铺啜,吃喝,此指贪图利禄。铺,食。啜,饮。《三国志·魏书·王粲传》注引《典略》说,路粹奉曹操的旨意,收罗孔融罪状,导致孔融被杀。

⑳潘岳诡祷于愍怀——潘岳,西晋文学家。诡,欺诈。祷,指祷神文。愍怀,晋惠帝太子。据《晋书·愍怀太子传》载,晋惠帝后贾氏欲废太子,将太子骗入宫中,令婢女逼饮灌醉太子,又令潘岳起草有谋反之意的祷神文,逼迫太子抄写,致使太子被贬为庶人。

㉑陆机倾仄于贾郭——陆机,西晋文学家。倾仄,依附。贾郭,指贾谧和郭彰,二人都是贾后的亲信。据《晋书·陆机传》载,陆机"好游权门,与贾谧亲善,以进趣获讥"。

㉒傅玄刚隘而詈台——傅玄,西晋文学家。刚隘,刚愎狭隘。詈,骂。台,指尚书台。据《晋书·傅玄传》称傅玄"天性峻急,不能有所容",傅玄任司隶校尉时,"献皇后崩于弘训宫,设丧位。旧制,司隶于端门外坐,在诸卿上,绝席。其入殿,按本品秩在诸卿下,以次坐,不绝席。而谒者以弘训宫为殿内,制玄位在卿下。玄惠怒,厉声色而责谒者。谒者妄称尚书所处,玄对百僚而骂尚书以下。"

㉓孙楚狠愎而讼府——孙楚,西晋文学家。狠,毒辣。愎,刚愎。讼,争辩是非。府,指将军府。据《晋书·孙楚传》载:"楚后迁佐著作郎,复参石苞骠骑军事。楚既负其才气,颇侮易于苞。初至,长揖曰:'天子命我参卿军事。'因此而嫌隙遂构。苞奏楚与吴人孙世山共讪毁时政,楚亦抗表自理,纷纭经年。"

㉔并文士之瑕累——瑕,玉上面的斑点,喻缺点或过失。累,罪行,过失。

㉕疵咎实多——疵,缺点或过失。咎,过失,罪过。

㉖至如管仲之盗窃——管仲,春秋时齐相。《说苑·尊贤》引邹子语:"管仲,故成阴之狗盗也,天下之庸夫也,齐桓公得之以为仲父。"

㉗吴起之贪淫——吴起,春秋时魏国军事家。《史记·孙子吴起列传》引李克语说吴起"贪而好色"。

㉘陈平之污点——陈平,西汉开国功臣。《史记·陈丞相世家》载:"绛侯、灌婴等咸谗陈平曰:'平虽美丈夫,如冠玉耳,其中未必有也。臣闻平居家时,盗其嫂。事魏不容,亡归楚;归楚不中,又亡归汉。今日大王尊官之,令护军,臣闻平受诸将金,金多者得善处,金少者得恶处。平,反覆乱臣也,愿王察之。'"

㉙绛灌之谗嫉——绛,绛侯周勃,汉文帝时丞相。灌,灌婴,汉武帝时丞相。谗,谗言。嫉,嫉妒。据《史记·屈原贾生列传》载:"于是天子议以为贾生任公

卿之位。绛、灌、东阳侯、冯敬之属尽害之,乃短贾生曰:'洛阳之人,年少初学,专欲擅权,纷乱诸事。'于是天子后亦疏之,不用其议,乃以贾生为长沙王太傅。"

㉚"孔光负衡据鼎"四句——孔光,西汉成帝、哀帝时丞相。负衡据鼎,指担任丞相,位居三公。衡,古代称宰相为衡宰。鼎,古代称三公大臣为鼎辅或鼎臣。仄媚,以不正之道讨好奉承。董贤,汉哀帝的男宠。据《汉书·佞幸传》载,汉哀帝男宠董贤拜访时任丞相孔光,孔光"送迎甚谨,不敢以宾客均乱之礼",以此讨好奉承董贤。班,班固。马,马融。贱职,班固曾任兰台令史,窦宪中护军,马融曾至武都太守,拜议郎,都职位低下。下位,潘岳仅官至太傅主薄。四句意谓孔光担任宰相,位居三公,尚且讨好奉承董贤,何况职位低下的班固、马融、潘岳呢。

㉛"王戎开国上秩"四句——王戎,西晋大臣,官至司徒、尚书令。开国,指封侯。西晋初,王戎因伐吴有功,进爵安丰县侯。上秩,指任高官。秩,官吏的职位或品级。鬻,卖。器俗,引发世人的怨尤。器,众怨声。据《晋书·王戎传》载,王戎曾接受他人贿赂,"议者尤之,……为清慎者所鄙,由是损名",他选拔官吏时"未尝进寒素,退虚名,但与时浮沈,户调门选而已"。马,指司马相如。杜,指杜笃。磬悬,形容家贫无物,仅有梁柱如悬磬。磬,挂在架上的石制打击乐器。据《汉书·司马相如传》载,司马相如和卓文君逃归成都时,"家徒四壁立"。丁,丁仪。路,路粹。四句意谓王戎封侯位于高官之列,尚且卖官,引发世人的怨尤,何况司马相如、杜笃家徒四壁,丁仪、路粹一贫如洗呢。

㉜"然子夏无亏于名儒"三句——子夏,孔光的字。无亏,无损。濬冲,王戎的字。尘,玷污。竹林,指"竹林七贤",有嵇康、阮籍、山涛、向秀、刘伶、阮咸、王戎七人,他们常集于竹林之下纵酒酣畅。崇,高。三句意谓孔光虽然承迎董贤却并没有损害他的名儒声誉,王戎虽然卖官却也没有玷污其竹林名士的身份,那是因其名位高而减少了人们的讥讽。

㉝若夫屈贾之忠贞——屈,屈原。贾,贾谊。

㉞邹枚之机觉——邹,西汉作家邹阳。枚,西汉作家枚乘。机觉,机警。据《汉书·邹阳传》载,邹阳、枚乘曾为吴王刘濞客,他们察觉吴王试图谋反而且劝阻不听之后,都选择了离去,以免牵连。

㉟黄香之淳孝——黄香,东汉文人。淳孝,即至孝。据《后汉书·文苑传》载:"黄香,字文强,江夏安陆人也。年九岁失母,思慕憔悴,殆不免丧,乡人称其至孝。"

㊱徐幹之沈默——徐幹,字伟长,三国时魏作家,"建安七子"之一。沈默,沉默。此指不求闻达。曹丕《与吴质书》说徐幹"独怀文抱质,恬淡寡欲,有箕山之志,可谓彬彬君子矣"。

㊳"岂曰文士"二句——玷,玉的斑点。此指过失。二句意谓怎么能说文人的品行一定会有过失呢。

㊳"盖人禀五材"四句——禀,禀受。五材,即五行,指金、木、水、火、土。古人认为人的性情与所禀赋的五行有关。修,长。上哲,圣人。四句意谓人禀受五行,性情各有长短;本来就不是圣哲,因此难以求全责备。

㊴"然将相以位隆特达"四句——位隆,地位高。特达,极其通达,此指特别容易被原谅。诮,讥讽。寸折,多阻折。四句意谓将相因为地位高,其污点特别容易被原谅,文人因为地位卑下常被指责,这好比江河水因为水势大,所以奔涌前进难以阻挡;而涓涓细流因为水势太小,所以阻碍重重千曲百折。

㊵"名之抑扬"四句——抑扬,高低。通,畅通。塞,阻塞。以,原因。四句意谓名声的高低,固然如此;仕途的畅通或阻塞,也是有原因的。

㊶"盖士之登庸"二句——登庸,选拔任用。成务,成就事业。二句意谓士人的选拔任用,以是否能成就事业为标准。

㊷"鲁之敬姜"六句——敬姜,春秋时鲁相文伯之母。推,推论。机,织布机。综,经线和纬线交织。方,比。达,通。据《列女传·母仪》载:"文伯相鲁,敬姜谓之曰:'吾语汝,治国之要,尽在经矣。夫幅者所以正曲枉也,不可不强,故幅可以为将。画者所以均不均、服不服也,故画可以为正。……推而往引而来者,综也,综可以为关内之师。'"六句意谓鲁国的敬姜,不过是个聪明的妇人,却能以织布的原理来比拟治国的道理。大丈夫学习文章岂能不懂政事?

㊸"彼扬马之徒"三句——扬,扬雄。马,司马相如。文,文学才能。质,政治才能。三句意谓扬雄、司马相如等人,有文学才能而没有政治才能,所以终生处于低下的地位。

㊹"昔庾元规才华清英"五句——庾元规,东晋外戚庾亮的字,明穆皇后之兄,晋成帝时曾任中书令。勋庸,功勋。文艺,创作才能。称,扬。台岳,三公宰辅之位,古人以三台星比喻三公,以四岳喻四方诸侯之长。刘勰对庾亮的文才多有称颂,如"庾以笔才逾亲"(《时序》),"庾元规之表奏,靡密以闲畅"(《才略》)等。五句意谓从前庾亮才华横溢,他以功勋卓越而声名远扬,所以他的创作才能没有扬名,如果他没有身居高位,那么他定会以文才扬名。

㊺"文武之术"二句——宜,适合。左右惟宜,形容多才多艺,什么都能做。《诗经·小雅·裳裳者华》:"左之左之,君子宜之;右之右之,君子有之。"二句意谓文才和武略可以兼备。

㊻"郤縠敦书"二句——郤縠,春秋晋国将领。敦书,努力读书。练,熟悉。据《左传·僖公二十七年》载:"(晋)作三军,谋元帅。赵衰曰:'郤縠可。臣亟

闻其言矣,说礼乐而敦《诗》、《书》。'"二句意谓郤縠努力读书,所以被推举为元帅,并非爱好文艺就不能熟悉武略。

㊼"孙武兵经"三句——孙武,春秋时军事家。《兵经》,指《孙子兵法》。习,熟悉。三句意谓孙武的《兵法》,文辞优美如珠玉,并非熟悉武略就不能通晓文章。

㊽"是以君子藏器"二句——语出《易经·系辞下》:"君子藏器于身,待时而动。"器,指才能。时,时机。二句意谓因此君子具备了政治上的实际才能,就应等待合适的时机采取行动。

㊾发挥事业——发扬光大各种功业。《原道》:"发挥事业,彪炳辞义。"斯波六郎认为,《原道》篇"事业"与"辞义"相对,此"发挥事业"之下,疑文辞脱一句。

㊿"固宜蓄素以弸中"四句——"固宜"二句,语本扬雄《法言·君子》:"或问:君子言则成文,动则成德,何以也?曰:以其弸中而彪外也。"素,指优良的品质才干。弸,充满。彪外,指文饰于外。彪,虎纹,此指文采。楩,黄楩木。柟,楠木。质,木质。豫,枕树。章,樟树。干,树干。五句意谓应该培养品质才干,使其充满于内,散发文采于外,既有楩木、楠木那样坚实的木质,又有枕木、樟木那样高大的树干。

(51)"摛文必在纬军国"二句——摛文,写作文章。摛,发布。纬,经纬,此指谋划。负重,担负重任。栋梁,房屋的大梁,此指国家的骨干。二句意谓写作文章定要有助于谋划军国大事,担负重任定要成为国家的骨干。

(52)"穷则独善以垂文"二句——语出《孟子·尽心上》:"穷则独善其身,达则兼善天下。"穷,仕途不顺。垂,留下。达,仕途通达。奉时,遵循天时。骋绩,建功立业。二句意谓仕途不顺就修养品德以文章传世,仕途通达就遵循天时建功立业。

(53)应梓材之士矣——应,合。梓材之士,《尚书·梓材》篇所说的人才。

(54)"瞻彼前修"二句——瞻,仰望。前修,前贤。懿,美好。文德,文才和德行。二句意谓仰望前贤,他们有美好的文才和德行。

(55)"声昭楚南"二句——昭,明。楚南,南方的楚国,此指屈原、贾谊活动的地区。梁北,北方的梁国,邹阳、枚乘曾投奔梁孝王门下。二句意谓屈原、贾谊的名声传遍南方的楚地,邹阳、枚乘的文采震动了北方的梁国。

(56)"雕而不器"二句——雕而不器,指有文采而无才德。贞干,即桢干,古代筑墙时所用的木柱,竖在两端的叫"桢",竖在两旁的叫"干",此指国家的栋梁之才。则,效法。二句意谓只有华采而无才德的人,无法成为可效法的国家栋梁之才。

(57)“岂无华身”二句——华身,使自身有光彩。光国,使国家有光彩。二句意谓品德才干不仅可以荣耀自身,也可为国增光。

【附录】

惟曰:若稽田,既勤敷菑,惟其陈修,为厥疆畎。若作室家,既勤垣墉,惟其涂塈茨。若作梓材,既勤朴斫,惟其涂丹雘。

《尚书·梓材》《尚书正义》卷十四 阮元刻十三经注疏本

抱朴子曰:小疵不足以损大器,短疾不足以累长才。日月挟虫鸟之瑕,不妨丽天之景;黄河合泥滓之浊,不害凌山之流。树塞不可以弃夷吾,夺田不可以薄萧何,窃妻不可以废相如,受金不可以斥陈平。

葛洪《抱朴子·博喻》《抱朴子》外篇卷三十八 《四部丛刊》本

唯文章之用,实经典枝条,五礼资之以成,六典因之致用,君臣所以炳焕,军国所以昭明,详其本源,莫非经典。

刘勰《文心雕龙·序志》 人民文学出版社

士之致远,先器识,后文艺。

裴行俭语 见《新唐书·裴行俭传》 中华书局

士君子藏器于身,应物如响。成天下之务者存乎事业,通万物之情者在乎文辞。

徐铉《翰林学士江简公集序》《钦定全唐文》卷八八一 清刊本

且所谓文者,务为有补于世而已矣。所谓辞者,犹器之有刻镂绘画也。诚使巧且华,不必适用;诚使适用,亦不必巧且华。要之以适用为本,以刻镂绘画为之容而已。不适用,非所以为器也,不为之容,其亦若是乎?否也。然容亦未可已也,勿先之其可也。

王安石《上人书》《临川先生文集》卷七十七 《四部丛刊》本

道盛则文俱盛,文盛则道始衰矣。射策之晁错,不如木强之申屠,谈经之公孙,不如戆愚之汲黯。自汉以来甚矣。文之日胜,而士之俗日漓,人才之日乏,而国家之日不理也。华藻之厚,而忠信之薄也;词辩之工,而事业之陋也;学问之该,而器识之浅也。吾不意夫文之为天下患如此也!汉之文,扬雄其尤,美新之作,庸人耻之;唐之文,韩愈其尤,谀墓之诮,在当时固不兑。呜呼,他何望哉!

陈傅良《文章策》 《止斋先生文集》附录卷 《四部丛刊》本

事虚文而弃实用,弊亦久矣。自为己之学不明,天下之人狃于习而咦于利,是以背而驰之,力炫而为之噪,援笔为辞,缀辞为书,籍籍纷纷,不过夫记诵辞章之末,卒无用于世,而谓之文人,果何文耶?

郝经《文弊解》 《郝文忠公陵川文集》卷二十 清乾隆刊本

陆务观曰:"唐人曰:'士先器识而后文艺。'是不得为知文者,天下岂有器识卑陋而文词超然者哉!"此言深得文章大旨。古今来非无文章美赡而人多卑污者,然其文必无超拔之气。

徐树丕《士先器识》 《识小录》卷一 涵芬楼秘笈本

至若富贵者篇章始成,谄谀之人交口称誉。有显誉者一言偶出,信耳之人同声应合,苟非虚己受益,鲜不为其所惑,此人未易知也。惟贫贱无显誉之人,人得指其瑕疵,造诣未成,则因心横虑,日就月将,无虚声而有实得,是以穷者多工耳。此予身试而实验者。

许学夷《诗源辩体》卷三十四 人民文学出版社

古人之所谓文者如此,岂辞翰可拟哉!奈何后世区区以辞翰而谓之文耶?自夫以辞翰为文也,文之用末矣。彼殚一生之精力,从事于其间者,音韵之铿锵,采色之炳焕,点画之妩媚,则自以为至文矣。而乌在为文也。嗟夫,文而止于辞翰而已,则世何贵焉,而于世抑何补焉?

苏伯衡《王生子文字序》 《苏平仲文集》卷五 《四部丛刊》本

钟 嵘

钟嵘(？—518)，字仲伟，颍川长社人。齐时为南康王侍郎，司徒行参军。入梁，曾为中军临川王行参军、衡阳王宁朔记室，卒官于晋安王(萧纲)记室。传见《梁书》卷四十九《文学传》和《南史》卷七十二《文学传》。其著作除《诗品》之外，还有一篇《瑞室颂》(据《梁书》、《南史》本传)，今佚。

诗 品 序①

气之动物，物之感人②，故摇荡性情，形诸舞咏③。照烛三才，晖丽万有④，灵祇待之以致飨，幽微藉之以昭告⑤。动天地、感鬼神，莫近于诗⑥。

昔《南风》⑦之词，《卿云》⑧之颂，厥义夐⑨矣。夏歌曰"郁陶乎予心"⑩，楚谣曰"名余曰正则"⑪，虽诗体未全，然是五言之滥觞也⑫。逮汉李陵，始著五言之目矣⑬。《古诗》渺邈⑭，人世(《梁书·钟嵘传》作代)难详，推其文体，固是炎汉之制，非衰周之倡(《梁书·钟嵘传》作唱)也⑮。自王、扬、枚、马之徒⑯，词赋竞爽，而吟咏靡闻⑰。从李都尉迄班婕妤⑱，将百年间，有妇人焉，一人而已⑲。诗人之风，顿已缺丧。东京二百载中，惟有班固《咏史》，质木无文(《梁书·钟嵘传》作文致)⑳。降及建安，曹公父子，笃好斯文；平原兄弟，郁为文栋㉑；刘桢、王粲为其羽翼。次有攀龙托凤，自致于属车者，盖将百计㉒。彬彬之盛，大备于时矣。尔后陵迟㉓衰微，迄于有晋。太康㉔中，三张、二陆、两潘、一左㉕，勃尔复兴，踵武前王㉖，风流未沫㉗，亦文章之中兴也。永嘉㉘时，贵黄、老，稍尚虚谈(《梁书》本传无稍字)㉙。于时篇什，理过其辞,淡乎寡味[30]。爰及江表[31],微波尚传,孙绰、许询、桓、庾[32]诸公诗,皆平典似《道德论》[33],建安风力尽矣[34]。先是郭景纯用隽上之才,变创其体[35];刘越石仗清刚之气,赞成厥美[36]。然彼众我寡,未能动俗[37]。逮义熙中,谢益寿斐然继作[38]。元嘉[39]中,有谢灵运,才高词盛,富艳难踪,固已含跨刘、郭,凌轹潘、左[40]。故知陈思为建安之杰,公幹、仲宣为辅[41];陆机为太康之英[42],安仁、景阳[43]为辅;谢客为元嘉之雄,颜延年为辅[44]:斯皆五言之冠冕,文词之命世也[45]。

夫四言文约意广,取效风骚,便可多得。每苦文繁而意少,故世罕习焉[46]。五言居文词之要[47],是众作之有滋味[48]者也,故云会于流俗[49]。岂不以指事造形[50],穷情写物,最为详切者邪!故诗有三义焉:一曰兴,二曰比,三曰赋[51]。文已尽而意有余,兴也[52];因物喻志,比也;直书其事,寓言写物,赋也。宏[53]斯三义,酌而用之,干之以风力,润之以丹彩[54],使味之者无极,闻之者动心,是诗之至也。若专用比兴,患在意深,意深则词踬[55]。若但用赋体,患在意浮,意浮则文散[56],嬉成流移,文无止泊[57],有芜漫之累矣。

若乃春风春鸟,秋月秋蝉,夏云暑雨,冬月祁寒[58],斯四候之感诸诗者也[59]。嘉会寄诗以亲,离群托诗以怨[60]。至于楚臣去境[61],汉妾辞宫[62];或骨横朔野,魂逐飞蓬(魂前原本有或字,据《梁书》本传删);或负戈外戍,杀气雄边,塞客[63]衣单,孀闺泪尽;或士有解佩出朝[64],一去忘反;女有扬蛾入宠,再盼倾国[65]。凡斯种种,感荡心灵,非陈诗何以展其义?非长歌何以骋其情?故曰:"诗可以群,可以怨。"[66]使穷贱易安,幽居靡闷[67],莫尚于诗矣。故词人作者,罔不爱好。今之士俗[68],斯风炽矣。才能胜衣,甫就小学[69],必甘心而驰骛焉[70]。于是庸音杂体,人各为容(《梁书》本传作各为家法)[71]。至于(原作至使,据《梁书》本传改)膏腴子弟,耻文不逮[72],终朝点缀,分夜呻吟[73]。独观谓为警策,众睹终沦平钝[74]。次有轻薄之徒,笑曹、刘为古拙,谓鲍照羲皇上人,谢朓今古独步[75]。而师鲍照,终不及"日中市朝满"[76];学谢朓,劣得"黄鸟度青枝"[77]。徒自弃于高明(《群书考索》本作听),无涉于文流矣[78]。

观王公缙绅[79]之士,每博论[80]之余,何尝不以诗为口实[81],随其嗜欲,商榷不同。淄渑并泛,朱紫相夺[82],喧议竞起,准的无依。近彭城刘士章,俊赏之士⑧,疾其淆乱,欲为当世诗品,口陈标榜,其文未遂⑧,感而作焉。昔九品论人⑧、《七略》裁士⑧,校以宾实,诚多未值⑧。至若诗之为技,较尔⑧可知,以类推之,殆均博弈⑧。方今皇帝,资生知之上才,体沈郁之幽思,文丽日月,学(原本作赏,据《梁书》本传改)究天人⑨,昔在贵游,已为称首⑨。况八纮既奄,风靡云蒸⑨,抱玉者联肩,握珠者踵武⑨。固(原本无此字,据《梁书》本传补)以瞰汉、魏而不顾,吞晋、宋于胸中⑨。谅非农歌辕议,敢致流别⑨。嵘之今录,庶周旋(《梁书》本传作游)于闾里,均之于谈笑耳⑨。

一品之中,略以世代为先后,不以优劣为诠次⑨。又其人既往,其文克定,今所寓言,不录存者⑨。夫属词比事,乃为通谈⑨。若乃经国文符,应资博古⑩;撰德驳奏,宜穷往烈⑩。至乎吟咏情性,亦何贵于用事?"思君如流水",既是即目⑩,"高台多悲风"⑩,亦惟所见;"清晨登陇首",羌无故实⑩;"明月照积雪",讵出经、史?观古今胜语,多非补假,皆由直寻⑩。颜延、谢庄,尤为繁密⑩,于时化之。故大明、泰始⑩中,文章殆同书钞⑩。近任昉、王元长⑩等,辞不贵奇,竞须⑩新事,尔来作者,寖以成俗⑩。遂乃句无虚语,语无虚字⑩,拘挛补衲,蠹文已甚⑩。但自然英旨,罕值其人⑪。词既失高,则宜加事义,虽谢天才,且表学问,亦 理乎⑪!

陆机《文赋》,通而无贬⑪;李充《翰林》,疏而不切⑪;王微《鸿宝》,密而无裁⑪;颜延论文⑫,精而难晓;挚虞《文志》,详而博赡,颇曰知言。观斯数家,皆就谈文体,而不显优劣。至于谢客集诗⑭,逢诗辄取;张隐(原本作张骘,据《群书考索》及《隋书·经籍志》改)《文士》⑮,逢文即书。诸英⑯志录,并义在文,曾无品弟。嵘今所录,止乎五言,虽然,网罗今古,词文(《群书考索》作人)殆集,轻欲辨彰清浊,掎摭⑰利病,凡百二十人⑱。预此宗流者,便称才子⑲。至斯三品升降,差非定制,方申变裁,请寄知者尔⑳。

昔曹、刘殆文章之圣㉑,陆、谢为体贰之才㉒,锐精研思,千百年中,而不闻宫商之辨、四声之论㉓。或谓前达偶然不见,岂其然乎㉔?尝试言之:古曰(《格致丛书》本作自古)诗颂,皆被之金竹㉕,故非调五音无以谐会㉖。若"置酒高堂上"㉗、"明月照高楼"㉘,为韵㉙之首。

故三祖⑭之词，文或不工，而韵入歌唱，此重音韵之义也，与世之言宫商⑭异矣。今既不被管弦，亦何取于声律邪？齐有王元长者，尝谓余云："宫商与二仪⑭俱生，自古词人不知之，惟颜宪子⑭乃云'律吕音调'，而其实大谬。唯见范晔、谢庄颇识之耳"。尝欲进《知音论》，未就而卒。"（而卒二字据《竹庄诗话》、《吟窗杂录》所引补）王元长创其首，谢朓、沈约扬其波⑭。三贤咸（原本作或，依《格致丛书》本改）贵公子孙⑭，幼有文辩，于是士流景慕，务为精密，襞积细微，专相陵架⑭。故使文多拘忌，伤其真美⑭。余谓文制本须讽读，不可塞碍，但令清浊通流，口吻调利，斯为足矣⑭。至平上去入，则余病未能⑭；蜂腰鹤膝，闾里已具⑭。

陈思"赠弟"⑫，仲宣《七哀》⑬，公幹"思友"⑭，阮籍《咏怀》⑮，子卿"双凫"⑯，叔夜"双鸾"⑰，茂先"寒夕"⑱，平叔"衣单"⑲，安仁"倦暑"⑳，景阳"苦雨"㉑，灵运"邺中"㉒，士衡《拟古》㉓，越石"感乱"㉔，景纯"咏仙"㉕，王微"风月"㉖，谢客"山泉"㉗，叔源"离宴"㉘，鲍照"戍边"㉙，太冲《咏史》㉚，颜延"入洛"㉛，陶公《咏贫》之制㉜，惠连《捣衣》之作㉝，斯皆五言之警策者也。所以谓篇章之珠泽，文采之邓林㉞。

何文焕《历代诗话》上　中华书局

【注释】

①《诗品序》——《诗品》全书三卷，书中开列汉至梁代一百二十二位（无名氏古诗未计）五言诗人，按上、中、下分为三品，并分别加以评论。此书《梁书·钟嵘传》称为《诗评》，又《隋书·经籍志》著录云："《诗评》三卷，钟嵘撰。或曰《诗品》"，可见在唐代以前，此书已有二名。唐宋人提到此书，多称为《诗评》。明代以后，《诗品》之称渐渐流行，终于取代了《诗评》这一名称。按，《诗品序》中讲此书的写作缘由："近彭城刘士章……欲为当世诗品，口陈标榜，其文未遂，感而作焉。"又自比此书为"九品论人，七略裁士"，故《诗品》似为该书之本名。关于《诗品》的成书时间，目前学界还有争论，有些学者认为，当作于513—518年之间（蒋祖怡《钟嵘〈诗品〉作年考》，《杭州大学学报》1989年第2期；王运熙《钟嵘诗论与刘勰诗论的比较》，《文学评论》1988年第4期）。比较而言，这一观点是可信的。

《诗品》的注本很多,其中影响较大的有陈延杰《诗品注》(1927年)、古直《钟记室诗品笺》(1928年),许文雨《钟嵘诗品讲疏》(1929年),叶长青《诗品集释》(1931年),萧华荣《诗品注译》(1985年),吕德申《钟嵘〈诗品〉校释》(1986年),曹旭《诗品集释》(1994年)等。

《诗品》的诞生,标志着人们对诗的研究已冲决了经学的束缚,而开始建立形上的诗学理论。在《诗品》以前,人们所谓"诗",大抵皆指《诗经》而言,对诗的探讨也止于对《诗经》的阐述。而《诗品》则首次抛开了《诗经》,走出了经学的狭隘的象牙之塔,把目光移注于当时流传于社会的五言诗上,以探讨诗的一般规律为旨的。正因为如此,《诗品》在论诗时抛开了经学传统的"六义"说,而只把"赋比兴"这"三义"作为一般诗的表现方法提出;评论诗时的着眼点也不再是以往经学所取的政治和道德的角度,而是深入到艺术内部,以诗歌本身的审美特质为中心了。可以说,中国严格意义的诗学的建立是从《诗品》开始的。《诗品》的立论角度、它所提出的一些观点、甚至它的评论方法,都对后世产生了深远的影响。正是在这个意义上,后代将《诗品》称为"百代诗话之祖",并将它与《文心雕龙》相提并论:"《诗品》之与论诗,视《文心雕龙》之于论文,皆专门名家,勒为成书之初祖也。《文心》体大而虑周,《诗品》思深而意远;盖《文心》笼罩群言,而《诗品》深从六艺溯流别也。"(章学诚《文史通义·诗话》)

这里所选的是《诗品》一书的序文,集中阐述作者关于诗的理论。此序在较早的版本中原分为三部分:"嵘之今录,庶周旋于闾里,均之于谈笑耳"以上为一部分,"序曰"至"请寄知者尔"为一部分,"昔曹刘殆文章之圣"以下为一部分,分别列于《诗品》各卷之首。清何文焕辑《历代诗话》,始将三段序文合而为一。

在这篇《诗品序》中,钟嵘集中表达了他对诗的看法。他的关于诗之缘起的论述,抛开了汉以来一向所强调的经义典籍这个"源",而只着眼于活生生的现实界,尤其是社会生活对于诗人性情的感召。从诗歌"吟咏情性"的特质出发,钟嵘提出了"滋味"说,指出"使味之者无极,闻之者动心,是诗之至也",进而批判了玄言诗遗情性、务虚谈,"理过其辞,淡乎寡味"的倾向。另外,他还批评了齐梁诗坛上的堆砌典故和过分拘挛声病的恶风,指出真正的好诗即在于写出"即目"、"所见"时所获得的生动感受。所有这些,都表现了钟嵘对诗歌艺术规律的卓越见识。

②气之动物,物之感人——气,指四季气候。此序后文云:"若乃春风春鸟,秋月秋蝉,夏之暑雨,冬月祁寒:斯四候之感诸诗者也","气"与"四候"义同。按物色随气候而变,情志随物色而生。这是晋以来论诗文之缘起的一贯观念。《文赋》云:"遵四时以叹逝,瞻万物而思纷。悲落叶于劲秋,喜柔条于芳春,心

懔懔以怀霜,志眇眇而临云",《文心雕龙·物色》云:"盖阳气萌而玄驹步,阴律凝而丹鸟羞,微虫犹或入感,四时之动物深矣。若夫珪璋挺其蕙心,英华秀其清气,物色相召,人谁获安?是以献岁发春,悦豫之情畅;滔滔孟夏,郁陶之心凝;天高气清,阴沈之态运;霰雪无垠,矜肃之虑深。岁有其物,物有其容;情以物迁,辞以情发",都是同类的说法。

③"故摇荡性情"二句——摇荡,感动之意。《文心雕龙·物色》:"物色之动,心亦摇焉。"舞咏,歌舞。

④"照烛三才"二句——三才,谓天、地、人。《易·说卦》:"立天之道,曰阴曰阳;立地之道,曰柔曰刚;立人之道,曰仁曰义,兼三才而两之。"晖丽,光辉映照。左思《蜀都赋》:"符采彪炳,晖丽灼烁。"万有,万物。二句谓诗人对宇宙自然和社会人事可体察入微,如光之所照,无幽不彻。

⑤"灵祇待之以致飨"二句——《文选》张衡《南都赋》:"灵祇之所保绥",李善注:"灵祇,天地之神。"致飨,使神受到祭祀。幽微,指鬼神。《礼记·乐记》:"明则有礼乐,幽则有鬼神。"昭告,昭示、告白。《礼记·郊特牲》:"声音之号,所以昭告于天地之间也。"按,古时在祭神祭祖的典礼中配以诗乐,所以这里从祭祀方面来谈诗的作用,谓天地靠诗歌以受到飨祀,鬼神借诗歌得到告白。

⑥"动天地"三句——《毛诗·关雎序》:"故正得失,动天地,感鬼神,莫近于诗。"莫近于诗,没有比得上诗的。

⑦《南风》——古歌名,相传为舜所作。《尸子》:"舜作五弦之琴以歌《南风》"。《孔子家语·辨乐》载有《南风》歌词:"南风之薰兮,可以解吾民之愠兮,南风之时兮,可以阜吾民之财兮。"

⑧《卿云》——古歌名,传亦为舜所作。《尚书·大传》云:舜将禅位于禹,"于是卿云(祥瑞之云)聚、俊义集,百工相和而歌《卿云》……帝(舜)乃倡之曰:'卿云烂兮,纠缦缦兮;日月光华,旦复旦兮。'"

⑨复——深远。

⑩"夏歌曰"句——《尚书·夏书·五子之歌》:"太康失邦,昆弟五人须于洛汭,作《五子之歌》。……其五曰:'呜呼曷归,予怀之悲,百姓仇予,予将畴依。郁陶乎予心,颜厚有忸怩。弗慎厥德,虽悔可追。"孔颖达《正义》:"郁陶,精神愤结积聚之意。"

⑪"《楚辞》曰"句——《楚辞·离骚》:"名余曰正则兮,字余曰灵均。"

⑫滥觞——喻发源、开端。《文选》郭璞《江赋》:"惟岷山之导江,初发源于滥觞。"五臣李周翰注:"谓初发源,水如一盏。"二句谓《五子之歌》、《离骚》虽不是全首的五言诗,但"郁陶"、"名余"二句,已是五言的开端。

⑬"逮汉李陵"二句——逮,到。汉李陵,指《文选》卷二十九收的题为李陵所作的五言《与苏武诗》三首、《古文苑》收的李陵五言《别诗》八首。按:关于这些诗的作者,前人早疑为假托,如《太平御览》卷五百八十六引颜延之《庭诰》:"逮李陵众作,总杂不类,是假托,非尽陵制";《文心雕龙·明诗》亦云:"至成帝品录,三百余篇,朝章国采,亦云周备,而辞人遗翰,莫见五言,所以李陵、班婕妤,见疑于后代也。"

⑭《古诗》渺邈——《古诗》,指汉代流传下来的不明作者的多首五言诗。《文选·古诗十九首》李善注:"并云'古诗',盖不知作者。"按《诗品》卷上《古诗》云:"陆机所拟十四首……其外,'去者君已疏',四十五首,虽多哀思,颇为总杂,旧疑是建安中曹、王所制",则可知钟嵘所见的不明作者的五言古诗,起码在五十九首以上。而今天所能见到的,只有《文选》卷二十九所收的《古诗十九首》和散见于它处的几篇,大半皆已亡佚。渺邈,渺茫无考。

⑮"固是炎汉之制"二句——炎汉,指汉代。《文选》王融《曲水诗序》:"韬轶炎汉",五臣张铣注:"汉火德,故称炎也。"衰周,指周代晚期。《文心雕龙·明诗》云:"《古诗》佳丽,或称枚叔,其'孤竹'一篇,则傅毅之词。比采而推,其两汉之作乎?"

⑯王、扬、枚、马之徒——王指王褒,扬指扬雄,枚指枚乘,马指司马相如。枚乘(前? —前141),字叔,淮阴人,汉景帝时为弘农都尉。《汉书·艺文志》著录有枚乘赋九篇,今存《七发》(见《文选》)、《柳赋》(见《西京杂记》)、《梁王菟园赋》(见《古文苑》、《艺文类聚》)三篇。

⑰"词赋竞爽"二句——竞爽,争相表现。《左传·昭公三年》载晏子曰:"二惠竞爽犹可",杜预注:"竞,强也;爽,明也。"吟咏,诗之代称,这里指五言诗而言。

⑱从李都尉迄班婕妤——李都尉即李陵,汉武帝时为骑都尉。班婕妤,汉成帝宫人,姓班,婕妤为后宫女官名。班婕妤初受宠幸,"其后赵(飞燕)氏姊弟骄妒,婕妤恐见危,求供养太后长信宫,上许焉。婕妤退处东宫,作赋自伤悼。"(《汉书·外戚传》)按《隋书·经籍志》录有《汉成帝班婕妤集》一卷,《文选》载有班婕妤五言诗《怨歌行》(《玉台新咏》作《怨诗》)一首,前人疑为伪作。

⑲有妇人焉,一人而已——妇人指班婕妤,一人指李陵。按,这里用的是《论语》中的句法,《论语·泰伯》云:"唐虞之际,于斯为盛,有妇人焉,九人而已。"孔安国注:"周最盛多贤才,然尚有一妇人,其余九人而已。"二句意谓从李陵到班婕妤的近百年间,五言诗人除了有一位妇女之外,只有李陵一个人。

⑳"东京二百载中"三句——东京指东汉。东汉都洛阳,故相对于西汉的都

城长安而称东京。班固《咏史》诗见《文选》。诗咏汉文帝时太仓令淳于意之女缇萦救父的事。全诗为:"三王德弥薄,惟后用肉刑。太仓令有罪,就逮长安城。自恨身无子,困急独茕茕。小女痛父言,死者不可生。上书诣阙下,思古歌鸡鸣。忧心摧折裂,晨风扬激声。圣汉孝文帝,恻然感至情。百男何愦愦,不如一缇萦。"该诗平铺直叙,质朴无华,故这里说它质木无文。许学夷《诗源辨体》卷三:"班固五言《咏史》一篇,则过于质直,钟嵘云'班固《咏史》,质木无文',是也。"

㉑平原兄弟,郁为文栋——平原兄弟,指曹丕、曹植兄弟二人,曹植于建安十六年封平原侯。郁,盛也。文栋,文坛之栋梁。《文心雕龙·明诗》:"文帝、陈思,纵辔以骋节。"

㉒"次有攀龙托凤"三句——攀龙托凤,喻归附于君王,《后汉书·光武帝纪》:"(士大夫)从大王于矢石之间者,其计固望其攀龙鳞,附凤翼,以成其所志耳。"属车,天子出行之从车,司马贞《史记索隐》引《汉官仪》:"天子属车三十六乘。"自致属车,喻跟随君王。这几句是说建安时期团结在曹氏周围的文士将近百人。按《三国志·魏志·三卫二刘傅传评》云:"文帝、陈王以公子之尊,博好文采,同声相应、才士并出";《文心雕龙·时序》亦云:"自献帝播迁,文学蓬转,建安之末,区宇方辑。魏武以相王之尊,雅爱诗章;文帝以副君之重,妙善辞赋,陈思以公子之豪,下笔琳琅;并体貌英逸,故俊才云蒸",都说的是这种情况。

㉓陵迟——盛况渐衰也,《韩敕碑》:"礼乐陵迟。"

㉔太康——晋武帝年号,为公元280—289年。

㉕三张,二陆、两潘、一左——三张,指张载、张协、张亢兄弟三人。载字孟阳,安平人,晋武帝时曾任著作郎、太子中书舍人等。协字景阳,惠帝时曾任秘书郎,怀帝时为黄门侍郎。亢字季阳,东晋初曾为乌程令、散骑常侍等官。二陆,指陆机、陆云兄弟。《晋书·陆云传》:"(陆云)少与兄机齐名,虽文章不及机,而持论过之,号曰二陆。"又《晋书·张载传》:"时人谓载、协、亢,陆机、云曰二陆,三张。"两潘,指潘岳、潘尼。潘岳已见《宋书·谢灵运传论》注。潘尼(?—310),字正叔,潘岳从子,晋惠帝时曾为中书令,怀帝时迁太常卿,《隋书·经籍志》著录其文集十卷。一左,指左思(?—306?),字太冲,齐国临淄人。晋时曾官秘书郎。《隋书·经籍志》录其文集二卷,诗作今存者有《咏史诗》等十五首。

㉖踵武前王——出《楚辞·离骚》:"及前王之踵武。"武,足迹。踵,追随。这里指晋太康诗人能继承建安间曹氏父子的文学成就。

㉗未沬——未已、未尽之意,《楚辞·离骚》:"芬至今犹未沬",王逸注:

"沫,已也。"

㉘永嘉——晋怀帝年号,为公元307—312年。

㉙"贵黄、老"二句——汉以后道家以黄帝和老子为始祖,故称为"黄老之学"。虚谈,即玄谈。

㉚"理过其辞"二句——谓作诗侈谈玄理而不注重文辞。《隋书·经籍志》:"永嘉已后,玄风既扇,辞多平淡,文寡风力。"

㉛江表——犹言江外,此指东晋,东晋都建康(今南京),在长江之南,故云江表。

㉜孙绰、许询、桓、庾——孙绰、许询已见《宋书·谢灵运传论》注。桓指桓温(312—373),字元子,谯国龙亢人。晋明帝时为安西将军,后封南郡公、加大司马。有文集二十卷。庾指庾亮,字元规,开封鄢陵人。为晋室外戚。性好老庄。东晋初拜尚书郎,成帝时为中书令,官至征西将军。有文集二十一卷。按孙、许、桓、庾皆玄言诗人。

㉝皆平典似《道德论》——平典,平板典重。此谓玄言诗意蕴平淡而多理语。《道德论》,玄学著作名。魏晋时不少人都写过,《三国志·魏志·曹真传》:"(何晏)好老、庄言,作《道德论》及诸文赋著述凡数十篇";又,《世说新语·文学》刘孝标注引《晋诸公赞》:"自魏太常夏侯玄,步兵校尉阮籍等,皆著《道德论》。"按,这些著作今皆不存。

㉞建安风力尽矣——谓建安时代作品中所具有的志深笔长,梗概多气的内在特质,在晋代玄言诗中已消失殆尽。按,沈约《宋书·谢灵运传论》评晋代诗坛之玄风:"有晋中兴,玄风独振,为学穷于柱下,博物止乎七篇,驰骋文辞,义殚乎此。自建武暨乎义熙,历载将百,虽缀响联辞,波属云委,莫不寄言上德,托意玄珠,遒丽之辞,无闻焉尔。"《文心雕龙·时序》亦云:"自中朝贵玄,江左弥盛,因谈余气,流成文体。是以世极迍邅,而辞意夷泰,诗必柱下之旨归,赋乃漆园之义疏",皆可相参。

㉟"先是郭景纯用隽上之才"二句——郭璞(276—324),字景纯,河东闻喜人。晋元帝时曾为著作郎、尚书郎,后被王敦所杀。《隋书·经籍志》著录其文集十七卷。他的《游仙诗》,立意高远,文采清逸,在文学史上颇有影响。这里谓郭璞"用隽上之才,变创其体",即指他的《游仙诗》开始转变玄言诗的风气而言。按,《文心雕龙·明诗》云:"江左篇制,溺乎玄风。……所以景纯《仙》篇,挺拔而为隽矣。"钟嵘在《诗品》卷中评郭璞诗:"宪章潘岳,文体相辉,彪炳可玩。始变永嘉平淡之体,故称中兴第一。"

㊱"刘越石仗清刚之气"二句——刘琨(271—318),字越石,中山魏昌人,

晋怀帝时为并州刺史，愍帝时加大将军，东晋元帝时为侍中太尉。《隋书·经籍志》著录其文集九卷、别集十二卷。诗今存四首，其中《重赠卢谌诗》为代表作。琨为人性格雄放，又值永嘉之乱，故所作诗慷慨多气。《文心雕龙·才略》："刘琨雅壮而多风"；钟嵘《诗品》卷中评刘琨诗："善为凄戾之词，自有清拔之气。琨既体良才，又罹厄运，故善叙丧乱，多感恨之词。"赞，佐也、助也。赞成厥美，谓刘琨诗能与郭璞诗并驾齐驱、佐成其美。

㉗"然彼众我寡"二句——彼，指玄言诗的势力；我，指郭璞、刘琨。动俗，改变世俗的风气。

㉘"逮义熙中"二句——义熙，已见《宋书·谢灵运传论》注。谢益寿，即谢混，见《宋书·谢灵运传论》注。斐然，文采盛貌，《论语·公冶长》："斐然成章。"《宋书·谢灵运传论》："叔源大变太元之气。"

㉙元嘉——南朝宋文帝年号，为公元424—453年。

㉚含跨刘、郭，凌轹潘、左——含，兼并。跨，超越。《文选》杨修《答临淄侯》："今乃含王超陈，度越数子矣。"刘、郭指刘琨、郭璞。轹，原指车轮辗压，这里的"陵轹"为压倒之意。潘、左，即上文的"两潘、一左"。按谢灵运开创六朝山水诗一派，《诗品》卷上对他的诗评价很高："嵘谓其人兴多才高，寓目辄书，内无乏思，外无遗物，其繁富宜哉。然名章迥句，处处间起，丽典新声，络绎奔会，譬犹青松之拔灌木，白玉之映尘沙，未足贬其高洁也。"

㉛"故知陈思为建安之杰"二句——陈思，即曹植，封陈王，卒谥曰思。公幹，刘桢字。仲宣，王粲字。《诗品》卷上评曹植诗云："骨气奇高，词采华茂，情兼雅怨，体被文质，粲溢今古，卓尔不群，嗟乎，陈思之于文章也，譬人伦之有周、孔，鳞羽之有龙凤，音乐之有琴笙，女工之有黼黻。俾尔怀铅吮墨者，抱篇章而景慕，映余晖以自烛。故孔氏之门如用诗，则公幹升堂、思王入室。"又，李重华《贞一斋诗说》："魏诗以陈思作主，余者辅之。"

㉜陆机为太康之英——《晋书·陆机传》引葛洪《抱朴子》云："机文犹玄圃之积玉，无非夜光焉；五河之吐流，泉源如一焉。其弘丽妍赡，英锐飘逸，亦一代之绝乎！"

㉝安仁、景阳——安仁，潘岳字。景阳，张协字。

㉞"谢客为元嘉之雄"二句——谢客，即谢灵运，谢灵运小字客儿。颜延之字延年。按，许学夷《诗源辨体》云："钟嵘《诗品》……其言'陈思王为建安之杰，公幹、仲宣为辅；陆机为太康之英，安仁、景阳为辅；谢客为元嘉之雄，颜延年为辅'，乃当时众论所同，非一人私见也。"

㉟"斯皆五言之冠冕"二句——冠冕，为首之意。命世，犹言名世，谓称名于

世也。

㊻“夫四句文约意广”五句——这段话中，前边所谓“文约意广”，指四言诗一句的容量而言：它可用短短的四个字表现较广泛的意思；所谓“便可多得”，是说四言诗因句法单纯，故累句成篇，一般比较方便，可以一下子写出好多。而后边所谓“文繁而意少”，是指四言诗整篇的容量而言：正因为四言句法单纯，故全篇累句虽多，但不易说清较为复杂的意蕴。按钟嵘的这个看法是很精到的。五言诗从单句来看，固比四言字多；而从全篇来看，它要比四言诗更易作到精练。关于这个道理，刘熙载《艺概·诗概》中有更明确的发挥：“五言上二字、下三字，足当四言两句，如‘终日不成章’之于‘终日七襄，不成报章’是也。七言上四字、下三字，足当五言两句，如‘明月皎皎照我床’之于‘明月何皎皎，照我罗床帏’是也。是则五言乃四言之约，七言乃五言之约矣。”

㊼五言居文词之要——谓五言诗在许多诗歌形式中居首要地位。这个观点是钟嵘首先提出来的，它是东汉以来五言诗逐渐取代原始四言诗的正统地位在理论上的反映。在钟嵘之前，学者还都坚持诗以四言为正宗，如挚虞《文章流别论》：“雅音之韵，四言为正；其余虽备曲折之体，而非音之正也”；《文心雕龙·明诗》：“四言正体，则雅润为本；五言流调，则清丽居宗。”对比着来看，更可见出钟嵘此论的进步意义。

㊽滋味——比喻诗中那种令人品尝不尽的艺术意蕴，《文心雕龙·声律》：“滋味流于下句，气力穷于和韵”；《颜氏家训·文章篇》：“至于陶冶性灵，从容讽谏，人其滋味，亦乐事也。”参本书第一卷《论语》“三月不知肉味”注。

㊾会于流俗——合于世俗，亦即合乎世人的口味。

㊿指事造形——指说事物，塑造形象。

(51)“故诗有三义焉”四句——按，汉以来正统学者讲到诗，都提“六义”，即“风、雅、颂”三体，和“赋、比、兴”三用，但他们所说的“诗”都是指《诗经》而言。而钟嵘在这里之所以只讲“三义”而不讲“六义”，是因为他所探讨的“诗”，已冲破汉以来经学的狭隘樊篱，而站在形上的高度，以探讨一般诗的艺术表现规律为宗旨，故不及“三体”而只及“三用”。

(52)文已尽而意有余，兴也——这里钟嵘对兴的解释与前人的提法不同，但有内在联系。按，郑众云：“兴者，托事于物”；《文心雕龙·比兴》云：“兴则环譬而托讽”，“观夫兴之托谕，婉而成章，称名也小，取类也大”，是皆以“兴”为寄托之意。王逸《离骚经序》所谓“《离骚》之文，依《诗》取兴”，也正指其中“美人”“香草”之类的寄托而言。而“兴”既然是寄托，故言在此而意在彼，“其文约，其辞微”，“其称文小而所指极大，举类迩而见意远”（《史记·屈原贾生列传》），也就是钟嵘所说的“文已尽而意有余”。

(53)宏——发扬光大的意思。

(54)“干之以风力”二句——干,骨干。丹采,喻辞藻。二句意谓为诗要以风力为骨干,以辞藻为润色。《文心雕龙·风骨》云:“夫翚翟备色,而翾翥百步,肌丰而力沉也;鹰隼乏采,而翰飞戾天,骨劲而气猛也。文章才力,有似于此。若风骨乏采,则鸷集翰林;采乏风骨,则雉窜文囿。唯藻耀而高翔,固文笔之鸣凤也”,可与此处相参看。

(55)意深则词踬——意深,指意旨隐晦。词踬,言辞不流畅。踬,滞碍、不通利。

(56)意浮则文散——意浮,意旨浮浅。文散,文辞散漫。按,“赋”者、铺也,诗只以铺写物态为务,而无情志主之,必导致行文汗漫而无统。

(57)“嬉成流移”二句——嬉,戏也。流移,流动迁移,此指信笔所至,略无管束。文无止归,指行文漫无边际,无所归止。

(58)冬月祁寒——祁寒,严寒也。《尚书·君牙》:“冬祁寒。”

(59)斯四候之感诸诗者也——四候,四季之气候。按以上几句说的是诗与自然物色的关系,参见本文注释②。

(60)“嘉会寄诗以亲”二句——嘉会,和美之宴会。《晋书·乐志上》:“嘉会置酒。”离群,脱离人群而孤处。谢灵运《登池上楼》:“离群难处心。”

(61)楚臣去境——楚臣指屈原。去境,指屈原被放逐。

(62)汉妾辞宫——汉妾指王昭君。辞宫,指王昭君离汉宫赴匈奴。

(63)塞客——指在边塞上戍守的将士。

(64)解佩出朝——沈约《八咏诗》有《解佩去朝市》一诗,这里的解佩出朝,指士人解下佩印,离开朝廷,亦即辞官而隐居。

(65)“女有扬蛾入宠”二句——蛾,指女子之蛾眉。扬蛾,犹言扬眉,女子获宠而志满意得之态。再盼倾国,《汉书·外戚传》:“孝武李夫人,本以倡(娼)进。初夫人兄延年……侍上,起舞歌曰:‘北方有佳人,绝世而独立。一顾倾人城,再顾倾人国。宁不知倾城与倾国,佳人难再得。’……上乃召见之,实妙丽善舞,由是得幸。”

(66)“故曰”三句——《论语·阳货》:“诗可以兴,可以观,可以群,可以怨。”据孔安国注释:“群”指“群居相切磋”;“怨”指“怨刺上政”。

(67)幽居靡闷——靡闷,心情无郁闷。《易·乾·文言》:“遁世无闷”;谢灵运《登池上楼》:“索居易永久,离群难处心,持操岂独古,无闷征在今。”

(68)士俗——指社会上一般的读书人,与下文的“膏腴子弟”相对。

⑥⑨"才能胜衣"二句——胜衣,谓儿童稍长,身体能承受衣服。《史记·三王世家》:"皇子赖天能,胜衣趋拜。"甫,始也。小学,古时儿童读书的学校。《汉书·食货志》:"八岁入小学,学六甲五方书计之事。"

⑦⑩甘心而驰骛——这里是热心追求于诗歌写作之意。骛通鹜。

⑦①为容——修饰打扮,《诗·卫风·伯兮》:"岂无膏沐,谁适为容。"这里指雕章琢句。

⑦②"至使膏腴子弟"二句——膏腴子弟,富贵人家子弟。耻文不逮,耻于文不逮意也。陆机《文赋》:"恒患意不称物,文不逮意。"

⑦③"终朝点缀"二句——分夜,半夜。呻吟谓吟咏。二句谓日夜修改斟酌。

⑦④"独观谓为警策"二句——自己看来认为是警策之句,而在众人看来终是平庸拙钝之笔。

⑦⑤"笑曹、刘为古拙"三句——曹、刘,曹植、刘桢。鲍照(?—466)字明远,东海人,南朝宋文帝时曾为中书舍人,后为临海王前军参军,有《鲍参军集》。羲皇上人,古帝伏羲时代以前的人,喻人之纯朴有古风也。陶渊明《与子俨等书》:"五六月中,北窗下卧,遇凉风暂至,自谓是羲皇上人。"谢朓(464—499)字玄晖,陈郡阳夏人,南朝齐明帝时任宣城太守、尚书吏部郎,有《谢宣城集》。今古独步,谓古今第一。按,曹植、刘桢的诗,钟嵘《诗品》列为上品;鲍照、谢朓的诗只列在中品,而世人竞贬曹、刘而扬鲍、谢,这在钟嵘看来,当然是一种不识优劣、颠倒黑白的"轻薄"行为。

⑦⑥"而师鲍照"二句——鲍照诗《代结客少年场行》:"日中市朝满,车马若川流。"二句意谓世人既推崇鲍诗,然学习鲍照,终于赶不上他的"日中市朝满"的诗句。

⑦⑦"学谢朓"二句——"黄鸟度青枝",见南齐诗人虞炎的《玉阶怨》:"紫藤拂花树,黄鸟度青枝。"劣得,仅得也。二句意谓世人学习谢朓,仅能写出像虞炎"黄鸟度青枝"那样体格纤弱的诗句,而终于赶不上谢朓本人。

⑦⑧"徒自弃于高明"二句——意谓这些诗只会被高明之士所鄙弃,于诗坛之上不入品流。

⑦⑨缙绅——绅,衣带。缙,同搢,插也。按,古之为官者,插笏于带上,故谓仕者为缙绅。

⑧⓪博论——广泛讨论,《梁书·徐勉传》:"宜须博论,共尽其致。"

⑧①口实——本指口中之物,《易·颐》:"自求口实",疏:"求其口中之实也。"这里指经常谈论而不离口的话题。

⑧②"淄渑并泛"二句——淄渑,淄水与渑水,二河同在今山西境内,相传水味

不同,《列子·仲尼》:"口将爽者,先辨淄渑。"这里的"淄渑并泛",指优劣不分。朱紫相夺,出《论语·阳货》:"恶紫之夺朱也。"古认为朱为正色,紫为杂色。相夺,谓相犯、相争。这里也指评价作品无优劣标准。

㊷ "近彭城刘士章"二句——刘绘(458—502),字士章,彭城安上里人,齐永明间,曾与沈约等人共创永明体,齐明帝时为太子中庶子,卒官于大司马。《隋书·经籍志》著录其文集十卷。俊赏之士,具有突出鉴赏力的人。

㊸ "口存标榜"二句——谓刘绘只是在口头上发表了他的意见,而并未写成著作。标榜,表扬、昭示之意。

㊹ 九品论人——班固《汉书·古今人物表》中,曾将古今人物分成九等而列之。魏时曹丕又定九品中正制,即分人才为上、中、下三大等,而大等之中又分上、中、下三级,合为九品,依品而授之官。晋、南北朝皆仍之,至隋,选士行科举制,始废此法。

㊺《七略》裁士——据《汉书·艺文志》载:汉哀帝时刘歆奉诏校理群书,刘歆将典籍分为七大类而分别评论之,因成《七略》,即《辑略》、《六艺略》、《诸子略》、《诗赋略》、《兵书略》、《术数略》、《方技略》。

㊻ "校以宾实"二句——宾实,犹言名实。《庄子·逍遥游》:"名者,实之宾也。"未值,未符也。二句谓过去的"九品"、"七略"的品评,如从名与实上来考察,实在有许多名不符实的地方。

㊼ 较尔——明显。《汉书·张安世传》:"明主在上,贤不肖较然。"颜师古注,"较,明貌"。

㊽ 殆均博弈——几乎同于下棋。《论语·阳货》:"不有博弈者乎?为之犹贤乎已。"邢昺疏:"博,《说文》作簙,局戏也;围棋谓之奕。"

㊾ "方今皇帝,资生知之上才"四句——方今皇帝,指梁武帝萧衍。生知,生而知之者。《论语·季氏》:"生而知之者上也。"学究天人,学问深通自然与人事。司马迁《报任少卿书》:"亦欲以究天人之际,通古今之变,成一家之言。"按,萧衍(464—549),字叔达,受齐禅即皇位,国号梁,在位四十八年,谥曰武帝。衍博学能文,一生著述丰富,有各种经义注疏凡二百余卷,撰吉、凶、军、宾、嘉等《五礼》凡一千多卷,《通史》六百卷,诗赋杂著等一百二十卷。他不但通六艺、书法、阴阳、卜卦,而且精佛学,有《涅槃》、《大品》等佛学论著数百卷。

㊿ "昔在贵游"二句——贵游,高贵的交游,指萧衍为帝前与文士的交往。《梁书·武帝纪》云:"(齐)竟陵王(萧)子良开西邸,招文学,高祖(萧衍)与沈约、谢朓、王融、萧琛、范云、任昉、陆倕等并游焉,号曰八友。"称首,谓萧衍为竟陵八友之首。

㉚"况八纮既奄"二句——八纮既奄,谓萧衍登帝位,拥有天下。八纮,八方。奄,覆也。曹植《与杨德祖书》:"吾王于是设天网以该之,顿八纮以掩之。"风靡云蒸,谓从者如云之集、如随风而靡。《后汉书·冯异传》:"英俊云集,百姓风靡";张衡《南都赋》:"风靡云披。"

㉝"抱玉者联肩"二句——抱玉者、握珠者,皆指有才之士。曹植《与杨德祖书》:"人人自谓握灵蛇之珠,家家自谓抱荆山之玉。"联肩、踵武,喻才士众多。《晏子春秋·内篇杂下》:"比肩继踵而在,何为无人。"

㉞"固以睥睨汉魏而不顾"二句——即雄视汉魏,气吞晋宋之意。

㉟"谅非农歌辕议"二句——农歌辕议,农夫之歌,车夫之议,喻言论之浅俗。此钟嵘自谦之词。流别,品类派别也。致流别,指品评。二句意谓方今之世的文学之盛,实不是我这浅俗的议论敢于品评的。

㊱"庶周旋于闾里"二句——周旋,这里是流传之意。闾里,乡里。均,同也。二句意谓我写的《诗品》,庶几可以流传于乡里,等同于谈笑之资。

㊲诠次——选择而排列之。陶渊明《饮酒诗序》:"纸墨遂多,辞无诠次。"

㊳存者——指当时还在世的诗人。

㊴"夫属词比事"二句——属词比事,出《礼记·经解》:"属辞比事,《春秋》教也。"原为联属文辞、编排史事之意;而这里的"比事",取的是运用事典的意思。通谈,人们所经常谈论的。

㊵经国文符,应资博古——谓治理国家所用的文书,应当博用古事。资,用也。

㊶撰德驳奏,宜穷往烈——撰德,指撰述先人德业之文。驳,指驳议。蔡邕《独断》云:"其有疑事,公卿百官会议,若台阁有所正处,而独执异议,曰驳议。"奏,指奏章,《文心雕龙·奏启》:"陈政事,献典仪,上急变,劾愆谬:总谓之奏。"宜穷往烈,应尽量引述前代之事迹。烈,功业。

㊷"至乎吟咏情性"二句——吟咏情性,即抒发情感之意。《毛诗·关雎序》:"吟咏情性,以风其上。"诗所表现的对象是情感而不是事理和学问,故不以运用事典为贵。严羽《沧浪诗话·诗辨》:"诗有别才,非关书也。"袁枚《随园诗话》卷五:"人有满腔书卷无处张皇,当为考据之学,自成一家。其次则骈体文,尽可铺排,何必借诗为卖弄?自三百篇至今日,凡诗之传者,都是性灵,不关堆垛",立论皆同于钟嵘。

㊸"思君如流水"二句——徐幹《室思》:"思君如流水,何有穷已时。"即目,犹即景,因眼前所见而成诗也。

㊹高台多悲风——曹植《杂诗》:"高台多悲风,朝日照北林。"

⑮"清晨登陇首"二句——《北堂书钞》卷一五七引张华诗:"清晨登陇首,坎壈行山难。"羌,语辞无义。故实,典故。王士禛《论诗》云:"五字清晨登陇首,羌无故实使人思。定知妙不关文字,已是千秋幼妇(妙)词。"

⑯"明月照积雪"二句——谢灵运《岁暮》:"明月照积雪,朔风劲且哀。"讵,岂。

⑰"观古今胜语"三句——胜语,出众之语、亦即警句。补假,补缀成语,借用事典。直寻,即直写所见、直抒所感之意。李渔《窥词管见》云:"作词之料不过情景二字,非对眼前写景,即据心上说情。说得情出,写得景明,即是好词。情景都是现在事,舍现在不求,而求诸千里之外,百世之上,是舍易求难,路头先左,安得复有好词?"所论近之,可以参考。

⑱颜延、谢庄二句——颜延,指颜延之。谢庄(421—466),字希逸,陈郡阳夏人,刘宋时曾官中书令,卒谥右光禄大夫,有《谢光禄集》。按,颜延之、谢庄写诗都有堆砌典故的毛病。尤为繁密,指诗中用典繁多。许学夷《诗源辨体》卷七:"颜、谢诸子,语既雕刻,而用事实繁,故多有难明耳。"

⑲于时化之——谓当时的诗坛受了颜延之、谢庄的不良影响。

⑳大明、泰始——大明,南朝宋孝武帝年号,为公元457—464年。泰始,南朝宋明帝年号,为公元465—471年。

㉑文章殆同《书钞》——《文心雕龙·论说》:"曹植《辨道》、体同《书钞》。"《书钞》,纂集事典的类书。按,齐梁时编纂有大量的事典类书,如萧子良的《四部要略》、刘孝标的《类苑》、萧衍的《华林遍略》等皆是。这种类书亦有直名为《书钞》者,如《隋书·艺文志》著录的《东方朔书钞》、唐虞世南的《北堂书钞》等即是。袁枚《仿元遗山论诗》云:"天涯有客好诊痴,误把抄书当作诗。抄到钟嵘《诗品》日,该他知道性灵时。"

㉒任昉、王元长——任昉(460—508),字彦升,乐安博昌人。齐时为竟陵王记室,"竟陵八友"之一。入梁,累任吏部郎中、新安太守等职,卒赠太常卿。有《任彦升集》。《诗品》卷中评其诗云:"昉既博物,动辄用事,所以诗不得奇。少年士子,效其如此,弊矣。"又,《南史·任昉传》:"(昉)晚节转好著诗,欲以倾沈(约),用事过多,属辞不得流便。自尔都下才子慕之,转为穿凿。"王融(467—493),字元长,琅琊临沂人,"竟陵八友"之一,通音韵,曾与沈约等人共创永明体。南齐时为宁朔将军。有《王宁朔集》。

㉓须——用也。

㉔"尔来作者"二句——尔来,近来。寖,渐渐。

㉕句无虚语,语无虚字——诗中每字每句都有典故出处,亦即宋人黄庭坚

所谓"无一字无来处"之意。

⑯"拘挛补衲"二句——拘挛,拘束,《后汉书·曹褒传》:"群寮拘挛。"补衲,原指缝补,这里是缀合拼凑的意思。蠹文,损害文章。按《南齐书·文学传论》批评当时文章的弊病:"辑事比类,非对不发,博物可嘉,职成拘制。或全借古语,用申今情,崎岖牵引,直为偶说,唯睹事例,顿失清采",可与此相参读。叶燮《原诗》云:"嵘之言曰:'迩来作者,竞须新事,牵挛补衲,蠹文已甚',斯言为能中当时、后世好新之弊。"

⑰自然英旨,罕值其人——意谓很难遇到能写出具有自然之美的作品的诗人。

⑱"词既失高"五句——这几句是对作诗掉书袋之风的尖锐讽刺,意谓文词既然不高明,则须加上典故,这样虽然比不上天才,但总可以借此显示自己的学问。这也是在诗中大量用典的一种理由吧!

⑲陆机《文赋》,通而无贬——意谓《文赋》只是通论作文,而对不良倾向并无批评。

⑳李充《翰林》,疏而不切——《翰林》即《翰林论》。作者李充,字弘度,江夏人,晋明帝时曾为大著作郎,累迁中书侍郎,《隋书·经籍志》著录其文集十四卷。据《隋志》载:李充《翰林论》为三卷,今散佚,严可均《全晋文》辑有其佚文。疏而不切,疏略而不中肯。《文心雕龙·序志》:"《翰林》浅而寡要。"

㉑王微《鸿宝》,密而无裁——《隋书·经籍志》著录有《鸿宝》十卷,今亡佚。作者王微(415—453),字景玄,琅琊临沂人,刘宋时曾为始兴王记室参军,太子中书舍人。密而无裁,繁密而无剪裁。

㉒颜延论文——颜延之的论文著作今佚。按《文心雕龙·总术》中曾引颜延之论文之语:"笔之为体,言之文也;经典则言而非笔,传记则笔而非言。"范文澜注:"颜延年语未知所出,当为《庭诰》逸文。"如按此说,则这里所谓"颜延论文"也可能指颜延之所著《庭诰》中的论文内容。《庭诰》今亦散佚。

㉓挚虞《文志》——《隋书·经籍志》云:"《文章志》四卷,挚虞撰。"按《文章志》今亡佚,《文镜秘府论·天卷·四声论》云:"挚虞之《文章志》,区别优劣,编辑胜辞,亦才人之苑囿。"挚虞,字仲洽,京兆长安人,晋武帝时曾为太子舍人、秘书监等官。其论文著作,除《文章志》外,还有《文章流别集》三十卷(据《隋书·经籍志》)。

㉔谢客集诗——按《隋书·经籍志》著录有谢灵运的《诗集》五十卷、《诗集钞》十卷、《诗英》九卷,当为选辑优秀作品的诗集,今皆佚。

㉕张隐《文士》——《隋书·经籍志》云:"《文士传》五十卷,张隐撰。"张隐

未详,《文士传》已佚。

⑫诸英——指谢灵运、张隐等诸位选家。

⑫挤撼——指摘。

⑫凡百二十人——按《诗品》中共品评了一百二十二位诗人,"百二十"是举其成数。

⑫预此宗流者,便称才子——意谓凡能入宗派品流者,不论其居上、中、下,即可称为才子。按,《诗品》中所列一百二十二位诗人,除按上、中、下分三品以外,还以《国风》、《楚辞》、《小雅》为宗派之源,对诗人分别指出其源流关系。

⑬"至斯三品升降"四句——这几句的意思是,至于《诗品》中以三品来表示诗人的高下,大抵还不是最后的定评,我还要继续斟酌改动,故先呈寄于方家以请教。

⑬昔曹、刘殆文章之圣——《诗品》卷上:"嗟乎,陈思之于文章,譬人伦之有周、孔,……故孔氏之门如用诗,则公幹升堂、思王入室。"

⑬陆、谢为体贰之才——陆、谢,指陆机、谢灵运。体贰,李康《运命论》:"虽仲尼至圣,颜、冉大贤,揖让于规矩之内,间闾于洙泗之上,不能遇其端。孟轲、孙卿体贰希圣,从容正道,不能维其末。"五臣张铣注:"孟、孙二子体法颜、冉,故云体贰;志望孔子之道,故云希圣。"此谓陆机、谢灵运之诗体曹、刘。按《诗品上》评陆机诗和评谢灵运诗,都有"其源出于陈思"之语。

⑬宫商之辨,四声之论——这里的"宫商"非指乐声,而指字的声韵。按,魏晋以来,人们每以音乐的五声而比附字的不同读音,如魏人李登著《声类》,封演《封氏闻见记》谓《声类》"以五声(宫商角徵羽)命字";晋人吕静著《韵集》,而《魏书·江式传》称《韵集》分字音为五类,"以宫商角徵羽各为一篇",都是这种例子。范晔《狱中与诸甥侄书》云:"性别宫商、识清浊",《南齐书·陆厥传》云:"约等为文皆用宫商,以平上去入为四声,以此制韵,不可增减,世呼为永明体。"其所谓"宫商",皆指字的声韵而言。这里钟嵘所否定的"宫商之辨"即指此。四声之论,参见《宋书·谢灵运传论》注。周颙有《四声切韵》,沈约有《四声谱》。

⑬"或谓前达偶然不见"二句——前达,前代之贤达。按,这里是对范晔和沈约的批评,范晔《狱中与诸甥侄书》云:"性别宫商、识清浊,斯自然也。观古今文人,多不了此处,纵有会此者,不必从根本中来。"沈约《宋书·谢灵运传论》云:"自骚人以来,此秘(指诗之声韵规律)未睹。至于高言妙句,音韵天成,皆暗与理合,匪由思至。张、蔡、曹、王,曾无先觉;潘、陆、颜、谢,去之弥远。"

⑬金竹——古乐器分金、石、土、革、丝、木、匏、竹八类,这里以金竹代指各

种乐器。

⑯故非调五音无以谐会——五音,宫商角徵羽。谐会,中节也。

⑰置酒高堂上——句见阮瑀《杂诗》。

⑱明月照高楼——句见曹植《七哀诗》。

⑲韵——这里指谐合韵律而言。许文雨《文论讲疏》:"记室先以诗颂非调五音无以谐合为言,次举'置酒高堂上'、'明月照高楼'二句为韵之首,是其意谓二句音谐,堪称第一也。"

⑭三祖——见沈约《宋书·谢灵运传论》注。

⑭世之言宫商——指魏晋以来以宫商论字的音律者。

⑭二仪——指天地。

⑭颜宪子——即颜延之,宪子是他的谥号。按,颜延之对律吕音调的论述已失载。

⑭唯见范晔、谢庄颇识之耳——范晔《狱中与诸甥侄书》:"性别宫商、识清浊……年少中,谢庄最有其分。"

⑭"王元长创其首"二句——《南史·陆厥传》:"永明末,盛为文章。吴兴沈约、陈郡谢朓、琅琊王融,以气类相推毂;汝南周顾善识声韵。约等为文皆用宫商,以平上去入为四声,且以此制韵,……世呼为永明体。"

⑭三贤咸贵公子孙——三贤指王融、谢朓、沈约。按,三人皆士族出身,王融的祖父王僧达为宋征虏将军,父王道琰为庐陵内史。谢朓的祖父谢述,刘宋时为吴兴太守,父谢纬为散骑常侍。沈约的祖父沈林之为宋征虏将军,父沈璞为淮南太守。所以说他们"咸贵公子孙"。

⑭襞积细微,专相陵架——襞积,裙上之褶。《汉书·司马相如传》:"襞积褰绉",颜师古注:"襞积,若今之裙褶也。"这里借指诗歌声韵的烦琐规定。专相陵架,谓时人专以此技竞相超越。

⑭真美——自然之美。

⑭"但令清浊通流"三句——通流,通顺流畅。按唐人殷璠《河岳英灵集·集论》云:"夫能文者,匪谓四声尽要流美,八病咸须避之;纵不拈缀,未为深缺。即'罗衣何飘飘,长裾随风还'(按十字皆平声),雅调仍在,况其它句乎。故词有刚柔,调有高下,但令词与调合,首末相称,中间不败,便是知音",立论近此。

⑭"至平上去入"二句——隋人刘善经《四声论》:"(钟嵘)云:'但使清浊同流,口吻调和,斯为足矣。至于平上去入,余病未能。'经谓嵘徒见口吻之为工,不知调和之有术。譬如刻木为鸢,抟风远飏,见其抑扬天路,骞翥烟霞,咸疑羽融之行然,焉知王尔之巧思也?四声之体调和,此其效乎?除四声以外,别求

此道,其独(犹?)之荆者而北鲁、燕,虽遇牧马童子,何以解钟生之迷哉?或复云'余病未能',观公此病,乃是膏肓之疾,纵使华陀集药、扁鹊投针,恐魂岱宗,终难起也。"

㉛蜂腰鹤膝,闾里已具——蜂腰、鹤膝,沈约提出的"八病"中的两种病犯。据《文镜秘府论·西卷》载:八病是指平头、上尾、蜂腰、鹤膝、大韵、小韵、旁纽、正纽。蜂腰,五言诗一句中第二字与第五字同声。鹤膝,五言诗第一句末一字与第二句末一字同声。闾里,这里代指里巷歌谣。黄侃《文心雕龙札记·声律篇》:"记室云:'蜂腰鹤膝,闾里已具',盖谓虽寻常歌谣亦自然不犯之,可毋严设科禁也。"

㉜陈思赠弟——指曹植诗《赠白马王彪》(七首)。

㉝仲宣《七哀》——王粲有《七哀诗》三首。

㉞公幹"思友"——指刘桢的《赠徐幹诗》,其中有"思子沈心曲,长叹不能言"的句子。

㉟阮籍《咏怀》——阮籍有《咏怀》诗八十二首。《晋书·阮籍传》:"《咏怀》八十余篇,为世所重。"《诗品上》:"《咏怀》之作,可以陶性灵、发幽思,言在耳目之内,情寄八荒之表。洋洋乎会于风、雅,使人忘其鄙近,自致远大。"

㊱子卿"双凫"——苏武字子卿。《古文苑》有《别李陵诗》,题为苏武所作。诗中有"双凫俱北飞,一凫独南翔"的句子。

㊲叔夜"双鸾"——嵇康字叔夜,有《赠秀才入军诗》十九首,其一首句为:"双鸾匿景曜,戢翼太山崖。"

㊳茂先"寒夕"——张华字茂先。"寒夕"指张华的《杂诗》,其中有:"东壁正昏中,泂阴寒节升。繁霜降当夕,悲风中夜兴。"

㊴平叔"衣单"——何晏字平叔。"衣单"诗已佚。

㊵安仁"倦暑"——潘岳字安仁。"倦暑",指潘岳诗《在怀县作》二首。其一有:"初伏启新节,隆暑方赫曦。朝想庆云兴,夕迟白日移";其二有:"我来冰未泮,时暑忽隆炽,感此还期淹,叹逝年往驶。"

㊶景阳《苦雨》——张协字景阳。按张协有《苦雨》诗(诗题见《艺文类聚》卷二引),其中云:"云根临八极,雨足洒四溟。霖沥过二旬,散漫亚九龄。阶下伏泉涌,堂下水衣生,洪潦浩方割,人怀昏垫情。"

㊷灵运《邺中》——谢灵运有《拟魏太子邺中集诗》八首。

㊸士衡《拟古》——陆机有《拟古》诗十二首。

㊹越石"感乱"——刘琨字越石。按《诗品中》云:"琨既体良才,又罹厄运,故善叙丧乱,多感恨之词。"刘琨诗今存四首,其中《重赠卢谌》、《扶风歌》都是

感于丧乱而作的。

⑯景纯"咏仙"——郭璞字景纯,"咏仙",指他的《游仙诗》十九首。

⑯王微"风月"——今存王微诗中,不见有咏风月者,当是后世亡佚。

⑯谢客"山泉"——谢灵运《入华子冈是麻源第三谷》中的"铜陵映碧涧,石磴泻红泉",即是对山泉的描写。

⑯叔源"离宴"——谢混字叔源。其《送二王在领军府集诗》云:"苦哉远征人,将乖萃余室。盟窗通朝晖,丝竹盛萧瑟。乐酒辍今辰,离端起来日。"所谓"离宴",或指这一首诗而言。

⑯鲍照"戍边"——鲍照戍边诗有《代出自蓟北门行》。

⑰太冲《咏史》——左思字太冲,有《咏史诗》八首。《文心雕龙·才略》:"左思奇才,深覃思,尽锐于《三都》,拔萃于《咏史》。"

⑰颜延"入洛"——颜延之有《北使洛》诗,抒发了他奉使洛阳的感受,所谓"入洛"诗即指此。

⑰陶公《咏贫》之制——陶公指陶渊明,他有《咏贫士》七首。

⑰惠连《捣衣》之作——谢惠连有《捣衣诗》。《诗品中》云:"小谢才思富捷……《秋怀》、《捣衣》之作,虽复灵运锐思,亦何以加焉。"

⑰"所以谓篇章之珠泽"二句——珠泽,产珠之泽。《穆天子传》:"天子北征,舍于珠泽。"郭璞注:"此泽出珠,固名之云。"邓林,桃林,《山海经·海外北经》:"夸父与日逐走,入日,渴欲得饮,饮于河渭,河渭不足,北饮大泽,未至,道渴而死。弃其杖,化为邓林。"毕沅注曰:"邓林即桃林也,邓、桃音相近。"这里的珠泽、邓林为渊薮之美称,谓以上所举的作品是文学精华之汇萃。

【附录】

其源出于《国风》。陆机所拟十四首。文温以丽,意悲而远,惊心动魄,可谓几乎一字千斤!其外"去者日以疏"四十五首,虽多哀怨,颇为总杂,旧疑是建安中曹、王所制。"客从远方来"、"桔柚垂华实",亦为惊绝矣!人代冥灭,而清音独远,悲夫!(《诗品》卷上"古诗"条)

其源出于《楚辞》。文多凄怆,怨者之流。陵,名家子,有殊才,生命不谐,声颓身丧。使陵不遭辛苦,其文亦何能至此!(《诗品》卷上"汉都尉李陵"条)

其源出于《国风》。骨气奇高,词采华茂,情兼雅怨,体被文质,粲溢古今,卓尔不群。嗟乎!陈思之于文章也,譬人伦之有周、孔,鳞羽之有龙凤,音乐之有琴笙,女工之有黼黻。俾尔怀铅吮墨者,抱篇章而景慕,映余辉以自烛。故孔氏之门如用诗,则公幹升堂,思王入室,景阳、潘、陆,自可坐廊庑之间矣!(《诗品》卷上"魏陈思王植"条)

其源出于《小雅》。无雕虫之功。而《咏怀》之作,可以陶性灵,发幽思。言在耳目之内,情寄八荒之表。洋洋乎会于风雅,使人忘其鄙近,自致远大,颇多感慨之词。厥旨渊放,归趣难求。颜延年注解,怯言其志。(《诗品》卷上"晋步兵阮籍"条)

钟嵘《诗品》选录 《历代诗话》上 中华书局

"池塘生春草,园柳变鸣禽。"世多不解此语为工,盖欲以奇求之耳。此语之工,正在无所用意,猝然与景相遇,借以成章,不假绳削,故非常情所能到。诗家妙处,当须以此为根本,而思苦言难者,往往不悟。钟嵘《诗品》论之最详,其略云:"'思君如流水',既是即目,'高台多悲风',亦惟所见,'清晨登陇首',羌无故实,'明月照积雪',非出经史。古今胜语,多非补假,皆由直寻。颜延之、谢庄尤为繁密,于时化之,故大明、泰始中,文章殆同书抄。近任昉、王元长等,辞不贵奇,竞须新事。迩来作者,寖以成俗,遂乃句无虚语,语无虚字,拏挛补衲,蠹文已甚,自然英旨,罕遇其人。"余每爱此言简切,明白易晓,但观者未尝留意耳。自唐以后,既变以律体,固不能无拘窘,然苟大手笔,亦自不妨削镵于神志之间,斫轮于甘苦之外也。

叶梦得《石林诗话》选录 何文焕《历代诗话》 中华书局

人有满腔书卷,无处张皇,当为考据之学,自成一家。其次则骈体文,尽可铺张,何必借诗为卖弄?自三百篇至今日,凡诗之传者,都是性灵,不关堆垛。……故续元遗山《诗论》,末一首云:"天涯有客号冷痴,误把抄书当作诗。抄到钟嵘《诗品》日,该他知道性灵时。"

袁枚《随园诗话》 人民文学出版社版

《诗品》之于论诗,视《文心雕龙》之于论文,皆专门名家,勒为成书之初祖也。《文心》体大而虑周,《诗品》思深而意远。盖《文心》笼罩群言,而《诗品》深从六艺溯流别也。论诗论文而知溯流别,则可以探源经籍,而进窥天地之纯,古人之大体矣。此意非后世诗话家所能喻也。

章学诚《文史通义》内篇 中华书局

裴子野

裴子野(469—530),字几原,河东闻喜(今山西闻喜县)人。曾祖裴松之,撰有《三国志注》。祖父裴骃,撰有《史记集解》。裴子野亦为史学家,曾撰《宋略》二十卷。他始仕齐,后入梁,曾任著作郎、中书侍郎、鸿胪卿等职。自幼好学,精通文史,尤善属文。著有文集二十卷、《宋略》二十卷,已佚。今存诗《咏雪》等三首,文章《雕虫论》、《宋略总论》等十多篇,见于《艺文类聚》、《文苑英华》等书,严可均辑其文入《全梁文》卷五十三。《梁书》卷三〇、《南史》卷三十二均有传。

雕 虫 论①

宋明帝博好文章②,才思朗捷,常读书奏,号称七行俱下,每有祯祥,及幸宴集,辄陈诗展义,且以命朝臣。其戎士武夫,则托请不暇,困于课限,或买以应诏焉。于是天下向风,人自藻饰,雕虫之艺,盛于时矣。梁鸿胪卿裴子野论曰:

古者四始六艺③,总而为诗,既形四方之风(原作"气",据《文苑英华》改),且彰君子之志④,劝美惩恶,王化本焉⑤。后之作者,思存枝叶,繁华蕴藻,用以自通⑥。若悱恻芳芬,楚骚为之祖⑦;靡漫容与,相如扣(原作"和",据《文苑英华》改)其音⑧。由是随声逐影之俦,弃指归而无执⑨。赋诗歌颂,百帙五车,蔡邕(原作"蔡应",据《通典》改)等之俳优⑩,扬雄悔为童子⑪。圣人不作,雅郑谁分?其五言为家,则苏、李自出,曹、刘伟其风力,潘、陆固其枝叶⑫。爰及江左,称彼颜、谢,箴绣鞶帨,无取庙堂⑬。宋初迄于元嘉,多为经史⑭。大明之代,实好斯文⑮。高才逸韵,颇谢前哲,波流相尚,滋有笃焉。

自是闾阎年少,贵游总角⑯,罔不摈落六艺,吟咏情性。学者以博依为急务,谓章句为专鲁⑰。淫文破典,斐尔为功⑱。无被于管弦,非止乎礼义。深心主卉木,远致极风云⑲。其兴浮,其志弱;巧而不要,隐而不深⑳,讨其宗途,亦有宋之(《通典》此下有"遗"字)风也㉑。若季子聆音,则非兴国㉒,鲤也趋庭,必有不敢㉓(《通典》作"敦")。荀卿有言:乱代之征,文章匿而采㉔。斯岂近之乎。

严可均《全梁文》卷五十三　中华书局影印本

【注释】

①《雕虫论》——此文据考是裴子野《宋略》的佚文。《宋略》全书已佚,大略成书于齐末(见《裴子野〈雕虫论〉考证》,日本林田慎之助撰、陈曦钟译、周一良校,《古代文学理论研究》第六辑)。《雕虫论》文中,裴子野自称梁鸿胪卿,其为鸿胪卿在大通元年(公元527年)。而裴子野卒于公元530年,可知《雕虫论》当作于公元528年前后。此文最早见于《通典·选举》四,后又见于《文苑英华》七四二《论文》,题为《雕虫论》,严可均《全梁文》作《雕虫论并序》。一般认为《雕虫论》之题为后人所加,序文则为杜佑所作之按语,"梁鸿胪卿裴子野论曰"以下属于裴子野论述正文。也有学者提出异议,认为序文和正文均为裴子野所作,只是由于二者原本不在一处,杜佑将其抄来并置在一起,故《通典》于"宋明帝聪博好文史"至"雕虫之艺盛于时矣"一段之下以"又论曰"隔开(参见罗宗强《魏晋南北朝文学思想史》)。

《雕虫论》是裴子野的一篇著名文学专论。他从儒家正统思想出发,针对当时盛极一时的唯美主义文风,作了尖锐的批评。他把那种无视诗歌思想内容,一味讲求藻饰的诗歌创作指斥为"雕虫之艺",对当时上至皇家贵族,下至闾阎年少"摈落六艺"、"吟咏情性"的社会风尚痛心疾首,他最后引用荀子"乱代之征,文章匿而采"的话来向统治者发出警钟。凡此种种,不难想见一位老儒试图干预乃至扭转当时文坛风气的良苦用心。

文章对自《诗经》至南朝宋代大明时期的诗赋文学发展状况作了概述和评价。首先认为《诗经》用于"劝善惩恶",乃王化之本。从这一基本思想出发,他对屈原以下的辞赋诗歌作者,均表示不满,认为他们忘记了文章服务于政教这一根本目的,偏离了正道。就辞赋言,他甚至把屈原归为"悱恻芬芳"之祖,视为后世滔滔不返的不良创作风气之源。在他看来,楚辞之悱恻芬芳,相如之靡曼容与,和跟着他们学的人,都是"弃指归而无执"的。就五言诗言,他对苏李、曹刘、潘陆,尚无异议。但对潘、陆以下的五言诗,则持完全否定的态度。他认为这些作品徒以"枝叶""擎挽"的华辞为工。而他否定的理由,就是诗的发展已经完全违背了诗教。一则言其无取庙堂,再则言其巧而不要,隐而不深,箴绣擎挽。其实,他所批评的这些,正是五言诗发展起来之后,诗的艺术特质得到充分发挥的种种表现。

就整个魏晋六朝的文论发展来看,审美中心论是其主流,重功利、主质朴的儒家论调虽亦有之,然当时并未造成多大的影响。裴子野则不同,《梁书·裴子野传》载:"子野与沛国刘显、南阳刘之遴、陈郡殷芸、陈留阮孝绪、吴郡顾协、京兆韦棱,皆博极群书,深相赏好,显尤推重之。时吴平侯萧劢、范阳张缵,每讨论坟籍,咸折中于子野焉。"可见,当时在裴子野周围,已经形成一个文学主张相近的文人圈子。也就是说,以裴子野为代表的一些作者,事实上在当时曾形成了一种保守的创作风气,他的文学政教论正是这种文风在理论上的表述。应该看到,无论是裴子野的这种创作实践还是其理论主张,均与时代主潮相背离,不符合文学自身的发展规律。因此,这种文风自然要受到"新变"一派的批评,萧纲《与湘东王书》谓京师文体"懦钝殊常,竞学浮疏,争为阐缓"。又说:"裴氏乃是良史之才,了无篇什之美。"裴氏与萧氏文学思想的针锋相对由此可见。

在南朝特别是齐梁文学日益唯美化之际,裴子野的出现,一方面具有警示的作用,另一方面又显得很不适时宜。他在钟嵘、刘勰、沈约及梁氏文人集团之外,代表了另外一种声音,正是这些声音,共同构成齐梁文论这曲多声部交响乐。

②宋明帝博好文章——宋明帝刘彧,字休炳(《南史·宋本纪》作景休),宋文帝第十一子,在位时间八年(公元465—472年)。《宋书·明帝本纪》:"好读书,爱文义,在藩时,撰江左以来《文章志》,又续卫瓘所注《论语》二卷,行于世。及即大位,……旧臣才学之士,多蒙引进。"

③四始六艺——四始,孔颖达《毛诗正义》:"四始者,郑(玄)答张逸云:'风也,小雅也,大雅也,颂也。此四者,人君行之则为兴,废之则为衰。'又笺云:'始者王道兴衰之所由。'"六艺,艺,当作义。《毛诗序》:"故诗有六义焉:一曰风,二曰赋,三曰比,四曰兴,五曰雅,六曰颂。"

④既形四方之风,且彰君子之志——《毛诗序》:"言天下之事,形四方之风,谓之雅。""诗者,志之所之也。"按,二句谓诗既可反映社会生活,亦可抒写个人情志。

⑤劝美惩恶，王化本焉——《毛诗序》："风，风也，教也；风以动之，教以化之。""上以风化下，下以风刺上，主文而谲谏，言之者无罪，闻之者足以戒，故曰风。""《周南》、《召南》，正始之道，王化之基。"按，此二句重在说明诗歌的社会功用，其理论来源自是《毛诗序》。

⑥"思存枝叶"三句，——裴氏以儒家诗教的"劝善惩恶"为王化之"本"，则斥注重辞藻讲求艺术形式美的作品为"枝叶"。

⑦若悱恻芳芬，楚骚为之祖——悱恻，指忧思之情。芬芳，指香草。按王逸《楚辞章句序》："屈原履忠被谮，忧悲愁思，独依诗人之义，而作《离骚》，上以讽谏，下以自慰。"又《离骚经序》："离，别也；骚，愁也；经，径也；言己放逐离别，中心愁思，犹依道径以讽谏君也。"

⑧靡漫容与，相如扣其音——靡漫容与，指辞藻艳丽，文风靡弱。按《文心雕龙·才略》："相如好书，师范屈宋，洞入夸艳，致名辞宗。然覆取精意，理不胜辞，故扬子以为文丽则用寡者长卿。"

⑨由是随声逐影之俦，弃指归而无执——"随声逐影"与上文"思存枝叶"均是指诗文创作中的舍本逐末，只讲形式，不顾内容的倾向。弃指归而无执，谓这种创作倾向离开了正确的道路而无所依据。

⑩蔡邕等之俳优——《后汉书·蔡邕传》："感东方《客难》及扬雄、班固、崔骃之徒设疑以自通，乃斟酌群言，韪其是而矫其非，作《释诲》以戒厉云。"文中有"东方要幸于谈优"句。

⑪扬雄悔为童子——扬雄《法言·吾子》："或问：吾子少而好赋？曰：然。童子雕虫篆刻。俄而曰：壮夫不为也。"

⑫"五言为家"四句——五言为家，即以五言诗而称名于世。苏李，指苏武、李陵。曹刘，曹植、刘桢。潘陆，潘岳、陆机。按，《诗品序》："逮汉李陵，始著五言之目矣。""陈思为建安之杰，公幹、仲宣为辅。陆机为太康之英，安仁、景阳为辅。"沈约《宋书·谢灵运传论》："降及元康，潘陆特秀。"萧子显《南齐书·文学传论》："建安一体，《典论》短长互出；潘、陆齐名，机、岳之文永异。"

⑬箴绣鞶帨——《法言·寡见》："今之学也，非独为之华藻，又从而绣其鞶帨。"鞶，大带。帨，佩巾。此指讲究形式，过于华藻的作品。

⑭元嘉——宋文帝刘义隆的年号（公元 424—452 年）。

⑮大明——宋孝武帝刘骏的年号（公元 457—464 年）。

⑯贵游总角——指世家子弟。按《礼记·内则》："男女未冠笄者，……拂髦总角。"郑玄注："总角，收发结之。"

⑰学者以博依为急务，谓章句为专鲁——博依，指广博譬喻。章句，指分析

解释经书的章节句读之学。二句谓时人以追求词华为当务之急,而把经学看成是愚鲁的事。

⑱淫文破典,斐尔为功——淫文,淫靡之文。斐尔,即斐然。斐尔为功,意指以创作词采华美之文为能事。

⑲深心主卉木,远致极风云——二句谓时人创作内容贫乏,没有深意,心思只在吟风弄草上。按《文心雕龙·物色》:"自近代以来,文贵形似,窥情风景之上,钻貌草木之中。吟咏所发,志惟深远;体物为妙,功在密附。故巧言切状,如印之印泥,不加雕削,而曲写毫芥。故能瞻言而见貌,即字而知时也。"也真实地反映了当时的创作倾向。

⑳"其兴浮"四句——句谓作品不讲兴寄,追求巧构,没有深意远旨。按,唐代陈子昂《与东方左史虬修竹篇序》:"汉魏风骨,晋宋莫传","彩丽竟繁,而兴寄都绝"可以相参。

㉑有宋之风也——即《文心雕龙·明诗》所谓:"宋初文咏,体有因革,庄老告退,而山水方滋;俪采百字之偶,争价一句之奇,情必极貌以写物,辞必穷力而追新,此近世之所竞也。"

㉒若季子聆音,则非兴国——春秋时,吴国公子季札到鲁国观乐,从不同的音调中知道各国的盛衰兴旺。事见《左传·襄公二十九年》。

㉓鲤也趋庭,必有不敢——《论语·季氏》:"鲤趋而过庭。曰:学诗乎?对曰:未也。曰:不学诗,无以言。鲤退而学诗。"鲤,孔子的儿子,字伯鱼。

㉔乱代之征,文章匿而采——《荀子·乐论》:"乱世之征,其服组,其容妇,其俗淫,其志利,其行难,其声乐险,其文章匿而采,……"匿,通"慝"。邪恶也。

【附录】

先王作乐崇德,以格神人,通天下之至和,节群生之流放,天子之于士庶,未曾去其乐,而无非僻之心。以及周道衰微,吕失其序,乱代先之以忿怒,亡国从之以哀思,优杂子女,荡目淫心,充庭广奏,则以鱼龙靡漫为环玮,会同飨觐,则以吴趋楚舞为妖妍,纤罗雾縠侈其衣,疏金镂玉砥其器,在上班赐宠,群臣从风而靡。王侯将相,歌伎填室;鸿商富贾,舞女成群,竞相夸大,互有争夺,如恐不及,莫为禁令,伤风败俗,莫不在此。

裴子野《宋略·乐志叙》 严可均《全梁文》卷五十三 中华书局影印本

以谢灵运、王僧达之才华轻躁,使其生自寒素,犹将覆折,重以怙其庇阴,召祸宜哉。

  裴子野《宋略·选举论》　严可均《全梁文》卷五十三　中华书局影印本

  子野为文典而速,不尚丽靡之词,其制作多法古,与今文体异,当时或有诋诃者,及其末,皆翕然重之。

             《梁书》卷三〇《裴子野传》　中华书局点校本

萧 统

萧统(501—531),字德施,小字维摩,南兰陵(今江苏丹阳市)人,梁武帝萧衍长子。天监元年(502)两岁时被立为太子,及至天监十四年(515),他开始协助梁武帝处理政务,成为名副其实的"副贰"之君。普通七年(526),其母贵嫔亡故,萧统亦因此而郁郁病殁,时年三十一岁。死后,谥曰昭明,故世称昭明太子。《梁书》本传称其生而聪睿,三岁受《孝经》,五岁遍读"五经"。他还整理过佛教典籍,相传《金刚般若波罗密经》就是经过他校订的。萧统又热爱文学,广招才学之士,切磋篇籍,商榷古今,形成了以他为核心的东宫文人集团,积极从事文学的研究和创作,从而使梁代前期出现了继建安之后的又一次文学繁荣的景象。《梁书·昭明太子传》称其时"名才并集,文学之盛,晋宋以来未之有也"。当时东宫藏书近三万卷,著名文士如刘孝绰、王筠、殷芸、陆倕、到洽等人同被礼遇,这些为他《文选》的编撰提供了极为有利的条件。萧统的文学业绩主要表现在诗文总集的编撰上。据本传载,他除所著文集二十卷外,还编撰诗集《文章英华》二十卷、文集《正序》十卷以及赋、诗文合集《文选》三十卷。今除《文选》三十卷外,其余均已亡佚。明张溥有辑本《昭明太子集》。其事迹主要见《梁书》卷八、《南史》卷五三《昭明太子传》。

文 选 序[①]

式观元始,眇觌玄风[②]。冬穴夏巢之时,茹毛饮血之世[③],世质民淳,斯文未作[④]。逮乎伏羲氏之王天下也,始画八卦,造书契,以代结绳之政,由是文籍生焉[⑤]。《易》曰:"观乎天文,以察时变;观乎人文,以化成天下⑥。"文之时义远矣哉⑦!

若夫椎轮为大辂之始,大辂宁有椎轮之质⑧;增冰为积水所成,积水曾微增冰之凛⑨。何哉?盖踵其事而增华,变其本而加厉⑩。物既有之,文亦宜然。随时变改,难可详悉⑪。

尝试论之曰:《诗序》云:"《诗》有六义焉:一曰风,二曰赋,三曰比,四曰兴,五曰雅,六曰颂⑫。"至于今之作者,异乎古昔。古诗之体,今则全取赋名⑬。荀、宋表之于前,贾、马继之于末⑭。自兹以降,源流实繁。述邑居,则有"凭虚"、"亡是"之作⑮;戒畋游,则有《长杨》、《羽猎》之制⑯。若其纪一事,咏一物,风云草木之兴,鱼虫禽兽之流,推而广之,不可胜载矣⑰。又楚人屈原,含忠履洁,君匪从流,臣进逆耳,深思远虑,遂放湘南⑱。耿介之意既伤,壹郁之怀靡诉⑲。临渊有怀沙之志⑳,吟泽有憔悴之容㉑。骚人之文,自兹而作㉒。

诗者,盖志之所之也。情动于中,而形于言㉓。《关雎》、《麟趾》,正始之道著㉔;桑间、濮上,亡国之音表㉕。故风雅之道,粲然可观。自炎汉中叶,厥途渐异。退傅有《在邹》之作㉖,降将著"河梁"之篇㉗。四言五言,区以别矣。又少则三字,多则九言㉘,各体互兴,分镳并驱㉙。颂者,所以游扬德业,褒赞成功㉚。吉甫有"穆若"之谈㉛,季子有"至矣"之叹㉜。舒布为诗,既言如彼,总成为颂,又亦若此㉝。次则箴兴于补阙㉞,戒出于弼匡㉟;论则析理精微㊱,铭则序事清润㊲。美终则诔发㊳,图像则赞兴㊴。又诏诰教令之流㊵,表奏笺记之列㊶,书誓符檄之品㊷,吊祭悲哀之作㊸,答客指事之制㊹,三言八字之文㊺,篇辞引序㊻,碑碣志状㊼,众制锋起,源流间出㊽。譬陶匏异器,并为入耳之娱;黼黻不同,俱为悦目之玩㊾。作者之致,盖云备矣。

余监抚余闲,居多暇日㊿。历观文囿,泛览辞林[51],未尝不心游目想,移晷忘倦[52]。自姬汉以来,眇焉悠邈;时更七代,数逾千祀[53]。词人才子,则名溢于缥囊;飞文染翰,则卷盈乎缃帙[54]。自非略其芜秽,集其清英,盖欲兼功太半,难矣[55]。

若夫姬公之籍,孔父之书[56],与日月俱悬,鬼神争奥,孝敬之准式,人伦之师友,岂可重以芟夷,加之剪截?老庄之作,管孟之流,盖以立意为宗,不以能文为本⁵⁷。今之所撰,又以略诸。若贤人之美辞,忠臣之抗直,谋夫之话,辩士之端⁵⁸,冰释泉涌,金相玉振⁵⁹。所谓坐狙丘、议稷下⁶⁰,仲连之却秦军⁶¹,食其之下齐国⁶²,留侯之发八难⁶³,曲逆之吐六奇⁶⁴,盖乃事美一时,语流千载,概见坟籍,旁出子史⁶⁵。若斯之流,又亦繁博,虽传之简牍,而事异篇章,今之所集,亦所不取。至于记事之史,系年之书,所以褒贬是非,纪别异同,方之篇翰,亦已不同⁶⁶。若其赞论之综辑辞采,序述之错比文华⁶⁷,事出于沉思,义归乎翰藻⁶⁸,故与夫篇什,杂而集之。远自周室,迄于圣代⁶⁹,都为三十卷,名曰《文选》云耳。

凡次文之体,各以汇聚⁷⁰。诗、赋体既不一,又以类分;类分之中,各以时代相次⁷¹。

《六臣注文选》卷首　《四部丛刊》影印本

【注释】

①《文选序》——萧统等人编撰的《文选》是我国现存最早的诗文总集,保存了周秦到齐梁一百三十余位作家的七百多篇文学作品,对后世文学的影响极为深远,被称为"文章之奥府,学术之渊薮",并形成专门研究的学问,即所谓的"文选学"。原书三十卷。唐高宗时,李善为之作注,析为六十卷;玄宗时,吕延祚又集吕延济、刘良、张铣、吕向、李周翰五人为之合注,世称"五臣注"。南宋后将李善注、五臣注两种版本汇刻,称《六臣注文选》。

本文是萧统为《文选》作的序文,主要阐明两方面的内容:一、文学的发生发展;二、选文的范围和标准。

关于文学的发生发展,萧统首先认为这是一个由简单到复杂,由质朴到藻丽的文章渐趋华美的发展过程。所谓"盖踵其事而增华,变其本而加厉",这是文学发展的必然趋势。因此,在《文选》的具体选文上,侧重于近代藻丽之文的大量选录上,反映出编撰者略古详今的选录原则。其次,题材和体制的多样化是文学发展的必然结果。就题材的多样性而言,萧统以赋体为例,认为有"述邑居者"、"戒畋猎者"、"纪一事"者,"咏一物"者等。就体制的多样化而言,萧统在吸收前人文体研究成果的基础上,进一步将文体细化,他首论赋,再论诗,继而论颂,论箴、戒、论、铭、诔、赞,最后提及诏、诰、教、令、表、奏、笺、记、书、誓、符、檄、吊、祭、答客、指事、篇、辞、引、序、碑、碣、志、状等等。萧统的文体分类在中国文体学研究史上有着重要的意义。我们知道,魏晋六朝是中国文体学的重要发展阶段,从曹丕《典论·论文》"四科"说到陆机《文赋》的"十体"说,从挚虞《文章流别论》、李充《翰林论》,再到刘勰的《文心雕龙》,所有这些都为萧统的文体分类及《文选》选文作了很好的理论乃至实践的准备。结合《文选》体例和选文,不难发现,萧统等编撰者在关于文体的分类上的确作了不少的研究,他将文体分为三十七类:赋、诗、骚、七、诏、册、令、教、文、表、上书、启、弹事、笺、奏记、书、檄、对问、设问、辞、序、颂、赞、符命、史论、史述赞、论、连珠、箴、铭、诔、哀、碑文、墓志、行状、吊文、祭文。又分赋为十五子类:京都、郊祀、耕籍、畋猎、纪行、游览、宫殿、江海、物色、鸟兽、志、哀伤、论文、音乐、情等。分诗为二十四小类:补亡、述德、劝励、献诗、公宴、祖饯、咏史、百一、游仙、招隐、反招隐、游览、咏怀、临终、哀伤、赠答、行旅、军戎、郊庙、乐府、挽歌、杂歌、杂诗、杂拟。当然,这种划分,难免伤于琐碎,所以苏轼病其"编次无法"(《题〈文选〉》),姚鼐讥其"分体碎杂"(《古文辞类纂序目》),章学诚更说其"淆乱杂秽,不可殚诘"(《文史通义·诗教》下),但应该看到,文体明辨本是一个不断发展的过程,其明辨水平既有赖于文学创作的丰富实践,又取决于时人总体的文学理论水平。尽管萧统等人的文体分类还存在不科学的地方,但它在我国文体学的研究史上却有着不容忽视的地位。

作为一篇作品集序文,本文最重要的使命乃在于阐明选文的范围和标准。

其说选文范围是很明晰的:第一,"姬公之籍,孔父之书",此类经书,"与日月俱悬,鬼神争奥,孝敬之准式,人伦之师友",不"可重以芟夷,加之翦截",所以不选。第二,"老、庄之作,管、孟之流",这类子书,"以立意为宗,不以能文为本",故"今之所撰,又以略诸"。第三,"贤人之美辞,忠臣之抗直,谋夫之话,辩士之端",这些诸子之言,虽则"冰释泉涌,金相玉振",然因其"繁博",又加上"事异篇章",故"今之所集,亦所不取"。第四,"记事之史,系年之书",这类史书,主要是用来"褒贬是非,纪别同异","方之篇翰,亦已不同",故也不选。但是,史书中的"赞论"、"序述"因其"综辑辞采"、"错比文华","事出于沉思,义归乎翰藻","故与夫篇什,杂而集之"。概言之,经、史、子类的著述与集部的文章在性质上是有区别的,故原则上不予选录,但特殊的情况出现在,史书中的赞论、序述则可以入选,入选的理由是它们符合"事出于沉思,义归乎翰藻"的标准。

这便很自然地涉及《文选》选文的标准问题,对此,学界历来有不同的看法。早在清代,阮元就曾说:"昭明所选,名之曰'文',盖必'文'而后选也。经也,子也,史也,皆不可专名之为文也。故昭明《文选序》后三段特标明其不选之故。必沉思翰藻,始名之为'文',始以入选也。"(《书梁昭明太子〈文选序〉后》)即认为,"沉思""翰藻"是《文选》的选文标准。此后不少学者都循此说法,并认为这是唯一的标准,如许世瑛、朱自清等。但是,联系上下文,不难看出,"事出于沉思,义归乎翰藻"主要是针对赞论、序述而言的,即是谓史书中的赞论、序述往往在"褒贬是非,纪别异同"之外,具有沉思、翰藻这一非常鲜明的文的特质。因此,我们认为"沉思"、"翰藻"是《文选》的一个重要选文标准,但却不是唯一的标准。结合《文选》选文以及萧统其他的文章来看,萧统除了重视文章辞采之美外,更重视文质的并重和雅正的风格。他在《答湘东王求文集及诗苑英华书》中:"夫文典则累野,丽亦伤浮,能丽而不浮,典而不野,文质彬彬,有君子之致。"另刘孝绰为《昭明太子集》所作《序》文中也说:"深乎文者,兼而善之,能使典而不野,远而不放,丽而不淫,约而不俭,独擅众美,斯文在斯。"至此,我们应该明了,序文所言选文范围与选文标准是两回事,经、史、子之不选者,并非就不"文",有些说不定比集部文章更"文"。此其一。其二,就"文"的所指来说,它自然包括最广意义上的一切文字书籍,但就"文"的特质来说,《序》文特别强调在质朴基础上发展而成的辞采和文华,沉思和翰藻等特点,这可以看做是编选者对文学与非文学的一种区分,是对文学性的一种界说。从曹丕《典论·论文》之"文",到陆机《文赋》之"文",再到《文心雕龙》之"文",这其中反映出魏晋六朝人们对纯文学进行界定的不懈努力。

②式观元始,眇觌玄风——式,发语词,无义。元始,同"原始",指远古时代。眇,通渺,远也。觌,观。玄风,此指远古之风俗。句谓回顾远古时代的古老风俗。

③冬穴夏巢之时,茹毛饮血之世——语本《礼记·礼运》:"昔者先王未有宫室,冬则居营窟,夏则居橧;未有火化,食草木之实,鸟兽之肉,饮其血,茹其毛。"郑玄注:"寒则累土,暑则聚薪材,居其上。"茹,音汝,食也。句谓远古时代,人们穴居野外,生吃野草野果和鸟兽之肉。

④世质民淳,斯文未作——句谓上古时代世道淳朴,人民淳厚,文字和篇籍还没有创造出来。斯文,指下文所讲的文籍。作,造也。

⑤"逮乎伏羲氏之王天下也"五句——意谓等到伏羲氏画八卦,作书契,才有了文字的记载。按,孔安国《尚书序》:"古者伏羲氏之王天下也,始画八卦,造书契,以代结绳之政,由是文籍生焉。"又《易·系辞下》:"古者,庖羲氏之王天下也,始作八卦。""上古结绳而治,后世圣人易之以书契。"逮,及也。伏羲氏,又作庖羲氏,传说中上古帝王。王天下,治理天下。八卦,指乾、坤、坎、离、艮、震、兑、巽等八个基本卦象,它们分别代表天、地、水、火、山、雷、泽、风。书契,《释文》曰:"书者,文字;契者,刻木而书其侧。故曰书契也。"文籍,《说文》

曰:"文者,物象之本也。籍者,借也。借此简书以记录政事,故曰籍。"

⑥"《易》曰"五句——按,语见《易·贲卦·彖辞》。意谓治理国家的人,必须上观天文,以察四季的变化;下观人文,以教化天下百姓。天文,指日月星辰的运行。人文,指诗书礼乐等教化手段。

⑦文之时义远矣哉——谓文籍的意义是很重大深远的。文,即上文所谓文籍,指文字书籍。时义,犹意义、作用。按《易·豫卦·彖传》:"豫之时义大矣哉。"

⑧椎轮为大辂之始,大辂宁有椎轮之质——椎轮,古时一种比较粗陋的役车,伐木为轮,以轴贯之,无辐无辌,其制甚简,其形甚陋,故曰椎轮。大辂,《释名·释车》曰:"天子所乘曰玉辂,以玉饰车也。辂亦车也。谓之辂者,言行于道路也。"句谓天子乘坐的大车是由粗陋的役车发展而成,但大车哪里还有役车的粗糙呢?

⑨增冰为积水所成,积水曾微增冰之凛——《荀子·劝学篇》:"冰,水为之而寒于水。"《大戴礼·劝学篇》:"水则为冰而寒于水。"增冰,厚冰。曾,乃。微,无。凛,寒。句谓层冰是由积水凝结而成,但积水却没有层冰的寒冷。

⑩盖踵其事而增华,变其本而加厉——上句承"大辂"句言,下句承"增冰"句言。踵事增华,事物在继续发展中增加文采装饰。

⑪"物既有之"四句——句谓客观事物既是这样,文章也应当是如此。它是随着时代的变化而变化的,因此,很难详尽其中的奥秘。悉,《尔雅·释诂》:"悉,尽也。"五臣吕向注曰:"物,谓辂、冰也。言因时变改,增加华厉,不可备知。"

⑫"《诗序》云"八句——《诗序》,即《毛诗序》。又《周礼·春官》:大师"教六诗,曰风,曰赋,曰比,曰兴,曰雅,曰颂"。郑玄注曰:"风,言圣贤治道之遗化也。赋之言铺,直铺陈今之政教善恶。比,见今之失,不敢斥言,取比类以言之。兴,见今之美,嫌于媚谀,取善事以喻劝之。雅,正也。言今正者,以为后世法。颂之言诵也,容也。诵今之德,广以美之。"风、雅、颂为《诗经》的分类,赋、比、兴为《诗经》的表现手法。

⑬古诗之体,今则全取赋名——谓赋本为古诗的一种语式,今天却形成一种独立的文体之名。班固《三都赋序》:"赋者,古诗之流。"刘勰《文心雕龙·诠赋》:"六义附庸,蔚成大国。"说得正是此意。

⑭荀、宋表之于前,贾、马继之于末——荀,荀况。宋,宋玉。贾,贾谊。马,司马相如。《汉书·艺文志》曰:"孙卿赋十篇。宋玉赋十六篇。贾谊赋七篇。司马相如赋二十九篇。"《宋书·谢灵运传论》曰:"屈平、宋玉导源于前,贾谊、

相如振芳尘于后。"按《文选》于赋之外,别列骚体,故昭明此处言宋玉而不及屈原。又按《荀子·赋篇》载《礼》、《知》、《云》、《蚕》、《箴》等赋,是今天我们所看到的最早以赋命名的作品。

⑮述邑居,则有"凭虚"、"亡是"之作——述邑居,描述都市的繁华。按张衡《西京赋》:"名都对郭,邑居相承。""凭虚"、"亡是"之作,指张衡的《西京赋》和司马相如的《上林赋》这类作品。《西京赋》拟托一个"凭虚公子"而赞述西京的繁盛。《上林赋》托"亡是公"之口,称述上林苑的繁盛景况。

⑯戒畋游,则有《长杨》、《羽猎》之制——戒畋游,指劝阻皇帝田猎游玩。《长杨》、《羽猎》,《文选》吕延济注曰:"扬雄作《长杨赋》《羽猎赋》,以戒畋猎。"

⑰"若其纪一事"六句——谓那些记载一事,歌咏一物以及描绘风云草木、鱼虫禽兽的作品,举不胜举。按,就《文选》所录赋篇来看,记事的有潘岳《籍田赋》《西征赋》《射雉赋》以及班彪的《北征赋》等;咏物的有王褒《洞箫赋》、马融《长笛赋》、嵇康《琴赋》、潘岳《笙赋》等;状风云草木者有宋玉《风赋》;叙鱼虫禽兽者有祢衡《鹦鹉赋》、张华《鹪鹩赋》、颜延之《赭白马赋》、鲍照《舞鹤赋》等。

⑱"又楚人屈原"六句——含,怀也。履,践也。君,指楚怀王。从流,从善如流之意;此喻善于纳谏。按《左传·昭公十三年》:"叔向曰:齐桓从善如流。"逆耳,借指忠言。《说苑·正谏篇》:"孔子曰:良药苦口利于病,忠言逆耳利于行。"湘南,指湘水之南,今湖南沅湘一带。按《史记·屈原贾生列传》曰:"屈原者名平,楚之同姓也。为楚怀王左徒,王甚任之。上官大夫与之同列,争宠,而心害其能,因谗之。王怒而疏屈平。屈平忧愁幽思而作《离骚》。怀王死于秦,长子顷襄王立,以其弟子兰为令尹。子兰使上官大夫短屈原于顷襄王,顷襄王怒而迁之。屈原至于江滨,被发行吟泽畔,颜色憔悴,形容枯槁,乃作《怀沙》之赋,于是怀石,遂自投汨罗以死。"

⑲耿介之意既伤,壹郁之怀靡诉——谓屈原既遭放逐,其刚烈的意志受到伤害,悒郁的情怀无处申诉。耿,光也;介,大也。耿介,忠烈。壹郁,同悒郁。靡诉,无处申诉。

⑳临渊有怀沙之志——怀沙,指屈原《九章》中的《怀沙》之作。一说为怀念长沙之意。《史记·屈原贾生列传》:"屈原至于江滨……乃作《怀沙》之赋,于是怀石,遂自投汨罗以死。"

㉑吟泽有憔悴之容——按《楚辞·渔父》:"屈原既放,游于江潭,行吟泽畔,颜色憔悴,形容枯槁。"

㉒骚人之文,自兹而作——骚人之文,指以屈原《离骚》为代表,主要抒发作家心中忧愁之情的一类作品。按,《文选》于赋类之外,单列骚体,收录屈原《离

骚》、《九歌》四首、《九章·涉江》、《卜居·渔父》、宋玉《九辩》、《招魂》和刘安《招隐士》等作品,此所谓骚人之文。它以屈原作品为代表,体现出有别于赋类作品的显著特点,如用"兮"字,发楚声,强烈的抒情色彩等。

㉓"诗者"四句——语本《毛诗序》:"诗者,志之所之也,在心为志,发言为诗,情动于中而形于言。"

㉔《关雎》、《麟趾》,正始之道著——《关雎》,《诗经·国风·周南》的第一篇。《麟趾》,原为《麟之趾》,《周南》最末一篇。正始之道,《毛诗序》:"《关雎》、《麟趾》,王者之风。《周南》、《召南》,正始之道,王化之基。"著,立也。

㉕桑间、濮上,亡国之音表——《礼记·乐记》:"桑间、濮上之音,亡国之音也。"郑玄注:"濮水之上,地有桑间者,亡国之音于此之水出也。昔殷纣使师延作靡之乐,已而自沉于濮水,后师涓过焉,夜闻而写之,为晋平公鼓之,是之谓也。"表,表识,标志。

㉖退傅有《在邹》之作——退傅,指韦孟。《汉书·韦孟传》曰:"其先韦孟,家本彭城,为楚元王傅,傅子夷王及孙戊。戊荒淫不遵道。孟在诗讽谏,后遂去位,徙家于邹,又作一篇。"按韦孟《讽谏诗》见《文选》卷十九,《在邹诗》未录。二者均为四言诗。

㉗降将著"河梁"之篇——降将,指李陵。"河梁"之篇,据传李陵降匈奴后,与苏武别于河梁之上,作《与苏武诗》诗三首,全为五言诗,诗中有"携手上河梁"之句。按,诗见《文选》卷二十九,署名李陵。又钟嵘《诗品》曰:"逮汉李陵,始著五言之目。"然刘勰《文心雕龙·明诗》则曰:"孝武爱文,柏梁列韵。严、马之徒,属词无方,至成帝品录,三百余篇。朝章国采,亦云周备。而词人遗翰,莫见五言。所以李陵、班婕妤见疑于后代也。"可见,五言是否为李陵所首唱,齐梁时就存有异议。今人考证,《文选》署名为苏武、李陵的五言诗实为后人伪作。

㉘又少则三字,多则九言——三言诗如汉《安世房中歌》、《郊祀歌》等。九言诗最早的作者是曹丕之孙高贵乡公曹髦,见《文章缘起》,有目无诗。

㉙各体互兴,分镳并驱——谓各种诗体先后兴起,犹如不同的乘骑,并驾齐驱。

㉚"颂者"三句——游扬,即赞扬。襃赞成功,以成功的德业禀告神明。按《毛诗序》:"颂者,美盛德之形容,以其成功告于神明者也。"

㉛吉甫有"穆若"之谈——吉甫,尹吉甫,周宣王时辅相大臣,以德佐治,亦获有国。"穆若"之谈,《诗·大雅·烝民》:"吉甫作诵,穆若清风。"郑玄笺:"穆,和也。"

㉜季子有"至矣"之叹——季子,指春秋时吴国公子季札。"至矣"之叹,《左传·襄公二十九年》曰:"吴公子札来聘,请观于周乐,为之歌颂,曰:'至矣哉,盛德之所同也。'"

㉝"舒布为诗"四句——舒,抒也。布,铺也。舒布,即抒写铺陈之意。总成,总括而成。句谓抒写铺陈是诗歌的基本方法,如上文所说的韦孟、李陵等的诗作;称颂美德乃为颂体的基本特征,就像这里提到的吉甫、季子所诵叹的那样。按,颂本为六义之一,今则于诗之外自成一体;亦如赋本六义之一,今则别诗为赋。又颂之次于诗,亦犹骚之次于赋。原本同体,今则判为二途。

㉞箴兴于补阙——箴,古代用于针砭统治者缺点的一种文体。按《文心雕龙·铭箴》曰:"箴者,针也。所以攻疾防患,喻针石也。"补阙,弥补缺点。

㉟戒出于弼匡——戒,古代用来儆戒下属、晚辈的一种文体。刘勰《文心雕龙·诏策》曰:"戒,慎也。"范文澜《文心雕龙·铭箴》注曰:"戒、教、命,虽皆尊长示卑下之辞,然不限于君臣之际。"弼,辅助。匡,正也。

㊱论则析理精微——句谓论这种文体的特点是分析道理非常细致精微。论,《释名·释典艺》曰:"论,伦也,有伦理也。"析理精微,嵇康《琴赋》:"非夫至精者,不能与之析理也。"陆机《文赋》:"论精微而朗畅。"《文心雕龙·论说》:"论也者,弥纶群言,而研精一理者也。""是以论如析薪,贵能破理。"

㊲铭则序事清润——谓铭的特点是叙事风格清新而温润。铭,《释名·释典艺》曰:"铭,名也。述其功美,使可称名也。"《礼记·祭统》曰:"铭者,自名也。自名以称扬其先祖之美,而著之后世者也。"郑玄注:"铭谓书之刻之以识事者也。"陆机《文赋》:"铭博约而温润。"

㊳美终则诔发——谓有功业的人死去之后则用诔这种文体来赞美他们。诔,《说文》曰:"诔,谥也。"《释名·释典艺》曰:"诔,累也。累列其事而称之也。"五臣吕延济注:"诔,累也,有功业而终者,累其功而记之。"《文心雕龙·诔碑》:"诔者,累也;累其德行,旌之不朽也。""详夫诔之为制,盖选言录行,传体而颂文,荣始而哀终。"

㊴图像则赞兴——谓有德行的人去世后,则画其图像并以赞这种文体来称美他们。赞,《释名·释典艺》曰:"称人之美曰赞。赞,纂也,纂集其美而叙之也。"《太平御览·文部四》引李充《翰林论》曰:"容象图而赞立。"

㊵诏、诰、教、令——均为古代帝王或朝廷使用的公文体裁。诏,《文心雕龙·诏策》:"诏者,告也。"诰,《文心雕龙·诏策》:"诰以敷政","诰命动民,若天下之有风矣"。教,《文心雕龙·诏策》:"教者,效也。言出而民效也。契敷五教,故王侯称教。"令,《文心雕龙·书记》:"令者,命也。出命申禁,有若自

天;管仲下令如流水,使民从也。"

㊶表、奏、笺、记——表,《文心雕龙·章表》:"表者,标也","表以陈情"。奏,《文心雕龙·奏启》:"奏者,进也。言敷于下,情尽于上也。"笺,《文心雕龙·书记》:"笺者,表也,表识其情也。"记,《文心雕龙·书记》:"记之言志,进己志也。"

㊷书、誓、符、檄——书,《文心雕龙·书记》:"书者,舒也。舒布其言,陈之简牍。"誓,《文心雕龙·祝盟》:"在昔三王,诅盟不及,时有要誓,结言而退。"符,《文心雕龙·书记》:"符者,孚也。征召防伪,事资中孚。三代玉瑞,汉世金竹,末代从省,以书翰矣。"檄,《文心雕龙·檄移》:"檄者,皦也。宣露于外,皦然明白也。"

㊸吊、祭、悲哀——为哀悼死者的三种文体。《文心雕龙·哀悼》:"吊者,至也。《诗》云:'神之吊矣',言神至也。"又曰:"哀者,依也。悲实依心,故曰哀也。"又《春秋繁露·祭义篇》:"祭者,察也。以善逮鬼神之谓也。""祭之言际也。"

㊹答客、指事之制——答客,指假借答复别人问难,用以抒写情怀的一种文体。如东方朔《答客难》、扬雄《解嘲》等。指事,一种举事以喻理的文体,即《文选》中的"七"体,如枚乘的《七发》、曹植的《七启》等。《文选》李善注:"七发者,说七事以起发太子也。犹楚辞七谏之流。"

㊺三言八字之文——一种三字句、八字句的文章,究竟所指为何种文体,说法不一。

㊻篇、辞、引、序——篇,五臣吕延济注:"篇,偏也。偏述一章之事。"《诗·关雎》孔颖达疏曰:"篇者,遍也。言出情铺事,明而遍者也。"方廷珪《文选集成》谓篇指《文选》"乐府"曹子建《美女篇》、《白马篇》、《名都篇》等,可供一说。辞,即《文选》所录《秋风辞》、《归去来辞》。引,《长笛赋》李善注曰:"引,亦曲也。"一说为《文选》所录乐府曹子建《箜篌引》,一说为班固《典引》。序,乃叙之借字。按《尔雅·解诂》:"叙,绪也。"《说文》曰:"叙,次第也。"《释名·释典艺》:"叙,抒也,抒泄其实,宣见之也。"

㊼碑、碣、志、状——碑,《文心雕龙·诔碑》:"碑者,埤也。上古帝王,纪号封禅,树石埤岳,故曰碑也。""夫属碑之体,资乎史才,其序则传,其文则铭。标序盛德,必见清风之华;昭纪鸿懿,必见峻伟之烈:此碑之制也。"碣,《后汉书·窦宪传》李贤注曰:"方者谓之碑,圆者谓碣。"《封氏见闻记》卷六曰:"碣,亦碑之类也。"志,指墓志,一种记死者年代行事的文体,如《文选》选录的任昉《刘先生夫人墓志》。状,一种记述死者德行的文字。按《文心雕龙·书记》:"状者,

貌也。体貌本原,取其事实。先贤表谥,并有行状。状之大者也。”如《文选》选录的任昉《齐竟陵文宣王行状》等。

㊽众制锋起,源流间出——谓各种文体错杂而起。或创体或继作交互而出。

㊾“譬陶匏异器”四句——陶、匏,均为古时的乐器。陶,指埙,一种用土烧成的乐器,状似鸡蛋,有六孔。匏,即笙。按,《释名·释乐器》曰:“笙,生也。竹之贯匏,象物贯地而生也。以匏为之,故曰匏也。”黼黻:古代礼服上刺绣的花纹。白与黑相间的花纹叫“黼”,黑与青相间的花纹叫“黻”。句谓如把文章比作乐器和艳服,虽其种类不同,然都有愉悦人的功效。

㊿余监抚余闲,居多暇日——监抚,古代称皇太子为储君,有帮助皇帝监国抚民的任务。皇帝外行,由太子代摄国政,这叫监国;或随从皇帝巡行,这叫抚军。按《左传·闵公二年》里克谏曰:“太子君行则守,有守则从。从曰抚军,出曰监国,古之制也。”

(51)历观文囿,泛览辞林——历观,遍观。文囿,文学园地。泛览,广泛阅览。辞林,文辞荟萃之林。意谓大量阅览文章作品。

(52)心游目想,移晷忘倦——五臣吕向注:“心游目想,谓慕之深也。晷,日影。言日侧不知其倦。”句谓一边阅览,一边遐想,日复一日,而毫无倦意。

(53)“自姬汉以来”四句——姬汉,即周汉,姬为周姓。眇焉悠邈,指年代久远。眇焉,即渺然。眇通渺。悠邈,悠远。七代,周、秦、汉、魏、晋、宋、齐也。逾,越也。千祀,千年。句谓自周汉以来,年代已很久远,期间历经过七个朝代,超过数千年了。

(54)“词人才子”四句——缥囊,书袋。缃帙,书衣。缥为清白色的丝帛;缃为浅白色的丝帛,古人分别以之作为书袋和书衣。二句形容自周汉以下七代作家之盛,作品之多。

(55)“自非略其芜秽”四句——句谓如果不删略其中的芜秽之作,收集其精华之篇,而是良莠不分,那么,即使要遍览其中一半以上的作品都是很难的事,更不要说全部了。五臣吕延济注:“污秽,喻恶也。清英,喻善也。兼,倍也。言文章之多,若不去恶留善,虽欲倍加其功,太半亦不能遍览,安能尽乎。”

(56)姬公之籍,孔父之书——姬公,周公旦。孔父,孔子。此泛指儒家重要典籍。

(57)老、庄之作,管、孟之流——指《老子》、《庄子》、《管子》、《孟子》等子书,这里泛指诸子之书。

(58)“贤人之美辞”四句——贤人,贤明之人。美辞,优美的言辞。忠臣,忠义之臣。抗直,刚直不屈,此指刚直之言。谋夫,出谋划策之人。话,话语。辩士,能言善辩之人。端,舌端,此指言论。

(59)冰释泉涌,金相玉振——冰释泉涌,像冰快一般融化,如泉水一样涌现。按,《老子·第十五章》:“涣兮若冰之将释。”金相玉振,喻指言辞文质完美的结合。相,质也,指内容;振,扬也,指形式。按《诗经·棫朴》:“金玉其相。”《孟子·万章下》:“金声而玉振之也。”王逸《离骚经序》:“金相玉振,百世无匹。”句谓贤人、忠臣、谋夫、辩士等人的言辞如泉水迸涌,如冰快消融,似泉水涌现,内容与形式达到完美的结合,具有很强的艺术表现力。

(60)坐狙丘、议稷下——狙丘、稷下,均为齐国地名。春秋战国之时,两地多出辩论之士。曹植《与杨德祖书》李善注引《鲁连子》曰:“齐之辩者曰田巴,辩于狙丘,而议于稷下。毁五帝,罪三王,一旦而服千人。”《史记·田完世家》:“宣王即位,齐稷下学士复盛,且数百人。”《集解》引刘向《别录》曰:“齐有稷门,城门也。谈说之士,期会于稷下也。” 稷下,在今山东临淄北。

(61)仲连之却秦军——仲连,即鲁仲连,战国时齐人,一生不做官,但好为人排难解忧。《战国策·赵策三》:“秦围赵之邯郸,魏王使客将军辛垣衍间入邯郸,因平原君谓赵王曰:‘赵诚尊秦王为帝,秦必喜,罢兵去。’时鲁仲连适游赵,乃见平原君曰:‘梁客辛垣衍安在,吾请为君责而归之。’鲁连见辛垣衍曰:‘彼秦者,弃礼义而上首功之国也。彼则肆然而为帝,则连有赴东海而死矣,吾不忍为之民也。且秦无已而帝,则且变易诸侯之大臣,而将军又何以得故宠乎?’于是辛垣衍起,再拜谢曰:‘吾请去,不敢复言帝秦。’秦将闻之,为却军五十里。”

(62)食其之下齐国——食其,即郦食其。楚汉相争时,他说服齐王田广归汉,从而使汉军占领了齐七十余城。“下齐国”即指此事。《史记·郦生陆贾列传》:“郦生食其者,陈留高阳人也。汉王数荥阳、成,郦生因曰:‘今方燕、赵已定,唯齐未下。臣愿得奉明诏,说齐王,使为汉而称东藩。’上曰:‘善。’使郦生说齐王曰:‘王知天下之所归乎?’王曰:‘不知也,天下何所归?’郦生曰:‘归汉。夫汉王发蜀汉,定三秦,涉西河之外,援上党之兵,下井陉,诛成安君,此非人之力也,天之福也。今已据敖仓之粟,塞成皋之险,守白马之津,杜大行之阪,距蜚狐之口,天下后服者先亡矣。王疾先下汉王,齐国社稷可得而保也。不下汉王,危亡可立而待也。’田广以为然,乃听郦生,罢历下兵守战备。”

(63)留侯之发八难——留侯,汉代张良的封号。发八难,指汉高祖用郦食其计,欲重封六国之后,张良用八事难之,乃止。事见《史记·留侯世家》。

(64)曲逆之吐六奇——曲逆,指汉代的陈平,封曲逆侯。吐六奇,指陈平六出奇计之事。按《史记·陈丞相世家》:“凡六出奇计,奇计或颇秘,世莫能闻也。”

(65)概见坟籍，旁出子史——概，梗概。坟籍，上古帝王伏羲、神农、黄帝之书谓之三坟，此代指上古典籍。句谓这些事迹（即上文列举之田巴、仲连等人事迹）既可在古代典籍中见其梗概，也旁见于诸子之书及史书。

(66)“记事之史”六句——记事之史，系年之书，指史书。纪别同异，指编年体史书，按年月日来记事，以分别事情的远近和不同。按杜预《左氏春秋传序》：“记事者以事系日，以日系月，以月系时，以时系年，所以记远近，别同异也。”篇翰，同上文的“篇章”，亦指文学作品。句谓史书是用于褒贬是非，分别异同的，所以它跟一般的文学作品有所不同。

(67)若其赞论之综缉辞采，序述之错比文华——赞论，即《文选》所选史书中的“传赞”一类作品，如《汉书·公孙弘传赞》、《后汉书·述成纪赞》等。综辑，联缀。辞采，与下文的文华同义，均指华丽的辞藻。序述，指史书“叙传”的“述赞”，《文选》归为“史述赞”一类，如《汉书·述高纪赞》、《汉书·述成纪赞》等。错比，错杂交织。

(68)事出于沉思，义归乎翰藻——二句互文见义，谓史书的赞论和序述，均出于深刻的构思，又富有华丽的文采。事，事义、事类；义，思想意义。按，此两句为理解和把握萧统文学思想和《文选》选录标准之关键，故成为现代“文选学”的研究热点。阮元最早提出：《文选序》中的“事出于沉思，义归乎翰藻”为《文选》的选录标准。他在《书梁昭明太子文选序后》中说：“必‘沉思’‘翰藻’，始名为‘文’，始以入选也。”此后，朱自清先生撰《〈文选序〉“事出于沉思，义归乎翰藻”说》一文，在肯定阮元选录标准一说的同时，又指出不能忽视句中“事”“义”二字，不能因为强调“翰藻”而忽视“沉思”，并认为：“事”，当解作“事义”、“事类”，专指引事引言，并非泛说；“沉思”即深思。当代学人如王运熙等在此基础上又作了进一步的研究，从而刷新了阮元、朱自清等人的观点。目前学界一般认为：“事出于沉思，义归乎翰藻”二句为《文选》选录的前提，但不足以概括《文选》的选录标准，亦不足以概括萧统的文学思想。萧统的文学思想是风教与翰藻并重，文质并重，而《文选》的选录标准既受萧统文学思想的影响，也受制于南朝崇尚华美文学风气等因素的影响。

(69)远自周室，迄于圣代——周室，指周朝。圣代，指作者生活的梁代。迄，至也。

(70)凡次文之体，各以汇聚——凡，大凡。次，编次、排列。体，体裁。汇聚，类聚，即分类聚集之义。句谓本书作品的编次，各按体裁分类，同类者便汇聚在一起。

⑦"诗、赋体既不一"四句——按,《文选》将文体分为三十七类:赋、诗、骚、七、诏、册、令、教、文、表、上书、启、弹事、笺、奏记、书、檄、对问、设问、辞、序、颂、赞、符命、史论、史述赞、论、连珠、箴、铭、诔、哀、碑文、墓志、行状、吊文、祭文。其中"诗"分为:补亡、述德、劝励、献诗、公宴、祖饯、咏史、百一、游仙、招隐、反招隐、游览、咏怀、临终、哀伤、赠答、行旅、军戎、郊庙、乐府、挽歌、杂歌、杂诗、杂拟等共二十四小类。"赋"分京都、郊祀、耕籍、畋猎、纪行、游览、宫殿、江海、物色、鸟兽、志、哀伤、论文、音乐、情等共十五小类。又每类作品中,各以时代先后排列次序。

【附录】

得疏,知须《诗苑英华》及诸文制。发函伸纸,阅览无辍。虽事乌有,义异拟伦,而清新卓尔,殊为佳作。夫文典则累野,丽亦伤浮。能丽而不浮,典而不野,文质彬彬,有君子之致。吾尝欲为之,但恨未逮耳。观汝诸文,殊与意会;至于此书,弥见其美。远兼邃古,傍暨典坟,学以聚益,居焉可赏。

吾少好斯文,迄兹无倦。谭经之暇,断务之余,陟龙楼而静拱,掩鹤关而高卧。与其饱食终日,宁游思于文林。或日因春阳,其物韶丽,树花发,莺鸣和,春泉生,暄风至,陶嘉月而熙游,藉芳草而眺瞩。或朱炎受谢,白藏纪时,玉露夕流,金风时扇,悟秋山之心,登高而远托。或夏条可结,倦于邑而属词,冬云千里,睹纷霏而兴咏。密亲离则手为心使,昆弟宴则墨以亲露。又爱贤之情,与时而笃。冀同市骏,庶匪畏龙。不追子晋,而事似洛滨之游;多愧子桓,而兴同漳川之赏。漾舟玄圃,必集应、阮之俦;徐轮博望,亦招龙渊之侣。校核仁义,源本山川;旨酒盈罍,嘉肴益俎。曜灵既隐,继之以朗月;高春既夕,申之以清夜。并命连篇,在兹弥博。又往年因暇,搜采英华,上下数十年间,未易详悉,犹有遗恨,而其书已传。虽未为精核,亦粗足讽览;集乃不工,而并作多丽。汝既须之,皆遣送也。某启。

萧统《答湘东王求〈文集〉及〈诗苑英华〉书》 《全梁文》卷二十 中华书局影印本

昭明所选,名之曰文,盖必文而后选也,非文则不选也。经也,子也,史也,皆不可专名之为文也。故昭明《文选序》后三段特明其不选之故,必沉思翰藻,始名之为文,始以入选也。

或曰:昭明必以沉思翰藻为文,于古有征乎?

曰:事当求其始也。凡以言语著之简策,不必以文为本也,皆经也、史也、子也。言必有文，专名之曰文者，自《孔子·文言》始。传曰："言之无文，行之不远。"故古人言贵有文。孔子《文言》实为万世文章之祖，此篇奇偶相生，音韵相和，如青白之成文，如咸韶之合节，非清言质说者比也，非振笔纵横书者比也，非诘屈涩语者比也。是故昭明以为经也，史也，子也，非可专名之为文也；专名为文，必沉思翰藻而后可也。

自齐、梁以后，溺于声律，彦和《雕龙》，渐开四六之体，至唐而四六更卑，然文体不可谓之不卑，而文统不得谓之不正。自唐、宋韩、苏诸大家，以奇偶相生之文，为八代之衰而矫之，于是昭明所不选者，反皆为诸家所取，故其所著者非经即子，非子即史，求其合于昭明《序》所谓文者鲜矣，合于班孟坚《两都赋序》所谓文章者更鲜矣。其不合之处，盖分于奇偶之间。

经史子多奇而少偶，故唐、宋八家不尚偶；《文选》多偶而少奇，故昭明不尚奇。如必以比偶非文之古者而卑之，则孔子自名其言曰文者，一篇之中，偶句凡四十有八，韵语凡三十有五，岂可以为非文之正体而卑之乎？况班孟坚《两都赋序》及诸汉文其体及奇偶相生者乎？

《两都赋序》白麟神雀二比、言语公卿二比，即开明人八比之先路。明人号唐、宋八家为古文者，为其别于四书文也，为其别于骈偶文也。然四书文之体，皆以比偶成文，不比不行，是明人终日在偶中而不自觉也。且洪武、永乐时四书文甚短，两比四句即宋四六之流派，宏治、正德以后，气机始畅，篇幅始长，笔近八家，便于摹取，是以茅坤等知其后而昧于前也。是四书排偶之文，真乃上接唐、宋四六为一脉，为文之正统也。

然则今人所作之古文当名之为何？

曰：凡说经讲学皆经派也，传志记事皆史派也，立意为宗皆子派也，惟沉思翰藻乃可名之为文也。非文者尚不可名为文，况名之曰古文乎。

或问曰：子之所言，偏执己见，谬托古籍，此篇书后自居何等？

曰：言之无文，子派杂家而已。

阮元《书昭明太子文选序后》《研经室三集》卷二　中华书局

陶渊明集序①

夫自衒自媒者，士女之丑行②；不伐不求者，明达之用心③。是以圣人韬光，贤人遁世④。其故何也？含德之至，莫逾于道⑤；亲己之切，无重于身。故道存而身安，道亡而身害。处百龄之内，居一世之中,倏忽比之白驹,寄遇(《四库丛刊》本《梁昭明太子集》作"寄寓")谓之逆旅⑥。宜乎与大块而盈虚⑦,随中和而放任⑧,岂能戚戚劳于忧畏,汲汲役于人间⑨!齐讴赵女之娱⑩,八珍九鼎之食⑪,结驷连骑(《梁昭明太子集》作"连镳")之荣⑫,侈袂执圭之贵⑬,乐既乐矣,忧亦随之。何倚伏之难量,亦庆吊之相及⑭。智者贤人居之,甚履薄冰;愚夫贪士竞之,若泄尾闾⑮。玉之在山,以见珍之终破;兰之生谷,虽无人而自芳⑯。故庄周垂钓于濠⑰,伯成躬耕于野⑱,或货海东之药草⑲,或纺江南之落毛⑳,譬彼鸳雏,岂竞鸢鸱之肉㉑;犹斯杂县,宁劳文仲之牲㉒。至于子常、宁喜之伦㉓,苏秦、卫鞅之匹㉔,死之而不疑,甘之而不悔。主父偃言:"生不五鼎食,死则五鼎烹㉕。"卒如其言,岂不痛哉!又楚子观周,受折于孙满㉖;霍侯骖乘,祸起于负芒㉗。饕餮之徒,其流甚众。唐尧四海之主,而有汾阳之心㉘;子晋天下之储,而有洛滨之志㉙。轻之若脱履,视之若鸿毛㉚,而况于他人乎?是以至人达士,因以晦迹。或怀蘖(《梁昭明太子集》作"怀玉")而谒帝㉛,或被褐而负薪㉜。鼓楫清潭㉝,弃机汉曲㉞。情不在于众事,寄众事以忘情者也。

有疑陶渊明诗,篇篇有酒,吾观其意不在酒,亦寄酒为迹者也㉟。其文章不群,辞采精拔,跌宕昭彰,独超众类,抑扬爽朗,莫之与京㊱。横素波而傍流,干青云而直上㊲。语时事则指而可想,论怀抱则旷而且真。加以贞志不休,安道苦节㊳,不以躬耕为耻,不以无财为病,自非大贤笃志,与道污隆㊴,孰能如此乎?

余爱嗜其文,不能释手,尚想其德,恨不同时㊵。故加搜校,粗为区目。白璧微瑕,惟在《闲情》一赋;扬雄所谓劝百而讽一者,卒无讽谏,何足摇其笔端?惜哉,亡是可也㊶!并粗点定其传,编之于录。尝(《梁昭明太子集》作"常")谓有能观(《梁昭明太子集》作"读")渊明之文者,驰竞之情遣,鄙吝之意祛㊷;贪夫可以廉,懦夫可以立㊸。岂止仁义可蹈,抑乃(《梁昭明太子集》无此二字)爵禄可辞。不必傍游泰华,远求柱史㊹。此亦有助于风教也㊺。

李公焕笺注《陶渊明集》卷首 《四部丛刊》影印本

【注释】

①《陶渊明集序》——梁昭明太子萧统钟爱陶渊明,特作《陶渊明传》,又编《陶渊明集》。其《陶渊明传》乃删补史传而成,《陶渊明集序》则是为《陶渊明集》所作的序文。《序》文对渊明诗文作了精辟的论述和高度的评价,为我国文学批评史上第一篇陶渊明诗文专论,对后世陶渊明研究具有重要的参考价值。据日本学者桥川时雄《陶集版本源流考》说,他见到的《陶渊明集》旧抄本中,在此序之后有"梁大通丁未年夏季六月昭明太子萧统撰"十七字,则此序当撰于公元527年。

萧统以前,陶潜诗文创作未见重视,陶氏晚年的知交颜延年作《陶征士诔》,称道其高洁的人品,但于其文章只说"文取指达"四字。沈约的《宋书·陶潜传》,述其生平,未论及陶渊明的诗文。《宋书·谢灵运传论》列举历代名家,也都不数渊明。钟嵘《诗品》将他列于中品。《文心雕龙》对他只字不提。萧子显《南齐书·文学传论》列举历代名家,同样不提渊明。在创作上,虽然鲍照有《学陶彭泽体》,江淹《杂体诗三十首》中有拟陶一首,表明陶诗开始受到人们的注意,但只是作为一体而已,并无特别重视。

至萧氏兄弟,这一状况开始改观。萧统在《文选》中虽只录陶诗八首,但他编撰陶集,为之作序,称"余素爱其文,不能释手,尚想其德,恨不同时"。又另据《颜氏家训·文章》,萧统弟萧纲同样爱读陶作,言其"置于几案间,动辄讽味"。

《陶渊明集序》首先赞赏陶潜避世高蹈的人生态度,认为其高尚人格对读者有深刻的教育作用。这在当时已成常谈旧识,如沈约《宋书》列陶入《隐逸传》;颜延之《诔》文也主要就这方面对其称颂,钟嵘亦一言以蔽之,称陶为"古今隐逸诗人之宗"。但难能可贵的是萧统由其人及其文,由仰慕其人到推崇其文,从而在历史上第一次对渊明诗文的艺术成就作了很高的评价。所谓"辞采精拔"、"跌宕昭彰"、"抑扬爽朗",主要是从陶作的语言、情感和表现等方面赞扬其富有极强的感染力,这一点和钟嵘《诗品》评陶所云"协左思风力"是相通的。萧统又谓其叙事、抒情都具有率直真切的特点:"语时事则指而可想,论怀抱则旷而且真。"这些评论亦颇有真知灼见。萧统论陶作能拔出于时人和他自己那种重翰藻的风气之外,颇为难得。这是他的文学趣味中很值得注意的一面。

萧统在《序》中对渊明《闲情赋》评价道:"白璧微瑕,惟在《闲情》一赋;扬雄所谓劝百而讽一者,卒无讽谏,何足摇其笔端?"对于萧统的这一评价,后人有很多议论,或赞同之,或反对之,分歧很大。赞同者如方东树、王闿运。而反对者以苏轼为首,苏轼乃至批评萧统"小儿强作事",其后王观国、毛先舒、阎若璩、何文焕等,异口同声,集矢萧统。钱钟书先生则从陶渊明创作《闲情赋》的主观意图和它实际产生的社会效用之间的矛盾关系出发,对萧统的这一评价作了新的阐释和解读,谓:"昭明语当分别观之:劝多于讽,品评甚允;瑕抑为瑜,不妨异见。"持论最为中肯。(中华书局本《管锥编》第四册)

②自衒自媒者,士女之丑行——语出《文选》曹植《求自试表》。刘良注:"衒,露也。媒,达也。士自露其能,女自达其容,皆可丑也。"

③不忮不求者,明达之用心——《诗经·邶风·雄雉》:"不忮不求,何用不臧?"朱熹注:"忮,害。求,贪。"明达,指聪明通达之人。

④圣人韬光,贤人遁世——韬,隐藏。遁世,又作遯世。按,《易·乾·文言》:"遯世无闷。"疏:"谓逃遁避世,虽逢无道,心无所闷。"

⑤含德之至,莫逾于道——《庄子·胠箧》:"人含其德,则天下不僻也。"又《天道》:"夫虚静恬淡,寂寞无为者,天地之平,而道德之至。"

⑥"处百龄之内"四句——百龄、一世,指人的一生。白驹,《庄子·知北游》:"人生天地间,若白驹之过隙,忽然而已。"逆旅,《左传·僖公二年》:"保于逆旅。"注:"逆旅,客舍也。"疏:"逆,迎也。旅,客也。迎止宾客之处。"《庄子·知北游》:"悲夫,世人直为物逆旅耳。"陶渊明《自祭文》:"陶子将辞逆旅之馆,永归于本宅。"

⑦与大块而盈虚——大块,天地、自然。《庄子·大宗师》:"夫大块载我以形,劳我以生。"成玄英疏:"大块者,造物之名,亦自然之称也。"陶渊明《自祭文》:"茫茫大块,悠悠高旻。"盈虚,指天地万物的消与长。按《易·丰》:"天地盈虚,与时消息。"

⑧随中和而放任——《礼记·中庸》:"喜怒哀乐之未发谓之中,发而皆中节谓之和。"又云:"致中和,天地位焉,万物育焉。"任放,放纵任性。

⑨戚戚劳于忧畏,汲汲役于人间——《汉书·扬雄传》:"少嗜欲,不汲汲于富贵,不戚戚于贫贱。"戚戚,忧虑貌。忧畏,忧谗畏讥。汲汲,急切貌。

⑩齐讴赵女之娱——齐讴,古齐地之民歌,舒缓动人。《文选》左思《吴都赋》李善注引曹植《妾薄命行》:"齐讴楚舞纷纷,歌声上彻青云。"赵女,古赵国的歌伎。《文选》杨恽《报孙会宗书》:"家本秦也,能为秦声;妇赵女也,雅善鼓瑟。"

⑪八珍九鼎之食——八珍,八种珍贵的食物。《周礼·天官·膳夫》:"珍,谓八物。"注:"珍谓淳熬、淳母、炮豚、炮牂、捣珍、渍、熬、肝膋也。"后世以龙肝、凤髓、豹胎、鲤尾、鸮炙、猩唇、熊掌、酥酪蝉为八珍。鼎,《说文》:"鼎,三足两耳,和五味之宝器也。"

⑫结驷连骑之荣——《史记·仲尼弟子列传》:"子贡相卫,而结驷连骑。"驷,《说文》:"驷,一乘也。"段注:"四马为一乘。"

⑬侈袂执圭之贵——侈袂,指宽大的衣袖。《诗·小雅·巷伯》疏:"侈者,因物而大之名。礼于衣袂半而益一谓之侈袂。"《周礼·春官·司服》注:"士之衣袂,皆二尺二寸,而属幅,是广袤等也,其袪尺二寸,大夫以上侈之。侈之者,盖半而益焉。半而益一,则其袂三尺三寸,袪尺八寸。"执圭,《淮南子·道应训》:"列田百顷而封之执圭。"注:"执圭,楚爵。功臣赐以圭,谓之执圭,比附庸之君也。"

⑭何倚伏之难量,亦庆吊之相及——倚伏,《老子》:"祸兮福之所倚,福兮祸之所伏。"难量,谓祸福之难以估测也。庆,喜庆。吊,哀吊。《文选》曹植《求通亲亲表》:"亲理之路通,庆吊之情展。"张铣注:"贺喜曰庆,问哀曰吊。"

⑮甚履薄冰——《诗·小雅·小旻》:"战战兢兢,如临深渊,如履薄冰。"

⑯若泄尾闾——《庄子·秋水》:"天下之水,莫大于海,万川归之,不知何时止而不盈;尾闾泄之,不知何时已而不虚。"成玄英疏:"尾闾者,泄海水之所也。"

⑯"玉之在山"四句——《淮南子·说山》:"玉在山而草木润,渊生珠而岸不枯。"又云:"故和氏之璧,随侯之珠,出于山渊之精。"又云:"兰生幽谷,不为暮服而不芳。"

⑰庄周垂钓于濠——《庄子·秋水》:"庄子钓于濮水,楚王使大夫二人往先焉,曰:'愿以境内累矣。'庄子持竿不顾,曰:'吾闻楚有神龟,死已三千岁矣,王巾笥而藏之庙堂之上。此龟者,宁其死为留骨而贵乎?宁其生而曳尾于涂中乎?'二大夫曰:'宁其生而曳尾涂中。'庄子曰:'往矣,吾将曳尾涂中。'"按,《秋水》此下言"庄子与惠子游于濠梁之上",辩论鱼之乐与否,与垂钓无涉,而昭明太子云"垂钓于濠",盖误记而致混。

⑱伯成躬耕于野——《庄子·天地》:"尧治天下,伯成子高立为诸侯。尧授舜,舜授禹,伯成子高辞为诸侯而耕。禹往见之,则耕在野。"

⑲货海东之药草——皇甫谧《高士传》:"安期生,琅邪人也。受学河上丈人,卖药东海边,老而不仕,时人谓之千岁公。"货,卖也。

⑳纺江南之落毛——皇甫谧《高士传》:"老莱子者,楚人也。当时世乱,逃世耕于蒙山之阳。垦山播种。人或言于楚王,王于是驾至莱子之门。莱子方织畚,王曰:'守国之政,孤愿烦先生。'老莱曰:'诺。'王去,其妻樵还,曰:'子许之乎?'老莱曰:'然。'妻曰:'妾闻之,可食以酒肉者,可随而鞭棰,可拟以官禄者,可随而铁钺。妾不能为人所制者。'妻投其畚而去,老莱子亦随其妻,至于江

南而止,曰:'鸟兽之毛绩而衣,其遗粒足食也。'"

㉑譬彼鹓雏,岂竞鸢鸱之肉——事见《庄子·秋水》:"惠子相梁,庄子往见之。或谓惠子曰:'庄子欲代子相。'于是惠子恐,搜于国中,三日三夜。庄子往见之,曰:'南方有鸟,其名为鹓雏,子知之乎?夫鹓雏,发于南海而飞于北海,非梧桐不止,非炼实之食,非醴泉不饮。于是鸱得腐鼠,鹓雏过之,仰而视之曰:'嚇!'今子欲以子之梁国而嚇我邪?'"

㉒犹斯杂县,宁劳文仲之牲——事见《国语·鲁语上》:"海鸟曰爰居,止于鲁东门之外三日。臧文仲使人祭之。展禽曰:'越哉,臧孙之为政也!夫祀,国之大节也,而节,政之所成也。故慎制祀以国典。今无故而加典,非政之宜也。"《尔雅·释鸟》:"爰居,杂县。"疏:"爰居,海鸟也,大如马驹,一名杂县。"

㉓子常、宁喜之伦——子常,楚国令尹囊瓦子常。《国语·楚语》下:"斗且廷见令尹子常,子常与之语,问蓄货聚马。归以语其弟,曰:'楚其亡乎!不然,令尹其不免乎。吾见令尹,令尹问蓄聚积宝,如饿豺狼焉,殆必亡者也。'……期年,乃有柏举之战,子常奔郑,昭王奔随。"宁喜,春秋时卫卿宁殖之子,曾任卫相,擅政被杀。事见《左传》。

㉔苏秦、卫鞅之匹——苏秦,字季子,战国时著名的纵横家。曾因游说致成功,佩山东六国相印,后被人刺死。事见《史记·苏秦列传》。卫鞅,即商鞅,战国时政治家,卫国人,曾辅佐秦孝公,实行变法,因功封于商,称为商君,后被车裂。事见《史记·商君列传》。

㉕生不五鼎食,死则五鼎烹——《汉书·主父偃传》:"主父偃者,齐国临淄人也。……偃数上疏言事……大臣皆畏其口……偃曰:'吾结发游学四十余年,身不得遂。亲不以为子,昆弟不收,宾客弃我,我日久矣。大夫生不五鼎食,死则五鼎亨耳!'"师古曰:"五鼎亨之,谓被镬亨之诛。"

㉖楚子观周,受折于孙满——楚子,即楚庄王。孙满,周大夫王孙满。《左传·宣公三年》:"楚子伐陆浑之戎,遂至于洛,观兵于周疆。定王使王孙满劳楚子。楚子问鼎大小轻重焉,对曰:'在德不在鼎。……'周德虽衰,天命未改。鼎之轻重,未可问也。"

㉗霍侯骖乘,祸起于负芒——霍侯,即霍光,字子孟,汉武帝时任奉常都尉,汉宣帝时为大将军。《汉书·霍光传》:"宣帝始立,谒见高庙,大将军光从骖乘,上内严惮之,若有芒刺在背。……及光身死而宗族竟诛,故俗传之曰:'威震主者不畜,霍氏之祸萌于骖乘。'"骖乘,陪乘。

㉘唐尧四海之主,而有汾阳之心——《庄子·逍遥游》:"尧治天下之民,平海内之政。往见四子藐姑射之山,汾水之阳,窅然丧其天下焉。"郭象注:"天下

虽宗尧,而要未尝有天下也,故窅然丧之。而尝游心于绝冥之境,虽寄坐万物之上,而未始不逍遥也。"

㉙子晋天下之储,而有洛滨之志——刘向《列仙传》:"王子乔,周灵王太子晋也,好吹笙,作凤鸣,游伊洛之间。道士浮丘公接以上嵩山,三十余年,仙去。"储,储君,即太子。

㉚轻之若脱履,视之若鸿毛——脱履,《文选》孔稚圭《北山移文》:"履万乘其如脱。"李善注引《淮南子》曰:"尧年衰志闵,举天下而传之舜,犹却行而脱履也。"鸿毛,《文选》司马迁《报任少卿书》:"死或重于泰山,或轻于鸿毛。"

㉛怀蠢而谒帝——《尚书·尧典》:"允釐百工。"《传》:"釐,治也。"怀釐,即指怀有治国之才的人。

㉜被褐而负薪——《高士传》:"披裘公者,吴人也。延陵季子出游,见道中有遗金,顾披裘公曰:'取彼金。'公投镰,瞋目,拂手而言曰:"何子处之高而视人之卑!五月披裘而负薪,岂取金者哉!'季子大惊,既谢而问姓名。公曰:'吾子皮相之士,何足语姓名也。'"

㉝鼓枻清潭——《楚辞·渔夫》:"屈原既放,游于江潭,行吟泽畔,颜色憔悴,形容枯槁。渔夫见而问之曰:'子非三闾大夫欤?何故至于斯?'屈原曰:'举世皆浊而我独清,众人皆醉而独醒,是以见放。'……渔夫莞尔而笑,鼓枻而去。"王逸注:"鼓枻,叩船舷也。"

㉞弃机汉曲——机,机械。汉曲,汉水之阴。《庄子·天地》:"(子贡)过汉阴,见一丈人方将为圃畦,凿隧而入井,抱瓮而出灌,搰搰然用力甚多而见功寡。子贡曰:'有械于此,一日浸百畦,用力甚寡而见功多,夫子不欲乎?'……为圃者忿然作色而笑曰:'吾闻之吾师,有机械者必有机事,有机事者必有机心。……吾非不知,羞而不为也。'"

㉟"有疑陶渊明诗"四句——《文选》颜延之《陶征士诔》谓陶渊明曰:"心好异书,性乐酒德。"寄酒为迹,谓寄意于酒,以示其孤高不群之性。

㊱"其文章不群"六句——文章不群、独超众类,即出类拔萃之意。精拔,精美脱俗。跌宕,放逸也。昭彰,光明,章同彰。抑扬,《文选》成公绥《啸赋》:"响抑扬而起伏。"爽朗,《世说新语·容止》:"萧萧肃肃,爽朗清举。"京,高也,大也。《左传·庄公二十二年》:"八世之后,莫之与京。"按,"跌宕"、"抑扬"主要是指渊明诗文情感起伏,富有感染力。"昭彰"、"爽朗",主要是指艺术格调非常明朗,近似《文心雕龙·风骨》所谓"风清""文明"之意。

㊲横素波而傍流,干青云而直上——《文选》汉武帝《秋风辞》:"横中流兮扬素波。"又孔稚圭《北山移文》:"度白雪以方洁,干青云而直上。"

㊳贞志不休,安道苦节——贞志,即坚贞的志向。休,止也。安道苦节,安贫乐道,苦守其节操。

㊴大贤笃志,与道污隆——笃志,《论语·子张》:"子夏曰:'博学而笃志。'"疏:"笃,厚也。志,识也。谓广学而厚识之,使不忘。"与道污隆,《文选》刘孝标《广绝交论》:"龙骧蠖屈,与道污隆。"李善注:"《礼记》:子思曰:'道隆则从而隆,道污则从而污。'

㊵尚想其德,恨不同时——尚想,追想、遥想。恨不同时,《史记·司马相如传》:"上读《子虚赋》而喜之,曰:'朕独不得与此人同时哉!'"

㊶扬雄所谓劝百而讽一者——劝百而讽一,扬雄《法言·吾子》:"或曰:'赋可以讽乎?'曰:'讽乎!讽则已;不已,吾恐不免于劝也。'"又《汉书·司马相如传赞》:"扬雄以为靡丽之赋,劝百而讽一,犹郑卫之声,曲终而奏雅,不已戏乎!"

㊷驰竞之情遣,鄙吝之意祛——驰竞,奔走追逐,指追名逐利。鄙吝,卑下吝啬。遣、祛,皆驱逐之意。

㊸贪夫可以廉,懦夫可以立——语出《孟子·万章下》:"故闻伯夷之风者,顽夫廉,懦夫有立志。"

㊹傍游泰华,远求柱史——泰华,亦作"太华",即西岳华山。《山海经·西山经》:"太华之山,削成而四方,其高五千仞,其广十里,鸟兽莫居。"郭璞注:"上有明星、玉女持浆,得上服之,即成仙。"柱史,即柱下史。《史记·老子韩非列传》:"老子者,周守藏室之史也。"又《张苍传》:"老子为柱下史。"按,此句谓读陶渊明之诗文,自得隐逸之精髓,可不必求仙问道矣。

㊺风教——风,指《国风》。风教,即《诗》教也。按,《毛诗序》:"风,风也,教也;风以动之,教以化之。"又曰:"上以风化下,下以风刺上,主文而谲谏,言之者无罪,闻之者足以戒,故曰风。"

【附录】

陶渊明,字元亮,或云潜,字渊明,浔阳柴桑人也。曾祖侃,晋大司马。渊明少有高趣,博学善属文,颖脱不群,任真自得。尝著《五柳先生传》以自况,曰:"先生不知何许人也,亦不详姓字,宅边有五柳树,因以为号焉。闲静少言,不慕荣利。好读书,不求甚解。每有会意,欣然忘食。性嗜酒,而家贫不能恒得。亲旧知其如此,或置酒招之,造饮辄尽,期在必醉。既醉而退,曾不吝情去留。环堵萧然,不蔽风日。短褐穿结,箪瓢屡空,晏如也。尝著文章自娱,颇示己志。忘怀得失,以此自终。"时人谓之实录。

……岁终,会郡遣督邮至县,吏主请曰:"应束带见之。"渊明叹曰:"我岂能为五斗米,折腰向乡里小儿。"即日解绶去职。赋《归去来》,征著作郎,不就。

……先是,颜延之为刘柳后军功曹,在浔阳,与渊明情款。后为始安郡,经过浔阳,日造渊明饮焉。每往,必酣饮致醉。弘欲邀延之坐,弥日不得。延之临去,留二万钱与渊明,渊明悉遣送酒家,稍就取酒。尝九月九日,出宅边丛中坐,久之,满手把菊。忽值弘送酒至,即便就酌,醉而归。

渊明不解音律,而蓄无弦琴一张,每酒适,辄抚弄以寄其意。……自以曾祖晋世宰辅,耻复屈身后代。自宋高祖王业渐隆,不复肯仕。元嘉四年,将复征命,会卒,时年六十三。世号靖节先生。

<u>萧统《陶渊明传》</u> 李公焕笺注《陶渊明集》卷十 《四部丛刊》影印宋本

有晋征士浔阳陶渊明,南岳之幽居者也,弱不好弄,长实素心,学非称师,文取指达。在众不失其寡,处言愈见其默。少而贫病,居无仆妾,井曰弗任,藜菽不给。母老子幼,就养勤匮。远惟田生致亲之议,追悟毛子捧檄之怀。初辞州府三命,后为彭泽令,道不偶物,弃官从好,遂乃解体世纷,结志区外,定迹深栖,于是乎远。灌畦鬻蔬,为供鱼菽之祭,织絇纬萧,以充粮粒之费。心好异书,性乐酒德,简弃烦促,就成省旷。殆所谓国爵屏贵,家人忘贫者与?有诏征为著作郎,称疾不到,春秋若干。元嘉四年月日,卒于浔阳县之某里,近识悲悼,远士伤情。冥默福应,呜呼淑贞。夫实以诔华,名由谥高。苟允德义,贵贱何算焉?若其宽乐令终之美,好廉克己之操,有合谥典,无愆前志。故询诸友好,宜谥曰靖节征士。

<u>颜延之《陶征士诔序》</u>(节录) 《六臣注文选》卷五十七 《四部丛刊》影印宋本

其源出于应璩,又协左思风力。文体省净,殆无长语。笃意真古,辞兴婉惬。每观其文,想其人德。世叹其质直。至如"欢言酌春酒"、"日暮天无云",风华清靡,岂直为田家语邪?古今隐逸诗人之宗也。

钟嵘《诗品》卷中"宋征士陶潜"条 《历代诗话》 中华书局

萧子显

萧子显(489—537),字景阳,南兰陵(今江苏常州西北)人。齐高帝萧道成之孙。七岁时封宁都县侯。梁天监初,降为爵子。历任国子祭酒、吏部尚书、吴兴太守等职。好学工文,颇负才气,为萧衍、萧纲所赏识。曾著《后汉书》一百卷、《普通北伐记》五卷、《贵俭传》三十卷并文集二十卷等,皆佚。今存《南齐书》五十九卷,诗十余首,文章两篇,载于《玉台新咏》、《文苑英华》、《乐府诗集》、《梁书·本传》和《广弘明集》。事迹附于《梁书》卷三五《萧子恪传》、《南史》卷四二《豫章文献王传》。

南齐书·文学传论①

史臣曰②:文章者,盖情性之风标,神明之律吕也③。蕴思含毫,游心内运,放言落纸,气韵天成④。莫不禀以生灵,迁乎爱嗜,机见殊门,赏悟纷杂⑤。若子桓之品藻人才⑥,仲恰(本误作"治",挚虞字仲恰,据改)之区判文体⑦,陆机辨于《文赋》⑧,李充论于《翰林》⑨,张眂摛句褒贬⑩,颜延图写情兴⑪:各任怀抱,共为权衡⑫。

属文之道,事出神思。感召无象,变化不穷⑬。俱五声之音响,而出言异句;等万物之情状,而下笔殊形⑭。吟咏规范,本之雅什;流分条散,各以言区⑮。若陈思"代马"群章⑯,王粲"飞鸾"诸制⑰,四言之美,前超后绝⑱。少卿离辞,五言才骨,难与争骛⑲。桂林湘水,平子之华章⑳;飞馆玉池,魏文之丽篆㉑:七言之作,非此谁先?卿、云巨丽,升堂冠冕㉒;张、左恢廓,登高不继㉓:赋贵披陈㉔,未或加矣。显宗之述傅毅㉕,简文之摘彦伯㉖,分言制句,多得颂体㉗。裴颁内侍,元规凤池,子章以来,章表之选㉘。孙绰之碑,嗣伯喈之后㉙;谢庄之诔,起安仁之尘㉚;颜延《杨瓒》,自比马督㉛;以多称贵,归庄为允㉜。王褒《僮约》,束皙《发蒙》,滑稽之流,亦可奇玮㉝。

五言之制,独秀众品㉞。习玩为理,事久则渎;在乎文章,弥患凡旧,若无新变,不能代雄㉟。建安一体,《典论》短长互出㊱;潘、陆齐名,机、岳之文永异㊲。江左风味,盛道家之言㊳;郭璞举其灵变,许询极其名理㊴。仲文玄气,犹不尽除;谢混清新,得名未盛㊵。颜、谢并起,乃各擅奇㊶;休、鲍后出,咸亦标世㊷。朱蓝共妍,不相祖述㊸。

今之文章,作者虽众,总而为论,略有三体㊹。一则启心闲绎,托辞华旷,虽存巧绮,终致迂回,宜登公宴,本非准的㊺。而疏慢阐缓,膏肓之病,典正可采,酷不入情㊻。此体之源,出灵运而成也㊼。次则缉事比类,非对不发,博物可嘉,职成拘制;或全借古语,用申今情,崎岖牵引,直为偶说;唯睹事例,顿失清采㊽。此则傅咸《五经》,应璩指事,虽不全似,可以类从㊾。次则发唱惊挺,操调险急,雕藻淫艳,倾炫心魂㊿,亦犹五色之有红紫,八音之有郑卫(51)。斯鲍照之遗烈也(52)。

三体之外,请试妄谈。若夫委自天机,参之史传,应思悱来,勿先构聚(53)。言尚易了,文憎过意(54);吐石含金,滋润婉切(55);杂以风谣,轻唇利吻(56);不雅不俗,独中胸怀(57)。轮扁斫轮,言之未尽(58);文人谈士,罕或兼工(59):非唯识有不周,道实相妨(60)。谈家所习,理胜其辞,就此求文,终然翳夺。故兼之者鲜矣(61)。

赞曰:学亚生知,多识前仁(62)。文成笔下,芬藻丽春(63)。

《南齐书》卷五十二　中华书局点校本

【注释】

①《南齐书·文学传论》——它是萧子显在《南齐书·文学传》后所作的论赞,集中阐述了他主要的文学观点,比较充分地体现了他的文学思想。

萧子显标榜"性灵",认为文章是作家情性的表现,主张作文要"独中胸怀"。他说:"文章者,盖情性之风标,神明之律吕也","莫不禀于生(性)灵,迁乎爱嗜"。这里所界说的文章,主要是诗赋骈文一类的讲求抒情特质的文学作品,萧子显"情性"说,实际上是对西晋陆机"缘情说"的一种继承,是充分重视文学抒情品质的一种理论表现。

萧子显最有特见的地方是他的"新变代雄"说和文章"三体"说。前者反映了他的文学发展观,后者则集中体现出他独特的审美评判标准。

他认为文学的发展是不断地以新替旧的"新变",时代变了,文学也随之变化,此所谓"习玩为理,事久则渎;在乎文章,弥患凡旧,若无新变,不能代雄"。当然,由于萧子显过于强调"新变",就得出"朱蓝共妍,不相祖述"的结论,从而在一定程度上忽视文学发展中的继承因素。

针对文坛的发展现状,萧子显从历史和美学相结合的角度对当时文坛出现的三种不同风格的作品作了批评。他不满出自谢灵运的那类"疏慢阐缓"、"酷不入情"之作,也不满出自傅咸和应璩等人的"缉事比类,非对不发"的事类诗,同样反对出于惠休、鲍照那类"险急""淫艳"之作,认为它们格调低下,犹"八音之有郑卫"。在此基础上,萧子显正面提出他理想的诗歌风格:"言尚易了,文憎过意,吐石含金,滋润婉切。杂以风谣,轻唇利吻,不雅不俗,独中胸怀。"这一倡导,从语言的平易,文、质的并重,到自然声律的强调,风格上的主不雅不俗,这些都体现出萧子显中肯而通融的审美观,与钟嵘、刘勰的重典雅,沈约的重声律,萧纲、萧绎的讲放荡相比,都还是有区别的。

和陆机、刘勰一样,萧子显也特别重视艺术构思。在他看来,造成文学作品多样化的根本原因在于艺术构思的神奇。他说:"属文之道,事出神思。感召无象,变化不穷。"因此,不同的作家应用相同的语言材料,但表达出来的,却是不同的文章组织;他们在面对相同事物时,其笔下所描绘的形象却各不相同。围绕艺术构思问题,萧子显对艺术创作问题的论述颇有独到之处。比如,他说:"蕴思含毫,游心内运,放言落纸,气韵天成。"以极其简练的语言,将从"蕴思"、"放言"乃至"气韵"这一整个艺术创作过程非常完整地描绘了出来。又如,他谈到创作中的灵感问题,主张"委自天机,参之史传,应思俳来,勿先构聚"。这种纯任自然的态度是很可取的。另外,他认为"文人谈士,罕或兼工"的原因在于"道实相妨","谈家所习,理胜其辞",这个"道"实际所指就是二者在思维方式上的不同:文人用形象思维,谈士重哲理思辨。这些论述,包含着他对文学特质的深刻理解。

②史臣——萧子显自称,参见《宋书·谢灵运传论》注释②。

③"文章者"三句——风标,风貌表识。律吕,古代用来校正乐音的仪器,这里指韵度。句谓文章是性情的表征,精神智慧的韵度。

④"蕴思含毫"四句——这几句非常简括而生动地说明了文章创作从构思到作品生成的过程。蕴思含毫,指作家的酝酿和构思;游心内运,指作家艺术想象在内心的展开;放言落纸,指作家的语言表现;气韵天成,指作品的艺术效果。

含毫,含笔。天成,如天然生成。

⑤"莫不禀以生灵"四句——句谓创作者都是基于各自所禀受的灵气和爱好以及洞察力、欣赏水平和感悟能力的不同而进行写作。

⑥若子桓之品藻人才——指曹丕对建安七子的品评。品藻,评定品第和文采。按《典论·论文》曰:"今之文人,鲁国孔融文举,广陵陈琳孔璋,山阳王粲仲宣,北海徐幹伟长,陈留阮瑀元瑜,汝南应场德琏,东平刘桢公幹:斯七子者,于学无所遗,于辞无所假,咸自以骋骥騄于千里,仰齐足而并驰。"

⑦仲恰之区判文体——指挚虞《文章流别论》分论各体文章特点。《文心雕龙·序志》:"《流别》精而少功。"

⑧陆机辨于《文赋》——指陆机作《文赋》以辨析为文之用心。按《文赋序》曰:"余每观才士之所作,窃有以得其用心。""故作文赋,以述先士之盛藻,因论作文之利害所由,它日殆可谓曲尽其妙。"

⑨李充论于《翰林》——指李充《翰林论》论文体流变并及作家作品。《文心雕龙·序志》:"《翰林》浅而寡要。"

⑩张骘摛句褒贬——不详所指。张骘,东晋人,生平著作情况不详。观文意,他的论文之作系摘录诗中秀句品评的书。摛,同摘。

⑪颜延图写情兴——颜延指颜延之,但"图写情兴",不详所指。今存颜延之《庭诰》和《五君咏》中有评论文章的话。

⑫各任怀抱,共为权衡——按,《文心雕龙·序志》总评诸家论文之作曰:"各照隅隙,鲜观衢路,或臧否当时之才,或铨品前修之文,或泛举雅俗之旨,或撮题篇章之意。""未能振叶以寻根,观澜而索源。不述先哲之诰,无益后生之虑。"两相比较,一者肯定,一者否定,大概由于萧子显和刘勰各自出发点不同,故所持之态度有别。

⑬"属文之道"四句——句谓作文的奥秘在于神奇的运思,感兴的发生无迹可寻而又变动不居。按,这一观点本自陆机和刘勰,《文赋》曰:"若夫应感之会,通塞之纪。来不可遏,去不可止。藏若景灭,行犹响起。"《文心雕龙·神思》:"形在江海之上,心存魏阙之下。神思之谓也。文之思也,其神远矣!故寂然凝虑,思接千载;悄焉动容,视通万里;吟咏之间,吐纳珠玉之声;眉睫之前,卷舒风云之色:其思理之致乎!故思理为妙,神与物游。"又日本学者冈村繁认为"神思"即萧统《文选序》"沉思",可备一说。

⑭"俱五声之音响"四句——五声,指汉字的声调。按汉字的声调过去以宫商等五音相拟,故云"五声"。句谓文字的五音本自相同,但作家对它们的运用和表达却又各不相同。世间万事万物本有相同之情状,但在作家笔下其表现却

又各异。这就是上文所谓神思的妙处。

⑮"吟咏规范"四句——吟咏,指诗歌创作。雅什,指风雅,雅诗十篇为什,故曰雅什。句谓作诗的典范,本于《诗经》的风雅,后来发展成不同的分支流派,各以每句诗的字数加以区分。言,指诗句的字数。

⑯若陈思"代马"群章——指曹植的《朔风诗》五首。第一首有"愿骋代马"句。

⑰王粲"飞鸾"诸制——指王粲的《赠蔡子笃》等诗篇,该诗中有"翼翼飞鸾"句。

⑱四言之美,前超后绝——谓曹植的"代马"诗和王粲的"飞鸾"诗,是四言诗中的杰作,可谓是空前绝后。

⑲"少卿离辞"三句——指东汉末托名李陵所作的《别苏武》诗。少卿,李陵字。才骨,才情和骨力。骛,通骛,奔驰之意。句谓李陵的《别苏武》诗,在五言诗中,是最富有才情和骨力的。

⑳桂林湘水,平子之华章——指张衡的《四愁诗》。按,诗中有"我所思兮在桂林,欲往从之湘水深"句。

㉑飞馆玉池,魏文之丽篆——飞馆玉池,不详所指。按曹丕今存七言诗《燕歌行》二首,无关于"飞馆玉池"方面的言辞,原诗当已佚。篆,制作,用扬雄"童子雕虫篆刻"语。

㉒卿、云巨丽,升堂冠冕——卿,司马长卿,即司马相如;云,杨子云,即扬雄。卿、云巨丽,指司马相如的《子虚》《上林》、扬雄的《甘泉》《羽猎》等赋的华丽。巨丽,即扬雄所谓"辞人之赋丽以淫"之意,指特别华丽。升堂,语出《论语·先进》:"由也升堂矣,未入于室也。"此指赋文创作已达到一定造诣。

㉓张、左恢廓,登高不继——指张衡《二京赋》、左思《三都赋》的气势恢弘。恢廓,恢弘,广博。登高,语本《汉书·艺文志》:"传曰:'登高能赋,可以为大夫。'"

㉔赋贵披陈——《文心雕龙·诠赋》:"赋者,铺也;铺采摛文,体物写志也。"

㉕显宗之述傅毅——显宗,指东汉明帝,显宗是其庙号。傅毅,见《典论·论文》注②。傅毅曾作东汉明帝颂。按,《后汉书·傅毅传》:"毅追美孝明皇帝功德最盛,而庙颂未立,乃依《清庙》作《显宗颂》十篇奏之。"

㉖简文之摛彦伯——简文,即晋简文帝。摛,构文。彦伯,即袁宏。按《晋书·袁宏传》:"宏见汉时傅毅作《显宗颂》,辞甚典雅,乃作颂九章,颂简文之德,上之于孝武。"

㉗分言制句,多得颂体——指傅毅和袁宏之文遣词造句,很切合颂这种文体。

㉘"裴颀内侍"四句——裴颀,晋人,曾官侍中、尚书。史载他每次拜官,都写让表。"裴颀内侍",指裴颀写过的《让侍中表》,今已佚。元规,东晋庾良字。凤池,皇宫内中书监的代称。史载庾良任中书监时也写过让表。子章,不详,疑为孔璋之误。孔璋,陈琳字,擅长写作章表。选,犹今言代表作。

㉙孙绰之碑,嗣伯喈之后——句谓孙绰所写的碑文,可以继蔡邕之后。孙绰,见《诗品序》注。伯喈,蔡邕字。蔡邕善写碑文,代表作有《胡广碑》、《郭林宗碑》等。

㉚谢庄之诔,起安仁之尘——谓谢庄之诔步潘岳后尘。谢庄(421—466),南朝宋文学家,字希夷,原籍陈郡阳夏(今河南太康),曾写过《宋孝武宣贵妃诔》。安仁,潘岳字。潘岳长于哀诔文,写过《马汧督诔》、《夏侯常侍诔》等。

㉛颜延《杨瓒》,自比马督——谓颜延之《杨瓒诔》,自认为可以跟潘岳的《马汧督诔》相比。《杨瓒诔》,即《杨给事诔》,收《文选》卷五十七。

㉜以多称贵,归庄为允——谓若从创作数量的多寡论,谢庄要比颜延之更胜一筹。允,当也。

㉝"王褒《僮约》"四句——王褒,生卒年不详,字子渊,西汉蜀资中(今四川资川、资阳一带)人。写有《洞箫赋》等,还以滑稽文笔写《僮约》一文,反映东汉社会对奴仆的虐待。束晳(约263—302),字广微,西晋阳平元城(今河北馆陶南)人。有《劝农赋》、《饼赋》等带有滑稽意味的作品。其《发蒙记》一卷,已佚。奇玮,奇特、珍奇。

㉞五言之制,独秀众品——句谓五言诗是一切文体中最优秀的。按钟嵘《诗品序》:"五言居文词之要,是众作之有滋味者也",意与此同。

㉟"习玩为理"以下六句——句谓习玩某事就会明了其中的事理,但时间久了不免厌烦。就文章而言,更怕平庸和陈旧,所以如果没有新颖和变化,就无法称雄一时。按,这反映出萧子显进步的文学发展观。刘勰《文心雕龙·通变》:"文律运周,日新其业。变则其久,通则不乏。"可以相参。

㊱建安一体,《典论》短长互出——一体,总体风貌一致。建安一体,即钟嵘所谓"建安风力",今人所谓建安风格。按《文心雕龙·时序》有对建安诗风的概述:"观其时文,雅好慷慨,良由世积乱离,风衰俗怨,并志深而笔长,故梗概而多气也。"《典论》短长互出,指曹丕《典论·论文》对建安七子的长处和短处一一作出品评。按《典论·论文》曰:"王粲长于辞赋,徐干时有齐气,然粲之匹也。如粲之《初征》《登楼》《槐赋》《征思》,干之《玄猿》《漏卮》《圆扇》《橘赋》,

虽张蔡不过也。然于他文未能称是。琳瑀之章表书记,今之隽也。应玚和而不壮;刘桢壮而不密。孔融体气高妙,有过人者,然不能持论,理不胜词,至于杂以嘲戏,及其所善,扬班俦也。"

㊲潘、陆齐名,机、岳之文永异——句谓潘岳、陆机虽然声名相当,但他们的作品风格却迥异。永异,迥异。按,沈约《宋书·谢灵运传论》曰:"降及元康,潘、陆特秀。"此所谓潘、陆齐名。《世说新语·文学》:"孙兴公云:潘文浅而净,陆文深而芜。"《诗品上》引谢混语曰:"潘诗烂若披锦,无处不善;陆文若排沙简金,往往见宝。"《晋书·夏侯湛潘岳张载传论》:"机文喻海,韫蓬山而育芜;岳藻如江,灌美锦而增绚。"胡应麟《诗薮·外编》卷二:"陆才如海,潘才如江。"此所谓机、岳之文永异。

㊳江左风味,盛道家之言——江左,指东晋。风味,指五言诗的风格情味。句谓东晋盛行玄言诗的创作。按钟嵘《诗品序》曰:"永嘉时,贵黄、老,稍尚虚谈。于时篇什,理过其辞,淡乎寡味。爰及江表,微波尚传,孙绰、许询、桓、庾诸公诗,皆平典似《道德论》。"沈约《宋书·谢灵运传论》:"在晋中兴,玄风独扇,为学穷于柱下,博物止乎七篇。驰骋文辞,义殚乎此。自建武暨乎义熙,历载将百,虽比响联辞,波属云委,莫不寄言上德,托意玄珠;遒丽之辞,无闻焉尔。"刘勰《文心雕龙·时序》:"自中朝贵玄,江左称盛,因谈余气,流成文体。是以世极迍邅,而辞意夷泰,诗必柱下之旨归,赋乃漆园之义疏。"均是对这股文艺思潮的真实反映。

㊴郭璞举其灵变,许询极其名理——谓郭璞的创作突出地彰显其灵幻变化,许询的作品极度宣扬其玄虚哲理。按,萧子显把郭璞也看作东晋玄言诗人的代表,此有别于钟嵘和刘勰等人的观点。钟、刘二人均把郭璞看做是变革玄言诗的先锋。《诗品序》曰:"先是郭景纯用隽上之才,变创其体。"又《诗品中》"晋宏农太守郭璞"条:"宪章潘岳,文体相辉,彪炳可玩。始变永嘉平淡之体,故称中兴第一。《翰林》以为诗首。但《游仙》之作,词多慷慨,乖远玄宗。其云:'奈何虎豹姿。'又云:'戢翼栖榛梗。'乃是坎𡒄咏怀,非列仙之趣也。"刘勰《文心雕龙·明诗》:"所以景纯仙篇,挺拔而为俊矣。"

㊵"仲文玄气"四句——谓殷仲文的作品还没有除尽玄学气味;谢混的诗歌虽然风格清新,但他的名气还不够大。仲文,即殷仲文,有《南州桓公九井作》诗。谢混有《游西池》诗,二诗均为《文选》卷二十二选录,可见已有别于当时的玄言诗。按殷、谢二人是晋宋诗风转型的过渡人物,他们的诗歌虽仍带有较明显的玄言诗痕迹,但他们的革新精神却得到众多批评家一致认同。如沈约《宋书·谢灵运传论》曰:"仲文始革孙许之风,叔源大变太元之气。"钟嵘《诗品序》:"义熙中,

谢益寿斐然继作。"《诗品下》"晋征士戴逵、晋东阳太守殷仲文"条曰:"晋、宋之际,殆无诗乎。义熙中,以谢益寿、殷仲文为华绮之冠,殷不竞矣。"

㊶颜、谢并起,乃各擅奇——按,沈约《宋书·谢灵运传论》:"颜谢腾声,灵运之兴会标举,延年之体裁明密";又钟嵘《诗品中》"宋光禄大夫颜延之诗"条引汤惠休所谓:"谢诗如芙蓉出水,颜诗如错彩镂金。"

㊷休、鲍后出,咸亦标世——休,即汤惠休。原为僧人,后还俗,官至扬州从事,尝从鲍照游,诗多情语。鲍,鲍照。见《诗品序》注。二句谓汤惠休、鲍照后出,亦能独标一格于世。钟嵘《诗品下》曰:"惠休淫靡,情过其才。世遂匹之鲍照,恐商、周矣。羊曜璠云:'是颜公忌照之文,故立休、鲍之论。'"

㊸朱蓝共妍,不相祖述——句谓上述诗人(从建安文七子到颜谢休鲍)好比红色和蓝色同为艳丽之色,而互不雷同。祖述,师承、沿袭。

㊹总而为论,略有三体——体,指文章的体格风貌。按,作者从宏观上对当时诗坛的创作倾向概括为三种风格流派,并对其各自的特点及传承作了进一步的阐述。这一观点具有很强的现实意义。

㊺"一则启心闲绎"六句——句谓其中一派抒写闲情逸致,用辞华美,虽然工巧且很绮丽,但终究显得迂回曲折,这种诗作只能称公宴诗,难成正宗。

㊻"疏慢阐缓"四句——句谓这派诗作最大的缺点是过于舒缓,虽然它的典雅、庄正可供借鉴,但总体上是毫无真情可言。

㊼此体之源,出灵运而成也——意谓这一诗派源出谢灵运。按钟嵘《诗品上》"宋临川太守谢灵运"条曰:"其源出于陈思,杂有景阳之体。故尚巧似,而逸荡过之,颇以繁芜为累。嵘谓若人兴多才高,寓目辄书,内无乏思,外无遗物,其繁富宜哉!然名章迥句,处处间起;丽典新声,络绎奔会。譬犹青松之拔灌木,白玉之映尘沙,未足贬其高洁也。"

㊽"次则缉事比类"以下十句——缉事比类,收集古事、排列事例。职,语词,但也。崎岖牵引,这里指牵强附会。句谓另一流派则大量收集事典,讲究排比对偶,这种做法用来辩通物理是非常好,但对作诗来说就成了拘束。他们有的全部借用古人的话来表达今人的感情,牵强地加以附会,简直就成为土偶言语了。而我们读者看到的全是事类的铺排,诗歌本身的清新和文采消失无存。

㊾"此则傅咸《五经》"四句——傅咸(249—294),字长虞,西晋作家,泥阳(今陕西耀县东南)人,写有《五经诗》五首,罗列概念。应璩(190—252),字休琏,应场之弟,三国魏作家。指事,指他的《百一诗》指讽时事,语言通俗朴质,缺少文采。按,作者认为这类诗作跟傅咸、应璩的风格虽然不全似,但却可以归为一类,即认为傅、应是这一诗派的渊源。

㊿"次则发唱惊挺"四句——发唱惊挺,指一开端就惊人耸听。操调险急,指诗歌调韵险怪、急促。雕藻淫艳,指语言过于雕琢华丽。倾炫心魂,使人心魂颠倒迷惑。这是从诗歌的发端、用韵及辞藻三个方面阐明这一诗派的独特性及其给人所带来的极大刺激。

㉛八音之有郑卫——八音,指金、石、丝、竹、匏、革、土、木,这里是音乐的总称。郑卫,指春秋时的郑国和卫国。《诗经·国风》凡160篇,郑风、卫风合为31篇,约占五分之一,被儒家传统定为"靡靡之音"。按,《礼记·乐记》:"魏文侯问于子夏曰:'吾端冕而听古乐,则惟恐卧;听郑卫之音,则不知倦。敢问古乐之如彼,何也?新乐之如此,何也?'"又曰:"郑卫之音,乱世之音也。"孔子亦"恶郑声之乱雅乐也。"(《论语·阳货》)

㉜斯鲍照之遗烈也——遗烈,指遗留的影响。按,钟嵘《诗品中》评鲍照诗曰:"其源出于二张,善制形状写物之词,得景阳之俶诡,含茂先之靡嫚。骨节强于谢混,驱迈疾于颜延。总四家而擅美,跨两代而孤出。嗟其才秀人微,故取湮当代。然贵尚巧似,不避危仄,颇伤清雅之调。故言险俗者,多以附照。"

㉝"若夫委自天机"四句——天机,这里指不可名状的感兴、灵感。思,思绪、情思。悱,心有不满,这里指忧愤之情。《论语·述而》:"不愤不启,不悱不发。"句谓诗歌创作应该主要靠灵感,再加上适当地参阅史实典故;诗歌创作应该随着思绪和情感而来,不要预先构制拼凑。

㉞言尚易了,文憎过意——谓作文用词崇尚简易,切忌文辞过于华丽,从而掩盖了文意。按《颜氏家训·文章》引沈约的话说:"文章当从三易。易见事,一也;易识字,二也;易读诵,三也。"

㉟吐石含金,滋润婉切——指文辞要声调优美,温润和谐而又委婉切情。萧绎《金楼子·立言》:"宫徵靡曼,唇吻遒会",与此意相近。

㊱杂以风谣,轻唇利吻——诗中杂有土风民谣,吟咏起来非常流利。风谣,指如《诗经》"国风"、汉乐府之类的民歌。萧绎《金楼子·立言》:"吟咏风谣,流连哀思者,谓之文。"

㊲不雅不俗,独中胸怀——谓文章要做到不雅不俗,雅俗适宜,同时要独抒胸臆。

㊳轮扁斫轮,言之未尽——事见《庄子·天道》,参阅《文赋》注。

㊴文人谈士,罕或兼工——谓文人和谈论哲理的人是两种行当,很少人能够兼工。

㊵非唯识有不周,道实相妨——意谓,这不仅是因为文人和谈士二者的知识各有所偏,也实在是因为作文和论理各有其自身的规律,二者是相悖的。

㉑"谈家所习"等五句——句谓那些谈论道理的人所擅长的,往往是哲理胜过文辞。因此,要在其中寻求具有文采的因素,最终还是不可得,因为它被哲理所遮掩了。所以,能够兼工作文和谈理的人是很少的。翳,遮盖。

㉒学亚生知,多识前仁——学亚生知,谓后天学习后于先天所知。按,古人认为人的知识获得分"生而知之者"和"学而知之者"。多识前仁,谓多方学习了解前代优秀作家。前仁,前贤,这里指前代优秀作家。

㉓文成笔下,芬藻丽春——意谓文章形成于笔下,芬芳的辞藻如春天般艳丽。

【附录】

余为邵陵王友,忝还京师,远思前比,即楚之唐、宋,梁之严、邹。追寻平生,颇好辞藻,虽在名无成,求心已足。若乃登高自极,临水送归,风动春朝,月明秋夜,早雁初莺,开花落叶,有来斯应,每不能已也。前世贾、傅、崔、马、邯郸、缪、路之徒,并以文章显,所以屡上歌颂,自比古人。天监十六年,始预九日朝宴,稠人广坐,独受旨云:"今云物甚美,卿得不斐然赋诗。"诗既成,又降帝旨曰:"可谓才子。"余退谓人曰:"一顾之恩,非望而至。遂方贾谊何如哉?未易当也。"每有制作,特寡思功,须其自来,不以力构。少来所为诗赋,则《鸿序》一作,体兼众制,文备多方,颇为好事所传,故虚声易远。

萧子显《自序》 《梁书》卷三十五 中华书局点校本

其源出于陈思,杂有景阳之体。故尚巧似,而逸荡过之,颇以繁芜为累。嵘谓若人兴多才高,寓目辄书,内无乏思,外无遗物,其繁富宜哉!然名章迥句,处处间起;丽典新声,络绎奔会。譬犹青松之拔灌木,白玉之映尘沙,未足贬其高洁也。初,钱塘杜明师夜梦东南有人来入其馆,是夕,即灵运生于会稽。旬日,而谢玄亡。其家以子孙难得,送灵运于杜治养之。十五方还都,故名"客儿"。(钟嵘《诗品》卷上"宋临川太守谢灵运"条)

祖袭魏文。善为古语,指事殷勤,雅意深笃,得诗人激刺之旨。至于"济济今日所",华靡可讽味焉。(钟嵘《诗品》卷中"魏侍中应璩"条)

其源出于二张,善制形状写物之词,得景阳之俶诡,含茂先之靡嫚。骨节强于谢混,驱迈疾于颜延。总四家而擅美,跨两代而孤出。嗟其才秀人微,故取湮当代。然贵尚巧似,不避危仄,颇伤清雅之调。故言险俗者,多以附照。(钟嵘《诗品》卷中"宋参军鲍照"条)

钟嵘《诗品》 何文焕《历代诗话》上 中华书局

萧　纲

萧纲(503—551),字世缵,南兰陵(今江苏常州西北)人。梁武帝萧衍第三子。天监五年(506),封晋安王,历任南兖州、荆州、江州、南徐州、雍州等地刺史。中大通三年(531)昭明太子去世,立为太子。太清三年(549)即帝位,即梁简文帝,在位三年。大宝二年(551)死于侯景之乱。他自幼聪慧,爱好文学,自言"七岁有诗癖,长而不倦",喜与文人交游,所作诗篇,辞藻富赡,伤于轻艳,当时号曰"宫体诗"。原有集八十五卷,已佚。明张溥辑有《梁简文帝集》。事迹见《梁书》卷四、《南史》卷八《简文帝纪》。

与湘东王书①

吾辈亦无所游赏,止事披阅,性既好文,时复短咏②。虽是庸音,不能阁笔,有惭伎痒,更同故态。

比见京师文体,懦钝殊常,竞学浮疏,争为阐缓③。玄冬修夜,思所不得;既殊比兴,正背风骚。若夫六典三礼④,所施则有地;吉凶嘉宾⑤,用之则有所。未闻吟咏情性,反拟《内则》之篇;操笔写志,更摹《酒诰》之作;迟迟春日,翻学《归藏》;湛湛江水,遂同《大传》⑥。吾既拙于为文,不敢轻有掎摭。但以当世之作,历方古之才人,远则扬马曹王,近则潘陆颜谢⑦,而观其遣辞用心,了不相似。若以今文为是,则古文为非,若昔贤可称,则今体宜弃,俱为盍各⑧(《册府元龟》卷一百九十二作"尽格"),则未之敢许。

又时有效谢康乐、裴鸿胪文者⑨,亦颇有惑焉。何者?谢客吐言天拔(《册府元龟》作"授"),出于自然,时有不拘,是其糟粕⑩。裴氏乃是良史之才,了无篇什之美⑪。是为学谢则不屈其精华,但得其冗长;师裴则蔑绝其所长,惟得其所短。谢故巧不可阶,裴亦质不宜慕。故胸驰臆断之侣⑫,好名忘实之类,方分肉(《册府元龟》作"六驳")于仁兽,逞郤克于邯郸⑬,入鲍忘臭⑭,效尤致祸。决羽谢生,岂三千之可及⑮?伏膺裴氏,惧两唐之不传⑯。故玉徽金铣⑰,反为拙目所嗤;巴人下里,更合郢中之听⑱。阳春高而不和,妙声绝而不寻。竟不精讨锱铢,核量文质,有异巧心,终愧妍手(《南史》作"妍耳")。是以握瑜怀玉之士,瞻郑邦而知退⑲;章甫翠履之人,望闽乡而叹息⑳。诗既若此,笔又如之㉑。徒以烟墨不言,受其驱染;纸札无情,任其摇襞。甚矣哉! 文之横流,一至于此!

至如近世谢朓沈约之诗,任昉陆倕之笔㉒,斯实文章之冠冕,述作之楷模。张士简之赋,周升逸之辩㉓,亦成佳手,难可复遇。文章未坠,必有英绝领袖之者,非弟而谁?每欲论之,无可与语,思吾子建㉔,一共商榷。辨兹清浊,使如泾渭;论兹月旦,类彼汝南㉕。朱丹既定,雌黄有别㉖,使夫怀鼠知惭,滥竽自耻㉗。譬斯袁绍,畏见子将㉘;同彼盗牛,遥羞王烈㉙。

相思不见,我劳如何。

《梁书》卷四十九《庾肩吾传》　中华书局点校本

【注释】

①《与湘东王书》——此书见《梁书·庾肩吾传》。这是萧纲立为太子之后,给其弟湘东王萧绎的一封信。信中集中表达他自己的一些主要文学观点,是研究萧纲文学思想的重要文献,也是梁代的一篇重要的文学批评论文。

萧纲此信主要针对裴子野的作风和论调,提出了自己的看法。虽不能说是针对《雕虫论》而发,但二文对照,不难发现《与湘东王书》确实是在驳斥裴氏一派的理论。就诗歌的本质和功用而言,裴子野认为诗歌本质上应该劝美惩恶的,必须为政教服务。否则,便是"淫文破典","无被于管弦,非止乎礼义"。萧纲则与此相反,他认为诗歌的本质乃在于"吟咏情性"、"操笔写志"。他批评裴氏"乃是良史之才,了无篇什之美",并公然提倡"郑邦"文学。在《诫当阳公大心书》中,他甚至一反传统的文行一致的观点,把立身与文章截然分开,主张"立身先须谨重,文章且须放荡"。此其一。其二,就当时的文坛风气而言,萧纲也发表了与裴子野针锋相对的看法。裴氏称那些"吟咏情性"之作"深心主卉木,远致极风云。其兴浮,其志弱;巧而不要,隐而不深";萧纲则说裴氏等人的京师文体"懦钝殊常,竞学浮疏,争为阐缓"。所谓"懦钝"、"阐缓"、"浮疏",都是指文学作品的风貌宽缓安舒而缺少打动人的情感力量。同时,萧纲还指出当时有人模仿谢灵运、裴子野诗文,结果是"学谢则不届其精华,但得其冗长;师裴则蔑绝其所长,惟得其所短",从而慨叹"文之横流,一至于此"。其三,在文学发展观上,裴子野除了对"四始""六艺"加以肯定外,自屈骚以下直至宋大明之代的文学,几乎全盘否定。在他看来,文学的政教功用在时间之流的冲击下几乎丧失殆尽,诗文的发展真是一代不如一代。而萧纲则是今而非古,他高度赞扬了当时的谢朓、沈约、任昉、陆倕,称其为"文章之冠冕,述作之楷模"。

《与湘东王书》另一值得注意的是提出了"诗、笔"之说。齐梁以来,多有人将诗、笔对举,如《南史·沈约传》:"谢元晖善为诗,任彦升工于笔,约兼而有之。"《任昉传》:"昉以文才见知时人,谓任笔沈约诗。"又《南齐书·晋安王子懋传》:"文章诗笔,乃是假事。"如此等等,都是这方面的例子。萧纲在这篇书信中也鲜明地将"诗"与"笔"对举:"诗既若此,笔又如之";"谢朓沈约之诗,任昉陆倕之笔"。这样诗笔对举的现象并不是孤立的,而是代表了一派文论家对文体类别的另一种看法。正如郭绍虞先生所言:"以文、笔对举,则虽不忽视文章体制之异点,而更重在文学性质之分别;其意义与近人所谓纯文学、杂文学之分为近。以诗、笔对举,则只重文章体制之差异;其意义又与普通所谓韵文、散文为近。由文学性质言,纯文学与杂文学均为文学中一种,故时人以'文学'为其共名,而'文'与'笔'为其别名。""由文章体制言,则韵文、散文均为文章之一体,故又以'文'为其共名,而'诗'与'笔'为其别名。"(《中国文学批评史》上册)

书信最后,萧纲将自己与萧绎比作曹氏兄弟,既赞扬了对方,又表达了作者的愿望:"辩兹清浊,使入泾渭;论兹月旦,类彼汝南。"从中既可看出梁代统治者对文学的偏好和期冀,又可看出当时文学思想斗争之激烈。

②"吾辈亦无所游赏"四句——《梁书·简文帝本纪》:"太宗幼而敏睿,识悟过人,六岁便属文,高祖惊其早就,弗之信也,乃于御前面试,辞采甚美。高祖叹曰:'此子,吾家之东阿。'……引纳文学之士,赏接无倦,恒讨论篇籍,继以文章。……雅好题诗,其序云:'余七岁有诗癖,长而不倦。'然伤于轻艳,当时号曰'宫体'。"

③"比见京师文体"四句——懦钝,软弱愚钝。浮疏,虚浮粗疏。阐缓,舒徐和缓。按,这几句批评了当时京都文坛软弱虚浮的不良文风。

④六典三礼——六典,即治典、教典、礼典、政典、刑典、事典。见《周礼·天官·大宰》。三礼,指古代祭天、地、宗庙之礼。见《尚书·舜典》。

⑤吉凶嘉宾——古人以祭祀之礼为吉礼,冠婚之礼为嘉礼,宾客之礼为宾礼,丧葬之礼为凶礼。

⑥"未闻吟咏情性"以下八句——吟咏情性,此指诗歌创作。《内则》,《礼记》有《内则》篇。《酒诰》,《尚书·周书》有《酒诰》篇。归藏,古《易》名,相传为黄帝作,已佚。《大传》,指《尚书大传》,相传为汉伏胜撰。按,这几句谓诗歌创作自有其自身规律,切不可与经传文混为一谈。表现出萧纲对诗歌特质的认识,同时它也是六朝以来文学自觉的表现和结果。

⑦远则扬马曹王,近则潘陆颜谢——扬马曹王,指汉魏时期的扬雄、司马相如、曹植、王粲。潘陆颜谢,指晋宋时期的潘岳、陆机、颜延之、谢灵运。

⑧盍各——《论语·公冶长》:"子曰:盍各言其志。"盍,何不。

⑨谢康乐、裴鸿胪——即谢灵运、裴子野。裴子野曾任鸿胪卿。

⑩"谢客吐言天拔"四句——钟嵘《诗品上》评谢灵运:"其源出于陈思,杂有景阳之体。故尚巧似,而逸荡过之,颇以繁芜为累。嵘谓若人兴多才高,寓目辄书,内无乏思,外无遗物,其繁富宜哉!然名章迥句,处处间起;丽典新声,络绎奔会。譬犹青松之拔灌木,白玉之映尘沙,未足贬其高洁也。"又萧子显《南齐书·文学传论》:"一则启心闲绎,托辞华旷,虽存巧绮,终致迂回,宜登公宴,本非准的。而疏慢阐缓,膏肓之病,典正可采,酷不入情。此体之源,出灵运而成也。"三论可以相参。

⑪裴氏乃是良史之才,了无篇什之美——按,《梁书·裴子野传》曰:"初,子野曾祖松之,宋元嘉中受诏续修何承天《宋史》,未及成而卒,子野常欲继成先业。及齐永明末,沈约所撰《宋书》既行,子野更删撰为《宋略》二十卷。其叙事评论多善,约见而叹曰:'吾弗逮也。'兰陵萧琛、北地傅昭、汝南周舍咸称重之。"又曰:"子野为文典而速,不尚丽靡之词。其制作多法古,与今文体异,当时或有诋诃者,及其末皆翕然重之。或问其文速者,子野答云:'人皆成于手,我独成于心,虽有见否之异,其于刊改一也。'"

⑫胸驰臆断——即主观臆断。

⑬方分肉于仁兽,逴却克于邯郸——仁兽,指麒麟。麒麟不食肉类食物。却克,春秋时晋卿,跛足。其邯郸学步,必无所成。二句谓学谢学裴,好比分肉于麒麟、又如却克邯郸学步,必徒劳而无所得。

⑭入鲍忘臭——《孔子家语·六本》:"与不善人居,如入鲍鱼之肆,久而不闻其臭。"

⑮决羽谢生,岂三千之可及——决羽,学射之意。三千,孔子弟子三千。句谓学习效法谢灵运而力不能逮,犹如孔门弟子三千皆不能及孔子一人。

⑯伏膺裴氏,惧两唐之不传——伏膺,佩服。《汉书·何武传》:"(武)在沛都厚两唐。"注:"两唐:唐林、唐尊也。"《汉书·鲍宣传》:"沛郡则唐林子高、唐尊伯高,皆以明经饬行显于世。"按,两唐,《汉书》无传。

⑰玉徽金铣——玉徽,琴之上品。金铣,最有光泽之金。

⑱巴人下里,更合郢中之听——巴人下里,古代民间俗曲。按,宋玉《对楚王问》:"客有歌于郢中者,其始曰《下里巴人》,国中属而和者数千人;其为《阳阿薤露》,国中属而和者数百人;其为《阳春白雪》,国中属而和者不过数十人。"郢中,楚国国都,在今湖北江陵县。

⑲握瑜怀玉之士,瞻郑邦而知退——握瑜怀玉,曹植《与杨德祖书》:"当此之时,人人自谓握灵蛇之珠,家家自谓抱荆山之玉。"郑邦,古人以为郑俗淫乱,故瞻而知退。

⑳章甫翠履之人,望闽乡而叹息——章甫,殷时冠名。按,古闽越之民断发文身,章甫翠履无所用之。

㉑笔又如之——这里的"笔",指实用性的无韵文体。

㉒谢朓沈约之诗,任昉陆倕之笔——任昉,字彦昇,乐安博昌(今山东寿光县)人。擅长表、奏、书、启等体散文。当时有"任笔沈诗"之称。陆倕,字佐公,吴郡县(今江苏苏州市)人,善作散文。

㉓张士简之赋,周升逸之辩——张士简,即张率,士简为其字,梁吴郡吴(今江苏苏州市)人,善作赋。周升逸,即周舍,字升逸,梁汝南安成(今河南平舆县)人,博学多才而善辩。

㉔思吾子建——子建即曹植。萧纲之与弟萧绎,类曹丕之与其弟曹植,故称。

㉕论兹月旦,类彼汝南——月旦,指品评人物。按《后汉书·许劭传》:"初,劭与靖俱有高名,好共核论乡党人物,每月辄更其品题,故汝南俗有'月旦评'焉。"

㉖雌黄有别——雌黄,矿物名,可制成颜料。古人以黄纸写字,有误,则以雌黄涂之。

㉗怀鼠知惭,滥竽自耻——怀鼠知惭,《战国策·秦策三》:"郑人谓玉未理者璞,周人谓鼠未腊者朴。周人怀璞过郑贾曰:'欲买朴乎?'郑贾曰:'欲之。'出其朴,视之,乃鼠也。因谢不取。"滥竽自耻,《韩非子·内储说上》:"齐宣王使人吹竽,必三百人。南郭处士请为王吹竽,宣王说之,廪食以数百人。宣王死,湣王立,好一一听之,处士逃。"

㉘譬斯袁绍,畏见子将——袁绍,字本初,东汉末汝南汝阳(今河南商水县

西北)人。子将,许劭字。按《三国志·魏书·和洽传》注引《汝南先贤传》曰:"袁绍公族好名,为濮阳长,弃官来还,有副车从骑,将入郡界,绍乃叹曰:'吾之舆服,岂可使许子将见之乎?'遂单车而归。"

㉙同彼盗牛,遥羞王烈——《后汉书·王烈传》:"王烈,字彦方……以义行称。乡里有盗牛者,主得之,盗请罪曰:'刑戮是甘,乞不使王彦方知也。'"

【附录】

汝年时尚幼,所缺者学,可久可大,其唯学欤?所以孔丘言:"吾尝终日不食,终夜不寝,以思,无益,不如学也。"若使墙面而立,沐猴而冠,吾所不取。立身之道与文章异,立身先须谨重,文章且须放荡。

  萧纲《诫当阳公大心书》　严可均《全梁文》卷十一　中华书局影印本

纲少好文章,于今二十五载矣。窃尝论之:日月参辰,火龙黼黻,尚且著于玄象,章乎人事,而况文辞可止,咏歌可辍乎?不为壮夫,扬雄实小言破道,非谓君子,曹植亦小辩破言。论之科刑,罪在不赦。

至如春庭落景,转蕙承风;秋雨旦晴,檐梧初下;浮云生野,明月入楼。时命亲宾,乍动严驾;车渠屡酌,鹦鹉骤倾。伊昔三边,久留四战;胡雾连天,征旆拂日;时闻坞笛,遥听塞笳。或乡思凄然,或雄心愤薄。是以沉吟短翰,补缀庸音,寓目写心,因事而作。

  萧纲《答张缵谢示集书》　严可均《全梁文》卷十一　中华书局影印本

垂示三首,风云吐于行间,珠玉生于字里,跨蹑曹左,含超潘陆。双鬓向光,风流已绝;九梁插花,步摇为古。高楼怀怨,结眉表色;长门下泣,破粉成痕。复有影里细腰,令与真类;镜中好面,还将画等。此皆性情卓绝,新致英奇。故知吹箫入秦,方识来凤之巧;鸣瑟向赵,始睹驻云之曲。手持口诵,喜荷交并也。

  萧纲《答新渝侯和诗书》　严可均《全梁文》卷十一　中华书局影印本

臣闻:乐由阳来,性情之本;诗以言志,政教之基。故能使天地咸亨,人伦敦序。故东鲁梦周,穷兹删采;西河邵魏,著彼缵述。叶星辰而建诗,观斗仪而命礼。以为陈徐雅颂,膏肓匪一;燕韩篇什,痼疾多端;北海郑君,徒逢笺释;南郡太守,空为异序。庶令中和永播,硕学知宗;大胥负师,国子咸绍。孝敬之德,化洽天下;多识之风,道行比屋。

  萧纲《请尚书左丞贺琛奉述制旨毛诗义表》　严可均《全梁文》卷九　中华书局影印本

窃以文之为义,大哉远矣。故孔称性道,尧曰钦明,武有来商之功,虞有格苗之德。故《易》曰:"观乎天文,以察时变;观乎人文,以化成天下。"是以含精吐景,六卫九光之庭;方珠喻龙,南枢北陵之采。此之谓天文。文籍生,书契作,咏歌起,赋颂兴,成孝敬于人伦,移风俗于王政,道绵乎八极,理浃乎九垓。赞动神明,雍熙钟石,此之谓人文。若夫体天经而总文纬,揭日月而谐律吕者,其在兹乎?

昭明太子……好贤爱善,甄德与能;曲阁命宾,双阙延士。剖美玉于荆山,求明珠于枯岸。赏无缪实,举不失才;岩穴知归,屠钓弃业。左右正人,巨僚端士。丹毂交景,长在鹤关之内;花绶成行,恒陪画堂之里。雍容河曲,并当今之领袖;侍从北场,信一时之俊杰。岂假问谢鲲于温峤,谋黄绮于张良。此四德也。……《阳河》《渌水》,奇音妙曲,遏云繁手,仰秾来风。靡悦于胸襟,非关于怀抱;事等弃琴,理均放郑。岂同魏两,作歌于《长笛》;终嗓汉贰,托赋于《洞箫》。此九德也。……研精博学,手不释卷;含芳腴于襟抱,扬华绮于心极。韦编三绝,岂直爻象?起先五鼓,非直甲夜。而欹案无休,书幌密倦。此十二德也。……至于登高体物,展诗言志,金铣玉徽,霞章雾密,致深黄竹,文冠绿槐,控引解骚,包罗比兴。铭及盘盂,赞通图象,七高愈疾之旨,表有殊健之则,碑穷典正。每出则车马盈衢,议无失体;才成则列藩击缶,近逐情深。言随手变,丽而不淫。

萧纲《昭明太子集序》 严可均《全梁文》卷十二 中华书局影印本

萧　绎

萧绎(508—555),字世诚,自号金楼子,南兰陵(今江苏常州市西北)人。梁武帝第七子。天监十三年(514),封湘东郡王。历任会稽太守、丹阳尹、荆州刺史、江陵刺史等职。大宝三年(552),即帝位于江陵,改元承圣,称梁元帝,在位三年(552—554)。承圣三年(554)十一月,西魏攻陷江陵,他被俘,十二月被杀。萧绎幼而好学,博览群书,下笔成章,兼擅人物画,常与裴子野、萧子云、张缵等文学之士相交往。诗风绮丽,近乎萧纲。萧绎一生著述甚丰,《隋书·经籍志》著录《梁元帝》五十二集,《梁元帝小集》十集。原集已佚。今存《金楼子》六卷并辑本《梁元帝集》,见明张溥《汉魏六朝百三名集》,清严可均《全梁文》卷十五至卷十八,丁福保《全梁诗》卷三。事迹见《梁书》卷五、《南史》卷八《元帝纪》。

金楼子·立言(节选)①

古之学者为己,今之学者为人②。学而优则仕,仕而优则学③,古人之风也;修天爵以取人爵,获人爵而弃天爵④,末俗之风也。古人之风,夫子所以昌言;末俗之风,孟子所以扼腕。然而古人之学者二⑤,今之学者有四⑥。夫子门徒,转相师受,通圣人之经者谓之儒。屈原、宋玉、枚乘、长卿之徒,止于辞赋,则谓之文。今之儒,博穷子史,但能识其事,不能通其理者,谓之学⑦。至如不便为诗如阎纂,善为章奏如伯松,若此之流,泛谓之笔⑧。吟咏风谣,流连哀思者,谓之文⑨。而学者率多不便属辞,守其章句,迟于通变,质于心用⑩。学者不能定礼乐之是非,辩经教之宗旨,徒能扬榷前言,抵掌多识⑪。然而挹源知流,亦足可贵⑫。笔,退则非谓成篇,进则不云取义,神其巧惠,笔端而已⑬。至如文者,惟须绮縠纷披,宫徵靡曼,唇吻遒会,情灵摇荡⑭。而古之文笔,今之文笔,其源又异⑮。至如彖、系、风、雅、名、墨、农、刑,虎炳豹郁,彬彬君子⑯。卜谈四始,李言七略⑰,源流已详,今亦置而弗辨。潘安仁清绮若是,而评者止称情切,故知为文之难也⑱。曹子建、陆士衡,皆文士也,观其辞致侧密,事语坚明,意匠有序,遗言无失,虽不以儒者命家,此亦悉通其义也⑲。遍观文士,略尽知之。至于谢玄晖,始见贫小,然而天才命世,过足以补尤⑳。任彦升甲部阙如,才长笔翰,善辑流略,遂有龙门之名,斯亦一时之盛㉑。

《金楼子》卷四　知不足斋本

【注释】

①《金楼子·立言》——梁元帝萧绎即位前,自号金楼子,因以名书。《隋书·经籍志》著录《金楼子》十卷。此书至明代散失。清代四库馆臣从《永乐大典》中辑得六卷。主要版本有《说郛》宛委山堂本,明归有光辑评《诸子汇函》本,清鲍廷博辑、鲍志祖续辑《知不足斋丛书》本,《四库全书》本,近人郑国勋辑《龙溪经舍丛书》本等。

《金楼子》全书主要论述历代盛衰治乱兴亡。其中《立言》篇辨析文笔,最为明确,集中反映了当时人们对文学认识的深入。恰如朱东润先生所说:"元帝立论,文笔对举,其论文义界,直抉文艺之奥府,声律之秘钥。"(《中国文学批评史大纲》)

文笔之争,是南朝关于文体分类引发的一场大辩论。其实质是当时人们对文学与非文学区别的深入探讨和研究,这是人们辨析文章体制日益精密的结果,因此它在中国文体学史乃至整个中国文学思想史上都具有重要意义。"文"与"笔"对举,源于汉人关于"文学"和"文章"的性质和形式的区分。那时人们一般将学术著述称为"文学",而称具有文学性质的作品为"文章"。随着文学创作的发展和文学理论水平的提高,人们对文学的性质开始有了更加深入的认识,于是产生"文""笔"的区分。证之史籍,则《南史·颜延之传》所云"竣得臣笔,测得臣文",是"文""笔"对举的最早记录。起初,人们主要从文章形式来分,以有韵为文,无韵为笔。范晔《狱中与诸甥侄书》云:"性别宫商,识清浊,斯自然也。……手笔差异,文不拘韵故也。"刘勰《文心雕龙·总术》篇亦云:"今之常言,有文有笔,以为无韵者笔也,有韵者文也。"刘勰所引"常言",明谓有韵为"文",无韵为"笔";范晔谓"手笔"不拘韵,则与"手笔"相对之"文",当然拘韵。然而,这种区分之标准毕竟是不够科学的,有韵的其实不一定是文学,无韵的也不一定不是文学。文艺散文可以不押韵,但不能说不是文学,而一些押韵的骈文,其实并不是文学,只是叙事的理论文章,甚至诗赋也可以作成语录之押韵者。所以,押韵与否不是一个科学的标准,也不能真正分清文学与非文学。

至梁元帝,始着眼在作品内容本身的性质上区分文笔。他所谓"古之学者有二",是指"通圣人之经"之儒生与"止于辞赋"之文士。前者属于学术的范畴,后者属于文章的范畴。所谓"今之学者有四",一指墨守五经章句之儒者;二指博穷子史而不能通其理之学者;三指擅长写作公家应用文的"笔"之作者;四指擅长写作美丽而富于情感的诗辞赋等作品的"文"之作者。前二者属于学术范畴,后二者属于文章的范畴。萧绎论述的重点在于区分了"文""笔"之根本差异。他认为"吟咏风谣,流连哀思"之作谓之"文",它必须具备三个特征:"情灵摇荡"、"流连哀思"的情感性;"宫徵靡曼,唇吻遒会"的声律美;"绮縠纷披"的词采美。这反映出萧绎把文学体裁严格限制在诗赋骈文之内,而使文学跨入纯艺术的领域。这是文学观念演变的一大进步。与"文"相对的是"笔"。在他看来,"善为奏章"、"善辑疏略"的论事说理实用之文,叫做"笔"。这里说的"笔"虽不像"文"那样具有辞采和声律的美,但也要"神其巧惠",也要讲究艺术性,和"儒"、"学"仍有本质上的区别。因此,"文"与"笔"同是属于文学的范畴,只不过前者类似纯文学,后者只能算杂文学。

这种"文""笔"之辨,已不是从形式上按有韵、无韵来区分,而是深入到作品性质上来说明纯文学的本质特性。它反映了萧绎为代表的南朝人对文学审美特征的进一步认识,在文学理论批评史上具有极重大的意义。

②古之学者为己,今之学者为人——语见《论语·宪问》。

③学而优则仕,仕而优则学——《论语·子张》:"仕而优则学,学而优则仕。"

④修天爵以取人爵,获人爵而弃天爵——《孟子·告子》上:"仁、义、忠、信,乐善不倦,此天爵也;公卿大夫,此人爵也。"

⑤古人之学者二——具体内容指下文的:"夫子门徒,转相师受,通圣人之经者谓之儒。""屈原、宋玉、枚乘、长卿之徒,止于辞赋,则谓之文。"前者通儒学,谓之儒生;后者通文章之学,即所谓文人。

⑥今之学者有四——指下文所述的四类学者:一、不便属辞,墨守章句的学者。二、扬榷前言,抵掌多识的学者。三、擅长"笔"的作者;四、擅长"文"的作

者。前两类学者即从古代的"儒"分化而来;后两类学者即从古代的"文"分化而来。前者属于学术的范围,后者属于文学的范围。

⑦"今之儒"五句——意谓今天的儒者有别于古之"夫子门徒",他们不通圣人之经,只在博穷子史,因而概称其为学。细说起来,此学又分两类,即下文的"守其章句"之学和"扬榷前言,抵掌多识"之学。

⑧"不便为诗如阎纂"四句——不便,不习。阎纂,疑即阎缵。按,《晋书》卷四十七有《阎缵传》;严可均《全晋文》录阎缵五篇,并云"案《隋志》有《陇西太守阎缵集》二卷",未知即此否? 待考。伯松,汉代张竦,字伯松。按《古谣谚》卷五《长安为张竦语》:"欲求封,过伯松;力战斗,不如巧为奏。"事见《汉书·王莽传》。这几句解释笔,即指奏章之类实用文体。

⑨吟咏风谣,流连哀思者,谓之文——《礼记·乐记》:"亡国之音哀以思。"哀思,此指情思。

⑩"而学者率多不便属辞"四句——上文说今之学者有四,此说明第一种,即从事五经章句之学的学者。萧绎不以"儒"称之,是因为他们已经从古代的"儒"退化而来,不懂经义,只守章句,不够"儒"的资格。辞,此指富于文采之辞。守其章句,谓墨守五经之章句。迟于通变,谓不善于贯通经籍的大义以融会变通地加以运用。迟,迟钝。质于心用,谓不善于用心体会经籍大义。质,笨拙。

⑪"学者不能定礼乐之是非"四句——此说明今之学者的第二种,即"扬榷前言,抵掌多识"之学者。如果说第一种学者重在经籍的章句之学,那么第二种学者则重在子史之学。扬榷前言,谓约略陈述前人之说。扬榷,约略。抵掌多识,抵掌谈论广博的学识。挹源知流,源指礼乐、经教,流指子史、章句。

⑫挹源知流,亦足可贵——二句谓今之所谓"章句"之学和"子史"之学,若从学术源流的角度看,还是有它的可贵之处。

⑬"笔,退则非谓成篇"四句——此说明今之学者的第三种。二句谓章奏一类的笔,下比之于抒情作品,则它并不能成为有文学价值的作品,上比之与学者的经史撰述,它又不能得儒者的义理所在。此种学问,在萧绎看来最为无用。

⑭"至如文者"五句——此说明今之学者的第四种,即能写抒情文章的作家。绮縠,精美的丝织品。纷披,繁复的样子。绮縠纷披,此喻辞藻的华丽。宫徵靡曼,谓作品的音节和谐动听。唇吻,指语言。遒,聚也。情灵摇荡,犹钟嵘《诗品序》所谓:"摇荡性情,形诸舞咏。"

⑮"古之文笔"三句——古之文,指辞赋;今之文,指辞赋、风谣等抒情作品。古之笔,指圣人之经;今之笔,指奏章一类的实用文章。

⑯ "至如彖、系、风、雅"四句——二句谓古代的经传及诸子之文,文采彪炳,文质相称。彖,指《易》的《彖辞》。孔颖达《周易正义》:"夫子所作《彖辞》,统论一卦之义。……案褚式庄氏并云:彖,断也。断定一卦之义,所以名彖也。"系,《易》的《系辞》,分上下两部分,孔子所作。孔颖达《周易正义》:"谓之《系辞》者,……圣人系属此辞于爻卦之下。"刑,指法家。虎炳豹郁,喻文辞华美。

⑰ 卜谈四始,李言七略——卜谈四始,谓卜商谈论"四始"。卜,卜商,即子夏。《毛诗序》之作者,众说纷纭。据郑玄《诗谱》,《毛诗序》是卜子夏作。四始,指风、小雅、大雅、颂。见《毛诗序》。李言七略,未详所指。

⑱ "潘安仁清绮若是"三句——意谓潘岳诗文辞采清丽,而评者只称许其抒情深切,可见真正要达到文的标准是很难的。

⑲ "曹子建、陆士衡"以下八句——意谓曹植、陆机作为文士,他们的诗文作品文辞艳丽绵密,用事显明,构思巧妙,结构井然,虽然不以儒学名家,但在"文"的方面却是穷究其奥义的。

⑳ "至于谢玄晖"四句——谢玄晖,即谢朓。谢朓诗"贫小"的缺点和他的"天才命世",早在钟嵘就已经点出。《诗品中》"齐吏部谢朓"条曰:"其源出于谢混,微伤细密,颇在不伦。一章之中,自有玉石,然奇章秀句,往往警遒,足使叔源失步,明远变色。善自发诗端,而末篇多踬,此意锐而才弱也,至为后进士子之所嗟慕。朓极与余论诗,感激顿挫过其文。"

㉑ "任彦升甲部阙如"五句——任彦升,即任昉。甲部,指经部。钟嵘《诗品中》评任昉诗曰:"彦升少年为诗不工,故世称沈诗任笔,昉深恨之。晚节爱好既笃,文亦遒变。善铨事理,拓体渊雅,得国士之风,故擢居中品。但昉既博物,动辄用事,所以诗不得奇。少年士子,效我如此,弊矣。"又《南史·任昉传》:"昉尤长为笔,颇慕傅亮才思无穷,当时王公表奏无不请焉。昉起草即成,不加点窜。"又:"(昉)既以文才见知,时人云'任笔沈诗'。昉闻甚以为病。"又:"(昉)晚节转好著诗,欲以倾沉,用事过多,属辞不得流便。自尔都下士子慕之,转为穿凿。于是有'才尽'之谈矣。"龙门之名,《后汉书·李膺传》:"膺独特风裁,以声名自高,士有被其容接者,名为登龙门。"

【附录】

先生曰:余于天下,为不贱焉。窃念臧文仲既殁,其言立于世。曹子桓云:立德著书,可以不朽。杜元凯言:德者非所企及,立言或可庶几。故户牖悬刀笔,而有述作之志矣。常笑淮南之假手,每嗤不韦之托人。由是年在志学,躬自搜纂,以为一家之言。

……有三废学,二不解,而著书不息,何哉?若非隐沦之愚谷,是谓高阳之狂生者也。

窃重管夷吾之雅谈,诸葛孔明之宏论,足以言人世,足以陈政术,窃有慕焉。老生有言:"知我者希,则我者贵矣。"有是哉!有是哉!裴几原、刘嗣芳、萧光侯、张简宪,余之知己也。伯牙之琴,嗟《绿绮》之长废;巨卿之骥,驱《白马》其安归。昔为俎豆之人,今成介胄之士,智小谋大,功名其安在哉?盖以《金楼子》为文也,气不遂文,文常使气;材不值运,必欲belong心。霞间得语,莫非抚臆;松石能言,必解其趣。风云玄感,俛获见知。今纂开辟已来,至乎耳目所接,即以先生为号,名曰《金楼子》。盖王安之玄晏,稚川之抱朴者焉。

萧绎《金楼子序》　严可均《全梁文》卷十七　中华书局影印本

夫法性空寂,心行处断,感而遂通,随方引接。故鹊园善诱,马苑弘宣;白林将谢,青树已列。是宣金牒,方寄银身。自象教东流,化行南国。吴主至诚,历七宵而光曜;晋王画像,经五帝而弥新。次道孝伯,嘉宾玄度,斯数子者,亦一代名人。或修理止于伽蓝,或归心尽于谈论。铭颂所称,兴公而已。

夫披文相质,博约温润,吾闻斯语,未见其人。班固硕学,尚云赞颂相似;陆机钩深,犹闻碑赋如一。唯伯喈作铭,林宗无愧;德祖能诵,元常善书,一时之盛,莫得系踵。况般若玄渊,真如妙密,触言成累,系境非真。金石何书,铭颂谁阐?然建塔纪功,招提立寺。或兴造有由,或誓愿所记。故镌之立石,传诸不朽。亦有息心应供,是曰桑门,或谓智囊,或称印手。高座擅名,预伊师之席;道林见重,陪飞龙之座。峨眉庐阜之贤,邺中宛邓之哲,昭哉史册,可得而详。故碑文之兴,斯焉尚矣。

夫世代亟改,论文之理非一;时事推移,属词之体或异。但繁则伤弱,率则恨省;存华则失体,从实则无味。或引事虽博,其意犹同;或新意虽奇,无所倚约。或首尾伦帖,事似牵课;或翻复博涉,体制不工。能使艳而不华,质而不野;博而不繁,省而不率。文而有质,约而能润;事随意转,理逐言深。所谓菁华,无以间也。

子幼好雕虫,长而弥笃,游心释典,寓目词林,顷常搜聚,有怀著述。譬诸法海,无让波澜;亦等须弥,同归一色。故不择高卑,唯能是与,倘未详悉,随而足之。名为《内典碑铭集林》,合三十卷。庶将来君子,或裨观见焉。

萧绎《内典碑铭集林序》　严可均《全梁文》卷十七　中华书局影印本

君屏居多暇,差得肆意典坟,吟咏情性。比复稀数古人,不以委约,而能不伎痒?且虞卿、史迁,由斯而作。想摛属之兴,益当不少;洛地纸贵,京师名动。

彼此一时,何其盛也!近在道务闲,微得点翰,虽无纪行之作,颇有怀旧之篇。至此已来,众诸屑役。小生之诋,恐取辱于庐江;遮道之奸,虑兴谋于从事。方且褰帷自厉,求瘼不休;笔墨之功,曾何暇豫?至于心乎爱矣,未尝有歇;思乐惠音,清风靡闻。譬夫梦想温玉,饥渴明珠;虽愧卞随,犹为好事。新有所制,想能示之;勿等清虑,徒虚其请。无由赏悉,遗此代怀;数路计行,迟还芳札。

萧绎《与刘孝绰书》 严可均《全梁文》卷十七 中华书局影印本

阔别清颜,忽焉已久,未复音息,劳望情深。暑气方隆,恒保清善。握兰云阁,解绂龙楼,允膺妙选,良为幸甚。想同僚多士,方驾连曹;雅步南宫,容与自玩。士衡已后,唯在兹日。惟昆与季,文藻相晖;二陆、三张,岂独擅美。比暇日无事,时复含毫,颇有赋诗,别当相简。但衡巫峻极,汉水悠长;何时把袂,共披心腹。

萧绎《与萧挹书》 严可均《全梁文》卷十七 中华书局影印本

蔡墨攸陈,有草有茵;梁荆世槚,或魏或秦。积善余庆,时推俊民。孝乎惟孝,其德有邻。曰风曰雅,文章动神。鹤开阮瑀,鹏骛杨循。身兹惟屈,扶摇未申。人罔石火,山有楸椿。佳城无曙,寒野方春。

萧绎《黄门侍郎刘孝绰墓志铭》 严可均《全梁文》卷十八 中华书局影印本

刘 昼

刘昼(516—567),字孔昭,渤海阜城(今河北阜城县东)人,北齐思想家。《北史》本传称其"少孤贫,爱学,伏膺无倦"。有《刘子》、《六合赋》、《高才不遇传》等传世。所撰《帝道》,《金箱璧言》,今已佚。《北齐书》、《北史》有传。

刘子·辨乐①

乐者,天地之齐,中和之纪,人情之所不能免也②。人心喜则笑,笑则乐,乐则口欲歌之,手欲鼓之,足欲舞之③。歌之舞之,乐发于音声,形于动静,而入于至道,音声动静,性术之变,尽于此矣④。故人不能无乐,乐则不能无形,形则不能无道,道则不能无乱⑤。先王恶其乱也,故制雅乐以道之⑥,使其声足乐而不淫,使其音调伦而不诡,使其曲繁省而廉均⑦。足以感人之善心,不使放心邪气得接焉,是先王立乐之情也⑧。

五帝殊时,不相沿乐,三王异世,不相袭礼⑨;各象勋德,应时之变。故黄帝乐曰《云门》⑩,颛顼曰《五茎》⑪,帝喾曰《六英》⑫,尧曰《咸池》⑬,舜曰《箫韶》⑭,禹曰《大夏》⑮,汤曰《大濩》⑯,武曰《大武》⑰,此八代之乐所以异名也。先王闻五声、播八音,非苟欲愉心娱耳,听其铿锵而已⑱。将以顺天地之体,成万物之性,协律吕之情,和阴阳之气,调八风之韵,通《九歌》之分⑲。奏之圆丘,则天神降;用之方泽,则幽祇升⑳。击拊球石,则百兽舞;乐终九成,则瑞禽翔㉑。上能感动天地,下则移风易俗,此德音之音,雅乐之情,盛德之乐也㉒。

明王既泯㉓,风俗凌迟,雅乐残废,溺音竞兴。故夏孔甲作《破斧》之歌,始为东音㉔;殷辛作靡靡之乐,始为北声㉕。郑卫之俗好淫,故有《溱洧》、《桑中》之曲㉖;楚越之俗好勇,则有赴汤蹈火之歌㉗。各咏其所好,歌其所欲,作之者哀叹,听之者泫泣㉘。由心之所感,则形于声;声之所感,必流于心㉙。故哀乐之心感,则燋杀啴缓之声应㉚;濮上之音作,则淫泆邪放之志生㉛。故延年造倾城之歌,汉武思靡嫚之色㉜;雍门作松柏之声,齐泯愿未寒之服㉝。荆轲入秦,宋意击筑,歌于易水之上,闻者瞋目,发直穿冠㉞;赵王迁于房陵,心怀故乡,作《山木》之讴,听者呜咽,泣涕流连㉟。此皆淫泆、凄怆、愤厉、哀思之声,非理性和情、德音之乐也。桓帝听楚琴,慷慨叹息,悲酸伤心,曰:"善哉!为琴若此,岂非乐乎?"夫乐者,声乐而心和,所以为乐也。今则声哀而心悲,洒泪而歔欷,是以悲为乐也。若以悲为乐,亦何乐之有哉㊱!

今怨思之声施于管弦,听音者不淫则悲。淫则乱男女之辩,悲则感怨思之声,岂所谓乐哉㊲!故奸声感人而逆气应之,逆气成象而淫乐兴焉。正声感人而顺气应之,顺气成象而和乐兴焉㊳。乐不和顺,则气有蓄滞。气有蓄滞,则有悖逆诈伪之心,淫泆妄作之事㊴。是以奸声乱色,不留聪明;淫乐慝礼,不接心术㊵。使人心和而不乱者,雅乐之情也。故为诗颂以宣其志,钟鼓以节其耳,羽旄以制其目。听之者不倾,视之者不邪。耳目不倾不邪,则邪音不入。邪音不入,则情性内和;情性内和,然后乃为乐也㊶。

傅亚庶《刘子校释》卷二　中华书局

【注释】

①《刘子·辩乐》——《刘子》的作者问题,是《刘子》研究中争论最多、分歧最大的问题。众说纷纭,迄今无定论。大概有刘歆说、东晋时人说、刘孝标说、刘勰说、刘昼说、袁孝政说和贞观后人说等七种说法,其中以刘勰说和刘昼说影响最大。主张刘昼说的有余嘉锡、杨明照、周振甫以及傅亚庶等先生,对此,傅亚庶先生《刘子校释》书末附录《刘子作者辩证》一文作了详尽辨析。本文从其说。

《刘子》的书名题署和分卷不同。诸家书目皆题《刘子》,但宋本有题为《刘子新论》者,至于卷数,历代史志著录不一,有作二卷、三卷、四卷、五卷、十卷者。

其篇数则为五十五篇。至于注《刘子》者,从唐袁孝政开始,代不乏人。宋奠克让有《刘子音释》三卷和《音义》三卷,今已失传。今人注本中,杨明照《刘子校注》、王叔岷《刘子集证》、林其锬、陈凤金《刘子集校》、傅亚庶《刘子校释》皆可参考。

今本《刘子》一书凡十卷,五十五章,结构庞大,内容驳杂,思想以道儒为主,兼有法家名家,学术体系属于杂家。论及治国爱民、防欲修身、崇学贵谦、祸福利害等方面。书中《辩乐》《正赏》《殊好》《激通》等篇目,不同程度上表达了作者的文艺思想,有不少新颖见解,值得研究和重视。

本篇《辩乐》见《刘子》卷二第七章。文章主要从"乐"的发生、发展和功用等三个方面阐明"乐为心和"的中心论点。

首先,从"乐"的艺术发生来看,乐与歌舞常常是一体的,它们都是"人心"的外在表现,为人情所不可免也。人的内心的喜之感情的外化就是"乐",它"发于音声,形于动静"。值得注意的是,刘昼认为,并不是所有的情感都可以作为"乐"这种艺术的表现对象,故发泄淫佚、愤厉情绪的音乐决非"德音"。

接着,刘子对乐的历史发展作了考察和评价。他认为三皇五帝之乐"各象勋德,应时之变",是"德音之音,雅乐之情,盛德之乐"。而周公之后,"雅乐残废,溺音竞兴"。所谓"溺音",即"淫泆、凄怆、愤厉、哀思之声",刘子或称之为"邪音"、"淫乐"。不难看出,刘子实际上将"乐"分为两类:雅乐和淫乐。其分类的标准和依据,就是"乐"所传通的"情"之性质。凡传达"喜乐"之情者为"雅乐",而传达哀怨、愤怒、恐惧之情者为"淫乐"。对于前者,大力颂扬;对于后者,他甚至否定其为乐:"若以悲为乐,亦何乐之有哉。"

为何要倡导"雅乐"反对"淫乐",刘子主要从"乐"的社会功用对此作了解释和说明。他说八代之雅乐"上能感动天地,下则移风易俗"。又说:"雅乐之情","使人心和而不乱"。相反,"奸声乱色,不留聪明;淫乐慝礼,不接心术"。

至此,我们可以为刘子所谓"乐者声乐心和"的含义作一概括:只有传达喜乐之情,反映社会美好事物的音乐才能使人心平和,社会祥和。

不难看出,刘子的"乐"论观总体上是对两汉以来传统诗乐观的继承。他关于乐的艺术发生、乐与时代的关系以及乐的社会功用等观点直接来自《礼记·乐记》、《毛诗大序》、《淮南子》等。但有一点需要特别指出,他把"乐"仅仅理解为传达"喜乐"之情,给人带来"喜乐"的审美享受,而反对"乐"传达其他的性质的感情(包括"哀怨"之情)。他在乐中排斥了淫佚、愤厉的情绪是有道理的,但把裒哀也排斥在外,并公开反对"以悲为乐"的观点,就存在很大偏激。实际上,"以悲为乐"一直是中国诗乐的主潮,特别在魏晋南北朝时期文艺的自觉性得到加强之后,《刘子》对此仍然没有清醒认识,这就不免显得不适时宜了。

②"乐者"以下四句——《礼记·中庸》:"喜怒哀乐之未发谓之中,发而皆中节谓之和。中也者,天地之大本也;和也者,天下之达道也。致中和,天地位也,万物育焉。"《荀子·乐论篇》:"故乐者,天地之大齐也,中和之纪也,人情之所必不免也。"

③"人心喜则笑"五句——《白虎通·礼乐篇》:"乐者所以必歌者何?夫歌者口言之也。中心喜乐,口欲歌之,手欲舞之,足欲蹈之。"又《淮南子·本经训》:"凡人之性,心和欲得则乐,乐斯动,动斯蹈,蹈斯荡,荡斯歌,歌斯舞,歌舞节则禽兽跳矣。"

④"乐发于音声"六句——《荀子·乐论》:"乐则必发于声音,形于动静;而人之道,声音动静,性术之变尽是矣。"

⑤"故人不能无乐"四句——《荀子·乐论》:"故人不能无乐,乐则不能无形,形而不为道,则不能无乱。"

⑥先王恶其乱也,故制雅乐以道之——先王,谓五帝三王。雅乐,犹言正乐,即别于淫声之乐。"道"通"导"。

⑦"使其声足乐而不淫"三句——句谓(先王制雅乐),使其音乐而不淫,合谐不舛,繁省得宜。

⑧"足以感人之善心"三句——按,《荀子·乐论篇》:"故人不能不乐,乐则不能无形,形而不为道,则不能无乱。先王恶其乱也,故制雅颂之声以道之,使其声足以乐而不流,使其文足以辨而不谄,使其曲直、繁省、廉肉、节奏足以感动人之善心;使夫邪污之气无由得接焉,是先王立乐之方也。"

⑨"五帝殊时"四句——句出《礼记·乐记》。五帝,指黄帝、颛顼、帝喾、尧、舜。三王,指夏、殷、周。

⑩黄帝乐曰《云门》——《周礼·春官·大司乐》:"舞《云门》、《大卷》。"郑玄注:"黄帝曰《云门》、《大卷》。黄帝能成名万物,以明民共财,言其德如云之所出,民得以有族类。"

⑪颛顼曰《五茎》——《礼记》疏引《乐纬》:"颛顼曰《五茎》。"宋均注:"《五茎》者,能为五行之道立根茎也。"《初学记》一五引《乐纬》:"颛顼曰《五茎》。"注:"道有根茎,故曰《五茎》。"《白虎通·礼乐篇》:"《礼记》曰'颛顼乐曰《六茎》',又'颛顼曰《六茎》'者,言和律吕以调阴阳,茎著万物也'。"《汉书·礼乐志》:"《六茎》及根茎也。"颜师古注:"泽及下也。"

⑫帝喾曰《六英》——《礼记》疏引《乐纬》:"帝喾曰《六英》。"宋均注:"为六合之英华。"《艺文类聚》四一引《乐纬》:"帝喾曰六英。"《初学记》一五引《乐

纬》注:"道有英华,故曰《六英》。"又《白虎通·礼乐篇》:"《礼记》曰:'帝喾乐曰《五英》。'又'帝喾曰《五英》'者,言能调和五声以养万物,调其英华也'。"

⑬尧曰《咸池》——《白虎通·礼乐篇》:"《礼记》曰:'黄帝乐曰《咸池》。'又'黄帝曰《咸池》'者,言大施天下之道而行之,天之所生,地之所载,咸蒙德施也'"。《汉书·礼乐志》:"黄帝作《咸池》。'又"《咸池》备矣。"颜师古注:"咸,皆也,池言其包容浸润也,故曰备矣。"又《吕氏春秋·古乐篇》:"黄帝又命伶伦与荣将铸十二钟,以和五音,以施音韶,以仲春之月,乙卯之日,日在奎,始奏之,命之曰《咸池》。"《初学记》一五引刘向《五经通义》:"黄帝乐所以为《咸池》者何?咸,皆也,施(施上当有池字)也。黄帝时道皆施于民。"又引《乐纬注》:"池音施,道施于民故曰《咸池》。"又引宋均《乐叶图征注》:"咸,皆也,池,取无所不浸,德润万物,故定以为乐名也。"

⑭舜曰《箫韶》——《礼记·乐记》郑玄注:"《箫韶》,舜乐名也,韶之言绍也,言舜能继绍尧之德。《周礼》曰'大招'。"《疏》引《乐纬》:"舜曰《箫韶》。"又引《春秋元命苞》:"舜之时,民乐绍尧乐,故云韶之言绍也。"《白虎通·礼乐篇》:"舜曰《箫韶》'者,舜能继尧之道也。"《初学记》一五引《乐纬注》:"韶,继也,舜继尧之后,循行其道,故曰《箫韶》。"

⑮禹曰《大夏》——《礼记·乐记》郑玄注:"禹曰《大夏》'者,言禹能顺二圣之道而行之,故曰《大夏》也。"《春秋繁露·楚庄王篇》:"禹之时,民乐其三圣相继,故曰夏。夏者,大也。"《初学记》一五引《乐叶图征》:"禹乐曰《大夏》。"宋均注:"其德能大诸夏也。"《吕氏春秋·古乐篇》:"禹于是命皋陶作《夏籥》、《九成》,以昭其功。"

⑯汤曰《大濩》——《周礼·大司乐·大濩》郑玄注:"《大濩》,汤乐也。汤以宽治民而除其邪,言其德能使天下得其所也。"濩,护也。言其德广大,救于黎民,除其邪虐,亦能防护,遍布天下,养育黎民,故以称《大濩》也。

⑰武曰《大武》——《周礼》郑玄注:"《大武》,武王乐也。武王伐纣以除其害,言其德能成武功。"《白虎通·礼乐篇》:"《礼记》曰:'周乐曰《大武》、《象》,周公之乐曰《酌》,合曰《大武》。'"

⑱"先王闻五声、播八音"三句——按,《周礼·春官·大司乐》:"凡六乐者,文之以五声,播之以八音。"又《大师》:"掌六律,六同,以合阴阳之声。……皆文之以五声:宫、商、角、徵、羽。皆播之以八音:金、石、土、革、丝、木、匏、竹。"又《礼记·乐记》:"君子之听音,非听其铿锵而已也。"

⑲"将顺天地之体"六句——按,阮籍《乐论》云:"昔者圣人之作乐也,将以顺天地之性,体万物之生也。故定天地八方之音,以迎阴阳八风之声;均黄钟中

和之律,开群生万物之气。"律吕,见《吕氏春秋·音律篇》、《史记·律书》、《汉书·律历志》。八风,八卦之风。《淮南子·天文篇》:"东北方条风,东方明庶风,东南方清明风,南方景风,西南方凉风,西方阊阖风,西北方不周风,北方广莫风。"又见《吕氏春秋·有始览》、《淮南子·坠形篇》、《白虎通·八风篇》。《九歌》,即《离骚》所谓之《九歌》,为禹乐也。

⑳"奏之圆丘"四句——《周礼·春官·大司乐》:"凡乐,圜钟为宫,……冬日至,于地上之圜丘奏之;若乐六变,则天神皆降,可得而礼矣。凡乐,函钟为宫,……夏日至,于泽中之方丘奏之;若乐八变,则地示皆出,可得而礼矣。"又《白虎通·礼乐篇》:"作乐于圜丘之上,天神皆降;作乐于方泽之中,地祇皆出。"

㉑"击拊球石"四句——《尚书·尧典》:"夔曰:'予击石拊石,百兽率舞。'"又《益稷》:"《箫韶》九成,凤凰来仪。"

㉒"上能感动天地"五句——移风易俗,《孝经·广要道章》:"移风易俗,莫善于乐。"《汉书·五行志下之上》:"天子省风以作乐。"注引应劭曰:"风,土地风俗也。省中之风以作乐,然后可移恶风易恶俗也。"德音,《礼记·乐记》:"天下大定,然后正六律,和五声,弦歌颂诗,此之谓德音,德音之谓乐。《诗》云:'莫其德音。'"郑玄注:"此有德之音所谓乐也。"

㉓明王——指周公。

㉔故夏甲作《破斧》之歌,始为东音——《吕氏春秋·音初篇》:"夏侯氏孔甲,田于东阳萯山,天大风晦盲,孔甲迷惑,入于民室,主人方乳。或曰:'后来,是良日也,之子是必大吉。'或曰:'不胜也,之子是必有殃。'后乃取其子,以归。曰:'以为余子,谁敢殃之?'子长成人,幕动坼撩,斧斫斩其足,遂为守门者。孔甲曰:'呜呼!有疾,命矣夫!'乃作为《破斧》之歌,实始为东音。"按,刘勰《文心雕龙·乐府篇》:"夏甲作《破斧》之歌,始为东音。"

㉕殷辛作靡靡之乐,始为北声——殷辛,即纣王。《史记·乐书》:"纣为朝歌北鄙之音。"又《史记·殷本纪》谓帝纣:"使师涓作新淫声,北里之舞靡靡之乐。"

㉖郑卫之俗好淫,故有《溱洧》、《桑中》之曲——《汉书·地理志下》:"卫地有桑间、濮上之阻,男女亦亟聚会,声色生焉,故俗称郑、卫之音。"《吕氏春秋·本生篇》:"郑卫之地,务以自乐,命之曰伐性之斧。"高诱注:"郑国淫辟,男女私会于溱洧之上,有洵讦之乐勺药之和。昔者殷纣使乐师作朝歌北鄙靡靡之乐,以为淫乱。武王伐纣,乐师抱其乐器自投濮水之中。暨卫灵公北朝于晋,宿于濮水上,夜闻水中有琴瑟之音,乃使师涓以琴写其音,师旷止之曰:'此亡国之音

也。'纣之太师以此音自投于濮水,得此声必于濮水之上,地在卫,因曰郑、卫之音。"按,《诗经·郑风·溱洧》:"溱与洧,方涣涣兮。士与女,方秉蕳兮。女曰观乎?士曰既且,且往观乎?洧之外,洵讦且乐。维士与女,伊其相谑,赠之以勺药。溱与洧,浏其清矣。士与女,殷其盈兮。女曰观乎?士曰既且,且往观乎?洧之外,洵讦且乐。维士与女,伊其将谑,赠之以勺药。"《诗经·卫风·桑中》诗云:"期我乎桑中,要我乎上宫,送我乎淇之上矣。"

㉗楚越之俗好勇,则有《赴汤》、《蹈火》之歌——《韩非子·内储说上》:"故越王将复吴而试其教,燔台而鼓之,使人赴火者,赏在火也。临江而鼓之,使人赴水者,赏在水也。"《吕氏春秋·用民篇》:"句践试其民于寝宫,民争入水火,死者千余矣。遽击金而却之。"

㉘"各咏其所好"四句——阮籍《乐论》:"楚越之风好勇,故其俗轻死;郑卫之风好淫,故其俗轻荡。轻死,故有蹈火赴水之歌;轻荡,故有桑间、濮水之曲。各歌其所好,各咏其所欲,为之者流涕,闻之者叹息。"

㉙"由心之所感"四句——《乐记》:"音之起,由人心生也。人心之动,物使之然也。感于物而动,故形于声。"又《吕氏春秋·音初篇》:"凡音者,产乎人心者也。感于心,则荡乎音。"

㉚故哀乐之心感,则燋杀啴缓之声应——《礼记·乐记》:"是故其哀心感者,其声燋以杀;其乐心感者,其声啴以缓。"

㉛濮上之音作,则淫泆邪放之志生——《礼记·乐记》:"桑间、濮上之音,亡国之音也。""流辟、邪散、狄成、涤滥之音作,而民淫乱。"又《吕氏春秋·音初篇》:"流辟、诐越、滔滥之音出,则滔荡之气、邪慢之心感矣。"

㉜故延年造倾城之歌,汉武思靡嫚之色——靡嫚,指姿色的妖冶。《汉书·外戚传上》:"孝武李夫人,本以倡进。初,妇人兄延年性知音,善歌舞,武帝爱之。每为新声变曲,闻者莫不感动。延年侍上起舞,歌曰:'北方有佳人,绝世而独立,一顾倾人城,再顾倾人国。宁不知倾城与倾国,佳人难再得!'上叹息曰:'善!世岂有此人乎?'平阳公主因言延年有女弟,上乃召见之,实妙丽善舞。由是得幸。"

㉝雍门作松柏之声,齐潸愿未寒之服——《战国策·齐策》:"齐王建入朝于秦,雍门司马前曰:'所为立王者,为社稷耶?为王立王耶!'王曰:'为社稷。'司马曰:'为社稷立王,王何以去社稷而入秦?'齐王还车而反。秦使陈驰诱齐王内之,约与五百里之地,齐王不听即墨大夫而听陈驰,遂入秦,处之共松柏之间,饿而死。先是齐为之歌曰:'松耶!柏耶!住建共者,客耶!'"又《史记·齐世家》:"齐王听相后胜计,不战,以兵降秦。秦王虏王建,迁之共。齐人怨王建不

早与诸侯合纵攻秦,听奸臣宾客以亡其国,歌之曰:'松耶柏耶?住建共者客耶?'疾建用客之不详也。"按,《刘子》此文,盖兼采《战国策·齐策》、《史记·齐世家》而约取其义,又误以歌属之雍门司马耳。齐有雍门子以哭见孟尝君,见《淮南子·览冥训》、《缪称训》、《说苑·善说篇》、《汉书·中山靖王传》,与此无涉。

㉞"荆轲入秦"四句——荆轲事见《史记·刺客列传》。又《淮南子·泰族篇》:"荆轲西刺秦王,高渐离、宋意为击筑,而歌于易水之上,闻者莫不瞋目裂眦,发植穿冠。"

㉟"赵王迁于房陵"五句——按,《史记·赵世家》:"九年……悼襄王卒,子幽缪王迁立。七年,秦人攻赵……以王迁降。太史公曰:吾闻冯王孙曰:'赵王迁,其母倡也,嬖于悼襄王。悼襄王废嫡子嘉而立迁。"又《淮南子·泰族篇》:"赵王迁流于房陵,思故乡,作为山木之讴,闻者莫不殒涕。"又《文选》江淹《恨赋》注引《淮南》许慎注:"秦灭赵,房房陵,房陵在汉中。《山木》之讴,歌曲也。"

㊱"桓帝听楚琴"以下六句——阮籍《乐论》:"桓帝闻楚琴,凄怆伤心,倚扆而悲,慷慨长息,曰:'善哉乎!为琴如此,一而已足矣。'夫是谓以悲为乐者也。诚以悲为乐,则天下何乐之有?"

㊲"今怨思之声"以下六句——《淮南子·泰族篇》:"今取怨思之声,施之于弦管,闻其音者,不淫则悲,淫则乱男女之辩,悲则感怨思之气,岂所谓乐哉?"

㊳"故奸声感人而逆气应之"四句——《乐记》:"凡奸声感人,而逆气应之,逆气成象,而淫乐兴焉;正声感人,而顺气应之,顺气成象,而和乐兴焉。"成象,《史记·乐书集解》:"郑玄曰:'成象谓人乐习之也。'"《正义》:"兴,生也,若逆气流行于世而民又习之为法,故云成象。"

㊴则有悖逆诈伪之心,淫泆妄作之事——《乐记》:"于是有悖逆诈伪之心、有淫泆作乱之事。"

㊵"是以奸声乱色"四句——《乐记》:"奸声乱色,不留聪明;淫乐慝礼,不接心术。"孔颖达疏:"奸声乱色不留聪明者,谓不使奸声乱色停留于耳目,令耳目不聪明也。淫乐慝礼不接心术者,谓不使淫乐慝礼而接连于心术,谓心不存念也。"

㊶"故为诗颂以宣其志"十一句——阮籍《乐论》:"歌咏诗曲,将以宣和平,著不逮也。钟鼓所以节耳,羽旄所以制目;听之者不倾,视之者不衰。耳目不倾不衰,则风俗移易。故移风易俗,莫善于乐也。"

【附录】

夫乐者,天地之体,万物之性也。合其体,得其性,则和;离其体,失其性,则乖。昔者圣人之作乐也,将以顺天地之性,体万物之生也。故定天地八方之音,以迎阴阳八风之声,均黄钟中和之律,开群生万物之情。故律吕协则阴阳和,音声适而万物类,男女不易其所,君臣不犯其位,四海同其观,九州一其节,奏之圜丘而天神下,奏之方岳而地祇上;天地合其德则万物合其生,刑赏不用而民自安矣。

乾坤易简,故雅乐不烦;道德平淡,故无声无味。不烦则阴阳自通,无味则百物自乐,日迁善成化而不自知,风俗移易而同于是乐,此自然之道,乐之所始也。

其后圣人不作,道德荒坏,政法不立,化废欲行,各有风俗。故造始之教谓之风,习而行之谓之俗。楚越之风好勇,故其俗轻死;郑卫之风好淫,故其俗轻荡。轻死,故有蹈火赴水之歌;轻荡,故有桑间、濮上之曲。各歌其所好,各咏其所为,歌之者流涕,闻之者叹息,背而去之,无不慷慨。怀永日之娱,抱长夜之叹,相聚而合之,群而习之,靡靡无已,弃父子之亲,驰君臣之制,匮室家之礼,废耕农之业,忘终身之乐,崇淫纵之俗;故江淮之南,其民好残;漳、汝之间,其民好奔。吴有双剑之节,赵有扶琴之客。气发于中,声入于耳,手足飞扬,不觉其骇。

……故八方殊风,九州异俗,乖离分背,莫能相通,音异气别,曲节不齐。故圣人立调适之音,建平和之声,制便事之节,定顺从之容,使天下之为乐者莫不仪焉。自上以下,降杀有等,至于庶人,咸皆闻之。歌谣者咏先王之德,俯仰者习先王之容,器具者象先王之式,度数者应先王之制;入于心,沦于气,心气和洽,则风俗齐一。

……歌咏诗曲,将以宣平和,著不逮也。钟鼓所以节耳,羽旄所以制目,听之者不倾,视之者不衰;耳目不倾不衰则风俗移易,故移风易俗莫善于乐也。故八音有本体,五声有自然,其同物者以大小相君。有自然,故不可乱;大小相君,故可得而平也。

……夫百姓安服淫乱之声,残坏先王之正,故后王必更作乐,各宣其功德于天下,通其变使民不倦。然但改其名目,变造歌咏,至于乐声,平和自若。故黄帝咏云门之神,少昊歌凤鸟之迹,《咸池》、《六英》之名既变,而黄钟之宫不改易。故达道之化者可与审乐,好音之声者不足与论律也。

……乐者,使人精神平和,衰气不入,天地交泰,远物来集,故谓之乐也。今则流涕感动,嘘唏伤气,寒暑不适,庶物不遂,虽出丝竹,宜谓之哀,奈何俯仰叹息,以此称乐乎!

阮籍《乐论》节录 陈伯君《阮籍集校注》卷上 中华书局

刘子·殊好①

累榭洞房,珠帘玉扆,人之所悦也,鸟入而忧;耸石巉岩,轮菌纠结,猨狖之所便也,人上而慄;《五英》《六茎》《咸池》《箫韶》,人之所乐也,兽闻而振;悬濑碧潭,澜波汹涌,鱼龙之所安也,人入而畏②。飞鼰甘烟③,走貊美铁④,云日嗜蛇⑤,人好刍豢⑥。鸟兽与人,受性既殊,形质亦异,所居隔绝,嗜好不同,未足怪也。

人之与人,共禀二仪之气,俱抱五常之性。虽贤愚异情,善恶殊行,至于目见日月,耳闻雷霆,近火觉热,履冰知寒,此之粗识,未宜有殊也。声色芳味,各有正性;善恶之分,皎然自露。不可以皂为白,以羽为角,以苦为甘,以臭为香,然而嗜好有殊绝者,则偏其反矣。非可以类推,弗得以情测,颠倒好丑,良可怪也。

赪颜玉理,盼视巧笑⑦,众目之所悦也。轩皇爱嫫母之丑貌,不易落慕之丽容⑧;陈侯悦敦洽之丑状,弗贸阳文之婉姿⑨。炮羔煎鸿,腥蠵臑熊,众口之所赚也⑩;文王嗜菖蒲之菹,不易龙肝之味⑪。《阳春》《白雪》,《嗷楚》《采菱》,众耳之所乐也⑫。而汉顺帝听山鸟之音,云胜丝竹之响⑬;魏文侯好槌凿之声,不贵金石之和⑭。郁金玄憺⑮,春兰秋蕙,众鼻之所芳也。海人悦至臭之夫,不爱芬馨之气⑯。若斯人者,皆性有所偏也,执其所好而与众相反,则倒白为黑,变苦成甘,移角成羽,佩莸当蕙⑰,美丑无定形,爱憎无正分也。

傅亚庶《刘子校释》卷八 中华书局

【注释】

①《刘子·殊好》——本篇为《刘子》第三十九章。刘昼在文中上承《淮南子》、葛洪、刘勰等,主要对审美活动中主体审美趣味的差异性问题作了更为系统深刻的论述。

刘昼一方面承认了美的客观性,所谓"声色芳味,各有正性,美恶之分,皎然自露",这种客观的美给人带来共同的审美享受,这便触及美感的普遍性问题,刘子说:"赦颜玉理,盼视巧笑,众目之所悦也。"另一方面,刘子也看到由于人的"嗜好"有不同,审美鉴赏中出现的差异乃至于互相对立的情况,刘子由此提出"美丑无定形,爱憎无正分"的学术命题,意谓美与丑没有一定的形态,爱与憎没有必然的分别。它给我们的启示是:审美理论必须看到和尊重不同鉴赏主体的主观偏好和实际感受,承认个体之间审美标准的差异,不可以己强人。

应该说,这一见解是符合审美实际,因而是合理的。当然,刘昼在解释审美差异性这一现象产生的根源时,将其归之于秉性的差异,却又是很不全面的。秉性的差异,是决定审美差异性的因素之一,但更重要的还有生活习俗、社会环境等因素的影响。

②"累榭洞房"以下十六句——按,《淮南子·齐俗篇》:"广厦阔屋,连闼通房,人之所安也,鸟入之而忧;高山险阻,深林丛薄,虎豹之所乐也,人入之而死;《咸池》《承云》、《九韶》《六英》,人之所乐也,鸟兽闻之而惊;深谿峭岸,峻木寻枝,猨狖之所乐也,人上之而栗。"《五英》《六茎》,《咸池》《箫韶》:见前《刘子·辩乐》注。

③飞鼯甘烟——《尔雅·释鸟》:"鼯鼠,夷由。"郭注:"状如小狐,似蝙蝠,……食火烟。"甘,嗜也。

④走貊美铁——"貊"通"貘"。《说文》:"貘,似熊而黄黑色,出蜀中。"《尔雅·释兽》郭注:"(貘)似熊,小头庳脚,黑白驳,能舐食铜铁。"

⑤云日嗜蛇——"云日"又作晖日、运日。《淮南子·缪称篇》:"晖日知晏。"许注:"晖日,鸩鸟也。"《说文》:"鸩,一曰运日。"《广雅·释鸟》:"鸩鸟,其雄谓之运日,其雌谓之阴谐。"《山海经·中山经》郭璞注:"鸩,大如雕,紫绿色,长颈赤喙,食蝮蛇头,雄名运日,雌名阴谐也。"

⑥人好刍豢——《庄子·齐物论》:"民食刍豢。"《释文》引司马彪注:"牛羊曰刍,犬豕曰豢。"

⑦赪颜玉理,盼视巧笑——赪,赤色也。赪颜,犹言红颜。盼视巧笑:《诗经·卫风·硕人》:"巧笑倩兮,美目盼兮。"盼,指瞳睛黑白分明貌。

⑧轩皇爱嫫母之丑貌,不易落慕之丽容——轩皇,指黄帝。嫫母,古之丑女而行贞正,据说是黄帝的妃子。按《吕氏春秋·遇合篇》:"若人之于色也,无不知说美者,而美者未必遇也。故嫫母执乎黄帝。黄帝曰:'厉女德而弗忘,与女正而弗衰,虽恶奚伤。'"又《抱朴子·辩问篇》:"人情莫不爱红颜艳姿,轻体柔身;而黄帝悦笃丑之嫫母,陈侯怜可憎之敦洽。"落慕,与西施等并称为我国古代美女。

⑨陈侯悦敦洽之丑状,弗贸阳文之婉姿——《吕氏春秋·遇合篇》:"陈有恶人焉,曰敦洽雠麋。椎颡广颜,色如浃赭,垂眼临鼻,长肘而盩。陈侯见而甚悦之。"《淮南子·修务篇》高注:"阳文,古之好女。"

⑩炮羔煎鸿,臐蠵臑熊,众口之所嗛也——"臐",同"胹",《说文》:"胹,烂也。"蠵,《说文》:"大龟也。"臑,《楚辞·招魂》王逸注:"有菜曰羹,无菜曰臑。"嗛,快也。

⑪文王嗜菖蒲之菹,不易龙肝之味——《吕氏春秋·遇合篇》:"若人之于滋味,无不说干脆,而干脆未必受也。文王嗜昌蒲菹。"高诱注:"昌木之菹。"又《抱朴子·辩问篇》:"人口无不悦甘,而周文嗜不美之菹,不易大牢之滋味。"

⑫《阳春》《白雪》,《噭楚》《采菱》,众耳之所乐也——《阳春》《白雪》,《噭楚》《采菱》:并为我国古曲名。"噭"同"激"。按《文选》宋玉《对楚王问》:"客有歌于郢中者,……其为《阳春》《白雪》,国中属而和者,不过数十人。"《古今乐录》:"《阳春》《白雪》《激楚》,皆曲名也。"又《淮南子·说山篇》:"欲美和者,必先始于《阳阿》、《采菱》。"高诱注:"《阳阿》、《采菱》,乐曲之和声。"

⑬汉顺听山鸟之音,云胜丝竹之响——汉顺,即汉顺帝。按阮籍《乐论》:"顺帝上恭陵,过樊衢,闻鸟鸣而悲,泣下横流,曰:'善哉,呜呼'。使左右吟之,'使丝声若是,岂不乐哉。'"

⑭魏文侯好槌凿之声,不贵金石之和——具体所指未详。按《抱朴子·辩问篇》:"人耳无不喜乐,而魏明好椎凿之声,不以易丝竹之和音。"但魏文侯与魏明有异,待考。

⑮郁金玄憺——郁金,即郁金香,其茎十二叶,为百草之英。玄憺,未详。

⑯海人悦至臭之味,不爱芬馨之气——《吕氏春秋·遇合篇》:"人有大臭者,其亲戚兄弟妻妾知识无能与居者,自苦而居海上,海上有人悦其臭者,昼夜随之而弗能去。"又曹植《与杨德祖书》:"兰茝荪蕙之芳,众人所好,而海畔有逐臭之夫。"《抱朴子·辩问篇》:"海上之女,逐臭之夫,随之不止。"

⑰佩莸当薰——《左传·僖公四年》:"一薰一莸,十年犹有臭。"杜预注:"薰,香草。莸,臭草。"

【附录】

风者,气也;俗者,习也。土地水泉,气有缓急,声有高下,谓之风焉;人居此地,习以成性,谓之俗焉。风有厚薄,俗有淳浇。明王之化,当移风使之雅,易俗使之正。是以上之化下,亦为之风焉;民习而行,亦为之俗焉。

楚越之风好勇,其俗赴死而不顾;郑卫之风好淫,其俗轻荡而忘归;晋有唐尧之遗风,其俗节财而俭啬,齐有景公之余化,其俗奢侈以夸竞。陈大姬无子好巫祝,其俗事鬼神以祈福;燕丹结客纳勇士于后宫,其俗待妻妾于宾客。斯皆上之风化,人习为俗也。

刘昼《刘子·风俗》 傅亚庶《刘子校释》卷九 中华书局

物有美恶,施用有宜。美不常珍,恶不终弃。紫貂白狐,制以为裘,郁若庆云,皎如荆玉,此毳衣之美也;蘮蒬苍莂,编以蓑笠,叶微疏累,黯若朽穣,此卉服之美也。裘蓑虽异,被服实同;美恶虽殊,适用则均。今处绣户洞房,则蓑不如裘;被雪淋雨,则裘不如蓑。以此观之,适才所施,随时成务,各有宜也。

刘昼《刘子·适才》 傅亚庶《刘子校释》卷六 中华书局

刘子·正赏①

赏者,所以辨情也;评者,所以绳理也。赏而不正,则情乱于实;评而不均,则理失其真。理之失也,由于贵古而贱今;情之乱也,在乎信耳而弃目②。古今虽殊,其迹实同;耳目诚异,其识则齐。识齐而赏异,不可以称正;迹同而评殊,未得以言平。平正而俱翻,则情理并乱也③。

由今人之画鬼魅者易为巧,摹犬马者难为工,何也?鬼魅质虚而犬马形露也④。质虚者可托怪以示奇,形露者不可诬罔以是非,难以其真而见妙也。托怪于无象,可假非而为是;取范于真形,则虽是而疑非。

昔鲁哀公遥慕稷、契之贤,而不觉孔丘之圣⑤;齐景公高仰管仲之谋,而不知晏婴之智⑥;张伯松远羡仲舒之博,近遗子云之美⑦。以夫子之圣,非不光于稷、契;晏婴之贤,非有减于管仲;扬子云之才,非为劣于董仲舒。然而弗贵者,岂非重古而轻今,珍远而鄙近,贵耳而贱目,崇名而毁实邪⑧?观俗之论,非苟欲以贵彼而贱此,饰名而挫实,由于善恶混糅,真伪难分,弃法以度物情,信心而定是非也⑨。

今以心察锱铢之重,则莫之能识;悬之权衡,则毫厘之重辨矣⑩。是以圣人知是非难明,轻重难定,制为法则,揆量物情。故权衡诚悬,不可欺以轻重;绳墨诚陈,不可诬以曲直;规矩诚设,不可罔以方圆⑪。故揲法以测物,则真伪易辨矣;信心而度理,则是非难明矣。

越人腥蛇以飨秦客⑫,秦客甘之以为鲤也;既觉而知其是蛇,攫喉而呕之,此为未知味也。赵人有曲者,托以伯牙之声⑬,世人竞习之,后闻其非,乃束指而罢,此为未知音也。宋人得燕石以为美玉,铜匣而藏之,后知是石,因捧匣而弃之,此为未识玉也⑭。郢人为赋,托以灵均,举世而诵之,后知其非,皆缄口而捐之,此为未知文也⑮。故以蛇为鲤者,唯易牙不失其味⑯;以赵曲为雅声者,唯钟期不溷其音⑰;以燕石为美玉者,唯猗顿不谬其真⑱;以郢赋为丽藻者,唯相如不滥其赏⑲。

昔二人评玉,一人曰好,一人曰丑,久而不能辩。各曰:"尔来入吾目中,则好丑分矣!"夫玉有定形而察之不同,非苟相反,瞳睛殊也⑳。堂列黼幌,缀以金魄㉑,碧流光霞,曜烂眩目,而醉者眸转,呼为焰火,非黼幌状移,目改变也。镜形如杯,以照西施,镜纵则面长,镜横则面广,非西施貌易,所照变也㉒。海滨居者,望岛如舟,望舟如凫,而须舟者不造岛,射凫者不向舟,知是望远目乱而心惑也。山底行者,望岭树如簪,视岫虎如犬,而求簪者不上树,求犬者不往呼,知是望高目乱而心惑也㉓。至于观人论文,则以大为小,以能为鄙,而不知其目乱心惑也。与望山海者,不亦反乎?

昔仲尼先饭黍,侍者掩口笑㉔;子游裼裘而谚,曾参挥指而哂㉕。以圣贤之举错,非有谬也,而不免于嗤诮,奚况世人,未有名称,其容止之萃㉖,能免于嗤诮者,岂不难也?以此观之,则正可以为邪,美可以称恶,名实颠倒,可谓叹息也。

今述理者贻之知音,君子聪达亮于闻前,明鉴出于意表。不以名实眩惑,不为古今易情,采其制意之本,略其文外之华,不没纤芥之善㉗,不掩萤蠋之光㉘,可谓千载一遇也。

傅亚庶《刘子校释》卷十　中华书局

【注释】

①《刘子·正赏》——是《刘子》的第五十一篇。

顾名思义,所谓"正赏",就是指公正的美学鉴赏和批评。文章首先对"赏"

和"评"两个概念的内涵作了界说。在刘子看来,"赏"是对作品进行阅读和欣赏,目的在于"辨情",在于体会、领悟作品所流露的思想感情;它的要求是"正",即要求鉴赏者认真阅读,不能"信耳而弃目"、光听别人说;最好要设身处地,与作者共悲乐,当他的情感知音。此亦刘勰所谓"深识鉴奥"、"必欢然内怿"(《文心雕龙·知音》)之意。"评"就是作出判断、评价,关于"评",刘子首先强调"绳理",即要用一定的客观标准来对作品加以分析和评价,且要客观公允,不能失"均",不能"贵古而贱今"。比较而言,评要求更高、更侧重于冷静的理性思维。当然,这并不是说"赏"和"评"可以截然分开,即使在今天我们看来,它们也是紧密联系在一起的,赏是评的基础,评是赏的深化。

刘子"正赏""均评"观的提出,具有鲜明的现实针对性。他批评现实生活中"正可以为邪,美可以称恶,名实颠倒"、"崇名毁实"的风气。又分析认为造成"赏不正"、"评不均"的原因主要有两个:一是人们头脑中存有"贵古而贱今"的陈旧意识,存有"信耳而弃目"的思想误区。这一观点,与曹丕《典论·论文》"常人贵远贱近,向声背实",葛洪《抱朴子·均世》"其于古人所作为神,今世所著为贱,贵远贱近"以及刘勰《文心雕龙·知音》"古来知音,多贱同而思古""才实鸿懿,而崇己抑人"所论,可谓一脉相承。二是人们的审美趣味存在着主观的差异性。这种审美趣味的主观差异性,造成了对同一事物美丑好恶的不同评价。用他的话说,即所谓"玉有定形而察之不同,非苟相反,瞳睛殊也"。但刘子又认为,人们对客观事物的主观评价并不能改变事物固有的性质,审美鉴赏和批评不应以个人好恶为出发点,而应力探事物美丑的固有之"实"。因此,他强调建立客观标准的重要性,提出了"悬之权衡"、"制为法则","摹法以测物,则真伪易辨矣"。

文章结尾提出"知音"问题。在刘子看来,有了正确的审美判断标准之后,要进行正确的审美判断,还必须有一个条件,即审美主体能够成为艺术对象的真正的知音。美的音乐,美的文学等,只有对于音乐的耳朵,富有文学经验的眼光,才可以得到正确的审美判断,从而不至于诬真为曲,颠倒是非。所有这些论述,无疑是对《淮南子》、葛洪、刘勰等审美批评观的重要继承。

②"理之失也"四句——《庄子·外物》:"夫尊古而卑今,学者之流也。"《论衡·超奇篇》:"俗好高古而称所闻。"《齐世》:"述事者,好高古而下今,贵所闻而贱所见。"《抱朴子外篇·尚博》:"世俗率神贵古昔而黩贱同时。"等等,均为刘子所本。

③平正而俱翻,则情理并乱也——此二语承前两句言,意谓,出于一己之好恶,对明明水平相同的作品作出相异的评赏,那么"平"与"正"也就无从谈起,

情与理也就被淆乱了。

④"由今人之画鬼魅者易为巧"四句——《韩非子·外储说左上》:"客有为齐王画者,齐王问曰:'画孰最难者?'曰:'犬马最难。''孰易者?'曰:'鬼魅最易。'夫犬马人所知也,旦暮罄于前,不可类之,故难。鬼魅无形者,不罄于前,故易之也。"

⑤昔鲁哀公遥慕稷、契之贤,不觉孔丘之圣——事出未详,待考。

⑥齐景公高仰管仲之谋,而不知晏婴之智——《说苑·尊贤篇》:"齐景公伐宋,至于歧隄之上,登高而望,太息而叹曰:'昔我先君桓公,长毂八百乘,以霸诸侯;今我长毂三千乘,而不敢久处于此者,岂其无管仲欤?'"

⑦张伯松远羡仲舒之博,近遗子云之美——张伯松,即张竦,字伯松。仲舒,即董仲舒。远慕之事,不详。近遗子云之美:子云即扬雄。按《论衡·齐世篇》:"扬子云作《太玄》,造《法言》,张伯松不肯壹观。与之并肩,故贱其言。使子云在伯松前,伯松以为金柜矣。"又扬雄《答刘歆书》:"燕其疑张伯松不好雄赋颂之文,然亦有以奇之。常为雄道言其父及其先君嘉典训,属雄以此篇目颇示其成者。伯松曰:'是悬日月不刊之书也。'"《文选》任昉《南徐州萧公行状》李善注:"扬雄《方言》曰:'雄以此篇目烦示其成者张伯松,伯松曰:'是悬之者日月不刊之书也。'"

⑧"岂非重古而轻今"四句——《文选》张衡《东京赋》李善注引桓谭《新论》:"世咸尊古卑今,贵所闻,贱所见。"《抱朴子外篇·广譬》:"贵远而贱近者,常人之用情也;信耳而疑目者,古今之所患也。"

⑨弃法以度物情,信心而定是非也——二句谓不依照客观法则来度量事物的实情,而是仅凭主观臆测来评定是非。

⑩"今以心察锱铢之重"四句——《意林》引《慎子》:"措钧石,使禹查之,不能识也;悬于权衡,则厘发识矣。"

⑪"故权衡诚悬"六句——《荀子·礼论篇》:"故绳墨诚陈矣,则不可欺以曲直;衡诚悬矣,则不可欺以轻重;规矩诚设矣,则不可欺以方圆。"又《意林》引《慎子》:"有权衡者,不可欺以轻重;有尺寸者,不可差以长短;有法度者,不可巧以诈伪。"

⑫臛蛇——臛,《说文》:"臛,肉羹也。"臛蛇,即将蛇做成肉羹。

⑬伯牙之声——伯牙,即俞伯牙。按《风俗通义·声音篇》:"伯子牙方鼓琴,钟子期听之,而意在高山,子期曰:'善哉乎,巍巍若泰山!'顷之间而在流水,钟子又曰:'善哉乎,汤汤若江、河!'子期死,伯牙破琴绝弦,终身不复鼓,以为世无足音者也。"事又见《列子·汤问篇》、《吕氏春秋·本味篇》、《韩诗外传》卷

九、《说苑·尊贤篇》等。

⑭"宋人得燕石以为美玉"五句——《艺文类聚》卷六引《阙子》:"宋之愚人,得燕石于梧台之东,归而藏之,以为大宝。周客闻而观焉。主人斋七日,端冕玄服以发宝,革匮十重,缇巾十袭。客见之,掩口而笑曰:'此特燕石也,与瓦甓不殊!'"又《淮南子·修务训》:"楚人有烹猴,而召其邻人,以为狗羹也,而甘之,后闻其猴也,据地而吐之,尽写其食。此未始知味者也。邯郸师有出新曲者,托之李奇,诸人皆争学之,后知其非也,而皆弃其曲。此未始知音者也。鄙人有得玉璞者,喜其状,以为宝而藏之,以示人,人以为石也,因而弃之。此未始知玉者也。"

⑮"郢人为赋"六句——按,葛洪《西京杂记》上:"长安有庆虬之,亦善为赋,尝为《清思赋》,时人不知贵也;乃托以相如所作,遂见重于世。"与此事相同。

⑯易牙——齐人,为齐桓公时著名厨师。

⑰钟期——即钟子期,参见本文注释⑬。

⑱猗顿——《淮南子·泛论训》:"玉工眩玉之似碧庐者,唯猗顿不失其情。"高诱注:"猗顿是鲁之富人,情知玉理,不失其能也。"

⑲相如——即司马相如,西汉著名词赋大家,著有《子虚》、《上林》等的大赋。

⑳"昔二人评玉"十句——《艺文类聚》三六六引蒋子《万机论》:"昔吴有二人共评玉者,一人曰好,一人曰丑,久之不决。二人各曰:'尔可来入吾目中,则好丑分矣。'玉有定形,二人察之有得失,非苟相反,眼睛异耳。"又《淮南子·人间训》:"夫歌《采菱》,发《河阳》,鄙人听之,不若此《延路》、《阳局》,非歌者拙也,听者异也。"

㉑堂列黼幌,缀以金魄——幌,帷幔也,屏风之别名。"黼幌"犹"黼帷"。《文选》班固《西都赋》:"袪黼帷。"吕向注:"黼帷,绣帏也。"金魄,即金箔。

㉒"镜形如杯"六句——《淮南子·齐俗篇》:"窥面于盘水则圆,于杯水则椭,面形不变,其故有所圆,有所椭者,所自窥之异也。"

㉓"山底行者"六句——《荀子·解蔽篇》:"从山上望牛者,若羊,而求羊者不下牵也,远蔽其大也;从山下望木者,十仞之木,若箸,而求箸者不上折也,高蔽其长也。"

㉔昔仲尼先饭黍,侍者掩口笑——《韩非子·外储说左下》:"孔子侍坐于鲁哀公,哀公赐之桃与黍。哀公曰:'请用。'仲尼先饭黍,而后啖桃。左右皆掩口而笑。哀公曰:'黍者,非饭之也,以雪桃也。'仲尼对曰:'丘知之矣!夫黍

者,五谷之长也,祭先王为上盛,果蔬有六,而桃为下,祭先王不得入庙。'"

㉕子游裼裘而谣,曾参挥指而哂——据《礼记·檀弓上》载,友人死,曾子与子游同去吊唁。子游吊唁时脱掉了朝服,曾子哂笑他不懂礼法。实际上,并非子游的吊唁方式违礼,而恰恰是曾子搞错了。裼,脱掉。谣,通唁。

㉖瘁——通"悴",即忧伤憔悴之意。《说文》:"悴,忧也。"

㉗纤芥——比喻细小。《春秋繁露·王道篇》:"《春秋》记纤介之失。"

㉘荧蠋——指微弱之光。班固《汉书叙传·答宾戏》颜师古注:"荧蠋,荧荧小光之烛也。"萤、荧古通。

【附录】

言以绎理,理为言本;名以订实,实为名源。有理无言,则理不可明;有实无名,则实不可辨。理由言明,而言非理也;实由名辨,而名非实也。今信言以弃理,非得理者也;信名而略实,非得实者也。故明者课言以寻理,不遣理而著言;执名以责实,不弃实而存名。然则言理兼通而名实俱正。

世人传言,皆以小成大,以非为是。传弥广而理逾乖,名弥假而实逾反,则回犬似人,转白成黑矣。……俗之弊者,不察名实,虚信传说,即似定真。……是以古人必慎传名,近审其词,远取诸理,不使名害于实,实隐于名。故名无所容其伪,实无所蔽其真,此谓正名也。

刘昼《刘子·审名》　傅亚庶《刘子校释》卷三　中华书局

俗之常情,莫不自贵而鄙物,重己而轻人。观其意也,非苟欲以愚胜贤,以短加长,由于人心难知,非可以准衡平,未能虚己相推,故有以轻抑重,以短凌长。是以嫫母窥井,自谓媚胜西施;齐桓矜德,自称贤于尧舜。若子贡始事孔子,一年自谓胜之,二年以为同德,三年方知不及。以子贡之才,犹不识圣人之德,望风相崇,奚况世人,而能推胜己耶?是以真伪绮错,贤愚杂揉,自非明哲,莫能辨也。

刘昼《刘子·心隐》　傅亚庶《刘子校释》卷五　中华书局

妙必假物,而物非生妙;巧必因器,而器非成巧。是以羿无弧矢,不能中微,其中微者,非弧矢也;倕无斧斤,不能斫断,其善斫者,非斧斤也。画以摹形,故先质后文;言以写情,故先实后辩。无质而文,则画非形也;不实而辩,则言非情也。红黛饰容,欲以为艳,而动目者稀;挥弦繁弄,欲以为悲,而惊耳者寡;由于质不美、曲不和也。质不美者,虽崇饰而不华;曲不和者,虽响疾而不哀。理动于心而见于色,情发于中而形于声。故强欢者虽笑不乐;强哭者虽哀不悲。耳闻所恶,不若无闻;目见所恶,不如不见。故雷震必塞耳,掣电必掩目。为仁则不利,为利则不仁。故贩粟昔欲岁之饥;售药者欲人之疾。物各重其所主,而桀、纣之狗可以吠尧。故盗跖之徒,贤盗跖而鄙仲尼。

……公仪嗜鱼,屈到嗜芰,虽非至味,人皆甘之,与众同也;文王嗜胆,曾晳嗜枣,胆苦枣酸,圣贤甘之,与众异也。鹿形似马而迅于马;豺形似犬而健于犬。国有千金之马而无千金之鹿;家有千金之犬而无千金之豺。以犬马有用而豺鹿无用也。

刘昼《刘子·言苑》　傅亚庶《刘子校释》卷十　中华书局

颜之推

颜之推(531—约590后),字介,琅邪临沂(今山东临沂市)人。颜之推生于乱世,一生颠沛流离。身历四朝,初仕梁元帝,为散骑侍郎。梁灭入北齐,官至黄门侍郎、平原太守。北齐亡,之推入北周,为御史上士。隋开皇中,太子召为文学,深见礼重。以病终。颜之推博览群书,文辞典丽,著作颇丰,有《颜氏家训》二十篇、《文集》三十卷、《冤魂志》三卷,《证俗文字》五卷。《文集》、《证俗文字》已佚,《颜氏家训》、《冤魂志》今存。《北齐书》卷四十五《文苑传》、《北史》卷八十三《文苑传》均有传。

颜氏家训·文章①

夫文章者,原出《五经》:诏命策檄,生于《书》者也;序述论议,生于《易》者也;歌咏赋颂,生于《诗》者也;祭祀哀诔,生于《礼》者也;书奏箴铭,生于《春秋》者也②。朝廷宪章,军旅誓诰,敷显仁义,发明功德,牧民建国,施用多途(宋本作"不可暂无",并注云:"一本作'施用多途'")。至于陶冶性灵,从容讽谏,入其滋味,亦乐事也。行有余力,则可习之③。

然而自古文人,多陷轻薄④:屈原露才扬己,显暴君过⑤;宋玉体貌容冶,见遇俳优⑥;东方曼倩,滑稽不雅⑦;司马长卿,窃赀无操⑧;王褒过章《僮约》⑨;扬雄德败《美新》⑩;李陵降辱夷虏⑪;刘歆反覆莽世⑫;傅毅党附权门⑬;班固盗窃父史⑭;赵元叔抗竦过度⑮;冯敬通浮华摈压⑯;马季长佞媚获诮⑰;蔡伯喈同恶受诛⑱;吴质诋诃(宋本、卢文弨抱经堂校定本俱作"诋忤")乡里⑲;曹植悖慢犯法⑳;杜笃乞假无厌㉑;

路粹隘狭已甚㉒;陈琳实号粗疏;繁钦性无检格㉓;刘桢屈强输作㉔;王粲率躁见嫌㉕;孔融祢衡,诞傲致殒;杨修丁廙,扇动取毙㉗;阮籍无礼败俗㉘;嵇康凌物凶终㉙;傅玄忿斗免官㉚;孙楚矜夸凌上㉛;陆机犯顺履险㉜;潘岳乾没取危㉝;颜延年负气摧黜㉞;谢灵运空疏乱纪㉟;王元长凶贼自诒㊱;谢玄晖悔慢见及㊲。凡此诸人,皆其翘秀者㊳,不能悉纪,大较如此。至于帝王,亦或未免。自昔天子而有才华者,唯汉武、魏太祖、文帝、明帝、宋孝武帝,皆负世议,非懿德之君也㊴。自子游、子夏㊵、荀况、孟轲、枚乘、贾谊、苏武、张衡、左思之俦,有盛名而免过患者,时复闻之,但其损败居多耳。

每尝思之,原其所积,文章之体,标举兴会,发引性灵,使人矜伐,故忽于持操,果于进取。今世文士,此患弥切。一事㊶惬当,一句清巧,神厉九霄,志凌千载!自吟自赏,不觉更有傍人。加以砂砾所伤,惨于矛戟㊷;讽刺之祸,速乎风尘,深宜防患(宋本作"防虑"),以保元吉。

学问有利钝,文章有巧拙。钝学累功,不妨精熟;拙文研思,终归蚩鄙。但成学士,自足为人;必乏天才,勿强操笔。吾见世人,至无才思,自谓清华,流布丑拙,亦以众矣,江南号为诊痴符㊸。近在并州,有一士族,好为可笑诗赋,诮擎邢、魏诸公㊹。众共嘲弄,虚相赞说,便击牛酾酒㊺,招延声誉。其妻,明鉴妇人也,泣而谏之。此人叹曰:"才华不为妻子所容,何况行路!"至死不觉。自见之谓明㊻,此诚难也。

学为文章,先谋亲友,得其评裁者(宋本无"者"字,且下有"知可施行"四字),然后出手。慎勿师心自任,取笑旁人也。自古执笔为文者,何可胜言?然至于宏丽精华,不过数十篇耳。但使不失体裁,辞意可观,便称才士。要须动俗盖世,亦俟河之清乎㊼!

不屈二姓,夷、齐之节也㊽;何事非君("非君"本作"我为",从卢校依宋本改)?伊、箕之义也㊾。自春秋以来,家有奔亡,国有吞灭,君臣固无常分矣。然而君子之交绝无恶声㊿,一旦屈膝而事人,岂以存亡而改虑。陈孔璋居袁而裁书,则呼操为豺狼;在魏制檄,则目绍为蛇虺○51。在时君所命,不得自专,然亦文之巨患,当务从容消息之○52。

或问扬雄曰:"吾子少而好赋?"雄曰:"然。童子雕虫篆刻,壮夫不为也㊽。"余窃非之曰:虞舜歌《南风》之诗㊾,周公作《鸱鸮》之咏㊿,吉甫史克,《雅》《颂》之美者㊶,未闻皆在幼年累德也。孔子曰:"不学《诗》,无以言㊷。""自卫返鲁,乐正,《雅》,《颂》各得其所㊸。"大明孝道,引《诗》证之㊹。扬雄安敢忽之也?若论"诗人之赋丽以则,辞人之赋丽以淫"㊺,但知变之而已,又未知雄自为壮夫何如也?著《剧秦美新》,妄投于阁,周章怖慑,不达天命,童子之为耳㊻。桓谭(宋本作"袁良")以胜老子㊼,葛洪以方仲尼㊽,使人叹息。此人直以晓算术,解阴阳,故著《太玄经》㊾,数子为所惑耳。其遗言余行,孙卿、屈原之不及,安敢望大圣之清尘㊿?且《太玄》今竟何用乎?不啻覆酱瓿而已㊶。

齐世有席毗㊷(本作"辛毗",此从卢校依宋本改)者,清干之士㊸,官至行台尚书,嗤鄙文学,嘲刘逖㊹云:"君辈辞藻,譬若荣华(宋本作"朝菌"),须臾之玩,非宏才也。岂比吾徒,千丈松树,常有风霜,不可凋悴矣!"刘应之曰:"既有寒木,又发春华,何如也?"席笑曰:"可矣!"

凡为文章,犹人乘骐骥,虽有逸气,当以衔勒制之,勿使流乱轨躅,放意填坑岸也㊺。文章当以理致为心肾(本作"胸",此从卢校依宋本改),气调为筋骨,事义为皮肤,华丽为冠冕㊻。今世相承,趋末弃本,率多浮艳。辞与理竞,辞胜而理伏;事与才争,事繁而才损。放逸者流宕而忘归,穿凿者补缀而不足。时俗如此,安能独违?但务去泰去甚耳。必有盛才重誉,改革体裁者,实吾所希。

古人之文,宏材逸气,体度风格,去今实远;但缉缀疏朴,未为密致耳。今世音律谐靡,章句偶对,讳避精详,贤于往昔多矣㊼。宜以古之制裁为本,今之辞调为末,并须两存,不可偏弃也。

吾家世文章,甚为典正,不从流俗,梁孝元在蕃邸时,撰《西府新文》(本作"《西府新文史》",依卢校本删史字。宋本作"《西府新文纪》",下无"讫"字),讫无一篇见录者㊽。亦以不偶于世,无郑、卫之音故也㊾。有诗赋铭诔书表启疏二十卷,吾兄弟始在草土,并未得编次,便遭火荡尽,竟不传于世。衔酷茹恨,彻于心髓!操行见于《梁史·文士传》㊿及孝元《怀旧志》㊶。

沈隐侯曰:"文章当从三易:易见事,一也;易识字,二也;易读诵,三也。"邢子才常曰:"沈侯文章,用事不使人觉,若胸臆语也。"深以此服之。祖孝徵⑦(本作"祖孝微",从宋本改)亦尝谓吾曰:"沈诗云:'崖倾护石髓'⑧,此岂似用事邪?"邢子才、魏收俱有重名,时俗准的,以为师匠。邢赏服沈约而轻任昉,魏爱慕任昉而毁沈约,每于谈宴,辞色以之。邺下纷纭,各为朋党。祖孝徵尝谓吾曰:"任、沈之是非,乃邢、魏之优劣也⑨。"吴均集有《破镜赋》⑩。昔者邑号朝歌,颜渊不舍;里名胜母,曾子敛襟⑪:盖忌夫恶名之伤实也。"破镜"乃凶逆之兽,事见《汉书》⑫,为文幸避此名也。比世往往见有和人诗者,题云"敬同",《孝经》云:"资于事父以事君而敬同⑬。"不可轻言也。梁世费旭诗云:"不知是耶非⑭。"殷沄⑮诗云:"飘飏云母(宋本作"风母")舟。"简文曰:"旭既不识其父,沄又飘飏其母⑯。"此虽悉古事,不可用也。世人或有文章引《诗》"伐鼓渊渊"者,《宋书》(疑当作玉)已有屡游之诮⑰。如此流比,幸须避之。北面事亲,别舅摛《渭阳》之咏⑱;堂上养老,送兄赋桓山之悲⑲,皆大失也。举此一隅,触涂宜慎⑳。

江南文制,欲人弹射,知有病累,随即改之,陈王得之于丁廙也㉑。山东风俗,不通击难㉒。吾初入邺,遂尝以此忤人,至今为悔;汝曹必无轻议也。

凡代人为文,皆作彼语,理宜然矣。至于哀伤凶祸之辞,不可辄代。蔡邕为胡金盈作《母灵表颂》曰:"悲母氏之不永,然委我而夙丧㉓。"又为胡颢作其父铭曰:"葬我考议郎君㉔。"《袁三公颂》曰:"猗欤我祖,出自有妫㉕。"王粲为潘文则《思亲诗》云:"躬此劳悴,鞠予小人;庶我显妣,克保遐年㉖。"而并载乎邕、粲之集,此例甚众。古人之所行,今世以为讳。陈思王《武帝诔》,遂深"永蛰"之思㉗;潘岳《悼亡赋》,乃怆"手泽"之遗㉘:是方父于虫,匹妇于考也㉙。蔡邕《杨秉碑》云:"统大麓之重㉚。"潘尼《赠卢景宣诗》云:"九五思飞龙㉛。"孙楚《王骠骑诔》云:"奄忽登遐㉜。"陆机《父诔》云:"亿兆宅心,敦叙百揆㉝。"《姊诔》云:"倪天之和㉞。"今为此言,则朝廷之罪人也。王粲《赠杨德祖诗》云:"我君饯之,其乐洩洩㉟。"不可妄施人子,况储君乎㊱?

挽歌辞者,或云古者虞殡之歌⑩,或云出自田横之客⑩,皆为生者悼往告(本作"苦",依宋本改)哀之意。陆平原多为死人自叹之言,诗格既无此例,又乖制作本意⑩。

凡诗人之作,刺箴美颂,各有源流,未尝混杂,善恶同篇也。陆机为《齐讴篇》,前叙山川物产风教之盛,后章忽鄙山川之情,殊失厥体⑩。其为《吴趋行》,何不陈子光、夫差乎⑪?《京洛行》,胡不述赧王、灵帝乎⑫?

自古宏才博学,用事误者有矣。百家杂说,或有不同,书傥湮灭,后人不见,故未敢轻议之。今指知决纰缪者,略举一两端以为诫(宋本下有"云"字)。《诗》云:"有鹭雉鸣。"又曰:"雉鸣求其牡⑬。"毛《传》亦曰:"鹭,雌雉(本作"雄雌",据宋本改)声。"又云:"雉之朝雊,尚求其雌⑭。"郑玄注《月令》亦云:"雊,雄雉鸣⑮。"潘岳赋曰:"雉鹭鹭以朝雊。"是则混杂其雄雌矣⑯。《诗》云:"孔怀兄弟⑰。"孔,甚也;怀,思也,言甚可思也。陆机《与长沙顾母书》⑱,述从祖弟士璜死,乃言:"痛心拔脑(本作"恼",从卢校本改),有如孔怀。"心既痛矣,即为甚思,何故方言有如也?观其此意,当谓亲兄弟为孔怀⑲。《诗》云:"父母孔迩⑳。"而呼二亲为孔迩,于义通乎?《异物志》㉑云:"拥剑状如蟹,但一螯偏大尔㉒。"何逊诗云:"跃鱼如拥剑㉓。"是不分鱼蟹也。《汉书》:"御史府中列柏树,常有野鸟数千栖宿其上,晨去暮来,号朝夕鸟㉔。"而文士往往误作乌鸢用之㉕。《抱朴子》说项曼都诈称得仙,自云:"仙人以流霞一杯与我饮之,辄不饥渴㉖。"而简文诗云:"霞流抱朴椀㉗。"亦犹郭象以惠施之辨为庄周言也㉘。《后汉书》:"囚司徒崔烈以银铛锁㉙。"银铛,大锁也;世间多误作金银字。武烈太子㉚亦是数千卷学士,尝作诗云:"银锁三公脚,刀撞仆射头㉛。"为俗所误。

文章地理,必须惬当。梁简文《雁门太守行》㉜乃云:"鹅军攻日逐,燕骑荡康居,大宛归善马,小月送降书。"萧子晖《陇头水》㉝云:"天寒陇水急,散漫俱分泻,北注徂黄龙,东流会白马。"此亦明珠之颣,美玉之瑕,宜慎㉞。

王籍《入若耶溪》诗云:"蝉噪林逾静,鸟鸣山更幽。"江南以为文外断绝,物无异议⑱。简文吟咏,不能忘之;孝元讽味,以为不可复得,至《怀旧志》载于籍传。范阳卢询祖(本脱"祖"字,据宋本补)⑱,邺下才俊,乃言:"此不成语,何事于能⑲?"魏收亦然其论。《诗》云:"萧萧马鸣,悠悠旆旌⑭。"毛《传》曰:"言不喧哗也。"吾每叹此解有情致⑭,籍诗生于此耳⑭。

兰陵萧悫,梁室上黄侯之子,工于篇什⑭。尝有《秋诗》云:"芙蓉露下落,杨柳月中疏。"时人未之赏也。吾爱其萧散,宛然在目⑭。颍川荀仲举⑭、瑯琊诸葛汉⑭,亦以为尔。而卢思道⑭之徒,雅所不惬。

何逊⑭诗实为清巧,多形似之言⑭。扬都⑭论者,恨其每病苦辛,饶贫寒气,不及刘孝绰⑮之雍容也。虽然,刘甚忌之,平生诵何诗,常(本无"常"字,据宋本补)云:"蓬居(原作"车",今从何逊诗改)响北阙",懂不道车⑫。又撰《诗苑》,止取何两篇,时人讥其不广。刘孝绰当时既有重名,无所与让;唯服谢朓⑭,常以谢诗置几案间,动静辄讽味。简文爱陶渊明文,亦复如此⑭。江南语曰:"梁有三何,子朗最多。"三何者,逊及思澄、子朗也⑭。子朗信饶清巧。思澄游庐山,每有佳篇,并为冠绝⑰。

《颜氏家训》卷四 《四部丛刊》影印明辽阳傅氏刊本

【注释】

①《颜氏家训·文章》——颜之推的《颜氏家训》共有七卷二十篇,涉及内容非常广泛,不仅论及当时的人情世态,而且关涉博物、志异、艺文、考据等,为后世的文学、历史、民俗的研究提供了许多有用的历史资料。据余嘉锡《四库总目提要辨证》、王利器《颜氏家训集解·叙录》的考证,此书著于隋文帝灭陈之后,隋炀帝即位之前。《颜氏家训》常见的注本有清人赵曦明注本、卢文弨补注本,近人严士海辑注本和今人王利器先生的《颜氏家训集解》。王著征引繁富,洵为集大成之作。

《颜氏家训·文章》较集中地反映了颜之推的文学思想。颜氏论文,首先从儒家思想出发,强调文章的经世致用。他和刘勰一样,认为文章源于五经:"诏命策檄,生于《书》者也;序述论议,生于《易》者也;歌咏赋颂,生于《诗》者也;祭祀哀诔,生于《礼》者也;书奏箴铭,生于《春秋》者也。"对于文学的社会作用,他虽然指出文章的"施用多途",但首先强调的还是"敷显仁义,发明功德,牧民建国"等方面。自然,文章还有"陶冶性灵,从容讽谏"的功用,但在他看来,这样的文章只有在"行有余力"之时才可习之。这集中反映出颜之推政治教化功能第一,抒情娱乐功能第二的儒家文学思想。

颜氏论文,首先强调以思想内容为本,以用典和藻饰为末,要求本末并重。他主张"文章当以理致为心胸,气调为筋骨,事义为皮肤,华丽为冠冕",反对"趋末弃本","辞胜而理伏"。他所谓的"理致"主要是指儒家的伦理标准,"气调"指正统的精神格调,二者属于文章的思想内容方面;而"事义"指文章的用事,"华丽"指华美的辞藻,它们属于文章的形式因素。颜氏指出,从尚理的角度看,文章的体度风格,古胜于今;从重词的角度来说,则语言的华美,今过于古,故他主张兼采古今,重本而不弃末,法古而不违时,"两须并存,不可偏废"。

其次,他认为文学创作与学术研究不同。创作需要天才,学术全靠功力和知识的积累,所以他说:"钝学累功,不妨精熟;拙文研思,终归蚩鄙。但成学士,自足为人;必乏天才,勿强操笔。"然而,颜之推又并非是天才决定论者,他反对驰骋才气的"师心自任",主张为文贵在节制,要求文章出手谨慎。"凡为文章,犹人乘骐骥,虽有逸气,当以衔勒制之,勿使流乱轨躅,放意填坑岸也。"又说:"学为文章,先谋亲友;得其课裁,知可施行,然后出手。"

再次,颜氏崇尚典正的文风,反对时俗流行的"浮艳"。他说:"吾家世文章,甚为典正,不同流俗。"这里的典正即典雅正统之意,具体说来,就是指文章的思想内容符合儒家传统要求所带来的文章的整体风格特点。另外,在创作上他赞成沈约的"三易"之说,提醒人们注意文章的瑕累,告诫人们要避免"用事之误",要求"文章地理,必须惬当",凡此种种,均有可取之处。

《颜氏家训·文章》还为我们保存不少有价值的鉴赏史料。从颜之推对王籍、萧悫诗歌名句的赏析,可以看出他具有敏锐细致的审美感受能力和较高的诗歌鉴赏水平。同时,在欣赏的趣味上,颜氏也不主一格,既崇尚典正之作,对于清新自然的山水之诗,或者"清巧"的"形似之言",也持肯定态度。可见,在诗歌鉴赏方面,颜之推有较高的艺术眼光,也有较健康的艺术趣味。

②"诏命策檄"十句——这里认为五经为后世各种文体的渊源。《文心雕龙·宗经》:"故论说辞序,则《易》统其首;诏策奏章,则《书》发其源;赋颂词赞,则《诗》立其本;铭诔箴祝,则《礼》总其端;记传盟檄,则《春秋》为根。"所论与此相近。

③"行有余力"二句——《论语·学而》:"子曰:弟子入则孝,出则悌,谨而信,泛爱众,而亲仁。行有余力,则以学文。"

④然而自古文人,多陷轻薄——按,此为魏晋以来之常谈。曹丕《与吴质

书》:"观古今文人,类不护细行,鲜能以名节自立。"《三国志·魏书·王粲传》裴注:"鱼豢曰:'寻省往者,鲁连、邹阳之徒,援譬引类,以解缔结,诚彼时文辩之隽也。今览王、繁、阮、陈、路诸人前后文旨,亦何肯不若哉!其所以不论者,时世异耳。余又窃怪其不甚见用,以问大鸿胪卿韦仲将。'仲将曰:'仲宣伤于肥戆,休伯都无格检,元瑜病于体弱,孔璋实自粗疏,文尉性颇忿鸷,如是彼为,非徒以脂烛自煎縻也,其不高蹈,盖有由矣。然君子不责备于一人,譬之朱漆,虽无桢干,其为光泽,亦壮观也。'"《文心雕龙·程器》:"略观文士之疵:相如窃妻而受金,扬雄嗜酒而少算,敬通之不循廉隅,杜笃之请求无厌,班固陷窦以作威,马融党梁而黩货,文举傲诞以速诛,正平狂憨以致戮,仲宣轻脆以躁竞,孔璋偬恫以粗疏,丁仪贪婪以乞货,路粹铺啜而无耻,潘岳诡诪以愍怀,陆机倾仄于贾郭,傅玄刚隘而詈台,孙楚狠愎而讼府。诸有此类,并文士之瑕累。"《魏书·文苑传·温子昇传》:"杨遵彦作《文德论》,以为古今辞人,皆负才遗行,浇薄险忿,唯邢子才、王元美、温子昇,彬彬有德素。"诸如此类的论述,皆可与颜氏所论相参。

⑤屈原露才扬己,显暴君过——语本班固《离骚赞序》:"今若屈原,露才扬己,竞乎危国群小之间,以离谗贼。然责数怀王,怨恶椒、兰,愁神苦思,强非其人,忿怼不容,沉江而死,亦贬洁狂狷景行之士。"

⑥宋玉体貌容冶,见遇俳优——宋玉《登徒子好色赋》:"大夫登徒子侍于楚王,短宋玉曰:'玉为人体貌闲丽,口多微辞,性又好色,王勿令出入后宫。'王以登徒子之言问玉,玉对云云。于是楚王称善,宋玉遂不退。"又宋玉《讽赋序》:"玉为人身体容冶。"

⑦东方曼倩,滑稽不雅——东方朔,字曼倩,汉武帝时人,滑稽诙谐,不能持论。按《汉书》卷六十五《东方朔传》:"朔字曼倩,平原厌次人。上书,高自称誉。上伟之,令待诏公车,稍得亲近。上使诸数射覆,连中,赐帛。时有幸倡郭舍人者,滑稽不穷,与朔为隐,应声即对,左右大惊。上以朔为常侍郎,尝至太中太夫,后常为郎,与枚皋、郭舍人俱在左右,诙啁而已。"《东方朔传赞》云:"依隐玩世,诡时不逢,其滑稽之雄乎!"又《汉书·严助传》:"东方朔、枚皋,不根持论,上颇俳优畜之。"

⑧司马长卿,窃赀无操——司马相如,字长卿,卓王孙之女文君新寡,相如以琴声挑卓文君,文君夜奔相如,卓王孙不得已,把女儿嫁给相如并分与财物。事见《汉书·司马相如传》。

⑨王褒过章《僮约》——王褒,字子渊,汉宣帝时辞赋家。《僮约》即《童约》,王褒著,为侮辱下层奴婢之文。文见《古文苑》十七。《南齐书·文学传》:

"王褒《僮约》,……滑稽之流。"

⑩扬雄德败《美新》——《美新》,指扬雄《剧秦美新》一文,是文论秦皇之暴,称新莽之美,为王莽歌功颂德,见《文选》卷四十八。按《文选》李善注曰:"王莽潜移龟鼎,子云进不能辟戟丹墀,亢词鲠议,退不能草《玄》虚室,颐性全真;而反露才以耽宠,诡情以怀禄,'素餐'所刺,何以加焉。"说的正是"德败"之意。

⑪李陵降辱夷虏——李陵,汉将李广之后。此指李陵战败降匈奴之事。按,《史记》卷一百○九《李将军传》:"(李)广子当户有遗腹子,名陵,为建章侯。天汉二年,将步兵五千人,出居延北,单于以兵八万围击陵军。陵军兵矢既尽,士死者过半,且引且战,未到居延百余里,匈奴遮狭绝道,食乏而救兵不到,虏急击,招降陵。陵曰:'无面目报陛下。'遂降匈奴,单于以女妻之。汉闻,族陵母妻子。自是之后,李氏名败,陇西之士居门下者,皆用为耻焉。"

⑫刘歆反覆莽世——刘歆,字子骏,刘向之子,汉代著名经学家、目录学家。此指刘歆先为王莽国师,后因怨恨莽杀其三子,欲谋反,事泄自杀事。按《汉书·楚元王传》:"向子刘歆,字子骏。哀帝崩,王莽持政,少与歆俱为黄门郎,白太后,留歆为右曹太中大夫,封红休侯。以建平元年改名秀,字颖叔。及莽篡位,为国师。"又《王莽传》:"甄丰、刘歆、王舜,为莽腹心,倡导在位,褒扬功德,'安汉'、'宰衡'之号……皆所共谋。""歆怨莽杀其三子,遂与涉、忠谋,欲发,孙伋、陈邯告之,刘歆、王涉皆自杀。"

⑬傅毅党附权门——指傅毅依附大将军窦宪为司马事。按《后汉书》卷八十《文苑传·傅毅传》:"傅毅字武仲,扶风茂陵人,文雅显于朝廷。窦宪为大将军,以毅为司马,班固为中护军,宪府文章之盛,冠于当时。"

⑭班固盗窃父史——班固《汉书》乃是在其父班彪《史记后传》基础上写成,然固于《叙传》却不言此事,只说是承继父业,故颜氏有此指责。

⑮赵元叔抗竦过度——赵壹,字元叔,汉末辞赋家。抗竦,指赵壹恃才傲慢。按《后汉书》卷八十《文苑传·赵壹传》载:"赵壹,字元叔,汉阳西县人。恃才倨傲,为乡党所指,屡抵罪,有人救,得免。作《穷鸟赋》,又作《刺世疾邪赋》,以抒其怨愤。举郡计吏,见司徒袁逢,长揖而已。欲见河南尹羊陟,会其高卧,哭之。"

⑯冯敬通浮华摈压——冯衍,字敬通,东汉辞赋家,著有《显志赋》等。他曾任王莽新朝的立汉将军。见黜于汉光武帝。显宗时,以衍文过其实,遂废于家。按《后汉书》卷二十八《冯衍传》:"衍字敬通,京兆杜陵人。更始二年,鲍永行大将军,安集北方,以衍为立汉将军,领狼孟长,屯太原。世祖即位,永、衍审知更

始已死,乃罢兵,降于河内。帝怨永、衍不时至,永以立功任用,而衍独见黜。顷之,为曲阳令,诛斩剧贼,当封,以谗毁,故赏不行。建武末,上疏自陈,犹以前过不用。显宗即位,人多短衍以文过其实,遂废于家。"

⑰马季长佞媚获诮——马季长,即马融,汉末著名学者。佞媚获诮,指马融因生活所迫,见召于大将军邓骘,由是不敢违忤势家之事。按,《后汉书》卷六十《马融传》:"融,字季长,扶风茂陵人。才高博洽,为世通儒。征于邓氏,不敢违忤势家,遂为梁冀草奏李固,又作《大将军西第颂》,以此颇为正直所羞。"

⑱蔡伯喈同恶受诛——蔡伯喈,即蔡邕,汉末著名作家。同恶受诛,事见《后汉书》卷六十《蔡邕传》:"邕字伯喈,陈留圉人。董卓为司徒,举高第,三日之间,周历三台。及卓被诛,邕在司徒王允坐,殊不意,言之而叹,有动声色。允勃然叱之,收付廷尉治罪,死狱中。"

⑲吴质诋忤乡里——《三国志·魏书》卷二十一《王粲传》裴松之注:"质字季重,始为单家,少游遨贵戚间,不与乡里相浮沉,故虽已出官,本国犹不与之士名。"又《王粲传》注引《质别传》:"质先以怙威肆行,谥曰丑侯。质子应上书论枉,至正元中,乃改谥威侯。"此所谓"诋忤乡里",当即其怙威肆行,为乡人所不满,故士名不立也。

⑳曹植悖慢犯法——《三国志·魏书》卷十九《陈思王植传》:"善属文,太祖特见宠爱,几为太子者数矣。文帝即位,植与诸侯并就国。黄初二年,监国谒者灌均希旨,奏植醉酒悖慢,劫胁使者。有司请治罪。帝以太后故,贬爵安乡侯。"

㉑杜笃乞假无厌——《三国志》卷八十《文苑·杜笃》:"杜笃,字季雅,京兆杜陵人。博学不修小节,不为乡人所礼。居美阳,与令游,数从请托,不谐,颇相恨。令怒,收笃送京师。"

㉒路粹隘狭已甚——《三国志·魏书》卷二十一《王粲传》裴松之注引《典略》曰:"粹字文蔚,与陈琳、阮瑀等典记室,承指数致孔融罪;融诛之后,人睹粹所作,无不嘉其才而畏其笔也。至十九年,从大军至汉中,坐违禁贱请驴,伏法。鱼豢曰:'文蔚性颇忿鸷。'"

㉓陈琳实号粗疏,繁钦性无检格——陈琳,字孔璋,建安七子之一。繁钦字休伯。《三国志·魏书》卷二十一《王粲传》裴松之注引《典略》曰:"钦字休伯,以文才机辩,少得名于汝、颍,其所与太子书,记喉转意,率皆巧丽。为丞相主簿,卒。"又引韦仲将曰:"陈琳实自粗疏,休伯都无检格。"检格,检点约束。

㉔刘桢屈强输作——刘桢,字公幹,建安七子之一。《三国志·魏书》卷二十一《王粲传》裴松之注引《典略》曰:"太子尝请诸文学,酒酣坐欢,命夫人甄氏

出拜,坐中众人咸伏,而桢独平视。太祖闻之,乃收桢,减死输作。"又《世说新语·言语》篇注引《文士传》:"桢性辨捷,所问应声而答,坐平视甄夫人,配输作部,使磨石。武帝至尚方观作者,见桢匡坐正色磨石,武帝问曰:'石何如?'桢因得喻己自理,跪而对曰:'石出荆山悬岩之巅,外有五色之章,内含卞氏之珍,磨之不加莹,雕之不增文,秉气坚贞,受之自然;顾其理柱屈纡绕,而不得申。'帝顾左右大笑,即日赦之。"输作,因罪而流放做苦役。

㉕王粲率躁见嫌——王粲,字仲宣,建安七子之一。《三国志·魏书》卷二十一《王粲传》:"王粲字仲宣,山阳高平人。以西京扰乱,乃之荆州,依刘表。表以粲貌寝,而体弱通侻,不甚重也。太祖辟为丞相掾,魏国建,拜侍中。'裴注引韦仲将曰:"仲宣伤于肥戆。"又《三国志·魏书·杜袭传》:"王粲性躁竞。"《文心雕龙·程器》篇:"仲宣轻脆以躁竞。"

㉖孔融祢衡,诞傲致殒——《后汉书·孔融传》:"融见操雄诈渐着,数不能堪,故发辞偏宕,多致乖忤。"后终被曹操所杀。《后汉书·文苑传·祢衡传》:"祢衡,字正平,平原般人。少有才辩,而气尚刚傲,好矫时慢物,惟善孔融,融亦深爱其才。衡始弱冠,而融年四十,遂与为交友,称于曹操。而衡素轻操,操不能容,送与刘表。后复傲慢于表,表耻不能容,以送江夏太守黄祖,祖性急,故送衡与之。祖大会宾客,而衡言不逊。祖大怒,欲加捶,而衡方大骂祖,遂令杀之。"

㉗杨修丁廙,扇动取毙——杨修,字德祖。丁廙,字敬礼。扇动取毙,指他们因参与曹丕、曹植争立太子的斗争而被杀。事见《三国志·魏书》卷十九《陈思王植传》:"植既以才见异,而丁仪、丁廙、杨修为之羽翼,几为太子者数矣。文帝御之以术,故遂定为嗣。太祖既虑终始之变,以修颇有才策,于是以罪诛修。文帝即位,诛丁仪、丁廙,并其男口。"裴注:"丁仪,字正礼,沛郡人。丁廙,字敬礼,仪之弟。"又裴注引《文士传》:"廙尝从容谓太祖曰:'临淄侯天性仁孝,发于自然,而聪明智达,其殆庶几。至于博学渊识,文章绝伦,当今天下之贤才君子,不问少长,皆愿从其游而为之死,实天之所以钟福于大魏,而永受无穷之祚也。'欲以劝动太祖,太祖答曰:'植吾爱之,安能若卿言?吾欲立之为嗣何如?'廙曰:'此国家之所以兴衰,天下之所以存亡琐贱者所敢与及。廙闻知臣莫若于君,知子莫若于父。至于君不论明暗,父不问贤愚,而能常知其臣子者何?盖犹相知非一事一物,相尽非一旦一夕。况名公加之以圣哲,习之以人子,今发明达之命,吐永安之言,可谓上应天命,下合人心,得之于须臾,垂之于万世者也。廙不避斧钺之诛,敢不尽心。'太祖深纳之。"

㉘阮籍无礼败俗——《晋书·阮籍传》:"籍母终,正与人围棋,对者求止,

籍留与决赌。既而饮酒二斗,举声一号,吐血数升。裴楷往吊之,籍散发箕踞,醉而直视。"刘孝标注《世说新语》引《晋阳秋》曰:"何曾于太祖座谓阮籍曰:'卿任性放荡,伤礼败俗,若不变革,王宪岂能兼容?'谓太祖:'宜投之四裔,以洁王道。'太祖曰:'此贤羸病,君为我恕之。'"

㉙嵇康凌物凶终——《晋书·嵇康传》:"(孙)登曰:'君(指嵇康)性烈而才隽,其能免乎!'"嵇康爱憎分明,善为青白眼,钟会去看他,嵇康不与为礼,遂被谗遇害。

㉚傅玄忿斗免官——《晋书·傅玄传》:"玄字休奕,北地泥阳人。武帝受禅,广纳直言,玄及散骑常侍皇甫陶共掌谏职,俄迁侍中。初玄进陶,及陶入而抵玄以事,玄与陶争言喧哗,为有司所奏,二人竟坐免官。"

㉛孙楚矜夸凌上——《晋书·孙楚传》:"楚字子荆,太原中都人。才藻卓绝,爽迈不群,多所陵傲,缺乡曲之誉。年四十余,始参镇东军事,后迁佐著作郎,复参石苞骠骑将军军事。楚既负其才气,颇侮易于苞,至则长揖曰:'天子命我参卿军事。'因此而嫌隙遂构。"

㉜陆机犯顺履险——《晋书·陆机传》:"赵王伦辅政,引为相国参军。伦将篡位,以为中书郎。伦之诛也,齐王冏疑九锡文及禅诏,机必与焉,收机等九人付廷尉。成都王颖、吴王晏并救理之,得减死徙边,遇赦而止。时成都王颖推功不居,劳谦下士,机遂委身焉。太安初,颖与河间王颙起兵讨长沙王乂,假机后将军河北大都督,战于鹿苑,机军大败。宦人孟玖,潜其有异志;颖大怒,使牵秀密收机,遂遇害于军中。"

㉝潘岳乾没取危——《晋书·潘岳传》:"岳字安仁,荥阳中牟人。性轻躁,趋世利。其母数诮之曰:'尔当知足,而乾没不已乎!'岳终不能改。"初,父为琅邪内史,孙秀为小史给岳,岳恶其为人,数挞辱之。赵王伦辅政,秀为中书令,遂诬岳及石崇等谋奉淮南王允、齐王冏为乱,诛之,夷三族,无长幼一时被害。"乾没,古俗语,掩取他人财物以为己有。

㉞颜延年负气摧黜——《南史·颜延之传》:"延之字延年,琅邪临沂人。读书无所不览,文章冠绝当时,疏诞不能取容。刘湛等恨之,言于义康,出为永嘉太守。延年怨愤,作《五君咏》,湛以其词旨不逊,欲黜为远郡,文帝诏曰:'宜令思愆里闾,纵复不悛,当驱往东土,乃至难恕,自可随事录之。'于是屏居,不与人间事者七年。"又见《宋史》卷七十三《颜延之传》。

㉟谢灵运空疏乱纪——《南史·谢灵运传》:"少好学,文章之美,与颜延之为江左第一。袭封康乐公。性豪侈,衣服多改旧形制,世共宗之,咸称谢康乐也。宋受命,降爵为侯,又为太子左卫率,多愆礼度,朝廷唯以文义处之,自谓不

见知,常怀愤惋。出为永嘉太守,肆意游遨,动逾旬朔,理人听讼,不以关怀,称疾去职。文帝征为秘书监,迁侍中。自以名辈,应参时政,多称疾不朝,出郭游行,经旬不归。上不欲伤大臣,讽旨令自解。东归,因祖父之资,生业甚厚,凿山浚湖,功役无已。尝自始宁南山伐木开径,直至临海,太守王琇惊骇,谓为山贼。文帝不欲复使东归,以为临川内史。在郡游放,不异永嘉,为有司所纠,司徒遣使收之。灵运兴兵叛逸,遂有逆志,追讨禽之,廷尉论斩,降死,徙广州。令人买弓刀等物,要合乡里,有司奏收之,文帝诏于广州弃市。"又见《宋书》卷六十七《谢灵运传》。按《宋书·庐陵王义真传》:"灵运空疏,延之隘薄。"

㊱王元长凶贼自诒——王融,字元长,齐竟陵王萧子良门下八友之一。《南史·王弘传》:"曾孙融,字符长,文辞捷速,竟陵王子良特相友好。武帝疾笃暂绝,融戎服绛衫,于中书省阁口断东宫仗不得进,欲矫诏立子良。上重苏,朝事委西昌侯鸾,俄而帝崩。融乃处分,以子良兵禁诸门。西昌侯闻,急驰到云龙门,不得进,乃排而入,奉太孙登殿,扶出子良。郁林深怨融,即位十余日,收下廷尉狱,赐死。"又见《南齐书》卷四十七《王融传》。《诗·小雅·小明》:"心之忧矣,自诒伊戚。"

㊲谢玄晖侮慢见及——《南史·谢裕传》:"裕弟述,述孙朓,字玄晖,好学,有美名,文章清丽,启王敬则反谋,迁尚书吏部郎。东昏失德,江祏欲立江夏王宝玄,末更回惑,欲立始安王遥光,遥光又遣亲人刘沨致意于朓,朓自以受恩明帝,不肯答。少日,遥光以朓兼知卫尉事,朓惧见引,即以祏等谋告左兴盛,又语刘暄。暄阳惊,驰告始安王及江祏。始安王欲出朓为东阳郡,祏固执不与。先是,朓尝轻祏为人,至是,构而害之,收朓下狱,死。"又《南史·谢朓传》:"先是,朓尝轻祏为人。祏尝诣朓,朓因言有一诗,呼左右取,既而便停。祏问其故,云:'定复不急。'祏以为轻己。后祏及弟祀、刘沨、刘晏俱候朓,朓谓祏曰:'可谓带二江之双流。'以嘲弄之,祏转不堪。至是,构而害之。"

㊳翘秀——谓出类拔萃者。翘,高貌。

㊴懿德——美德也。《后汉书·钟浩传》:"林虑懿德,非礼不处。"

㊵子游、子夏——《论语·先进》篇:"文学:子游,子夏。"子游姓言名偃,子夏姓卜名商,俱孔子弟子。详见《史记·仲尼弟子列传》。

㊶一事惬当——事指诗文中用事。惬当,贴切妥当。

㊷砂砾所伤,惨于矛戟——沙砾喻言语伤人,《荀子·荣辱篇》:"伤人之言,深于矛戟。"

㊸诊痴符——诊,卖也,引申为卖弄自炫。诊痴符,痴騃而自炫聪明之意。楼钥《攻媿集·诊痴符序》:"海邦货鱼于市者,夸诩其美,谓之诊鱼,虽微物亦

然。字书以为'诊,衒卖也。'颜黄门之推作家训云云。"《苕溪渔隐丛话》后集三九:"宋子京云:'江左有文拙而好刻石者,谓之诊嗤符。'"《说郛》三六《翻古丛编》曰:"胡氏渔隐丛话作'诊嗤符',宋景文书作'嗤诊符',要以颜氏'诊痴'为正,大抵论其文藻骫骳,矜伐自鬻,质之集韵:'诊,力正反。'注:'卖也。'岂非痴自衒鬻之意!"

㊹诋擎邢、魏诸公——诋擎,即嘲弄之意。邢,即邢邵,字子才。魏,即魏收,字伯起,同为北齐著名作家。按《北齐书·邢邵传》:"邵字子才,河间鄚人。读书五行俱下,一览便记,文章典丽,既赡且速,每一文出,京师为之纸贵。与济阴温子升为文士之冠,世论谓之温、邢。巨鹿魏收,虽天才艳发,而年事在二人之后,故子升死后,方称邢、魏焉。有集三十卷。"又《魏收传》:"收字伯起,小字佛助,钜鹿下曲阳人。以文华显,辞藻富逸,撰《魏书》一百三十卷,有集七十卷。"

㊺击牛酾酒——击牛,即宰牛。《史记·李牧传》:"日击数牛飨士。"《诗·小雅·伐木》:"酾酒有藇。"《释文》引葛洪云:"酾谓荡酒。"酾酒,后人作筛酒。这里指置酒。

㊻自见之谓明——《老子·道经》:"自知者明。"《韩非子·喻老》:"知之难,不在见人,在自见。故曰:自见之谓明。"

㊼要须动俗盖世,亦俟河之清乎——作文必以动俗盖世为期,则如俟河清之难也。《左氏》襄八年传:"周诗有之曰:'俟河之清,人寿几何?'"又《后汉书·赵壹传》:"河清不可俟,人命不可延。"

㊽不屈二姓,夷、齐之节也——《史记·伯夷列传》:"伯夷、叔齐,孤竹君之二子也。……武王已平殷乱,天下宗周,而伯夷、叔齐耻之,义不食周粟,隐于首阳山。"

㊾何事非君?伊、箕之义也——《孟子·公孙丑上》:"何事非君,何使非民,治亦进,乱亦进,伊尹也。"赵岐注:"伊尹曰:'事非其君,何伤也,使非其民,何伤也,要欲为天理物,冀得行道而已矣。'"又《万章下》:"伊尹曰:'何事非君,何使非民,治亦进,乱亦进。'"《史记·宋世家》:"纣为淫佚,箕子谏,不听,或曰:'可以去矣。'箕子曰:'为人臣谏不听而去,是彰君之恶,而自悦于民,吾不忍为也。'乃披发佯狂而为奴。"

㊿然而君子之交绝无恶声——绝交之后也不诽谤原来的朋友。《战国策·燕策》:"乐毅《报燕惠王书》曰:'臣闻古之君子,交绝不出恶声;忠臣去国,不洁其名。'"

(51)"陈孔璋居袁而裁书"四句——这里批评为文立场反复而无特操。陈孔璋,即陈琳,建安七子之一。"居袁而裁书"事,《三国志·魏书·袁绍传》注引《魏氏春秋》:"陈琳为袁绍《檄州郡文》云:'操豺狼野心,潜包祸谋,乃欲挠折栋梁,孤弱汉室。'""在魏制檄"事,不详待考。

㊵消息——消息,斟酌也。为六朝习用语。按《颜氏家训·书证》篇:"考校是非,特须消息。"

㊶"或问"以下数句——见《法言·吾子》篇。

㊷虞舜歌《南风》之诗——《礼记·乐记》:"昔者,舜作五弦之琴,以歌南风。"《家语·辩乐解》:"昔者,舜弹五弦之琴,造南风之诗,其诗曰:'南风之熏兮,可以解吾民之愠兮;南风之时兮,可以阜吾民之财兮。'"

㊸周公作《鸱鸮》之咏——《鸱鸮》,《诗经》中之一篇。《毛诗序》:"《鸱鸮》,周公救乱也。成王未知周公之志,公乃为诗以遗王,名之曰《鸱鸮》焉。"

㊹吉甫、史克,《雅》《颂》之美者——《毛诗序》:"《大雅》《崧高》、《烝民》、《韩奕》,皆尹吉甫美宣王之诗。《駉》,颂僖公也。僖公能遵伯禽之法,鲁人尊之,于是季孙行父请命于周,而史克作为颂。"

㊺孔子曰:"不学《诗》,无以言。"——文见《论语·季氏》篇。按,《汉书·艺文志·诗赋略》:"古者,诸侯卿大夫交接邻国,以微言相感,当揖让之时,必称诗以喻其志,盖以别贤不肖而观盛衰焉,故孔子曰:'不学诗无以言也。'"

㊻自卫返鲁,乐正,《雅》、《颂》各得其所——《论语·子罕》篇:"子曰:'吾自卫返鲁,然后乐正,雅、颂各得其所。'"又《史记·孔子世家》:"古者,诗三千余篇,及至孔子,去其重,取可施于礼义,上采契、后稷,中述殷、周之盛,至幽、厉之缺,始于衽席,故曰:'关雎之乱,以为风始,鹿鸣为小雅始,文王为大雅始,清庙为颂始。'三百五篇,孔子皆弦歌之,以求合韶、武、雅、颂之音,礼乐自此可得而述。"

㊼大明孝道,引《诗》证之——指孔子为曾子陈孝道,撰述《孝经》,每章之末,俱引《诗》以明之。

㊽诗人之赋丽以则,辞人之赋丽以淫——语见扬雄《法言·吾子》。

㊾"著《剧秦美新》"五句——《剧秦美新》,见本文注⑩。妄投于阁,《汉书》卷八十七《扬雄传》:"王莽时,刘歆、甄丰皆为上公。莽既以符命自立,欲绝其原,丰子寻,歆子棻复献之。诛丰父子,投棻四裔。辞所连及,便收不请。时雄校书天禄阁上,治狱事使者来,欲收雄,雄恐不免,乃从阁上自投下,几死。莽闻之曰:'雄素不与事,何故在此间?'问其故,乃棻尝从雄学作奇字,雄不知情,有诏勿问。然京师为之语曰:'惟寂寞,自投阁;爰清静,作符命。'"周章怖慑,惊恐的样子。

㉒桓谭以胜老子——《汉书》卷八十七《扬雄传》:"大司空王邑纳言严尤问桓谭曰:'子尝称雄书,岂能传于后世乎?'谭曰:'必传。顾君与谭不及见也。凡人贱近而贵远,亲见子云禄位容貌,不能动人,故轻其书。老聃着虚无之言两篇,薄仁义,非礼乐,然后世好之者,以为过于五经,自汉文、景之君及司马迁皆有是言。今杨子之书,文义至深,而论不诡于圣人,若使遭遇时君,更阅贤知,为所称善,则必度越诸子矣。'"

㉓葛洪以方仲尼——葛洪,字稚川,丹阳句容人。自号抱朴子,因以名书。《抱朴子·尚博》篇云:"世俗率神贵古昔,而黩贱同时,虽有益世之书,犹谓之不及前代之遗文也。是以仲尼不见重于当时,太玄见蚩薄于比肩也。"又,同书《吴失》篇:"孔、墨之道,昔曾不行;孟轲、扬雄,亦居困否,有德无时,有自来耳。"按,《文选》《剧秦美新》李善注:"王莽潜移龟鼎,子云进不能辟戟丹墀,亢辞鲠议,退不能草玄虚室,颐性全真,而反露才以耽宠,诡情以怀禄,素餐所刺,何以加焉。抱朴方之仲尼,斯为过矣。"此即本颜说。

㉔著《太玄经》——《汉书·扬雄传》:"(雄)以为经莫大于易,故作《太玄》。"

㉕"其遗言"三句——大圣,指老子、孔子等圣人。句谓扬雄之著作与为人,比不上荀子和屈原,与孔、老相比更望尘莫及。

㉖不啻覆酱瓿而已——《汉书·扬雄传》:"刘歆亦尝观之(指《太玄经》与《法言》),谓雄曰:'空自若。今学者有禄利,然尚不能明易,又如玄何?吾恐后人用覆酱瓿也。'雄笑而不答。"

㉗席毗——曹魏时人,其人不详。

㉘清干——《齐书·王晏传》:"晏启曰:'銮清干有余,然不谙百氏,恐不可以居此职。'"《南史·阮孝绪传》:"孝绪父彦之,宋太尉从事中郎,以清干流誉。"清干,谓清明干练。

㉙刘逖——《北齐书·文苑传》:"刘逖,字子长,彭城丛亭里人。魏末,诣霸府,倦于羁旅,发愤读书,在游宴之中,卷不离手。亦留心文藻,颇工诗咏。"又《太平御览》五九九引《三国典略》:"刘逖字子长,少好弋猎骑射,后发愤读书,颇工诗咏。行台尚书席毗尝嘲之曰:'君辈辞藻,譬若春荣,须臾之翫,非宏材也;岂比吾徒千丈松树,常有风霜,不可雕悴。'逖报之曰:'既有寒木,又发春荣,何如也?'毗笑曰:'可矣!'"

㉚"凡为文章"六句——逸气,谓俊逸之气。按《文选》魏文帝《与吴质书》:"公幹有逸气,但未遒耳。"《典论·论文》:"徐幹时有逸气,然非粲匹也。"《文心雕龙·风骨》篇论刘桢亦云:"有逸气。"衔勒,本指勒马,此喻文贵有节

制。轨躅,犹言轨迹。《文选》左思《魏都赋》:"不睹皇舆之轨躅。"坑岸,犹言坑堑,即深沟。六句意谓为文如乘骏马,须有勒制。不可如行潦之水任势流淌,灌注壕堑也。

⑦"文章当以理致为心肾"四句——理致,义理情致。气调,气韵才调。事义,指作品引用的典实,意同下文的"用事"。按,《文心雕龙·附会》篇云:"夫才量学文,宜正体制,必以情志为神明,事义为骨髓,辞采为肌肤,宫商为声色;然后品藻玄黄,摛振金玉,献可替否,以裁厥中,斯缀思之恒数也。"又萧统《文选序》曰:"事出于沉思,义归于翰藻。"萧统之所谓事,即刘、颜之所谓事义;其所谓义,则刘、颜之所谓辞藻也。华丽,指华美的辞藻。

⑫"今世音律谐靡"四句——此指永明体而言。谐靡,和谐靡丽。偶对,偶配对称。按《南史·陆厥传》:"时盛为文章,吴兴沈约、陈郡谢朓、琅邪王融,以气类相推毂,汝南周颙,善识声韵。约等文皆用宫商,将平上去入四声,以此制韵,有平头、上尾、蜂腰、鹤膝,五字之中,轻重悉异,两句之内,角征不同,不可增减,世呼为永明体。"

⑬"梁孝元在蕃邸时"五句——梁孝元,指梁元帝萧绎。蕃邸,指绎为湘东王时。西府,指江陵,时荆州居分陕之要,故称江陵为西府。《西府新文》,梁孝元使萧淑辑录诸臣僚之文,《隋书·经籍志》:"西府新文十一卷,梁萧淑撰。"时之推父颜协正为镇西府咨议参军,而其文未见收录,故之推引以为恨。

⑭"亦以不偶于世"二句——郑、卫之音,指当时浮艳之文。《南史·萧惠基传》:"宋大明以来,声伎所尚多郑、卫,而雅乐正声,鲜有好者。"

⑮操行见于《梁史·文士传》——颜氏所谓《梁史》自然非姚思廉之《梁史》,盖指《隋书·经籍志》中所著录的许亨所著之《梁史》五十三卷。按《梁书·文学传》有关于颜之推家世的记载:"颜协,字子和。七代祖含,晋侍中国子监祭酒西平靖侯。父见远,博学有志行,齐治书侍御史兼中丞,高祖受禅,不食卒。协幼孤,养于舅氏,博涉群书,工章隶。释褐,湘东王国常侍兼记室,世祖镇荆州,转正记室。时吴郡顾协,亦在蕃邸,才学相亚,府中称为二协。舅谢暕卒,协居丧,如伯叔之礼,议者重焉。又感家门事义,不求显达,恒辞征辟。大同五年卒。所撰《晋伯传》五篇,日月灾异图两卷,遇火湮灭。二子:之仪,之推。"

⑯《怀旧志》——《隋书·经籍志》:"《怀旧志》九卷,梁元帝撰。"《金楼子·著书》篇载有"怀旧序",当是《怀旧志》之序言。

⑰祖孝徵——祖珽,字孝徵,北齐作家。《北齐书》卷三十九有传。

⑱崖倾护石髓——今沈集中不见此诗句,当为逸句。石髓,李善注引袁彦伯《竹林名士传》曰:"王烈服食养性,嵇康甚敬之,随入山。烈尝得石髓,柔滑

如饴,即自服半,余半取以与康,皆凝而为石。"又《晋书·嵇康传》:"康遇王烈共入山,尝得石髓如饴,即自服半,余半与康,皆凝而为石。"

⑦任、沈之是非,乃邢、魏之优劣也——《北齐书·魏收传》:"始收与温子升、邢邵称为后进。邢既被疏出,子升以罪死,收遂大被任用,独步一时,议论更相訾毁,各有朋党。收每议鄙邢文。邢又云:'江南任昉,文体本疏,魏收非直仿真,亦大偷窃。'收闻,乃曰:'伊常于沈约集中作贼,何意道我偷任!'任、沈俱有重名,邢、魏各有所好。武平中,黄门颜之推以二公意问仆射祖珽。珽答曰:'见邢、魏之臧否,即是任、沈之优劣。'"按,此记载又见《北史·魏收传》及《太平御览》五九九引《三国典略》。

⑧吴均集有《破镜赋》——《梁书·文学传》:"吴均,字叔庠,吴兴故鄣人。文体清拔,有古气,好事者或效之,谓为吴均体。"《隋书·经籍志》:"梁奉朝请《吴均集》二十卷。"本传同。《破镜赋》今不传。

⑧"昔者邑号朝歌"四句——《水经·淇水注》引《论语撰考谶》云:"邑名朝歌,颜渊不舍,七十弟子掩目,宰予独顾,由蹶堕车。"刘昼《新论·鄙名章》:"水名盗泉,尼父不漱;邑名朝歌,颜渊不舍;里名胜母,曾子还轫;亭名柏人,汉君夜遁。何者? 以其名害义也。"或有以回车朝歌为墨子事者,如《汉书·邹阳传》:"里名胜母,曾子不入;邑号朝歌,墨子回车。"《淮南子·说山训》曰:"曾子立孝,不过胜母之闾;墨子非乐,不入朝歌之邑。"

⑧破镜乃凶逆之兽,事见《汉书》——《汉书·郊祀志》:"有言古天子尝以春解祠,祠黄帝用一枭破镜。"注:"孟康曰:枭,鸟名,食母。破镜,兽名,食父。黄帝欲绝其类,故使百吏祠皆用之。"

⑧资于事父以事君而敬同——唐明皇注云:"资,取也,言敬父与敬君同。"

⑧费旭——"费旭"当做"费昶",字形近而误也。《南史·何思澄传》:"王子云,太原人,及江夏费昶,并为闾里才子。昶善为乐府,又作鼓吹曲,武帝重之。"《隋书·经籍志·集部》有"梁新田令费昶集三卷。"按《乐府诗集》卷十七载梁费昶《巫山高》云:"彼美岩之曲,宁知心是非。"疑下句即颜氏所引之异文。

⑧殷沄——"殷沄"或疑是"殷芸"。《梁书》有传:"芸字灌蔬,陈郡长平人。励精勤学,博洽群书,为昭明太子侍读。"或疑是"褚沄",为湘东王记室参军,河南阳泽人,有诗。

⑧旭既不识其父,沄又飘飏其母——旭诗"不知是耶非","耶"(爷)字在俗语中是父亲的意思,故诗句容易被误解为不识其父。殷诗"飘飏云母舟",也容易误为飘飏其母。故简文帝嘲之。按《南史·王彧传》载:"长子绚,年五、六岁,读《论语》至'周监于二代',外祖何尚之戏曰:'可改"耶耶乎文哉"。'绚即

答曰:'尊者之名安可戏?'"可见时人对尊者之名的避讳。

㊼世人或有文章引《诗》"伐鼓渊渊"者,《宋书》已有屡游之诮——"伐鼓渊渊",为《诗·小雅·采芑》中句。按,其时文人写作,颇多忌讳,除了上述父母谐音的忌讳,还有名为"反语"(或称翻语)的忌讳。所谓反语,指文中某词,使其前后二字声母韵母颠倒相拼所拼出的新词,《金楼子·杂记篇》载,诗人何僧智曾在任昉家作诗,任昉看了他的诗,夸奖说:"卿诗可谓高厚。"而何僧智却勃然大怒道:你为什么诬蔑我的诗?原来"高厚"二字,前后二字声韵颠倒相拼即是"狗号",故何僧智以为任昉微言相谤也。故诗文用词,要考虑到其辞的反语是否触讳。"伐鼓"一词,按中古时的发音,其反语拼成"腐骨",这是很不吉利的话,故文章中宜避之而不用。《文镜秘府论》西册《论病·文二十八病》第二十:"翻语病者,正言是佳词,反语则深累是也。如鲍明远诗云:'鸡鸣关吏起,伐鼓早通晨。'伐鼓,正言是佳词,反语则不祥,是其病也。崔氏云:'伐鼓,反语腐骨,是其病。'"。下句《宋书》已有屡游之诮"检今本沈约《宋书》并无关于"屡游"的评论,故疑"宋书"当为"宋玉"之误。按《金楼子·杂记上》云:"宋玉戏太宰'屡游'之谈,流连反语,遂有鲍照伐鼓、孝绰布武、韦粲浮柱之作。"因为宋玉此文已佚,故详情不得而知。

㊽北面事亲,别舅摛《渭阳》之咏——《渭阳》是《诗经·秦风》中的一首歌。按,《诗小序》:"《渭阳》,秦康公念母也。康公之母,晋献公之女。文公遭丽姬之难未反,而秦姬卒;穆公纳文公,康公时为太子,赠送文公于渭之阳,念母之不见也,我见舅氏,如母存焉。"秦康公母亲已死,见其舅氏恍如见母,故感欣慰。而如果母亲还在世,见舅时也引《渭阳》之诗为喻,就失体了。《太平广记》二六二引《笑林》:"甲父母在,出学三年而归,舅氏问其学何得,并序别父久。乃答曰:'渭阳之思,过于秦康。'"

㊾堂上养老,送兄赋桓山之悲——《孔子家语·颜回》篇:"颜回闻哭声,非但为死者而已,又有生离别者也。闻桓山之鸟,生四子焉,羽翼既成,将分于四海,其母悲鸣而送之,声有似于此,谓其往而不返也。孔子使人问哭者,果曰:'父死家贫,卖子以葬,与之长决。'子曰:'回也善于识音矣。'"按桓山之悲,取喻父死而卖子;今父尚健在,而送兄引用桓山之事,是为大失也。

㊿举此一隅,触涂宜慎——颜之推举上述诗文用语犯忌之例,希望家人能举一反三,碰到这种情况一定要谨慎。

㈤陈王得之于丁廙也——《文选》曹子植《与杨德祖书》:"仆尝好人讥弹其文,有不善者,应时改定。昔丁敬礼常作小文,使仆润饰之。仆自以才不能过若人,辞不为也。敬礼谓仆:'卿何所疑难,文之佳恶,吾自得之,后世谁相知定吾文者邪?'吾尝叹此达言,以为美谈。"

⑫山东风俗,不通击难——古称太行山以东为山东。击难,攻击责难也。《世说新语·文学》篇:"桓南郡与殷荆州共谈,每相攻难。""攻难"即此"击难"。不通击难,谓文人中间不允许相互指瑕。

⑬"蔡邕为胡金盈作《母灵表颂》"三句——胡金盈,胡广之女。胡广,东汉人,官至太傅。《母灵表颂》,今蔡集有之。"然委我而夙丧",今本作"胡委我以夙丧"。

⑭又为胡颢作其父铭曰:"葬我考议郎君。"——胡颢,胡广之孙。"葬我考议郎君",按今《蔡邕集》中无此铭,与下《袁三公颂》同为逸文。考,古时对自己死去的父亲的称呼。

⑮《袁三公颂》曰:"猗歟我祖,出自有妫。"——《袁三公颂》,当是蔡邕为时人袁姓者所撰的颂祖之辞。猗歟,赞叹之辞。《诗·周颂·潜》:"猗与漆、沮。"郑笺:"猗与,叹美之言也。"按《广韵》二十一《欣》:"袁姓出陈郡、汝南、彭城三望;本自胡公之后。"而《左传·昭公八年》杜注:"胡公满,遂之后也,事周武王,赐姓曰妫,封之陈。"故云袁姓出于妫氏。

⑯"王粲《为潘文则思亲诗》云"五句——《为潘文则思亲诗》,见《王粲集》中。妣,对自己死去母亲的称呼。瘁,病也。鞠,养也。按以上所举诸例,为别人父母作诔辞而称"考、妣",称别人的祖先为"我祖",而且还收在自己的文集中,颜氏认为失体。

⑰陈思王《武帝诔》,遂深"永蛰"之思——《艺文类聚》十四曹植《武帝诔》:"潜闼一扃,尊灵永蛰。"《文心雕龙·指瑕》篇云:"'永蛰颇疑于昆虫。'按,《礼记·月令》:"季秋之月,蛰虫咸俯。""蛰"是形容昆虫的冬眠的,曹植用以形容自己父亲的死,不合适。

⑱潘岳《悼亡赋》,乃怆"手泽"之遗——今潘岳集中载《悼亡赋》,无此句。当是唐以后亡佚。《悼亡赋》是潘岳伤悼亡妻的。观颜文之意,是批评潘岳在《悼亡赋》中错用"手泽"一词来形容亡妻的遗墨。按《礼记·玉藻》云:"父没而不能读父之书,手泽存焉尔。"可见"手泽"只能形容父亲的遗墨。

⑲是方父于虫,匹妇于考也——《文心雕龙·指瑕》:"古来文才,异世争驱,或逸才以爽迅,或精思以纤密;而虑动难圆,鲜无瑕病。陈思之文,群才之俊也,而《武帝诔》云:'尊灵永蛰。'《明帝颂》云:'圣体浮轻。'浮轻有似于胡蝶,永蛰颇疑于昆虫,施之尊极,岂其当乎!左思《七讽》,说孝而不从,反道若斯,余不足观矣。潘岳为才,善于哀文;然悲内兄则云'感口泽',伤弱子则云'心如疑'。礼文在尊极,而施之下流,辞虽足哀,义斯替矣。"所言可与颜氏之说互参。

⑩⓪蔡邕《杨秉碑》云:"统大麓之重。"——按今蔡集所载《秉碑》一篇,无此语。《尚书·舜典》:"纳于大麓,烈风雷雨弗迷。"郑康成注《尚书大传》云:"山足曰麓,麓者,录也。古者,天子命大事,命诸侯,则为坛国之外。尧聚诸侯,命舜陟位居摄,致天下之事,使大录之。"

⑩①潘尼《赠卢景宣诗》云:"九五思飞龙。"——今潘集中有《送卢景宣诗》一首,无此句。《易乾卦》:"九五,飞龙在天,利见大人。"按,九五,君位;飞龙,是圣人起而为天子,故不可泛用。

⑩②孙楚《王骠骑诔》云:"奄忽登遐。"——孙楚,字子荆,晋人。《王骠骑诔》,今已佚。按《文选》马融《长笛赋》:"奄忽灭没。"注:"《方言》:'奄,遽也。'"《三国志·蜀书·先主传》:"亮上言于后主曰:'伏惟大行皇帝……奄忽升遐。'""升遐"为形容皇帝驾崩的专用词,孙楚用于一般人,故误。《文镜秘府论·地册》十四例轻重错谬之例:"陈王之诔武帝,遂称'尊灵永蛰',孙楚之哀人臣,乃云'奄忽登遐'。"

⑩③陆机《父诔》云:"亿兆宅心,敦叙百揆。"——陆机父抗,卒官吴大司马。《父诔》即陆机《吴大司马陆抗诔》,见《艺文类聚》四七引,严可均辑全晋文失收,当据补。然所引文不见"亿兆宅心,敦叙百揆"二句。按《左传·闵公元年》:"天子曰兆民。"《尚书·泰誓中》:"纣有亿兆夷人。"又《尚书·康诰》:"汝丕远惟商耈成人,宅心知训。"《文选》刘越石《劝进表》:"纯化既敷,则率土宅心。"《尚书·益稷》:"惇叙九族。"《尚书·舜典》:"纳于百揆,百揆时叙。"则可知亿兆、宅心、敦叙、百揆皆为形容天子之用语。而陆机用于自己父亲的铭诔。

⑩④《姊诔》云:"倪天之和。"——今陆机集无此文。按《诗·大雅·大明》:"大邦有子,倪天之妹。"《说文》:"倪,谕也。"谓譬喻也。"倪天之和",是以天来比喻亡姊之温和气质,而古时只有天子和国君才可用"天"来比喻。

⑩⑤王粲《赠杨德祖诗》云:"我君饯之,其乐洩洩。"——按,王粲此诗已亡。杨修,字德祖,太尉杨彪之子。洩洩,舒散轻松之貌。《左传·隐公元年》:"公入而赋:'大隧之中,其乐也融融。'(庄)姜出而赋:'大隧之外,其乐也洩洩。'"

⑩⑥"不可妄施人子"二句——储君,为太子之称。按这两句似是对上引王粲诗句的批评。因粲诗已佚,其具体诗意与背景皆无从考知,故此二句亦不可强解。

⑩⑦虞殡之歌——《左传·哀公十一年》:"公孙夏命其徒歌虞殡。"杜预注:"虞殡,送葬歌曲。"

⑩⑧或云出自田横之客——田横,齐王田荣之弟,史记有传。按崔豹《古今注》:"薤露、蒿里,并丧歌也。田横自杀,门人伤之,为作悲歌,言人命如薤上之

露,易晞灭也;亦谓人死魂魄归乎蒿里,故有二章。至李延年乃分为二曲,《薤露》送王公贵人,《蒿里》送士大夫庶人,使挽柩者歌之,世呼为挽歌。"

⑩陆平原多为死人自叹之言——《文选》卷二十八收有陆机《挽歌诗》三首。中一首云:"广宵何寥廓,大暮安可晨?人往有反岁,我行无归年!"乃拟死者自叹之辞。按,挽歌诗取死人自叹语气,实为当时之风气,非陆平原一人而已。如缪袭《挽歌》云:"造化虽神明,安能复存我。"陶潜《挽歌辞》云:"娇儿索父啼,良友抚我哭。"又云:"肴案盈我前,亲旧哭我傍。"又云:"严霜九月中,送我出远郊。"等等皆是。

⑩陆机为《齐讴篇》四句——《文选》卷二十八陆机《齐讴行》,全诗为"营丘负海曲,沃野爽且平。洪川控河济,崇山入高冥。东被姑尤侧,南界聊摄城。海物错万类,陆产尚千名。孟诸吞楚梦,百二侔秦京。惟师恢东表,桓后定周倾。天道有迭代,人道无久盈。鄙哉牛山叹,未及至人情。爽鸠苟已徂,吾子安得停。"这里颜之推对此诗的章法提出批评,认为它在前边极力刻画齐地的山川风教之美,而后面却忽转入对齐人的鄙薄之情,情调不一致,故殊失其体格。对颜氏这一批评,后世有不同意见,如郭茂倩《乐府诗集》卷六十四云:"陆机《齐讴行》,备言齐地之美,亦欲使人推分直进,不可妄有所营也。颜氏此评为非。案本诗'惟师'以下,刺景公据形胜之地,不能修尚父、桓公之业,而但知恋牛山之乐,思及古而无死也。"

⑪其为《吴趋行》,何不陈子光、夫差乎——陆机《吴趋行》见《文选》卷二十八,全诗为:"楚妃且勿叹,齐娥且莫讴。四坐并清听,听我歌吴趋。吴趋自有始,请从昌门起。昌门何峨峨,飞阁跨通波。重栾承游极,回轩启曲阿。蔼蔼庆云被,泠泠祥风过。山泽多藏育,土风清且嘉。泰伯导仁风,仲雍扬其波。穆穆延陵子,灼灼光诸华。王迹隤阳九,帝功夙四遐。大皇自富春,矫手顿世罗。邦彦应运兴,粲若春林葩。属城咸有士,吴邑最为多。八族未足侈,四姓实名家。文德熙淳懿,武功侔山河。礼让何济济,流化自滂沱。淑美难穷纪,商榷为此歌。"刘良注:"此曲,吴人歌其土风也。"按崔豹《古今注》曰:"吴趋行,吴人以歌其地。"歌中陈述了吴地风土和历史,提到了吴地有名的历史人物如吴太伯、孙权等。但颜之推批评它没有提到子光和吴王夫差。按吴公子光与吴王夫差皆为春秋时吴国著名人物。

⑫"《京洛行》"句——陆机《京洛行》已佚,内容不详。

⑬《诗》云:"有䳚雉鸣。"又曰:"雉鸣求其牡。"——见《诗经·邶风·匏有苦叶》。

⑭雉之朝雊,尚求其雌——见《诗经·小雅·小弁》。

⑮郑玄注《月令》亦云:"鹖,雄雉鸣。"——见《礼记·月令·季冬之月》。按,郑注月令,今本无"雄"字,而云:"鹖,雉鸣也。"《说文》亦云:"鹖,雄雉鸣。"疑颜氏所见古本有"雄"字,而今本脱之。

⑯潘岳赋曰:"雉鷕鷕以朝鹖。"是则混杂其雄雌矣——潘岳有《射雉赋》,见《文选》卷九。徐爰注云:"延年以潘为误用。案:诗'有鷕雉鸣',则云'求牡';及其'朝雊',则云'求雌',今云'鷕鷕朝雊'者,互文以举,雄雌皆鸣也。"段玉裁《说文解字注》四上雊篆:"雊,雄雉鸣也。言雄雉鸣者,别于鷕之为雌雉鸣也。《小雅》:'雉之朝雊,尚求其雌。'《邶风》:'有鷕雉鸣。'下云:'雉鸣求其牡。'按:郑注《月令》云:'鹖,雉鸣也。'是雉不必雄鸣,则毛公系诸雌,亦望文立训耳。若潘安仁赋:'雉鷕鷕而朝雊。'此则所谓浑言不别也。颜延年、颜之推皆云潘误,未熟于训诂之理。"

⑰《诗》云:"孔怀兄弟。"——按《诗·小雅·常棣》作"兄弟孔怀"。

⑱陆机《与长沙顾母书》——按《太平御览》六九五引陆机《与长沙夫人书》:"士璜亡,恨一襦少,便以机新襦衣与之。"当即此书。

⑲当谓亲兄弟为孔怀——《三国志·魏志·管辂传》:"辂叙曰:'辰不以暗浅,得因孔怀之亲,数与辂有所咨论。'"《通鉴》一三六:"魏主乃下诏,称'二王所犯难恕,而太皇太后追惟高宗孔怀之思云云。'"胡注:"二王于文成帝为兄弟,诗曰:'兄弟孔怀。'"《文馆词林》六九一隋文帝《答蜀王敕书》:"嫉妒于弟,无恶不为,灭孔怀之情也。"则以兄弟为孔怀,自三国迄北隋,犹然相同也。

⑳《诗》云:"父母孔迩。"——见《诗·周南·汝坟》。

㉑《异物志》——《隋书·经籍志》:"《异物志》一卷,汉议郎杨孚撰。"

㉒拥剑状如蟹,但一螯偏大尔——《古今注》中《鱼虫》第五:"蟛蜞,小蟹也,生海边,食土,一名长卿。其有一螯偏大,谓之'拥剑'。亦名'执火',以其螯赤,故谓执火也。"螯,蟹之前脚。

㉓何逊诗云:"跃鱼如拥剑。"——《梁书·文学传》:"何逊,字仲言,东海郯人。八岁能赋诗文章,与刘孝绰并见重当世。"此引之"跃鱼如拥剑",今传何逊《渡连圻二首》作"鱼游若拥剑"。

㉔"《汉书》"多句——见《汉书·朱博传》。

㉕而文士往往误作乌鸢用之——方以智《通雅》二四曰:"今称御史为乌台,以朱博传'御史府中列柏木,常有野乌数千'也。于文定泥颜氏家训,以为'乌'误作'乌'。智案:唐、宋来皆用乌府,考《汉书》原作'乌'字,或颜氏别见一本耶?"

㉖"《抱朴子》说项曼都诈称得仙"三句——见《抱朴子·祛惑》篇。按,《抱

朴子》所载此实本于王充《论衡·道虚》。其云："河东蒲阪项曼都好道,学仙,委家亡去,三年而返家。问其状,曰:'去时不能自知,忽见若卧形,有仙人数人将我上天,离月数里而止。见月上下幽冥,幽冥不知东西。居月之旁,其寒凄怆,口饥欲食,仙人辄饮我以流霞一杯。每饮一杯,数月不饥。不知去几何年月,不知以何为过,忽然若卧,复下至此。'"

⑫简文诗云:"霞流抱朴椀。"——按,今本简文集无此诗。

⑬犹郭象以惠施之辨为庄周言也——按,《庄子·天下篇》,自"惠施多方"而下,因述施之言而辨正之。而郭象注云:"昔吾未览庄子,尝闻论者争夫尺捶、连环之意,而皆云庄生之言。案:此篇较评诸子,至于此章,则曰其道舛驳,其言不中,乃知道听涂说之伤实也。"

⑭《后汉书》:"囚司徒崔烈以银铛锁"——《后汉书·崔骃传》:"孙寔,从弟烈,因傅母入钱五百万,得为司徒。献帝时,子钧与袁绍俱起兵山东,董卓以是收烈付郿狱,锢之银铛铁锁。卓既诛,拜城门校尉。"

⑮武烈太子——萧方等,梁元帝之子,曾被立为太子,后死于征讨。《南史·忠壮世子方等传》:"字实相,元帝长子。少聪敏,有俊才,南讨军败溺死,谥忠壮,元帝即位,改谥武烈世子。"

⑯尝作诗云:"银锁三公脚,刀撞仆射头"——按,萧方等无集传世。不详。

⑰梁简文《雁门太守行》——此处为颜氏误记。《雁门太守行》乃梁褚翔诗,非简文诗。按,《乐府诗集》卷三十九载褚翔《雁门太守行》云:"戎军攻日逐,燕骑荡康居,大宛归善马,小月送降书。"又卷三十二载梁简文《从军行》云:"先平小月阵,却灭大宛城,善马还长乐,黄金付水衡。"颜氏可能是把二人的诗记混了。

⑱"鹅军攻日逐"四句——鹅军,春秋时宋军阵名。《左传》昭公二十一年:"(宋)公子城与华氏战于赭丘,郑翩愿为鹳,其御愿为鹅。"杜注:"鹳、鹅,皆阵名。"日逐,汉时匈奴王。《汉书·匈奴传》:"狐鹿孤单于立,以左大将为左贤王,数年病死。其子先贤掸不得代,更以为日逐王。日逐王者,贱于左贤王。"康居、大宛、小月,皆汉时西域诸候国名,侍奉匈奴。《汉书·西域传》:"康居国与大月氏同俗,东羁事匈奴。""大宛国治贵城山,多善马,马汗血。武帝遣使者持千金及金马以请宛善马,不肯与,汉使妄言,宛遂攻杀汉使。于是天子遣贰师将军伐宛,宛人斩其王毋寡首,献马三千匹。宛王蝉封与汉约,岁献天马二匹。""大月氏为单于攻破,乃远去。不能去者,保南山羌,号小月氏。"

⑲萧子晖《陇头水》——《梁书·萧子恪传》:"弟子晖,字景光。少涉书史,亦有文才。"又《隋书·经籍志》:"梁萧子晖集九卷。"按,萧子晖《陇头水》全诗

已佚。

⑬"天寒陇水急"四句——陇水,《后汉书·郡国志》:"汉阳郡陇县,州刺史治,有大阪,名陇坻。"注:"《三秦记》:'其阪九回,不知高几许,欲上者七日乃越。高处可容百余家,清水四注下。'郭仲产《秦州记》曰:'陇山东西百八十里,登山岭东望秦川四五百里,极目泯然。山东人行役升此而顾瞻者,莫不悲思,故歌曰:陇头流水,分离四下。念我行役,飘然旷野。登高远望,涕零双堕。'"黄龙,《宋书·朱修之传》:"鲜卑冯宏称燕王,治黄龙城。"白马,即白马氐。《汉书西南夷传》:"自冉駹以东北,君长以十数,白马最大,皆氐类也。"

⑭此亦明珠之颣,美玉之瑕,——颣、瑕皆谓瑕疵。按,颜氏以此二诗为例,从反面说明文章中所涉地理必须惬当。今人王利器先生认为:《雁门太守行》中所佟陈之地理,皆以夸张手法出之,颜氏以为文章瑕颣,未当。此可备一说。

⑮"王籍《入若耶溪》诗"三句——《梁书·文学传下》:"王籍,字文海,琅邪临沂人。七岁能属文。及长,好学博涉,有才气。除轻车、湘东王谘议参军,随府会稽,郡境有云门天柱山,籍尝游之,累月不反,至若邪溪,赋诗云云,当时以为文外独绝。"按《入若耶溪》全诗为:"艅艎何泛泛,空水共悠悠。阴霞生远岫,杨景逐回流。蝉噪林逾静,鸟鸣山更幽。此地动归念,常年悲倦游。"

⑯范阳卢询祖——卢询祖,北魏人。《魏书·卢观传》:"观从子文伟,文伟孙询祖,袭祖爵大夏男。有术学,文辞华美,为后生之俊,举秀才,至邺。"

⑰此不成语,何事于能——意谓"蝉噪"、"鸟鸣"二句文语不通,何得称能!按卢询祖讥此二句"不成语"的理由,延之此文未作交待,然后人亦有讥此二句为病累者,可资参考。如宋人胡仔《苕溪渔隐丛话》前集一引蔡居厚《宽夫诗话》:"晋、宋间诗人,造语虽秀拔,然大抵上下句多出一意,如'鱼戏新荷动,鸟散余花落','蝉噪林逾静,鸟鸣山更幽'之类,非不工矣,终不免此病。"

⑱"萧萧马鸣"二句——见《诗·小雅·车攻》。

⑲"毛《传》曰"三句——《宋景文笔记》中:"诗曰:'萧萧马鸣,悠悠旆旌。'见整而静也,颜之推爱之。'杨柳依依,雨雪霏霏。'写物态,慰人情也,谢玄爱之。'远猷辰告。'谢安以为佳话。"《陆象山语录》:"'萧萧马鸣',静中有动。'悠悠旆旌',动中有静。"王士禛《古夫于亭杂录》二曰:"愚案:玄与之推所云是矣,太傅所谓'雅人深致',终不能喻其指。"

⑳籍诗生于此耳——王士禛《古夫于亭杂录》六:"颜之推标举王籍'蝉噪林逾静,鸟鸣山更幽',以为自小雅'萧萧马鸣,悠悠旆旌'得来;此神契语也。学古人勿袭形模,正当寻其文外独绝处。"

㉑"兰陵萧悫"三句——萧悫,字仁祖,梁上黄侯萧晔之子。传见《北齐书》

卷四十五《文苑传》。萧悫工于篇什,《隋书·经籍志》著录其文集九卷。邢邵有《萧仁祖集序》,其论云:"萧仁祖之文,可谓雕章间出。昔潘、陆齐轨,不袭建安之风;颜、谢同声,遂革太原之气。自汉逮晋,情赏犹自不谐;江北、江南,意制本应相诡。"

⑭吾爱其萧散,宛然在目——萧散,此指意境的空远。按"芙蓉、杨柳"二句,意象763切,后人多有赞誉。如《苕溪渔隐丛话》后九:"皮日休云:'北齐美萧悫'芙蓉露下落,杨柳月中疏';孟先生(浩然)有'微云淡河汉,疏雨滴梧桐',……此与古人争胜于毫厘也。'"许顗《许彦周诗话》:"六朝诗人之诗,不可不熟读,如'芙蓉露下落,杨柳月中疏',锻炼至此,自唐以来,无人能及也。退之云:'齐、梁及陈、隋,众作等蝉噪。'此语,吾不敢议,亦不敢从。"《朱子语类》一四〇:"或问:李白'清水出芙蓉,天然去雕饰',前辈多称此语,如何?'曰:自然之好。又如'芙蓉露下落,杨柳月中疏',则尤佳。"李东阳《麓堂诗话》:"'芙蓉露下落,杨柳月中疏',有何深意,却自是诗家语。"

⑭颍川荀仲举——《北齐书·文苑传》:'荀仲举,字士高,颍川人。仕梁为南沙令,从萧明于寒山被执,长乐王尉粲甚礼之,与粲剧饮,啮粲指至骨。显祖知之,杖仲举一百。或问其故,答云:'我那知许,当时正疑是麈尾耳。'"

⑭琅琊诸葛汉——《北史·文苑传》下:"诸葛颍,字汉,丹杨建康人也。有集二十卷。"《隋书》亦有传。

⑭卢思道——《北史·卢子真传》:"玄孙思道,字子行。才学兼着,然不持细行,好轻侮人物。文宣帝崩,当朝人士各作挽歌十首,择其善者而用之。魏收等不过得一二首,唯思道独有八篇,故时人称为八米卢郎。"

⑭何逊——东海剡人,梁代诗人。按《梁书·文学何逊传》:"东海王僧孺集其文为八卷。初逊文章,与刘孝绰并见重于世,世谓之何、刘。世祖著论论之云:'诗多而能者沈约,少而能者谢朓、何逊。'"

⑭多形似之言——形似,指形象刻画生动真切,这是六朝人在文学上的一种审美追求。按,《文选》沈约《宋书·谢灵运传论》:"相如工为形似之言,二班长于情理之说。"《诗品》上:"张协巧构形似之言。"皆以形似论文。

⑭扬都——指建业,即今南京。

⑮刘孝绰——《梁书·刘孝绰传》:"孝绰,字孝绰,彭城人。七岁能属文。舅齐中书郎王融深赏异之,每言曰:'天下文章,若无我,当属阿士。'阿士,孝绰小字也。"

⑮"蘧居响北阙",愦不道车——何逊《早朝车中听望》:"蘧居响北阙,郑履入南宫。"前句用春秋卫大夫蘧伯玉乘车前往卫灵公宫阙拜谒故事。所谓"蘧

居",指蘧伯玉所乘的车。本该老实地写成"蘧车",何逊却偏不说"车",而别扭地写作"蘧居",以示典雅(按车古读为居,刘熙《释名》:"古者车声如居,所以居人也"),故刘孝绰讽刺他。懂,乖戾、蹩脚之貌。

⑬《诗苑》——刘孝绰撰,今佚。

⑭唯服谢朓——《齐书·谢朓传》:"朓善草隶,长五言诗,沈约常云:'二百年来无此诗也。'"《梁书·庾肩吾传》:"梁简文与湘东王书:'至如近世谢朓、沈约之诗,任昉、陆倕之笔,斯实文章之冠冕,述作之楷模。'"

⑮简文爱陶渊明文,亦复如此——昭明太子《陶渊明集序》:"余素爱其文,不能释手。"可见萧氏兄弟俱爱陶文。

⑯三何者,逊及思澄、子朗也——《梁书·文苑传》:"何思澄,字符静,东海郯人。少勤学,工文辞。起家为南康王侍郎,累迁平南安成王行参军兼记室,随府江州,为游庐山诗,沈约见之,自以为弗逮。除廷尉正,天监十五年,敕太子詹事。徐勉举学士,入华林,撰遍略,勉举思澄等五人应选,迁治书侍御史。出为秣陵令。入兼东宫通事舍人,除安西湘东王录事参军,舍人如故。时徐勉、周舍以才具当朝,并好思澄学,常递日招致之。卒,有文集十五卷。初,思澄与宗人逊及子朗俱擅文名,时人语曰:'东海三何,子朗最多。'思澄闻之曰:'此言误耳。如其不然,故当归逊。'意谓宜在己也。子朗字世明,早有才思,工清言。周舍每与共谈,服其精理。世人语曰:'人中爽爽何子朗。'为固山令,卒,年二十四,文集行于世。"

⑰"思澄游庐山"三句——何思澄游庐山诗今佚。冠绝,为时冠首,无人可比之意。《宋书·颜延之传》:"文章之美,冠绝当时。"

【附录】

吾见世中文学之士,品藻古今,若指诸掌,及有试用,多无所堪。居承平之世,不知有丧乱之祸;处庙堂之下,不知有战陈之急;保俸禄之资,不知有耕稼之苦;肆吏民之上,不知有劳役之勤,故难可以应世经务也。

晋朝南渡,优借士族;故江南冠带,有才干者,擢为令仆已下尚书郎中书舍人已上,典掌机要。其余文义之士,多迂诞浮华,不涉世务;纤微过失,又惜行捶楚,所以处于清高,盖护其短也。至于台阁令史,主书监帅,诸王签省,并晓习吏用,济办时须,纵有小人之态,皆可鞭杖肃督,故多见委使,盖用其长也。人每不自量,举世怨梁武帝父子爱小人而疏士大夫,此亦眼不能见其睫耳。

《颜氏家训·涉务》 《四部丛刊》影印明辽阳傅氏刊本

上书陈事,起自战国,逮于两汉,风流弥广。原其体度:攻人主之长短,谏诤之徒也;评群臣之得失,讼诉之类也;陈国家之利害,对策之伍也;带私情之与夺,游说之俦也。总此四途,贾诚以求位,鬻言以干禄。或无丝毫之益,而有不省之困,幸而感悟人主,为时所纳,初获不赀之赏,终陷不测之诛,则严助、朱买臣、吾丘寿王、主父偃之类甚众。良史所书,盖取其狂狷一介,论政得失耳,非士君子守法度者所为也。

《颜氏家训·省事》 《四部丛刊》影印明辽阳傅氏刊本

夫九州之人,言语不同,生民已来,固常然矣。自春秋标齐言之传,《离骚》目楚词之经,此盖其较明之初也。后有扬雄著《方言》,其言大备。然皆考名物之同异,不显声读之是非也。逮郑玄注《六经》,高诱解《吕览》、《淮南》,许慎造《说文》,刘熹制《释名》,始有譬况假借以证音字耳。而古语与今殊别,其间轻重清浊,犹未可晓;加以内言外言、急言徐言、读若之类,益使人疑。孙叔言创《尔雅音义》,是汉末人独知反语。至于魏世,此事大行。高贵乡公不解反语,以为怪异。自兹厥后,音韵锋出,各有土风,递相非笑,指马之谕,未知孰是。共以帝王都邑,参校方俗,考核古今,为之折衷。推而量之,独金陵与洛下耳。

南方水土和柔,其音清举而切诣,失在浮浅,其辞多鄙俗。北方山川深厚,其音沉浊而讹钝,得其质直,其辞多古语。然冠冕君子,南方为优;闾里小人,北方为愈。

《颜氏家训·音辞》 《四部丛刊》影印明辽阳傅氏刊本

夫人有六情,禀五常之秀;情感六气,顺四时之序。盖文之所起,情发于中。而自汉、魏以来,迄乎晋、宋,其体屡变,前哲论之详矣。暨永明、天监之际,太和、天保之间,洛阳、江左,文雅尤盛,彼此好尚,互有异同。江左宫商发越,贵于清绮;河朔词义贞刚,重乎气质。气质则理胜其词,清绮则文过其意。理深者便于时用,文华者宜于咏歌。此其南北词人得失之大较也。若能掇彼清音,简兹累句,各去所短,合其两长,则文质彬彬,尽美尽善矣。

李延寿《北史》卷八十三《文苑传》 中华书局点校本